露华传

千茎雪无悔

公子扶苏 著

上海社会科学院出版社
SHANGHAI ACADEMY OF SOCIAL SCIENCES PRESS

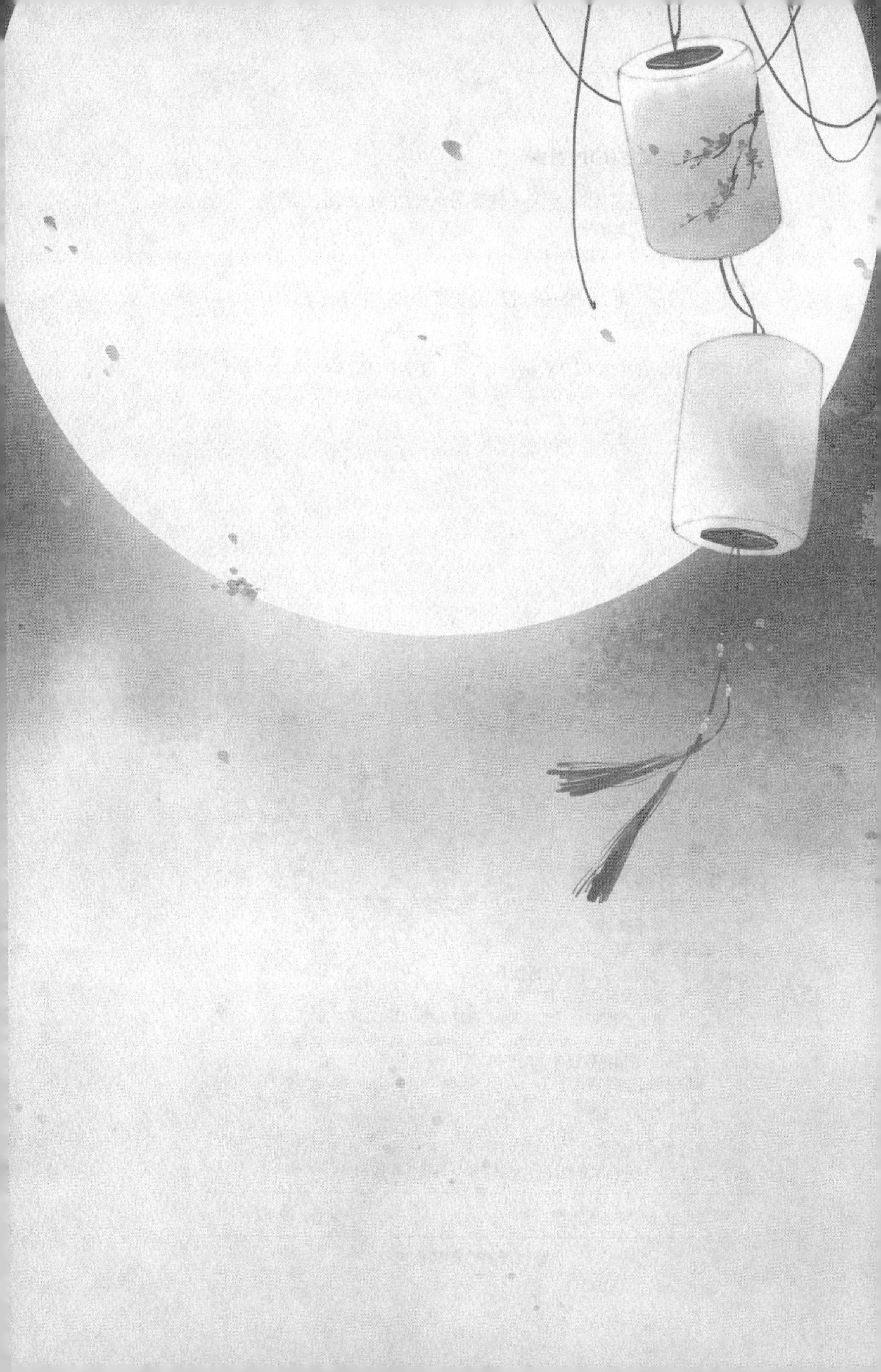

图书在版编目(CIP)数据

露华传.千茎雪无悔 / 公子扶苏著.—上海：上海社会科学院出版社,2017
ISBN 978-7-5520-1911-7

Ⅰ.①露… Ⅱ.①公… Ⅲ.①长篇小说-中国-当代
Ⅳ.①I247.5

中国版本图书馆 CIP 数据核字(2017)第 041273 号

露华传：千茎雪无悔

著　　者：	公子扶苏
责任编辑：	霍　罩
出版发行：	上海社会科学院出版社
	上海顺昌路 622 号　邮编 200025
	电话总机 021 - 63315900　销售热线 021 - 53063735
	http://www.sassp.org.cn　E-mail: sassp@sass.org.cn
照　　版：	南京前锦排版服务有限公司
印　　刷：	上海信老印刷厂
开　　本：	710×1010 毫米　1/16 开
印　　张：	27.25
字　　数：	607 千字
版　　次：	2017 年 5 月第 1 版　2017 年 5 月第 1 次印刷

ISBN 978-7-5520-1911-7/I·244　　　　　　　　　定价：39.80 元

版权所有　翻印必究

目录

第1章 太医说老睡书房不好	1
第2章 惠妃行刺,凤绝重伤	4
第3章 阴谋,惠妃的悲哀	7
第4章 姓云还是姓凤?	10
第5章 母女,惠妃的未婚夫	13
第6章 活着回来,再上战场	16
第7章 拥抱,凤尘受伤回京	19
第8章 我是真的喜欢你	22
第9章 背后的阴谋	25
第10章 放弃过最爱的人	28
第11章 一路独行也罢	31
第12章 我不要孔家只要她	34
第13章 只可惜我们无缘到老	37
第14章 月柔心思,林若兮难产	40
第15章 性命垂危一尸两命	43
第16章 凤回我恨你	46
第17章 孩子会没事的	49
第18章 看着你痛苦	52
第19章 我就算下地狱也安心了	55
第19章 林若兮醒来,月柔的药	

第20章 所谓神药，生不如死 … 58
第21章 千雪，杀了我吧 … 61
第22章 如果爱我就杀了我！ … 64
第23章 其实她没有 … 67
第24章 她以为的那么厉害 … 70
第25章 你来干什么？ … 73
第26章 小薇薇，你在难过吗？ … 76
第27章 我再也没有家了 … 79
第28章 死在一起都是奢望 … 82
第29章 来生定不负你 … 85
第30章 凉城郡主 … 88
第31章 落尽梨花月又西 … 91
第32章 姑娘我想收拾你很久了 … 94
第33章 有孕，凤尘你怎么敢 … 97
第34章 晚了，也完了 … 100

第34章 还有没有点规矩 … 100
第35章 宴席上的意外？ … 103
第36章 一生难有子嗣 … 106
第37章 奴婢也想护着您 … 109
第38章 宁千雪火烧榕园 … 112
第39章 竹韵，还是来晚了 … 115
第40章 再次爱上她 … 118
第41章 七彩雪莲没有了 … 121
第42章 只要能救她 … 124
第43章 他以爱她为耻 … 127
第44章 不要告诉她 … 130
第45章 神医谷辛秘 … 133
第46章 可怕的声望，沧澜国师 … 136
第47章 阿蓉，你能活着真好 … 139
第48章 意外，救治宁千雪 … 142

章节	标题	页码
第49章	奸细，圣灵珠被偷	145
第50章	总有一个人用来被辜负	148
第51章	下辈子一定要嫁给我	151
第52章	他敢不娶我	154
第53章	我的星河是不是……	157
第54章	我想这辈子嫁给你啊	160
第55章	不知道的	163
第56章	还以为你有多高贵	166
第57章	什么才叫红颜祸水	169
第58章	下毒之人	172
第59章	宁千雪醒来	175
第60章	我真的好累啊	178
第61章	谁又给过我后悔的机会？	181
第62章	唯独不会是爱人	184
第63章	简直坑爹坑到家了	187
第64章	景岩，惊艳	190
第65章	脑子没问题吧你	193
第66章	月如被毁容	196
第67章	楚风杀人	199
第68章	被囚禁的男人	202
第69章	风雨欲来	205
第70章	除了幸福，她可以得到一切	208
第71章	选一个	211
第72章	这么丑的公主来和亲	214
第73章	皇姐，那是他的罪孽	217
第74章	狐一定要到你	220
第75章	杨又薇的想法	223
第76章	大漠祁家祁来心	226
	竟然是他，钟婉筠！	
	千雪，我懂	

章节	标题	页码
第77章	杨又薇，愿意	229
第78章	我陪你一起去沧澜国	232
第79章	云氏宝藏	235
第80章	月承惹事	238
第81章	你后悔吗	241
第82章	只能活在黑暗中	244
第83章	悉儿，我是哥哥	247
第84章	是不是后悔认识了我	250
第85章	我们之间的结局早已注定	253
第86章	当年一诺，终生不悔	256
第87章	不配姓云	259
第88章	不要让星河的悲剧重演	262
第89章	竟然是你，露华	265
第90章	百里，见一见她吧	268
第91章	凤芷妍和百里琦	271
第92章	你就这么不相信我吗	274
第93章	因为你是我唯一的软肋	277
第94章	局势，忠义侯府	280
第95章	柴元帅受伤	283
第96章	意外突变，山体滑坡	286
第97章	黑色面具的男人	289
第98章	我爱你也是从露华开始	292
第99章	凤尘，我恨你	295
第100章	六年了，你还恨我吗	298
第101章	别拿惠妃和阿蓉比	301
第102章	沧澜国的奸细	304
第103章	八万对战三十万	307
第104章	一代名将，战死沙场	310
第105章	屠城	313
第106章	神一样的信仰，幸也不幸	316

章节	标题	页码
第107章	一生唯一一次的败仗	319
第108章	愿我大盛昌盛百年	322
第109章	封为忠义侯	325
第110章	柴元浩的遗体	328
第111章	屠城的原因	331
第112章	不要爱上随景岩	334
第113章	化骨水下无活口	337
第114章	竹枝，竟然是他！	340
第115章	和亲，他一定要得到手	343
第116章	战争有罪，百姓何辜	346
第117章	用我的一生去赎罪	349
第118章	入宫，百里念	352
第119章	因为，我喜欢竹枝	355
第120章	和亲	358
第121章	八卦的阳城将军	361
第122章	劝说，风尘归来	364
第123章	阿蓉，我是真的好想你	367
第124章	这个孩子是我的救赎	370
第125章	我来你留下这个孩子	373
第126章	喝了堕胎药	376
第127章	我会遵守承诺不去找你	379
第128章	参见露华公主	382
第129章	古熔心之死	385
第130章	咄咄逼人的古茂盛	388
第131章	最后的补偿	391
第132章	『顺势而为』的吻	394
第133章	劝解祁采心	397
第134章	证据	400
第135章	我姓云，你知道吗？	403
第136章	把我的阿蓉还给我	406

第137章 我只是不敢喜欢你	409
第138章 陌阳对质冷清秋	412
第139章 阿蓉到底被人抓走了	415
第140章 你喜欢沈沧溟	418
第141章 冷清秋之死	421

千茎雪无悔

第 1 章　太医说老睡书房不好

　　日子晃晃悠悠就过去了,转眼又一个月过去了。
　　尘王府里格外的平静,让宁千雪意外的是这一个月古嬃心都安安静静地待在榕园,这让宁千雪意外极了。
　　而凤尘也只是偶尔白天去看看她,夜晚或是死皮赖脸地来漪澜苑蹭床榻睡,要么就是去睡书房。
　　一时之间人们也闹不清尘王爷的真爱到底是哪一个了。
　　"今晚王妃不会又不方便吧?"用完晚膳后,凤尘无视宁千雪送客的表情,厚着脸皮调侃道。
　　宁千雪嘴角一抽,抬头笑语盈盈中依旧闪烁着淡漠的光芒,"我若说是呢?"
　　自从知道了凤尘很可能对当年凤绝谋逆之事并不知情,宁千雪对凤尘就做不到完全的冷漠了。
　　甚至,连那本来冷硬的心,也有一丝蠢蠢欲动的迹象。
　　也正是察觉到了宁千雪态度细微的变化,凤尘这才时不时地就来漪澜苑蹭饭,并且每次蹭完饭后,都不厌其烦地提起洞房花烛夜这个话题。
　　他大概是史上唯一一个成亲都一个月了却还没有洞房花烛夜的倒霉王爷了吧?凤尘如是想。
　　"王妃说是就是喽,那本王继续睡书房。"凤尘板着一张脸,坚决不承认他是在诉苦。
　　宁千雪点点头,淡笑道:"慢走,不送。"
　　"那什么,御医说了,王妃这种情况属于月事不正常的那种,应该吃药调解一下。"
　　凤尘很满意地看到他的王妃脚步停了下来,不,应该是愣在了那里。
　　"王爷跑去问御医这种事了?"宁千雪转过身不可思议地瞪着凤尘。
　　她这只不过是一个搪塞的理由,相信凤尘也看得出来,居然还跑去问御医?
　　不对啊,这种事她不应该下意识猜到是凤尘在开玩笑吗,为什么她的反应却是相信他真的跑去问御医了呢?
　　凤尘也起身走到宁千雪面前,认真地说道:"王妃经常……本王当然会关心王妃的身体了。"
　　虽然说被太医院那群老东西跟看怪物似的看了半天,但终究担心万一这是真的,会不会对宁千雪的身子有影响,毕竟她的身子一向弱。
　　谁知道居然会被人嘲笑,不过看到此刻宁千雪万年不变的淡然面具挂不住了,他觉得还是挺值得。

"王爷是闲得没事干了吗?"宁千雪觉得她好想叫星河把面前这个家伙丢出去。

若是真的,那她估计明天就会再一次名扬天下了。

凤尘笑了,"本王觉得把这个行为定义为本王担心王妃的身体更好一些。"

"所以呢?"

"所以王妃不应该礼尚往来关心关心本王的身体吗?"

屋内的一众丫鬟已经愣了,觉得脑袋不够用了。一向冷酷的尘王不说近日变得越来越无赖了,现在连脸都不要了吗?

说好的冷酷无情呢?

说好的沉默寡言呢?

宁千雪额角的青筋蹦跶了两下,揉了揉眉心,上上下下打量了凤尘一番,讽刺道:"我看王爷壮得跟头牛似的,哪里需要关心身体了?"

关心他的身体?凤尘今天是来搞笑的吗?就他这身板还用得着关心?

凤尘唇角一扯,笑得有些诡谲,"太医说老睡书房不好,且禁欲太久会伤身。"

太医说……

老睡书房不好……

禁欲太久会伤身……

宁千雪感觉后背冷汗一冒,整个人都有些不好了。

"王妃还认为不应该关心关心本王的身子吗?"凤尘含着笑低头看着有些晕乎的宁千雪,感觉心情不错。

竹韵竹枝对视一眼,这货是尘王爷吗?不会是冒牌的吧,要不然怎么这么无赖?

有种孔凌青的感觉啊。

宁千雪深吸一口气,重新挂上招牌笑容,一脸淡定地回道:"既然是太医说的,王爷就应该去找太医解决啊,千雪又不是太医,找我没用。"

扑哧——

竹枝忍不住笑出声来,被竹韵一掐,立刻又捂上嘴佯装淡定地低头瞧着绣花鞋上的芍药花。

嗯,姐姐的女红越来越好看了,以后的姐夫有福了。

凤尘磨了磨牙,眼角有些抽搐地说道:"太医事情也不少,况且这种事王妃才是最好的药,保管药到病除。"

他那个淡然恭谨的王妃呢?

宁千雪伸手拂了拂衣裙上并不存在的灰尘,笑得有些刺人,"王爷说笑了,药在榕园,慢走不送。"

凤尘眉梢一压,瞳孔中有黑色风暴在慢慢酝酿,声音也有些冷了,"你非得在这个时候提起她吗?"

好不容易两人的相处越来越自然了,宁千雪就把古嫆心摆了出来,这是什么意思?

根本不在乎他吗?

想到或许是因为不在乎，所以宁千雪才屡次在两人相处正好的时候提及古嫆心，凤尘的心里就难受极了。

"不可以在这时提吗？王爷莫不是以为不提这位平妃就不存在了？"

宁千雪也不知道怎么了，和凤尘相处得越自然她就越容易想起古嫆心来，本有些涟漪的心在想起古嫆心的那一刻瞬间再次平静。

他不仅有一个王妃，还有一个平妃。宁千雪，你忘记他给你的耻辱了吗？

"可以，当然可以。"凤尘眯着眼咬牙说道，然后一甩衣袖，大声道："不仅可以提，现在本王就听王妃的话，去榕园找药，本王相信一样能药到病除！"

说罢便拂袖离去。

宁千雪就那么看着凤尘含怒而去的背影，低声笑了起来。

凤尘，你在怒什么？这个平妃是你死活要娶的啊，要怒不也应该是我怒吗？

几个丫头你看我我看你，最后百里琦被推了出来，毕竟还是百里琦和宁千雪关系最好。

百里琦回头瞪了两眼竹韵竹枝，才小心翼翼地走到宁千雪身边小声问道："小姐，您为什么把尘王赶走了啊？"

虽然说百里琦并不待见凤尘，但她也看得出来每次凤尘来的时候，小姐其实都是高兴的，尤其是这阵子。

宁千雪看了一眼百里琦，见其眉宇间没有一丝哀愁。

百里琦是个心态特别好的小姑娘，虽然陌阳说了不会喜欢她，但她并没有自怨自艾，也并没有因此闷闷不乐。

天底下不喜欢你的人多了去了，这样就伤心的话人都不用活了。

这就是百里琦自我安慰、自我开解的方式。

笑了笑，宁千雪转身就进了屋子。

为什么？

最近和凤尘相处的时候她发现凤尘越来越有之前的影子了，而她……

她害怕一切未明之前，会再次爱上他。

第 2 章　惠妃行刺，凤绝重伤

第二日，宁千雪担心的事情并没有发生，伟大的尘王殿下去太医院询问……的事并没有传出来。

因为有一个更大的消息爆炸式地震惊了整个京都。

昨晚惠妃刺杀皇上，皇上重伤昏迷！

因着皇后还在被皇上禁足的期间，所以德妃让路鹤派侍卫围住了留情殿，软禁了惠妃。

并连夜召尘王、秀王进宫。

经过一夜的抢救，皇上终于脱离了生命危险，勉强睁开眼说了一句"不许动惠妃，朝政尘王暂代。"之后再次陷入昏迷。

凤尘在皇宫待了一夜便叫长公主凤青岚进宫，暂时留住皇宫。

毕竟德妃是兰国公主，凤绝昏迷着，月柔还在禁足期间，后宫只有德妃这一个别国公主说了算也不让人放心。

凤尘下了朝回了王府后就直奔漪澜苑，将在门口等了半个时辰的古嫆心晾在了一旁，气得古嫆心红了眼眶。

"随谷主在哪里？"凤尘一进来就开门见山地问道。

凤绝的情况很不好，虽然暂时脱离了生命危险但谁知道他会昏迷多久？

毕竟伤在了心口，也亏了惠妃是个手无缚鸡之力的弱女子，力气不大，不然凤绝昨晚就直接没救了。

宁千雪毫不意外，眼神飘忽莫测，"从来都是阿岩主动联系我。"

凤绝差点死了，她正遗憾怎么没直接死了，还想让她找阿岩救他？

别搞笑了。

凤尘双拳缓缓握紧，眉心皱起，沉声道："千雪，此刻不要做意气之争，沧澜国一直对大盛虎视眈眈，若皇上有个意外，沧澜定会大军压境，到时候苦的是大盛的黎民百姓。"

凤尘以为宁千雪这是因为恨自己的缘故，才不愿救助凤绝，所以才会有此番说辞。

毕竟，他并不知道宁千雪为何恨他。

"我说了我联系不到，王爷若是不信，扭头就走便是。"

宁千雪也有了火气，双眸犀利如刀。居然拿大盛的百姓来威胁她？她又不是不知分寸的人。

就算再恨凤绝，她也不会拿大盛百姓的安危来做赌注。

更何况她是真的不知道随景岩在哪里,因为每当她需要随景岩的时候,他都会自己出现。

"你!"凤尘一夜未睡,火气也不小,疲惫地揉了揉眉心,再次劝说道,"现在皇上昏迷不醒,我和大哥可以暂代朝政,时间久了就不行了。"

"更何况,皇上病危的消息居然这么快就散了出去,想必沧澜国不久便会收到消息,到时候我势必会出征,大哥没有那个魄力能掌管朝政。"

这正是凤尘头疼的地方,也不知道怎么回事,凤绝刚刚召了太医,遇刺的消息就传得整个皇宫都知道了。

等到今天,整个京都都沸沸扬扬了,若不是凤回先一步安抚,恐怕民心都会不安。

再者,凤尘和凤回都不是当皇帝的料子,一天两天还可以,时间久了朝政就得乱套。

宁千雪垂下眼睑,长长的鸦青色睫毛遮住了清凉如水的眸光,让人看不清其中的波澜色彩。

用力地咬紧下唇,双手搓得嘎嘣响,这都昭示出女子内心的纠结。

"琦儿,去拿一粒雪丹。"

最终,宁千雪还是松了口,凤尘也松了一口气。

雪丹是神医谷的良药,无论是重伤还是病危,只要还有一口气,都能把人救回来。

不过,这世间并没有那么逆天的药物,雪丹只能救急,等救回人来,还得好药好汤地慢慢养着身子。

当日大婚,随景岩送给她一瓶雪丹,只有五粒。前些日子送给了林若兮两粒。

林若兮已经服用了一粒了,宁千雪也去看过了,林若兮整个人的气色好了不少,想来两粒雪丹也能让林若兮撑到生产了。

不是没想过用雪丹给林若兮续命,可是服用雪丹第二粒的效果就会比第一粒的效果差上许多,所以就算宁千雪有足够的雪丹也留不住林若兮的命。

凤尘接过那小小的一粒药,深深地看了一眼宁千雪,什么也没说就大步离开了。

他一直没有调查宁千雪,想来也该好好查一查她了。

凤家和宁国公府从来没有仇怨,宁千雪怎么会如此恨他,乃至于连凤绝也恨上了呢?

是因为知道五年前的事,还是有其他的原因?

而宁千雪在凤尘走了之后立刻吩咐道,"去叫璃珞好好查一查宫里,惠妃为什么会行刺凤绝?她到底是谁?"

因为惠妃太过低调,所以宁千雪也没注意过她,一直以为不过是凤绝的心爱之人,怕宠冠后宫给惠妃带来灾祸才让惠妃这么低调。

可是昨晚的事情一出,这事就没那么简单了。

既然会刺杀凤绝,那就说明惠妃并不爱凤绝,那惠妃到底是谁?为什么提起惠妃来整个京都都没有了解的人呢?

宁千雪凭直觉感到这里面肯定有秘密,而且势必会挖出不少有趣的东西。

而此刻,受多方关注的惠妃正在贤嫔的宫殿里饱受折磨。

"啪!"贤嫔一个巴掌甩了过去,就看见惠妃白嫩的脸上留下了两条血红的痕迹。

那是贤嫔手上的护甲划伤的。

惠妃软倒在地上,额头贴着冰冷的地面,冷极了。

脸上的划伤,身上的鞭伤,都不能让她感觉到痛。

就算贴着地面感觉到的冷,也是因为她的心冷了,不然她又怎么会感到冷呢?

她是个没有感觉的废物,又怎么会觉得痛,感到冷呢?

"说!你为什么要伤害皇上,你到底是谁派来的奸细?"

贤嫔一脸狰狞地掐着惠妃尖细的下巴,不断用力,不断怒声质问。

"你怎么可以伤害他?怎么可以?"

皇上这么爱你,你怎么可以伤害他?

听说太医抢救了一夜才勉强保住了一条命,到现在凤绝都还在昏迷着。

他……该有多痛?

惠妃一愣,睁开眼满是讽刺地说道:"你爱他?"

这样的人居然也会有人爱?

凤绝,你说你这样的人怎么会有人爱呢?就好像,我这样的人怎么会有人爱一样。

咱们都是披着人皮的魔鬼,怎么配拥有别人纯粹而美好的爱呢?

这简直是天底下最好笑的事情了。

贤嫔脸色一红,转而变得更加狰狞,咆哮道:"我爱他又怎样?你以为他爱你,你就可以讽刺我对他的爱吗?"

"不,我没讽刺你,我讽刺的是他,凤绝不配你的爱。"

第 3 章 阴谋，惠妃的悲哀

"啪!"

惠妃看着自己身上又多了一条鞭痕却一点感觉都没有，只是笑道："我都说了,你不必白费力气,我不疼的。"

她早就被剥夺了感觉,这世间没有任何刑具能让她感觉到疼痛。

贤嫔充耳不闻,疯狂地甩动手中的鞭子来发泄心中的不满。

她那么爱凤绝,可是凤绝却对她不屑一顾,一心爱着别的女子,她疯狂地嫉妒。

可是当知道惠妃并不爱凤绝,甚至是想要杀了凤绝的时候,她的心是痛的。

为凤绝而痛,那一刻她甚至希望惠妃是爱凤绝的,那样她心爱的男人就不会那样悲伤了。

"他那么爱你,你怎么可以这样对他?"贤嫔尖叫着,边打边骂。

惠妃看着贤嫔这副为凤绝鸣不平的表情,笑了,疯狂地大笑起来。

"哈哈哈哈……"

贤嫔停下了手中的鞭子,看疯子一样看着躺在地上的惠妃,实在是想不明白为什么自己会把惠妃给打……笑了?

"你笑什么?"这一刻,贤嫔忽然有种毛骨悚然的感觉。

正常人哪有挨打了不哭反笑的?她就是个疯子。

惠妃疯狂地大笑,猛地咳嗽了起来,笑得眼泪都流了出来。

"他这么爱我?你知道吗,他的爱是这个世界上最毒的毒药,让我一生都备受煎熬!就因为他爱我,所以我失去了所有,生不乐死不能,这都是他给予我的!"

惠妃含泪的双眼迸发出刻骨的恨意,恨凤绝也恨……那个她不能选择的父亲!

是她的亲生父亲为了一次又一次的阴谋将她出卖,甚至残忍地剥夺了她的感觉,夺走了她的爱人!

是别人眼中很爱她的凤绝将她囚禁在这里,跟个活死人一样生不如死地活着。

最让她没想到的是,她为了躲那个人,五年连留情殿都没出过一步,也不允许任何人进来,为什么还要来找她?

"为什么?为什么你们都要逼我?"惠妃双目大睁,嘶吼着质问。

贤嫔被惠妃狰狞的样子吓得不断后退,就连手中滴血的鞭子也拿不稳掉在了地上。

"你要干什么……你发什么疯?"贤嫔呆住了,看着慢慢站起来的惠妃磕磕巴巴地说道。

惠妃双眼血红，身上满是鞭痕，宫装被抽打得破破烂烂的，整个人看起来就像一个染血的破布娃娃。

"啊——"贤嫔一声尖叫，忍不住心中的害怕大叫道，"救命啊——"

惠妃看着贤嫔慌乱害怕的背影，笑了。

宫殿门被人从外面打开，贤嫔一把扑了出去，抱住一个人就尖叫着说道："惠妃疯了，她就是一个疯子！"

德妃一把推开哆哆嗦嗦的贤嫔，拧眉朝后面的人吩咐道："扶贤嫔去偏殿休息，然后给她找个太医。"

"是。"有两个丫鬟上前搀扶着贤嫔走向一旁的偏殿。

德妃眉心一皱，却还是迈进了因门窗都紧闭而显得有些昏暗的宫殿。

当她看到一身是血、双目无神的惠妃时，愣住了。

"去请长公主，并将这里的事情告诉长公主。"惠妃平静的语气依旧没有一丝起伏。

她也知道凤尘请凤青岚暂住皇宫的用意，所以也不给自己找别扭。

这些烂事，她也不想管。

因为她知道这种事情，一旦沾了就甩不开了。

等凤青岚来了就让人把惠妃送回留情殿，并让人看管贤嫔，等待皇上醒来再行发落。

虽然惠妃行刺，怎么惩罚都不为过，可是毕竟凤绝醒来时第一句交代的就是不许动惠妃，贤嫔如此藐视皇命自然也要接受惩罚。

"好好给本宫调查清楚，惠妃怎么就被贤嫔带到了这里，这禁卫军统领是摆着好看的吗？"

凤青岚冷着脸对着跪在地上请罪的禁卫军统领呵斥道，都让侍卫把留情殿围起来居然还会发生这种事，简直让人愤怒了。

"卑职知罪。"

凤青岚不耐烦地挥挥手，也不知道岳繁跑哪里去了，就这种货色能指望他们保卫皇宫的安全？

"公主，那惠妃伤得不轻，要不要请个太医去看看？"贴身婢女翠翘疑惑地提醒道。

那个惠妃被打得浑身是伤，若是不及时医治很容易没命的。

"伤得不轻？"凤青岚嘲讽地勾起一抹冰冷的笑容，冷声说道，"我那可怜的哥哥也伤得不轻，想要我救那个女人？做梦！"

虽然凤青岚也怨过凤绝，但毕竟是自己的兄长，看到凤绝差点死掉，怎能不怒不怨？

更何况，凤绝只是说不能伤了惠妃，她又没伤那个女子，只是不救而已。

"这……不太好吧？"翠翘想了想，还是小声说道，"若是皇上醒来知道公主没有给惠妃派太医，我怕皇上会怪罪公主。"

"怪罪我？"凤青岚一拍桌子，凤眸中闪烁的火焰似要喷涌而出。

她这个兄长还有什么立场怪罪她？

翠翘见凤青岚听不进去，也就不再说话。

而让所有人都没有想到的是，傍晚时分连城夫人忽然急匆匆地去了留情殿，并且让人给凤青岚传话,让凤青岚派个太医去留情殿。

凤青岚皱眉望向正在头疼地处理政务的两兄弟,疑惑地问道:"姨母怎么会认识惠妃?"

这么多年,从来没有人听说过惠妃的来历。就连凤尘凤回私下里查,也什么都没有查到。

惠妃的以前,一片空白,被人抹得干干净净!

"惠妃?姨母怎么会认识她?"凤回从一堆奏折中抬起头,同样满是疑惑。

因着月柔的关系,他还特意问过凤绝这个惠妃的事,同样什么都没问到。

之前也没听说过连城夫人认识惠妃啊。

"怎么了?"凤尘问。

"姨母派人告诉我,让我派一个太医去留情殿给惠妃看看。"

这不对劲啊,按理说惠妃差点杀死凤绝,连城夫人为了外甥该是恨死了惠妃才对啊,怎么会特意为了惠妃进宫还要叫太医给她看伤呢?

"昨晚你在府里被告知皇上被惠妃刺伤的时候,姨母有没有在身边?"凤尘拧眉问道。

从一开始刺杀到凤绝重伤的消息迅速传开,整个事情都透露出不对劲来。

凤绝重伤,路鹤一定会下令不允许消息透露出去,可是消息不仅透露出去了,而且不到一天时间整个京都都知道了。

幕后肯定有人策划整个刺杀事件,而且这盘棋里惠妃这个棋子是五年前,不,甚至更久之前就布下的……

第4章 姓云还是姓凤？

想到这里，凤尘不禁后背发凉。

这么长时间下一盘棋，所图肯定不小，那么背后之人到底有什么目的呢？

凤青岚闻言仔细回想了一下，眼珠转了转，不太确定地说道："昨晚得到消息的时候正好刚刚吃完晚膳，所以我和姨母正在说话，当时我没有太过留意姨母的表情……"

"好像有点震惊，但好像又有点……害怕？"

凤青岚歪了歪头，皱眉说道："阿尘你到底在怀疑什么？姨母这些反应很正常啊，自己从小养大的外甥受了重伤，震惊、害怕这些都是自然反应啊。"

虽然凤青岚对连城夫人也有些不满，可到底是从小养大自己的姨母，凤青岚怎么都不会怀疑她的，也不允许凤尘怀疑。

凤回听出凤青岚语气中的不悦，放下手中的奏折劝道："岚妹你先别急，先听听尘弟怎么说。"

他和连城夫人没有那么深厚的感情，所以他的第一反应和凤尘一样，连城夫人不对劲。

凤尘食指轻轻地敲击着桌面，反问道："那你觉得姨母去看惠妃正常吗？若是两人真的认识那为何从来没有和我们说过？"

若真的两人认识，而连城夫人却只字不提，那只能说明这里面有不能告人的秘密。

"这……"

凤青岚迟疑了，咬了咬唇气愤地砸了砸桌子，说道："反正我不信姨母会对我们不利，既然怀疑，那咱们现在就去留情殿找姨母问个究竟！"

凤尘和凤回对视一眼，缓缓点了点头。

留情殿内，当宫殿的门发出"吱呀"声的时候惠妃就知道是谁来了。

"你来了啊。"惠妃躺在床榻上，呆呆地望着帐顶出神。

连城夫人一步步慢慢走到床榻前，望着满身伤痕的女子忽然痛哭失声。

惠妃眼眸中没有激起一丝涟漪，没有冷笑没有讽刺，只是很平淡地问道："你哭什么呀。"

是哭她身上的伤，还是哭凤绝身上的伤？

连城夫人哽咽着想要伸出手摸摸女子的脸，却当眼光触及女子红肿的脸颊时无从下手，只能颤抖着收回手，不答反问："我可怜的孩子，受了这么多伤，你该有多疼啊。"

惊！

惠妃竟然是连城夫人的女儿！不是说连城夫人一生未嫁么，那惠妃的父亲又是谁？

这一切，好像都没人知晓，连城夫人藏得实在是太深了。

惠妃呵呵笑了两声，乖顺地回答连城夫人的问题，"夫人忘记了吗？那年父亲给我灌下的药，让我从此以后再也感觉不到疼痛啊。"

多么好的父亲啊，因为她怕疼，所以让她从此以后都感觉不到疼。

连城夫人表情一凝，手有些不稳，声音也多了一丝心虚，"你父亲……你父亲也是为了你好。"

"为了我好？"

惠妃难以置信地歪头看向一脸愧疚的女人，笑着费力地伸手从自己头上摘下一根簪子，让连城夫人握在手中。

"你想干什么？筠儿，你想做什么啊，告诉娘。"连城夫人触及惠妃的眼神时感到一阵骇然，对惠妃的举动更是不明所以。

"握紧了，娘你一定要握紧了。"惠妃还是在笑。

连城夫人连连点头，"好，好，娘一定握紧了。"

然后惠妃将手握住连城夫人拿着簪子的手，猛地用力刺向自己满是鞭痕的手臂。

血，再次流出，浸湿了身下的床单。

"啊，你这个孩子是干什么啊？"连城夫人瞪大双眼，惊呼一声扔掉簪子，却也不敢碰惠妃满是鲜血的手臂。

惠妃还是笑着扬起了手臂，抬到连城夫人眼前，笑着说道："看到了吗，血，但是我不疼。娘，你说父亲是为了我好吗？"

到了现在，她这个娘还心心念念地认为父亲做的一切都是对的吗？

"娘……娘知道这些年你受了很多苦，可是……可是你也不能刺杀皇上啊。"

连城夫人断断续续地抹着眼泪说道，这不光是因为凤绝是她亲姐姐的儿子，也是因为刺伤皇上这是多大的罪啊，她的筠儿很可能因此丢了性命啊。

"这是我想的吗？"惠妃忽然声嘶力竭地吼道，仿佛要吼破喉咙一样，"这都是你们逼的，我亲爱的父亲大人用我儿子的命威胁我，我又能怎么办？"

虽然凤绝做了许多错事，但对她是真的用了心的，若非逼不得已，她又怎么会刺杀凤绝？

"什么？"连城夫人显然是不知道还有这么一码事。

惠妃忽然拽住连城夫人的衣角，哀求道："娘，我求求你，毁了我一个人就够了，你让父亲放过知寒吧，他还那么小……"

她身边的宫女轻轻是父亲的人，这点她一直都不知道，直到前几天轻轻带来父亲的一封信，要求她刺杀凤绝，否则就催动知寒体内的蛊毒。

直到那时她才知道，原来从她儿子出生那天起，轻轻就在凤知寒体内下了蛊毒。

她一直都知道父亲的手段，她哪里舍得小小的儿子受蛊毒的折磨呢？

连城夫人握住惠妃的手，安慰道："知寒的蛊毒，我会想办法的。"

对着如同破碎娃娃一样的女儿,连城夫人怎么舍得拒绝女儿这么多年唯一一次的请求呢。

不过……

"知寒到底是姓云还是姓凤?"连城夫人眼睛细细地眯起,抿唇问道。

惠妃悲凉一笑,"娘觉得如果知寒姓云,凤绝会允许他活下来吗?父亲会允许他活下来吗?"

她的知寒,她会想尽一切办法让他好好地活着,这样将来九泉之下见到他,她心里的内疚才会少一些。

"你放心,无论是你还是知寒,娘都会让你们平安的。"

连城夫人一听这个,脸色立刻变了,笑着保证道。

"那就好。"惠妃重新将目光转到帐顶,再次无声地抗拒整个世界。

其实,惠妃一直想问一问连城夫人,为什么要生下她?

难不成生下她就是为了给她父亲做棋子?

可是她不敢,她怕连城夫人一气之下不管她儿子了,那她就真的绝望了。

连城夫人又抹了一把眼泪,起身出了殿门,问道:"怎么回事,太医怎么还没来?"

跟着一起来的一个嬷嬷俯身回道:"夫人,奴婢已经给长公主传过话了。"

"那怎么……"

"姨母,惠妃行刺皇上,姨母想要给她请太医看伤是不是得给出一个让人信服的理由啊?"

第 5 章　母女，惠妃的未婚夫

留情殿外，凤尘三兄妹就站在秋风中看着略微有些震惊的连城夫人。
"姨母，你什么时候认识的惠妃？为什么我们都不知道？"凤青岚则是直接问了出来。她不想也不喜欢拐弯抹角地试探她的亲人，既然有疑问那就问清楚好了。
连城夫人看了看眉宇间挂着不解还有一些愤怒的凤青岚，轻轻叹了一口气。
唉，瞒不住了。
"回去说吧，在这里终究是不方便。"
连城夫人早就想到会引起凤尘他们的怀疑，所以她也没打算瞒着。
一行人浩浩荡荡地回了紫英殿，一路上没有一个人说话，等到了紫英殿，连城夫人就缓缓说起一个故事。
"我忘了具体是哪一年了，我只记得那年尘儿和他父亲一起出征，青岚则整天和露华公主在一起，那天将军府里只有绝儿。"
"那天我收到了一封信，是从襄州传来的。原来抚养我女儿的那对夫妇得了疾病去世了，临死前给我来了信。"
"我多年未见女儿自然想念得紧，所以就叫绝儿跟我去了襄州。到了那里我才发现，筠儿不是孤身一人，她有了一个未婚夫，和我也没什么感情，自然不愿意和我回来。"
"我也没有勉强，看到女儿活得很好也就放心了，就和绝儿回来了，之后也没和你们提过。"
连城夫人一口气说了这么多有些口干舌燥，停了下来喝了一杯茶歇了歇。
紧盯着茶杯的目光，却藏着深深的哀伤。
三兄妹对视一眼，皆看到了对方眼中的震惊。
他们一直以为因为照顾他们，所以姨母才耽误了自己的终身，从来没听说姨母有个孩子啊。
"姨母，惠妃是您的女儿？那您为什么不说呢？"凤青岚最憋不住话，忍不住发问。
若是这个，姨母有必要瞒着他们吗？这么说来惠妃也是他们的表姐或表妹啊。
"皇上爱上了惠妃，所以从她未婚夫手里把她夺过来，甚至是杀了她的未婚夫，所以惠妃才恨了皇上，恨不得杀了他是吗？"
凤尘淡淡地接口，看到连城夫人震惊的目光，他就知道自己猜对了。
其实这也不难猜，凤绝从小就是喜欢就一定要拿到手，无论什么东西无论什么手段，执拗得很。

为爱杀个人,也是他干得出来的事。

连城夫人点了点头,继续说道:"我也是在一次十分偶然的机会才知道惠妃居然是我的筠儿,我看他们两个的样子就知道不会幸福,想劝绝儿放手,他哪里听得进去?"

也就是那一年她被封了连城夫人,被凤绝送回连城颐养天年。

竟是……一句劝说都听不得。

"而筠儿……筠儿连我也恨上了。我就猜到会有这一天,虽然她不该刺杀皇上,可是终究是我的女儿,我怎么忍心?"

连城夫人说到这里,忍不住抹了抹眼泪,她那可怜的女儿从出生那一天就被抱走了,她怎么可能不心疼呢?

自己唯一的女儿恨了自己,她心里是真的难受啊。

故事说完了,一室静默。

很显然,兄妹三个都没有想到还有这么一个故事,怪不得惠妃很是低调,人家那不是低调是不屑啊。

凤青岚坐到连城夫人身边,帮她擦了擦眼泪,忽然想起什么,问道:"姨母,那……惠妃的父亲呢?"

长辈的事她本不该过问,可是这么多年谁都不知道还有这么一号人物存在,自然好奇……还有隐隐的不安。

连城夫人目光一凝,手都凉了不少,拍了拍凤青岚,有些疲惫地说道:"岚儿,别问了好不好?我不想提他。"

那个男人……是个魔鬼,却依旧让她魂牵梦萦。

凤青岚点了点头,见连城夫人脸上满是疲惫,不由问道:"姨母,我送你回府休息吧,留情殿那里我会派太医去的。"

一开始她甚至是有些恨惠妃的,可是听了这个故事,她反而恨不起来了,惠妃也是个可怜人,任是谁……都会恨的。

自己这个兄长……他懂爱吗?

连城夫人有气无力地点了点头,由凤青岚搀扶着起身往殿外走去,可当走到殿门口的时候,忽然听到凤尘的声音平静地响起。

虽然语气平静,却如惊雷一般炸响在在场的每个人的心头。

如同一把石子抛入平静无波的小溪,惊起波浪无数。

"惠妃的未婚夫是云王世子云清寒吧?"

说是疑问句,可是凤尘的口气中却满是肯定。

连城夫人猛地回头目光灼灼地望向凤尘,目光太过晶亮,亮到让人无法忽视。

手,猛地攥紧。

"你为什么这么问?"连城夫人抿唇问道。

就连凤回也紧紧盯着凤尘,想来也好奇凤尘为什么会这么说。

"襄州是云王当年的封地,而襄州虽然富饶但终究是边境大城,小战乱是免不了的。姨母说看惠妃在那里过得很好,那说明她的未婚夫肯定不是普通人。再加上……"

凤尘顿了顿，低着头看着地面继续说道："再加上他当年谋反，到如今我都不知道到底是为了什么。今天听了姨母的话，再联想一下，不难猜出惠妃的未婚夫当是云王世子云清寒！"

"所以他才不顾我和岚妹还有兄长的幸福，非得反了云氏，为的就是从云王世子手中抢到惠妃。"

当然了，当初事情肯定不是这么简单，肯定还有一些必要的导火索，让凤绝决定反了云氏得到这至尊之位。

据说云王世子是个清华如月般的温柔男子，惠妃爱上那样的男子肯定很容易，所以凤绝想要得到惠妃，势必要不择手段了。

"当年……"连城夫人张了张嘴，刚想说些什么就被凤尘打断了。

"既然姨母累了，就先回去吧。"

连城夫人长叹了一口气，由凤青岚搀扶着送出了皇宫。

"你是觉得姨母不对劲吗？"待大殿里只剩下两人了，凤回才轻声问道。

凤尘点了点头，"姨母说的故事并不完整，他就算再爱惠妃，也不会就这样牺牲我们的幸福反了云氏。"

砝码太轻了，凤绝不是那种不顾念亲情的人，怎么可能自私到那种地步呢？

所以说，当年惠妃和凤绝之间绝对没有那么简单，肯定还发生过什么十分重要的事才让他下定决心反了云氏。

"所以，惠妃的父亲还有姨母我们要好好查一查了。"

两兄弟对视一眼，互相点了点头。

第6章 活着回来，再上战场

七日后，凤绝转危为安，而凤绝醒来要做的第一件事就是去留情殿看望惠妃。

据说从留情殿出来的凤绝大怒，下旨斥责德妃、贤嫔，且将贤嫔打入冷宫。

也是在这一天边关告急，沧澜国听闻凤绝重伤大军压境攻城略地，凤尘点兵十万再次出征。

而凤绝也拖着还未痊愈的身子开始处理政务，秀王协助。

在秀王的建议下，凤绝解除皇后的禁足，将后宫事务再次交到皇后手中。

此刻的尘王府里，凤尘第一次停下了出征的脚步，在王府里逗留了半个时辰。

宁千雪就和凤尘两两对立遥望，没有言语的交流，却温馨极了。

这不是宁千雪，不对，应该说是这不是露华第一次看凤尘出征，可这次的心情却是最特别的。

不知道该用什么样的心情去送他上战场，也不知道该说些什么。

希望他平安吗？可是他们之间隔着的是血海深仇。

希望他死在战场上吗？可是……她好像并不愿意听到他马革裹尸的消息。

矛盾，纠结。

"王爷。"闻讯而来的古嫆心一路小跑到凤尘的身边，如乳燕般投入凤尘的怀抱。

"王爷，我好担心啊怎么办？"

古嫆心自小生长在边关，虽从未经历战场的残酷却日日夜夜听说过。

所以她知道，战场上死一个人太容易了。即便凤尘是战神，她还是胆战心惊。

凤尘本想推开的手却在触及古嫆心那双眼眸的时候停住了，阿蓉……

在上战场之前能见到阿蓉，真好。

手轻轻地拍了拍古嫆心的后背，柔声安慰道："别怕，本王会平安回来的。"

多少次战场他都活着回来了，所以这次也一样。

他是凤尘，不会失败。

属于战神和露华的责任，他会一肩扛起，用整个生命为大盛遮风挡雨。

"王爷……"

感受到凤尘的温柔，古嫆心湿了眼眶。

宁千雪看着这一幕只觉得阳光太刺眼了，让人都睁不开眼了。

闭了闭眼，那对璧人依旧温馨而美好地拥抱在一起。

宁千雪嘴角勾起一抹讽刺的笑容，转身便要离开。

"千雪!"凤尘看到宁千雪转身的动作忽然扬声叫道。

将古嫆心推出自己的怀抱,然后走到宁千雪面前,认真地盯着宁千雪的眼睛,带着一丝希冀问道:"你就不想和我说些什么吗?"

沧澜国虎视眈眈,这一仗势必不好打,一去就是几个月,他……好像有些舍不得离开王府这么久。

宁千雪垂下的手挑起一根丝带,用拇指和食指摩擦着,丝带慢慢地变皱了……

"活着回来!"

宁千雪抬眼看着近在咫尺的一张俊颜,认真地说道。

若是你参与了当年的谋反,那你要活着回来等待我的报复!

若是你对凤绝谋逆之事并不知情,那你更要活着回来,回来我们……

无论当年的真相到底如何,你只有活着回来,我们才有以后。

无论是爱,还是恨。

"一定。"凤尘这样回答。

凤尘走了,百里琦发现自家小姐做事总是心不在焉的,却也知道这是为了什么。

在心中叹了一口气,百里琦将宁千雪写错的纸张收拾好拿了出来。

"呀,你干吗?"百里琦一出门就被百里念撞了个跟跄,手中的纸张散了一地。

"急什么急,赶着投胎啊?"

不都是哥哥照顾妹妹吗?怎么她这个哥哥整天就给她找麻烦啊。

最近竹枝整天就知道和百里念玩,这两个都不怎么干活了,真是的。

整天秀恩爱,难道不知道秀恩爱死得快吗?

百里念皱了皱眉,看着蹲在地上捡纸的妹妹鄙夷道:"真是笨手笨脚的,也不知道小姐怎么就受得了你。"

"太笨了,拿点东西都拿不好,还能做什么?"

"哎,你说什么呢你?"百里琦被气了个仰倒,想和这货吵两句又顾忌着宁千雪刚刚睡着。

"小姐好不容易睡着,没什么事你就别进去了。"

最近宁千雪常常失眠,好不容易今天下午有了睡意,没啥大事百里琦是不会让人去打扰的。

百里念想了想说道:"也不是什么大事,就是……"

还没说完就被百里琦拽着走远了,等离主院远了百里琦才将手中的纸砸到百里念的脑袋上。

"你是猪脑子啊,我都说了小姐好不容易睡着了,你还堵着门口说话,猪脑子啊你?"

百里琦双手一掐腰,架势十足地开始教训起兄长来了。

百里念接住百里琦砸过来的纸,撇了撇嘴,堵了她一句:"我是猪脑子的话,你不也是猪脑子吗?"

要不他怎么说琦儿这丫头笨手笨脚的呢,现在连脑子都笨了。他们两个是一母同胞,同父同母哎,说他猪脑子她就不是了?

真笨啊。

"你!"百里琦深吸一口气,看了看自己的双手,自己好像打不过这货,也就只能把心中暴打这货一顿的念头拍飞。

"说,到底什么事?"

不行了,不能和这货说别的了,太气人了。

百里念翻了翻白眼,说道:"小姐让人看着冷清秋和杨又宁,今天下午的时候,两人在有间酒楼碰面了。"

"冷清秋和杨又宁?"百里琦下意识地皱了皱眉,问道,"她们两个说了什么?"

"她们两个要的是雅间,而且没有说话,交谈是用笔写的,写完就烧了,所以我们的人并不知道她们两个谈了什么。"

正因为如此,百里念才觉得有必要告诉宁千雪一声,如果是光明正大的话又何必不说话反而用写字的方式交谈呢?

她们两个又没人是哑巴。

"然后呢?回去之后她俩有没有什么异常的举动?"百里琦细致地问道。

她也认为这两人不正常,这里面肯定有猫腻。

"没有异常。"

"没有异常?"百里琦皱眉,抬手摸了摸下巴,说道,"让人继续监视她们两个,重点监视冷清秋。"

不是因为陌阳的关系,百里琦才让人重点监视冷清秋。而是因为她记得小姐说过,冷清秋不对劲。

能让自家小姐说不对劲的人,那肯定不简单了。至于那个杨又宁,小姐也是因为杨小姐才留意的,应该没什么重要的。

百里念想了想也觉得应该重点注意冷清秋,所以就没有反对。

本来百里琦是想等宁千雪醒了之后告诉她来着,结果忙着忙着就忘了。

一向没有疏漏的百里琦第一次出现了疏漏。

也许,这就是命运的力量吧。

第7章 拥抱，凤尘受伤回京

半个月后凤绝身子养好，同时凤青岚成婚。

三个月后也就是永历六年一月，凤尘连得沧澜国边境五座城池。沧澜国求和，并奉上苍蓝公主，凤绝允之。

凤尘将扫尾战事交给副将，一人带着一千轻骑先一步回京，十天之后凤尘悄然回到了京都，拒绝了凤绝设宴庆祝的赏赐。

"千雪，我回来了。"凤尘一身黑色战袍，面容上是风霜刻画的疲惫。

不知为何，他在边关一再想起宁千雪，到了最后更是等不得般将手头上的事统统交给了副将，自己连夜回京。

宁千雪身着一身浅蓝色纱衣，肩上披着白色狐裘，微风吹过，一头青丝随风拂起，略显柔美。而那双冰冷的眸子却有一丝丝柔情化开那冰雪。

凤尘今日会回来，她是知道的。

一来是凤尘并没有瞒着她，二是她的人时时刻刻关注着战场的情况。

所以她知道，只是没有想到凤尘进京后第一个见的居然是她！

让她有一丝丝意外，也有一丝丝欣喜。

"你……"

话未尽，就被凤尘一把揽入怀中，紧紧地拥抱，力度之大仿佛要将宁千雪就这么揉碎了，揉入到他的骨血之中。

凤尘想，他一定是疯了，居然会如此记挂着一个人。

一个不是露华的女人。

宁千雪闭了闭眼，难得的没有挣扎而是任由凤尘这么抱着她，有些颤抖的双手也缓缓地从后面环住了男子劲瘦的腰。

无论之后他们之间将会怎样，此刻她都想抱抱他。

直到夜色里的露水润湿了宁千雪的发丝，让宁千雪冷得有些发颤，凤尘才松开了宁千雪一起进屋子。

竹韵竹枝连忙打来热水给两人净面，竹枝顺便去厨房煮了两碗姜糖水端了过来让两人喝下。

"凤尘，你……"宁千雪指着凤尘的左胸口惊呼出声。

凤尘的左胸口处有点点血花渗透开来，之前宁千雪并没有发现，直到凤尘脱下了战甲才发现玄衣上润湿的一片。

他……受伤了？宁千雪忽然觉得心口一阵扯痛。

凤尘低头看了看，不在意地摇了摇头，道："无事，只不过一些小伤罢了。"

竹韵看了一眼凤尘，再看看眸子中隐约闪烁着担忧的宁千雪，忽然悄悄退下。

"伤在胸口上……"宁千雪轻轻说了一句，就忽然想起来他曾经受过重伤，就伤在左胸口。

那是凤尘第一次上战场，被敌方大将一箭射中左胸口，几乎要了命。

是露华得知消息从皇宫中偷出圣灵珠，一人一马五天五夜没合眼赶到了凤尘那里。

也许是凤尘命大，竟然真的支撑到露华来。

圣灵珠据说是前朝楚桃公主的灵魂所化，在大楚灭国的那场大火里炼就，据说可解百毒、可医百伤。

谁也没见过圣灵珠，更不知道该如何用它救命了，是露华提议将圣灵珠放到凤尘左胸口断裂的两根肋骨之间，而更神奇的是那圣灵珠竟然神奇地将凤尘那两根断裂的肋骨治好了。

露华也不确定将圣灵珠再拿出来会不会再次危及凤尘的性命，索性就将圣灵珠留在了凤尘的胸膛里。

因知道圣灵珠的神奇，怕有人因此暗害凤尘，所以露华下了命令不允许任何人提及，所以世人都以为圣灵珠是在云王谋反那一年不知所踪。

凤尘右手放在自己的心口上，也想起了他第一次受伤，想起了露华。

阿蓉，他好想见见她。

凤尘忽然站起身，对着宁千雪说道："王妃好好休息，本王有事，就先走了。"

那急迫的身影，让端着伤药和绷带回来的竹韵不知所措。

"王妃……"

她就去拿个伤药，就这么一会是又发生什么了吗？

宁千雪嘲讽一笑，拖着满身的疲惫走向了内室。

她知道凤尘是去干什么了，她也知道凤尘为何一定要娶古嬬心。

可是，知道归知道，并不代表她不会难受。

这一夜，有人睡得极不安稳，也改变了一些人的命运。

第二天一清早百里琦就慌慌张张地跑来叫醒了宁千雪。

"小姐小姐出事了。"百里琦推开门急切地大声喊道。

宁千雪撑着身子坐了起来，拧眉问道："怎么了？"

百里琦虽然年纪不大，但从小跟在她身边一向做事沉稳，今日怎么这般毛躁？

"小姐，今日长陵侯府的人发现杨又宁和孔公子睡在了一起，而且……就睡在了杨小姐在长陵侯府常住的那个院子里。"

杨又薇经常去长陵侯府看望映月长公主，所以她在长陵侯府有一个专门的院子。

不过因为杨又薇不喜欢有太多的人，所以平常就有几个下人打扫打扫院子，平日里并没有人。

宁千雪惊呼一声，难以置信地问道："你说什么？"

昨日是长陵侯府的檀越县主出阁的日子，所以杨又薇就一直在长陵侯府帮忙。

百里琦被宁千雪冰冷的目光吓得一个激灵，带着哭音说道："昨晚上杨小姐陪着映月长公主说话，所以就歇息在映月长公主的院子里，是打扫的下人发现两人……"

宁千雪瞳孔一缩，眸光中冷芒闪烁着慑人的光芒，寒声道："杨又宁简直在找死。"

虽然孔凌青有些多情，但只是比较怜惜女子，若说他会主动和杨又宁勾搭在一起，宁千雪是不信的。

定是昨晚孔凌青着了杨又宁的道了，真是可恨。

"对不起小姐。"百里琦忽然扑通一声跪了下来，哭着说道，"那日哥哥说咱们的人发现杨又宁和冷清秋碰面有些不对劲，因为那时候您在睡觉我就没让哥哥说，后来……后来我就忘了。"

若是她没有忘了告诉小姐，那也许小姐就能发现杨又宁的诡计了。

呜呜，她不是故意的，真的不是。

宁千雪看向百里琦嘴唇动了动，叹了一口气说道："竹韵服侍我起床，陪我去趟长陵侯府。至于琦儿……你自己好好想一想吧。"

虽然知道百里琦是无心之失，但宁千雪还是有些沉怒。

每个人都要对自己的行为负责任，百里琦这一无心之失很可能就毁了杨又薇的幸福。

百里琦哭着退了出去，回房的路上碰到了百里念，再也忍不住，抱着百里念号啕大哭。

"哥哥，我真的不是故意的，怎么办……"

百里念任由自己妹妹抱着，干巴巴地安慰道："别担心，小姐不会怪你的。"

"可是我自己怪自己……"

若是杨又薇从此失去幸福，那么她会怪自己一辈子的。

第8章 我是真的喜欢你

等宁千雪赶到长陵侯府的时候，里面已经闹起来了，且聚了不少人。

"嘭!"孔凌青修长的身子狠狠砸到不远处的假山上，狼狈地从假山上滑下，张嘴吐了几口血。

"不要再打了，不要再打了。"杨又宁在她娘亲的怀里挣扎着，想要去看看孔凌青的情况，却被杨大人一个巴掌打蒙了。

"闭嘴吧你!"

杨大人满眼都是愤恨，虽然他一直偏疼幼女，可是他最看重的还是自己的颜面，杨又宁闹出这种事简直把他这个礼部尚书的脸面都丢干净了。

而那边黑着脸的龙轻泽可不管杨又宁挨没挨打，只是狞笑着一把将瘫软在地上的孔凌青揪了起来，怒声质问。

"你答应过本将会好好待我妹妹，你就是这么对她的吗?"

孔凌青无力地睁了睁眼，有些模糊地看向杨又薇的方向，喃喃说道："小薇薇，对不起……"

他是真的喜欢她，只是没想到居然会……

这是孔凌青潇洒肆意的人生第一次遇到挫折，而这一次挫折让他一生都没能再爬起来。

"嘭!"龙轻泽毫不犹豫地一拳打了过去，然后脸色复杂看着趴在地上鼻青脸肿的孔凌青，有痛恨也有惋惜。

他自然清楚孔凌青对妹妹的真心，没有一个男人会真的愿意被一个女人整日里欺负，除非他是真的爱她。

这段时间，龙轻泽看到了孔凌青的真心，只是他没有想到命运会如此弄人。

"对不起有什么用?"

如果可以，龙轻泽宁愿妹妹从来没有遇到过孔凌青，那样虽然不会经历这么刻骨的爱恋，但也不会受到情殇的折磨。

孔凌青摇摇晃晃地站了起来，再一次朝着杨又薇的方向走去。

今天，他还没有和小薇薇说过一句话。

龙轻泽还想动手，却被凤青岚一声娇呵制止住了，龙轻泽转头看向凤青岚不悦地皱眉道："长公主有何吩咐?"

嘲讽的语气，任是谁都听得出来。

凤青岚并不在意,毕竟这件事最大的受害者是杨又薇,龙轻泽爱护这个妹妹,自然会生气。

"龙将军,你这打得也差不多了,适可而止吧。"

再打下去,孔凌青的小命估计都得交代在这了。

"适可而止?"龙轻泽玩味似地咀嚼着这几个字,看了一眼凤青岚,然后猛地将背后的银枪抽出,一把掷出。

"轰——"

一阵狼烟地动,整个假山轰然倒塌,尘土飞扬下一道硬朗的男声霸气的响起。

"本将从来都不知道什么叫适可而止!"

今日他的妹妹受了委屈,他就算杀了孔凌青又如何?

凤青岚眉心一皱,隐含怒气地说道:"龙轻泽,你莫要太猖狂!"

"什么……"

"好了,都不要吵了!"一直默默不出声的映月长公主忽然发话了,拍了拍杨又薇的手背慈爱地说道,"孩子,你想怎么做就怎么做,想说什么就说什么吧。"

原来杨又薇一直坐在映月长公主身边,一言不发地看着这场闹剧越闹越大。

映月长公主一说话,凤青岚和龙轻泽都不说话了。

"小薇薇……"孔凌青摇摇晃晃地走向杨又薇,伸出手想要触碰,却又狼狈地收回。

杨又薇站起身来,抬起眼眸比以往笑得更加灿烂,"孔公子想说什么?"

孔凌青一看杨又薇的笑容反而更慌了,哆哆嗦嗦地说道:"小薇薇,我是真的喜欢你啊。"

"我知道。"杨又薇点点头。

她知道他喜欢她,真的很喜欢很喜欢,所以她也想嫁给他,只是没想到……

原来很多事没有来日方长,很多人只会乍然离场。

"我错了,小薇薇我错了,你别这样好不好?"孔凌青慌了,彻彻底底地慌了。

杨又薇眨了眨眼,笑着回道:"你没有错,你只是没有爱我很久,你只是没有陪我走到最后。"

他和谁睡,是他的自由。

无论是自愿还是被算计,他们两个都完了。

因为她是杨又薇。

她从来不会委曲求全,不会为爱妥协。

从小她信奉的就是,真正属于你的别人夺也夺不走。

就算这一切是杨又宁设计的又怎样?和别人睡过的男人,她不屑要,更何况是杨又宁睡过的男人。

"小薇薇,不要这么说,我是被人下了药,这一切不是我自愿的,小薇薇……"

孔凌青一把抓住杨又薇的胳膊,不停地解释。

杨又薇低头看着自己衣袖上被孔凌青抓出的两个黑乎乎又带着一丝血迹的手印子,忽然怒了。

一把甩开孔凌青的手,厉声问道:"那好,我就问你一句,你和她到底有没有……有没有睡了?"

问到最后,她的声音竟然带上了一丝哽咽。

孔凌青闭了闭眼,遮住满目的苦涩,一句话都说不出来。

整个院子都安静极了,杨又薇虽然笑着可是所有人都能感受到她身上的那份悲哀。

"你看。"杨又薇指着自己衣袖上被孔凌青弄脏的两处,对孔凌青说道,"脏了就是脏了,无论什么原因,我杨又薇都不要了!"

说完竟然解开自己的外衣,一把扔在了地上。

"薇薇你这是干什么?"映月长公主大惊失色,赶忙叫下人去给杨又薇再拿一件外衣。

宁千雪叹了一口气,上前将自己的披风脱下披在了杨又薇身上,语气中带着关心,"你啊,大清早的也不嫌冷,冻着了怎么办?"

杨又薇抿了抿唇,眼珠转了转却并不掩饰她红了的眼眶,笑着傲娇地说道:"我不怕啊。"

病了就病了,病了更好,因为那样就有理由光明正大地难过了。

"薇薇!你知不知道这样对你的名声很不好,以后不能这么做了。"映月长公主忍不住训斥道。

整个院子里有男有女,杨又薇当众解衣,无论是因为什么,传出去哪里还有人敢娶她?

"我还要名声做什么?"杨又薇扬着下巴,就是不让眼泪落下来。

宁千雪沉默了,整个院子又安静了。

孔大公子爱慕杨大小姐,整天追在扬大小姐屁股后面,整个京都都知道。

本来以为两情相悦,就算不合礼法但两人最终在一起了也就没什么大不了的。

可是现在孔凌青和杨又宁发生了关系,无论是下药也好还是别的什么原因,以孔家的家训来说孔凌青必须娶杨又宁。

而杨又薇就算有着柴元帅和龙轻泽做靠山,也没有谁家愿意娶这么个媳妇了。

第9章　背后的阴谋

毕竟这个时代对女子虽然不算太过严苛,但绝对没有那么开明。

"我龙轻泽的妹妹谁敢嫌弃?"龙轻泽捡回自己的银枪,一边擦拭银枪上的灰尘一边凉凉说道。

谁要敢说他妹妹一句闲话,就准备好棺材吧。

"小薇薇,无论我们生疏成什么样子,请你记得我是真的爱过你。"

孔凌青说完这句话,便失魂落魄地转身,跟跟跄跄地离开。

这一刻,没有人说一句话,也没有人去追孔凌青,就连杨又宁都只是望着孔凌青离去的背影失声痛哭。

因为杨又宁知道,从这一刻开始她得到了孔凌青,却同时也永远失去了他。

而杨又薇却只是笑着看着孔凌青离开,然后自己也转身朝相反的方向大步离去。

后来宁千雪问过杨又薇,放弃孔凌青是什么样的感觉。

杨又薇说,就像一把火烧掉了你住了很久很久的家,你望着一片残垣破壁,绝望地发现虽然那是你的家,但你已经回不去了。

到了最后杨又薇一无所有,却也不曾后悔过认识孔凌青。

她庆幸她遇到了他。

她遗憾她只是遇到了他。

小青子,谢谢你陪伴我的这些日子,把我一生的孤独都照亮。

无论是龙轻泽还是长陵侯府的人,都没有去追杨又薇,因为大家都知道现在的杨又薇需要自己去舔舐伤口,然后再微笑着出现在众人面前。

"小姐。"竹韵不知打哪里回来了小声地喊了一句宁千雪。

"怎么了?"

"那个屋子里有胭脂醉的味道。"竹韵小声说道。

随景岩送来的那一箱子毒药都是竹韵保管的,而那里面就有迷情药胭脂醉。

因为月如曾经想对宁千雪下药,所以竹韵特意闻了闻那胭脂醉和其他迷情药的味道。

而胭脂醉是神医谷最烈的迷情药,除了男女交合再也没有解药。

这也是随景岩做事的风格,凡事不留退路。

"什么药?"龙轻泽内功深厚,竹韵声音虽小但龙轻泽依旧听到了。

事关杨又薇,龙轻泽势要一查到底!

竹韵看了看宁千雪,见宁千雪并不反对就大声解释道:"奴婢善医懂毒,刚刚去了孔公子和杨二小姐……的那间屋子细细看了看,屋子里面还有一些未散去的胭脂醉的味道。"

"什么是胭脂醉?"龙轻泽虽然有了猜测,但还是咬牙问道。

他宁肯这里面有一场大阴谋,他宁愿是孔凌青三心二意,都不愿意接受自己妹妹的终身幸福竟然毁在了这么卑劣的手段之下。

长陵侯也黑着脸吩咐身边的下人去查,他倒要看看这个杨又宁是怎么混进长陵侯府的!

要知道,因为杨又宁的关系,整个长陵侯府已经和杨尚书府站在了对立面上,就算是檀越县主大婚,那杨又宁都不应该出现在长陵侯府内。

这不仅仅是毁了杨又薇的幸福,这也是长陵侯府的耻辱!

若不是因为映月长公主一心疼爱杨又薇又抚养过欧阳芷璇,恐怕龙轻泽都得迁怒长陵侯府了。

竹韵脸颊微红,却还是不卑不亢地继续说道:"那胭脂醉是神医谷谷主亲自研制的迷情药,药效极大且没有解药,因为没有解药所以胭脂醉并不外传。"

"杨又宁!你到底从哪里弄来的这种下三滥的东西?"龙轻泽忍不住咆哮道。

宁千雪嘴角微微一抽,幸亏阿岩不在。要不然听到龙轻泽把他研究出来的药称作下三滥的东西,不打起来才怪。

在随大谷主眼里,就算是迷情药,只要是他研制出来的那都是圣药。

杨又宁身子一颤,声音中都带着哽咽,"我不知道,我真的不知道啊。"

"不是你还能是谁?整个京都都知道孔公子倾心薇薇,难不成是孔公子自己给自己下的药不成?"

檀越一怒,眸光似能灼伤人。

虽说昨日是她大婚,今天她不应该出现在长陵侯府,这不合礼仪。可是出了这么大的事,她又怎么坐得住?

虽说她和杨又薇关系没有那么好,但好歹是从小一起长大的,岂能不在乎?

龙轻泽见檀越说话了,也就不再言语,只是一身凌厉的气势,单单锁定了杨又宁,吓得她脸色苍白,两股战战。

见爱女被这般逼问,杨大人坐不住了,同样厉声质问:"这种事吃亏的是我女儿,你们不追究孔公子的责任反而责问我女儿是何道理?"

檀睿讥笑着接了一句,"的确吃亏的是你女儿,薇薇是你嫡长女,她的心上人却被猪给睡了,实在是太可惜了,杨大人你必须得给你女儿讨个公道啊。"

女儿?恐怕杨大人口中吃亏的女儿是指杨又宁吧。

宁千雪嘲讽一笑,不过这长陵侯府的世子檀睿的嘴毒,果然名不虚传。

一句话就把杨大人挤兑的脸色难看之极!

"不用杨大人出手给薇薇讨回一个公道,本将出手教训就可以,杨大人只需要看着不说话就可以了。"龙轻泽耍着手中的银枪,满意地看着杨又宁吓得泪流满面。

很好,知道害怕就好。害怕了,就能尝到日日夜夜恐惧的滋味了。

"你!"杨大人既生气又尴尬还心疼女儿,那心情别提了。

不过一转眼珠看到满目讽刺的宁千雪忽然扬声质问道:"刚刚那婢女也说了,那什么胭脂醉只有神医谷有,众所周知尘王妃大婚当日随谷主送了一整箱的毒药,要说嫌疑整个京都还有人会比尘王妃的嫌疑还大?"

一句话,把所有人的目光都转移到宁千雪身上。

宁千雪笑了,刚想说两句,却被沉怒的凤青岚截住。

"杨峰!说话之前先把话在脑袋里过一遍看看能不能说,居然敢污蔑皇族,杨大人的胆子可真够大的啊。"

凤青岚不说大家都忘了,宁千雪已经不单单是宁千雪了,她还是大盛战神凤尘的嫡妃!

污蔑宁千雪就等于污蔑皇族,这话可一点水分都没有啊。

宁千雪有些意外凤青岚的维护,不过转瞬一想也就明白了。

本来杨又薇的身份就有些尴尬,若说谁最担心杨又薇嫁给孔凌青,那非凤绝莫属了。

而杨又宁闹出这么一出,虽然说毁了杨又薇嫁给孔凌青的可能,倒是间接帮了凤绝一个忙。

但同时也给凤绝带来了猜疑,这事有点脑子的人都会怀疑到凤绝头上去。

第 10 章　放弃过最爱的人

　　毕竟杨又宁一个小小的庶女是怎么偷偷混入长陵侯府且没有引起一个人注意的？
　　又是怎么弄到神医谷的迷药胭脂醉并且给孔凌青一个身强力壮的大男人下药的呢？
　　这一连串的疑点，若说背后是凤绝，也就说得通了。而龙轻泽很显然已经怀疑这背后是不是凤绝动的手脚了。
　　凤青岚自然气恼杨又宁了，恐怕杨大人这礼部尚书也做到头了。
　　有个这么坑上司的下属，凤绝不撤了他那简直不可能。
　　大难临头不自知，简直愚不可及。
　　"那杨大人倒是说一说本王妃为什么要给孔公子下药？这件事对本王妃有什么好处？"宁千雪不慌不乱地扬声问道。
　　"这……"杨大人本来就是随口胡诌的，一时之间哪里想得起来什么好处原因的。
　　檀越冷笑一声，鄙夷道："杨大人，尘王妃和薇薇是众所周知的好友，不是所有人都似牲畜般不懂感情的。"
　　你自己不把长女当回事，难不成以为这世间所有人都和你一样不是个东西吗？
　　"檀越县主，本官好歹是你的长辈，如此话语就是长陵侯府的家教了？"
　　"杨大人纵女勾搭孔公子在前，诬陷皇族王妃在后，杨大人不愧是礼部尚书啊。"
　　檀睿凉凉地抱胸，还看不清形势的杨大人，他是真想不明白了皇上怎么就找了这么个东西做礼部尚书呢？
　　这得眼瞎到什么地步啊？
　　"你……"
　　"好了，都给本宫闭嘴！"凤青岚头疼地娇呵一声，神情中的不耐烦显而易见。
　　"长陵侯爷，本宫派人去叫京兆府尹，这事就交给林大人调查了，还请侯爷到时候配合林大人的工作。"
　　这件事她得赶紧进宫问一问是不是皇兄做的，毕竟……皇兄已经不是她记忆中的那个大哥了。
　　为了达到自己的目的，连她和阿尘的幸福都能牺牲，更何况一个杨又薇？
　　看着凤青岚含怒而去的背影，宁千雪忽然扬声叫住了凤青岚。
　　"长公主还请留步。"宁千雪疾步上前走到凤青岚跟前，在凤青岚疑惑的眼神中缓缓说道，"还请长公主告诉秀王殿下一声，此事切不可在秀王府内议论。"
　　林若兮身子极其不好，能不能平安生下孩子都是两说，若是听到这个消息肯定会担心薇薇,一个不好很可能早产,危及生命。"

凤青岚转念一想也明白了宁千雪的意思,微微颔首表示自己明白了就转身离开。

随后宁千雪也回了尘王府,而杨大人也想带着杨又宁回府去,被龙轻泽拦下了,死活扣下了杨又宁。

杨大人并不敢得罪龙轻泽,也就任由其去了,毕竟在他看来龙轻泽再大胆也不敢杀了杨又宁的。

不久之后林正兮就赶到了,细细地盘问起杨又宁来。

再说另一边失魂落魄离去的孔凌青此刻正在有间酒楼里喝得酩酊大醉。

"月萧,你喝过这世间最烈的酒吗?"孔凌青抱着一壶酒,东倒西歪地指着月萧问道。

月萧避开满地的酒坛子坐了下来,给自己倒了一杯酒后,盯着酒杯里那微微晃动的酒水轻轻自语,"我没喝过最烈的酒,但我放弃过最爱的人,所以,我懂你。"

他并不嗜酒,酒量也并不好,所以他从来没有喝过烈酒,更何况这世间最烈的酒。

"放弃过……最爱的人……"孔凌青蠕动着嘴唇似要哭,又似乎是想笑。

"哈哈哈哈……兄弟,还是你懂我,今天我们不醉不归!"

他是真的喜欢杨又薇,所以他了解杨又薇。

他爱的那个姑娘,是个外表看着什么都不在乎大大咧咧的女孩子,可实际上她比林若兮还骄傲。

她要,就要纯纯粹粹彻彻底底的感情。

她不要,就是一点余地都不留地舍弃。

若爱,定深爱。

若弃,也彻底。

在杨又薇的生命里,不允许一点点的污渍也不会允许一点点的暧昧。

所以,他和杨又薇彻底完了。不仅是恋人,就连朋友都做不成了。

孔凌青一把扬起酒壶往嘴里死命地倒酒,狠狠地灌了两大口酒,才哽咽着说道:"可是我是真的爱她啊……"

一抹脸,袖子湿了。

也不知道是酒水,还是……泪水。

"这世间有多少恋人能一起白头到老?清辉,你知道吗,我很羡慕你,因为最起码你们相爱过。"月萧自嘲一笑,又一杯酒饮尽。

无论怎样,杨又薇都是爱孔凌青的,哪怕仅仅是爱过。

而他……遇到她已经花光了他这一生所有的好运,所以他再也没有那个幸运能得到她一腔的柔情似水。

"哈哈,是啊,你还不如我。"孔凌青大笑着,只是笑声中却满是苦涩,一把将酒壶摔到一旁,满脸都是凉意,"可是我要的不是相爱过啊……"

在他看来相爱过比不爱还要让人难过,因为还有一个曾经,让他刻骨铭心。

酒壶在地上炸开,碎成无数片,似乎也在嘲笑着醉酒的孔凌青。

摔碎了酒壶,也换不回清醒。

弄脏了自己,也唤不回爱人。

孔凌青双眼迷离地看着地上的碎片,断断续续地说道:"萧,你知道吗,我还以为……你会和尘王争一争呢,你不是喜欢……喜欢那个宁千雪吗?怎么连她大婚你都没出现?"

孔凌青和月萧相识多年,自然清楚月萧的本事也知道月萧温柔起来真的很容易让人爱上他,所以他很疑惑既然月萧爱宁千雪,为什么连争都没争呢?

好像月萧就是站在一旁看着,看着宁千雪一步步嫁入尘王府一样。

月萧执着酒壶的手微微一顿,转而仿佛若无其事地继续自斟自饮。

"争什么?她的心从来都在凤尘那里,从前是现在也是……况且,我一生所求不过是她能幸福。"

如果她的幸福只有凤尘能给,他为什么要争呢?他知道当年的事凤尘根本就没有参与。

那么他们两个之间所谓的血海深仇的只是一场误会,露华再次爱上凤尘也不过是早晚的事而已。

而且大婚那日他有赶回来的……虽然因为查到她的身份被她的人千里追杀,但还是看到了一身嫁衣的她……

"你怎么能这么大方呢?"孔凌青忽然跟跟跄跄地坐到月萧身边,望着月萧醉醺醺地问道,"你怎么能做到放弃得这么容易的?快教教我。"

第 11 章　一路独行也罢

　　他不想以后他放不下,对杨又薇死缠来打,那样的话她会看不起他,他自己也会看不起自己。
　　容易？月萧轻轻一叹,怎么会是很容易的放弃呢?
　　当年他劝了自己无数次最后选择远走他乡来放弃,而如今知道她受了那么多苦,他又怎么会为难于她?
　　"因为爱过,所以懂得;因为爱过,所以宽容。"月萧清浅的声音响起时,孔凌青已经头一歪,睡了过去。
　　月萧无奈地摇了摇头,把孔凌青扶到里侧的床榻上休息,而自己则是继续自斟自饮。
　　如果孔凌青今日没有大醉,好好听一听月萧所说过的话,也许他就不会一生都未曾放下这般执念了。
　　京兆府尹不愧是凤绝都夸赞过的人,效率极高,不出一日就把事情的来龙去脉都弄清楚了。
　　杨又宁说是自己机缘巧合之下得到了一瓶胭脂醉,又扮成小丫鬟进入了长陵侯府。
　　当日长陵侯府嫁女,自然热闹非凡,来来往往进进出出的丫鬟小厮一堆,也就没有人注意到杨又宁了。
　　等到晚上,杨又宁买通了一个小丫鬟,去叫孔凌青在长陵侯府杨又薇常住的院子里等她。
　　孔凌青以为是杨又薇叫他去的,也就没有多想,等他去了才发现是杨又宁,想要离去却被杨又宁百般纠缠。
　　孔凌青一向多情,怜惜女子,所以也就没有强硬着离去。
　　而杨又宁的衣裙上早就被胭脂醉浸泡过,时间一久孔凌青自然就抵抗不住了。
　　当然了这是给百姓的一个说法,至于那瓶胭脂醉是哪里来的,如龙轻泽如宁千雪如凤绝都不相信一句机缘巧合,纷纷派人暗中查探。
　　而宁千雪则派人告诉龙轻泽几日前杨又宁曾经和冷清秋见过面。
　　至于龙轻泽会不会顺着这条线查下去她就不清楚了。
　　第三日,凤绝当朝斥责杨峰教女不善,无功无德何以恬居礼部尚书之位?
　　撤礼部尚书之位,贬为六品的翰林编纂。
　　至于杨又宁,凤绝只是下旨斥责,并没有做出实际的惩罚,毕竟还要看孔家的意思。
　　如果孔家会负责,那么杨又宁就不能重罚。

要是孔凌青不会娶杨又宁,那么凤绝自然不会手软。

闻得凤绝的处置,长陵侯只是冷冷一哼,"这么多年杨峰那厮早就忘了他这个礼部尚书是怎么来的了吧?"

当年若不是杨峰骗了欧阳芷璇下嫁,顺灵帝也不会看在柴元帅的面子上封他为礼部尚书。

欧阳芷璇虽然随了其母的姓氏,但更能看出柴元帅对其妻的珍视,更何况欧阳芷璇是映月长公主抚养长大的,她的夫君怎么能太过平凡?

谁知道杨峰利用欧阳芷璇坐上了礼部尚书后,居然如此苛待原配和嫡女,长陵侯早就巴不得看着杨峰摔落谷底然后踩上两脚。

"舅舅又何必为这种人生气? 不值得。"杨又薇坐在映月长公主下首,一边笑嘻嘻地给映月长公主削苹果一边说道。

长陵侯看着一脸笑容的杨又薇,心疼得不行。

前日杨又薇把自己关在屋子里一晚上,第二天就笑嘻嘻地出现在众人面前。

好像孔凌青和杨又宁的事对她没有一丝一毫的影响一样,笑得……反而比以前更灿烂了。

"薇薇啊,檀睿想带着婉珊出去游玩一番,你要不也和他们一起出去散散心?"长陵侯夫人柔声问道。

长陵侯夫人一向疼爱杨又薇,虽然她也有女儿,可惜檀越从小进退有礼过分早熟,让她这当娘的一点心都不用担,真是让她一点用武之地都没有。

后来映月长公主经常叫杨又薇来府里玩,看着爬树打闹整天闲不住的杨又薇,长陵侯夫人喜欢极了。

出了这事,她比映月长公主还要着急,这几天晚上愁得都睡不着。

本以为杨又薇就算笑着心里也肯定不舒服,肯定会同意,谁想杨又薇居然拒绝了。

"我不要,檀睿那家伙嘴巴太毒了,我要是打扰他和婉珊卿卿我我的机会,他肯定非喷得我去上吊不可。"

看了看手中被雕成一朵莲花的苹果,美滋滋地递给映月长公主,献宝似的说道:"外祖母,您看我这莲花雕的像不像? 是不是和我一样漂亮极了?"

哎呀,瞧瞧自己多么的心灵手巧啊。

映月长公主也笑眯眯地接了过来,看了看很是捧场的夸赞,"哪里一样漂亮了? 明明是我们的小薇薇更漂亮一些。"

此话一出,杨又薇眼神一暗,然后飞快地换上不胜娇羞的小模样,羞答答地说道:"哎呀,外祖母您这样夸我,我都不好意思了。"

小薇薇? 什么时候起连外祖母都和孔凌青一样叫她小薇薇了?

原来他已经不知不觉间,深入到她的生命之中了么?

长陵侯夫妇对视一眼,忍不住长吁短叹。

那映月长公主也没察觉到自己的失言,看了看一脸愁容的儿子儿媳,慈爱地问杨又薇,"薇薇啊,你以后有什么打算啊?"

她知道儿子儿媳在担心什么，但在她看来完全没有必要。

每个孩子都有每个孩子的缘分，况且薇薇这个孩子从小就把感情看得很淡很淡，不是那种没了爱情就活不下去的娇小姐。

杨又薇扭了扭脖子，撇着嘴不在意地说道："先等若兮的孩子生下来再说吧，然后我想等悠悠大一点了和小嫂子一起去趟阳城和南海。"

凤绝是肯定不会让龙轻泽离开京都的，阳城将军又镇守边关无诏不得入京，也没看过小孙女。

所以沈蔷薇说了等过一年她就带着杨又薇和小悠悠一起回趟阳城和南海，让孩子的祖父和外祖父见见孩子，顺便带着杨又薇散散心。

"那你以后就这样自己一个人了吗？"长陵侯夫人忍不住着急地问道。

杨又薇仰着头笑了，看着门外的天空，怅然地说道："有人陪伴也好，一路独行也罢，在我看来没什么区别。"

一个人又何尝不好？自己一个人想哭就哭，想笑就笑，凡事由心不会被人干扰，多好。

"可是……"

长陵侯夫人还想说什么，却被映月长公主出声打断了，"好了，薇薇这么想也挺好的。"

想了想，映月长公主叫人拿来一个荷包，交给杨又薇说道："若是有一天你想去北方看看你的外祖父，就拿着这个荷包，拿着它你就能找到你外祖父。"

第12章　我不要孔家只要她

荷包里装的是柴元帅的私印，是留给杨又薇的。
"好。"
看着杨又薇洒脱离开的背影，映月长公主想，大概每个爱笑的人，心里都有一个深爱却再也无法拥抱的人吧。
如她，如她。
而孔凌青和月萧在有间酒楼喝喝睡睡整整四天之后，孔家家主也赶到了京都，将孔凌青扔到有间酒楼后院的池子里，并让人压着他在里面整整泡了两个时辰的冷水。
月萧见状吩咐掌柜的今日暂停营业后，自己也悄然离开了。
"你，清醒了吗？"孔家主负手而立，站在池子边上冷冷地看着在池子中哆嗦的儿子。
孔凌青低头看了看池水中自己的倒影，哆哆嗦嗦地说道："清醒了又能如何？"
这倒不是孔凌青被孔家主吓得，而是……寒冬腊月的，搁谁在冷水池子里泡上两个时辰都冷得直哆嗦啊。
"你看看你现在的样子，哪里有一点孔家嫡子的样子？孔家我能放心交到你手里吗？"
孔家主看着孔凌青这副萎靡不振的样子就气不打一处来，自己这个儿子从小就让他操碎了心啊。
"交到我手里？呵呵……"孔凌青听到这里，嘲讽似的笑了两声。
那天当他睁眼看到躺在他身边的杨又宁的时候，他不仅恨杨又宁算计了他，也恨了孔家！
狗屁的家规，若是他手里握着孔家的暗卫和势力，怎么会栽在这么卑劣的手段里？
"你这是什么意思？怨恨吗？孔凌青你不要忘了，如果没有孔家嫡子的身份，你什么都不是，这身本事是孔家教你的，你所有的成就都是孔家给的！"
孔家主什么眼神啊，自然看得出来孔凌青眼底的怨恨。
那一刻，孔家主心有点发寒……
"既然我拥有的都是孔家给的，那我能不能求求你，求求你把我的小薇薇给我？啊？"
孔凌青忽然大手一挥，砸在水面上，溅起的水花中好像有什么在湮灭其中。
既然从小到大他想要的都是孔家给的，孔家也什么都能给，那能不能把他心爱的姑娘还给他？
"我不要别的，不要孔家，我只要她……"孔凌青往后踉跄几步，身子一软靠着冰冷的池壁滑落。

池子不深，即便这样池水也到了孔凌青的胸膛。

"清辉，你还记得你姓什么吗？"孔家主看着为情所困的儿子，忽然问道。

孔凌青嘲讽地晃了晃脑袋，张开双手再握成拳头，也许是隔着池水的原因或是其他，让孔凌青觉得他好像什么都握住了，又好像什么都没有握住。

"怎么？嫌我给孔家丢脸了？"

语气端的是漫不经心，有嘲讽也有冰冷。

"回答我！"孔家主呵斥一声，语气一如既往地强硬。

"我是你儿子，你说我姓什么？"

"孔凌青，因为你姓孔，所以杨又宁你必须娶！"

孔家主毫不犹豫地击碎了孔凌青一直不愿醒来面对的梦，孔家的名声他绝对不允许毁在他儿子手中。

"凭什么？我喜欢的是小薇薇，爹，我爱的是杨又薇！不是他妈的杨又宁！"

孔凌青失态地大吼，眉宇间的狠厉仿佛是望着与他不共戴天的仇人。

孔家主浑然不在意，只是冷然地重复着，"我不管你喜欢谁，你既然和杨又宁发生了关系，无论是自愿还是被迫，你都必须娶了她以全孔家的名声！"

那冷酷默然的模样，好像下面痛苦万分的人不是他的亲生儿子一样。

也许，在孔家主的心里，孔家的名声高于一切！

"孔家的名声？呵呵……"

就是因为世人都知道孔家的名声有多么重要，所以杨又宁才敢给他下药，因为天下所有人都知道孔家会负责的。

孔凌青忽然觉得好累，整个心就好像在冷水里泡得皱巴巴的然后再被人扔到地上狠命地踩了几脚。

而他的父亲，只是冷眼旁观。

冷得不行又多日没有休息的身已然坚持不住，眼前一黑整个身子滑落水中。

"把公子送到屋子里，请个大夫给他看看。"

孔家主毫不意外孔凌青的昏迷，这么冷的天再在冷水里泡了这么久什么样的身子都坚持不住，更何况孔凌青之前并没有好好休息，不昏迷才怪。

"杨又薇在哪里？"

"回家主，杨大小姐此刻应该在阳城将军府。"

"备礼，龙少将军喜得嫡女，我孔家应前去恭贺才是。"

阳城将军府。

"孔家主礼也送了，想必孔家主贵人事忙，本将就不留了。"龙轻泽斜眼瞧了瞧桌上的礼物，笑得有些讽刺。

恭贺他喜得嫡女？

搞笑吧，他的宝贝女儿就是宝贝女儿，加个嫡算什么意思？他又不打算纳妾另娶。

还有他的小悠悠出生一个多月了，孔家主现在才来恭贺，鬼才相信。

"龙将军当知老夫的来意。"孔家主不在意龙轻泽的冷锋以对,一派和气地说道。

龙轻泽掏了掏耳朵,道:"知道又如何?那是我龙轻泽唯一的妹妹,孔家主不会以为是路边的大白菜吧?"

他说相见就得让他妹妹出来见?这老头也太把自己当回事了吧?

"小哥哥,你这什么破比喻?当心我拐走小侄女不给你了。"

门外杨又薇爽朗的淡笑声传了进来,龙轻泽抬头一看,果不其然那孔家老头目不转睛地盯着刚刚踏进门来的杨又薇。

迎着日光而来的女子身着宫缎素雪绢裙,外罩织锦皮毛斗篷,日光照耀下衬得女子高贵而典雅。

倭堕髻上斜插两支云鬓花颜金步摇,走动间步摇轻轻颤动,衬得女子闲静如水。

"见过孔家主。"杨又薇一改往日大大咧咧的作风,罕见的容颜沉静进退有礼。

不变的是,脸上挂的依旧是那灿烂的笑容。

龙轻泽沉默了,看着笑容满面的妹妹,本就口笨的他更不知道该说些什么了。

罢了,妹妹也大了,该是清楚自己想要的到底是什么。

"杨大小姐貌似和传闻中并不一样。"

话虽然是这么说的,但孔家主显然很满意见到这样的杨又薇。

孔家以礼仪传世,身为孔家家主的他自然更喜欢性子沉静、知礼仪懂进退的女子。

杨又薇低头抿唇一笑,道:"曾经我想若是有一天见到了他的父亲,我一定努力装出他喜欢的样子来。"

她虽最不喜欢装模作样,但如果装乖讨巧能让他不为难的话,她也愿意为他改变。

第13章　只可惜我们无缘到老

孔家主一噎，显然是没有想到杨又薇竟然这么坦诚，居然直言不讳说自己这副沉静的样子是装的。

"怎么，孔家主很意外吗？"杨又薇恢复以往的活泼靠在椅背上懒洋洋地看着一脸诧异的孔家主。

"的确意外。"

怪不得自己那个心高气傲的儿子甘心在杨又薇屁股后面一追就是一年多，原来是个与众不同的姑娘。

见惯了千篇一律的大家闺秀，看到杨又薇爽朗率真不做作反而觉得眼前一亮。

"其实，装起来也没有我想象中的那么困难。只是很可惜，我和您儿子没可能了。"

听到杨又薇这么说，孔家主也笑了，"老夫开始明白为何清辉偏偏喜欢你了。"

本来刚开始听说自己儿子没皮没脸地追在一个姑娘身后任打任骂，孔家主除了愤怒之外更多的是不解。

当接到孔凌青的信，叫他来京都准备向杨又薇提亲的时候，他是真的震惊了。

可是刚和杨又薇接触没一会孔家主就明白了，这样一个把喜欢不喜欢摆得明明白白的姑娘，的确比那些明面上大家闺秀背地里却不知是人是鬼的姑娘强多了。

而自己那个儿子本身就有一些离经叛道，爱上这样一个……别具一格的姑娘，正对路嘛。

"如果没有杨又宁那档子事，听到您这句话我想我会很高兴。"

"那现在听到就不高兴了吗？"孔家主淡淡地反问。

这姑娘，还挺有趣的。

"现在嘛，我听到这句话只想说一句……"杨又薇略微停顿了一下，然后抬起头明眸直视孔家主，"您说得太对了，您儿子没有爱错人。"

孔家主一愣，转而大笑出声，看了眼一直默不作声的龙轻泽后问道："那你觉得你爱错了吗？"

"爱错？我杨又薇不可能爱错人，他对我很好很好，我一直都知道。"

她那般小心翼翼地对待感情，就算心动也不敢全身心地投入，就怕有一天她走上她母亲的老路。

可是，她还是爱上了他。

就算时至今日，她和他已经没了可能，但她永远不会否认他曾经对她的好。

他对她很好,是真的很好。

孔家主看着眼前明明本该悲伤却依旧明媚大气的女子,心中有种淡淡的可惜浮现。

这样的女子,他的儿子错过了怕是会悔恨一生了。

"你和清辉走到今日,错在他啊,难道你就不怪他?"孔家主好奇地问道。

虽然说是杨又宁给他儿子下了药,但在世人眼中就是孔凌青负了杨又薇。

本来的海誓山盟,是孔凌青先毁约的,要说不怪怎么可能呢?

杨又薇没有回答,只是淡淡地看着远方说了一句,"他很好,只可惜我们无缘到老。"

有些人只适合遇见,却不适合到老。

孔家主深深地看着杨又薇,认真地说道:"既然是命运的捉弄,你也不曾恨他,那么老夫能不能麻烦你去劝劝他,让他也学会放手?既然你也喜欢他,又怎么忍心看他一直颓废下去?孩子,既然真的想放手,那就请给他真正的碧海蓝天吧。"

在孔凌青看来,他们两个之间的不幸福是他造成的,他将背负着这罪孽的枷锁一生,得不到解脱也不想解脱。

可是孔凌青是孔家未来的继承人,孔家主是不会也不能允许孔凌青就这样颓废下去的。

孔凌青必须再次站起来,而给他站起来再看一眼碧海蓝天勇气的人,就只有杨又薇。

有些事父母劝不了,朋友哥们也安慰不了,他们的千言万语都不及心爱的人一句,"放手吧。"

也许这会打碎孔凌青最后的幻想和美梦,但只要他挺过来,噩梦终将会过去。

杨又薇微微一震,忽然就红了眼眶,"您让我去劝他真的放手,解脱了他,可是您不觉得这对我太残忍了吗?"

是谁给孔家主的信心,认为她杨又薇会是个牺牲自己成全别人的人?

对不起,她没有那么高尚的情操。

"因为你爱他!"

一句沉重万分的话将杨又薇伪装的战甲全被击碎,心中沉淀的负面情绪全面爆发。

"我爱他就更不可能劝他忘了我,不再对我有执念!您凭什么认为我会委曲求全?您不认识我,所以不知道我杨又薇是个多么自私的人。"

真的,她真的很自私,在感情里她吝啬付出,只有确定自己不会被辜负她才敢将她那颗惶惶不安的心交出去。

只可惜,最终却还是被辜负了。

"就凭你爱他。"

"我不爱他,谁说的我爱他?我若真的爱他,怎么可能这么平静地接受他和别的女人滚在了一起的真相?怎么会那么容易就放手?"

"你自己的心说的,你爱他。"

"啊啊啊——"孔家主一连串的"你爱他"逼得杨又薇崩溃,失声痛哭。

让人意外的是龙轻泽就这么看着杨又薇被孔家主逼到角落,只能痛哭却一言不发。

原因很简单,龙轻泽虽然不懂什么弯弯绕绕,但也知道负面情绪憋在心里久了,人的身子也会跟着垮了的,就像林若兮。

所以他没有制止,看着哭着跑出去的杨又薇,龙轻泽只是示意丫鬟跟上去,心里却松了一口气。

会哭,那就好。

发泄出来,才能真的放下。

"不知道孔家主准备将杨又宁怎么样?"龙轻泽沉声问道。

杨又宁,他是绝对不会放过的!

孔家主岂能不知道龙轻泽在想什么?摸了摸胡子,脸上也浮现了讥讽的笑容,"龙将军何必报复她呢?"

"什么意思?孔家主这是打算……"

"别误会,老夫只关心孔家的名声。只是想提醒一句,龙将军,你觉得是刺她一刀的疼,还是清辉的恨更让她觉得疼呢?"

孔家主虽然逼着孔凌青娶杨又宁,但这并不代表他就待见杨又宁了。

差点毁了孔家的名声,已经毁了他儿子的幸福,这样的女人,孔家主自认脑子没问题,自然不会喜欢。

"孔家主很让人意外啊。"龙轻泽诧异地挑眉,没想到看起来迂腐刻板的孔家主,居然这么……表里不一。

天地良心,龙轻泽这句话真的是夸奖。

"与其将军一下给她个痛快,何不让她生不如死的?这样一来将军也算是给杨大小姐出了气,二来也是给我山东孔家一个面子。"

第14章 月柔心思，林若兮难产

当看到儿子那愤恨的眼神和惨白的脸色时，孔家主就恨不得将杨又宁生拆入腹。

他是更在乎孔家的名声，但他也不是冷血之人，又怎么会不心疼儿子呢？

孔家主从阳城将军府出来时，身边跟着的是杨又薇。

当天杨又薇就去见了孔凌青，他们两个说了什么谁也不知道。

只知道杨又薇出来的时候并没有落泪，而她走后孔凌青则将自己关在屋子里一晚上，第二天出来的时候眼睛是肿着的。

第三天，孔家主就带着孔凌青去了杨府下聘礼，正式求娶杨又宁！

对于整个结果，凤绝是满意的。毕竟若是没有杨又宁神来一笔，他还发愁孔凌青和杨又薇他要怎么处理呢。

而月柔知道今日凤绝心情不错，就去和凤绝请求把大公主凤芷妍接回未央宫。

虽然凤绝解了月柔的禁足并将六宫的权利重新交到皇后手中，但是大公主却养在凤青岚的长公主府，凤绝也好像忘了这回事一样，只字未提。

"皇上，妍儿已经在长公主府待了不短日子了，臣妾想也该把妍儿接回来了。"月柔低眉顺眼地说道。

几次禁足已经叫月柔彻底明白，凤绝对她没有一丝情意，而想在这后宫生存靠的就是帝王的宠爱。

她留不住凤绝了，可是她的女儿可以。也不知为何，凤绝虽然有一子三女但唯独对大公主凤芷妍疼宠，所以月柔一定要把她的公主接回来。

这不仅是因为一个母亲想念女儿了，也有着利用凤芷妍留住凤绝一丝宠爱的心思。

凤绝岂会不知道月柔的心思？不说别的，对于月柔这个人凤绝已经是失望透顶了，他是无论如何也不允许由月柔教养凤芷妍了。

那个孩子若是被月柔教坏了，那他如何对得起……

所以无论月柔如何哀求，凤绝都无动于衷。

"看来朕当日说的话，你还是没明白啊。"凤绝放下手中的毛笔，抬头看着下面一脸哀婉的女子，轻笑道，"朕说的是，大公主交由长公主教养，何谓教养，皇后不会不清楚吧？"

教养教养，养在膝下教导那才是教养，当初映月长公主教养欧阳芷璇，那可是真真正正养在长陵侯府直至出嫁啊。

月柔又岂会不明白何谓教养？只不过她不愿意承认罢了。

"皇上，妍儿是臣妾的亲生女儿，皇上这样做是不是太过残忍了？"月柔泪眼蒙眬地看着高高在上的凤绝，妄图得到凤绝的一丝怜悯。

凤绝是谁？他的一腔爱恋都给了惠妃，一丝怜悯都分不出去了。

"妍儿若还养在你膝下那才是对妍儿的残忍。"

莫不在乎的语气，感情没有一丝起伏，亲生女儿？

"皇上！"

月柔没有想到凤绝竟然残忍如斯，竟然连女儿都不给她留下……

泪眼蒙眬间，月柔脑海中忽然浮现那年青山绿水间少年温暖如斯，待她从来都是温柔至极。

凤回……

"皇后若没事就回未央宫吧，朕忙得很。"凤绝收回目光，继续专注地批改奏章。

月柔悲苦一笑，不再哀求转身跟跟跄跄地离开。

回到未央宫后，月柔叫昭熙从她八宝箱最下面一层中拿出一个锦囊。

凤回……月柔摩挲着边角都有些褪色脱线的锦囊，看着上面当年自己绣的比翼鸟，忽然泪如雨下。

凤回，我好想你。

我后悔了，我不应该迷失在这纸醉金迷中爱上凤绝，你才是对我最好的人啊……

"啊……"月柔忽然发出一声尖锐至极的尖叫，而后居然吐了一口鲜血。

昭熙吓得一身冷汗，扶着月柔瘫软的身子着急地问道："娘娘您怎么了啊，娘娘？我去叫太医，奴婢这就去叫太医。"

月柔一把拽住昭熙，将手中的锦囊递给昭熙，望着锦囊上的点点血迹，凄婉地说道："昭熙，拿着这个锦囊去秀王府找秀王，让他来救我……"

她记得周氏曾经告诉过她，宁千雪赠给林若兮两粒保命的雪丹。

凤回，我后悔了，我还是爱你的，所以你怎么能拥有嫡子呢？

就看一看在你心里是林若兮重要还是我重要吧。

昭熙满眼复杂地看了一眼陷入昏迷的月柔，咽下口中的话语将月柔扶到床榻上，然后就连夜出宫了。

她知道月柔让她此时去秀王府不仅仅是要秀王进宫，还要……

虽然这样很残忍，可是她只是一个下人，什么都改变不了。

所以，秀王妃对不起了。

"皇上，皇后娘娘身边的昭熙姑姑连夜出宫去了秀王府。"

紫英殿内一个小太监跪伏在地上，一字一句地禀告。

"她又想干什么？"凤绝对月柔很是不耐烦，身为皇后几次三番地召秀王进宫，是怕流言不够多吗？

"回皇上的话，皇后娘娘昏倒了，昏迷之前让昭熙姑姑去请秀王救她，据说尘王妃曾赠秀王妃两粒雪丹。"

"雪丹？"凤绝挑眉，他自然知道雪丹，他身子能好的这么快也多亏了宁千雪献上的一粒雪丹。

41

皇后是想耗尽大哥对她最后一点柔情吗？也好。

"不用管她。"

凤绝淡淡地吩咐道，有两粒雪丹，兄长就算抵抗不住月柔的哀求，也会给秀王妃留下一粒的，毕竟秀王妃肚子里的可是兄长的嫡子。

"是。"

只不过凤绝没有想到，月柔会丧心病狂到这个地步，不仅耗尽了凤回对她所有的柔情，也让凤回那般温和的男子化身修罗，心魔迷失到无可救药的地步。

夜，更深了。

宁千雪睡得极不安稳，半梦半醒间似乎看见谁一身白衣染尽鲜血，抱着头凄厉地哀号。

那叫声，凄惨极了。

那血色，格外地骇人。

"小姐，小姐不好了。"百里琦的叫声忽然将噩梦中的宁千雪惊醒。

"啊——"宁千雪惊呼一声，猛地从床上坐起来满头大汗，双眼带着一抹她也未曾察觉到的恐惧望向同样衣衫不整的百里琦，问道，"怎么了？"

此刻的百里琦也顾不得关心宁千雪是不是做噩梦了，一把拽住宁千雪的手，带着哭音说道："小姐，秀王妃身边的夏涵哭着跑来说，说秀王妃忽然早产还是难产，快……快不行了。"

杨又薇的不幸带给百里琦的冲击还没有消化，又忽然闻得林若兮的噩耗，百里琦心里害怕极了。

她怕，下一个不幸的就是她家小姐。

第15章　性命垂危一尸两命

"你说什么?"宁千雪惊呼一声,紧紧地攥住百里琦的手,双眼亮到不敢让人直视。

"若兮刚刚八个月,怎么会忽然小产?"

"夏涵说是傍晚的时候秀王从秀王妃那里拿走了一粒雪丹进宫去见皇后了,然后侧妃就跑去秀王妃那里告诉了她杨大小姐的事,秀王妃随即就肚子疼,请来大夫和稳婆结果发现秀王妃还难产,已经过去两个时辰了,夏涵实在没有办法了才跑来王府求救的。"

百里琦说着的时候,竹韵竹枝已经进来了,姐妹两个一个去找衣服一个帮宁千雪将长发简单地挽了起来。

宁千雪随便拿过一个披风披上,说道:"竹韵你随我去秀王府,琦儿你去把剩下的两粒雪丹拿上,竹枝你留在漪澜苑看着。"

宁千雪很清楚林若兮的身体状况,正常顺产都困难更何况是提前生产还难产呢?

刚刚收拾好走到王府门口,就看见门口凤尘坐在套好的马车上望着她,说:"走吧。"

这么大动静,自然惊动了凤尘。

宁千雪此刻也没有时间去计较凤尘堂堂战神为何不骑马反而和她来挤一个马车,她的全副心神都被林若兮的情况揪了起来。

忽然一双温暖的大手附在了宁千雪紧紧握紧的双手上,温暖而有些粗粝的大手不一会就暖和了宁千雪格外冰冷的小手。

"别怕,秀王妃会没事的。"这话不仅仅是安慰宁千雪,也是凤尘的希望。

他看得出来凤回并非对林若兮无情,若是林若兮就这么香消玉殒,他想凤回肯定会悔恨终身的。

那种滋味,他体会过,他知道有多痛,所以他不想他敬爱的兄长也重蹈他的覆辙。

宁千雪低头看着给予自己温暖的那双手,忽然有扑到凤尘怀里的冲动。

她,好想念他的怀抱。

"若兮若有个万一,秀王府就没有必要存在了。"宁千雪的声音里带着一抹刻骨的冷。

若兮那般美好的女子,终究还是被凤回给毁了。

凤尘低头看了一眼"口出狂言"的宁千雪,并没有出言反驳,只是静静地陪着她。

他知道,她现在需要陪伴。

宁千雪看似冷清,实则是一个极重情义的人。凤尘查到宁千雪派人给杨又宁下了绝子药,此生杨又宁都不可能会为孔凌青生儿育女了。

孔家有规定,家主年过四十无子者,可休妻另娶。

这是宁千雪为杨又薇出气的同时也给他们两个留了一个渺茫的未来。

其实宁千雪不必如此的,因为孔凌青不可能再让杨又宁近其身的。

而凤尘之所以能知道,也是因为宁千雪派去的人十分光明正大地给杨又宁下药,根本就没想瞒着人。

当然了,像杨府里的人是不可能察觉到的。

秀王府和尘王府离得并不远,不过一盏茶的时间就到了,宁千雪匆匆下了马车一路疾行,却不想她那副身子怎么会允许她这么大的动作呢?

凤尘见状毫不犹豫一把抱起宁千雪,道:"还是本王带着你,走得更快些。"

一声惊呼后,宁千雪也不拒绝,沉默着由凤尘抱着她走向林若兮的院子。

还未走进院子,就听到香涵的哭声,喘着粗气跟在宁千雪身后的夏涵听到香涵的哭声顿时一个激灵,猛地冲向了院子内。

"香涵,王妃怎么样了啊?"夏涵的声音,带着一抹浓重的恐惧。

宁千雪沉声道:"放我下来。"

凤尘也知道这个时候不是占便宜的时候,不过也并没有立即放下宁千雪,而是大步走进了院子后才放下了宁千雪。

待宁千雪站稳后立刻走到门口,问道:"香涵,若兮的情况怎么样了?"

屋子里面乱糟糟的,有哭喊声有产婆的催促声,还有林若兮若有若无的呻吟声,乱成一片。

而宁千雪的身子不允许她进入这样密闭气流不通的房间,进去了就不是救人而是添乱了。

香涵一身衣裙早就被汗水浸湿了,推开门后赶忙又关紧了。

看到宁千雪后,"嘭"的一声跪了下来,哭着哀求道:"尘王妃求求你救救我家王妃吧,现在我家王妃情况很不好,大夫说恐怕会一尸两命啊,尘王妃奴婢求求您救救我家王妃吧。"

说完香涵就"嘭嘭"地给宁千雪磕头,泪水糊满了整张脸。

站在一旁的竹韵赶忙搀扶起香涵,柔声安慰道:"能救的话我家王妃一定会救的。"

说完竹韵就看了一眼宁千雪,宁千雪轻轻点头,道:"竹韵你进去看看若兮的情况,香涵你先留下我有些话问你。"

香涵也知道尘王妃身边的竹韵善医术,也就稍稍放心了一些,擦了一把眼泪不住地点头,"尘王妃想问什么就问吧。"

她家王妃出事,整个秀王府就跟全都死了一样,没有一个人帮忙。

香涵恨不得此刻将一切告知尘王妃,然后让尘王妃把这秀王府搅个天翻地覆才好呢。

"秀王呢?没有派人进宫去叫秀王吗?"宁千雪寒着一张脸问道。

进了也有一会了,宁千雪竟然没有看到凤回的身影,虽说宁千雪十分不喜凤回,但凤回在林若兮多少心里都会好受一些的。

"之前秀王强硬地从王妃手里抢走了一粒雪丹,我家王妃就动了胎气很不舒服了。没想到秀王走后,周侧妃居然进来和王妃说了一通,说什么杨二小姐和孔大公子定亲了,杨大小姐整天以泪洗面,我家王妃这才不好了……"

"放屁!"香涵话还未说完,院子门口就传来杨又薇的怒骂声。

只见杨又薇一脸怒气地走了进来,一把拽过香涵就往外走,一边走一边说:"那个周侧妃在哪里?老娘非得揍得她整天以泪洗面不可。"

宁千雪有些无语地看着脾气更加暴躁的杨又薇,看来这个周侧妃是不用她收拾了。

杨又宁和孔凌青定亲的怒火,以及害得林若兮早产的怒火,估计杨又薇也憋得够呛。

门吱呀一声被推开,脸色格外难看的竹韵走了出来。

看着竹韵的脸色,宁千雪就忽然觉得这天好冷啊,冷得她都颤抖了。

"在咱们来之前,秀王妃就已经吃下了一粒雪丹了,可是秀王妃身子本就极不好再加上难产,现在情况很不好,秀王妃已经没有一点力气生下这个孩子了。"

第 16 章　凤回我恨你

竟然是一个都保不住吗……

宁千雪竟觉得自己有些站不住了，身子向后一软，倒在了一个温暖的怀抱中。

是凤尘。

宁千雪靠在凤尘怀里，贪恋般地汲取着凤尘身上的温暖。

"我去宫里叫大哥回来，你放心。"

终是不忍心看到她这般难过，不然凤尘并不想插手兄长的事情。

宁千雪轻轻颔首，认真地说道："谢谢。"

凤尘一愣，眸光中有些不满，忽然伸手揉了揉宁千雪的头顶，认真地说道："你永远都不需要对我说感谢。"

因为，这是我欠你的。

宁千雪看着凤尘飞快消失的背影，扭头对竹韵说道："若是再服用一粒雪丹呢？"

话出口，似乎有些颤音，又是谁在恐惧呢？

"王妃应该了解雪丹的药效，以秀王妃此刻的情况再服一粒雪丹，的确能够让她坚持到把孩子生下来，可是秀王妃……"

竹韵的话未说完，但屋内屋外的人都知道接下来的那句话。

除非华佗再世，否则再无生机。

宁千雪握紧双拳，狠狠地咬着下唇，沉默不语。

"千雪，记得你答应过我的。"屋内的林若兮忽然尖叫道。

林若兮一身汗水地看着依旧高耸的腹部，手狠狠地攥住身下的床单努力撑着不让自己陷入昏迷。

"……好。"

宁千雪闭上眼，绯色的唇瓣一张一合，仿佛她只会说这一个字一般。

她答应过林若兮，若是有一天……她会帮她抚养她的孩子。

她知道，林若兮早就没了活下去的信念，她骨子里的骄傲叫她除了玉石俱焚一条路外，再无生路。

竹韵接过百里琦手中的瓶子，转身进入房间。

门一开一合间，极大的血腥味扑鼻而来，宁千雪猛地转头扶着栏杆干呕了起来。

百里琦神色焦急的帮宁千雪轻拍背部，问道："小姐你还好吗？"

她家小姐的身子一向不好，更何况这二月天里还在飘雪，又怎么受得住？

若不是前阵子随大哥寄来的补药,想必小姐今晚连这秀王府都来不了。

宁千雪拿起手帕擦了擦嘴角,摆了摆手说没事。

"进来,给我滚进去!"院门外传来杨又薇极其粗暴的怒骂声。

宁千雪抬眼看去,竟是一华服女子被杨又薇一脚踹了进来,跌在地上痛哭失声。

"杨大小姐你这是干什么?王妃难产又不关我的事。"周侧妃歪歪扭扭地站了起来,边说边扶了扶被杨又薇推搡得有些歪的发髻。

"咔嚓!"

只见银光一现,一把匕首从周侧妃头上划过,周侧妃那满头朱钗就散了一地。

"啊!"周侧妃被杨又薇吓得双腿一软,再次坐到了地上哭了起来。

参差不齐的头发胡乱地披散着,衣裙上满是脏污,身旁断头发的朱钗散了一地,好不狼狈。

杨又薇邪笑着把玩手中的匕首,冷声道:"不关你的事?的确,背后是月柔指使的嘛。"

女子声音不再爽朗,反而带着一丝邪,一丝魅。只见杨又薇蹲下,拿匕首冰冷的侧面拍了拍周侧妃的脸,笑着说道:"只可惜本姑娘向来欺软怕硬,皇后我动不了,所以只好拿你开刀了。"

就算杨又薇背后站着柴元帅,阳城将军甚至是南海,杨又薇也不能光明正大地杀了月柔。

因为月柔是大盛的皇后,就算凤绝也不喜月柔,但这并不代表着他会看着月柔被人杀了而无动于衷。

无关其他,就因为月柔是大盛的皇后。

有时候,皇室的尊严比什么都重要。

"你……你想干什么?"周侧妃被杨又薇吓得三魂没了七魄,一动也不敢动就怕杨又薇一不小心手滑,她这张脸就毁了。

虽然凤回并不喜欢她,只是看在月柔的面子上才屡次容忍于她,但这并不代表她不在乎这张脸。

杨又薇晃了晃头,耸耸肩说道:"我什么都不想干,只要若兮没事你就没事,若是若兮有个万一……我叫你生不如死!"

杨又薇骨子里的狠厉,被这几日接二连三的变故完全激发出来了。

若非骨子里就不是个心软的人,杨又薇又怎么会冷眼旁观着亲生父亲哀求她,而无动于衷呢?

"什么?"周侧妃惊恐地睁大双眼,那林若兮她今晚可是看见了,干瘦得不成样子,就算不早产也够呛,更何况现在又早产又难产的……

那她岂不是死定了?

杨又薇很满意周侧妃的表情,伸手替她扒拉扒拉凌乱的头发,说道:"所以你就向老天爷祈祷若兮有惊无险吧。"

周侧妃低垂着头,不敢动也不敢再说一句话。

杨又薇见她老实了就朝宁千雪走去,因此她并没有看到周侧妃眼底闪过的那抹狠辣。

她好歹是秀王侧妃,岂是一个小姐说杀就杀的?更何况,她是为皇后娘娘办事,看在皇后娘娘的面子上,秀王爷也会保她的。

"千雪,若兮……若兮她是不是没救了?"

看着脸色惨白的宁千雪,杨又薇又有什么不明白的呢?

宁千雪深吸一口气,咬牙撑住,现在若兮生死未卜,自己一定要撑住,一定要!

"相信她,相信奇迹。"

宁千雪眸中带着星星点点的晶亮,就那么看着杨又薇,仿佛要将自己眼中的坚信印进杨又薇的眼睛里。

"奇迹吗……"杨又薇嘴角想要向上弯起,却弯了几次也没有弯上去,一把遮住双眼,仿佛这样别人就看不到她眼中的恐惧还有眼泪。

天,似乎要亮了。

宁千雪也冷得快没有知觉了,就算身上披的狐裘再厚,手中的暖炉再烫手,宁千雪的身子也依旧冷得像块冰。

"薇薇,你说若兮会生一个……"宁千雪强打着精神问道。

只是还没说完就被一声凄厉的尖叫声打断了。

"啊——"

那是林若兮的尖叫声,宁千雪和杨又薇对视一眼连忙站起来走到房间门口来回踱步。

"凤回怎么还没回来?"宁千雪脸色阴沉地问了一句。

凤尘去叫凤回已经去了半个时辰了,怎么会还没回来?

若兮,怕是……

"王妃,您再加把劲,孩子的头已经出来了,王妃娘娘您再加把劲啊。"

产婆的声音和夏涵香涵的安慰声鼓励声不断地交替响起。

屋子外面的杨又薇和宁千雪也是焦急万分,而周侧妃也僵着身子脸色狰狞地看着屋子。

就在宁千雪和杨又薇忍不住就要推门进去的时候,忽然传来林若兮尖锐的恨到骨子里的声音。

"啊——凤回,我恨你啊!!!啊——"

第 17 章　孩子会没事的

　　宁千雪听着耳边回荡着林若兮那种凄厉又悲伤至极的"我恨你"，忽然想起两年前那次狩猎时，林若兮和她说过的话。
　　那时候的林若兮笑起来温柔极了，满眼都是宁静，整个人都是美好的。
　　她说："一个人的心很小很小，若有恨就没有爱的位置了，所以我不要去恨。"
　　她说："我爱他，从我懵懂开始，无论他知不知道我是谁。"
　　她说："凡事由心，死生不悔。"
　　若兮，时至今日你用尽全部力气去爱，他却不屑一顾，你后悔了吗？
　　"生了生了，王妃生了个小郡主……"
　　"王妃你怎么了啊？好多血啊……"
　　屋内夏涵的惊喜话音还没落，紧接着就被香涵的惊呼声所掩盖。
　　"若兮……"杨又薇和宁千雪对视一眼，刚刚想推门开进去，却忽然被一阵大力挤到一旁。
　　宁千雪被挤得一个踉跄，有些意外地跌入一个温暖的怀抱。
　　是凤尘。
　　杨又薇扶着门框站稳了刚想发怒就听到里面响起凤回的咆哮声，"还愣着干什么？赶紧救王妃，若是王妃不行了我要你们统统陪葬！"
　　里面又响起了各种杂乱的声音，显然产婆和大夫都被暴怒的凤回吓住了。
　　"你身子不好，我先带你去偏房等着吧。"凤尘摸着宁千雪冰冷的手，十分不满。
　　说完也不等宁千雪说什么就直接打横抱起宁千雪，大步向旁边的偏殿走去。
　　百里琦也赶忙去找了几个暖炉放到偏殿去，小姐的身子简直糟糕极了。
　　宁千雪也不逞强，她知道自己再在门口等下去恐怕就会晕倒了。
　　左右偏殿也在这个院子里，走几步路就到了。
　　陌生的屋子，宁千雪看着身边紧张地给她披上棉被的凤尘，觉得温暖极了。
　　再说此刻就自己留在门外的杨又薇忽然一拍脑门，就推门进去了。
　　"竹韵，我怎么没听见孩子的哭声？"
　　刚刚生下来的孩子，无论声音强弱都会哭几声的，可是为什么她只听到了若兮的惨叫声而没有听到孩子的哭声？
　　竹韵正蹲在林若兮身旁给她把脉，听到这个也疑惑地看向夏涵，她一直注意秀王妃的情况，所以并没有留意那个孩子，只知道生下来了是个女儿。

49

"孩子,我的孩子怎么了?"听到杨又薇的话,陷入昏迷的林若兮忽然醒来过来,沙哑着嗓子有气无力地问道。

"若兮。"凤回紧紧地攥住林若兮的只剩骨头的手,声音似乎有些颤抖。

他没有想到林若兮那个笑起来十分舒服的女子,竟然变成了这副模样。

他更没有想到,刚刚被凤尘拎着回到王府里就听到那句凄厉至极的我恨你时,他的心竟然被狠狠地扯痛了。

他好像……爱上了她。

"孩子,我的孩子……"林若兮也不挣扎,任由凤回握着她的手,此刻的她满心都是孩子更何况她已经没有力气了。

凤回回头怒吼道:"孩子呢? 快给王妃拿过来看看。"

对了,他们之间还有一个孩子,所以他们之间还是有可能的吧?

毕竟,若兮这么爱他,整整九年了啊。

第一个抱孩子的是夏涵,因为后来香涵哭喊着她担心王妃就也没仔细看,随手放到暖塌上就围着林若兮打转了。

杨又薇眼尖第一个看到孩子,小心翼翼地一把抱过孩子,嚷嚷道:"竹韵你快来看看。"

她整日里守着她的小侄女,自然知道怎么照顾孩子。

可是怀里这个孩子实在是太小了,不仅皱巴巴的还瘦得不成样子,难看极了。此刻脸色发紫,更是一动不动,看起来像是……

竹韵赶忙起身抱过孩子,一看便大惊失色,急急地吼道:"夏涵,快去厨房取一棵嫩葱来。"

"孩子,我的孩子怎么了?"最后三个字林若兮是吼出来的,被凤回握着的手猛地用力攥紧,整个人瞬间紧绷起来。

"王妃别担心,孩子会没事的。"竹韵回头安慰道。

秀王妃她已经救不回来了,若是这个孩子她再保不住,那她还有什么颜面去见她的主子?

林若兮大眼暴睁,望着凤回的眼睛都那是刻骨的恨意,如同碎了毒液一般,恨不得凤回堕入十八层地狱,永不超生!

"凤回,若是……若是我的女儿……女儿有个万一,那……那我死后定化成修罗恶鬼,将你剥皮蚀骨挖心,生不如死!"

林若兮最后一句诅咒仿佛用尽所有力气,声音之大,话语之毒,让人都不敢相信这是那个一向温婉的女子说出来的。

"孩子会没事的,一定会没事的。"

凤回毫不在乎林若兮的诅咒,双手握着林若兮的一只手,脸贴在手背上,看起来悔恨极了。

"竹韵,葱我拿来了。"夏涵一路跑进来,气喘吁吁地将手中的一段剥好的葱交给竹韵。

竹韵拿着葱轻轻在婴儿小小的皱巴巴的身上抽了几下,见婴儿一点反应都没有,竹韵狠了狠心咬牙又狠狠地抽了两下,婴儿脆弱的肌肤上立刻浮现两道血红的印子。

"哇哇哇——"婴儿吃痛,猛地大哭起来。

听到婴儿的哭声,整个屋子里的人反而放松了。

"把孩子给我看看。"林若兮强撑着精神说道,她好想看看她的宝贝。

竹韵走近床边,轻轻地放到林若兮的枕边。

林若兮侧头看着哇哇大哭的女儿,眼里的泪水再也忍不住落了下来。

"我的女儿,娘的宝贝啊……"林若兮努力地伸手碰了碰婴儿小小的脸蛋。

女子眼眸中忽然绽现的光芒,灼得人眼眶生疼。

杨又薇咬着下唇抬头看着屋顶,眼中的晶莹闪动无声的从眼角流下。

几个丫鬟也伸手捂着口鼻,努力的不发出呜咽声。

就连凤回看着这一幕,都忍不住红了眼眶。凤回不算宽阔的肩膀忽然轻微的颤动了起来,颤抖地伸出手轻轻了握女儿小小的手。

那温软的触感,让凤回觉得他好像触碰到了这个天下最大的珍宝。

这是……他的女儿啊。他之前怎么就会那么对若兮呢?

到底是怎么了?

林若兮并没有阻止凤回亲近女儿,因为她知道自己活不了了,女儿的成长她势必缺席,那么好歹让她的亲生爹爹陪陪她。

无论她多恨凤回,都不会不让她的女儿亲近凤回的。

因为,女儿是她的全部啊。

第18章　看着你痛苦我就算下地狱也安心了

"王爷,小郡主让奴婢抱下去喂点东西吃吧。"说话的是林若兮早就找好的奶娘。

凤回先是一愣,转而很是听话抱起女儿,动作很是僵硬,小心翼翼。

抱女儿的时候,凤回碰到了林若兮的手,太凉了,好像不是人的温度……

"若兮,若兮你怎么了?"凤回一把握住林若兮的手,那冰冷的触感冷得他连灵魂都在颤抖。

"呵呵,凤回你……你也有今天啊。"林若兮半睁着眼眸,眼中尽是灰败之色。

看着凤回悔恨焦急的神色,林若兮首先感觉到的不是凤回终于爱上她了。而是——

凤回,你也有今天啊。

"看着……你……你痛苦,我就算……下地狱也安心了!"林若兮说到最后,眼眸睁到极限,手反握住凤回的手,用尽所有力气!

"若兮,你就这么恨我吗?"凤回神色痛苦地望着脸色狰狞中又带着一抹释然的林若兮。

原来她不仅爱他,也会恨他啊……

"呵呵……"林若兮嘴唇微动,似乎是想说什么,却不甘地闭上了双眼。

握着凤回的手,也松了力道。

"若兮,若兮!"凤回悲吼出声,见林若兮这个模样,凤回早就找不到他的风度翩翩了,扭头大声地吼道:"你们是死人吗?赶快救救她,救救她啊!若兮……"

吼到最后,不知是谁红了眼眶落下泪来。

竹韵一把推开凤回,蹲在床前细细地观察林若兮的情况,良久之后无力地说道:"秀王妃现在是陷入了假死状态,但若半个时辰都不能唤醒秀王妃,秀王妃也就真的……"

林若兮身体情况本就不好,又是提前生产,吃了两粒雪丹才撑到生下孩子。

因为难产,生完孩子后又血崩,能坚持到现在已经是雪丹起的作用了。

"那你快救她啊,快点唤醒她啊。"凤回双手放到竹韵的肩膀上用力地摇晃,悲伤地吼道,"那你救救她啊,她还没死,她还没死啊。"

"啪!"

清脆的巴掌声在这有些死寂的屋子里格外清晰。

杨又薇指着凤回恨声骂道:"你现在知道着急了,早干吗去了?现在他娘的装个屁着急。"

刚刚就是杨又薇一把拽过凤回来,然后毫不犹豫地一个巴掌就甩了过去。

要知道以杨又薇的力道,一巴掌让一个大男人半边脸肿得老高,摔倒在地是很轻松的。

凤回跌倒在床榻前,看着没有一丝声息的林若兮,就坐在地上牵着林若兮的手哭了起来。

"若兮我错了,若兮你起来打我好不好?"

"若兮你快起来吧,我发现我早就爱上你了,只是我一直不承认罢了。"

"若兮等你醒来,我带着你和女儿一起去游山玩水好不好?"

"若兮……"

杨又薇看着这样的凤回,双拳握得嘎嘣直响却也没有打扰他,反而叫上众人一起退出了院子。

"竹韵你和我去看看千雪吧,千雪的身子也很不好。"杨又薇哽咽地说道。

现在她们待在这里也什么都做不好,还不如给林若兮和凤回最后相处的时间。

林若兮爱了这么多年,竟然只落了这么一个结局,到了最后关头凤回才发现自己爱上了林若兮,这多么讽刺啊。

不过这也算给林若兮悲苦的一生一个迟来的安慰,不是吗?

至少说明她这一生的爱恨,终于得到了回报。

等到了偏殿,宁千雪得知了林若兮的情况后,强撑着疲惫不堪的身子非得去看看林若兮的情况。

"千雪你这身子还是别过去了吧,现在凤回又不会伤害若兮。"杨又薇显然是不明白宁千雪的担忧。

宁千雪撑着凤尘的手臂站了起来,神色严肃地说道:"薇薇,你低估若兮的骄傲了。"

林若兮是那种看起来十分温柔格外好说话的人,但实际上她骨子里比谁都骄傲。

林若兮这个人爱恨都纯粹至极,爱就是单纯地用尽全副身心去爱。恨,也是用尽所有的生命去恨。

既然恨了,就是恨到极致永不原谅!

林若兮不会愿意再见凤回的,哪怕是生命的最后一刻她若还恨就不会愿意看到凤回的。

杨又薇一愣,转而也想明白了。她和林若兮多年好友,自然比宁千雪更了解林若兮,只不过刚刚她习惯用自己的想法去猜测林若兮的想法了。

"走吧。"

等到宁千雪一行人回到林若兮的屋子里时,众人愕然发现周侧妃居然在屋子里,而且林若兮也已经醒了过来。

"若兮?"杨又薇反应最快,几步走到床榻旁惊喜地看着睁着眼的林若兮,问道,"若兮你感觉怎么样啊若兮?"

"竹韵你快来,快来看看若兮怎么样了?"

宁千雪对竹韵点了点头,也走到床边看着仿佛又有了生机的林若兮,心中既惊又喜。

一时之间所有人的视线都集中在林若兮身子,自然也就没有注意到屋内的周侧妃悄然退了出去。

竹韵细细地查看了林若兮的情况后，站起身神色格外严肃外加难看地对凤回说道："秀王爷，您给秀王妃吃了什么？"

之前她绝对没有看错，秀王妃的情况就算神医谷谷主来也没有办法。

秀王妃早已油尽灯枯，除非用一些极其阴损霸道的药物激发秀王妃身体内仅存的气血，否则秀王妃不可能这么快醒来。

宁千雪显然也听出来竹韵的话外之音，忽然想起刚刚在屋子里的周侧妃，再转头去看却发现没了周侧妃的身影，看了一眼百里琦，百里琦会意。

"怎么了？若兮已经醒了啊，你不是说只要她在半个时辰内醒过来就没事了吗？"凤回也神色不悦地皱眉看着竹韵。

他这话是什么意思？难道若兮……

竹韵神色不变，声音却微微拔高，"秀王，你若不想秀王妃有事，最好赶快把给秀王妃服用的药给我看看。"

那些霸道的药物虽然能激发秀王妃身体内的精气，延长寿命。

但，天底下哪里会有这么神奇的药物？

上古贤人曾说过，有失必有得。以秀王妃这种情况，能延长寿命，那代价肯定是极大的。

"你还愣着干什么？嫌害的若兮还不够吗？"杨又薇看不惯凤回呆愣的表情，然后就一巴掌招呼了过去。

凤尘一把拽住杨又薇的手腕，冷声道："杨小姐，请注意分寸。"

第19章　林若兮醒来，月柔的药

若这一巴掌是林若兮打的，凤尘绝不会拦着，因为是他兄长对不起人家在先，怎样都是凤回应该承受的。

可是杨又薇居然敢对当着凤尘的面对凤回动手，这是凤尘绝对不会容忍的。

"分寸？最不知道分寸的好像是你们凤家人吧？"杨又薇眼光中满是讽刺，神情是罕见的尖锐。

"好了，都这个时候还吵什么吵，秀王你要是为了若兮好，就赶紧把药拿出来。"

宁千雪脸上布满寒霜，口气中的冷冽是杨又薇从未听过的严厉。

事出反常必有妖，宁千雪根本不相信这个世上有奇迹。

凤回见宁千雪神色罕见的严肃，再加上自从林若兮醒来就不言不语，貌似的确有些不对劲。

凤回掏出袖中的一个小瓷瓶，递给竹韵。

竹韵接过倒出一粒红色的药丸，放在鼻下仔细嗅了嗅，又放到盛满水的杯中里仔细地观察。

良久之后，竹韵说道："王妃，这个药奴婢实在是不知道是什么药，但奴婢可以肯定的是这个药对秀王妃没有好处。"

"什么叫没有好处？吃了它若兮就醒过来了，你这个该死的奴婢自己学艺不精就不要危言耸听！"凤回一把夺过瓷瓶，面容狰狞地怒骂出声。

竹韵脸色十分难看，却也知道确实是自己学艺不精怪不得别人。

可是，凡事有失必有得，秀王妃吃了这药能这么快就醒过来，本身就不对劲。

"这药是周侧妃给你的吧？"宁千雪凉凉地说道，神色间的冰雪似乎能冻伤人。

凤回抿了抿唇，不悦地看着宁千雪说道："是谁给的有关系吗？尘王妃别忘了这里是秀王府！"

杨又薇刚想说什么就忽然听到门口有动静，转身一看竟然是百里琦推搡着周侧妃进来了。

"王爷救命啊。"周侧妃一见到凤回，立刻哆哆嗦嗦满脸泪痕地跑了过去。

她长这么大从来没有像今晚这样刺激过，一晚上已经被人拿刀子威胁两次了。

这些人一个个的太不把她当回事了！周侧妃内心的怨毒不断滋生，也扭曲了女子本来的心肠。

"宁千雪，你到底记不记得这里是我秀王府，你未免也太放肆了些！"凤回沉怒地说道。

这一晚上的事情发生得太多了，多到已经乱了凤回的心神，让他失去了原本的判断和心神。

"大哥，千雪从来不是无理取闹之人，难道你还看不出来这一晚上的事都不对劲吗？"

令人诧异的是，第一个反驳凤回的竟然是凤尘，要知道这一晚上凤尘几乎都没说话，没想到一说话就是为了袒护宁千雪。

凤回皱眉看了看凤尘，到底是自己从小疼到大的弟弟，也不忍心再说什么叫弟弟为难。

宁千雪心中一暖，心底某个角落的冰似乎又化开了一些，清凉的水流过心田，舒服极了。

"周侧妃，你能不能告诉我这瓶药你是在哪里得到的？"宁千雪看着身子不断颤抖的周侧妃，心中了然。

"是皇后给你的吧。"宁千雪不顾凤回陡然射来的犀利的目光，继续说道，"皇后肯定让你告诉秀王，这药是你偶然得之或是其他什么方式得到的，总之这是一瓶神药，能救人一命，让你一定劝说秀王给若兮服下，是吗？"

"不，不是的，这药……"周侧妃紧紧攥着凤回的衣袖，心中害怕极了。

可是她也知道自己最大的靠山就是月柔，凤回爱着的月柔。一旦凤回厌弃了月柔，她也得不到好处，正想说这瓶药是自己得到的，就听到宁千雪冷笑出声。

"周侧妃别说什么这药是你自己的啊，这药本妃在神医谷的藏药中都没见过，还是说你周家的藏药比神医谷都多？嗯？"

最后一个嗯字，女子的话音微微上挑，带着一丝罕见的魅惑却又有着一股寒气逼人的威慑。

周侧妃被吓得一句话也说不出来，一个劲地在那里哭，哭得凤回心烦不已，一把将其摔了出去。

"哭什么哭，王妃还没死呢！你在这里哭，是在诅咒王妃吗？"

凤回将所有的怒火都发泄到周侧妃身上，他不得不承认宁千雪说的……合情合理。

可是……怎么可能是月柔呢？

"就算是月……皇后给的，又能说明什么？"凤回低着头，做最后的挣扎。

他不知道的是，在他背后躺在床上的林若兮听到这句话，缓缓地闭上了双眼，一滴泪沿着冰凉的痕迹，没入了发丝，消失不见。

"凤回你的脑子呢？"杨又薇今晚脾气坏极了，不等宁千雪再说什么，就立马跳出来指着凤回鼻子骂道，"你觉得月柔可能救若兮吗？"

"当初皇上想把紫嫣公主赐给你，可是月柔怕你爱上紫嫣公主，硬生生地给你下药，想让你娶了这个见鬼的周侧妃。结果阴差阳错被人换成了若兮，可是等你娶了若兮后是不是月柔让你纳了这个侧妃的？每次周侧妃挑事，你是不是都看在月柔的面子上，偏袒周侧妃？就连这次……"

杨又薇缓了缓气，指着凤回的手指有些颤抖，连声音都带着了一丝哽咽。

"是不是月柔派人来说她不舒服非得让你从若兮这拿走千雪给她留着救命的雪丹？

是不是你走后,这个该死的周侧妃就跑来和若兮说我的事害得若兮早产?"

杨又薇的一声声质问,让凤回脸色更加发白,握着的双拳也越握越紧,额头上青筋紧绷,显示出男子不平静的内心。

他悲哀地发现,杨又薇说的都是对的。

那晚宴席,是月柔身边的昭熙叫走了他之后他就觉得身子不对劲了。

那次回门,是月柔把他叫到了皇宫让若兮难堪,沦为京城所有人眼中的笑柄,也是那次月柔哀求他娶了她的表妹,周曼婷。

那一次次的争吵,周氏每次都拿月柔说事,所以他一次次的偏袒。

……

直到今晚也是昭熙说月柔忽然昏迷,晕倒前叫着让他去救她,所以他拿了一颗雪丹……

看着沉默挣扎的凤回,宁千雪并不觉得同情,声音却没那么尖锐了。

"秀王忘了么,我请长公主告诉你吩咐王府里的人,不能告诉若兮薇薇的事,就是怕若兮气急之下有个万一。这么多天,秀王府里都没有人告诉若兮,为什么单单今天你拿走一粒雪丹之后,周侧妃就跑来告诉若兮了?"

第20章 所谓神药，生不如死

"秀王，你还认为这一切和皇后无关吗？你还认为月柔会好心给若兮救命的药吗？"

宁千雪最后一句质问，如同一把锋利的剑，将凤回心中原本最柔软的地方刺穿了。

痛，但是也有一抹释然在其中。

凤回猛地回身一把拽起周侧妃的衣领，掐住女子纤细的脖子，眼眸中的血红昭示出男子现在的疯癫。

"说，那到底是什么药，说啊！"凤回狠狠地掐着，不一会那周侧妃就被掐得直翻白眼。

"咳咳……我……我不知……道啊。"周侧妃死命地拍打着凤回的手臂。

她真的感觉到凤回要掐死她，那种喘不过气的感觉太真实了，真实到她以为凤回就要掐死她了。

周侧妃是个胆小之人，凤回也知道周侧妃没那个胆子骗他，眼中的猩红疯狂地跳动。

既然敢给若兮下药，那你就去死吧。

手，越来越用力。

无论是宁千雪杨又薇还是凤尘，都没有拦着凤回。虽然在宁千雪看来，凤回此举不过是在减轻自己心中的愧疚，但周侧妃也非无辜之人。

既然不无辜，凤回不掐死她，宁千雪也会杀了她的。

宁千雪手中连无辜之人的鲜血都染过，更何况一个心肠歹毒的周侧妃呢？

"我，我……知道，别……杀我。"周侧妃感觉到凤回眼眸深处的杀意，连忙求饶。

凤回眉头一皱，"你敢骗我？"

"大哥，先让她说。"凤尘自然看得出来凤回此刻的不正常，就怕凤回一个失手就杀了她。

凤回手一松，周侧妃跌倒在地上，大口大口地呼吸。

没有窒息过的人，永远不知道死亡有多可怕。

周侧妃显然是怕极了这个模样的凤回，生怕他一个不满意就又想掐死她。

等喘过气来，立刻沙哑着嗓子把自己知道的都说了出来。

"昭熙姑姑告诉我，这个药虽能激发人体内的气血，延续寿命，却让服用者心神不宁，日夜不能安睡，如陷地狱生不如死。"

"嘭！"凤回一拳打在床柱上，鲜血沾满手背，脸色狰狞到让人认不出来这还是那个待人温和的秀王。

周侧妃吓得"嘭嘭"直磕头，哭着求饶道："王爷，这药是皇后娘娘让妾身下的啊，真的不关妾身的事,所有事都是皇后娘娘让妾身做的啊。"

周曼婷此刻哪里还顾得上月柔,此时一心想着的就是凤回能放过她,留她一命罢了。

和性命比起来,荣华富贵又算得了什么呢?

人啊,只有在这个时候才会幡然悔悟,不过有一个词叫"为时已晚"。

"解药呢?"凤回努力克制着杀了周曼婷的冲动,愤恨地问道。

这倒不是还想着月柔,不想杀了周曼婷。实在是林若兮现在这个情况,他不想再造杀孽折了林若兮的阳寿。

"昭熙姑姑说了,这个药……没……有解药。"周侧妃瑟缩着身子,声音低得不能再低,但屋子里的人还是都听清楚了。

"这药叫什么?"宁千雪顾不得怒骂月柔的狠心,她此刻只想知道这个药叫什么,也许阿岩知道这个药制出解药呢。

一屋子的人都满眼期待地看着周侧妃,周侧妃绝望地闭上眼,流泪说道:"我不知道……"

屋子里,安静极了。

这个时候众人才明白为什么林若兮睁着眼却不说话了。

"日日夜夜不能安睡,如坠地狱生不如死"想来意思就是无论白天黑夜,林若兮都在做着噩梦吧。

竹韵走到宁千雪身前,看了一眼凤回后低声说道:"王妃,奴婢发现秀王妃的枕头和被子都是麻黄的味道。"

"麻黄?"

"是的,麻黄能让人昼夜心神不宁,长久的话会让人失眠多梦,最后油尽灯枯而死。"

竹韵的话如同一个巨石砸进大海里,激起波涛无数。

夏涵闻言哭着说道:"怪不得自从到了秀王府,王妃就一直睡不好,这两个月甚至夜夜睁眼到天明,我还以为……"

油尽灯枯……怪不得林若兮那么干瘦。

看着因为竹韵的话而颤抖得更厉害的周侧妃,凤回哪里还有什么不明白。

他现在连回头看一眼林若兮的勇气都没有,对宁千雪说道:"尘王妃,麻烦你照顾一下若兮。"

"好。"宁千雪没有犹豫地答应。

她知道凤回要去做什么,他和月柔那么多年的感情,算是走到头了。

凤回就算当年再爱月柔,也在月柔的一次次算计下磨没了,而林若兮的生不如死,就像导火索一样,让凤回彻底爆发。

凤尘看了一眼宁千雪,道:"你也要照顾好自己的身子,我要跟着大哥去看看。"

月柔做的再过分,她也是大盛的皇后,凤绝的原配妻子。

若是死在凤回手中,就算凤绝不计较,那么整个大盛也会逼着凤绝处决凤回的。

月柔可以死,但绝对不能死在凤回手中。

看着凤回凤尘相继离开的背影,宁千雪有些疲惫地说道:"夏涵你先把周侧妃带回去,等秀王回来了再说吧。"

她也可以现在就杀了周侧妃,可是哪里会有凤回亲手杀了她,来得痛快呢?

"竹韵你去看看那个孩子。"

那个小女婴生下来身子就那么瘦小,那么脆弱,很容易夭折。那是若兮拿命生下来的孩子,她答应过若兮会好好抚养这个孩子的。

"琦儿你去给阿岩传信,问问他在哪里,能不能赶来,顺便将若兮的情况告诉他。"

虽说林若兮现在的情况很糟糕,但宁千雪还是抱着一丝期望,也许她能坚持下来。

看着神色疲倦的宁千雪,杨又薇说道:"你还是先休息一会吧。"

宁千雪也不逞强,让香涵叫人搬来两个暖榻,点上安神香,看到林若兮也闭着眼沉睡,两人也就躺在榻上,准备休息一会。

折腾了一晚上实在是太累了,更何况宁千雪那副身子。

一个时辰后天亮了,柔和的阳光隔着窗子照射进来,让人舒服极了。

蜷缩着睡得极不舒服的宁千雪,在阳光的抚摸之下也渐渐舒展了眉头。

杨又薇根本就睡不着,看着宁千雪终于睡得舒服一些了,林若兮那里也没什么情况,就轻手轻脚地下了暖榻,想去看看那个小女婴的情况。

她本就极喜欢女孩子,更何况那个孩子那么可怜,看着就让人心疼。

杨又薇刚刚走到门口,还没打开门就听到一声让人心惊肉跳的尖叫声。

"啊——"

第 21 章　千雪，杀了我吧

杨又薇瞬间睁大眼眸，这是若兮的声音。当即便反身回到床榻旁边。
宁千雪也被尖叫声惊醒，和杨又薇一起担忧地看着紧闭双眼满头大汗的林若兮。
只见女子消瘦的脸上满是冷汗，润湿了发丝，显得狼狈极了。
眼眸紧闭，却看得出来整个人正处于精神紧绷的状态。
嘴唇不停地抖动，头也不断地摇晃，整个人看起来就像是陷在噩梦中清醒不过来一样。
"若兮，若兮你醒一醒啊。"杨又薇摇晃着林若兮的肩膀，希望能够摇醒噩梦中的女子。
林若兮头不断地左右摇晃，嘴中还不断低喃着，"不要，不要……不要啊！！！"
随着女子惊恐的叫声越来越大，整个身子也开始动起来了。
杨又薇赶忙按住林若兮的肩膀，对宁千雪说道："千雪你快去叫竹韵来，我先看着若兮。"
做噩梦本就消耗心神，更何况林若兮的身子早就油尽灯枯了。
这样下去，林若兮就真的是生不如死了。
"啊——"林若兮嘴张得大大的，那一声悲泣仿佛将恐惧与悲凉刻入了轮回。
宁千雪刚刚起身走到门口，听到尖叫声就赶来的竹韵就来了。
竹韵也顾不上看看宁千雪的身体情况了，疾步走到林若兮身边，从怀里掏出一个瓷瓶，放在林若兮鼻下，不一会林若兮就渐渐安静下来了。
"若兮你怎么样了，若兮？"杨又薇握着林若兮冰凉的手，垂泪问道。
该是怎样的噩梦才会将一向淡然的若兮吓成这个样子？
这样的噩梦，又要持续多久？
林若兮看着担忧的两位好友，睁着无神的双眼露出渴求，"千雪，杀了我吧。"
一句话，震惊了所有人。
"若兮你在说什么啊，活得好好的为什么……"杨又薇听了这句话哪里还忍得住，将脸贴在林若兮枯瘦的手背上，号啕大哭。
若是以往的林若兮，肯定会好好安慰杨又薇一番，然后再劝她好好生活，别因为孔凌青和杨又宁的事折磨自己。
可是现在的林若兮只是执拗地瞪着自己空洞的大眼睛紧紧盯着宁千雪。
"若兮，你再等等，我已经让琦儿给阿岩传信了，他一定能治好你的。"
宁千雪袖中的手紧紧握着，尖锐的指甲陷入掌心也恍然未觉。

"我的身体我知道,反正也活不了了,你们就忍心看着我被这样折磨?千雪,杀了我,杀了我给我个解脱!"

林若兮看都不看杨又薇一眼,眼中的恳求和绝望是那么明显。

她就算已经快分不清现实还是梦境,她也知道薇薇是不可能杀她的,就算是为了她好,薇薇也不敢动手。

杨又薇是一个看似心狠,实则十分心软的女子。

她和杨又薇好友多年,杨又薇无论如何都下不去手的。

当然这并不代表宁千雪和她不好,而是以宁千雪的性子来说,如果真的杀了她对她才是最好的,宁千雪……会下手的。

像宁千雪这样的人更坚韧,也……更让人心疼。

林若兮不想这样不人不鬼地活着,她知道等凤回回来宁千雪就没有机会下手了。

她林若兮有着自己的骄傲,怎么会容忍自己以这样的姿态活着?

"若兮,我做不到……"宁千雪痛苦地摇摇头,她怎么能下的去手?

林若兮忽然觉得头疼欲裂,狠命地咬着自己的下唇不让自己尖叫出声。

那样的自己,她还清醒,怎么会容忍自己那般失态懦弱?

"竹韵,竹韵你快看看若兮怎么了啊,竹韵!"杨又薇拽着竹韵衣摆的手颤抖得不成样子。

看着林若兮痛苦的模样,杨又薇恨不得杀了月柔,天底下怎么可以有这么恶毒的女子?

竹韵抿唇摇了摇头,低声悲伤地说道:"杨小姐,不用看了。是那药的作用,那药虽然能让秀王妃多活几天甚至是几个月,但是清醒时会让人头痛欲裂,睡着时能让人永远噩梦。"

什么是生不如死?这就是了。

这药效霸道得超乎人的想象,也让竹韵暗暗怀疑月柔到底从哪里弄来了这种药,就连知晓神医谷藏药的王妃都没见过,简直可怕。

"什么?"杨又薇惊呼一声,捂住嘴不让哽咽声流露出来,可是那眼角成串的泪珠,又是什么呢?

宁千雪闭了闭眼,她没有想到这世间还有这么残忍的药物,更没想到月柔居然敢将这药用在林若兮身上,简直……找死!

头越来越疼,林若兮额头上的青筋根根暴起,豆大的汗水以及紧紧咬住唇瓣却依旧有细碎的呻吟声流露出来显示着她正忍受着莫大的痛苦。

林若兮双眼迷离,好疼啊,她快要忍不住了。

"啊——千雪,杀了我吧,求求你杀了我吧。"林若兮痛苦地抱着头将整个身体蜷缩起来,不断尖叫着来发泄身体上的痛苦。

宁千雪握紧双拳,整个人都在战栗,眉心皱在一起眼角似乎有些红。

忽然门发出一阵噼啪声,紧接着一个人影就带着一股冷风袭到床边。

是凤回。

无论衣着还是神态都狼狈极了的凤回。

"若兮,你怎么了?若兮,怎么回事,她怎么这么疼,你们怎么不给她找大夫?怎么不给她看看?"

凤回红着眼看着如此痛苦的林若兮,忍不住回头朝杨又薇和宁千雪吼道。

看着这样的凤回,宁千雪和杨又薇都愣住了。

只见男子梳好的发冠也乱了,不少发丝都垂了下来,嘴角紫青眼眶发红,而身上也脏极了。

尤其是凤回的那双眼,满眼都是猩红,而且泛红的眼角不断有晶莹流出。

凤回,在哭。

"大哥已经知道结果了,又何必苛责他人?"

凤尘大步踏进屋子,先关心地看了一眼宁千雪,见她没有大碍只是脸色有些苍白,才对着凤回说道。

凤尘身子也有些凌乱,脸侧似乎有些擦青。宁千雪眨了眨眼,他们兄弟两个是打架来着吗?

听了凤尘的话,凤回整个身子一个战栗,看着自从他进来就隐忍着不发出痛苦尖叫的林若兮,忽然连蹲都蹲不住了。

凤回跌坐在地上,靠着床榻以手覆脸,让人看不清脸上的神情。

可是那不断颤抖的身子,还有从指缝间流出的泪水,让在场的人都清楚……

凤回,真的在哭。

"若兮……"那唇不断地哆嗦着,张了几次竟只是颤抖着喊了一声,若兮。

第22章 如果爱我就杀了我!

凤尘似乎想上前安慰两句,却还是停住了身子,转身对宁千雪说道:"千雪,咱们回去吧。"

现在这个情况,已经容不得别人插手。

宁千雪看着身子疼得颤抖不已的林若兮,对着凤尘摇了摇头。

"凤回,杀了若兮吧。"

宁千雪此话一出,仿佛一道惊雷整个劈在了凤回头上,让他恐惧不已。

又好像引爆了凤回压抑许久的情绪,整个人瞬间爆发。

"宁千雪你什么意思?若兮把你当作好友,你却想让我杀了她?你好歹毒的心思,这么做对你有什么好处?!"

凤回"唰"的一声站起来,劈手直指宁千雪,猩红的眸子中危险的光芒不断闪动。

凤尘闪身将宁千雪揽到自己身后,不惊不惧地看着自己的兄长,道:"大哥,你该知道千雪的意思。"

像林若兮这样骄傲的女子,杀了她好过让她这么痛苦地活着。

而宁千雪建议让凤回亲手杀了林若兮,宁千雪承认她的确是想要报复凤回。

让凤回发现自己爱上林若兮后,正内疚不已的时候由凤回亲手杀了林若兮,这种痛,将会让凤回一生得不到解脱,永世活在这罪业之中。

"凤回,你不觉得最没有资格说这句话的是你吗?给了若兮一次次难堪还不够吗?若兮到今天这个地步,不全是拜你一手所赐吗?"

杨又薇双眸闪动间,带着幽冷的地狱罪业之火,仿佛要将凤回的灵魂灼伤,让他从此灰飞烟灭!

"你居然还好意思冲千雪发火?你不觉得你最应该对着月柔那个贱人发火吗?你要是真的爱若兮,那就去杀了月柔为若兮报仇啊!你不是很能耐吗,去啊!"

杨又薇的话就像一个比一个更响亮的耳光,甩在凤回脸上。

那尖锐的讽刺,仿佛透过皮肉刺痛了凤回的灵魂。

是啊,这一切他又怪得了谁?

而凤回此刻的沉默在杨又薇和宁千雪甚至是……林若兮看来,不过是凤回即便认清月柔的面目了,也不想伤害曾经的恋人。

毕竟他曾经那么爱月柔,不,也许直到现在他都还爱着月柔。

"凤回……"林若兮压抑着痛苦的嗓音忽然低低地响起,打破这一室的沉默。

凤回猛地回头，一把攥住林若兮因隐忍痛苦而紧紧拽着床单的手，一遍一遍轻柔地摩挲，深情而温柔地说："我在。"

若兮，我在。

我会陪着你的，放心吧，我再也不会让人欺负你了。

那声深情而温柔至极的"我在"，仿佛带着能灼伤灵魂的热度，让林若兮整个灵魂为之一振。

他的温柔，曾是她半生的眷恋。

他的深情，曾是她一生的执着。

可如今……凤回，太晚了。

滚烫的泪顺着女子干瘦的脸颊慢慢流下，起初只是几滴泪，到了后来泪水越来越多，在泪水的熏染下显得女子的双眸亮极了。

"哈哈哈……"林若兮哭着哭着忽然大声笑了起来，笑着眼泪流得更快了，身子也因疼痛而颤抖。

看起来，床上的女子好像疯癫一般，看着就让人害怕。

"若兮……"

看着这个模样的林若兮，凤回难受极了，他所认识的林若兮从来没有大声哭大声笑过，从来都是一副温婉有礼的模样。

宁千雪更是无力地瘫软在凤尘怀里，这是她第一次见林若兮如此失态。

就算和凤回意外的那一晚，林若兮也守着她自己的骄傲不肯让旁人看出她的脆弱。

凤回忽然很不安，着急地解释道："若兮你听我说，我去找月柔了，可是皇上不允许我杀她，真的……若兮，我一定会给你报仇的，一定……"

"凤回……"

林若兮无悲无喜地打断凤回的话，努力转过头看着凤回，说道："凤回，你爱我吗？"

追逐这么多年，你最终爱上我了吗？

听到这话，凤回以为是林若兮原谅他了，毫不犹豫地点头道："若兮，我爱你啊，对不起我才发……"

"那就好。"林若兮再一次打断凤回的话，然后笑得十分诡异地说道，"凤回，你是爱我还是爱月柔？"

"我爱你，我真的爱你啊，若兮。"

凤回不知道林若兮想说什么，虽然隐隐觉得不安，但还是如实说道。

虽然他曾经爱过月柔，也以为自己一直爱着她，但他居然傻得直到昨晚才发现，他早就爱上了林若兮。

"凤回你若真的爱我，那就杀了我！"

林若兮的一句话如同一把利刃，狠狠插在凤回的心口然后搅弄，疼得他几乎以为自己出现了幻觉。

"若兮……"凤回捂着心口，难以置信地看着林若兮。

他以为他听过这世上最伤人的话语就是昨晚林若兮的那句"我恨你"，原来，还有比这更残忍的话啊。

既然爱你,怎么忍心再伤害你呢?

若兮,原来你也可以这么残忍。

凤尘看着痛苦的兄长,无奈地长叹一声,随后更加用力地拥住怀里的人儿。

说实话,在他看来对于林若兮最好的结局就是凤回现在亲手杀了她,这样凤回肯定会悔恨终生,那么余生都活在悔恨之中的凤回肯定会痛苦一生,也算得上是林若兮的报复。

可是,那个人是他的兄长,他又怎么忍心看着自己的兄长余生都活在悔恨之中,不得解脱呢?

"林小姐,想想你的女儿,你想以后别人告诉她,她的娘亲是被她的亲生父亲杀死的吗?那样你的女儿她还会快乐吗?"

凤尘终是忍不住,低声劝道。

其实,这也不光是为了凤回,也是为了那个可怜的孩子。

果不其然,林若兮眸光一动,孩子,她那可怜的孩子……

忽然林若兮又抱着头尖叫起来,那疯狂的架势让凤回恨不得杀了自己。

"凤回,杀了我吧!杀了我!"

杨又薇沉默地看着这一幕,此刻她不知道是该骂凤回自作自受还是该同情他。

她想,林若兮的这句话对于凤回来说,比之孔凌青对她说的那句"我会娶她"还让人心痛的。

她离开孔凌青还有可能走出来,天南海北再去寻找她的幸福。

而凤回恐怕此生都会背负这罪业,一生不得解脱吧。

杀或不杀,对于凤回都是艰难的选择。

杀,会让林若兮解脱,可是这一幕恐怕会成为他一生的噩梦吧。

不杀,看着林若兮这么受尽折磨,生不如死,这比杀了他自己都来得痛吧。

这就是月柔给凤回的选择题,无论怎么选都是错!

第 23 章　其实她没有她以为的那么厉害

凤回神情间满是痛苦,阴鸷地盯着林若兮,恨声道:"林若兮,不可能,我告诉你不可能的。"

那阴狠的神态仿佛林若兮是他十世的仇人般,阴鸷间却带着一抹显而易见的哀伤。

每个人能够承受的东西都有一个限度,很显然,凤回已经到了面临崩溃的地步了。

林若兮痛苦地闭上眼,疼得身子不断战栗却不想再看凤回一眼。

她这一生,从未求过凤回,这是唯一一次她求他,求他杀了她。

"若兮……凤回,这一切都是你的错,你……"杨又薇手狠狠地攥着衣袖,满脸都是泪痕。

可是话未说完,就被凤回大声打断。

"滚,你们都给我滚!"凤回忽然站起身,推搡着杨又薇和宁千雪,嚷嚷着让她们滚蛋。

凤尘立即抱着宁千雪出来了,看着紧闭的门,轻声说道:"千雪,大哥他可恨但又何尝不是可怜之人呢? 这是他和林若兮之间的事,不如就让他们自己解决吧。"

闻言恨恨拍门的杨又薇立刻跳起来,扭头指着凤尘一脸嫌弃地骂道:"让他们解决,那还有若兮说话做主的余地吗?"

说得好听让他们两个自己解决,可是以若兮现在的状态还不是什么都是凤回说了算?

凤尘并不答话,只是低头看着宁千雪疲惫的侧脸,袖中的手不断握紧。

原来她的身子已经差到这个地步了吗?

眼看着杨又薇又要炸起来,宁千雪虚弱地开口劝道:"薇薇,凤回和若兮之间的所有事,除了若兮爱凤回之外她从来都没有主动选择过什么,这次……我们还是别打扰他们了吧。"

并不是说宁千雪觉得凤回可怜了或是其他,而是凤尘刚刚的话她听进去了。

从昨晚无论是她还是杨又薇一直想到的都是若兮会怎么样,若兮多么可怜,所以宁千雪才会说出让凤回亲手杀了若兮的话。

那样既解脱了若兮,也惩罚了凤回。

可是她一直忽略了那个孩子,那个若兮九死一生生下来的可怜孩子。

若是她真的逼着凤回杀了若兮,那将来她要如何告诉这个孩子,她的娘亲是她亲生父亲杀死的?

这个孩子,又何其无辜?

"竹韵,你去把那个孩子抱去尘王府吧,以后这个孩子我来养。"宁千雪轻轻喘息地说道。

她答应过若兮,若有一天……她会好好照顾这个孩子。

反正以她的这副残破身子,以后想拥有自己的孩子是几乎不可能的了。更何况,她和凤尘……又怎么可能拥有自己的孩子?

所以啊,她来养这个孩子最好了。

杨又薇听到孩子,也缓过神来,颓然地垂下头,声音低落极了。

"夏涵,若有事记得去阳城将军府找我。"

是啊,她也不应该干涉太过了,毕竟是若兮自己的事,更何况……她连自己的事都整得一团糟,又有什么资格来管若兮的事呢?

看着杨又薇连背影都带着一抹苍凉,宁千雪忽然感觉到,其实她不是她以为的那么厉害。

就像当年对于发生的那些悲剧,她无力回天。

如云悉,如红袖,如月浓……

本来她以为再来一次,她定不会让那些悲剧再在她身边的人身上重演,可是直到现在她才明白——

她宁千雪,也没什么了不起的。

杨又薇的悲伤她没能阻止,林若兮的悲惨她也无力拯救,她宁千雪也不过是一个再普通不过的人罢了,她没有能力去改变什么。

"呵呵。"

凤尘臂膀一沉,宁千雪嘴角挂着一抹自嘲的冷笑陷入了昏迷。

"我先带千雪回府,至于那个孩子你们坐着马车把她带回去吧。"

话是对着百里琦说的,只是他一直没记住千雪身边的这三个丫头都叫什么。

养一个孩子,对于凤尘来说是无所谓的,在他看来秀王府现在这个情况,的确是不适合养这个孩子。

凤尘不等百里琦回答就将披风盖在宁千雪身上,然后抱着宁千雪一路飞奔回了秀王府。

一进漪澜苑,竹枝就着急地赶了上来,问道:"王妃这又是怎么了?"

她现在看透了,只要王妃出去,平安回来的概率太小了。

"她昏迷了,赶紧去给她准备药。"凤尘一步也不停留,一直抱到屋子里才小心翼翼地将宁千雪放到床榻上。

竹枝赶忙跟了进去,立刻点上了几鼎药炉,"这些都是神医谷谷主留下的,说是冬日里王妃昏迷了在屋子里点上药炉就可以了。"

虽然知道王爷和王妃之间并不怎么愉快,但作为奴婢她是没有权利过问插手的。

凤尘坐在床边替宁千雪暖着双手,问道:"漪澜苑没有大夫吗?凌空,去把第五双双给本王叫来。"

虽然知道随景岩不会害千雪,且医术比第五双双高上许多,但……看着宁千雪苍白的脸色,凤尘还是不放心。

屋外一道身影一闪而过,吓了竹枝一跳。

竹枝本想着去厨房给宁千雪煮一碗姜汤来,哪知道一出门就碰上了古嫆心。

"参见平妃娘娘,我家王妃还在休息,不知道娘娘这大清早来我们漪澜苑干什么?"

竹枝一边翻着白眼,一边不情不愿地向古嫆心请安。

她只是一个奴婢,还是规矩些好,免得被眼前的这位逮到小尾巴从而诋毁王妃。

"我听下人说是王爷抱着王妃回来的,王妃好像昏迷了,所以我来看看王妃。"

古嫆心也不知道怎么开了窍,好像是知道漪澜苑没人待见她,所以也就一直窝在榕园。

今日若不是听兰儿说凤尘抱着昏迷的宁千雪时那脸色焦急得不行,也不会踏足漪澜苑。

"好大胆的奴婢,竟然敢挡着我们王妃娘娘的路。"

兰儿也是个好了伤疤忘了疼的人,没见到宁千雪也胆子大了起来。

虽然说王爷对待宁千雪并没有像传闻中那样冷酷,但是好歹对她家小姐还是很好,没有忽略的,所以她才敢如此硬气。

"啪!"

"啊——"兰儿捂着一侧脸颊,尖声叫道,"你居然敢打我?"

"啪!"

竹枝毫不犹豫地又甩了一个巴掌,神色狠厉地低声警告道:"再瞎叫唤,扰了我们王妃的休息,当心你的贱命!还有——"

竹枝满意地看着兰儿惊恐地闭上了嘴,甩了甩打得有些发疼的手掌,看了眼一脸震惊的古嫆心继续说道:"这王府里,只有一个王妃,下次若再叫错了,就不是两个巴掌的事了!"

第 24 章 你来干什么？

古嫆心就算再天真,好歹在王府里住了几个月了,日日夜夜被兰儿提点,哪里不清楚这是竹枝给她难堪呢。

"你!"

古嫆心气得浑身发抖,她从来没有想过和宁千雪争什么,可是没想到宁千雪不仅屡次给她难堪,居然连她的一个丫鬟都敢这么折辱她,简直欺人太甚!

"平妃娘娘可还有事,奴婢要急着去给咱们王妃煎药呢,王爷要是等急了,这错——奴婢得多冤枉啊。"

竹枝不愧是宁千雪身边嘴最毒的丫头,简直将狐假虎威发挥得淋漓尽致。

哼,都知道好狗不挡道,这么这个劳什子平妃这点眼力见儿都没有？

就这么点战斗力居然还好意思出来招惹她家王妃？都不用王妃出手,她都能分分钟灭了她。

"放肆!"古嫆心终是忍不住,挥手就朝竹枝的脸上打去。

本来她就有气,何况竹枝居然提及凤尘,拿凤尘对宁千雪的宠爱来压她,她又如何再忍？

不教训教训宁千雪身边这嚣张的丫头,她又如何在王府里立足？

可惜,想得挺好,只是实施起来有些难度。

想她古嫆心不过是一个手无缚鸡之力的弱女子,而竹枝好歹有武功在身,岂会就这么坐等被扇巴掌？

什么？你说竹枝是奴古嫆心是主,主子打奴才,奴才怎么敢躲？

笑话,你们什么时候看这丫头是个会逆来顺受的人了？再说了,竹枝的主子是宁千雪,不是什么劳什子的平妃古嫆心!

"平妃娘娘怎么大清早的就这么大火气？"竹枝轻轻松松地一手抓住古嫆心挥来的手臂,笑得十分灿烂。

丫的,还以为是躲在榕园修炼成精才出来的呢,这么点段数也好意思出来玩宅斗？

"你不过是一个奴婢,怎么敢如此大胆？莫不是是得了王妃的授意才敢如此对本妃无礼？"

古嫆心一想到近日来凤尘的冷落,那心里就跟被蚁啃食般难受。

古嫆心失态大吼的声音,也终于成功招来了凤尘。

"你们在闹什么？王妃在病中,你们还有没有点规矩？"凤尘黑着脸出来,不悦地训斥道。

　　竹枝早就松开了古嫆心的手臂，转身对凤尘福了福身，说道："禀王爷，奴婢本想去厨房给王妃煮一碗姜汤，谁知道一出门就碰上了平妃娘娘，然后就直到现在也没……"

　　话说到这里也就够了，竹枝低垂的眼中闪过一抹讽刺。

　　装可怜，恶人先告状谁不会啊？要是本姑娘出手，还有你们这群白莲花装可怜的余地吗？

　　凤尘闻言果然不悦，似是没看到兰儿红肿的脸颊和古嫆心泫泫欲泣的表情，只是不悦地训斥道："不知道王妃不舒服吗，还有你来干什么？"

　　自从成亲第二日后，宁千雪就发话了说不必古嫆心日日请安，只要闲着没事别来漪澜苑就行了。

　　古嫆心捂着心口失魂落魄地后退一步，难以置信地看着脸色难看的凤尘，痴痴地说道："王爷连问都不问就认定是那个奴婢说得对吗？"

　　明明王爷一开始待她那般好，怎么会短短几月就变了心呢？

　　可是我已经享受惯了你的宠爱，不想失去啊。

　　"那你说她说的哪里不对了？"说着给竹枝一个眼神，让她赶紧先去给千雪煎药。

　　此刻在凤尘心里，就算古嫆心长得再像露华，也不如宁千雪的身体重要。

　　毕竟宁千雪只是宁千雪，而古嫆心是谁……谁又知道呢？

　　不过如果古嫆心不流露出这种全天下都对不起她的表情话，凤尘也许会动摇。

　　毕竟，看着露华的脸，露出这种表情，只会让凤尘更加厌恶古嫆心。

　　"我……我只是担心王妃，所以才来看看啊。"古嫆心一噎，这才发现，好像刚刚竹枝说的并没有不对的地方。

　　虽然拆分看都是对的，可是连在一起说出来怎么就这么不对劲呢？

　　此刻出了院门的竹枝抬起头，讽刺一笑。跟她玩心眼？玩不死你。

　　要知道咬文嚼字什么的，还有比宁国公府更牛的吗？

　　"你应该知道千雪并不喜欢你，这样你还会担心千雪的身体？"

　　凤尘玩味地说道，而眼神中却满是漠然。

　　要知道林若兮从来没有得罪过月柔，不过是因为阴差阳错嫁给凤回，月柔都能如此折磨林若兮，恨不得让林若兮生不如死。

　　而宁千雪可是他坚持非得娶来的，古嫆心就算心肠再好，也不会心中没有疙瘩吧？更何况，宁千雪可是将古嫆心推进过湖里的人。

　　古嫆心这话，说得太假了。

　　也不知道这背后之人是怎么想的，为她塑造了一个和阿蓉如此相像的面容，怎么就让她养成了这么一副性子？

　　这么大相径庭的性子，是怕他把古嫆心当作阿蓉吗？

　　古嫆心眼眶中的眼泪终于成串地滚落下来，唇角下压，悲苦地望着凤尘说道："难道在王爷心里，我就是一个心肠狠毒的人吗？"

　　一抹记恨，缓缓地在古嫆心心里生根、发芽，就等着某一日张开它沾满毒液的爪牙，将

71

一些美好的东西吞噬!

凤尘虽说不喜古嫆心露出那种可怜兮兮的表情,但看着这张那么像阿蓉的脸,他还是狠不下心肠来。

"王妃这里无事,你不用担心,回去吧。"

他想,若是千雪醒来看见古嫆心,大概也不会开心吧。

古嫆心抽噎一下,小心翼翼地问道:"王爷好久都没去榕园了,等王妃平安了可否去陪陪我?"

说完不等凤尘回答,就转身落寞地离去。

那落寞孤寂的背影,一瞬间刺得凤尘眼睛生痛,仿佛上辈子他就看过这个落寞的背影。

"参见平妃娘娘。"

几声行礼声打破了凤尘的沉思,原来是竹韵和百里琦抱着孩子回来了,同时来的还有第五双双和凌空。

"王爷,这个孩子……"竹韵抱着小小的婴儿,有些无措地望向凤尘。

这……虽然她会医术但这并不代表她会照顾婴儿啊,要知道她不过也才十五罢了。

凤尘淡淡地说道:"去请个奶娘和会照顾孩子的嬷嬷来吧,这个孩子就养在漪澜苑吧,我会和大哥说的。"

说完就和第五双双一起进了屋子。

此刻回了榕园的古嫆心有些奇怪地对兰儿说道:"怎么会有个孩子?"

"昨晚王妃去了秀王府,这应该是秀王的孩子了。"兰儿想起凤尘看着孩子时,那柔和的眉眼,不由低声说道,"小姐,您也赶紧生个孩子吧。"

古嫆心一愣,孩子?

第25章 小薇薇，你在难过吗？

天亮了，整个京都也逐渐热闹起来了。

杨又薇从秀王府出来后就一直在大街上失魂落魄地走着，游荡着，因为她并不知道她可以去哪里。

以她现在这个精神状态无论是去阳城将军府还是长陵侯府，都会让人担心的。

她还是习惯微笑着面对所有人，不希望有人看到她颓废的一面。

晃晃悠悠地杨又薇忽然停住脚步，扭头一看，自己竟然无意中走到了有间酒楼。

想起来，孔凌青说过他第一次见她就是在这里，一见钟情。

鼻头一酸，杨又薇吸了吸鼻子，忽然好想大醉一场。

脚步一转，就走进了有间酒楼，要了一个包间就直接让小二上酒。

"姑娘，您这喝什么酒啊？"小二没明白杨又薇的意思，硬着头皮问道。

这姑娘看起来很不好惹的样子，好像还心情不好？

杨又薇坐在凳子上，拿起一双筷子敲了敲桌子，还没喝酒就有点醉了。

"所有的好酒，统统给本姑娘上一坛。"

那豪气的模样，颇有点像指点江山的女将军。

"统统都上一坛？"小二难以置信地问道。

要知道这里可是有间酒楼，主打的就是好酒，所有的好酒加起来没有五十种也有四十八种，一样一坛也得几十坛啊，这姑娘喝得下吗？

杨又薇极其不满意地再次敲了敲桌子，嚷嚷道："怎么？怕本姑娘不给钱？"

杨又薇说完就眯着眼往怀中掏了掏，掏了半天也没掏出一个钱袋子来。

亏得这小二也不是个势利眼，只是好言好语地劝道："姑娘，我看您心情不好，这喝酒啊并不能解愁，不都说了吗，酒入愁肠愁更愁啊。"

杨又薇喃喃自语，"愁吗？"

紧接着自己又大力地摇了摇头，在自己怀中摸了半天才掏出一块玉佩来。

女子低头迷离着双眼，动作轻柔地摩挲着那块样式古朴的玉佩，仿佛是块稀世珍宝。

"呵呵……"杨又薇似是想起什么，将玉佩递给小二，道："我没带钱，可是我这块玉佩的价值都能买下你们这家酒楼了，我不要别的，本小姐只要一屋子的酒。"

"姑娘……"小二接也不是，不接又怕杨又薇发火。

虽然他只是个小二，但是来有间酒楼消费的非富即贵，他的眼力自然也非同寻常。

他自然看得出来，这个玉佩虽然看上去普通，但那散发出来的古朴的味道，就知道这定不是凡品。

正因为看得出来这玉佩不是凡品,才更不敢接了。

"再废话,本姑娘揍人了!"

杨又薇本就不是什么有耐心的人,听着这小二啰啰嗦嗦就是迟迟不给她上酒,心里的火气也上来了。

一掌用力地劈在桌子上,那本来完好的桌子就在小二惊恐的目光中慢慢裂开,最后"嘭"的一声,散架了。

这下小二也不敢再劝什么了,立马叫人来给杨又薇换上一个新桌子并送上好酒,自己则是拿着玉佩去找掌柜的了。

看玉佩就知道这姑娘出身一定不简单,他可不敢惹事,还是去问问掌柜的该怎么做吧。

掌柜的看着玉佩大吃一惊,悄悄去雅间看了一眼杨又薇,这一看更惊讶了。

杨又薇和孔凌青一起来过有间酒楼不少次,而且因为孔凌青是月萧的好友,所以掌柜的对杨又薇也有印象。

想起前几天闹得沸沸扬扬的事情,掌柜的立刻拿着玉佩去后院找孔凌青去了。

孔凌青震惊地从掌柜的手中接过玉佩,用力地攥紧,这是他唯一送给小薇薇的东西,现在连这块玉佩她都不要了吗?

小薇薇,你真的再也不想和我有一点联系了吗?

这块玉佩不仅仅是他送来讨她开心的礼物,也是欧阳芷璇的遗物,对于杨又薇的意义自然不一样。

可是……她连这样一块意义非同一般的玉佩都不要了,是在暗示什么吗?

"清辉,去看看杨大小姐吧,终归是你对不住人家。"孔家主看着满脸苦涩的儿子,不由说道。

虽然孔家主逼着孔凌青娶杨又宁,可是在孔家主看来孔凌青最对不起的人是杨又薇。

是孔凌青先招惹的人家姑娘,可最后没能守住承诺的也是孔凌青。

本来以为这位杨大小姐是个十分洒脱的人,可是此刻看来既然会来买醉,又怎会是真的放下?

孔凌青迟疑地抬头看着他的父亲,呆呆地问道:"我还可以再看她吗?"

父亲不应该是为了孔家的名声,禁止他再和小薇薇私下里见面吗?

孔家主站起身负手而立站在窗前,看向窗外的苍老的眸子满是孔凌青不知道的心疼,"这里是有间酒楼。"

有间酒楼是月萧的地盘,月萧是不会允许消息随意散播出去的。

"呵呵。"孔凌青眼中闪过了然,攥着玉佩的手一紧,转身就往屋外走去。

小薇薇……

杨又薇并没有喝酒,而是打开一坛坛酒,然后举过头顶,浇了自己满身。

闭着眼闻着鼻前的酒香,然后就随手将酒坛砸到一旁,听着清脆的破裂声,就是一笑。

等孔凌青来的时候,看到的就是一个女子婷婷而立,微微向后仰着头,酒从额头开始流下,满身都是。

窗外的阳光正好,透过窗户照射在女子身上,给女子镀上一层光辉。

而因为酒水浸湿了衣裙,女子曼妙的身子也显露无遗。

一滴酒水滑落在女子轻轻颤动的睫羽上,阳光在酒水珠上投射出七彩的光芒,让孔凌青满眼都是惊艳。

"你来了啊。"杨又薇依旧闭着眼,虽然孔凌青没有说话但她就是知道来的人是孔凌青。

她比想象中更熟悉孔凌青,原来这一年多的相处已经将孔凌青的呼吸、脚步声都刻到她的灵魂里。

"小薇薇,你在难过吗?"孔凌青背靠着门,看着一地破碎的酒坛,轻轻地问道。

他记得那天在长陵侯府,他没有在杨又薇脸上看到伤心,那天她来有间酒楼让他放弃她,她还是没有难过。

他以为,杨又薇是个不会难过的人。

可是此刻虽然杨又薇依旧没有流露出难过的表情,但他就是知道她在难过。

就像她不睁眼也知道来的人是他一样,他们彼此熟悉到早已把对方的一举一动刻到了骨子里。

那是另一个自己啊,怎么会不熟悉呢?

第26章 我再也没有家了

杨又薇缓缓睁开眼,睫羽上的酒水让她感觉有些朦胧,却还是认真地对着孔凌青说道:"是啊,我在难过,我很难过,可是我不知道我该去哪里,又能去哪里。"

人啊,难过了都想回家,然后伤口就能慢慢痊愈。

可是她早就没有家了,又能去哪里呢?

阳城将军府是小哥哥和小嫂嫂的家,长陵侯府是舅舅和外祖母的家,至于杨府……娘亲在时那里是她的家。

自从娘亲去世后,她就没有家了,直到孔凌青的出现……让她一度奢望,她会有家的。

"我曾经以为,我会和你有个家,你会给我一个家的。"

杨又薇就这么痴痴地看着孔凌青,酒水很好地掩饰了她眼中的心碎,可也让她看起来柔弱极了,好像在默默垂泪一般。

孔凌青闻言鼻头一酸,不由自主上前几步,走到杨又薇面前,轻轻地擦拭杨又薇脸上的水珠。

不知道是酒水,还是……泪水?

"我以为我会给你一个家,一个让你不再彷徨,不再不安的家,我以为能够让你不惊,不苦,不再流离失所无枝可依。"

我的姑娘,我曾经真的想要和你天长地久,也以为自己能够给你幸福,却没有想到最终让你不幸福的人却是我自己。

"可是那天你亲手烧了那个家,我再也回不去了,我再也没有家了,我没有家了。"杨又薇猛地投入孔凌青的怀抱中,号啕大哭。

经过一晚林若兮的事,终于让杨又薇再也忍不住内心的哀伤。

怀中女孩那一句句,一声声,我没有家了,仿佛这世界上最毒的药,让孔凌青觉得五脏六腑都是绞痛,痛得他几乎站立不住。

颤抖地伸出手轻轻环住怀中的女子,抿唇将下巴贴到女子的头顶上。

似乎有什么东西,没入女子的发髻,消失不见。

"小薇薇,对不起。"

无论真相是怎样的,终归是他负了她……

如果能够重来一次,他再也不要遇上她,那样就不会爱上她,也就不会……害了她。

他宁愿自己抱憾终身,也不想怀中的女子不幸福。

杨又薇从孔凌青的怀中退出,抬头看着自己小心翼翼却还是爱上的男人,笑了。

"你没错,我也没错,是命运错了。小青子,我永远都会记得那种喜欢到不行的感觉,是你带给我的。"

只是,只是以后我再也不敢了。

我不会为你的离去找理由,就像我从来没有想过你会离开一样。

"小薇薇……"

孔凌青难受地看着笑得格外温柔的女子,似乎看到女子笑容的背后,那是在哭泣的灵魂。

"小青子……"

明明只是轻轻地喊着对方的名字,可是为什么声音中却带着一丝颤动的哽咽?

原来,走到最后,我们竟然连叫对方的名字都哽咽了。

"不要再为我难过了,我喜欢大笑的杨又薇,我喜欢神采飞扬的杨又薇,我喜欢永远阳光万丈的杨又薇。"

孔凌青轻轻地将女子脸侧湿润的发丝捋到女子耳后,面带微笑地说道。

"好。"杨又薇轻轻应下。

杨又薇以为她此生无论遇到什么事都不会再流泪,因为他喜欢的是微笑的她。

可是经年几过,她却再一次崩溃大哭,哭到让人以为她失去了所有。

"你……"

"我会带着杨又宁回山东孔家,然后……成亲。"孔凌青不闪不避,直直地看着杨又薇说道。

不是没想过带着杨又薇一走了之,可是先不说杨又薇愿不愿意,就说那全天下的责骂,他又怎么忍心让他心爱的小薇薇受千夫所指?

其实,这样也好。

他的小薇薇值得更好的人对她,话虽如此,可是孔凌青忘了还有一种可能。

后来,她所遇之人都胜他,但她所爱程度都不及他。

"无论怎样,请你记得你叫孔凌青,别为了不重要的东西迷失了自己。"杨又薇轻声劝道。

她了解孔凌青,所以知道孔凌青心中的不甘甚至是怨恨。她怕,有一天孔凌青会迷失在怨恨中,变得再也不像孔凌青。

孔凌青环着女子的手臂微微一颤,嘴唇微动却终究还是什么都没有说出口。

小薇薇,你知不知道你越是这样,我心中的不甘就会越重?

松开杨又薇,孔凌青从怀中掏出那块玉佩,轻轻给杨又薇挂在腰间,说道:"就算不想再和我有联系,但这东西本来就是你的,你又何必连它都不要呢?"

杨又薇看着重新挂回自己腰间的那块玉佩,忽然觉得这有间酒楼的酒真够劲,自己没喝只是淋了一身居然都觉得有些醉意了。

"好。"

傻子,我怎么会真的想再也不和你有所联系呢?我要怎样告诉你,这几日我夜夜不能安眠,因为在有你的梦中,我都会哭着醒来。而我每个梦里……都有你。

孔凌青眼睛盯着玉佩，继续说道："一会我会让小二给你送进一套衣服来，再让小二给你打桶热水，等头发干了你就回将军府吧，出来这么久了龙将军他们会担心你的。"

龙将军……终究是不一样了，孔凌青再也不会死皮赖脸地喊龙轻泽"大舅哥"了。

杨又薇又说，"好。"

孔凌青终于再次抬起头，细细的用眼神描绘着女子的轮廓，一遍又一遍……仿佛要将女子的容颜刻进灵魂里，又好像……此生再也不能相见一般。

有些颤抖的唇轻轻贴在杨又薇光洁的额头上，阳光下的两人俱是一震。

微微带着酒香的味道传到孔凌青的唇瓣上，让人不由沉醉。

那有些冰凉却格外柔软的触感袭来，让杨又薇轻轻一颤。

不知过了多久，杨又薇已经躺在了浴桶里，忽然呆呆地伸手碰了碰自己的额头，转而就是一阵无声的大笑。

起身穿好衣服，等发丝没有那么湿了，杨又薇就起身离开了有间酒楼。

"姑娘，有人让我为你准备了顶轿子，在后门那里等着您呢。"

杨又薇一出雅间的门，那个小二就冒出来笑嘻嘻地对着她说道。

杨又薇先是一愣，转而就明白过来，沉默地跟在小二身后去了后门，果然看到一顶轿子在那里等着自己。

小二掀起轿帘，杨又薇忽然转头往后看了一眼，什么都没有看到，但她还是笑了。

然后起身上轿，离开这里。

紧接着，有间酒楼后院一间阁楼的窗户也缓缓关上了。

终此一生，杨又薇再也没有来过有间酒楼。

第27章　死在一起都是奢望

大盛永历六年二月十五,秀王凤回亲手绞杀侧妃周曼婷并亲自将周氏的尸体送到未央宫,震惊了京都内所有人。

而皇上凤绝并没有表态,人们不由纷纷猜测秀王妃那晚难产之事恐怕是皇后的手笔,毕竟这世界上没有不透风的墙。

人们都知道周侧妃是皇后赐给秀王的,而且秀王妃难产当日,皇后夜召秀王进宫。

再想想六年前皇后月柔和秀王凤回也曾两小无猜,是众人眼中艳羡的金童玉女。

事实真相到底如何,并不难猜。

所以第二天早朝时,不仅没有人参秀王,反而纷纷上奏言皇后月柔德容有失,难为天下之母,恳请皇上废后另立。

早就传闻帝后失和,本以为凤绝会就此机会废除皇后,谁知道凤绝一一驳回,只是训斥了皇后,并没有实际上的处罚。

这让人大跌眼镜的同时不由琢磨,这是不是说明皇上心里还是有皇后的?

可是也有人猜测皇上并不是还念着月柔,只是废了皇后之后后宫之内就无人可以与德妃匹敌了,而另立新后,皇上……恐怕还是念着留情殿的那位惠妃娘娘吧。

只不过凤绝也知道本身惠妃就来历不明,立惠妃为后肯定困难重重,更何况出了惠妃刺杀皇上的事,凤绝就算手段再强硬,这满朝文武也不会同意立惠妃为皇后的。

所以凤绝就干脆不废除月柔,只是禁足起来罢了。

而让京都再起波澜的是,晚膳时分满大街的人都看到一群群丫鬟小厮从秀王府大包小包地成串走出。

有人打听了一下,竟然是秀王凤回遣散秀王府的众人,身边只留下了两个丫鬟和两个小厮罢了。

这下人们是真的纳闷了,这秀王到底要干什么?

而隐隐猜测出来凤回想法的两人,此刻正在漪澜苑中看着婴儿床上自己吐泡泡吐得十分欢乐的小小婴儿沉默不语。

进来将这日京都流言一一说完的竹桑十分有眼色,见两位主子都不说话就低头退了出去。

"呀呀……啊……呀。"小小的婴儿挥舞着自己瘦弱的小手臂朝宁千雪的方向挥了挥,然后继续吐泡泡。

好像这世间最快乐有趣的事情,就是吐泡泡了。

宁千雪伸手将小婴儿蹬开的小被子给她盖上,不料盖完被子刚想伸回去的手就被一只小小的手攥住了。

"呀呀……"小小的婴儿睁着那双酷似林若兮的明亮眼睛,好奇地看着宁千雪。

孩子的眼睛不算多大多漂亮,可是那眼中的亮光好像能看透世间所有的阴暗一般,像极了林若兮。

宁千雪反手牵住婴儿小小软软的手,轻声说道:"好孩子,你娘亲就要解脱了。"

话音,听起来好像很高兴,可是那冷冷的余音中好像有谁遗憾的叹息声。

"呀呀……"小婴儿秀气地打了个哈欠,似是困了,抓着宁千雪的手放在小嘴里吮吸着。

那吧唧吧唧的声音,好像她在吃什么特别美味的东西一样。

宁千雪僵硬着身子,也不抽回手,就那么僵硬地待着,一向灵慧的眼眸中满是呆愣之色。

这……谁来告诉她,她该怎么办?

这孩子,好像……

"咳咳。"凤尘抬头握拳放在嘴边轻轻咳了两声,借此来掩饰眼中的笑意。

他还是第一次见到这样的宁千雪,褪去了平日里的冷漠与高傲,那呆愣的表情实在是让人忍俊不禁。

宁千雪横了一眼凤尘,然后动作轻缓地将手从小婴儿的嘴里拿了出来,看着小婴儿不满意地砸吧砸吧嘴,然后居然翻身睡了过去,不由笑了。

"千雪,今……"

"别忘了,是你说的,这是他们两个人的事,不让我插手,怎么?现在王爷您想插手了?"

宁千雪掏出手帕低头一边漫不经心地擦着手指,一边讽刺地说道。

当日她想插手,凤尘说这是林若兮和凤回的事。好,她听了。

这几天无论她多想去秀王府看看若兮的情况,她都没有去。

现在凤尘隐隐猜出凤回的选择来了,居然想插手?

怎么可能?

"……不说别的,这个孩子我看你也很喜欢,你就忍心她小小年纪没了父母?"

凤尘当日里说得再豁达,那也是因为当时被没有涉及凤回的生命,如今……他既然猜出了凤回的选择,又怎么忍心袖手旁观?

"早前的时候若兮就料到了她不会陪伴这个孩子长大,所以她把这个孩子托付给我了,我也答应了。"

宁千雪起身,居高临下地看着抿着唇瓣不说话的凤尘冷然一笑,"这个孩子我不是抚养一天两天,我是养她一辈子!王爷,明白了吗?"

凤尘猛地起身,大步就要离开。

宁千雪看了一眼睡着的小婴儿,跟着追出了门外,等离屋子远了,宁千雪才说道:"王爷是想和我站在对立面吗?"

两人静静面对面而立,冷风吹过也吹不散两人之间涌动的暗潮。

"貌似是千雪一直以来都想和我作对。"

凤尘的眉间,看不出喜怒,眼神间晦涩难辨。

最近和宁千雪相处得越来越和谐,以至于让凤尘忘了眼前这个女子,是恨他的。

宁千雪看着凤尘大步离去的背影,眼中闪过几番变幻,在男子的背影消失在院子门口时,那沙哑的声音终是响起。

"千雪就问王爷一句,当年亲眼看着露华公主丧生火海后,你是愿意当时能够和露华公主一起跳下绣楼命丧黄泉,还是不悔时至今日夜夜难眠,连梦中相见都是奢望?"

女子冰冷到有些淡漠的声音仿佛一道惊雷劈在了浑浑噩噩的凤尘身上。

凤尘僵硬的转身,声音低到不能再低,"你果然知道。"

他自认从来没有和宁千雪有过交集,但宁千雪仿佛初遇他就对他格外的冷漠。

他永远记得城门口初见时女子那淡然的一眼,眼中仿佛盛着的是满世的冰雪,冷到让人灵魂为之一颤。

"千雪言尽于此,王爷是愿意秀王一生噩梦不得解脱,还是与心爱之人共赴黄泉,千雪都不会阻拦。"

说罢,女子淡然地转身,那旋转的裙裾仿佛都带着一抹冷意。

"一生噩梦不得解脱吗……"凤尘伸手捂住自己曾经受过伤的心口,静立不语。

如果可以,他多么想当年他能早点到绣楼告诉阿蓉一切,哪怕一起葬身火海,也好过如今的生不如死啊。

阿蓉,原来和你一起死对我来说都是奢望。

第 28 章　来生定不负你

天渐渐暗了，月亮升起来了，天又不是那么暗了。
林若兮就躺在床上木然地看着窗外的月光，心中无所触动，眼中平静无波。
"娘娘，您说王爷这是什么意思啊？"夏涵将这两天凤回的举动告诉林若兮后，就问道。
此刻的林若兮虽然脸色青白得不成样子，但至少没有再痛得战栗。
昨日宁千雪收到随景岩的回信告之，此药乃是神医谷不传之秘，名叫湮灭。因毒性太过霸道有损阴德，所以上一任神医谷谷主随君知也就是随景岩的师父，已将神医谷所有的湮灭销毁并连配方都烧了，连随景岩都不知道配方。
但是随君知曾经留给随景岩一瓶药，说有朝一日再见湮灭服用此药可缓解头疼一时，也可减轻噩梦的频率。
不过即便如此，这几日林若兮也消瘦得可怕，整个人好像就是一副骨架上披着一张人皮，看不到一点肉。
林若兮唇角微微勾起，笑道："夏涵，将我那套碧霞云纹联珠对孔雀纹锦衣拿出来给我换上。"
夏涵和香涵对视一眼，皆是不明所以。
还是香涵隐约像是想到了什么，捅了捅夏涵让她去取衣服，而她则是扶着林若兮坐到梳妆台前问道："王妃，今日梳什么发髻呢？"
"云近香髻吧。"林若兮看着铜镜中瘦得可怕的女子，淡淡地说道。
原来她已经变得如此难看啊，这怎么行呢，一定要好好打扮打扮。
香涵闻言立刻巧手给林若兮梳起一个松松垮垮的云近香髻来。
本来云近香髻不必梳得如此松垮的，只是林若兮那一头长发早就掉了不少了，而且香涵怕梳得太紧勒得林若兮头疼。
林若兮也不在意，反而有点满意地点了点头，然后从匣子中拿出一对镂空穿枝菊花纹钗来，说道："给我簪上吧。"
香涵虽然有些诧异，但还是听话地将金灿灿的簪子插在女子不再浓密的发间。
王妃一向偏爱玉簪和样式简单的簪子啊，怎么今日竟要戴起这华贵的金簪来了？
不由香涵多想，林若兮又指了指一件金镶玉蟾宫折桂分心让香涵给她戴上。
等换上那妃色的华服，不仅没衬得女子高贵美丽，反而显得女子更加……难看。
林若兮早就瘦得脱形了，穿戴得再华丽再好看也无济于事，反而将女子的惨白衬托得更淋漓尽致。

而林若兮却恍然未觉,竟拿起眉笔细细地给自己描眉,然后再举着微微有些颤抖的手给自己慢慢上妆。

看着盛装打扮的林若兮,夏涵忽然惊恐地睁大了双眼,王妃是想……

"王妃您……"

"夏涵!"

香涵在夏涵一开口便厉声打断,看着如此严厉的香涵,夏涵哪里还不明白,唇角一抿,低垂下头的同时那成串的泪珠也随着滚落。

"啪!"

在这寂静的屋内,好像泪珠砸落在地面的声音都格外的清晰。

"香涵,床头有两封信,还有你们两个的卖身契,信一封给我哥哥一封给千雪和薇薇,好了没事了,你们可以走了。"

林若兮扶着梳妆台自己支撑着站了起来,那撑在梳妆台上的双手都在颤抖。

"王妃……"

尽管知道王妃的意思,可是两个丫头还是不免哽咽出声。

"走吧。"

那一声中饱含多少苍凉和无奈,又有着多少心酸和痛苦?

而两个丫头却在这一声"走吧"中听出了一抹释然,还有解脱。

抹了一把眼泪,香涵从床头拿出两封信,然后拉着痛哭流涕的夏涵一起缓缓退出了房间。

这对于王妃来说,是解脱。

自家王妃终于可以从这尘世罪孽的红尘中解脱了,她们应该高兴才是。

林若兮费力地推开窗户,看着洒落一地的月光照进来,还有那清凉的晚风仿佛能够吹散她心头的阴霾,让她虽然冷得发抖,却依然不肯关上窗。

轻轻浅浅的脚步声响起,一件温暖的披风落在女子瘦弱的肩头。

"你来了啊。"

林若兮那平静的声音,好像和身后的男子是多年的老友一般。

没有爱,没有恨。

比之好友多一抹漠然,比之路人多一分稔熟。

凤回点点头,牵起林若兮过分冰凉的手摩挲着给其暖手,"我刚刚去了一趟尘王府,看了看孩子。"

说完,凤回就感觉到眼前的女子浑身一震,林若兮冰凉的指尖蜷缩起来,声音也再也做不到平静。

"孩子,怎么样了?"

自从那晚之后,林若兮就再也没有问过孩子的消息,到了这一刻终是忍不住问出了口。

那是她用心期盼,真心爱护下拼尽所有才得以降生下来的孩子啊。

她怎么会不关心她的女儿呢?

只是,她怕看了之后,问了之后,她就再也舍不得这世间,没有那玉石俱焚的决心了。

可是凭她这份残破的身子,又能陪伴孩子几天几个月呢?

倒还不如,让那个孩子从小就养在千雪膝下,那样才是对孩子最好的。

有千雪在,她相信她的女儿定会一世无忧、无人敢欺,不用像她一样连爱一个人都战战兢兢、如履薄冰,到最后却还是一身伤痕一世伤。

"孩子很好,尘王妃用了不少好东西来温养女儿,可见尘王妃是真的喜欢这个孩子。"

凤回想起刚刚见到的那个小小的一团,看到她欢乐地呀呀叫着,吐着泡泡露出笑容,凤回就觉得整个人都温暖极了。

那是他的女儿,却也是他一生注定愧疚的女儿。

他没有在发生这么多事之后,还当作什么事都没发生过一样,陪着她成长。

终归是他唯一的孩子,无论是皇上还是凤尘,他相信他的兄弟都会疼爱这个孩子的。

"孩子还没有取名字,你要不要……"凤回刚想发问,却在触及林若兮战栗的身子时慌了手脚。

"若兮,若兮……"凤回抱着林若兮坐在地上,看着疼得不行的林若兮除了叫着她的名字,却什么都做不到了。

"孩子……"林若兮明亮的双眼渐渐升起一层水雾,双手紧紧攥着凤回的衣袖,声音哀伤到不行,"我们又有什么资格……给孩子……起名字呢?"

生了她却也抛弃了她,她和他都没了资格。

凤回紧紧拥着林若兮,眼底映着不远处跳动的火苗,不再言语。

若兮,若我知道有一天我会这么爱你,那我一定会提前遇到你。

若有来世,我定不负你!

第 29 章　凉城郡主

　　在京都渐渐安静下来,进入沉睡的时候,巡夜的士兵忽然发现有一处起了大火,赶忙跑过去的时候却发现着火的居然是秀王府。
　　巡夜的士兵满目骇然,立刻一边救火一边去报告上级。
　　整个京都,再一次躁动起来。
　　秀王府和尘王府隔得本就不远,可是这么大动静居然没见尘王府有人出来救火,不禁让人们大感疑惑。
　　只是听说尘王和皇上不和啊,不是和秀王一向兄友弟恭吗?
　　可是人们等了半天却发现,连皇宫的守卫都没有出现,有的人渐渐明白了什么。
　　人们渐渐散去,而秀王府的火也终于慢慢熄灭。
　　宁千雪站在阁楼上,在这夜色里眺望着那一处的火光慢慢变弱,眼中的墨色也越来越深。
　　若兮,你终于得到你想要的爱情了。
　　到了最后,凤回终于给了你你想要的纯粹的爱情。
　　你放心,你的女儿从此由我养大,我定然会让她得到你从未得到过的一切。
　　不必像你一样,战战兢兢如履薄冰。
　　我一定会守住她的美好,一定!
　　关了窗户,宁千雪打算回房休息却在转头的瞬间看到了凤回沉默的侧脸。
　　"王爷什么时候来的?"宁千雪眸中露出一丝苦笑,什么时候她的警觉性变得这么低了?
　　还是说,她渐渐对凤尘放下了警惕?
　　宁千雪,你到底在想些什么?
　　凤尘负在身后的双手不断紧握又松开,松开再紧握。
　　宁千雪看着不说话的凤尘也不在意,侧身就要离去。
　　站在这里不说话,是来吓唬人的吗?
　　大半夜的来这里,就是为了装深沉吗? 有病!
　　"你说得对,这样的结局对于大哥来说何尝不是最好的?"
　　就在宁千雪将要离去的时候,凤尘有些低沉的声音在这寂静的空间淡淡地响起。
　　宁千雪唇角一勾,却一言不发地抬步踏在台阶上,一步步动作缓慢却格外优雅地离开。

凤尘,你后悔了吗?

只可惜,每个人都要为自己的选择负责甚至是……付出代价。

如林若兮选择爱上凤回,就算落到这个地步她也从未后悔过。

又如凤回,做错了事想要挽回却是得用性命来补偿。

这就是我们每个人活在世上的代价,你也好我也好都是如此。

凤尘望着宁千雪消失的背影,沉了沉眼眸良久之后打了一个响指。

"长歌,去查一下岳繁怎么会到现在都没有消息?"

长歌,是他的暗卫之首。

世人皆以为他身边最看重的是侍卫凌空,殊不知就连凌空都不知道长歌的存在。

自从六年前的悲剧发生后,凤尘就习惯性做好两手准备。

岳繁去查宁千雪也有一年多了,怎么会到现在都没有消息?

按照岳繁的能力来说,就算没有查到什么异常也早该回来了啊。

除非,是岳繁查到了什么异常,毕竟被人发现了才会这么久都没有回来,而且他也联系不上岳繁。

宁千雪,你到底在干什么?

第二日,秀王府被大火烧成废墟的消息震惊了整个京都。

要知道虽然凤回不如凤尘在大盛臣民心中有着非同一般的影响力,但凤回好歹也是一品亲王,当今圣上唯一的兄长。

秀王府怎么会离奇失火呢?

人们抱着一肚子的疑问等待早朝的结束,哪知道等了半天凤绝居然对秀王府之事只字未提。

反而将秀王之女交由尘王妃抚养,封凉城郡主,食千户。

这道圣谕一出,人们大感意外。

要知道无论是宁千雪的无双郡主之封,还是凤青岚的长公主之封,那都是没有封地的。

凉城处于富饶的江南,一向富庶。

而宗室子女的封号若是以城命名,那就意味着整个城就是受封子女的属地了。

没想到无父无母的秀王之女,居然被皇上如此看重。

有些心思的人纷纷打听起凉城郡主的情况来,得知还有一个多月就是凉城郡主的百日了,纷纷摩拳擦掌搜罗各种宝贝,想要讨好这位郡主。

当然了,最重要的是讨好尘王妃,毕竟凉城郡主刚刚几个月大,你就是再讨好人家郡主也记不住你是谁啊。

尘王妃就不一样了,有宁国公府和神医谷做靠山,现在貌似尘王都对其态度都不一样了,这时还不讨好她还讨好谁啊?

况且,凉城郡主百日时,尘王妃势必会为其造势,意在震慑京都不要轻视无父无母的凉城郡主。

讨好这位尘王妃的机会可不多啊,不抓住的是傻子。

不管外界如何猜测如何想法,尘王府都一切平静。

宁千雪看着呀呀叫唤的小婴儿,整个人都觉得放松了下来。

"千雪,这孩子还没有起名字吧?"杨又薇熟练地抱起小婴儿,扭头对着宁千雪问道。

宁千雪一愣,这才想起这个孩子还没有名字呢,她本以为若兮会给这孩子起个名字,可是……

想起几日前夏涵、香涵送来的那封信,宁千雪有些黯然的眸子闪了闪,道:"若兮没给这个孩子起名字。"

就算她做好抚养这个孩子的准备了,但宁千雪也没想给这个孩子起名字。

因为最有资格的是林若兮,这是她拼尽一切用命换来的孩子。

杨又薇听到若兮两字,抱着小婴儿晃悠的身子微微一顿,转而又恢复正常,"那你给起个名字吧,总不能孩子孩子的叫着吧。"

声音听不出一点起伏,但心里就真的一切平静吗?

杨又薇虽然喜欢女儿,也想给这孩子起个名字,但想了想自己那半肚子的墨水,还是打消了这个念头。

宁千雪忽然站起身,对着门外说道:"不如由哥哥来起这个名字如何?"

杨又薇一转身,果然看见了踏着日光而来的翩翩公子,不由打趣道:"宁大哥,你别老在我面前晃悠啊,不知道你是我偶像吗?万一我把持不住怎么办?"

至于和宁为玉一起进来的凤尘,则是被杨又薇和宁千雪一起忽略了。

宁为玉原本的笑如春风忽然有一瞬间僵硬了,不过片刻便恢复正常。

"千万别,为玉一介书生可架不住龙将军的拳头。"

不是所有人都有孔凌青那个魄力,敢在龙将军和沈蔷薇这两个彪悍的存在手底下招惹杨又薇的。

显然想起孔凌青的不止一个人,杨又薇眸色一暗,然后转身就凶巴巴地瞪着宁为玉说:"宁大哥,打人不打脸,揭人不揭短啊。"

第 30 章　落尽梨花月又西

　　宁为玉看了看宁千雪的神色,确认自己这个多病的妹子现在气色还算可以后,才坐了下来。
　　"所谓伤疤,光结痂不算好,只有当再触碰伤口你已经不觉得疼的时候,那伤口才算是真的好了。"
　　杨又薇阴恻恻地看着曾经被自己视为偶像的人,恨不得上去咬两口泄恨。
　　这厮一脸"你不用感谢我"的表情说这话,对于刚刚被戳到痛处的杨又薇来说,太碍眼了。
　　宁千雪闷声一笑,岔开话题说道:"哥哥来得正好,我和薇薇刚发现这孩子还没有起名字,哥哥乃天下第一公子,由哥哥来取再合适不过了。"
　　凤尘也配合地说道:"兄长文采斐然,的确再合适不过了。"
　　众人:……
　　谁不知道凤尘比宁为玉大上一些,没想到凤尘居然会一本正经地称宁为玉兄长……真是,奇哉怪哉。
　　只有宁为玉很是淡定地接过竹枝递上来的茶,然后含笑朝凤尘点了点头。
　　还挺有大舅哥的架子。杨又薇撇了撇嘴,不满地嚷嚷道:"快起名字啊,速度点。"
　　宁为玉不急不缓地抿了一口茶,微微思索了一会才说道:"不如就叫凤梨月吧。"
　　"凤梨月?"杨又薇轻声念了几遍之后,发现挺顺口的也就很满意了,拍着小婴儿欢乐地说道,"小梨月,你有名字了,以后姑姑就叫你月儿可好?"
　　在杨又薇这个没什么墨水的人看来,名字念起来顺口就是好名字了。
　　而宁千雪闻言则是眼中飞快地闪过一抹伤感,尔后轻声吟诵道:"红泪偷垂,满眼春风百事非。情知此后来无计,强说欢期。一别如斯,落尽梨花月又西。"
　　这首词符合极了林若兮的爱情,还有她的一生。
　　梨月,梨月……终究是离吗?
　　凤尘看着情绪有些低落的宁千雪,手轻轻覆在宁千雪的手背上,轻声道:"梨月有你有我宠着,他们会安心的。"
　　这是他大哥的孩子,他自然会如珠如宝地宠着,所以……梨月绝对不会和林若兮一样,用尽一生来等一份错位的爱情。
　　宁千雪不动声色地抽回自己的手,忽略凤尘灼灼的目光,看着宁为玉问道:"哥哥这次来是有什么事吗?"

要知道宁为玉可算是真的不喜凤尘,因为他做过的那些事,就算宁千雪嫁入了尘王府,宁为玉也从未来过尘王府,有什么事一般都是传信的。

宁为玉手指轻轻敲击着桌面,眸光中是和煦的柔光,道:"我就要离开了,这次是和你道别的。"

"什么?"宁千雪很是吃惊,要知道宁为玉离家这么多年不过才回来几个月,居然又要离开?

什么事情这么重要?

虽然宁为玉和宁国公相处起来极为随意,看起来宁为玉也不甚尊重宁国公,但是宁千雪看得出来对于宁为玉来说宁国公十分重要。

要知道宁国公已经一大把年纪了,什么事会重要到让宁为玉丢下陪伴宁国公本就不多的时光?

凤尘也十分诧异地看向宁为玉,虽然他也知道这位大舅哥看他并不顺眼,但有宁为玉在京都,对于宁千雪来说也是一份安全的保障。

宁为玉收起笑容,一脸是罕见的认真。

"你还记得杨又宁给孔凌青下的药是神医谷的胭脂醉吗?"

"哥哥的意思是?"宁千雪看了一眼装作若无其事实则背脊早就僵硬了的杨又薇,无声一叹。

看薇薇这个样子,哪里是放下了?分明是把那份感情藏到了内心深处,不是不爱了,只是不表达出她的爱了。

这样,更累。

宁为玉点点头,也不顾及凤尘在场,继续说道:"你不是告诉我那个吏部尚书之女冷清秋不对劲吗,我顺着她查下去,发现她和沧澜国的人有勾结。"

"你说什么?"

这次发问的不是宁千雪了,而是沉着脸的凤尘。

大盛的贵女居然和别国有勾结,况且还是和沧澜国有勾结!

要知道大盛和兰国虽然关系和缓,但是和沧澜国却并不友好,这两年常爆发战争。

吏部尚书嫡女和沧澜国有勾结,这可不是一件小事。

而百里琦则是闻言之后转身就要离去,却被宁千雪眼尖地看见。

"站住!琦儿,你要去哪里?"宁千雪罕见地对百里琦厉色训斥,不等百里琦回话就继续说道,"你以为我能怀疑冷清秋,陌阳就没有一点察觉吗?"

要知道她不过才见过冷清秋几面而已,而陌阳曾是从小和冷清秋定下了婚约,陌阳那样的人怎么可能不将自己的未婚妻是人是鬼给调查清楚呢?

怕是陌阳早就知道了,并且动手帮冷清秋隐藏痕迹了。

陌阳是她的人,自然熟悉璃珞璎珞做事的风格,瞒住一个看起来并不重要的人,对他来说轻而易举。

百里琦失魂落魄地退了两步,喃喃自语道:"可是陌大哥说他不喜欢她啊……"

"琦儿!无论陌阳喜不喜欢冷清秋,这都和你没关系,记住了吗?"

89

宁千雪眉间一抹怜惜浮现,她以为琦儿已经放下对陌阳的爱慕了……

原来不过是和杨又薇一样隐藏起自己的内心来了,她身边的那个天真的小丫头从什么时候开始也有了心事呢?

"念儿,看好琦儿不要让她出府。"

宁千雪终究还是不放心,毕竟百里琦还不够沉稳,唤来百里念去看着百里琦。

百里念平日里再二,对于百里琦来说也是一个依靠,心事只要肯倾诉出来就会好很多。

"原来陌阳真的是你的人。"凤尘神色莫测地看向宁千雪。

他实在是没想到,他的这个王妃手里居然会握着这么多力量,她到底想干什么?为云氏复仇么?

若是她想为云氏报仇,他会阻止么……凤尘摸了摸自己的胸口,想,那大概是不会的吧。

不过,宁千雪肯在他面前暴露陌阳是她的人,这是不是代表着他和她的隔阂,在慢慢消除?

宁千雪既不肯定也不否认,只是看了一眼凤尘后,对宁为玉说道:"所以哥哥是要去沧澜国吗?"

宁为玉点点头,注意到宁千雪的不赞同后笑着说道:"你放心,我路上会和随谷主同行的。"

"阿岩?"

"是的,这次的事,无论是胭脂醉还是湮灭都出自神医谷,随谷主邀我一起去沧澜国探个究竟。"

第31章　姑娘我想收拾你很久了

要知道神医谷之所以震慑三国，就是因为神医谷手里握着不少神药和毒药，世人不知其配方更没有解药所以不敢得罪神医谷。

神医谷地位尊崇还有一个重要的原因，那就是神医谷手中握着再厉害的毒药，也从来没有用在无辜之人身上过，也没有借此干涉三国。

可如今胭脂醉和湮灭明显是神医谷不传之秘，却出现在世间，而且还干涉到大盛的内政。

要知道无论是杨又薇还是凤回之事，都干系到大盛的内政。

这可不是小事，难怪随景岩会这么重视。

一个不好，那神医谷就会引起三国的公愤啊。三国虽然不敢轻易得罪神医谷，并不代表不会动手灭了神医谷。

神医谷再厉害，也敌不过全天下所有人的讨伐！

所以这次随景岩不光是为了宁千雪，也是为了神医谷。

"有阿岩跟着哥哥，我也放心些。"宁千雪有些愧疚地看向宁为玉。

这个和她并没有血缘关系，甚至只和她见过几面的哥哥，为她奔波了几年，如今刚刚回家没有几个月，却又要离去。

想起宁国公那已经花白的头发，宁千雪心里十分不是滋味。

宁为玉岂会不知宁千雪的想法？当下便站起身笑着说道："妹妹不要多想，就算不为你，为了大盛我也会走这一遭。"

他虽然从小就被送去瀛山书院求学，而后行走天下，但是守护大盛的责任早就融入了骨血里。

守护大盛，这就是宁国公府存在的意义！

凤尘也随即站了起来，朝宁为玉抱拳感激道："宁公子不愧是第一公子，尘代大盛的臣民感激不尽。"

凤尘并非普通的王爷，所以他不可以如信陵王那样随随便便就去别的国家。

而且就算是信陵王也是打着和亲的幌子才来的大盛，而且凤尘是战神，不是一般的王爷，他若前去沧澜国，很容易引起误会从而引起两国交战。

不过，话说沧澜国的使臣也应该在路上了，也不知会派谁来。

宁为玉淡然一笑，一瞬间让人感觉如沐春风。

"尘王殿下说笑了，玉也是大盛臣民，不过尽本责而已，何须道谢？"

宁千雪也站起身，眉间尽是不舍与担忧，"兄长，一路保重。"

这本该是她的责任，这是她身为帝女露华的责任，无论是宁为玉还是随景岩，都是在为她奔波啊。

宁为玉淡笑着离去，凤尘起身相送。

杨又薇抱着小梨月忽然低声说道："千雪，若是早点遇见宁大哥，想来我也不会爱上他。"

遇见宁为玉之前，杨又薇很崇拜宁为玉，甚至在遇到孔凌青之前，她觉得嫁人就应该嫁给像宁为玉这样的人。

可是，也不知是遇到了孔凌青还是其他别的原因，让她觉得就算在孔凌青之前遇见宁为玉，她也不会爱上他。

宁千雪挑眉，调侃道："当年你不是还和我说什么肥水不流外人田吗？"

她可没有忘记在楚王府的百花宴上初遇杨又薇时，这个姑娘就一笑脸容地告诉她，她倾慕玉公子。

杨又薇一边逗弄着小梨月，一边说道："宁大哥这种人的心太大太大了，他的心里装着整个天下，爱上这样的人太累了。而我要的只是一个满心满眼都是我的良人，宁大哥……不是我要的良人。"

以前她总是和孔凌青说嫁人就应该嫁给宁为玉，宁为玉有多么多么好……

可是到现在她才发现，对于她来说最好的那一个，她已经遇到了。

只可惜，她和他也只是遇见。

宁千雪但笑不语，既不认同也不反对，而杨又薇也只是说说罢了，也许只是说给自己听，并不在乎宁千雪是否回答。

不过在宁千雪看来宁为玉并不是传统意义上一心装着天下的人，他只是还没有遇见那个她，所以才会让杨又薇觉得他是个身负天下的人。

"王妃，平妃娘娘来了。"竹枝怨念的声音传了进来。

宁千雪眼皮都没抬一下地说道："没空。"

对于这个古熔心，无论她对凤尘到底是什么感情，她都做不到心平气和地见这个劳什子的平妃。

平妃，平妃，这无时无刻不再提醒着她，曾经凤尘给她的耻辱。

"别啊千雪，也让我见见这传说中的白莲花啊。"杨又薇连忙叫住竹枝，转头对宁千雪轻笑道，"你也是给我一个开开眼的机会啊。"

早就听闻尘王府内的平妃是朵娇滴滴的白莲花，她可是想见识很久了。

更何况，现在就算她把古熔心弄死，凤绝也不敢让她偿命，她来收拾古熔心，最合适不过了。

竹枝显然也清楚这个时候的杨又薇只要不通敌卖国，凤绝就不会把杨又薇怎样。

毕竟，柴元帅加上阳城将军和龙轻泽，再有一个南海，这分量可不轻啊。

凤绝一点都不恨自己的万里江山，又怎么会拿自己的万里江山来试杨又薇在他们心中有多重要呢？

也不等宁千雪同意,竹枝就欢乐地蹦出去请平妃进来了。

天知道,这是竹枝第一次对着平妃有笑脸。

自家王妃的战斗力虽然高,但奈何不愿意理平妃,她战斗力高但身份限制,所以总结成一句话就是:姑娘她想收拾平妃很久了。

现在有送上门的战斗力,不收拾她收拾谁啊。

正好杨大小姐近期心情也不大美丽,牺牲她一个,欢乐许多个,多划算的买卖啊。

"参见王妃。"

这次古嫆心进来后无论是她还是兰儿,都老实得很。

毕竟就算再缺心眼,被打多了也会下意识地害怕的。

"平妃有什么事吗?"宁千雪端坐于上,眼眸半合间风华无限。

古嫆心垂眸,压下眼中的惊讶柔声说道:"凉城郡主的百日快到了,嫆心就是来问问王妃娘娘该怎么给郡主办一办。"

"扑哧——"杨又薇抱着小梨月晃晃悠悠地走到古嫆心面前,眯着眼看着站在古嫆心身后的兰儿,慢条斯理地说道,"怎么,没看到我怀里的凉城郡主吗?"

杨又薇虽然平日里大大咧咧惯了,但和沈蔷薇久了,也就慢慢受其感染,一举一动间也沾染了慑人的威势。

兰儿被杨又薇的突然发难吓了一跳,却还是强撑着咬牙说道:"杨小姐这话说得,刚刚我家娘娘进来也没见杨小姐您行礼啊。"

杨又薇现在不过是一个区区六品官的女儿,凭什么这么神气?

第32章 有孕，凤尘你怎么敢

杨又薇轻哧一声，虽然她从来不在乎出身，但这还是第一次有人拿她的身份说事。

"你拿你自己和本小姐比？"杨又薇上下打量了一番兰儿，鄙视显而易见，"兰儿是吗，你觉得我现在杀了你，谁能管得了我？"

不过一个小小的丫鬟，居然也敢和她比？

这不是说杨又薇看不起丫鬟，觉得自己高人一等，对于竹韵和夏涵她们，杨又薇从来不轻视。

但是这个兰儿……眼神闪烁，眼底是掩藏不住的愤恨和嫉妒，甚至是……杀意。

这样的丫鬟，她杨又薇就算是杀了又能如何？

"杨小姐，我这丫头并没有得罪杨小姐，杨小姐又何必咄咄逼人呢？"

凤尘这段时间的冷落，已经让这个从前天真不已的女子变了不少。

"那又如何？这和我要杀她冲突吗？"杨又薇挑眉，一脸纨绔像地说道。

这个古嫆心不会以为这世间杀一个人都有光明正大的理由吧？

古嫆心看了一眼专心看戏的宁千雪，也知道宁千雪这是没有插手的意思了，起身对着杨又薇说道："那本妃替兰儿给杨小姐行个礼如何？"

她就不信，杨又薇一个没有品阶的女子，也敢受她堂堂尘王妃的礼！

谁知道杨又薇闻言只是大笑，然后将怀里的凤梨月递给旁边的奶娘，小梨月半天没喝奶了，估计饿了。

奶娘立刻知趣地抱着小郡主下去了。

"平妃娘娘是耳朵有问题吗？本小姐说得清清楚楚，这丫鬟是没有给凉城郡主行礼，平妃娘娘给我行礼做什么？"

那鄙视的语气，显而易见。

古嫆心气得不行，手中的帕子被攥得不成样子，"杨小姐既然唤我一声平妃娘娘，就应该知道我乃尘王妃，怎么当不得杨小姐一礼吗？"

不说她现在是尘王妃了，就算她不是尘王妃，她父亲也好歹是正三品的将军，比杨又薇的父亲官阶高出几条街去，而杨又薇居然敢这么不把她放在眼里。

都是因为……宁千雪！

眼中闪过一抹连她都不曾察觉的狠厉。

杨又薇站起身贴近古嫆心，盯着古嫆心的双眼，慢慢说道："我敢行礼，平妃敢受吗？"

就算她父亲仅仅是一个六品小官又如何？这京都的权贵记住她杨又薇，是因为她外祖父柴元帅,是因为她小哥哥龙轻泽,甚至是……因为孔凌青,记住了她杨又薇的名字。

谁又敢轻视她?

古嫆心一噎,转而捂着胸口踉跄着坐回椅子上,兰儿赶紧给古嫆心顺顺气。

杨又薇轻嗤一声,真没劲。

这货的战斗力太低了,怪不得千雪连见都不愿意见她。

凤尘又不在这里,她在这里装柔弱有个屁用。

兰儿俯身一边给古嫆心顺气,一边说道:"娘娘,您可不能动气啊,大夫说了孕妇忌动怒,因为这要是伤了小世子,这多不值当啊。"

"嘭!"是茶杯摔在地上的声音。

宁千雪缓缓起身,看着一脸苍白的古嫆心一字一顿地说道:"再说一遍!"

天好似有些冷了,众人皆是被宁千雪忽然起来的气势骇地不敢说话。

古嫆心也不知是被宁千雪吓得还是因为其他原因,只是呆愣在那里一言不发。

兰儿一咬牙,嘭一声跪了下来,哭求道:"王妃,奴婢知道您不喜欢我家娘娘,可是现在我家娘娘已经有了小世子,就算看在王爷的分上,你也不应该再为难我家娘娘了啊。"

丫鬟跪在地上哭,主子坐在椅子上脸色苍白,若是不知道的人进来看见这情况,肯定会以为真的是宁千雪刁难古嫆心呢。

"放屁,一个小小的奴婢居然敢诬陷主子?自从平妃进来,千雪就没说过话,见鬼的为难平妃。不过是一个平妃也太把自己当回事了吧?"

杨又薇罕见地疾言厉色,高声怒骂道:"不知道什么是规矩吗,就算平妃有了身孕,也当不得小世子一词,你明白吗?"

虽然说平妃和嫡妃所生之子,都可算作嫡子,可是正经人家还是更看重嫡妃所出之子。

一个还没成形的胎儿,居然称之为世子,也不怕折了阳寿!

兰儿闻言愤恨地抬起头,看着杨又薇怒声道:"杨小姐,我家娘娘好歹是尘王平妃,您这么说话未免太过分了些!"

"过分?你……"

"滚!"杨又薇的怒喝声,就这么被宁千雪突如其来的暴怒打断了。

"都给本妃滚,听不懂么?"宁千雪看着脸色苍白的古嫆心,心中的杀意就不断叫嚣着。

居然有了凤尘的孩子……

居然……凤尘,你怎么敢这样对我?怎么可以!

宁千雪整个身子都因暴怒而微微发颤,整个人忽然变得尖锐极了,仿佛碰一下就会被扎得鲜血淋漓。

古嫆心就是在宁千雪的怒声中缓过神来,看了看不断给她使眼色的兰儿,又看了看好似即将爆发的宁千雪,终于还是低下头什么都没有说。

见古嫆心坐着不动,竹韵站出来将门打开,冷声道:"平妃娘娘,我家王妃请您离开。"

兰儿抬眼看了一眼门外,然后又看着宁千雪飞快地说道:"王妃,作为王爷的嫡妃,您这样对待已经有了身孕的平妃,是不是太过小气了?善妒,可是犯了女子七出之条。"

"放肆!"宁千雪暴怒之下,气势全开,一时之间露华的慑人威势展露无遗。

竹韵立刻上前毫不客气地甩了兰儿两记耳光,声音了冷了起来,"你不过这一个小小的奴婢,居然敢妄议王妃,想死吗?"

这个兰儿着实大胆了些,居然敢指责尘王妃犯了七出之条,这意思是宁千雪该被休吗?

"你们在干什么?"

刚刚送完宁为玉回来的凤尘,看着屋子门也开着,里面也乱得不行不由呵斥道。

宁千雪一向喜清净,漪澜苑什么时候这么乱过?

兰儿见凤尘进来立马膝行过去,自然也就没有看见古嫆心起身想要拽住她的手,还有那瞬间惨白的脸。

"王爷可要为我家娘娘做主啊,我家娘娘已经有了身孕,可是王妃居然还屡次刁难我家娘娘,还请王爷做主啊。"

说完,兰儿一个头就磕了下去。她刚刚就是在竹韵开了门之后,看到凤尘来了,她才敢那么和宁千雪说话的。

"你说什么?"凤尘一脸震惊地看向古嫆心,她怎么会怀孕?

这怎么可能?

第33章　晚了，也完了

古嫆心苦笑一声，站起来走到凤尘面前一脸哀戚地哭求道："王爷，您若也不肯为嫆心做主，那王妃一定会杀了嫆心的。"

手，不断地攥紧。

王爷，你心里到底有没有我，就看你会怎么说了。

我拿命来赌一赌，王爷别让我输得太惨。

凤尘看了看跪着的兰儿，又看了看眼中满是哀求的古嫆心，还有什么不明白的？

他下意识地转头看向一身气势逼人的宁千雪，忽然明白了古嫆心的恳求。

若是他和宁千雪解释清楚，那么暴怒的宁千雪定然会杀了古嫆心的。

看着阿蓉的脸露出这般哀求，他又怎么忍心拒绝？可是……

一旦他承认了，那么他和宁千雪好不容易缓和的关系势必再次冰冻。

而且，绝无再次缓和的可能。

"阿尘，算我求求你好不好？"古嫆心忽然眨了眨双眼，柔情脉脉地看着凤尘。

父亲说过，如果她相求凤尘，唤一声阿尘，凤尘就一定会答应她。

果不其然，凤尘看着古嫆心的眼神有了一层迷离，呆呆地帮古嫆心擦拭眼角的泪水，温柔地唤道："阿蓉。"

见到这一幕，杨又薇气得浑身颤抖，扭头看向宁千雪，果然看到宁千雪眼中一缕没来得及掩藏的哀伤。

宁千雪深深吸了一口气，微微抬高下巴看着柔情脉脉的两人，轻启朱唇，道："滚！"

凤尘，你居然敢……

无论当年的真相如何，事情发生到这个地步，凤尘，我都再也不会原谅你。

无论我是谁，露华或是宁千雪，都不会原谅你！

凤尘心头一痛，放开古嫆心，刚想上前两步就被忽然出现的星河拦住了去路。

"尘王，我家小姐不想见你。"

凤尘不退也不再前进一步，只是站在那里执拗地看着宁千雪。

千雪，对不起。

我知道无论是现在，还是以后你都会怨我甚至是恨我，但是我……没有办法。

"尘王殿下，您这个时候还是应该好好陪伴您这刚刚有孕的平妃，至于千雪这里有我和月儿，就不劳您担心了。"

杨又薇看着站在门口摇摇欲坠的古嫆心，满脸讽刺地说道。

97

这样的凤尘又何尝不是不久前的凤回？可是现在凤回为此付出了什么样的代价去挽回，尘王殿下您没看见吗？

前车之鉴，自古有之。

宁千雪忽然收回骇人的气势，脸上的冰雪也慢慢融化，女子清丽无双的容颜上忽然绽放出一抹醉人的微笑。

不同于以往讽刺的轻笑、淡笑，这个微笑仿佛能够透过人的内心，看透你所有的伪装。

凤尘看着这样的宁千雪忽然慌了，想要伸手却又想起什么，就眼睁睁地看着宁千雪傲然地转身，消失在他的视线中。

有些落寞地回身迈出门外，兰儿搀扶着古嫆心赶紧跟上。

杨又薇忽然说道："尘王，你就真的不爱千雪吗？"

如果不爱千雪，你为何要宁肯得罪宁国公也要娶她？

如果真的爱千雪，你又为何三番四次地让千雪难堪？

凤尘，你到底在想些什么？

"爱又怎样？不爱又怎样？"凤尘脚步不停，一路向前。

前车之鉴，何尝不思啊。

晚膳过后，杨又薇回了阳城将军府。

宁千雪独立一人坐在屋子里，手中翻看着一本诗集，灯光如豆，看起来安静极了。

直到屋子里响起第二个人的呼吸声，宁千雪才轻声说道："有什么事吗，你怎么亲自来了？"

自从嫁入尘王府后，璃珞等人和宁千雪的联系要么是书信，要么就是去楚香阁面谈。

这还是第一次璃珞出现在尘王府，这是有什么重要的事情发生了吗？

宁千雪合上诗集，抬头看向璃珞，这才发现璃珞脸色难看得很，同时也有一抹深深的纠结掺杂其中。

"到底什么事，说。"宁千雪心下忽然不安起来，直起身子声音也厉了起来。

璃珞满眼复杂地看了一眼宁千雪，不答反问道："我听说尘王府的那个平妃怀孕了？"

宁千雪拿着诗集的手有一瞬间的僵硬，转而很快恢复正常，声音淡淡地说道："你来就是问废话的吗？"

没想到这个消息传得这么快，想必现在整个京都都知道了吧。

战神有后，这对于大盛的百姓来说这个好消息。

璃珞闭了闭眼，废话么？千雪，我要怎么将我调查到的一切告诉你呢？

这太残忍了。

"璃珞，你明白我的。"宁千雪声音依旧轻轻浅浅。

虽语焉不详，但璃珞还是明白了宁千雪的意思，宁千雪曾经说过，她宁肯要最残酷的真相，也不想听到所谓善意的谎言。

闭了闭眼，璃珞清冷的声音终究还是响起了，"你让我去查当年的事情尘王到底知道多少，我去查了，结果发现……"

璃珞睁开眼，看到宁千雪摩挲着诗集的手指微微颤抖着，心里难受极了，却还是把话说完了。

"公主,当年的事,尘王……毫不知情。"

当璃珞查到这里的时候,心中思绪万千。露华当年有多爱凤尘,她们这些从小就跟着她的人十分清楚。

所以当年她有多恨,她们也很清楚。

可是如今,露华恨了整整六年了,却发现凤尘当年根本就没有背叛两人的承诺。

尤其是现在,古嫆心有了凤尘的孩子,而露华却发现凤尘根本就没有背弃过她……

这让宁千雪……情何以堪?

宁千雪垂下眼眸,手指一寸一寸地摩挲着诗集,好像这是这世上最吸引人的事情。

好久,就到璃珞以为宁千雪再也不会说话的时候,忽然听到宁千雪平静到令人害怕的声音响起。

"是吗?"

凤尘,原来当年你也一样不知情啊,那是不是那场婚礼你和我一样,满心期待?

只可惜,晚了。

晚了,也完了。

我们,已经没有可能了。

璃珞想了想还是说道:"当年的事是凤绝瞒着凤尘和凤青岚进行的,而且当年百里夜之所以没有察觉到凤绝谋反,也是凤绝利用凤青岚迷惑并拖住了百里夜。成亲那天,凤绝把凤尘囚禁起来了,凤尘为了能去找公主,甚至……"

"甚至跪了下来求当初奉命看着他的路鹤,后来还是凤尘以死相逼路鹤才放他出来。可是凤尘武功被禁,加之被放出去的时候已经晚了。所以,等他……"

"等他到了绣楼的时候看到的就是月浓公主穿着您的嫁衣跳下去的那一幕……"

第 34 章　还有没有点规矩

"后来据说凤尘大醉七日,并对凤绝说除非露华复活否则他终其一生都不会再叫他一声兄长。后来沧澜国趁着大盛凤绝登基根基未稳发兵三十万进攻大盛,凤尘点兵二十万,耗时半年打退沧澜国,回京后便被封为尘王。"

"再然后无论是大战还是小战,起初的那三年里凤尘逢战便领兵,那两年整个大盛连小战都没有了,都被大盛的战神打怕了。"

璃珞说完之后,看着宁千雪愈发平静的容颜,也不再说什么,悄声离去。

宁千雪无论什么时候都不需要别人的安慰,她会自己想明白的。

因为,她是露华。

原来你真的对当年的事情毫不知情,原来你没有背弃我们之间的爱情……

可是为什么我还是这么难过呢?

宁千雪低低的笑声自房内传出,那声音满是哀伤。

凤尘,我们两个怎么就走到了今天这个地步呢?

待屋内的声音渐渐消失,竹韵方才走进屋内,将那一地破碎的纸张一一捡起,然后吹灭了灯火,退了出来。

当晚凤尘歇在了榕园,而漪澜苑也禁止尘王府的人出入,好像是从尘王府独立出来的存在一样。

凤尘也再也没有去过漪澜苑,宁千雪也再也没有提过凤尘一句。

日子悠悠而过,转眼就到了永历六年四月初十,这一天乃是凉城郡主百天,尘王府内早已经人来人往,好不热闹。

漪澜苑内,杨又薇听着院子外面传来的喧闹声,又看了看抱着凤梨月玩得欢乐的宁千雪,急得不行。

在原地转了几圈之后,杨又薇恨铁不成钢地骂道:"你丫的能不能着点急,上点心?你再不出去别人还都以为这尘王府的女主子就是那古嫆心呢。"

府内的宴席是管家打理的,招待女客的是平妃古嫆心,而这尘王府正经八百的女主子尘王嫡妃则躲在屋子里,自己十分清闲地逗小孩玩。

"这尘王府我本就不在乎,她是不是女主子与我何干?"宁千雪暗暗后悔,就不应该放杨又薇进来,瞧她进来后嘴就没停过。

一旁逗着自家闺女玩的沈蔷薇也插了一嘴,道:"这么唠叨,当心嫁不出啊。"

沈蔷薇拿着一串明珠手链在龙无忧面前晃来晃去,小悠悠呀呀地叫着伸出小手想要抓住这亮亮的大珠子。

可是每当龙无忧的小手要抓到珠子的时候，沈蔷薇就恶趣味地稍稍加点力道将珠子晃悠到另一边去。

小悠悠抓了几次就学聪明了，任你晃悠得再起劲，人家就是不看了。

小悠悠闭上眼睛，呀呀的叫唤声，抗议这个恶趣味的娘亲。

杨又薇大步上前一把夺过沈蔷薇手中的那串明珠，然后放到龙无忧的手中，亲了亲，说道："小悠悠，姑姑给哟，叫姑姑，姑姑……"

沈蔷薇翻了翻白眼，深深觉着自己这个小姑子无趣极了，拍了杨又薇一下，鄙夷道："这么小的孩子会说话吗？你是不是被孔凌青打击得脑子都变傻了？"

沈大小姐和宁为玉一个看法，既然孔凌青是杨又薇的一道疤，那她就每天碰一碰这个伤疤，总有一天杨又薇想起孔凌青就不会再痛了。

显然杨又薇已经被戳伤口戳惯了，满不在乎地说道："傻就傻罢了，有小哥哥养我我怕什么嫁不出啊。"

哼，她一定要她的宝贝小悠悠说的第一个词就是姑姑，气不死她。

只可惜，杨又薇没有想到的是不久之后龙无忧会说话了，说出的第一个词就是，姑姑。

彼时，她却早已意料之外地离开了龙无忧远在天涯，就如同当年她没有想过孔凌青会离开她一样，她也没有想到有一天她会离开她仅剩的亲人，离开……大盛。

"王妃，平妃让人传话来说是宴席快开始了，您是不是该抱着小郡主露个面了？"

说来也巧，每次古嫆心让人来传话，都是竹枝进来禀告。

杨又薇脸色一寒，冷哼道："她还真把她自己当成这尘王府的主子了不成？千雪做什么事，居然还要她来通知？"

谁知道，这厢杨又薇义愤填膺至极，而宁千雪很平静地回了一句，"嗯。"

杨又薇还想说什么却被沈蔷薇一个巴掌拍了回去，沈蔷薇靠在椅子里懒洋洋地说道："行了，你激动个什么劲啊，就千雪的脑子还用得着你这个猪脑子来提醒吗？"

沈蔷薇比杨又薇经历过的事情更多，看过更多的人和事，自然看得出来宁千雪是真的没把这个平妃当回事，甚至是……不怎么在乎尘王。

若宁千雪真的很在乎尘王，这劳什子的平妃早就不知道死哪去了。

就凭宁千雪的手段，沈蔷薇绝对相信，宁千雪能够让古嫆心无声无息地消失，哪怕是在凤尘的眼皮子底下。

宁千雪让竹韵抱好凤梨月就打算出去，看着沈蔷薇说道："要一起出去吗？"

"没意思，不去。"

与其出去看一群没意思的女人没意思地斗嘴，她还不如留在这里逗她的闺女玩呢。

杨又薇看了看白白胖胖的小侄女，也懒得出去了。

宁千雪也不强求，带着竹韵竹枝就一起出来了。

"哟，不愧是尘王嫡妃啊，派头就是足，咱们这都等了多久了啊，这王妃可真是姗姗来迟啊。"

说话的正是自从大婚后就一直没有公开露面的月如，不，现在应该称呼一声楚少夫人了。

宁千雪看了一眼坐在古嫆心下首的月如,理都没理,只是淡淡地吩咐道:"开席吧。"

虽然不清楚月如怎么忽然和古嫆心这般要好,坐在一起了,但是……她并不关心。

现在月和之因秋闱之事遭凤绝斥责,皇后月柔也在禁足,月如虽然嫁给了楚风,却也不算什么,掀不起什么风浪来了。

月如一脸阴沉地继续说道:"吃什么饭啊,咱们都是来看凉城郡主的,怎么着,王妃是不清楚规矩吗? 也是,瞧我这记性,都忘了王妃您出身乡野了,自然不清楚规矩。"

这一番话下来,除了坐在月如上首的古嫆心还面带笑容外,所有人都脸色一沉。

这个楚少夫人自己想得罪尘王妃,也别耽误别人讨好尘王妃的机会啊。

都被尘王妃修理多少次了,怎么一点记性都不长?

宁千雪淡淡环视了一下自己就座的这一桌上的人,然后淡淡地问道:"竹枝,把安排座位的人给本妃叫来,懂不懂规矩? 一个没有品阶的少夫人,居然坐在本妃这桌?"

第35章　宴席上的意外？

月如脸上一臊，环视左右，果然这一桌不是有诰命在身的夫人，就是定国世子妃林氏和檀越县主。

檀越不屑一笑，道："刚刚楚少夫人还头头是道地说规矩规矩的，怎么原来楚少夫人也是个不懂规矩的人啊？"

檀越本就看不上月如的骄纵，又加之宁千雪的关系更是厌恶月如了。

工部尚书夫人也接了一句，"楚少夫人，这桌不是你该坐的，还是退下吧。"

也不知道楚王妃是怎么想的，居然让月如一人来尘王府，这到底是来祝贺的还是来找茬的？

哪知月如虽然脸上发烫，但也不笨，立即拽出一个挡箭牌，对着宁千雪挑衅道："尘王妃，我坐在这里可是平妃娘娘允准的，怎么尘王妃也要说平妃无礼吗？"

她就不信了，这个古嫆心怀孕了，到时候凤尘还不会给宁千雪难堪？

当然了，这个古嫆心她也没有多喜欢就是了。

"放肆！楚少夫人您这句话就搞笑了，奴婢问您一句到底是嫡妃大，还是平妃大？"

竹韵脸色一板，神色严肃地呵斥道。

她虽然是丫鬟，但是尘王妃身边的大丫鬟，而月如又没有品阶在身，她代表宁千雪呵斥几句也在情在理。

这下不仅是月如脸色难堪了，就连古嫆心脸色也十分不好看。

古嫆心看着周遭夫人小姐隐隐的鄙夷，心下一痛，不由红了眼眶，哽咽着说道："都是嫆心的错，还请王妃娘娘不要和嫆心计较。"

原来就算她怀有身孕，在这京都的贵人眼中看来也不如宁千雪来的重要。

宁千雪拍了拍凤梨月，连正眼都没瞧古嫆心一眼，"今日是月儿的百天，平妃还是别哭了，不然以后月儿有什么不如意的事，本妃统统会算在你身上。"

宁千雪现在无比怀念公孙诗翠，她宁愿和公孙诗翠这种跋扈嚣张的女子斗，也不愿意再看见这么个娇滴滴的白莲花。

又不是哭丧呢，这时候不怕伤着她肚子里的孩子了？

唉，说什么就来什么。

就在大家尴尬尘王这两位王妃斗法的时候，站在古嫆心身后的兰儿一脸愤恨地控诉道："王妃，您明明知道平妃有了身孕，受不得气，您怎么能当着这么多贵人的面折辱平妃呢？"

兰儿这时候可一点都不怕宁千雪了，她可是知道王爷自从知道平妃有孕，那就再也没去过漪澜苑了。

王爷的心都在平妃这，她还有什么好怕的？

"千雪，这府里的丫鬟都敢指摘主子了？你也真是好性子，若是我，非得让她知道知道什么才叫折辱。"

檀越平时最重规矩，看着兰儿那得意扬扬的样子就分外刺眼。

这和刚刚竹韵斥责月如可不一样，宁千雪是这尘王府的嫡妃，也就是说宁千雪是这府里头所有奴才的主子，兰儿虽然是平妃的贴身丫鬟，但胆敢指摘嫡妃，也是大罪！

宁千雪一边逗着凤梨月，一边回檀越的话，"你没看到我这什么都没做，平妃都落泪了吗，我若再说些什么，估计不出今晚，尘王妃善妒、心狠手辣、容不得怀有身孕的平妃这样的流言就该满天飞了。"

檀越闻言一看古熔心，果然发现这位平妃已经红了眼眶，不由轻嗤一声，那鄙视显而易见。

兵部尚书陌夫人神色一肃，道："平妃娘娘，这哭诉装晕的手段那是小妾才会做的，虽说您不是正妃，但您也好歹是尘王平妃，如此作为未免失了身份。"

这未语泪先流的做派，当真的像极了家里头那些该死的小妾，真真的讨厌。

古熔心脸上火辣辣的烫，抚着胸口不断地顺气，显然是既尴尬又胸闷。

月如眼中一抹幽暗一闪而逝，立刻给古熔心倒了一杯茶，递给古熔心，劝慰道："平妃娘娘，您肚子里的可是尘王的嫡子，这身子啊一定要保住，要是被气出个好歹来可就得不偿失了。"

这一番话说出来，在座的几位夫人的脸色都十分不好看了。

听起来这意思是说她们几个冷眼旁观这宁千雪欺负这平妃一样，这楚王妃让月如来尘王府是来结仇的吧？

古熔心一脸感激地接过茶杯，捧在手心里慢悠悠地一口一口喝完。

宁千雪看了眼古熔心和月如后，淡淡地开口，"今日是凉城郡主的百日，很感激各位特意来道贺，千雪会记下这份人情的。"

"竹韵，抱着小郡主给各位夫人小姐们看看。"

竹韵低声应是，抱着凤梨月慢慢走过众人身边，待走到古熔心身边的时候，古熔心脸色苍白地站起了身，想要看了看凤梨月却一个趔趄差点跌倒。

竹韵离得最近，忙腾出一只手扶住了古熔心，道："平妃娘娘还是小心点吧。"

和她靠这么近的时候要是跌倒了，还不得以为是王妃授意她故意推倒她的啊。

古熔心忽然捂着腹部，头冒冷汗有些恐惧地说道："我的肚子好疼啊。"

说完就像是站不住了，往后倒去。

竹韵手中毕竟抱着凤梨月，哪有那么多的力气再去扶古熔心呢？

旁边的月如飞快地站了起来，一把扶住古熔心然后推开竹韵，大声道："你干什么呢？平妃娘娘，您怎么样了？"

众人慌忙站起来，紧张地看着疼得脸色有些扭曲的古熔心，面面相觑。

104

"我的肚子好疼,兰儿快去叫大夫。"古嫆心紧紧抓着月如的衣袖,疼得声音都颤抖不已。

而竹韵则是疑惑地看向宁千雪,表示自己也不知道怎么回事,看着古嫆心这样子好像是真的出事了,可是自己什么也没做啊。

竹韵垂下眼眸,有些疑惑地嗅了嗅,刚刚月如推开她时,她好像闻到了什么味道。

"来人啊,扶平妃回榕园,各位夫人,千雪招待不周还请见谅。"

这个时候,宴席就算再继续下去也没人吃的下去了吧?

众人纷纷表示理解,然后带着一肚子疑问各自回府去了。

还没等兰儿带回大夫来,凤尘就带着第五双双来了榕园。

凤尘神色复杂地看着宁千雪,话却是对着第五双双说的,"快去看看平妃怎么样了?"

千雪,你为何……你到底要我怎么办?

榕园里一时之间除了古嫆心的哀叫声,什么声音都没有。

除了宁千雪和凤尘外,也就只有竹韵和兰儿在了。

第 36 章 一生难有子嗣

温暖和煦的阳光洒落在精致的院落中,两人皆是不动如山。

一人沉默。

一人淡然。

直到门扉被推开而发出一声"吱呀"声,才打破这院落内的一片寂静。

第五双双神色复杂地走到两人面前,一向胆子颇大的她,这个时候也不知道该如何说话了。

宁千雪有随景岩撑腰,她得罪不起,可是她现在跟着凤尘混饭吃,好像也不能得罪,真是纠结啊。

兰儿一见第五双双出来,就立刻跑向屋内,也不知道小姐现在怎么样了。

"说吧,平妃到底怎么样了。"凤尘说道。

第五双双看了一眼平静无波格外淡然的宁千雪,然后无奈地叹了一口气,说道:"平妃是误喝了堕胎药,所以……"

误喝?宁千雪嘴角轻轻勾起讽刺的弧度,怎么可能误喝呢?

"平妃可还好?"

"平妃本没有身孕,误喝堕胎药对女子伤害极大,平妃恐怕一生难有子嗣了。"

第五双双的话,就如同一道惊雷,炸响在每个人心头。

宁千雪震惊地看向凤尘,看到凤尘一脸平静,方才冷笑一声。

凤尘,你竟然早就知道古嬬心没有怀孕,却不肯跟我解释一句,是怕我知道真相伤害她吗?

她竟让你偏袒如斯吗?

而屋内却猛然传出女子悲切的哭号声,声音之大之悲,让旁人能真切地感受到女子的悲伤。

也是,虽然古嬬心现在还没有身孕,但凭凤尘对她的宠爱,她早晚有一天会怀上孩子的。

如今,却落得个一生难有子嗣的结果,这对任何一个女子来说都是天大的打击。

"不进去安慰安慰吗?"宁千雪冷笑着看着脸上看不出任何表情的凤尘,装得真像啊。

怕她对古嬬心动手吗?

她宁千雪还没有那么下贱,凤尘,你好样的。

凤尘不动如山,如同一座雕像站在那里不动也不说话,只是深深地看着宁千雪。

眼神,是旁人看不透的诡谲。

"王爷。"兰儿扶着一身雪白中衣的古嫆心走了出来,对凤尘哭泣道,"王爷,定是王妃害得平妃如此啊,是那竹韵动手的,谁不知道王妃娘娘身前的竹韵姑娘善医懂毒啊,当时她离平妃最近,一定是她下的毒手。"

兰儿一脸阴沉地劈手直指竹韵,那笃定的语气好像早就忘了她谎称平妃有孕,就算杀了她也不为过。

"古嫆心算个什么东西,值得本王妃动手吗?"

"王爷。"古嫆心一眼都不看宁千雪,只是朝着凤尘的方向直挺挺地跪了下去,面容哀切。

"王爷,嫆心自知谎称有孕是大罪,可是王妃害我,若我真的有孕,王爷岂不是没了第一个孩子?还请王爷为我做主啊。"

古嫆心虚弱地俯身叩首,紧闭的眼眸中一行行清泪流下。

宁千雪,我从来没想过要害你,你却害得我从此不能有孕,此仇不报,我誓不为人!

本是天真烂漫的女子,却在嫁入王府一年的时间就变了,心中早已种下的恶毒种子此刻已长大,张开阴狠的獠牙,将一颗纯洁的心灵慢慢吞噬!

凤尘终于说话了,是对宁千雪说的。

"是你做的吗,我的王妃?"

宁千雪闻言双眸瞬间变得冰冷,一道幽冷的眼神直直地射入凤尘的灵魂之中。

女子眼中的冷,好像比六年前城门初遇凤尘时还要冷。

凤尘,你居然真的敢这么问我?你居然敢!

竹韵见状,上前两步也一脸倔强地跪了下来,冷然说道:"奴婢当时怀里抱着凉城郡主,哪有时间和功夫给平妃娘娘下药?"

"不是你还是谁?本来平妃娘娘好好的,你一靠近娘娘就出事了,还说不是你动的手?"

"我说不是我做的,就不是我做的。"

竹韵向来没有妹妹竹枝那般伶牙俐齿,此刻也只是沉声一再重复绝不是她做的,除此之外便再也没有辩解的言语。

兰儿闻言大怒,起身便朝竹韵扑了过来。

宁千雪身边的这三个丫头,从来都不是忍气吞声的主,竹韵见状立刻起身闪开,任由兰儿扑了个空。

只是竹韵这一躲,便站在了第五双双身边了。

第五双双动了动鼻子,一把拽住竹韵,在竹韵不悦的表情下抬起她的右手,问道:"你这衣袖上怎么会有伤寒子的味道?"

伤寒子,乃是阴寒之物。且因伤寒花只盛开在寒冷的北方部落,所以在其他三国伤寒子极其少见,当然了这并不包括神医谷。

竹韵闻言脸色大变,一把挣脱将右手衣袖放在鼻下轻嗅,倏尔大声说道:"我从来没有将伤寒子的味道熏染到衣服上。"

她又不傻，就算要算计平妃肚子里所谓的那个孩子，她也不会用伤寒子啊。

且不说用伤寒子这种稀有的药材，第一个被怀疑的就会是她家王妃。

就说伤寒子这霸道的药性，若将伤寒子的味道抹在身上，对她身子也极其不好。

"王爷，竹韵就是用右手扶的我家王妃，奴婢记得清清楚楚。"兰儿立刻嚷嚷道。

古嫆心此刻也抬起头，泪眼婆娑地望向凤尘，"王爷，嫆心就这么不被王爷放在心上吗？真相已经很明显了，王爷还要偏袒王妃吗？"

那凄厉地质问，让人想象不到，原来这平妃也敢大声言语啊。

凤尘轻叹一声，终于动了动，上前几步动作轻柔地扶起古嫆心，轻声道："你身子不好，先进去休息吧。"

"王爷……"

"好了，这事本王定会给你一个交代。"

古嫆心低垂着头，很是柔弱地说道："嫆心信阿尘，一定会给嫆心一个交代的。"

那句"阿尘"狠狠砸在了凤尘的心头。

阿蓉……

待兰儿扶着古嫆心进去之后，门也再次缓缓关上。

第五双双也早就溜之大吉了，这种事她可不想掺和。

"千雪……"

"凤尘，你若敢动竹韵，我不介意毁了这里。"

凤尘的话刚开了个头，就被宁千雪冷声打断。

交代？他给古嫆心一个交代？

见鬼去吧。

竹韵既感动宁千雪的护短，也不想让宁千雪为难，因此再次抬头辩解道："王爷，当时奴婢抱着凉城郡主，平妃娘娘忽然差点跌倒，后来楚少夫人推了奴婢一把，就是碰的奴婢的右臂，那时候奴婢也隐约闻到什么味道。"

她知道以王妃的性子，定然不屑解释。

可是她不能眼睁睁地看着王妃因为她和王爷闹得更加难堪。

第 37 章　奴婢也想护着您

凤尘不再看宁千雪，转头淡淡地说道："凌空，叫人将竹韵压入暗牢，等本王查清楚始末再说。"

院子外的凌空闻言，一挥手叫来两个侍卫就进了院子想要将竹韵压入暗牢。

"凤尘，你敢！"

宁千雪实在没想到凤尘竟然这般偏听偏信，查都不查，就要将竹韵关起来。

原来，古嫆心在你心中就这么重要吗？

凤尘，你太让我失望了。

随着宁千雪一声厉喝，星河也闪身出现挡在了凌空身前，后面也跟着两个黑衣男子。

凤尘见状不着痕迹地皱了皱眉，不悦地说道："千雪不要胡闹！竹韵不过是个丫鬟，你别太过分了。"

"我过分？凤尘，你想要当着我的面带走我的人，当我宁千雪是死人吗？"

"宁千雪！为了一个丫鬟你就要和我作对？"

凤尘实在没有想到宁千雪居然会这么顾及一个丫鬟，想了想却还是解释了一句。

"本王这样不过是权宜之计，若竹韵真的无辜，本王自然会放她出来。千雪，这件事闹得人尽皆知，你不会想让本王什么都不表示吧？"

今日是凉城郡主的百日，来了这么多夫人小姐，也都看到了平妃之事。

不出一日，平妃被人陷害误喝堕胎药之事就会闹得沸沸扬扬，若他一点表示都没有，那岂不是贻笑大方？

"她古嫆心谎称有孕，就不有损你尘王的颜面了吗？凤尘，到底是谁太过分？"

"她已经此生难以有孕，这对她来说难道不是最大的惩罚吗？"

"那是她自作自受！"

凤尘看着油盐不进的宁千雪很是头疼，偏头看了一眼屋内，良久才出声道："千雪，这里是尘王府。"

"那又如何？"

宁千雪一双眸子，冷清透亮。就凭这里是尘王府就想拿了她的人吗？不可能！

"暗卫终究是暗卫，又能有多少呢？王妃，我尘王府的私兵可是有五千！"

所以，千雪别再闹了，你若再坚持下去，我……

"王妃，不要再为奴婢和王爷争执了，奴婢没有做过那事，自然不怕。不就是暗牢吗，等王爷查清楚了，奴婢自然就又能回到王妃身边伺候着了。"

竹韵抢在宁千雪之前开口说道,说完之后不待宁千雪再说什么,就自己走到了凌空身后。

"王妃,就像您想保护奴婢一样,奴婢也想护着您。"

一句话,终是打消了宁千雪接下来想要说出口的话。

竹韵,你放心吧。今日她们给的耻辱,来日我定让她们用鲜血来洗刷。

凤尘挥了挥手,叫人带着竹韵下去,见宁千雪脸色冰冷,低声说道:"你放心吧,只要本王查清了事情始末,自然会放她出来。"

他也不想和宁千雪闹到这个地步,只是所有证据都指向了竹韵,而竹韵仅仅是个丫鬟,他若是不惩处一番,着实会坏了规矩。

"凤尘,若竹韵有个万一,我……"

本想警告一番,可是话说了一半,宁千雪才悲哀地发现,她又能怎么样呢?

杀了凤尘?

那不可能,在知道凤尘并不知道当年之事后,她早就狠不下心肠对付凤尘了。

可是……凤尘,因那事而死的人太多太多了,那些鲜活的生命压得我喘不过气来。

凤尘,别再让你我之间横添人命了,你我都还不起啊……

看着宁千雪萧索的背影,凤尘心中一痛。

千雪,再等等,再等等我。

不等到晚上,尘王平妃小产的消息就传遍了整个京都,紧接着尘王嫡妃身边的大丫鬟被尘王关入暗牢的消息也传了出来。

闲来无事的人们又掀起新一轮的猜测,议论纷纷。

有的说是宁千雪善妒,才会暗中让她那个会毒的丫头给平妃下药,害平妃小产。

也有的说是平妃根本就没有身孕,假装怀孕为的就是自演自导这一出戏,好离间尘王和宁千雪之间的感情。

不管人们怎么猜测,也只是私下里议论而已,没有人敢当年去质问宁千雪到底是怎么一回事。

当然了,一个人除外。

漪澜苑中,宁千雪百无聊赖地看着气势汹汹的连城夫人,不由感到好笑。

这厮在自己是露华的时候,就不喜欢她。

到了现在,这么多年过去了,她早已面目全非,她还是不喜欢她。

难不成这就是传说中的……孽缘?

"你是尘王嫡妃,本应大度善良。你嫁给尘王已经半年多了,还没有身孕不说,居然还敢给平妃下药,如此恶性,哪里配做尘王嫡妃?"

连城夫人表情嫌恶地看着宁千雪,实在是没想到宁国公教养出来的子女,居然会恶毒至此。

"连城夫人,祸从口出这个词您不会不明白吧?"宁千雪眯着眼,冷声说道。

皇家媳妇哪个真的善良了? 这老货是来搞笑的吗?

连城夫人一拍桌子,怒斥道:"不敬长辈,无子善妒,七出之条你已犯其三!"

"那又如何？既然连城夫人如此看不上我，那又何必巴巴地跑来教训我呢？既然说我犯了七出，那连城夫人就让尘王休了我好了。"

"你以为本夫人不敢吗？"

连城夫人显然没想到这看起来冷然淡漠的宁千雪，居然性子还这么……混不愠的。

"你绝对敢啊，只是……"宁千雪话说到这里，稍稍停顿了一下，挑眉看向连城夫人，继续说道，"你有那个能力吗？"

连城夫人不会以为凤尘会和凤青岚一样，那么听她的话吧？

自以为是，自视甚高，连城夫人也不过如此。

"宁千雪，这就是宁国公府的教养吗？"

"连城夫人的教养又好到哪里去了？竹枝，送客！"

也不知为何，每次和连城夫人相处就无端地感觉到暴躁，这种心情糟糕透了。

不过宁千雪也并没有多想，只是以为自己因为竹韵的事所以才心情浮躁的。

连城夫人哪里会等到竹枝请她出去？冷冷瞪视宁千雪一眼，就拂袖离去。

竹枝看着怒火中烧离去的连城夫人，欲言又止。

"想说什么就说吧。"宁千雪摆弄着手中的一块玉珏，神色复杂难辨。

"王妃，连城夫人到底是王爷的姨母，王妃这么强硬将来吃亏的还是王妃啊。"

虽然说竹韵被关了起来，但竹枝并不是太担心，毕竟她相信尘王并不会对竹韵动手。

"将来？我和凤尘不会有将来的。"

第38章　宁千雪火烧榕园

她和凤尘怎么还会有将来呢？

即便凤尘对当年之事毫不知情，可她父母惨死是真，宗族被灭是真……造成这一切的是他的亲兄长凤绝，是真！

这中间的血海深仇，哪里会那么轻易地跨过去？

她和凤尘……

注定没有结果。

竹枝轻叹一声，也不再劝说，转身去了小厨房给宁千雪准备晚饭。

按照尘王的手段，应该明天竹韵就能被放出来吧？虽说不担心竹韵会有生命危险，但竹枝的胸口还是闷闷的，十分不舒服。

等到深夜时分，这份不舒服化成了绞痛，一下一下敲击在竹枝心头。

"啊——"竹枝惊叫着从梦中醒来，一抹额头满是冷汗，再将手覆在胸口，那里好像还在疼痛。

翻身下床，想要给自己倒一杯茶。

竹枝一手执起茶壶，轻叹一口气，自己一定是做噩梦了。

另一只手刚刚翻开一个茶杯，却不料心脏处猛地传来一阵锥心的疼痛，手一软，茶壶茶杯应声落地。

"啪！"

竹枝脸色忽然变得惨白起来，一手撑在桌子上，另一只手捂着心口，整个人忽然战栗起来，而竹枝则猛地惊恐地睁大双眼。

"竹韵……"

这感觉……让她莫名地感觉到恐惧，虽然也不知道为什么，但她肯定必定是竹韵出了事。

她们是双生姐妹，这心灵感应不会错的。

"竹韵……"竹枝踉踉跄跄地向屋外走去，不行她要去找王妃，一定是竹韵出事了，一定是的……

女子还显稚嫩的脸上，布满泪痕，而竹枝并没有察觉到。

"王妃，王妃……"

竹枝一路飞奔到主院，一把推开门惊恐地尖声叫着王妃。

今晚是百里琦在值夜，忽然被竹枝尖细惊恐的叫声惊醒。

"竹枝？你怎么了，发生什么事情了？"百里琦看到脸色惨白满是泪痕的竹枝，一下子就清醒了。

竹枝平日里虽然也胡闹，但从来都是个有分寸的人，怎么会忽然深夜前来还满脸泪痕呢？

"琦儿，快去叫王妃，快去叫王妃，一定是竹韵出事了，一定是的……"

说着说着，那声音里已经带上了很明显的哽咽声。

她平日里再大胆活泼，也不过是个才十五岁的少女而已，此刻心早就被恐惧占满。

"你别急，我这就去叫王妃，你别急，竹韵一定会没事的。"百里琦手忙脚乱地拍了拍竹枝，想要安慰却发现自己也不知道该说些什么。

刚想进内室，就发现宁千雪已经起身出来了。

"怎么回事？"宁千雪本就浅眠，竹枝的声音惊恐之下，早就忘了控制音量了。

"王妃。"

竹枝"扑通"一声跪在宁千雪脚边，伸手拽着宁千雪的衣角泪流满面，"王妃，快去救救竹韵，她一定很不好，我感觉到她在疼，很疼。"

竹枝一手捂着心口，哭的不能自已。

那心口传来的一阵阵疼痛，都告诉她现在竹韵一定备受折磨，一定的。

竹韵在疼，很疼，所以她才会有所感应。

宁千雪虽然不相信凤尘真的对会竹韵动私刑，但她更相信竹枝的话。

双生姐妹之间的心灵感应是骗不了人的。

凤尘，你到底想要干什么？

"走，我带你去找竹韵，别怕。"宁千雪冷肃着面孔，沉声道。

百里琦赶忙跑到内室拿出一件厚厚的披风给宁千雪披上。

虽然救竹韵重要，但是小姐的身子同样重要。

"竹桑，王爷在哪里休息？"

宁千雪站在寂静的院子里，望着漫天星辰，心情却沉入谷底。

凤尘，我曾经以为我是这世上最了解你的人，以为你不会真的对竹韵动手我才肯妥协的。可是为什么……现在连我也看不清你了呢？

你到底在干什么？

"回王妃，王爷今晚……今晚歇息在了榕园。"竹桑小心翼翼地低头回道。

虽然这漪澜苑不允许尘王府的人进来，但是漪澜苑并不是对尘王府的事一无所知。

宁千雪沉默了一下，然后就朝榕园走去。

虽说宁千雪和凤尘冷战了不短的时间了，但是尘王府的人并没有轻视宁千雪。

要知道，这姑奶奶身后还站着一尊煞神啊。

一路畅通无阻地到了榕园，宁千雪一挥手，竹桑和竹海就认命地抬出两桶火油朝眼前的楼阁泼了过去，然后又将火种往那一扔。

顿时那火就"蹭"的一声迅速燃烧起来了，火势之大之猛，让跟在后面的王府侍卫目瞪口呆。

"王妃您……"管家气喘吁吁地赶来看到的就是迅速燃烧起来的火苗,顿时一颗心就提到了嗓子眼。

王妃和王爷在冷战,这大家都知道,怎么王妃忽然变得这么狠了?

这一把火下去……

老管家打了一个激灵,惊恐地大喊道:"快点救火啊,还愣着干什么?"

天啊,王爷可是还在里面。

老管家刚想抬头和宁千雪说些什么,却在触及宁千雪那双冷清的眸子的瞬间,没了言语。

好像……王妃就是知道王爷在里面才会放火的吧?

宁千雪冷眼看着榕园内凶猛的大火,以及在火光中颜色格外鲜艳的桃花。

又一年,桃花盛开了啊。

看着那粉嫩的桃花在火舌无情的舔舐下,快速地枯萎,直至化为灰烬。

和当初……多像啊。

只不过,这次是我在火场之外,大火之内的变成了凤尘……和另一个女人。

"宁千雪,你疯了吗?"凤尘抱着古熔心从楼上一跃而下,看着他精心栽培的桃花全被这一场大火毁了,心中的怒火比这场火还要炙热。

宁千雪,你怎么敢毁了这里!怎么敢毁了这片桃花!

"王妃,你就非得置我于死地不可吗?"古熔心靠在凤尘怀里,目光怨恨地看向宁千雪。

这么大一场火,若不是凤尘在这里,她必死无疑!

宁千雪,你欺人太甚!

"凤尘,暗牢在哪里?"宁千雪无视凤尘似要杀人的目光,不答反问。

她对杀了古熔心一点兴趣都没有,若不是凤尘在这里,她也不会放火烧了这里。

她关心的是暗牢在哪里,尘王府的暗牢太过隐秘了,连星河都查不到,要不然她也不会这样了。

凤尘将双手握得咯吱作响,脸色比榕园那一地的灰烬还要黑。

"宁千雪,不过是一个丫鬟,本王也说了若不是她做的就不会怎样,你居然敢火烧榕园,你太放肆了!"

第 39 章　竹韵，还是来晚了

　　气氛一瞬间紧绷，背后是冲天的火光，那耀眼的火光在深夜照亮了每一个人的神情。
　　宁千雪左右看了看，问道："古嫆心，你的丫鬟呢？"
　　古嫆心一听这才反应过来她好像一直没有见过兰儿，转头看了看四周再看了看在大火中摇摇欲坠的楼阁，一瞬间苍白了脸。
　　"宁千雪！我从来没有得罪过你，你为什么要一而再再而三地害我？兰儿，兰儿……"
　　古嫆心崩溃地跌坐在地上，泪眼蒙胧地望向凤尘，悲伤且凄厉地吼道："王爷，您还要偏袒王妃吗？"
　　"王爷，求求您告诉我暗牢在哪里，竹韵她在疼，她疼得快死了，王爷……"
　　竹枝同样跪地哀求，捂着胸口痛苦不已。
　　她真的慌了，心怦怦地直跳，那来自灵魂深处的恐惧让她管不住自己的眼泪。
　　凤尘一愣，但浑身的冷气依旧十分骇人，"本王只是让人将竹韵关起来了而已，并没有……"
　　"凤尘！"宁千雪冷冰冰地厉声喝道，"竹枝和竹韵乃是双生子，她们之间的心灵感应错不了的，更何况，这么大的火都没见那个兰儿出来，凤尘你还要装傻吗？"
　　凤尘唤道："凌空。"
　　凌空自黑暗中缓缓走出，对着凤尘抱拳道："兰儿姑娘去了暗牢。"
　　凤尘惊怒，"她怎么知道暗牢在哪里？"
　　尘王府的暗牢十分隐秘，连宁千雪的暗卫都查不到在哪里，怎么会让一个没有武功的小丫头找到了？
　　"别废话了，凤尘！"宁千雪忍了又忍才没有破口大骂。
　　都什么时候了还在那叽叽歪歪的，这些事情等事后在调查不也一样吗？
　　裴管家和众侍卫齐齐一抖肩膀，王妃啊，您这么一脸嫌弃地吼王爷真的好吗？
　　让裴管家大跌眼镜的是，王爷居然没发火？
　　"宁千雪，你火烧榕园的事本王一会再跟你算账。"
　　凤尘恨声警告完宁千雪之后，转头对着裴管家说道："带平妃去旁边的名花苑歇息。"
　　说完还想安慰安慰古嫆心，却很明显地感受到宁千雪几乎喷火的眼神，这才作罢，带着宁千雪一行人浩浩荡荡去了暗牢。
　　幸好那人没有关在暗牢，不然岂不会被宁千雪发现？
　　刚刚到了暗牢门口，竹枝忽然心脏一阵刺痛，神色一僵就那么呆呆地站在了那里。

115

刚刚那感觉是……

眼泪就那么无声地落了下来,一滴一滴砸在地上,碎成无数瓣。

"竹枝……"百里琦手有些发抖地碰了碰竹枝的胳膊,嘴巴张了张却只吐出这两个字来了。

这个样子的竹枝,那空洞惊恐的眼神让人看了害怕。

宁千雪也停下了脚步,眼,缓缓地闭上。

竹韵,我还是来晚了么。

"竹韵——"竹枝忽然发出一声厉吼,然后一把推开挡在她身前的宁千雪和凤尘,疯狂地往里面跑去。

百里琦扶住身子冷得有些僵硬的宁千雪,低声道:"小姐……"

"走吧,我们也进去看看。"

宁千雪紧接着也进去了,从头至尾她都没看凤尘一眼。

这么一个大活人,硬生生地被宁千雪忽视了个彻底。

凤尘抿唇,不发一言地跟了上去。

他没有想到在他的命令下,居然还有人胆敢对竹韵动手,就像他没有想到宁千雪居然会这么在乎一个丫鬟的命。

为了竹韵,居然不惜放火烧了榕园。

"竹韵——"

宁千雪刚刚走到点亮着烛火的一间牢房,就听到竹枝凄厉的悲吼传了出来。

那一瞬间,宁千雪再次感觉到了两年前红袖死的那个晚上时的冷意,那是一抹能吹到骨子里的幽冷。

露华,又一个人因为你死了,你就是一个灾星!

当宁千雪看到竹枝怀抱里那个满身鞭痕血肉模糊的人时,气血一下子就冲到了脑子里,整个大脑都在嗡嗡作响。

这是……竹韵?

这个连脸上都是鞭痕,辨不出面容的女子是竹韵?

这个身上一处完好的地方都没有,血肉模糊到可怕的女子,是竹韵?

她可能认错竹韵,可是竹枝总不会认错吧?

"竹韵……"

宁千雪一把扶住旁边的木栏杆,手指狠狠地挂着木栏杆,指头被粗粝的木栏杆磨破了都没有察觉到。

是我错信了凤尘,都是我的错啊!

"这到底是怎么回事?凌空,那个奴婢怎么能进来这里?"

凤尘双拳紧握,努力控制自己不去看宁千雪那冰冷的身影。

他怕,看了他就再也忍不住将她揽入怀中,告诉她,其实他是有苦衷的。

他怕,看了他就会看到宁千雪那双失望愤恨的眼神。

宁千雪,你知不知道我最害怕的就是你用那种冷漠的眼神看我?

凌空猛地跪下，说道："禀王爷，今日当值的是老三，平日里和兰儿姑娘关系不错……"

老三也就是今晚当值看守暗牢的守卫，因着是在尘王府的暗牢，又不是什么重要的犯人，所以就派了一个人看着。

凤尘看了一眼牢房内旁边躺着的一个昏迷的人影，怒斥道："这种货色，本王以后不想再在尘王府的侍卫里看到他。"

可是就算兰儿买通了老三进来，并成功迷昏了老三，那兰儿是怎么杀了竹韵的？

竹韵好歹有武功在身，虽说武功也没多么好吧，但也不是一个手无缚鸡之力的小丫鬟杀的了的。

而那兰儿自从宁千雪来了暗牢就哆哆嗦嗦地贴在角落里，努力减少存在感。

"竹韵，呜呜……姐啊……"竹枝抱着竹韵血肉模糊的尸体失声痛哭。

她从来没有想过有一天竹韵会离开她，她们是双生姐妹从小就一直在一起，从未分开。

宁千雪看着号啕大哭的竹枝心里难受极了，一步步缓缓走近兰儿，眼眸中是不加掩饰的杀意。

"是谁允许你对竹韵动手的？"

她从来没把古嫆心当回事，却没有想到这个丫鬟居然这么大胆，敢杀了竹韵！

兰儿瑟缩着身子，虽然害怕却还是梗着脖子问道："王妃您对我家小姐动手就可以，我收拾您身边的一个丫鬟都不可以了吗？"

凭什么她宁千雪就一直高高在上的？

宁千雪冷哼一声，从怀中掏出一个瓶子，很平静地在兰儿的头顶将瓶子中的液体全部倒下。

"啊——啊啊啊，救命啊……"

一声声凄厉至极，如同女鬼的叫声不断从兰儿口中发出。

第40章 再次爱上她

百里琦将宁千雪拉到自己身后,冷眼看着转眼间就露出森森白骨的兰儿,只觉得解气。

"啊啊啊——"兰儿不断地疼得大吼,双眼阴狠地瞪视着宁千雪,疯狂地诅咒道:"宁千雪,我诅咒你一生痛苦,永世不得解脱!"

宁千雪淡淡一笑,浑不在意,"只有失败者才只会诅咒,因为她除了诅咒什么都干不了。"

那兰儿也不过嚎叫了两声,很快就没了气息,化为一摊血水。

化骨水下,从无活口。

一时之间,整个暗牢除了竹枝沙哑的哭声外,再无声响。

好半晌,凤尘才出声打破寂静。

"你不应该这么快杀了她的。"

什么都还没有问就直接杀了兰儿,宁千雪太鲁莽了。

宁千雪也知道凤尘的意思,但还是故意曲解他的意思,"怎么着,尘王殿下的意思是平妃身边的丫鬟我杀不得了?"

"宁千雪,你就非得这样和我说话吗?"凤尘看着这样的宁千雪,十分头疼。

她这样的态度,只会让他们两个越来越远。

"那尘王殿下想要我和你怎么说话?"

"宁千雪!"

为什么,他们之间永远是针锋相对?和平共处就那么难吗……

千雪,别这样。

宁千雪冷哼一声,对百里琦说道:"你在这里陪着竹枝,一起……收敛了竹韵。"

有些人,她不放在眼里是不是就以为她不敢动她?

凤尘一把拦住大步离去的宁千雪,深吸了一口气,说道:"千雪,夜深了,你该休息了。"

夜深露重,她又单衣而出,她的身子怎么承受得住?

"凤尘,让开!"

这次她绝不会放过古嫆心,竹韵的死用兰儿一个人的血来祭典怎么够?

竹韵死了,她要古嫆心给她陪葬!

"千雪……"凤尘的眼神里甚至带着一抹隐隐的祈求。

千雪,别这样,你这样下去,我……

"凤尘,我再说一遍,让开!"宁千雪努力压下胸膛内翻滚的气血,挺直背脊不让自己晕倒。

从今天晚上见过连城夫人后,她就一直感觉焦躁不舒服,再加上深夜寒气重,现在她已经是在勉力支撑了。

凤尘就伸出一只胳膊阻拦这宁千雪的去路,不再说话。

宁千雪怒极反笑,刚想叫出星河打出一条路来,却猛地吐出一口鲜血,随即便身子一软陷入了昏迷。

"小姐!"百里琦看到宁千雪倒下的身子,吓得魂都出来了。

可是有一个身影比她更快,凤尘一把抱住宁千雪软下的身子,焦急地唤道:"千雪,你怎么样了?千雪!"

一把抱起宁千雪,凤尘飞快地跑出暗牢。

百里琦转头对竹枝说道:"竹枝,你先将竹韵……安顿好,我先去看看小姐。星河,你去给随大哥传信,让他赶快回京。"

竹枝一脸哀切地抱着竹韵,默默地点了点头。

漪澜苑内灯火通明,凤尘一脸焦躁地朝第五双双低声吼道:"千雪到底怎样了,你倒是说话啊。"

天知道当他看到宁千雪倒下的身影时,心都快停止跳动了。

宁千雪,你一定要没事,否则我做的一切又有何意义?

宁千雪……凤尘,你承认吧,你再次爱上她了。

第五双双脸色难看地站起身,对着显然打开暴虐状态关不上的凤尘小心翼翼地说道:"这个王妃虽然身子很弱受了风寒,但……"

天啊,这个状态的凤尘好可怕,呜呜,她能不能和凤尘说说她不要凤尘的庇护了。

与其面对看起来可怕极了的凤尘,她宁肯在江湖上被人追杀啊。

好歹在江湖上被人追杀一不小心死了,也有个原因是被仇家杀的嘛。

在这尘王府搞不好莫名其妙就丢了命,太冤枉了。

"但是什么?"凤尘背在身后的手,不自觉地微微有些颤抖。

"但是……不知道为什么王妃的生命力在不断流失,照这样下去不出半个月王妃就会……耗尽生命力,成为一具……干尸。"

第五双双鼓足勇气,哆哆嗦嗦地一口气说完了。

这个王妃有神医谷的药调理着,居然还中了这么诡异的毒,她这医术可比不上神医谷谷主啊。

凤尘身边的空气似乎慢慢动了起来,周遭的空气像是慢慢凝结成冰一样,刺得整个屋子里的人皮肤生疼,却大气都不敢喘一下。

我的个娘哎,凤尘好可怕。

凤尘的瞳孔似乎是变了,墨色的瞳孔越来越大,墨色也越来越深,似乎是形成一阵黑色的风洞,能将人卷入其中然后残忍地绞杀。

"第五双双,本王命令你,救她!"

半晌,凤尘嘶哑的声音才平淡地在这寂静的空间中响起。

话语虽然平淡但所有人都忽略不了其中的威势,想来若是宁千雪没救,让这里所有人都陪葬,凤尘也是干得出来的。

第五双双苦笑不已,尘王殿下是不是忘记了她是用蛊高手不是神医啊,可是这话她可不敢跟现在的凤尘说,说了那就是妥妥地找死没商量。

"这个我根本就不知道王妃到底是为什么会这样,真的是无从下手,不过若是神医谷谷主在此,王妃应该有救。"

第五双双很不厚道地将这烫手的山芋扔到了随景岩头上,虽说她的医术是比不上神医谷谷主但比一般的医者也强上不少,她敢肯定就算是神医谷谷主也肯定不能药到病除。

"神医谷谷主现在沧澜国,就算马不停蹄地赶回来了也得两个月,在神医谷谷主回来之前本王要你保王妃无恙。"

凤尘沉声放下话,根本不顾及别人的难处,此刻的他只要宁千雪活着,别人的困难与他何干?

至于随景岩,他相信宁千雪身边的人肯定第一时间就给随景岩传信了。

第五双双苦笑一声,道:"想要保王妃撑过两个月也不是不可能,医者圣经中曾注:雪山之巅七彩雪莲,有延年益寿之效,闻之神清气爽,用之对生命力大有裨益。若王爷能求来那七彩雪莲,王妃定能撑到神医谷谷主赶来之日。"

这七彩雪莲乃是世所罕见的药材,排名第三。虽然排在凤凰草和枯骨花之后,但它的药效也是前两者无可取代的。

凤凰草长在南海之角,枯骨花开在大漠深处,七彩雪莲则扎根雪山之巅,乃天下三大珍奇药草。

当然了,和它们药效成正比的是,它们的难得程度。

"雪山之巅?"凤尘沉吟两声,承诺道,"本王半月之内定寻来那七彩雪莲。"

第41章　七彩雪莲没有了

凤尘走到床榻旁,看着陷入昏迷中的宁千雪,胸口处闷闷地发疼。

千雪,一定要等着我。

随后便转身离去,显然是安排人去找那七彩雪莲了。

雪山之巅,乃是武林中的传说人物天雪老人的居所,从未有人到过雪山之巅,更别说见过那七彩雪莲了。

凤尘一出漪澜苑就快步走进了书房,唤来凌空:"你安排人去寻找雪山之巅的七彩雪莲,无论什么样的代价一定要找到那七彩雪莲。"

凌空低声应是,想了想还是说道:"王爷,属下去查了,几日前冷清秋秘密见过楚少夫人,虽然不知道她们都谈了什么,但是宴席上给平妃娘娘下药的应当是楚少夫人无疑了。"

凤尘一皱眉,这个冷清秋是不是蹦跶得太厉害了些,什么事她都想插一手,真是胆子大啊。

"冷清秋先不用管,继续留意就行了,现在最重要的是王妃的事,至于月如,你派人将此事和你收集到的证据告诉楚王,他会知道该怎么办的。"

冷清秋现在还不能动,一旦动了冷清秋,背后之人就会发觉,这样好歹不至于太过被动。

就算要收拾她,也得等千雪醒来再说。

凌空明白了,立刻闪身出去了。

"王爷。"裴管家悄声进来,看着一脸沉思的凤尘说道,"平妃娘娘知道兰儿姑娘的死讯就晕过去了,醒来后吵着要见王爷。"

"那就让她继续吵。"

凤尘声音里满是平日不曾听过的冰冷,这个时候他哪里还有心思管她?

不过是披着一张酷似阿蓉的皮罢了,还真的把自己当成阿蓉了不成?

笑话。

"那安排平妃娘娘住在哪里?"

一听这个,凤尘才想起来榕园已经被宁千雪一把烧了,想起这个凤尘就有种哭笑不得的感觉,虽然心疼那片桃花,但古熔心住在那里确实是不合适了。

"随便安排一个院子吧。"

裴管家平静的老脸上,没有丝毫的意外,弓着身子刚想退出去,就听到凤尘夹杂着淡淡疲惫的声音响了起来。

"找个华丽点的院子,再赏赐点金银首饰安抚安抚,就说本王还有事情要忙,等有时间了就会去看她。"

就算再想将这个女人杀了,他也要忍着,为了心中的……他必须忍着。

裴管家虽然不明白凤尘明明并不喜欢平妃,为何还要摆出在乎安抚的姿态来。

但身为一个管家,他不需要知道太多。

书房内又重归平静,淡淡的月光透过窗子照射进来,洒落在凤尘略显疲惫的面容上,给男子冷硬的面庞镀上了一层柔和的光芒。

"长歌,去将万宝阁的缥林给我绑了,并给冰月传个信,若想要缥林活命就让她三天之内出现在我面前。"

凤尘平淡地吩咐说完,长歌就再次消失不见。

别人都只知道万宝阁的阁主缥林和第一杀手冰月关系匪浅,却不知道那缥林乃是冰月的徒弟,唯一的徒弟。

而冰月则是天雪老人唯一的徒弟,他找不到天雪老人,所以就只好逼得冰月现身了。

天渐渐亮了,漪澜苑中的气氛却阴沉沉的。

百里琦并没有将宁千雪的事告诉宁国公,而竹枝则是带着竹韵的尸体回了京都下面的一个小县城,那是她们曾经的家乡,不过三日就能回。

百里琦不放心竹枝现在的状态,就让百里念跟着去了,反正宁千雪现在在尘王府里也不需要人保护。

让人诧异的是,宁千雪病危的事并没有传出去,想来是凤尘下了命令,所以杨又薇她们也并不知情。

在百里琦焦急的期盼下,三日转瞬即过,她也收到了随景岩传来的信,说他一个月内能赶回来,叫宁千雪一定要坚持住。

沧澜国国都离大盛京都十分遥远,快马加鞭也不可能一个月就赶回来,除非随景岩坐在雄鹰之上赶路。

但坐在雄鹰之上,势必要时不时停下来辨别方向,太过招摇也是个问题,在沧澜国那么高调搞不好会被沧澜国派兵追杀。

虽说沧澜国败给了大盛,但并不代表沧澜国就是大盛的附属国了,对宁为玉和随景岩,沧澜国一定不会客气的。

神医谷虽然独立三国之外,但全天下都知道了神医谷谷主有多么在乎尘王妃,这也无形之中将神医谷拉入了大盛的阵营。

沧澜国不暗下杀手,那就是脑子有问题了。

百里琦一边担心随景岩这样做会不会太过危险,一边却也希望随景岩能够早点赶回来。

是夜,凤尘所在的观澜苑内,一白衣女子轻飘飘地浮在半空中,冰冷地看着坐在椅子上的凤尘。

凤尘早就知道今晚冰月肯定会来,所以早早搬了一把椅子出来,坐在院子里等冰月。

当然了,坐在他旁边的被点住穴道的就是可怜的万宝阁阁主缥林了。

"凤尘,你找死吗?"冰月冷冰冰的传音逼成一线,朝凤尘刺来。

凤尘脸色一正,毫不犹豫地将一旁的缥林拽了过来。

冰月神色一动,右手一扬,一阵疾风拂过,那让凤尘感到骇然的杀气便转眼消失不见。

"堂堂战神就是这般不堪吗?"冰月投鼠忌器,声音中也微微带上了一抹恼怒。

凤尘神色淡然地将缥林扔回他原本的座位,一点也不觉他应该尴尬。

"笑话,你要本王一个将军和你这个第一杀手拼内功杀气吗?"

有这么好用的挡箭牌不用,拼着受内伤去接冰月这一招?

他又不傻。

"你想要我帮你干什么?"冰月单手握剑,面无表情地问道。

自始至终,冰月一丝眼神都没落到过缥林身上。

凤尘起身,正色道:"我要七彩雪莲。"

"没有。"

"冰月,你帮本王取到七彩雪莲,本王欠你一个人情,可以拿任何东西来换。"

冰月虽然诧异凤尘急切的心情,但没有就是没有。

"七彩雪莲三十年一开花,八年前七彩雪莲已经被人摘下服用了,想要七彩雪莲你再等上二十二年吧。"

凤尘闻言瞳孔一缩,整个人都变得僵硬起来了。那难以置信的表情,让人看了不由觉得心酸。

七彩雪莲……没有了?

"没有了……是什么意思?"凤尘呆呆地问道。

冰月看凤尘这个样子哪里还不明白凤尘是为了什么想要这七彩雪莲,只是……

"抱歉,凤尘,这个我真的帮不了你。"

第 42 章　只要能救她

"不——"凤尘猛地拂开冰月拍过来安慰的手,神色狰狞地大吼道:"不可能,二十二年,这怎么可能?我不接受!"

他怎么可能再等上二十二年等着七彩雪莲开花?千雪连一个月都等不了,更何况二十二年?

"我不接受!我不接受!"凤尘猛地拔出腰侧的佩剑,双手紧握,"轰"的一声朝地面砍去。

飞沙走石,尘土滚滚。

冰月第一时间拽起缥林,跳到一旁免受波及。

待烟尘散去,一身灰尘格外狼狈的凤尘和一道从凤尘脚下直到院落门口的裂痕便出现在人们眼中。

这么大的动静自然惊动了院子里其他的人,就连第五双双也跑来看热闹了。

一见到白衣银发的女子,第五双双就明白了。

这天下唯有一个女子白衣银发,那就是天雪老人座下唯一的弟子,第一杀手冰月了。

其实冰月并不是天生的银发,据说多年前她亲手斩杀自己唯一的徒弟后,一头青丝便化为这一头银发。

谁也不敢问到底为何冰月会杀了她的徒弟,又为何会因此一夜白头。

第一杀手,那可不是叫着好玩的。

"凤尘,七彩雪莲多年前便已经被人服用了,你死心吧。"冰月依旧平淡地说道。

若不是凤尘抓了缥林威胁她,她是不会再次踏足京都的。

就算她和凤尘私下里交情还算可以。

第五双双一听这个,哪里还不清楚为什么这个样子,抢在凤尘发疯之前嚷嚷道:"尘王,找来那服用七彩雪莲之人取其血,日日温养王妃的身子,也能让王妃多撑一个月。"

话一落音,冰月那寒到骨子里的目光便扫射过来,吓得第五双双一激灵,立刻蹦到凤尘身后寻求保护。

娘啊,她好像无意中得罪了杀神冰月啊,我的个老天啊,这可怎么办啊。

相传,只有冰月不杀之人,没有冰月杀不了的人。

她不过是在江湖上得罪的人多了,才来寻求尘王的庇佑。现在她好像为了讨好凤尘,间接得罪了神医谷谷主和第一杀手。

这……好像哪里不对劲啊。

凤尘则是闻言大喜,激动地朝冰月问道:"那服用七彩雪莲之人是谁?"

无论是谁,他都要捉来为千雪温养身子。

"凤尘,死心吧,我不可能告诉你他是谁。"冰月拽着缧林的手微微用力。

若不是……冰月啊冰月你真是愚不可及,为了这么一个人,值得吗?

凤尘双眼一眯,看着冰月缓缓地开口道:"你应该也听说了,本王大婚之日,神医谷谷主曾送王妃一箱毒药作为贺礼。"

冰月闻言一惊,双手如电飞快地解开了缧林身上的穴道,而后嫌恶地松开了他。

缧林一得自由便是苦笑一声,师傅……我从来没想过有一天你居然会厌恶我。

既然厌恶我,今日又何必来救我?

迎上冰月探寻的目光,缧林缓缓点了点头。

"凤尘,你太卑鄙了。"冰月怒不可遏,实在是没有想到凤尘堂堂一代战神居然会用这么卑鄙的手段,"你就不怕传出去毁了你的名声吗?"

一代战神自该是光明磊落的,凤尘如此行径若是传出去,定会被世人所诟病。

哪知凤尘并不在乎,只是平静地说道:"那又如何? 只要能救她,本王什么都不在乎。"

名声算个什么东西?

"冰月,想好了是说出那个人还是救你这徒儿。"

凤尘见冰月不说话,再次开口,只是那话音在最后那个"徒儿"上,微微变了变语气。

最先变了脸色的却是缧林,只见那缧林抬头看向冰月的眼神十分复杂。

有眷恋,有依赖,也有厌恶和决绝。

冰月一头银发在月光下耀眼不已,衬得女子本是平凡的容貌也出色不少。

握着的剑,不断发出吟鸣之声,显然是感觉到主子内心的杀意,蠢蠢欲动。

而缧林显然也知道冰月在犹豫什么,站起身望着冰月的背影,低声道:"师父,不用管我。"

得了你这么多年的庇佑,我又怎么忍心让你为难呢?

"闭嘴!"

随着冰月的一声呵斥,第五双双吃惊地睁大双眼,不是说冰月唯一的徒弟已经被她亲手杀了吗,那这厮怎么管冰月叫师父?

看着两人之间明显不同寻常的气氛,第五双双好像明白了什么,不过在明白的瞬间后背那是唰的一下就布满冷汗了啊。

呜呜,知道了这个秘密,冰月还会放过她吗?

"冰月,本王的耐心不多。"凤尘一心挂念着宁千雪,哪里容得了冰月这般磨蹭。

有点不耐烦的凤尘也不想想,你逼着人家做选择,也好歹给人家点时间啊。

真是太不近人情了。

就在冰月身上的杀气越来越重,凤尘等得越来越不耐烦的时候,一声叹息自墙外缓缓传来。

"尘王又何必如此为难人?"

那踏着月光步态优雅的正是有着"月下公子"之名的月萧。

"月萧？你来这里干什么?"凤尘不悦地皱起眉头。

虽说他让凌空去雪山之巅了吧,但这尘王府的守卫什么时候这么弱了,居然让人随随便便就进来。

别以为他不知道,月萧这厮对宁千雪也有些不太一样的情愫。

月萧也不理凤尘,而是走到冰月面前,轻声道:"师姐,何必这般为难自己,尘王要知道,师姐告诉他就是了。"

冰月并没有回答月萧,只是那柔情竟是罕见地变得柔和了。

凤尘眯着眼,有些意味深长地说道:"本王还从来没听说过天雪老人又收了个徒弟。"

就算当年仅仅十岁的冰月救了七岁的缥林,天雪老人也并没有收缥林为徒,反而要缥林拜冰月为师。

"小师弟是师父八年前收的关门弟子,并没有公之于世,尘王不知道也自然。"

八年前？凤尘瞳孔一缩,刚刚冰月说过那七彩雪莲就是八年前被人服用了,而月萧是八年前被天雪老人收为弟子的……

月萧也不否认,转头对着凤尘说道:"尘王,萧愿救王妃。"

八年前,他因为忘不掉露华,怕自己控制不住自己做出什么不理智的事情来,所以他选择远走天涯。

在路上他有一次受了重伤,晕倒在雪山之下,待醒来之后就看到一老者。

那老者就是天雪老人,为了救他,天雪老人便将那朵七彩雪莲给他服下了,后来他就成了天雪老人的关门弟子。

第 43 章　他以爱她为耻

　　冰月不赞同地说道:"师弟,你服用七彩雪莲已经八年了,早就被你吸收了,想用你的血来维持别人的生命力,恐怕每天三碗血都不够啊。"
　　虽说她和凤尘也有些交情,但这和她的小师弟比起来分量太轻了。
　　月萧淡淡地看着冰月,目光移到冰月那一头银发上,轻声说道:"师姐,你想想你当初一夜白发的心情,你就应该明白我现在的心情。"
　　"可她是尘王妃!"
　　"那又如何?师姐,他……"月萧的目光移到沉默不语的缳林身上,淡淡地说道,"师姐直到现在不也不曾后悔吗?"
　　声音虽淡,但语气中的不容置喙是那么明显。
　　师姐,当年你被缳林伤得体无完肤,甚至为他一夜白发,但他以爱你为耻,你不还是不后悔曾经吗?
　　这都是一样的,更何况露华比他强多了,露华永远不会以我爱她为耻。
　　冰月仿佛一瞬间失了所有的气力,看了看眉宇间满是坚持的月萧,无可奈何地说道:"随你吧,我走了,有时间你也该回雪山之巅看看了,师父很想你。"
　　看着冰月步步离去的背影,一直不说话的缳林忽然喊住了冰月,"师父……"
　　他也不知道为什么要叫住冰月,也不知道他要和冰月说什么,只是就那么看着女子素白的背影,心里有些难受罢了。
　　那一头银发,灼得他双眼生疼。
　　你若不是我师父,那该有多好,那我就可以光明正大地和你在一起了。
　　"九年前我就已经和你恩断义绝了,阁主这声师父,我可当不起。"
　　冰月连身都没有转过去,就那么背对着缳林说道。
　　"师父,你若不是我师父,那我……"缳林忽然激动地说了起来。
　　"缳林,爱就是爱,不爱就是不爱,何必找那么多理由?"冰月猛地转身,目光灼灼地看向缳林。
　　缳林仿佛被人一盆冰水从头浇下,所有的激动瞬间冷却。
　　"呵呵,这就是我冰月爱过的人。我爱你,从来不羞于说出口,可你爱我,你却耻于说出口。缳林,别忘了你现在是万宝阁的阁主,不是我冰月的徒弟,你我早就恩断义绝!"
　　冰月目光清亮地将埋藏在心底的话说出,然后毫不留恋地转身离开。
　　缳林嬉闹远别愁,冰月雾雾枯枝败。

也许在我给你起缥林这个名字的时候,就注定了你我的结局。

凤尘看着失魂落魄的缥林只是冷笑,转身吩咐侍卫送他出去。

"尘王殿下,那解药……"缥林猛地想起凤尘给自己吃过的毒药,眼巴巴地望着凤尘。

"那东西吃不死人的,本王还不屑于给你下毒药。冰月也了解本王,只不过她不敢拿你的命来赌罢了。"

凤尘嫌弃地挥挥手叫人赶紧把这厮带出去,看着他这副吃惊又后悔的表情他就替冰月不值。

他和冰月相识于江湖,冰月长他八岁,曾教授他武功,算他半个师父。

让他没有想到的是冰月那般高傲的女子,不仅会爱上缥林这样有些怯懦的男子,并且被他那般伤害之后还肯护着他。

若不是冰月在给缥林造势,他那万宝阁怎么可能无人敢惹?

可是缥林却认为冰月爱他于礼法不合,甚至引以为耻。

这让凤尘十分看不上眼,若他真的是刻板之人接受不了师徒恋,也就罢了。可是那缥林其实也对冰月动了心,却不敢承认。

若真是个有骨气的人,两人决裂后就不应该再承冰月的情,在冰月的羽翼下发展自己的势力,却反过来看不起冰月对他的感情。

这个男人在凤尘看来没有一点可取之处,也不知道眼高于顶的冰月怎么就看上了这么一货色。

"尘王殿下,还请带萧去看看王妃吧。"月萧出声打断凤尘的沉思。

他是在察觉到凤尘的异动才发现是露华出了事的,早就心忧如焚哪里还等得了?

不过再着急,月萧还是很好地掩饰了,并没有在脸上流露出一丝一毫的焦急。

因为现在露华是尘王妃,他若忧心太过,会给她惹来闲言碎语的。

凤尘回过神来,看着月光下温润端方的月萧神色难辨。

良久,凤尘才起身带着月萧和第五双双去了漪澜苑。

在月萧看到在床榻上躺着无声无息如同一具尸体般的宁千雪时,感觉到一阵窒息,就像一只无形的大手猛地拑住心脏狠狠地揉搓,是如此难受。

露华,这样的日子真的是你想要的吗?

凤尘看着身子僵硬的月萧,默然无语。

第五双双给宁千雪把了把脉,小声说道:"王妃身体内的生命力一直诡异地流逝……"

她就纳了闷了,据王妃身边的小丫头说王妃曾被神医谷谷主以百种珍惜药草温养身子三年,早已百毒不侵。

而自己也是蛊毒高手,若是王妃中的是蛊,她早就瞧出来了啊。

不是毒,也不是蛊,那王妃到底是怎么回事?为什么体内的生命力会这么诡异地流逝呢?

这简直匪夷所思。

月萧神色一冷,转身走到外室将桌子上的茶杯正了过来,从怀中掏出一把匕首毫不犹豫地在左手腕上划了一道。

血如线般缓缓流入茶杯中,不一会一个茶杯就满了。

月萧将匕首丢到一旁,右手飞快地点了点左手臂上的几处穴道,血,立刻就停了。

随意擦了擦手腕上的血迹,月萧就捧着一茶杯的血递给处在震惊状态的第五双双。

"她身子本就弱,虽说现在生命力流逝得并不多,可是对她身子终归不好,我现在每天一杯血,等到半个月后我会每天送上三碗血的。"

说完,月萧就不理会众人呆愣的目光,向凤尘拱了拱手,转身告辞离去。

他要做的是救她、帮她,而不是打扰她的生活。

月萧,爱她就不要打扰她的生活。

第五双双看看远走的月萧,再低头看看手中那一杯殷红的鲜血,不知该如何是好,只好眼巴巴地看着凤尘。

天啊,这月萧是喜欢王妃吗?还爱得这么深,这么无私,要是我绝对不会喜欢尘王,而是投入月萧的怀抱啊。

这对比的太明显了有没有啊。

忽然想起什么,第五双双的目光暗淡了不少。

今天一晚上她就听了这么多的秘辛,她是不是应该找个深山老林躲起来啊,呜呜。

"对王妃有用吗?"凤尘抿唇问道。

第44章 不要告诉她

第五双双想都不想立刻回答道:"这肯定有好处啊,只是天天割破手腕放血,我怕那个月萧受不住啊。"

前半个月每天这么一茶杯的血,的确不算什么,可是后半个月每天三大碗的血可不是一般人能受得住的。

就算月萧能撑得住,恐怕这一个月下来月萧也会伤了根本,以后的身子肯定会虚弱。

凤尘沉默地垂下了眼眸,月萧……

明明他们两个少年时是那般要好的兄弟,是从什么时候开始,他和月萧渐渐疏远,到了现在已经无话可说了呢?

"那就给王妃用吧。"

无论月萧到底对宁千雪有什么样的心思,这个人情他都会承下。

从那天开始月萧每天都会准时来尘王府一趟,每次都是放完血就走,仿佛毫不留恋一般。

看着月萧左手腕上越来越多越来越深的刀痕,百里琦不由红了眼眶。

"月公子,谢谢你,等我家小姐醒来后我一定告诉她。"

若是小姐嫁的是月公子那该多好啊,那样的话小姐一定会很幸福。

月萧虽然脸色苍白却依旧微笑,"无事,左右不是什么大事,又何必和王妃提呢。"

他做这些从来都不是想让露华知道他的心思,他只是想看着她好好地活着,好好幸福,仅此而已。

"这怎么可以呢?月公子,你为小姐做了这么多,我一定要让小姐知道。"

"不要告诉她,你若不想让她日后为难就不要告诉她,告诉其他人也别告诉王妃我做过这些。"

月萧有些眩晕地闭了闭眼,费力地点住自己左手臂上的几处穴道。

即便他再不想承认,也改变不了他是月和之的儿子这个事实。

他和露华之间隔着的是云氏的血,那些都是他父亲犯下的罪孽,他不想日后露华因为他而对月和之下手有所顾忌。

他的父亲他清楚,若是露华不拿出百分之百的心思来对付他,是很容易被他捉住破绽的。

所以,月和之,他帮她对付。

百里琦显然没有想明白,却也机灵地没有再问什么。

此刻她理解的不过是月萧怕别人误会,对小姐产生不好的影响,毕竟现在小姐是尘王妃。

所以等宁千雪醒来,百里琦和所有人就一致忽略了月萧,没有在宁千雪面前提起这个为她付出一生的男人默默地为她所做的事情。

"喏,给你。"第五双双忽然出来,递给月萧一个白色的小瓷瓶,"你这左手腕再划下去恐怕会废了,拿这伤药试试吧,多少会有点用的。"

月萧虚弱地撑开眼皮,笑着谢了谢,"谢谢姑娘。"

"哎,叫什么姑娘啊,我是江湖中人,你若看得起我叫我双双就好。"

第五双双豪气地挥了挥手,好奇地问道:"你为什么不用你右手啊,老在左手腕上划下去,真的会废了的。"

她这不是危言耸听,这已经二十多天了,月萧的左手腕上已经有二十多道口子了,有深有浅。

这么多道伤口,而且后来因为手腕上没地方划了月萧干脆在老伤口上划,这样一来伤口就更深了。

月萧这左手,恐怕以后多多少少都有些不灵便了。

"右手若是有影响了,以后拿笔使剑就更不方便了。"

若右手伤了,那他以后还怎么提剑保护她?

第五双双实在没见过如月萧这样的男子,爱却不自私,这样深情的男人实在是太吸引人。

刚想调戏两句月萧,第五双双洁白的耳朵边动了动,诧异地说道:"我好像听到了鹰鸣声,这京都还会有雄鹰吗?"

她来了京都这么久,除了尘王大婚那天她就再也没见过雄鹰了。

百里琦忽然跳起来,整个人兴奋边往外跑边嚷嚷道:"一定是随大哥回来了,一定是的。"

除了随大哥,她还没见过哪个人用雄鹰当坐骑。

第五双双也十分欢喜,终于不用再看凤尘那张死人脸了,站起来顺便也扶着月萧起来,看了看桌上那碗新鲜出炉的鲜血,说道:"这血拿过去吧,王妃应该还是需要的。"

月萧也不逞强,任由第五双双扶着他走了出去。他实在是担心露华,只有亲眼看着她无事,他才放心啊。

尘王府上空传来了鹰鸣声,早就吸引了一众人的目光。

凤尘也十分欢喜,终于等来了随景岩,而后就立即吩咐人让侍卫将尘王府围起来,切不可让人打扰。

两只体型颇大的鹰在尘王府半空中飞着旋绕,慢慢降低高度,然后就见一红一白两道身影从鹰背上落了下来。

"随大哥你终于来了啊,小姐她……"百里琦哭哭啼啼地拽住随景岩的手,满脸泪痕。

人啊,都是见着了熟悉的人才会觉得委屈难过。

随景岩摸了摸百里琦的头,然后一脸狞笑地走向凤尘。

131

"凤尘,你很好。"说完就一拳打了过去。

凤尘被打得一个趔趄,虽然他能躲开但却没有躲,只是擦了擦嘴角的血迹,带着一丝乞求说道:"能不能先去看看千雪?"

"这个时候你想起她了,你早干什么去了?"

眼瞅着随景岩就要爆发,宁为玉叹了一口气一把拉住随景岩,道:"好了,先去看千雪,其他的都不重要。"

他虽然想到宁千雪嫁给凤尘日子不会幸福,但没想到仅仅几个月的时间,宁千雪就生死不知了。

若不是……他真想不顾一切地带走她。

随景岩阴狠地指了指凤尘,而后一甩衣袖大步离开,由百里琦带着进了宁千雪所在的内室。

一行人也紧接着跟了进去。

"琦儿,我让你派人去神医谷取的东西取回来了没?"随景岩给宁千雪把完脉沉声问道。

百里琦立刻转身取来一个冰盒递给随景岩,"取来了。"

早前的时候随景岩人还没到就给百里琦传信,让她派人去神医谷取他前不久刚刚聚齐的药材。

他本想寻找凤凰草给宁千雪调理身体,却没想到凤凰草被人捷足先登了,后在大漠祁家拿到了枯骨花,他留着没给千雪用就是为了找齐药材制成凤还丹。

凤还丹,据说只要人还有一口气,吃下凤还丹就能恢复所有元气。

"蛋蛋这是中毒了,但是以蛋蛋现在的身体状态想要解毒根本承受不住,我先去配出凤还丹给蛋蛋服下再给她解毒。"

第45章　神医谷辛秘

"中毒？"百里琦惊呼一声，随即瞪圆了眼睛，难以置信地说道，"随大哥，你不是说小姐已经百毒不侵了吗，怎么还能中毒？"

而且之前竹韵身边一直跟着竹韵，怎么可能有人给小姐下毒而不被发现的呢？

第五双双也纳闷地说道："是啊，而且我看王妃这情况也不算中毒啊。"

一时间，所有人的目光都集中到衣衫褴褛的随景岩身上。

不到一个月的时间能从沧澜赶回京都，随景岩和宁为玉那是废了老大的劲了，哪里还有时间去管什么衣服脏不脏啊。

看随景岩这个模样，显然是知道宁千雪中到底是什么毒，却不肯告知众人，着实叫人惊奇。

要知道随景岩摆出来的姿态就是天大地大，他的宝贝蛋最大，怎么事关宁千雪的生命安全，随景岩却不愿意说了呢？

"随景岩，只有知道千雪中的是什么毒，我们才好查下去，看看到底是谁在伤害千雪，若不揪出背后黑手，千雪就会时时刻刻处在危险之中，这是你想看到的吗？"

宁为玉目光灼灼地看向随景岩，这一个月的千里奔波叫宁为玉十分清楚宁千雪在随景岩心中的位置。

若换成他自己，是决计不可能一个月就赶回来了。

可是随景岩却做到了。

随景岩抬头看了一眼宁为玉，又低下头执起宁千雪瘦骨嶙峋的一只手，放在双手中不断摩挲。

"不是我不想说，只是事关我神医谷的秘辛……"

话未说完，但意思已经十分明了。

"那我赶紧出去了。"第五双双第一个跳出来，最近她听得辛秘已经够多了，她真的还想多活两年。

"对了。"第五双双走到门口忽然回头，对着随景岩说道，"桌上那碗血，是月萧刚刚割破手腕放的，月萧多年前曾服用过七彩雪莲，王妃能撑到现在全靠他，若随谷主不能今日就解了那毒，最好先给王妃服下。"

她感觉鲜血还是新鲜着喝比较好，时间长了总感觉味道会怪怪的。

随景岩虽然不知道月萧是谁，但这屋子里算着他一共四个男人，其余两个他都认识，剩下的那个自然就是月萧了。

"你……"

"既然随谷主已经回来了,想来王妃也不会有大碍了,萧就先告退了,若是还需要萧帮忙尽管来有间酒楼找萧就是了。"

月萧不等随景岩说什么,就一拱手深深地看了一眼躺在床上的宁千雪,尔后步履缓慢地离开。

这度,月萧一向把握得很好。

他无意知晓神医谷的秘辛,至于露华被下毒之事想必有宁为、玉凤尘和随景岩三人联手定会查个清清楚楚。

这厢露华已经不需要他了,他也该离开了。

宁为玉看着月萧离去的方向轻轻叹了一口气,刚刚月萧眼中深处掩饰不住的爱意与担忧,他没有看错。

这个如月光般霁月齐辉的男子,竟然爱他妹妹爱得这般深沉,这般隐秘。

想来也是怕他爱慕尘王妃的消息传出去,会对千雪造成影响吧。

当真是一个良人啊,只是可惜了……

宁为玉的感受随景岩同样也有,不过随景岩不光是在心里想想,而是直接说出口了,"蛋蛋简直瞎了眼了,放着这么好的一男人不要,偏偏寻个次等的男人,真是……"

"好了。"宁为玉看了眼沉默不语神色复杂难辨的凤尘,出声打断了随景岩的抱怨,再怎么惋惜,千雪都已经嫁给凤尘了,还能怎样?

竹枝也早就在月萧走后,也跟着出去了顺便关上了门,这下屋子里除了宁千雪,就剩三个大男人和百里琦了。

"你快说说千雪为何中毒?中的到底是什么毒,能解吗?"宁为玉焦急地一连抛出几个问题,显然是心里也急得不行。

他刚刚可是听百里琦说了,这件事他祖父还不知道,若是宁千雪再这么昏迷下去,祖父那里肯定会瞒不住的。

凤尘从那时就静坐在那里沉默不语,是对随景岩抱有极大的信心,想着他既然一眼就能看出宁千雪是中毒了,那肯定也能解,同时也知道自己就算开口催促也肯定会被不悦的随景岩忽视,也就干脆沉默到底了。

哪知道随景岩接下来的一句话,让他瞬间就坐不住了。

"蛋蛋中的应该是我神医谷不传之秘半月碎,而且我没有把握能解开此毒。"

随景岩的这句话把其他几人都炸蒙了,尤其是凤尘。

"怎么可能?千雪身上的毒怎么可能出自神医谷?"

凤尘万万没想到宁千雪身上的毒,竟然来自神医谷。随景岩不是神医谷的谷主吗,怎么可能?

看着众人吃惊的表情,随景岩沉默了片刻,便开口说道:"知道此药的这世间不过五人。"

宁为玉挑眉问道:"莫非上一届神医谷谷主不是仅有一人?"

神医谷谷主向来只有一个,且只有一个徒弟,而随景岩没有师兄弟那就该是上一届神医谷谷主还有师兄弟了。

"不错,我师祖先收了我师父随君知为徒,后来又破例收了一女子为徒。而我师父还有一个亲弟弟,名唤随君昊。其实我师父的学医天赋并不如他弟弟,但是师祖认为我师父仁厚重情且学医天赋也不弱,而随君昊为人太过执念,很容易剑走偏锋堕入魔道,便不肯收他为徒。"

"我师父十分疼爱弟弟,便偷偷将一身医术传授弟弟,后来我师父带着他弟弟和他的小师妹游历天下时偶遇兰国逍遥王,彼时逍遥王还只是一个皇子,他和我师父一见面便觉得志趣相投,引以为知己,四人便结伴一起游历天下。"

"后来我那小师叔对逍遥王日久生情,逍遥王也倾心小师叔,本是一段佳话。奈何随君昊也早就爱上了小师叔,三人的关系变得尴尬起来。"

"师父劝他弟弟放下执念,成全小师叔和逍遥王。谁知道那随君昊竟然闭关三个月研制出能让人在睡梦中慢慢死去,却让人找不到根源的毒药半月碎!并将这半月碎用在了逍遥王身上,借此逼迫小师叔和他在一起。"

"我师父大怒,将随君昊关了起来。好在我师父虽然也解不了那半月碎但那随君昊却是有一个习惯,研制出毒药的同时定然会配出一份解药,师父便找到解药给逍遥王服下。"

第46章　可怕的声望，沧澜国师

"逍遥王深觉是因为他的关系才会破坏了我师父和随君昊的兄弟情义，所以就不辞而别。后来，我那小师叔也消失不见，随君昊因为得不到小师叔，因此怨恨上了我师父。"

"我师父念及兄弟情分，只是将他关了起来，谁知道不久后随君昊就私自逃脱了，并留下一封血书，说他定会得到他想要的一切。师父寻找了整整十年也没有寻找到随君昊一丝踪迹，然后我师父就将神医谷传给了我并把随君昊研制出来的所有药都销毁，随后隐退不问世事。"

随景岩巴巴地说了半天，渴得不行起身给自己倒了杯茶润了润嗓子，看到一旁的那三碗殷红的鲜血才想起来他还没有给宁千雪喝下。

便招呼来百里琦扶起宁千雪，慢慢地将那三碗血给宁千雪灌了下去。

"所以说，知道这半月碎的有三人，但实际上会研制半月碎的其实只有那随君昊是吗？"

宁为玉右手敲了一下左掌心，思索着问道。

随景岩说了那么多，就连兰国逍遥王的名号都没瞒着，但为何独独隐瞒了他那个小师叔的名字？

神医谷上任谷主的小师妹，如果姓随的话……宁为玉眸光如电紧紧锁住了随景岩。

怪不得随景岩会这般护着护千雪，如果露华之母也就是顺灵帝之后随心影就是那随景岩的小师叔的话，那一切就说得通了。

其实露华之母很少有人知道叫什么，看凤尘并没有起疑的神色就知道他也应当不知道。

也是，就算他曾和露华有婚约，但之后也是称之为母后，又怎么会有人告诉他顺灵帝的皇后闺名是什么呢？

宁为玉之所以知道也不过是一次偶然听宁国公提起罢了，随心影嫁入皇宫怎可能没有娘家，因她是孤儿所以顺灵帝就求了宁国公，让随心影在宁国公府出嫁，以宁国公表妹的身份嫁给了顺灵帝。

"那个随君昊当真就查不到吗？"凤尘则是缓缓问出这个问题。

他并不关心别人的爱恨情仇，他只想知道暗中想要害千雪的人到底是谁！

随景岩将血碗往桌上一扔，鄙夷地说道："我神医谷查了整整二十多年了都没有查到，要不尘王你试试？"

虽说凤尘是大盛的战神，在大盛自然势力不弱，可是比起神医谷就真的不够看了。

凤尘只不过是一人之力,而神医谷则是传承数百年的一方势力。

更何况凤尘只是在大盛势力够大,而神医谷的药店和药膳堂则是遍布三国。

所以神医谷要是查不到随君昊的消息,那凤尘就更难查到了。

"随君昊虽然没有拜在神医谷门下,但他得你师父传授,想来对于神医谷的势力了如指掌。"凤尘并没有理会随景岩的冷嘲热讽,而是认真地思索。

若以神医谷遍布天下的势力,除非随君昊躲到南海和北方部落,否则不会查不到。

而以随君昊的性格来说,既然他留下话说他一定会得到他想要的,那就一定会还留在这三国之中。

神医谷在大盛境内,逍遥王在兰国,那就只剩下……

"沧澜国。"

"沧澜国。"

凤尘和宁为玉异口同声地说道。

"对对对,随谷主还记得你我在沧澜国内时的情形吗?"宁为玉目光灼灼地望向随景岩。

他和随景岩在沧澜国待了两个月就是查指使冷清秋的人到底是谁,结果发现那冷清秋多年前曾偶遇过沧澜国太子沈沧溟!

随景岩一把掐了掐自己的眉心,大呼道:"沧澜国内一切平静,要说诡异的就是沧澜国内所有臣民对那个所谓的国师太过敬重了,简直到了敬若神明的程度了。"

一个人的影响力哪有可能那么大?在随景岩看来这更像是被药物控制的效果。

就说被大盛臣民封为战神的尘王凤尘,也并不是所有大盛人提起来都一脸骄傲与有荣焉的表情,总那么几个或嫉妒或不屑的。

可是他和宁为玉在沧澜国内待了两个月,看到的听到的全是人们对沧澜国师的称赞,已经到了只闻国师,不知皇室的地步了。

就拿前不久沧澜国派兵挑衅大盛结果兵败的事情来说吧,本来出兵大盛是那沧澜国师的主意,并且非得派沧澜太子领兵。

结果兵败之后,沧澜国内所有人都在指责沈沧溟,没有一个人觉得他们的国师会是错的。

那沧澜国师在沧澜国内的声望简直到了……可怕的地步。

"那个沧澜国师简直成了沧澜国的信仰,若说人力能达到这一步,我是决计不信的。"宁为玉皱眉接了一句。

若不是接到宁千雪性命垂危的消息,他和随景岩本来是打算去国师府一探究竟。

"那如果这个沧澜国的国师就是随君昊的话,那可不可以派人去沧澜国偷出解药?"

凤尘试探着问道,他所关心的所想的只有宁千雪。

其他的,和宁千雪比起来都不重要。

"若真的是他,先不说咱们的人能不能在沧澜国内偷出解药,就说蛋蛋的身体也坚持不了两个月了。"

随景岩十分头疼,骂骂咧咧地抱起冰盒,说道:"给我找一间绝对安静的屋子,我要先闭关三天将凤还丹制出来,这三天还要麻烦那个月萧。"

百里琦赶忙领着随景岩出去了,刚刚走到一半随景岩忽然返回去了。

他一脸激动地拽着宁为玉问道:"你的藏书里可有《药经集注》?"

宁为玉被拽得一个踉跄,衣襟都被随景岩这货给拽开了,百里琦一声尖叫赶忙转过身前去。

宁为玉黑着脸一把甩开随景岩,然后颇为无语地将自己的前襟整好。

"一大老爷们露点肉又死不了,再说了这屋子里又没姑娘你怕啥啊,赶紧告诉我你有没有。"

随景岩颇为嫌弃地看着宁为玉,完全忽略了床上躺着的那位,和他身后的那位都是姑娘。

"随大哥,你不能因为你不喜欢姑娘就昧着良心说这屋子里没有姑娘啊。"百里琦十分怨念的声音从随景岩身后传来,吓了随景岩一跳。

宁为玉和凤尘闻言则是十分惊悚地望向随景岩,长得如此妖孽的随大谷主原来不喜欢姑娘啊,怪不得都这么一把年纪了还独身一人。

宁为玉比凤尘则是稍稍好一些,好歹那日在南海上他就隐隐觉得随景岩和玉桦十分般配。

第 47 章　阿蓉，你能活着真好

"你这个小丫头胡说什么？"
不知怎的，听了百里琦的话他脑海中瞬间闪现那玉桦的身影。
随景岩心下一惊，猛地摇了摇头，这太可怕了。
"随谷主这是想到了哪位公子才会有这般神情啊？"宁为玉不客气地调侃道。
随景岩暗暗磨牙。
"好了，都什么时候了还闹。"凤尘现在可是什么都不好奇，他现在只想救回宁千雪。
随景岩顿时就炸毛了，凤尘这厮居然还敢管教起他来了。
见随景岩要炸毛，宁为玉赶忙转移话题，说道："你说的那本《药经集注》可是第一代神医谷谷主，一代神医随浩之所编写的旷世奇书？"
那《药经集注》不仅被列为医书经典，更被世代的文人视为大家之作。
"不错，你可有？"
"这般奇书，玉自然珍藏之。"
很巧，宁为玉正好有收藏这本书。其实也不算巧，只要世人念的上名号的书，他都有收藏。
随景岩兴奋得一拍双手，双眼冒光道："你快给我取来，我有用。"
《药经集注》神医谷自然也有藏书，但是神医谷距离京都还有不短的路程，他现在急着用自然等不及去神医谷取。
没想到，这宁为玉藏书还真是名不虚传。
宁为玉神色一正，立刻起身道："我现在就去找那《药经集注》。"
随景岩和宁为玉一起起身离开了，屋内霎时间就安静了下来。
凤尘坐到床榻边，执起手轻轻抚摸宁千雪的脸颊，一寸寸描绘她的容颜。
"阿蓉……"
凤尘轻轻地小心翼翼地唤出埋葬在他心底的那个名字，抚摸宁千雪脸颊的手，微微有些发颤。
"阿蓉，你知不知道当我知道你活着回来的时候，我有多高兴？"
若有旁人在这，想必凤尘也不会说出这番话。只有四下无人，宁千雪也一直沉睡着，他才敢说出心底的话。
轻轻执起宁千雪素白却纤细异常的手，放到唇边轻柔地吻了又吻。
一缕金黄的阳光打在凤尘完美的侧脸上，映照着他轻柔亲吻女子手背的模样，深情极了。

鸦青色的睫羽轻轻颤动，一点犹如万斤重的泪珠轻柔地滚落在宁千雪的手背上。

"我那时就想，你能活着回来就是最好的了，我还能娶到你更是万幸。哪怕……你仅仅是为了报复我。"

他岂会不知道古熔心之事定有猫腻？更何况当年若不是古茂盛背叛云王，当年之事又何至于那般惨烈？

虽然有好多个瞬间他真的把古熔心当作了阿蓉，但他心中的怀疑和戒备反而更深了。

他派人去襄州查古茂盛，没想到居然查出了一些其他的东西。

当年凤绝谋反之事，绝非表面看起来那般简单。

到底是谁挑拨设计让他的兄长不顾一切地谋反？

到底是谁要置云氏一族于死地？

又到底是谁一直追着阿蓉不放，不是要阿蓉死，而是要阿蓉生不如死？

他只是刚刚着手查，还什么都不知道，怕背后黑手对阿蓉下手，所以他娶了古熔心之后一直疼宠万分，不过是为了让背后之人认为他和阿蓉不和，让背后之人如意，他也就不会再向阿蓉下黑手了。

谁知道，他千算万算，不惜再次伤了阿蓉的心，居然还是让阿蓉陷入如今这副生死不知的地步。

"阿蓉，我是不是很没用？我这一辈子只想保护你，却永远护不住你。"

悔恨内疚的泪水，从凤尘的眼角宣泄而出。

无论是六年前，还是六年后，我都护不住你啊。

"阿蓉，对不起。"

对不起，六年前我没能陪你一起面对。

对不起，两年前你回来了我却没能认出你。

对不起，两年前楚风那般折辱你我却依旧没有陪着你。

对不起，一年前我居然会娶了别的女子为平妃让你那般难堪。

对不起，时至今日我还是没能护住你。

当他三个月前发现宁千雪就是阿蓉时，他是多么高兴啊，可是他却不敢面对阿蓉。

那个时候他就发誓要护她一世周全，哪怕她会恨他，可是他依旧让她受了伤害。

"阿蓉……我只是想简简单单地爱你，怎么就那么难。"

到底是谁能神不知鬼不觉地给你下毒？这尘王府这么多人暗中保护，除非下药之人光明正大的进来，否则不可能能神不知鬼不觉地进来。

光明正大地进来……

凤尘眯起双眼，细细回想那些能够光明正大进入尘王府的人。

"嘎吱——"门响了，是百里琦回来了。

"王爷，小姐这里我照看着就好了。"

自从宁千雪昏迷后，凤尘衣不解带地照顾着，已经让百里琦对他大为改观。

"王妃这里平日都有谁来？"凤尘问道。

宁千雪平日里并不爱出门,在京都也没几个朋友,最好的不过是杨又薇和林若兮了。可是看最近发生的这些事,杨又薇和林若兮都不可能。

更何况,林若兮已经死了。

"平日里就只有杨大小姐和龙夫人来了,偶尔檀越县主和蔡小姐也会来,小姐昏迷那日除了宴席上的人就只见过连城夫人了。"

百里琦掰着指头数了数,自家小姐平日里见的无外乎那么几个人罢了。

"要我说啊最有嫌疑的就是连城夫人了,她一直看我家小姐不顺眼,要是说她……"

说的一半,百里琦忽然静了音,原因无他。不过是看着眼前的凤尘,忽然想起来在她嘴里忒不是东西的连城夫人就是尘王殿下的亲姨母。

凤尘不知怎的,听了百里琦的话后第一反应就是当年姨母爱上的那个人到底是谁?

他怎觉得这里面有文章。

"王爷……我不是那个意思,你……"看着凤尘沉默不语,百里琦心里有些发慌。

"没事,你叫千雪的人去去查一查那沧澜国的国师,看他是不是当年的那个随君昊,为何会给千雪下毒。"

凤尘不在乎地摆了摆手,他也对连城夫人有些起疑,百里琦的怀疑又何尝没有道理。

和千雪结仇的这京都就只有月如、楚风和公孙诗翠了,月如和公孙诗翠不足以构成威胁,而楚风……相信楚王是不会允许楚风做出这些事来的。

再说以楚风那个头脑,能神不知鬼不觉地在尘王府给宁千雪下毒,那简直比太阳从西边升起还不可能。

第48章 意外，救治宁千雪

这样一来也就剩下一直看千雪不顺眼的连城夫人了，若按以往来说凤尘定然不会怀疑连城夫人。

可是自从知道惠妃是连城夫人的女儿后，凤尘就对连城夫人多了一层无来由的戒备。

再陪了宁千雪一会，凤尘就起身离开去了书房，无论是沧澜国师还是连城夫人他都要好好查一查了。

第三天晚饭后随景岩出来了。

"凤尘，你想不想救蛋蛋？"随景岩出来后就直奔凤尘书房，看着凤尘一脸认真地问道。

凤尘放下手中的密报，抬眸抿唇一脸疑惑，"什么意思？"

他怎么会不想救千雪呢？

随景岩一瞬不瞬地看着凤尘，一字一顿道："想救蛋蛋，除了找到随君昊之外只有一个方法。"

"直说。"

"我需要圣灵珠作药引。"

随景岩的话让凤尘吃惊不已，凤尘低头将密报倒扣在书桌上，站起身沉声问道："有了圣灵珠就一定可以救回千雪吗？"

他没有问随景岩怎么知道圣灵珠在他身上，当年阿蓉用圣灵珠救他一事，虽然不会告诉别人，但宁千雪告诉随景岩他并不奇怪。

而随景岩也没有多想，只是以为凤尘重视宁千雪，压根就没有想到凤尘已经知道宁千雪就是露华了。

"我查了《药经集注》再结合我神医谷留下来的秘方，我以圣灵珠为药引，以凤还丹为药灵定能解半月碎。"

虽说随君昊的半月碎的确过于霸道，但是那圣灵珠更是百年不遇的神药。

如凤凰草之类虽然难得，但好歹还有人听说过知道它生长在哪里，可是圣灵珠只是传说中的东西，药效胜过凤凰草、枯骨花和七彩雪莲许多倍。

"好。"

凤尘一摸胸口便毫不犹豫地答应了，阿蓉，我欠你这么多终于能护你一回了。

真好。

而随景岩则是被凤尘这么痛快的态度给弄愣住了，不是说蛋蛋在尘王府并不得宠吗？可是看凤尘这么爽快的态度，像是不得宠的吗？要知道那圣灵珠可是在凤尘左胸口处，一个不小心凤尘的小命就得交代了。

"随谷主，事不宜迟，咱们现在就准备吧。"

凤尘着急地放下笔，打开门招来裴管家一一吩咐嘱托。

他之所以这么着急不仅仅是因为想早一点救回宁千雪，而且还有着月萧的原因。

虽说有了神医谷的药，但是月萧已经到了极限了，若是再一天三碗血地放下去，恐怕还不等宁千雪醒来，月萧就失血过多死了。

不能再拖了。

"凤尘，我保你无恙！"

不知道什么时候随景岩就走到了凤尘身后，看着门外一地暖黄色的落日光芒，随景岩十分珍重地许下他的承诺。

取出圣灵珠，凤尘左胸口处的旧伤势必复发，既然当年能让军医束手无策，那想来必定轻不了。

但是……凤尘，你既然肯为蛋蛋冒这一回险，那我随景岩也定保你安康！

几人都知道不能再拖了，所以第二日随景岩就准备将凤尘体内的圣灵珠取出来了。

不过为了凤尘的安全着想，取出来后由第五双双将圣灵珠加入阴阳草磨成粉末，然后再将随景岩研制好的凤还丹浸在温水中化开，将圣灵珠的粉末混在其中给宁千雪服下便好。

而随景岩则是守在凤尘那里，帮他治疗旧伤。

这一日整个尘王府都紧张了起来，月萧和宁为玉守在宁千雪处，而第五双双和凌空则是守在凤尘的暗室外面。

凌空目光一直没有移开暗室的门，那一动不动的身影让人看了都觉得累。

"我说你就不能换了姿势吗？你就是把石门望穿了，尘王也不会早出来的。"

第五双双颇为无语地坐在一旁看着整个人呈紧绷状态的凌空，把自己的精神绷得这么紧真的不累吗？

这又不是打仗，你助威的气势足，那厢打仗的就会跟着动力十足。

凌空就跟一根木头似的，继续杵在那里，根本就不搭理第五双双。

第五双双翻了一个白眼，将自己的双手伸到日头下照着玩。

等待的时间，总是最无聊的。

待日上三竿，一个圆滚滚的大太阳高高照在正当中的时候，那紧闭了两个时辰的门也终于开了。

"快去给王妃服下。"裴管家打开石门，从里面走出来手上的托盘上放着一个沾满鲜血的深紫色珠子。

凌空一把先过第五双双接过托盘，面色复杂地看着裴管家问道："王爷怎么样了？"

他知道当年王爷伤的有多重，所以看着那沾满鲜血的深紫色珠子，他心里才矛盾不已。

裴管家苍老的面容上满是担忧，叹了一口气说道："唉，随谷主说王爷不会有性命之忧的。"

当年凤尘伤的虽然重,但这么多年已经被圣灵珠养得好了太多,虽然离了圣灵珠凤尘的旧伤势必会复发,但已经比当年好太多了。

　　况且还有一个神医谷谷主在,随景岩就算是看在宁千雪的分上,也不会让凤尘死了的。

　　第五双双一拍凌空肩头,"啰唆什么,赶紧的去给王妃服下吧。"说完就一伸手,想要将托盘夺过了。

　　传说中的圣灵珠哎,她虽然是个蛊毒高手但对这个传说中无所不能的圣灵珠也好奇不已。

　　凌空面色一寒,飞快地躲过了第五双双伸来的手,然后端着托盘飞快地往外走。

　　"哎。"第五双双怪叫一声,暗骂一声真小气,最后不还是得交给她来处理吗?

　　不过想起宁千雪的情况还有月萧那越来越苍白的脸色,第五双双跺了跺脚就跟了上去。

　　"哎,你走错方向了,那边才是王妃的漪澜苑。"

　　看着两人逐渐消失的背影,裴管家摇摇头转身就回了暗室。

　　这个凌空太心乱了,在王府这么多年了居然还能走错方向。

　　漪澜苑中宁为玉看着宁千雪几近透明的脸色,不由焦急地在房内走来走去。

　　"随谷主不是说两个时辰就能将圣灵珠送来么?现在都过去两个半时辰了。"

　　宁千雪的身子是越来越不行了,一时一刻对于她来说都是珍贵的,现在她生命力的流逝连他这种不懂医的人都看出来了。

　　"要不要萧再……"月萧斜靠在一旁的软榻上努力撑起身子,担忧地问道。

　　"不行,月公子你再放血的话就死定了,我去王爷那边看看。"

　　百里琦一跺脚,就拉上竹枝一起跑了出去。

第49章 奸细，圣灵珠被偷

宁为玉看着两人风风火火跑出去的身影，摸着怦怦直跳的胸口暗暗皱眉。

他，总有一种不好的预感。

随景岩这人虽然狂傲，但他确实有那个本事，他说两个时辰能送来圣灵珠就一定能送来。

"坏了。"宁为玉双眼猛地瞪圆，狠狠地砸了一把手掌，高声叫道，"星河你快去跟着琦儿她们，凤尘那边应该是出事了。"

星河闻言立刻闪身飞快地追了出去。

这边有宁为玉还有一众暗卫看着，并不需要担心宁千雪的安全。

"宁公子是觉得圣灵珠被人劫走了？"月萧有气无力地问道。

他也不笨，若真的按照随景岩所说两个时辰内会将圣灵珠送过来，那就不会出错。

而且，在这漪澜苑中并没有听到什么打斗声之类的，那就说明是……尘王府自己人做的。

宁为玉眯着眼，细细琢磨着今天的事沾手的人会是谁是奸细呢？

"将圣灵珠端出暗室的人会是裴管家，将圣灵珠拿到漪澜苑的会是第五双双和凌空，从暗室到漪澜苑会经过那个平妃居住的地方，路上也会遇到不少侍卫……"

宁为玉将所有碰过圣灵珠的人一一列了出来，细细地琢磨。

"会不会是第五双双？"

月萧直接将侍卫和平妃排除掉了，若是侍卫和平妃动手，这院子里怎么都会闹出点动静的，怎么会无声无息？

而第五双双是蛊毒高手，这样做就很容易了。

宁为玉摇了摇头，"第五双双没有理由动手啊，而且第五双双是江湖中人，她应该比我们更加清楚神医谷的影响力，若非真的有依仗或是迫不得已，不然第五双双不会轻易敢得罪随谷主的。"

说实话，虽然随景岩对宁千雪那是真的很好，但他……真的不是一个好人。

随景岩这个人真的是随心所欲，无论是杀人还是救人从来都凭喜好，不管你是好人坏人他心情不好可能就随手杀人，心情好了就算是个大魔头他也会救。

所以，随景岩在整个江湖上真的可以称得上是无人敢惹。

"莫非宁公子是怀疑尘王的侍卫长凌空？"月萧语气虽然带着一抹怀疑，但实际上他的情绪并没有一丝波动。

他今生所有的情绪只会为一人所牵动,别人……别人面前他一向是翩翩公子,万物不惊。

宁为玉看了看床上仿佛没有一丝生机的宁千雪,心情几番变化,"我倒希望是那第五双双偷走了圣灵珠……"

若是第五双双偷走了圣灵珠,随景岩总归会有办法再夺回来。

可若是凌空……

"据萧所知,凌空已经跟了尘王十年了,是尘王的心腹。"

月萧和凤尘曾是少年时期的兄弟,虽说后来疏远了,但是凌空是在凤尘十五岁那年一次打完仗回来后就跟在了凤尘身边。

那是从战场上沾着鲜血的交情,那是拿命拼杀来的兄弟情义,若说凌空会是奸细……那简直太可怕了。

宁为玉拧眉,若凌空是十年前就埋下的一颗棋子,那背后之人简直太可怕了。

十年前凤尘不过是一个小小的少年将军,背后之人究竟是谁,又想干什么呢?

不知为何,宁为玉莫名地想起了六年前云氏覆灭的那一场灾难……

"嘎吱——"门响了,进来的是一个陌生男子,后来还跟着一群尘王的侍卫。

来者将手中提着的一个东西扔到屋子里,面色带着很明显的不屑,道:"尘王府的守卫也不过如此。"

宁为玉吃惊地发现被来人扔在地上的正是昏迷的第五双双!

月萧撑起身子,努力辨认了一番才缓缓说道:"陌大公子这是何意?"

月萧这些年也没怎么在京都活跃,而陌阳也是这两年才回的京都,所以月萧并没有第一时间就认出陌阳了,不过比宁为玉这个十几年不在京都的人还是强上不少的,好歹他还是能够认出来了。

"下去吧。"宁为玉一挥手,让尘王府的侍卫退出漪澜苑中。

陌阳一撩衣袍,毫不客气地坐下给自己倒了一杯茶。

月萧刚想问什么,就被一脸焦急跑回来的百里琦打断了。

"大公子,怎么办?王府里找不到第五双双和凌空的踪影了。你说……陌大哥?"

百里琦焦急的声音在看到陌阳的一瞬间便停了下来,陌大哥怎么会来?

自从那次尘王府陌阳和百里琦说了那番话之后,两人就一直没有见过了。

陌阳是有意避着百里琦,而百里琦也没有刻意去找过这陌阳。

而跟着百里琦身后进来的星河和竹枝则把视线集中到了昏迷着的第五双双身上,星河眼神一紧,道:"竟然是凌空……"

竟然是尘王身边最受信任的凌空拿走了圣灵珠,这该怎么办?

要知道公主的人决计不能在京都暴露,否则她是露华的身份很快就会曝光。

陌阳看了一眼百里琦,并没有回答她,而是站起来对星河说道:"我看到凌空将第五双双扔到一个街道角落后,曾现身和他打了一架,借机将追踪粉洒在了他身上,你带上暗卫和我一起去追还来得及。"

"可是暗卫都走了,谁保护主子?"

"哼,这里好歹坐着两个大活人呢,更何况尘王又不是真的废物点心,若是保护不了她……"

陌阳虽然没有把话说完,但那语气中的不屑已经很明显了。

星河点点头,看了一眼宁为玉,得到对方一个放心的眼神后,立刻起身和陌阳动身了。

这已经耽误一会了,虽然两人轻功都绝佳,但那个凌空既然是奸细,那谁知道他平日里是不是有所保留呢?

看着两人迅速消失的身影,百里琦跺了跺脚,"哎呀,忘了告诉陌大哥那个冷清秋的事情了。"

按照宁为玉所说的,那个冷清秋和沧澜国太子关系不一般,很可能是沧澜国的奸细,那么陌大哥就绝对不能和这样一个女人沾染上关系。

"琦儿,你忘了王妃和你说的了?"竹枝拉了拉百里琦的袖子,低声提醒道。

百里琦听到竹枝提起宁千雪,顿时急得不行,"随大哥还不出来啊?"

对于百里琦来说随景岩就是宁千雪的救星,是无所不能的。

这个时候宁千雪昏迷着,大哥也不在,只有随景岩是她的主心骨。

第50章 总有一个人用来被辜负

宁为玉说:"这个时候不能去打扰随谷主。"

随景岩正在给凤尘治疗旧伤,容不得别人打扰,要不然也不会特意去暗室了。

"竹枝你去暗室那边守着,随谷主一出来你就把发生的事情告诉随谷主和尘王。"

竹枝将第五双双挪到一旁的美人榻上后,沉默着退了出去。

自从竹韵死后,活泼的竹枝也就跟着消失了,现在也就偶尔百里念能逗得竹枝笑一笑。

终究是……变了。

百里琦守在宁千雪床边,看着脸色苍白几近透明的宁千雪,泪珠就忍不住滚落下来。

"大公子,小姐可怎么办啊?"

那个凌空居然把小姐救命的圣灵珠偷走了,也不知道陌大哥和星河什么时候能抢回来。

她也清楚,那凌空既然是潜伏这么多年的奸细,那背后的势力一定小不了,星河和陌大哥想要抢回来,势必不容易。

宁为玉对此也十分忧心,看着宁千雪毫无生机的模样,袖子里的双手紧紧握起,手背上的青筋清晰可见。

他本以为凭着他天下第一公子的名头,凭着整个宁国公府为她造势万里红妆送嫁,定会让整个京都再无人敢欺辱她,可是……

若是祖父看到这个样子的千雪,又该有多心痛?

就在宁为玉和百里琦守在床边的时候,一旁坐在暖榻上月萧无声无息地站起身来,走到了桌子旁边,轻轻将一只碗翻了过来。

"月公子?"宁为玉听到碗碟清脆的碰击声,转过头了有些讶异地看着月萧,不赞同地说道,"你不能再放血了,你的身子已经到了极限。"

虽然他想救回宁千雪,可是……月萧这样深情的男子,他想就算是千雪冷了心肠也不愿意这般辜负吧。

月萧用手撑住桌子,虚弱一笑,"宁公子,都到这个时候了,你觉得萧这个时候会放弃吗?"

只要露华能幸福,他什么都可以牺牲,包括月家的名声,甚至是他的命!

"你应该知道千雪现在已经是尘王妃了。"

"那又如何?我要的只是她幸福,仅此而已。"

月萧一手抽出腰间的匕首,一手将袖子撸起来露出满是刀痕的手腕,那纵横杂乱的刀痕看起来触目惊心,让百里琦忍不住捂住嘴哽咽道:"月公子……"

　　月萧淡淡一笑,拿着匕首的右手毫不犹豫地一刀划下,鲜红的血液慢慢顺着手腕滴入碗中。

　　寂静的室内,血液滴入碗中的声音都清晰可闻,而百里琦和宁为玉都能清晰的察觉到,血液的流速较之前几日慢了许多。

　　想来是月萧体内的血液,也不多了吧。

　　血将将流满一碗就不再流了,月萧撑着身子虚弱地坐了下来,将另一个碗翻正了,再一刀划下,较之刚刚那道伤口更深了一些,可是即便这样第二碗血还是没有满。

　　"够了,够了,月公子……"百里琦一把拉住月萧打算再割上一刀的右手,哭着说道,"月公子不要再割了……"

　　这样的深情,小姐怎么还的完?

　　"月公子,再划几刀你的左手恐怕……"宁为玉也微微震惊,没想到月萧竟然情深至此。

　　在他看来如果爱一个人就一定要得到,若得不到那就离得远远的。

　　哪里会像月萧这样,赔上一颗真心赔上一生就为了心爱的女子能在别的男人怀里安睡。这简直就是自虐。

　　"无碍。"月萧左手轻轻拂开百里琦按住他的手,感觉到百里琦的坚持,笑着调侃道,"我现在左手使不上力气,居然连一个小丫头都挣不脱了……"

　　"月公子……你别这样,呜呜……"百里琦按住月萧的右手,哭的泣不成声。

　　若是当年小姐爱上的就是月公子,那该有多好?

　　为什么这样美好这样深情的月公子注定一腔真心,会被辜负?

　　为什么小姐这样好的人会一生坎坷,磨难不断?

　　难道真如戏本中说的那样?

　　总有一个人,用来被辜负吗?

　　"琦儿。"宁为玉缓缓上前两步,轻轻掰开百里琦的手,劝道,"这是月公子自己的选择,你不应该干涉。"

　　就算不为了宁千雪,单单的为了月萧这个人,他们也不应该阻止他。

　　这是他爱人的方式,若是阻止他救他爱的人,对他又何尝不是残忍之事呢?

　　月萧眼中的柔光望向床榻之处,整个人仿佛笼上了淡淡的银色的月光,美好而圣洁。

　　决绝地一刀划下,深可见骨。

　　血再一次喷涌而出,月萧的右手轻轻放在左手下面支撑着,因为他的左手已经无力到抬不起来了……

　　月萧闭了闭眼,感觉到一阵天旋地转,昏迷前,他说道:"不要告诉她。"

　　他不想以后露华会用一双歉疚的眼神看着他,他不想回因为他而让露华感到为难。

　　他爱她,六年前没有告诉她,事到如今他也不想说出口,打乱她的心潮。

　　这是他月萧爱人的方式,他不后悔并甘之如饴。

宁为玉早就站到了一旁，料定了月萧肯定会支撑不住，见月萧昏迷了就一把扶住了他，让百里琦将伤口重新包扎。

"来人啊，将月公子送回有间酒楼。"宁为玉唤进来一个侍卫，吩咐道。

他也知道月萧和月和之常年不和睦，也就干脆让人将他送回有间酒楼了。

无论星河和陌阳能不能在明天晚上赶回来，宁为玉都不会允许月萧在为宁千雪割血了。

明天一天究竟会如何，就交给上天吧。

"等一等。"百里琦跑到内室拿出一堆补血的药，一把塞到那侍卫怀里，嘱咐道，"记得告诉有间酒楼的掌柜的，这几个瓶子里的药分别给月公子吃一粒，每天一粒记住了吗？"

月萧失血过多，元气大伤，恐怕三年五载是补不回来的，先给点神医谷的补血药丸，等随大哥出来让随大哥亲自去给月公子看看。

想来看在月公子这般为小姐的分上，随大哥也是愿意给月公子看看身子的。

"记住了。"侍卫一把扛起月萧，就往外走去。

百里琦吼道："哎，你温柔点！"

侍卫一个趔趄，很是为难地看了看一手领着的一包药瓶，再看了看月萧这个十足的大男人。

温柔？

在百里琦的威逼下，侍卫很别扭地用公主抱抱着月萧这个十足的老爷们出去了。

第 51 章　下辈子一定要嫁给我

正午时分,整个尘王府都躁动了起来。
"长歌,你拿着本王的令符去跟皇上请一道圣旨,叫他严查各个城门和京都附近的几个城镇,所有可疑人物都不能放过!"
凤尘脸色苍白地坐在椅子上,语气是前所未有的沉重。
好一个凌空,好一个幕后之人。
整整十年啊,整整十年的兄弟情分!
"哗啦!"凤尘猛地站起来将整个书桌上的东西摔了一地。
"竟然敢动千雪,本王绝对奉陪到底!"
"咳咳……"凤尘猛地抚着胸口,咳嗽了起来,脸上也浮现了不正常的潮红。
"王爷。"百里念忽然猛地窜到了凤尘的书房来,有些激动地说道,"还请王爷给我些人马,我要去接应星河。"
凤尘眼眸大睁,问道:"你知道他们去了哪里?"
"刚刚我看到了星河放出的讯号。"
"本王调一百人给你,快去!"凤尘毫不犹豫地说道。
凌空虽然潜伏多年,但身边的人肯定不多,若是太多他早就会有所察觉。
一百人去接应,足矣。
凤尘打了个响指,一人出现带着百里念急匆匆地去了。
"千雪,你一定要坚持住,不然我所做之事不就成了一场笑话吗?"
凤尘望着自己的双手,喃喃说道。

距离京都不远的安城的一处山崖。
山风烈烈,吹得人皮肤生疼,山顶之上满地的残骸一地的尸体。
"星河,将圣灵珠交给我,我可以放你一条生路。"
说话的正是凌空,之前他的人还没有赶来,圣灵珠竟然被星河夺了过去。
不过还好,他的人很快就赶了过来,星河那边已经只剩星河和陌阳了。
"做梦!"星河食指一曲,揩掉嘴角的血迹,一脸鄙夷地笑道,"不过是一个奸细罢了,你以为你能活着走出大盛吗?"
六年前没能保护住露华公主,没能护住云氏一族,那是整个暗卫的耻辱,为此当年的暗卫首领百里夜任由脸上刀疤横贯,潜心在大漠修习武术,整整六年不再踏足大盛。

今日,他这个暗卫首领绝对不会再失职。

"你们逃不掉的。"凌空不理会星河的嘲讽,朝身后打了个手势,一群手持弯刀的黑衣人便慢慢围了上来。

星河看了看身后的悬崖以及对面的山崖,两个山崖之间大约隔了两丈远,他和陌阳鼓足真气一跃也不够两丈……

难道今日真的要葬身此处?

摸了摸怀中的圣灵珠,星河的眼睛微微闪烁。

"陌阳,看对面的山崖,你能跃过去吗?"星河和陌阳靠在一起,轻声问道。

陌阳吐出口中的鲜血,斜了一眼星河,同样压低声音道:"跃过去?我确实能跃过去,但是是跃到对面还是崖底就不知道了。"

开玩笑,他轻功可没那么好。

星河沉默了一会,逼音成线一段话缓缓响在陌阳耳边,陌阳瞪大双眼,怒道:"不可以!"

"还有时间聊天?是在谈怎么死吗?上,一定要抓活的。"

凌空一挥手,那群黑衣人手中的弯刀再一次带着凌厉的杀气朝星河陌阳袭来。

之所以要留活口倒不是凌空心肠好,而是若是星河和陌阳跳下山崖,那势必要耽搁功夫,到时候能不能找到了就还得另说了。

毕竟他的目的是圣灵珠。

星河手中的长剑架住一把弯刀,身子下弯飞快地躲过另一把弯刀,又提起脚飞快地踹了过去,一脚将对方踢飞。

"陌阳,不要再犹豫了,为了主子我们什么都可以牺牲!"

陌阳握着软剑的手愈发地用力,一剑下去带起一片血雾,"不行!"

两人虽然都是武功高超之人,但架不住对方人多,又有一个相差无几的凌空,不一会两人身上又挂了不少彩,被逼到山崖边上。

往前十步,是敌人。

往后两步,是悬崖。

星河抬头看了看日头,算了算时辰,低吼道:"不能再耽搁了,陌阳!"

凌空微微皱眉,感觉到有些不妙,却也只能开口劝道:"星河,不要再做垂死挣扎了。"

星河将手中的长剑往地上一扔,一抹嘴角的血迹,笑得邪魅,"的确是没活路了。"

又伸到怀里透出一个香囊,里面圆鼓鼓的看得出来里面的东西应该就是圣灵珠无疑了,"你不就是想要它吗?"

凌空还以为星河是妥协了,也笑了,"这就对了,何必为了别人而放弃自己的命呢。"

挥了挥手,身后就有一个黑衣人上前慢慢靠近星河,想要夺过香囊。

就在黑衣人伸出手的一刻,星河猛地转身向对面的山崖跃了过去,而陌阳则是飞身一脚将那黑衣人踹飞。

"蠢货,你是跳不过去的。"凌空眼神阴鸷,怒火万丈地骂道。

以星河的功力根本就跳不到对面去,他自然不在乎星河的生死。可是那圣灵珠在星河手里,若是星河掉下山崖,他们还得花时间去山崖底下找。

谁知道就在凌空咒骂的空隙,陌阳也猛地朝对面的山崖跳了过去。

两人一前一后,相差不过几毫。

凌空眼神一眯,忽然明白了过来,夺过一旁一个黑衣人身上的袖箭,对着星河就射了过去。

只见两个山崖之间的半空中,星河力气用尽已然开始下坠,而陌阳则一脚蹬在星河的肩膀上,借星河的身子再次跃起。

以陌阳的功力,两次跃起,定能跳到对面去。

而星河则因为陌阳的一蹬,身子猛然下坠。

星河忽然抬起头猛地将手中的香囊扔给陌阳,一脸笑意地说道:"陌阳,告诉她下辈子一定要嫁给我!"

因此而死,他不后悔。

身为暗卫,能救主子,那不仅是职责,也是荣耀。

他唯一遗憾的就是,在他二十八年的生命里没能娶到那个他心爱的姑娘。

璎珞,对不起。

陌阳双眼泛红地看着转眼就成了一个小黑点的星河,心中的杀意不断澎湃。

就在陌阳还离对面山崖不过十几米的时候,凌空射出的那一箭也到了。

"噗!"那是利箭没入皮肉的声音。

陌阳闷哼一声,身子忽然下坠,看了看对面的山崖,陌阳一咬牙,不断催动内功,猛地将手中的软剑一抖,那软剑瞬间变长了,陌阳一用力将软剑勾住了山崖边上的树枝,一个借力跃到了山崖上。

陌阳到了对面后第一件事就是回头看向山崖底下,可惜那里只是雾蒙蒙的一片,星河早就寻不到身影了。

"凌空,回去告诉你的主子,我陌阳有生之年定跟随尘王大军,踏平你沧澜国!"

第52章　他敢不娶我

对面的凌空似乎是感受的陌阳内心滔天的杀意,浑不在意地笑了笑,道:"陌阳,你以为你到了对面我就没办法杀了你吗?"

陌阳双手握得咯吱作响,看了看深不见底的崖底将那个香囊放在自己的胸口处,然后飞快地朝山崖内处飞奔而去。

星河,我一定会告诉璎珞的。

他一直高傲自负,认为在宁千雪的手下中,他是最优秀的。

他是世家子弟,可以完成暗卫和百里念等人做不到的事情。

他是隐藏踪迹的高手,所以他总是能探查到第一手的消息然后全身而退。

他是游戏人间的花花公子,可以暗地里帮助宁千雪做好多事。

因为他自负,所以他一向看不起星河这些暗卫,两人的关系也不算好,可是……他没有想到有一天星河会牺牲自己来成全他。

虽然知道星河是为了救宁千雪,因着他是隐藏踪迹的高手,活下去坚持到救兵来的概率更大,但……星河牺牲自己成全他是真的。

他刚刚是踩在星河的性命上……才得以逃脱的。

"沧澜国!"陌阳一边寻找可以隐藏踪迹的地方,一边咬牙切齿地骂道。

沧澜国善用弯刀,凌空背后的人绝对是沧澜国的人!

如此光明正大地在大盛境内动手伤人,还用着明晃晃的弯刀,这背后之人可真是狂傲至极!

星河,若有一日两国开战,我陌阳定会投军,为你一路血杀至沧澜国都,以此来祭奠你的英魂!

而对面的凌空则是挥挥手,沉声道:"咱们追过去,要快。"

之前星河就放了求救信号,再不夺来圣灵珠,恐怕就来不及了。

"首领,怎么过,要下山吗?"一手下傻呵呵地问道。

凌空牵起嘴角,诡异一笑,"没看见刚刚陌阳怎么过去的吗?"

还下山?等他们下山后在爬上对面的山顶,尘王府的人恐怕也到了吧?

那手下丝毫没有吃惊,一挥手后面就有黑衣人上前跃起,一个个学着陌阳的方式跳到了对面。

不过,到了对面的人还剩一半。

凌空带着一群黑衣人火速搜索起陌阳来了。

楚香阁。

"璃珞,今天那谁又带着颜颜来看你来了,还在那间包厢,你不去看看吗?"

璎珞坐在一旁的矮凳上,一边剥着葡萄一边随意地问道。

那个司马伯川每隔三天都会带着女儿来楚香阁的天字三号包厢坐一坐。

有时候是一下午,有时候就是吃一顿饭。

虽然司马伯川没有提过要见一见璃珞,可是整个楚香阁的人谁看不出来他是为了璃珞来的?

"不见。"

璃珞的声音一如既往的冰冷,哪怕提及那个从小就被她抛弃的女儿,声音也没有一丝起伏。

只是那手中的茶杯,里面的茶水有一瞬间激起轻微的涟漪,也不知是为何。

"唉。"璎珞就猜到璃珞会是这个回答,一点都不意外,忽然想起不久前看到星河放出的求救信号,心里多少有些不自在地问道,"璃珞,你说小姐那里……"

宁千雪的情况她们也清楚,只是两人不方便时时刻刻进入尘王府,只好待在楚香阁等消息了。

前几日知道神医谷谷主已经赶到了,所以两人也就没多大担心了。

"星河是暗卫之首,不会有事的,更何况念儿已经带领着尘王府的人快马赶去了,放心。"

在提起宁千雪的时候,璃珞的情绪终于有些许波动。

尘王府里到底发生了什么,居然让尘王封锁了整个京都及附近城市的城门,还有星河是宁千雪的暗卫之首,为什么没有守在宁千雪身边反而出城了?

就在星河放了求救信号不久后百里念居然带着尘王府的五千位中的一百人快马出城,惊得京都内人心惶惶,都在猜测到底出了什么事居然让尘王派出了精兵强将。

因百姓不安,宁为玉走出尘王府放出消息说是尘王妃病重,那些人是尘王派出去给尘王妃取药的。

是以,百姓的心也安定了下来。

可是,京都的权贵圈子开始不安起来。

虽说尘王妃身子一直不大好,可是一直没有闹出大动静来。

再想想几个月前尘王妃大婚时,神医谷谷主放下的狠话还言犹在耳,纷纷猜测着尘王妃到底为何而病。

若她殒命,我定赠你一场山河永寂!

那狠辣的威胁,想来当日在场的人没有一个人能够忘记吧。

"哼,星河那个死货老吹嘘自己多厉害多厉害,这下扯淡了吧,居然放出求救信号来了。"

说是鄙夷,但女子眸中那闪烁的担忧,可让人真真切切感受到她的挂心。

"真闹不明白你怎么想的,和星河也好好地为什么就是不成亲?非得等他不娶你了,你才会着急是吧?"

璃珞性子一向比璎珞稳重,再加上她是姐姐,说话的口气自然也就带上了一抹训斥。
这么多年两人的打闹追逐她是看在眼里,星河可真是把璎珞当成祖宗似的供着。
就连迟迟不肯成亲,也笑着由着璎珞的小性子。
若是当年司马伯川能有星河对璎珞的十分之一的心,她们两个也不至于走到这个地步。
"嗐,他敢不娶我?"璎珞对着璃珞挥了挥自己的小拳头,十分高傲地显摆道,"那厮除了我是不会娶别人的,眼巴巴地等着娶我呐。"
哼,这只不过是她和星河情侣之间的小情趣罢了,一群羡慕嫉妒恨的家伙。
不过说起来他们两个这样已经有十年了,要不等他下次求娶本姑娘的时候,本姑娘就大发慈悲地答应?
"璎珞,你自己在这待着吧,我要去尘王府看看。"璃珞站起来,抿唇说道。
这么半天没有一点消息,她实在是担心。
跟着宁千雪复仇,是她整个生命唯一能做的,要做的,可以做的事情。
若是宁千雪有个万一,她有何面目去见先帝?这般了无生趣的人生,她也只能一刀抹了脖子,跟随公主去了。
"唉,你就爱瞎担心,我家星河出马,哪里有搞不定的事?"
璎珞将最后一颗葡萄丢到自己嘴里,十分得意地炫耀道。
"我就没见他能搞定过你,对你他哪次不是亲自出马?"
璃珞对于璎珞的恶趣味以及星河的效率十分鄙夷。
"你知道什么……"璎珞站起身,想要辩解一二,却忽然猛地捂住心口,整个脸色瞬间变得煞白。

第 53 章　我的星河是不是……

"啊……"

璎珞猛地发出一声哀号,然后整个身子就瘫软了下去,噼里啪啦带倒了桌子,乱七八糟响成一片。

"我不就是……璎珞,你怎么了?"璃珞本想调侃的话在看到璎珞煞白的脸和额头上的冷汗时,瞬间消了音。

璎珞一手捂着心口,那里正不自然地抽痛起来,就好像有一把匕首插进了她的心口然后在里面搅动一样,疼得厉害。

"璎珞你怎么了,说话啊?"璃珞一把拉起璎珞,让她坐在椅子里,摇着她的胳膊着急地问道。

她们都不是普通的弱女子,璎珞怎么会忽然疼成这样?

"是不是以前的旧伤发作了?"璃珞一把松开璎珞,起身就要去拿药箱。

像她们这种人,身上多多少少都有一些暗伤,住的地方也都会备着药箱。

"璃珞……"璎珞双眼无神地一把拽住璃珞的衣袖,怔怔地说道,"我刚刚心疼得不行,那种感觉……让我有一种失去星河的窒息感和恐惧感,是不是星河……"

都说亲近的人之间会有心灵感应,她忽然心疼如绞,定是她亲近的人发生了意外。

璃珞就在她身边,而宁千雪现在暂且也没有生命危险……那肯定就是星河了。

"不会的,星河武功不低,又有念儿带着尘王府的人赶去了,别瞎想。"璃珞脸色也十分不好看,但还是强打着精神安慰璎珞。

"刚刚星河就放了求救信号,依他的性子若不是真的有性命之忧他是不会放的,万一念儿他们赶不及怎么办,怎么办?"

璎珞忽然失态地大吼起来,因为愤怒激动而瞪大的双眼中,满是泪水。

"璎珞……"

这样的妹妹,她从来没有看到过,亦不知如何安慰。

"走,我们去尘王府等着,走。"

璎珞一把拉着璃珞就朝尘王府飞奔而去,至于别人会不会怀疑楚香阁和尘王府的关系,她现在已经顾不得了。

尘王府内凤尘安排好所有事之后就来了漪澜苑,守在宁千雪的床榻前一坐就是几个时辰。

凤尘将宁千雪的手贴在自己的脸边,轻轻地磨蹭。

"千雪,你一定要坚持住。"

你一定要坚持住,我宁愿你醒来报复我。

"随大哥,小姐她……"百里琦十分不安地再次问随景岩,不断地希望随景岩能给她一个让她安心的理由。

随景岩不厌其烦地说道:"只要在第二天天亮之前能寻回圣灵珠,蛋蛋就不会有事。"

那个月萧的血能让蛋蛋再坚持一天,但也仅仅是一天罢了。

若是放在之前,随景岩定会不管不顾地将那个月萧捉过来放出他所有的血给蛋蛋续命,这事他绝对干得出来。

在他眼里,只有蛋蛋才是最重要的。

可是那个月萧……那般深情,对蛋蛋那般好,可以舍弃一切,他……竟然也下不去手了。

这屋子里的人都挂心宁千雪,但此刻没有一个人提出再去请来月萧为宁千雪续命。

那般风华的男子,那般如月光温柔的男子……打动了所有人,包括凤尘。

"天亮之前……"百里琦实在忍受不了这屋子里沉闷的气氛,跑到门外想要透透气。

"琦儿,星河回来了吗?"刚刚赶来的璎珞一把抓住百里琦的手臂,目光中闪烁的竟是恳求。

她是希望,百里琦能给她一个让她安心的理由,告诉她星河活着回来了。

百里琦有些纳闷,这璎珞怎么哭了?

"星河还没有回来,璎珞你怎么哭了,发生什么事了?"

"星河……"璎珞捂着胸口,嘴唇张了又张,竟只是念出了星河这个名字。

星河,星河,她的星河……

她此刻多么希望星河此刻能回她一句:我在。

璃珞搀着璎珞,安慰道:"现在还没有消息,也算是好消息了,星河不会有事的,放心。"

百里琦一听这话,哪里还有不明白的。之前竹韵出事,竹枝就有心灵感应心痛如绞。

现在璎珞这个样子一看就是感觉到了星河可能出了意外,赶忙安慰道:"是啊,星河不会有事的,而且哥哥带人去了,我没有感觉到哥哥出事,肯定哥哥救回了星河,放心。"

璎珞闭了闭眼,和百里琦一起走入屋子里坐在外室等待着百里念回来。

等待总是最难熬的,更何况是这情况下,等待着是生是死的消息,更加难熬。

如圆盘一样的太阳缓缓落下,日暮西沉,满院子里皆是余晖,让人看了就觉得温暖。

"哥哥,是哥哥回来了。"百里琦第一个看到百里念的身影,高声叫着跑到院子门口迎接来人。

"哥哥……"百里琦的话还没问完,只来得及叫了声哥哥,就被百里念身旁一身是血的陌阳吓住了。

"陌大哥,你怎么这样了?"小丫头捂住嘴,泪珠不由自主地滚落。

那一身蓝衣尽被血色染成暗红衣袍的狼狈男子,真的是她平日里衣着鲜亮的陌大哥?

那一脸血污,辨不清样貌唯有一双眼睛晶亮的男子,真的是她平日里风度翩翩的陌大哥？

"随大哥在里面吗？"百里念问道。

"在的,在的。"

百里琦赶忙侧开身子,让百里念扶着几乎走不动路的陌阳走到屋子里。

"怎么回事？"

听到百里琦高呼声的随景岩一出来,就看到一身鲜血眼看着就知道身受重伤的男子被百里念放到一旁的暖榻上。

百里琦一把拽住随景岩的胳膊,央求道："随大哥,你快看看陌大哥,他会不会死啊？"

陌阳那一身的血,吓坏了百里琦。

而一脸焦急的百里琦自然没有见到听到那个"死"字,脸色瞬间惨白的璎珞。

随景岩拂开百里琦,走到百里念前面问道："圣灵珠呢？"

"在陌阳手里。"

随景岩又看向陌阳,伸手要道："圣灵珠呢？"

他此刻哪里还有心思去关心陌阳的死活,一个月萧已经是例外了。

在他看来陌阳既然是蛋蛋的手下,那为了蛋蛋就算是死了,也是应该的。

"随大哥你怎么这样,陌大哥都这样了。"

听到随景岩近乎不近人情的话,百里琦气得跳脚。

"难道随大哥没有看到陌大哥一身的伤吗？"

"难道你就不知道里面躺着快要死掉的是你的主子吗？"

随景岩忽然面色不善地对着百里琦厉吼出声,这是这么多年来他第一次吼百里琦。

第54章 我想这辈子嫁给你啊

百里琦猛地红了眼眶,却也知道自己最应该关心的是小姐而不是陌阳。
"我……"
"圣灵珠拿回来了。"陌阳忽然睁开眼,费力地从左胸口处掏出一个天蓝色的香囊。
难为陌阳一身蓝衣都被血色染成了暗红色,而这香囊却一丝血迹都没有沾染上,依旧是耀眼的天蓝色。
看到那个香囊,璎珞的瞳孔猛地缩了缩,琉璃色泽的瞳孔变得愈发幽深,让人感觉恐怖极了。
随景岩并没有注意到,一心系上圣灵珠上,伸手想要拿过去却没想到香囊被陌阳死死攥着,愣是不松手。
"松手!"
百里琦也是不明所以地看向陌阳,"陌大哥,既然圣灵珠在你这,你就赶快给随大哥啊。"
哪知道陌阳谁也不看,只是挣扎着站起来,手中紧紧地攥着那个香囊,跟跟跄跄地向璎珞走去。
这时候屋内的人才发现脸色白得吓人的璎珞,似乎明白了什么。
璎珞看着不断靠近的陌阳,像是看到什么洪水猛兽般不断摇着头后退,那泪水糊了满脸。
"不,不,不要,你离我远一点,不要过来。"
璎珞拽着璃珞的胳膊,哭着不断后退,那模样惊恐极了。
这个时候百里琦才惊恐地发现,星河……并没有回来。
"哥哥……"百里琦泪眼婆娑地望向自始至终异常沉默的百里念。
百里念动了动嘴唇,最终却一句话都没有说出来,眼皮下拉盖住了满眼的猩红。
陌阳一步步走向璎珞,那走过的路,几个鲜明的血脚印异常扎眼。
在离璎珞还有几步远的时候,陌阳"扑通"一声跪了下去,声音之大让人觉得牙颤。
"璎珞……"
"你不要说话,我不听我不听。"
璎珞不等陌阳说完就猛地捂住双耳,摇着头不断地说着"不要听,我不要听。"
"璎珞,你不要这样!"
璃珞态度强硬地想要将璎珞捂住双耳的手拽下来,却也只是徒然,只能按住她的身子不让她再后退。

陌阳费力地双手抬起那个天蓝色的香囊，缓缓举高，声音是那样的苦涩，那样的无力，也那样的悲伤。

"星河说，下辈子，你一定要嫁给他。"

璎珞一直低喃着"我不要听"，可是那声音却不断地变低变低，直到变成了哽咽声。

即便捂着双耳，可是那句残忍的"下辈子"还是传到了她的耳中。

"我不要下辈子，我要这辈子嫁给你，星河！"璎珞猛地坐在地上，双手环膝，大哭。

"我错了，我不应该和你蹉跎了十年，我错了星河，你回来吧，我一定嫁给你，我绝对不再使小性子了，星河……"

陌阳就那么跪着，璎珞就那么哭着，满屋子的人没有一个人说一句话。

直到璎珞不再哭号，才一抹眼泪伸出手颤颤巍巍地接过陌阳手中的天蓝色香囊。

那个香囊……一接过香囊，璎珞就忍不住哭了。

这个香囊是她十年前绣给星河的，但是后来两人不知道为什么吵了起来，她一气之下就把香囊扔了。

没想到，星河居然捡了回来，保存了这么多年。

"原来我一件正经的礼物都没有送给过你，十年了……"

璎珞颤抖着打开香囊，他们在一起整整十年了，她居然想不起来她为星河做过什么，又送过他什么。

打开香囊的一瞬间，那颗紫色的光彩夺目的圣灵珠就被璎珞拿出来扔到了一旁。

随景岩也不计较，赶忙捡起圣灵珠走到内室去了。

若不是知道那个星河是为了蛋蛋而死，他哪里忍得到现在。

百里琦小心翼翼地想要搀扶起陌阳，却被陌阳执拗地一把挥开。

"陌大哥……"

"琦儿。"百里念拽了一把百里琦，不赞同地摇了摇头。

也许这样跪着，陌阳心中的愧疚才会少一些吧。

"星河——"

就在百里琦和百里念说了两句话的时候，璎珞猛地发出一声尖锐至极的哭声。

那一声星河，似乎要穿透时空，传到那人的耳边。

那一声星河，似乎夹杂着璎珞所有的情感，星河不在她也没了心。

"啊……星河……"璎珞捂着那个香囊号啕大哭了起来。

璃珞干脆也坐在了地上，搂着哭得不能自已的璎珞良久无言。

直到璎珞脸色发白地昏厥了过去，璃珞才慌了手脚。

"璎珞，璎珞！"

"我来看看。"竹枝忽然上前说道，"我跟着……跟着竹韵耳濡目染多少也懂点医术，先给璎珞看看吧。"

竹韵……

璃珞点点头，道："麻烦你了。"

虽然她们都是宁千雪的人,但璃珞姐妹和竹枝姐妹真的不熟。

竹枝忽然吃惊地瞪大双眼,转而又难以置信的再把了把脉,这才在一干人着急的目光下缓缓说道:"璎珞姑娘好像是有孕了,大概三个月的样子,因为情绪波动过大所以璎珞才会晕过去,并没有大碍。"

"有孕了?"璃珞也十分吃惊。

星河和璎珞在一起整整十年了,两人也不是刻板拘于礼法之人,虽无夫妻之名却早已有了夫妻之实,可是十年了璎珞都没有怀孕,众人还以为璎珞此生不会拥有自己的孩子了呢。

而星河也借此表了回衷心,表示就算一生无子,他也愿意娶璎珞,只可惜数不清多少次的求娶一如既往被璎珞姑娘拍飞。

璃珞将璎珞抱到隔间的床榻上,将手抚在璎珞依旧平坦的小腹上。

那此刻璎珞手中攥着的香囊也展现在众人面前,香囊内没有什么贵重的东西。

只是两缕长发,被一根红线系在了一起。

结发为夫妻,恩爱两不疑。

想来这就是星河一生所求吧。

"璎珞,你该有多后悔?"璃珞声音中满是怜惜。

这些年璎珞拒绝了星河多少次,如今她就有多后悔吧。

璃珞知道璎珞不是不喜欢星河,只是她不喜欢束缚,喜欢自由喜欢玩,也知道最后星河还是会娶她,所以她才会迟迟不答应星河。

想来星河也是知晓璎珞的心思吧。

如今星河乍然死去,却留下一个孩子和香囊内的"结发为夫妻,恩爱两不疑",想来这将会是璎珞一生最后悔之事。

因为她的自私,让星河带着遗憾离世。

这种痛,这种悔,就会一生一世纠缠着璎珞。

睡梦中的璎珞也睡得极不安稳,不断挣扎不断低喃,而眼角……也不断有泪流出。

第55章　不知道的还以为你有多高贵

漪澜苑中寂静无声,所有人都在焦心地等待着一个答案。

就算是重伤的陌阳也在第五双双帮他包扎好伤口之后一直强撑着不肯昏睡过去,他在等一个答案。

偏殿中璃珞守在瓔珞床榻前,双眼却微微有些无神,不知道在想些什么。

百里琦和竹枝还有百里念如同被噤声了般,呆坐在外室内静静等待。

忽然一道冷哼声打破了这整个院子的寂静。

"哼,不过生了病罢了,你们是否太过小题大做了?"

面色不善踏门而入的正是连城夫人,身后跟着的则是两个多月未曾出来过的平妃古嫆心。

"连城夫人,现在随大哥正在内室给我家小姐救治,如果没事还请夫人移步别处。"

百里琦一直就怀疑是连城夫人给她家小姐下了药,而且这个时候连城夫人居然来捣乱,百里琦更是看她不顺眼了。

"宁千雪身为王妃,怎可与外男独处一室?太不知体统了你们!"

连城夫人眉头深深皱起,眼中显露出十分清晰的嫌恶,说完就大步走向内室。

百里琦一点都不含糊地闪身挡在了连城夫人身前,神情十分不悦,"夫人是没听懂吗?随大哥正在救我家小姐,这个时候哪里还有那么多破事?"

一连串的事情让百里琦心中十分压抑,这个时候连城夫人还来挑事,百里琦能有好话就有鬼了。

"一个下贱的丫头都可以和本夫人这么说话吗?王妃好教养。"

"一个多管闲事的人不知道教养又有多好,连城夫人别一口一个下贱的,不知道的还以为你有多高贵。"

百里琦白眼一翻,立刻针锋相对地讽刺道。

若不是凤绝谋反,百里琦的身份可比连城夫人高上不少。

"你!"连城夫人气结,扬起手就想要赏百里琦一个耳光。只可惜百里琦向来都不是逆来顺受的小丫头,毫不客气地抓住连城夫人的手腕,然后一个用力将其甩到一旁。

古嫆心赶忙上去扶了一把,只是她没有想到百里琦一个小丫头力气居然那么大,居然也被连城夫人倒下来的力道连带着压倒在地上。

顿时场面就混乱了起来,连城夫人身后的嬷嬷赶忙扶起连城夫人,七嘴八舌的关心声乱成一片。

"你们在闹什么?"凤尘不悦的声音从内室传了出来。

听到外面的嚷嚷声,随景岩十分不耐烦地将凤尘赶了出来。

其实,随景岩也只是守在宁千雪床榻边上等她醒来。

连城夫人一见到凤尘就如同见到了主心骨一般,十分愤怒地指着百里琦说道:"就这么个丫头都敢对我不敬,尘儿你就这么看着吗?"

那古嫆心也适时地抬起一张可怜兮兮的小脸,配合地说道:"是啊王爷,这个丫头着实不把姨母放在眼里。"

"呵呵,平妃娘娘说琦儿不把连城夫人放在眼里,那平妃娘娘倒是把连城夫人放到眼里去啊,只是不知道连城夫人这么大个人,平妃娘娘要怎么才能把连城夫人放到眼里去。"

说话这般夹枪带棒自然是一向口齿伶俐的竹枝,这还是自从竹韵死后竹枝第一次这般说话。

也难怪,竹韵死在了兰儿手里,在竹枝看来就是古嫆心害死的竹韵,对古嫆心能有好脸色就有鬼了。

"你实在是胡搅蛮缠!"

古嫆心就算不像之前那般单纯了,头脑和心计也稍稍有点了,可是那口舌可着实是比不上从小在宁国公府浸淫口舌之能的竹枝,顿时就被竹枝一番话气得脸色一会白一会红的。

"王爷,您就任由王妃身边的丫头羞辱完姨母又羞辱嫆心吗?"

这些日子她不是不知道凤尘整日里就守在漪澜苑守在宁千雪身前,若不是知道宁千雪快死了,她都快嫉妒得发狂了。

可是即便如此,在听到连城夫人上门来的消息时她还是忍不住跟来了。

因为她知道连城夫人势必会找宁千雪的麻烦,这是……她十分希望看到的。

"你们来干什么?"凤尘不答反问道。

在宁千雪还没有醒来之前,他顾不得什么背后之人什么古嫆心了,他这个时候只想好好守着宁千雪。

可是这两个人居然连这个时间都不给他,简直欺人太甚!

"王爷……"古嫆心楚楚可怜地望着凤尘,完全没有想到凤尘居然会是这个反应。

这样的凤尘……真的爱着她吗?

"千雪在休息,本王不允许任何人打扰!"

沉声的警告,黑沉的眼眸缓缓扫视众人。

"尘王殿下!本夫人若是非得在这待着,尘王还要将本夫人轰出去不成?"

连城夫人这下是真的动怒了,她实在没想到凤尘居然会因为一个宁千雪这般不顾她的颜面。

就算当初她不喜露华,凤尘也不曾让她当众难堪过。

凤尘看着沉怒的连城夫人,眸光忽然变得幽深起来,"姨母来这里是有什么事吗?"

他这个姨母不喜欢宁千雪他也是知道的,这个时候宁千雪重病的消息想必也传遍了整个京都,想来连城夫人总不会是来看望宁千雪的吧?

这个架势哪里是来看望人的?

连城夫人拂了拂衣袖,冷哼一声,道:"怎么,我是你的姨母,尘王娶了王妃就不允许本夫人来这尘王府了吗?"

"若姨母没什么事情就先回阿姐那里吧,等千雪好了我再带着千雪去长公主府上看望姨母。"

总归是把自己养大的姨母,凤尘对连城夫人就算有些不耐烦,但终归还是顾着她的几分颜面。

"凤尘!你还记不记得你是大盛的尘王,是臣民心中的战神?"

见凤尘下了逐客令,连城夫人这才发威,缓缓道出了自己的来意。

"为了给你的王妃取药,你竟然动用五千位,还闹得整个京都人心惶惶,你这个王妃简直是红颜祸水!"

连城夫人自然是听到京都内大街小巷都在谈论尘王为了给自己的王妃取药,是多么着急多么深情才赶来尘王府的。

"为了一个女人,你堂堂尘王居然闹到整个京都都知道的份儿上,简直可笑!"

"姨母!你说的这是什么话,千雪是我的王妃,她重病我自然心急,为她求药动用王府侍卫又有什么不对?"

凤尘没想到连城夫人居然说出这样的话来,要知道红颜祸水可不是什么好听的词,若是今日连城夫人的这番话传了出去,宁千雪定会再次站到整个京都的风口浪尖上。

第 56 章 什么才叫红颜祸水

"为了她,你整整两个多月没有去上朝了,她这不是红颜祸水又是什么?"

"红颜祸水这个词太过沉重了,家妹何德何能居然让连城夫人说出这样的话来?"

宁为玉和随景岩一起从内室走了出来,虽然一人在笑,一人身上的戾气如刀出鞘,锋芒逼人。但所有人都感觉到,这两个人都动怒了。

"宁大公子怎么在这里?"连城夫人没有想到宁为玉居然还在尘王府里。

"连城夫人都可以在这里咄咄逼人,玉为何就不能出现在这了?"宁为玉淡笑着反问道。

"就算宁大公子是王妃的亲兄长,也没有久居王妃寝室的道理,更何况还有别的男人在内室,这传出去简直为天大的笑话!"

连城夫人说着说着,那隐含怒气和不屑的目光便转到了随景岩身上。

"为天下人所笑?我倒要看看谁敢笑一声!这天下谁敢笑蛋蛋一声,本谷主便毒哑了她!谁敢指责蛋蛋一句,本谷主便让她化为一摊血水!"

随景岩张狂一笑,盯着连城夫人的眼神,就像一条毒蛇紧紧盯着自己的猎物般,格外毛骨悚然。

连城夫人到底是久居内院的夫人,被随景岩这般阴狠的眼神盯着,吓得紧紧攥紧了衣角,嘴唇也微微有些哆嗦。

"你大胆!"连城夫人也不知道是被随景岩的一身煞气吓得还是没了言语,竟说出了这么几个字。

听到这几个字,凤尘就忍不住叹了口气,他这个姨母被这么多年的荣华富贵娇养得有些不知天高地厚了。

凭随景岩的能力与身份,说出这句话来可真的不是大胆,反而是连城夫人说随景岩大胆这句话非一般的大胆了。

"大胆?"随景岩玩味地咀嚼着这两个字,步步靠近连城夫人,直至三步远的时候才停了下来。

"刚刚本谷主听到你说我家蛋蛋是红颜祸水?你是不是不知道红颜祸水是什么意思?没关系,本谷主今日心情好,给你举个例子解释解释。"

"你到底要说什么?"连城夫人强撑着没有后退。

"连城夫人是吗?像你女儿惠妃那样的才算得上是红颜祸水,我家蛋蛋差的那可不是一星半点!"

"你胡说什么?"在听到随景岩提及惠妃的瞬间,连城夫人就慌了心神,连忙否认道。

随景岩嗤笑一声,道:"惠妃没嫁给凤绝前,将云王世子迷得找不着北,遇到了凤绝居然有手段让凤绝为了她不惜冒天下之大不韪反了云氏,屠了云氏一族,这不是红颜祸水是什么!"

不仅宁千雪和凤尘在查当年的事,随景岩也在查。

神医谷的势力遍布三国,查起六年前的事情虽然有些费力,但也不是一无所获。就比如说当年凤绝谋反的真相!

"你胡说什么?闭嘴!"

连城夫人彻底慌了,神情激动地对着随景岩吼道。

"连城夫人,若是再让我听到一句诋毁蛋蛋的话,本谷主保证,这一切绝对会大白于天下!"

连城夫人听了这话,彻底没了话语,现在的她只想赶紧离开这里。

宁为玉扫了一眼瞪大双眼、震惊到无以复加的古熔心,淡淡地建议道:"尘王殿下,这话若是传出去,对大盛可是没有一丁点好处。"

这个古熔心谁都知道肯定有问题,虽然说古茂盛当年也参与了凤绝谋反之事,可是一看古熔心这样震惊,她绝对对当年之事一无所知,由她之口一不小心说出去也是有可能的。

"竹枝,去找第五双双,然后送平妃回去。"

凤尘沉声吩咐道。

相信有第五双双的蛊毒在,古熔心绝对不会把今日的事情说出去的。

毕竟,说出去对她一点好处都没有。

"王爷……"古熔心难以置信地看着凤尘,期盼着刚刚那句极端无情的话不是从凤尘口中说出来的。

虽然她不聪明,但也不是太笨。

她知道,这是凤尘不相信她,怕她泄密才会让竹枝带她去找第五双双。

"本王不允许有任何威胁到大盛的存在!"

听了这话,古熔心的心里稍微好受了一些,只是哽咽着说道:"王爷若是不放心熔心,熔心可以不再出府,可是平日无聊,熔心能不能请堂姐来府里陪我?"

兰儿已死,凤尘又不放心她出府,她现在只想让堂姐古熔婳来给她出出主意,堂姐向来比她聪明得多,一定有办法挽回王爷的心的。

"随意。"

在凤尘看来,一个没听说过的堂姐自然不重要,且就在尘王府内,又能掀出多大风浪?

在竹枝和古熔心离开后,连城夫人也表示她要离开。

凤尘巴不得这个姨母赶快离开,别再得罪随景岩和宁为玉了。

他好不容易在两个大舅哥面前刷了刷好感,他这姨母一来瞬间好感又清零了。

那两位可不是不会迁怒的主!

"姨母慢走,我让裴管家送您。"

167

连城夫人点点头,就由嬷嬷搀扶着向外走去,可是刚刚一只脚跨出门槛,却忽然被随景岩叫住!

"慢着!"

凤尘皱眉看向随景岩,十分不解之前明明默默地站在那里沉思的随景岩怎么会突然叫住连城夫人。

难不成随景岩得理不饶人?

想想随景岩在江湖的传言,凤尘觉得十分有可能,便开口说道:"随谷主,姨母已经退了一步,你又何必苦苦相逼?"

谁知道,随景岩直接无视凤尘,大步走到门口一把将连城夫人拽了回来,将其拖到了暖榻上,便俯身在连城夫人身上左嗅嗅右摸摸的。

看得宁为玉直瞪眼,若不是以连城夫人的年纪做随景岩的亲妈都可以了,宁为玉都要怀疑随景岩是不是忽然看上连城夫人了。

要知道随景岩可没对除了宁千雪之外哪个女子这般感兴趣过。

不过……宁为玉抬头看了看凤尘那张漆黑的脸,笑着摇了摇头。

虽然这个时候随景岩的举动肯定有深意吧,但……凤尘就算知道,心里恐怕也多多少少在冒火吧。

凤尘再恼怒连城夫人,她也是将凤尘抚养长大的亲姨母啊。

"随谷主!"

凤尘厉喝一声,以示警告。

而这个时候被随景岩一系列动作弄得十分蒙圈的连城夫人也终于反应过来,立刻放声尖叫。

"啊——随景岩你无耻!"

宁为玉揉了揉自己可怜的耳朵,果然,女人这种生物无论年纪老幼,尖叫起来都能让人瞬间失聪啊。

第57章　下毒之人

"闭嘴!"随景岩不耐烦地一把点住了连城夫人的穴道,让她不能动也不能说话。

"随景岩!"凤尘上前几步,一把拉开随景岩怒喝道,"连城夫人是本王姨母,随谷主这样做是不是太过分了?"

凤尘说完后就先回身解开了连城夫人的穴道,安抚道:"姨母,您没事吧?"

"唔……"连城夫人努力压下到嘴的尖叫,待平稳了呼吸后指着若有所思的随景岩对凤尘说道。

"凤尘,我怎么都是你的亲姨母吧?都说生恩不及养恩大,就算在你心里我不如你娘亲重要,你就能看着我这般受辱于人前?"

连城夫人简直气炸了,一张老脸上一阵红一阵黑的,好不精彩。

也是,想必连城夫人长这么大都没有让人如此轻薄过吧?

"姨母息怒。"凤尘安稳一声,才直起身子转身看向随景岩说道,"刚刚的事,还希望随谷主有个合理的解释。"

就算随景岩是宁千雪最看重最信任的人,他也不会就这么容忍随景岩折辱连城夫人。

万事都可容忍随景岩,可是随景岩当着这么多人的面轻薄了他的姨母,他若还是一言不发那还算个人吗?

"解释?凤尘,你不会以为本谷主会看上这么个老东西吧?"

随景岩回过神来,一双潋滟的桃花眼中闪过危险而又晶亮的光芒。

老东西?宁为玉嘴角微微抽搐。

就算连城夫人真的是一大把年纪了,随谷主你这站在人家的地盘上就不能说话客气点?

果不其然,听见"老东西"这三个字,连城夫人气得直翻白眼。

凤尘的唇角也抿得紧紧的,额头的青筋也缓缓地蹦跶了起来。

"随景岩!你莫不是以为看在千雪的面上,本王就什么事情都能容忍你吧?"

现在宁千雪还没有醒过来,他不想宁千雪一睁眼看到的就是一幅乱糟糟的场景,所以对随景岩一再忍让,只是没想到这随景岩得寸进尺,着实过分了些。

"哈哈哈。"随景岩忽然邪魅地大笑了起来,一脸不屑地指着连城夫人对凤尘说道,"你若是真的在乎千雪,就杀了这老东西!"

"随景岩,这里是尘王府不是你神医谷,你别太过分!"

连城夫人被随景岩一口一个的老东西气得不行,也不想着之前随景岩拿惠妃威胁她的事来了,直接沉声骂道。

而凤尘则是握紧双拳,双眼眯成危险的一条线,沉声问道:"什么意思?"

"蛋蛋身边的那个竹韵虽然比不上我,可是无论医术还是毒术都不差,而且蛋蛋身边也是重重防卫,怎么就这么轻易地中了毒?凤尘,你别告诉我你没怀疑过。"

随景岩话中满是辛辣的讽刺,连他第一时间怀疑的都是能够正大光明和蛋蛋接触到人,那凤尘怎么会一点怀疑都没有呢。

凤尘双手不断握紧,整个人瞬间紧绷了起来。

"随大哥,小姐昏迷的那日除了宴会上的人只单独见过连城夫人!"百里琦立刻高声提醒道。

那日虽然宴会上见了不少人,可是百里琦更觉得会是后来单独而来的连城夫人。

毕竟连城夫人巴巴地来了一趟,实则什么都没有说,而凤尘已经吩咐过让凤青岚告诉连城夫人,若没有正事就不要来见千雪,反正她也不喜欢宁千雪。

"这就对了。"随景岩对上连城夫人微微有些闪烁的眼神,拂了拂额前的长发,邪狞地笑问道:"连城夫人,您能告诉我你身上为什么有巫蚁散的味道?"

凤尘问:"什么是巫蚁散?"

随景岩一笑,伸出舌头舔了舔唇角,笑得分外妖冶,"半月碎和我平日里给蛋蛋用的暖阳丹药材相差不多,而两者最大的区别就是半月碎里有巫蚁散而暖阳丹里并没有巫蚁散这味药。"

"什么巫蚁散,本夫人不知道。"连城夫人强硬地嚷嚷道。

那外强中干的样子,怎么看都是心虚的表现。

"不知道?这巫蚁散药性及其霸道,极寒。最重要的是……"随景岩瞟了一眼凤尘后,继续说道,"巫蚁散只有我神医谷有,说,你和随君昊是什么关系?"

又是神医谷的独有的药,随景岩从未动过巫蚁散因为他师父说过巫蚁散救不了人只能害人,所以禁止他用此味药材。

当今天下除了他和他师父也就只有那个随君昊能配出巫蚁散来了。

要说连城夫人不认识随君昊,打死他都不信。

"什么随君昊,我不认识,我要回去了。"连城夫人慌忙站起身来,连衣裙上的褶皱都没来得及抚平,就朝门口走去。

随景岩身子一动,就挡在了连城夫人面前,痞痞地笑道:"老东西,你认识他?你不认识他你身上怎么会有巫蚁散的味道?是不是他告诉你将你的衣裙浸泡在巫蚁散中,然后见蛋蛋的时候穿上会对她的身体不好?若是她见你之前正好服用了暖阳丹,就能让她昏睡半月然后化为一具干尸?"

随景岩的一声声质问,不仅让来连城夫人几乎站立不住,就连凤尘的脸色也苍白极了。

"姨母,你就这么恨千雪吗?恨到千方百计不择手段也要杀了她?"

凤尘忽然转过身来,半眯着眼,低哑着嗓音轻声问道。

他一直都知道连城夫人不喜欢宁千雪,他也知道定是连城夫人觉得宁千雪身上有露华的影子,所以她才会不喜。

但他着实没有想到,他敬爱的姨母居然会对宁千雪下这么狠毒的手!

"当年那个和蔼可亲的姨母,去了哪里了?"凤尘蠕动着嘴唇,却吐不出来像随景岩那样咄咄逼人地质问。

因为他不仅在乎宁千雪,他也在乎这个一手将他养大的姨母。

"是你告诉我做人要顶天立地!"

"是你告诉我要做个铁骨铮铮的男儿,宁肯马革裹尸也不要沉溺在温柔乡中!"

"是你告诉我做人可用手段,但不能不择手段,做人要有底线!"

"是你告诉我做人可以保护自己想要保护的一切,但不能主动去害人!"

凤尘一句句说着,声音很轻,却有种声嘶力竭的味道。

说了这么多,凤尘抬着一双失望透顶的眼睛,看着脸色煞白的连城夫人,抿了抿唇压下心中咆哮的怒火,轻声问了最后一句。

"姨母,这样折磨千雪折磨我,你到底是为了什么?"

第 58 章　宁千雪醒来

　　整个屋子安静极了,凤尘一句一句的质问回响在每个人的耳边,让每个人都不由地静默下来。
　　是啊,若真的是连城夫人故意而为之,那最痛苦的莫过于凤尘了。
　　他是被连城夫人一手教养长大的,恩重如山,可是现在连城夫人却又对他的王妃下了杀手,无论凤尘怎么选都是错。
　　站在宁千雪的立场上,讨伐惩处连城夫人,那是不孝。
　　站在连城夫人的立场上,偏袒连城夫人,那是不义。
　　连城夫人亲手将她一手养大的孩子推上了两难之地,无论怎么样选择,凤尘都不会好受。
　　连城夫人讷讷不语,看着双眼猩红满是痛苦挣扎的凤尘,沉默了。
　　"说话啊!"凤尘突如其来的一声暴喝将所有人都震住了,尤其是被凤尘一直注视着的连城夫人。
　　"尘儿,不要逼姨母好不好?"连城夫人闭上眼,十分痛苦地祈求道。
　　虽然凤尘是她亲手养大的,可是……
　　"哈哈哈……我逼您?"凤尘似是难以置信地伸手指了指自己,又指了指连城夫人,然后揉了揉额角,不再看连城夫人一眼。
　　"惠妃的父亲就是那个随君昊吧?"
　　凤尘如是问。
　　连城夫人瞬间睁开双眼,眉心深深皱起,苦口婆心地说道:"尘儿,不要去查他,也不要和他斗,你不是他的对手的。"
　　事情已经到了这个地步,再隐瞒也无济于事,连城夫人干脆摊开来说。
　　随君昊这个人有多可怕,她是知道的。所以她才说出这么一句话来,她不想有一天她亲手养大的外甥死在那个男人手里。
　　他,太可怕了。
　　"姨母,我送您回长公主府吧。"
　　凤尘没有回应连城夫人的话,只是面无表情地起身让人搀扶着连城夫人离开。
　　"喂……"
　　"好了,这件事让尘王自己处理吧。"宁为玉一把拉住明显不太高兴的随景岩,劝了一嘴。

这种事情,还是交给凤尘自己处理得好。他们若插手,反而会连累千雪和凤尘之间再起波澜。

"嗒,我要进去看蛋蛋了,谁稀罕那么个老东西啊?"随景岩不悦地拂袖往内室走去。

唉。宁为玉无奈地摇了摇头,也跟着进去了,连城夫人什么的还是等千雪醒了再说其他吧。

"蛋蛋,你醒啦?"

随景岩一进来就发现宁千雪已经醒了,赶忙走过去将替宁千雪把了把脉。

"千雪怎么样了?"宁为玉站在随景岩身后,眉眼都是淡笑地问道。

千雪昏迷了这么久,终于醒了,再不醒过来,祖父那里也就瞒不下去了,幸好啊。

"身子还是虚弱,以后好好养养身子就好了,并没有大碍。"

随景岩十分满意地点了点头,不愧是圣灵珠啊,不仅救回了蛋蛋,还将蛋蛋身体内的久治不好的暗伤都治好了。

"那千雪怎么不说话?"宁为玉疑惑地问道。

宁千雪直视睁着眼躺在床上,却一言不发,这让宁为玉还是放心不下。

"琦儿,快进来给你家小姐倒杯水来。"

随景岩翻了翻白眼,懒得回答宁为玉这个白痴的问题。

任是谁昏迷了这么多天,醒来嗓子肯定都干得不行啊。

百里琦和竹枝进来,一人扶起宁千雪,一人小心翼翼地给宁千雪喂水,直到喝了整整三杯水后宁千雪才摇了摇头,让竹枝将她扶起来靠着床栏杆。

"说吧,我昏迷的这段时间都发生了什么?"

宁千雪其实在连城夫人进来之前就醒了,只是还没有力气睁开双眼,后来听到外面的一番争执,她虽然没大听明白,但也知道是连城夫人给她下了毒,而连城夫人背后也站着人。

百里琦看了一眼随景岩,有些讷讷地不知该说什么。

随景岩一翻白眼,大刀阔斧地坐在一旁的椅子上,满不在乎地说道:"你中的是我师父的弟弟随君昊研制的半月碎,在我们赶回来之前是月萧用自己的血温养着你,估计这会还在昏迷中吧。"

"话说,蛋蛋,那个月萧为了你不仅毁了身子,连左手腕都因为被匕首划过太多次残废了,你不打算对这个深情的男人负责吗?"

在随景岩看来月萧可比凤尘顺眼多了,虽然月萧有个坑货老爹,但貌似月萧也和他老子相处得很不愉快吧?

"月萧……"

宁千雪干裂的唇轻轻吐出这个名字,说实话,她对月萧从始至终都没有什么很深的印象。

她从来就没有把月萧放在心上,以前是因为她有凤尘,现在是因为他父亲是月和之,是她的仇人。

可是……

"再深的情，我也只能辜负他。"宁千雪清冷的眸光中闪过一抹破碎的星光。

血海深仇，无论如何也跨不过去的。

就算月萧和月和之不和，但月萧是月和之的亲生儿子，这是不争的事实。

"小姐，月公子不让我将这件事告诉你的。"百里琦讷讷地补充说道。

妄图因此能给月萧多加点分，在小姐心中的印象好一点，再好一点。

"阿岩，你帮我跑一趟去看看月萧吧。"宁千雪有气无力地说道。

就算再恨月和之，可是对月萧宁千雪从始至终就恨不起来，更何况现在知道月萧竟然这般深情，她更是不知该如何面对月萧。

这般深厚的情感，她真的无以回报。

她唯一能做的就是装作不知道这件事，免得两人见面难堪。

随景岩闻得此话十分不悦，顿时就站了起来，拂袖而去。

"你去哪里？"宁为玉皱眉问道。

谁知道随景岩理都未理宁为玉，不过转眼间身影就消失在门口，留下一头雾水的人们。

"别理他，他定是去了月萧那里。"宁千雪很是淡然地说道，想来随景岩这般阴晴不定的性情，宁千雪早就习惯了。

虽然不知道什么时候阿岩居然这般看重月萧，但宁千雪并不反感。

宁千雪知道为何随景岩会拂袖离去，不外乎是随景岩觉得她不选月萧就是不打算放弃凤尘，所以惹得看凤尘格外不顺眼的随景岩大怒。

宁为玉颇为无语。

"好了，兄长咱们不提他了，和我说说后面发生的事情吧。"宁千雪目光晶亮地看着宁为玉。

她有种无来由的预感，总觉得在昏睡的这段时间里发生了一些不好的事情。

让她隐隐觉着不安。

第 59 章　我真的好累啊

宁为玉也没想着要隐瞒宁千雪，当下见宁千雪提起这件事来便也缓缓说了起来。

"尘王身边的那个侍卫长凌空应该是沧澜国师的人，那日随谷主将尘王体内的圣灵珠取了出来交给凌空和第五双双拿到这来，谁知道凌空竟打昏了第五双双偷走了圣灵珠，恰巧被陌阳看见，然后陌阳就和星河一起追了过去。"

"后来百里念看到星河放出的求救信号，尘王就让百里念带着王府的人前去营救，最后抢回了圣灵珠。"

宁千雪半睁的眼眸中一抹流光闪过，手下意识的攥紧了被子，哑声问道："陌阳和星河呢？"

宁为玉微微有些讶异，实在没有想到宁千雪第一句问的竟然是这个，他以为……

"百里念救回了陌阳并抢回了圣灵珠。"

女子闻言身子微微一颤，贝齿紧紧咬住下唇，本就干裂的唇瓣因女子用力撕咬而渗出丝丝鲜血。

"星河……"宁千雪沙哑的声音似是带着一抹刻入骨子里的苍凉。

竟然是星河……星河跟了她这么多年，恍惚间，那日她调侃星河，让星河将一朵桃花别在头上的样子还在眼前闪过。

宁千雪嘴唇动了动，沙哑地问道："璎珞那里……她知道了吗？"

还记得多年之前她还承诺过有一天两人成亲，她就去当主婚人。如今……她怎么对得起璎珞。

"小姐，璎珞知道了，而且现在就在王府里。不过璎珞昏厥过去了，竹枝为她看了看，说璎珞已经有了身孕。"百里琦回道。

"知道了啊，琦儿你去送璎珞回去吧，去药房拿些好的补品给她补补身子。"宁千雪垂下眼眸，现在的她不知道该怎么面对璎珞，既然如此还不如不见。

百里琦张了张嘴，最终却还是什么都没有说，听话地出去了。

"陌公子还在等着王妃醒来的消息，奴婢这就去告诉陌公子。"竹枝也敛目缓缓退出房门。

屋子里竟只剩下了宁为玉兄妹两个。

"千雪，那沧澜国师很可能就是当年偏执地喜欢圣德皇后的随君昊。"

在六年前那场叛乱之后，凤绝追封顺灵帝皇后随心影为圣德皇后，这宁千雪也是知道的。

"随君昊？和神医谷是什么关系？"宁千雪凝眉问道。

宁为玉语气淡淡地将神医谷上一辈的恩怨缓缓道出,宁千雪也听得认真。

"若随君昊真的是惠妃的父亲,那六年前的事就不止那么简单了。"

手,不自觉地抓紧身下的床单。

宁千雪疲惫地闭上双眼,低哑的声音也随之响起,"我好累啊。"

本以为不过是凤绝的贪念所致,才累得她云氏满门之祸。可是如今却发现当年的事绝不是这么简单,掺杂了上一辈的恩恩怨怨,甚至牵扯到三国的掌权者。宁千雪觉得好累啊,这条复仇之路她走了太久了,也太累了。

"那就好好睡一觉,其他的事交给我们。"宁为玉站起来将宁千雪扶着躺下,并帮她盖好被子,动作轻缓得好像宁千雪是个易碎的娃娃一样。

宁千雪昏睡了这么久,虽然体内有圣灵珠调理生息,但到底亏损了身子,撑了这么久说了这么多话此刻已经累得不行了,因此也就十分顺从地躺好并闭上了眼。

待了一会,见宁千雪沉睡了,宁为玉才起身离开。有些事,他要好好查一查了,这样被动的局面,他可是一点都不喜欢。

而此刻的皇宫内也正掀起惊涛骇浪。

"姨母,筠儿的父亲真的是沧澜国国师吗?"凤绝双眼猩红,显然是愤怒至极。

连城夫人讷讷地解释道:"皇上,筠儿的父亲是不是沧澜国国师我并不清楚。"

这样暴怒的凤绝,她从来都没有见过。她实在想不明白,为何凤绝听完凤尘的话会这般生气。

既然凤绝都肯为筠儿做出谋反之事,那筠儿的父亲就算是沧澜国国师又怎么样呢?

"那是你男人,你跟朕说不知道?"凤绝愤怒地将书桌上的奏折扫落在地,一双猩红的双眼狰狞地瞪视着有些不知所措的连城夫人。

而连城夫人显然是被那一阵噼里啪啦的声音吓了个够呛,讷讷说道:"皇上……"

这副不知所措的模样,显然是没明白凤绝为何暴怒。

一旁的凤尘失望地长叹一声。

连城夫人不知道凤绝为什么会生这么大气,他知道。

凤绝之所以会谋反,惠妃的原因占了大部分。如今他却发现惠妃有很多事情是他不知道的,比如说她生父很可能是沧澜国国师,这换成谁都会下意识地想到,这也许从始至终就是一场阴谋。

如果这真的是一场阴谋,那凤绝简直是天下第一号大傻瓜,不生气就怪了。

"来人,将连城夫人送到隐黎宫,没有朕的命令任何人不允许随意进出隐黎宫!"凤绝眉目阴沉地朝宫殿外吼道。

既然连城夫人不肯说,那他就去查。

"皇上!"连城夫人难以置信地看向高坐之上的凤绝,显然是没有想到凤绝竟然会囚禁她!

不管连城夫人如何难以置信又是如何不情不愿,上殿而来的侍卫可不管你愿意不愿意,客气而强硬地将连城夫人一路请了出去。

"尘弟,当年的事路鹤全都知晓,朕让他配合你,一定要将所有的事给朕查个水落石出!"

凤绝目光灼灼地看向凤尘,他知道他这个弟弟一定会答应他的。

不是为了他,而且为了宁千雪!

果不其然,凤尘无声地拱了拱手就转身离去了。宁千雪还没醒来,他十分担心。

待凤尘走后,凤绝满目阴沉地从殿内走出,挥退众人,一步一步慢慢朝留情殿走去。

留情殿虽然远,但他已经走过无数个黑夜,深夜前来只是想看一看心爱之人的笑颜。

因为在他面前,她永远不会笑。

盯着留情殿的大门,凤绝负手而立,满眼都是对当年之事的回忆。

当年在云王府中,他看到大片洁白的山茶花中一粉衣女子回眸浅笑,温柔婉兮。

就是那一眼,沦陷了他的一生。

后来知道了她是云王世子云清寒的未婚妻,他虽然失落但也替她高兴。因为他一直听闻云王是个风华绝代,格外温柔儒雅的男子。他想,既然她的未婚夫是云王世子那就一定差不了,她会幸福的。

第60章 谁又给过我后悔的机会？

后来,再见她,她是独身一人,是那样的伤心与狼狈。

再后来,每次遇见她都会发现她身上有伤痕,她从来都是苍白一笑什么都不说。

等他自己去查,他却什么都查不到。他着急,他心疼,千里迢迢跑去了边疆去找她,找到的却是奄奄一息的她,在他的一再劝慰中,她告诉他这一身伤痕都是在云王府得来的,她喜欢云清寒,但不仅云清寒喜欢她,就连云王也喜欢她。

因此云清寒总是疑神疑鬼,每次云王担心关怀她一两句,云清寒都会雷霆大怒,打她出气。

再后来又发生什么了呢？让他坚定决定谋反,推翻了云氏,也就能解救了她。

最终他成功了,可是她却恨了他。

他不明白,却也只是以为她是还爱着云清寒,而他杀了云清寒,所以她恨他。

可是……若她父亲是沧澜国国师,这一切又有几分是真的？

"呵呵……"凤绝自嘲地低笑两声,当初怎么就这么轻易的信了呢？连查证都没有,就信了她？

云王儒雅之名传遍天下,当年的他就不觉得她这个解释特别牵强吗？

"……父皇,你是来看娘亲的吗？"

一道清脆的童声打破凤绝的回忆,凤绝低头看着眼前这个不足自己腰高的男孩,面目表情十分复杂。

这个孩子……

"是啊,父皇来看看你娘亲。"不知为何,凤绝对凤知寒做不到如以往那般无视。

凤知寒圆圆的小脸上瞬间绽放出阳光般的笑脸,难以置信地瞪圆了眼睛一遍遍说道:"父皇和我说话了,父皇和我说话了……"

他长这么大,这还是他父皇第一次和他说话。这是不是代表父皇不讨厌他了呢？

"你娘亲在哪里？"凤绝看着因为自己一句话而神采奕奕的男孩,眸中闪过一抹心疼。

这个孩子……筠儿,你对得起谁呢？

"娘亲在后殿的茶花丛中自己待着呢,父皇是要去找娘亲吗？"凤知寒眨巴着大眼睛,十分兴奋地问道。

"嗯,父皇去找你娘亲说说话,你自己玩吧。"

"好的,寒儿很听话的。"

自己这么听话,父皇是不是以后都不会讨厌他了呢？凤知寒看着凤绝远去的背影,十分高兴地想着。

留情殿并不大,所以不大一会凤绝就到了后殿,抬眸看着坐在茶花丛内凉亭中的白衣女子,凤绝的眼中依旧闪过一抹惊艳,一如当年。

凤绝缓缓走进凉亭,和惠妃双双无语地静坐了一会,凤绝才开口问了出来。

"筠儿,当年故意误导我以为云王府待你不好,甚至一步步逼得我做出了这谋逆之事,害得云王府满门抄斩,你可曾后悔?"

惠妃望着茶花的双眼眸色忽然深了起来,语气依旧轻轻地,淡淡地,又夹杂着一抹温柔。

"后悔?我这一生谁又给过我后悔的机会?"

虽是怨怼之语,可说话人的语气没有一丝起伏,一如既往的平淡。

惠妃半眯着双眼,细细回想她这一生。"若说后悔,那应当是后悔投胎做人了吧。"

若她从未来过这世间,也许这些痛苦她就不会经历了。

"因为你,我反了这天下。可到头来我却发现,这不过是一场阴谋,筠儿,对我你连一丝愧疚都没有吗?"凤绝问道,从惠妃的话中他已经得到了当年之事的答案,可是还是忍不住问一句。

付出了那么多,丢弃了那么多,他要一个答案,不过分吧?

"内疚?我哪里还有力气去可怜别人?"惠妃轻嗤一声,平淡的声音中多了一抹满不在乎。

"因为你,我反了云氏皇族,是不忠!"

"因为你,我不顾父亲的劝阻,害得父亲后半生青灯苦佛为我赎罪,是不孝!"

"因为你,我害得兄长弟妹统统都没有得到他们本该拥有的幸福,是不义!"

"为了你,我成了一个不忠不孝不仁不义的东西,难道连你的一丝愧疚都得不到吗?难道就这么不值得你放在眼里吗?"

惠妃满不在乎的语气,终是激怒了凤绝。凤绝长身直立,目光如炬似要有怒火喷出,执拗地低头看着这个让他赔进了一生的女子,想要一个答案。

"凤绝,你知道当初知道你为我谋反的时候,我心里是什么感受吗?"惠妃不答反问,抬头不惊不惧地直视凤绝。

凤绝沉默不语。

"呵,我当初知道你为了我谋反,杀了云氏一族,我是……恨!我恨不得杀了你!凤绝,你知道当我知道你爱上我的时候我有多厌恶吗?若不是你爱上我,就不会有以后的这些事!清寒就不会死,我会和清寒一起幸福地活着!可是这一切都被你毁了!毁了!"

女子的声音不再低柔,取而代之的是憎恶!是滔天的恨意!

当年她父亲虽然也存着利用她,在云王府埋下一颗棋子的心思,可是云王府并不会因此覆灭啊。

就是因为凤绝爱上她,父亲知道后就精心策划了那一系列事情,每次她出现在凤绝面前那一身伤痕,都是她父亲亲自打的!到了最后,她甚至失去了感觉。

呵呵……凤绝你觉得你委屈,难道我就不委屈了吗?

凤绝没有想到看起来十分温柔的女子竟然会说出这样一番话来,这一句句,句句朝他心口上插,痛得他瞬间惨白了脸。

"哈哈哈哈……"凤绝猛地仰头大笑起来,那声音悲伤而苍凉。

他穷尽一生来追求的女人说,他的爱在她看来一文不值,甚至恨他爱她!

"筠儿,我凤绝也是有心的!我也会内疚也会自责也会痛苦!你知不知道这么多年来看着我们兄弟四人不幸福的样子我有多自责吗?可就算我再自责,我也没有后悔过,因为我认为为了你这一切都值得。可是你现在却告诉我,这一切我都做错了,呵呵……那你告诉我怎么做才是对的?啊?!"

惠妃从来没有见过这般失态的凤绝,哪怕她刺杀他之后他也没有这样过。

"凤绝,这一切都是命,你和我都是命运的奴隶,是现实的罪人!"

无论是她还是凤绝,手上都被迫沾染了无数无辜者的鲜血,可是想要的却都没有得到。

他们,既可怜又可悲。

凤绝深深看了一眼惠妃,不再留恋地转身大步离去,一步停顿也没有。

第61章　唯独不会是爱人

虽说因为尘王府忽然派出了一百人又是查人又是封城门的，但人们也只是惶惶不安了一会。在宁为玉的安抚下，人们已经忘却了不安，随着日暮西斜，又开始了晚上的生活，街市上依旧人声鼎沸。

随景岩气哼哼地从尘王府出来后果然跑到了有间酒楼，去看看那个不争气的月萧。

真是的，这么好的俘获美人心的机会，这个傻货居然放弃了，还离得远远的。

"就你这样的，活该追不到人。"随景岩白了一眼月萧，气愤地将月萧的右手扔回去了。

唔，还算不是太糟糕，这身子虽然亏损太多，但好在月萧以前的身子底子十分不错，再加上八年前曾吃过一株天下奇药七彩雪莲花，所以虽然以后月萧的身子会很容易虚弱生病，但总归没有大的问题。

月萧淡然一笑，一点也不在乎随景岩粗鲁的动作，看着随景岩认真地说道："她的幸福，从来都不是我能给的，我要做的、能做的就是看着她幸福，保证她能够幸福。随谷主，你不也一样吗？"

他从来没想过要追到露华，自然不存在什么追不到人会有的沮丧心情之类的。

"我能和你一样？"随景岩十分不屑地瞥了月萧一眼，又一把粗鲁地抓过月萧的左手将手中的膏药一把糊在他伤口纵横的左手腕上，嫌弃地说道，"自己抹匀了。"

月萧右手搭在左手腕上，细细地抹了起来。这手腕，他还是想要的。

"本谷主能和你一样？本谷主从来都没有对蛋蛋动过那方面的心思，她对于我来说是妹妹，是亲人，是朋友，是知己，是我这辈子上最能信任最值得付出的人，但唯独不会是爱人。"

随景岩有意无意地瞥了一眼月萧，一勾唇角眼底都是细碎的暖光，"相爱是这个世上最不确定最容易改变又最伤人的关系，蛋蛋对于我来说是上天给我的恩赐，我怎么会用这样不确定的关系来照顾蛋蛋？"

他从小就自己一个人独自长在神医谷，没有一个玩伴没有一个朋友，他一直孤独地长到二十岁，直到遇到了宁千雪，他开始有了喜怒哀乐，他开始懂得了人情冷暖，他开始学会了和这个世间接触交流。

"随谷主说得对，相爱是这个世间最不确定的关系，可是我和她不是相爱。所以，随谷主不用担心，我永远不会带给她伤害。"月萧淡淡的声音中有着一抹不易察觉的哀伤。

因为没有被露华放在心上，所以他永远不会伤害到她。

"……这个药，每天外敷一次，你的左手除了不能长时间握剑之外，日常生活不会有什么影响。"随景岩站起身,从怀里掏出一个瓷瓶扔到床榻上,然后认真地说了一句,"月萧,我许你一个承诺,只要我随景岩能做到。"

蛋蛋不想欠月萧人情,因为还不起,他知道,所以他来还。

月萧也没有拒绝,只是有些黯然地垂下眼眸,轻声道:"好。"

他本就没想过要露华对他心怀愧疚,得不到她的心却得到了她的愧疚,对于他来说是难堪。

既然如此,还不如答应随景岩,露华不会心有愧疚,他也不会觉得难堪。再见她,还能微笑以对,真好。

随景岩想干的事都干了,想说的话也都说了,便也不再停留,大步离去。

走出有间酒楼后,随景岩眯着眼看着那并不耀眼的夕阳,心中闪过万千思绪,最后像是想起什么,随便拉住一个人问了两句,就朝一个方向走去。

楚王府内院的大厅内,好不热闹。

"父王,您为什么关着如儿? 都这么久了,您怎么还不放她出来?"楚风一脸不耐烦地站在大厅门口,朝着上座上的楚王一脸质问的口气。

楚王大手一拍桌子,呵斥道:"本王说了,月如必须关着。"

对于这个儿子,楚王简直失望透顶。就算他想办法求了皇上再将楚风立为世子,可是就楚风这个德行……

"为什么? 那个宁千雪不是已经醒了吗,而古嫆心也没事了,尘王也没来质问,为什么还要关着如儿?"楚风闻言立刻皱眉嚷嚷了起来。

他对月如正新鲜着呢,心心念念盼了好几年才得到了月如,自然食髓知味。

可是月如被他老爹关了都两个多月了,虽然他也不是没有别的女人伺候,但他还是念着月如那副柔软的身子,想到这里眸光中闪过一抹淫秽的光芒。

看到唯一的儿子这副模样,楚王简直不知道该怎么来形容自己的心情。

"你以为尘王为什么没来质问? 不过是尘王忙于关心尘王妃,而尘王妃也刚刚转醒没来得及搭理月如罢了,你以为等尘王妃养好身子能放过月如?"

楚王想起那日尘王府派人送来的那一叠月如给尘王平妃下药并借机陷害尘王妃的证据,想想是月如害得尘王妃身边的大丫鬟惨死,尘王妃和尘王也因此生出嫌隙。那尘王妃可是个睚眦必报的性子,等身子养好些会放过月如?

"那她想怎样? 她是王妃,可如儿的身份也不低于她,早晚整个楚王府的女主人就是如儿,而尘王府的女主子是谁还不一定呢。"楚风哼了哼,不屑之情溢于言表。

说完还走到大厅内,拉出一把椅子拉到大厅正中央,大刀阔斧地坐了下来,大有楚王不答应放了月如,他就和楚王死磕到底的架势。

楚王脸色一变,说道:"你这还提醒本王了,那月如无论如何也做不得楚王府的女主子。"

不说现在丞相月和之被皇上勒令思过,皇后也一直被皇上厌弃,就单单说月如这个人吧,那简直是成事不足败事有余。不说给楚王府有所助力了,少给楚王府找点麻烦他就阿弥陀佛了。

"父王这是什么意思?"楚风猛地站起来,瞪大双眼,眼光中似有怨怼。

"你回去吧,月如本王是无论如何也不会放出来的,居然胆敢谋害尘王子嗣,那是大罪!更何况她居然还将此事嫁祸给尘王妃,更是将宁国公府得罪了个彻底,这样的人本王还放她出去给楚王府惹麻烦吗?"

说起这个来楚王就有气,本来楚王府和宁国公府关系还算不错。可是自从宁千雪回京后,他这个拖后腿的儿子就一直找人家麻烦,甚至想毁了宁千雪,也因此得罪了宁国公府。

第62章 简直坑爹坑到家了

还好，最后宁千雪终归嫁了出去，还嫁给了尘王，这让楚王觉得对宁国公府的愧疚也就少了些。

可是还没等他厚着脸皮上宁国公府去找宁国公套套近乎，他这个拖后腿儿子的媳妇就出马将宁国公府得罪了个底朝天。

这下好了，宁国公要是还能看楚王府顺眼就有鬼了。

楚王之所以一心想要和宁国公府修好，并不是因为楚王比宁国公低上一等，而是因为宁为玉！

这个楚王府早晚有一天他会交到楚风手里，楚风再不济也是他唯一的亲生儿子，这份偌大的祖业自然要传到楚风手里。可是楚风这般得罪宁国公府，日后宁为玉又怎么会放过楚王府？

在楚王看来，宁为玉日后定大有作为，所得成就甚至会比肩其先祖。

得罪这么一个厉害的后生，楚王对楚王府的未来十分担忧，但很可惜楚风他并不懂。

"父王，你好歹也是一个王爷，论品阶还在那宁国公之上，我就不明白了，你怎么就那么怕宁国公府呢？"楚风那语气中的不屑仿佛不单单针对宁国公府。

"放肆！"楚风闻言大怒，随手抄起手边的茶杯就朝楚风砸了过去。

他的儿子是在嫌弃他……窝囊？

楚风可不是什么愚孝之人，可做不来那打不还手骂不还口的事，当下便一个闪身跳到了一旁，十分生气地嚷嚷道："父王难道我说的不对吗？那宁国公府又有什么了不起的，值得你这般忌惮？如儿是我媳妇，你凭什么关着她？"

绕来绕去，楚风又将话题绕回了月如身上。

他今天可不是来找楚王打架的，他可是为了他亲爱的月如来的，都两个多月没尝过如儿的味道了，他实在是想念得紧。

"就凭这是楚王府，我是你老子！"楚王胸口剧烈地起伏着，那有些花白色泽的胡子被气得一翘一翘的。

楚王虽然从来不认为男子应该三妻四妾或是认为只守着一个妻子有什么不对，可是他没有想到为了月如这样一个女人，他这个儿子竟然敢这般顶撞于他。

要知道，楚风虽然纨绔，之前一直把楚王妃哄得心花怒放，可是现在只要涉及月如的事情，楚风可不管会不会把他爹娘气得一佛升天什么的，这简直是一个为了一个女人连祖宗都能不要的主。

这样的儿子,真的能将楚王府交到他手上吗?也许,就算楚王府百年传承就到他为止,也比任由楚风败坏楚王府的名声强吧?

"可是你关的是我媳妇,父王,这楚王府您早晚要交到我手里,您干吗不现在就将这楚王之位传给我呢?"楚风双眼中罕见地闪过一抹精光。

既然父王说因为他是这楚王府的主子,所以关了如儿,他也不能如何,那是不是只要他做了楚王府的主子,当上新的楚王,这楚王府乃至整个京都,他想干什么就干什么,再也没有人能管他了?

楚风的心中第一次滋生了对权利的渴望,那一颗小小的种子以势如破竹的架势迅速在他心里生根发芽,不消一刻便长成了参天大树,遮盖住了他心里所有的想法。

"你老子我还没死呢,楚风,就你这样还想让本王将楚王府交给你?本王宁肯让楚王府百年传承就此断绝,也不会让你败坏我楚王府的名声!"楚王毫不客气地将内心的想法告诉楚风。

也许是因为楚风从小就知道自己是楚王府唯一的继承人,所以他才会不学无术。因为他知道就算他再纨绔,整个楚王府也只能由他来继承。

那若是自己告诉他,若他再这样下去,楚王府不会交给他继承呢?那他这个儿子是不是会变得上进些?

楚风闻言愣住了,转而整个人变得阴森起来,目光阴沉地盯着一张国字脸上满是认真与严肃的楚王,双拳缓缓握紧,猛地将一旁的椅子踢了出去。

被踢飞的椅子撞到一旁的桌子上,桌子上的茶壶茶杯噼里啪啦地摔在地上,闹出好大的声响。

"父王,我是您的亲生儿子,您居然不想将楚王府交给我?嗯?"

此刻的楚风就像是变了一个人似的,身上突如其来的戾气吓了楚王一跳。

楚王微微有些心疼,觉着是因为自己刚刚那番话才叫楚风变了模样,因此接下来的话语气也有所缓和。

"你若是上进些,本王又怎么会甘心楚王府就此没落?"

楚风嘴角一扯,道:"那您这是嫌弃我这个儿子给您丢脸了?"

"楚风注意你说话的语气!"

听说父子两个又打起来的楚王妃匆匆赶来,一进门就听到楚风这般不在乎的语气和不恭敬的话,气得浑身发抖忍不住张口斥责道。

"王爷,风儿还是个孩子,王爷您就不要和儿子太计较了。"楚王妃看着显然气得不轻的楚王,忍不住为自己儿子说了两句好话。

再失望,那也是自己十月怀胎生下来,又疼爱了这么多年的儿子,说不惦念,那绝对是假的。

"本王和他计较?他若是只是个纨绔子弟,整天吃吃喝喝玩玩也没关系,可是他现在和他那个媳妇,整天得罪人,月如竟然敢对尘王府下手,这不是找死是什么?他居然还想让我把月如放出来,这怎么可能?"

楚王显然也火气不小,想他一世英名,两朝皇帝皆对他信任有加,可是怎么就会生出这么一个儿子？

简直坑爹坑到家了。

"为什么不把如儿放出来？不把如儿放出来，父王您就不怕把您儿子憋坏了吗？"楚风厚着脸皮说道。

那样子好像刚刚忽然变得阴狠起来的人不是他一样。

"你！"

楚王被楚风这么不要脸的话气得向后一倒，那老脸上是火辣辣的烧得慌啊。

这就是他唯一的儿子！居然连这样的理由都说得出来，简直就是不要脸！

楚王妃脸上也十分不好看，她一直看不上那个月如，可是自己儿子就像是喝了迷魂汤似的，非月如不要。

先得罪了宁国公府，后又让楚王府和公孙府闹掰了，她对这个月如就更加不喜了。更不用说婚后月如仗着楚风喜欢她，屡次给楚王妃难堪了。

若不是楚王妃心疼儿子，看在楚风的面子上不愿意计较，就凭楚王妃的手段，那月如早就不知道死了多少回了。

第63章 景岩，惊艳

"风儿，你是王府公子，难不成还能缺了女人不成？"

"母妃，儿子就是喜欢如儿，旁的女人也就那样。"

"孽子啊！孽子！本王告诉你，想要放出月如，根本不可能！"楚王见和楚风说什么楚风都听不进去，干脆直接强硬地发话了。

总归这个王府里头，还是他说了算。

尘王都亲自派人来过了，他怎么会为了一个小小的月如就得罪了尘王？

先不说尘王那战神的名头，就凭皇上对其无底线的忍让，他就不会得罪尘王。

虽然不知道为何这两兄弟会变得不合起来，可是所有朝堂上的人都能看得出来皇上对尘王是多么宽容。

一个既有帝宠又有战功民心的王爷，他怎么会轻易得罪？

若是以为他还想再提复立楚风为楚王府世子之事，那尘王就是头一个不能冒犯。

"你是不是忘了你那世子之位是如何被撤的？你若想以后还想继承这楚王府，头一个不能得罪的就是尘王妃，你难道就不明白吗？"

楚王又一次苦口婆心地劝说这个儿子，希望这个儿子就算不上进，好歹别给他惹出那么多事情来啊。

"大不了以后我让如儿不去招惹宁千雪就好了，那宁千雪不是也没事吗？不过死了一个丫鬟，父王您至于的这样一直关着如儿吗？"楚风也不是个什么都不知道的人，也听得出来楚王语气中浓浓的关切。

虽然懂得楚王是为了他好，可是在他看来这真的不是什么太大的事情，宁千雪不就是死了一个丫鬟吗？这又不是什么多大的事，父王为此关了如儿这么长时间也是够了。

"你……"

"楚王爷，既然你儿子这么求你把那月如放出来，你就放出来呗，顺便让本谷主瞧瞧那个胆敢不把本谷主当回事的月如，到底长成个什么模样。"

嚣张至极的话从门口缓缓传进来，瞬间打断了楚王。

楚王一听来着自称"本谷主"再看着来人一袭红衣，逆着阳光走进大厅，整个人都被夕阳的余晖镀上了层光辉，惊艳的同时心里也猛地咯噔一下。

是随景岩。

景岩，惊艳。

不说别的，就随景岩这独一无二的容颜，也担得起这惊艳之名。

"随谷主大驾光临，本王有失远迎啊。"楚王笑得毫无破绽，似乎看不出其实他心里正在怒骂王府的守卫，居然让这么一号危险人物神不知鬼不觉地进了楚王府，简直让人惊出一身冷汗啊。

随景岩张狂一笑，一边走进大厅一边点头说道："楚王爷的确是有失远迎啊，本谷主来了这京都这么多天，想必楚王也收到了尘王妃已经醒来过的消息，那就应该知道本谷主肯定会来的。"

那一脸说你居然没有备好茶点，列队欢迎本大谷主驾到的表情，噎得楚王差点背过气去。

谁知道您老人家会快晚上了来啊，而且一个通知都没有，哪里又来得及准备茶点呢？

"随谷主……"

"停，本谷主不想听别的。"随景岩大大咧咧地坐在了首座上，看着楚王一挥手说道，"楚王爷应该还记得本谷主在尘王妃大婚那日说过的话吧？"

楚王苦涩一笑，那样张狂霸道地宣誓，谁又能忘记呢？

若有朝一日宁千雪有个万一，无论什么原因，他都会倾尽神医谷之力，让整个大盛为她陪葬！

随景岩看着楚王一句话也说不出来的表情，就牵起唇角嘲讽一笑，从怀中掏出一个碧绿的瓶子细细把玩，"楚王认为本谷主是在说笑吗？还是说那个劳什子月如瞧不起本谷主？"

一个不知道从哪个犄角旮旯冒出来的人，居然也敢对他的宝贝蛋蛋动手，活得不耐烦了吧？

"随谷主，月如哪里敢瞧不起谷主您呢？"一直不说话的楚风忽然冒出头来笑嘻嘻地为月如说话。

楚王一看本来因为随景岩到来而沉默不语的儿子，居然因为随景岩提到了月如，立刻巴巴地出来解释，简直气到内伤。

他这儿子不会以为他为月如说两句好话，拍随景岩两下马屁，随景岩就会放过月如了吧？

简直天真得可以。

"哦，是吗？"随景岩斜着眼瞧了瞧笑得一脸谄媚的楚风，心中十分不喜，却还是说道，"那就将那个月如带上来让本谷主瞧瞧，楚王不会不同意吧？"

虽说三国之内还没有人敢公开得罪随景岩，也多得是跟他溜须拍马的人，可是看着楚王堂堂楚王府唯一的子嗣，居然笑得这么谄媚谦卑，简直丢人至极。

也亏了蛋蛋没有嫁给这货，要不然他肯定一瓶毒药先把楚风毒死再说。

楚风闻言立刻眼巴巴得瞅着楚王，那架势就是说现在随谷主都说要看看如儿了，父王您总不能还关着如儿不放吧？

身为一个纨绔子弟，楚风可是没少听说这个随谷主的传奇事迹。

毕竟青楼赌坊这种地方，三教九流什么样的人都有，而随景岩却是无论你是什么样的人都不敢随意得罪的存在，身上自然少不了传奇色彩。

对于随景岩，楚风有种下意识的惧怕。

楚王长叹一声，知道今日是躲不过了，不过也好，没了月如，他也好给儿子再相看个好的贤内助。

"去，将少夫人带来吧。"

楚王妃看了看分外邪狞的随景岩，有些不安地拽了拽楚王的衣袖。

这个随景岩身上的煞气太明显了，楚王妃就算再有心计那也只是针对内院，碰到随景岩这种邪门之人自然害怕。

楚王拍了拍楚王妃，示意其不要害怕。

虽然听说过这个随景岩杀人救人全在一念之间，但是楚王坚信这个随景岩不会为难除了月如之外的其他人的，当然了凑上门的楚风不算。

因为只要去参加了尘王迎娶嫡妃大婚的人，都应该十分清楚神医谷的谷主随景岩有多么重视尘王妃宁千雪。

所以就算是为了不给尘王妃惹上闲言碎语，他也不会为难他这个王爷的。

"父王，母妃。"月如被带上来之后，立马就规规矩矩地跪下给楚王和楚王妃行礼问安。

这么长时间的软禁，让她清清楚楚地知道之前楚王、楚王妃只是懒得和她计较，若是他们真的想收拾她，那完全是不费吹灰之力，就算楚风也只能看着她被罚。

第64章　脑子没问题吧你

楚风一见到月如就迫不及待地一把拉起月如,细细打量完说道:"如儿,苦了你了。"

月如也不挣扎,柔顺地看着楚风微笑道:"不苦。"

自从嫁给楚风,被楚风在房中教训折腾了几次,她已经对楚风有了恐惧之心了,再也不敢如以往那样对楚风呼来喝去了。而且在这楚王府中楚风就是她唯一的依靠,她自然不敢再如以往那样不把楚风当回事。

楚风十分欣喜月如的变化,看着月如柔顺的侧脸,楚风的喉结微微上下滑动了几下,有些意味地摩挲着月如的手背。

这么久没有碰月如了,他实在是想念得紧啊。

"如儿……"

楚王看着楚风这副不争气的样子,再瞅瞅随景岩眼中的不屑以及嘴角的嗤笑,不由老脸一红。当下便对楚风呵斥道:"风儿,你在干什么,随谷主在这呢,你还有没有点礼义廉耻?"

随景岩是大夫,最清楚人体的构造和反应了,看着楚风这副急不可耐的样子,哪里还不明白楚风此刻的脑子里都在想些什么。

"月如是吗?知道我是谁吗?"随景岩玩味般地问道。

月如一愣,这才注意到坐在高堂之上的还有这名十分俊美妖孽的红衣男子,想了半天也没记得有见过这个男人,摇了摇头柔声回道:"公子是?"

"随景岩。"

一句话三个字,便让月如大惊失色脸色微微发白,颤着声音说道:"未曾见过随谷主,一时眼拙还望随谷主见谅。"

随景岩,居然是随景岩。

就算月如从来没有见过随景岩,但也听过不少关于这位神医谷谷主的传闻,尤其是关于宁千雪大婚那日,随景岩大手笔为其造势,更是轰动全京都,她又怎么会不知道随景岩的大名呢?

随景岩这个时候来楚王府,难道是为了给宁千雪出气不成?想到这里月如心中便划过一抹深深的嫉妒。这个宁千雪是妖精转世不成?怎么身边永远有这么多人围着她转?

真是该死。

"见谅?你将你那恶心的心思动到了蛋蛋身上,你居然还想让本谷主和你见谅?脑子没问题吧你?"

本是寻常客套的一句话,硬生生被随景岩说成这样。尤其是最后那句"脑子没问题吧"让她不由想起宁千雪两次折辱她都说她是猪脑子,这让月如心中的怒火瞬间达到了顶点。

"随谷主这话说得倒是稀奇了,我这两个多月都没出过楚王府怎么就惹到了尘王妃,居然要您亲自来楚王府质问于我?"月如横着眼睛,阴阳怪气地说道。

楚王神情一沉,这月如是在暗指尘王妃不守妇道,与随谷主关系非同一般啊。

若是平时楚王定不会允许月如这般说话,可是现在随景岩闹上门来,想在他楚王府的地盘上教训楚王府的少夫人,不为别的就为了楚王府的面子,楚王也不会出言反对驳了月如的面子叫随景岩看笑话的。

"你这意思是你从来没动蛋蛋动过歪脑筋?"随景岩霍然起身,大步走到月如身前三步远的地方站定,皮笑肉不笑地说道,"那之前狩猎,楚风找乞丐想要毁了蛋蛋的清白不是你出的主意?定国公夫人寿宴,不是你想要对蛋蛋下药毁了她?凉城郡主百日宴席上,不是你给古嫆心下了堕胎药嫁祸蛋蛋?"

随着随景岩的一句句质问,月如的脸色愈发苍白。

楚风一把将月如拉到自己身后,迎上随景岩如地狱之火般幽冷的目光,努力控制自己不后退,强撑着说道:"随谷主,那些事……都过去了,如儿也受到教训了,现在随谷主……还要计较,是不是太……"

"太怎么样?咄咄逼人?还是仗势欺人?"随景岩不屑地双手抱胸,冷笑地朝着楚风一笑,"你是不知道江湖上都怎么说我随景岩的吗?"

阴晴不定,杀人救人全是一念之间。

这样的评语,难不成这厮还以为他随景岩是个好人不成?

楚风被随景岩的气势骇得向后踉跄了几步,讷讷地不知该怎么和说话全凭兴致的随景岩交谈。

"随谷主,这事我楚王府会给尘王一个交代的。"楚王终究是不忍心看到自己儿子狼狈的模样,走到一旁对着随景岩说道。

随景岩玩味一笑,瞅着楚王笑言:"楚王的意思是怪本谷主狗拿耗子,多管闲事了?"

"不敢不敢。"楚王风云不动。

"你把你儿子说成耗子,本谷主没意见,可若是想骂本谷主,楚王,你真当我随景岩不敢动你吗?"随景岩抱胸的双手放下,似笑非笑的眼神中闪烁着狰狞的光芒。

多少年了,随景岩这还是头一次听到有人当着他的面骂他。

要知道,这么多年来除了一开始几年,有不信邪的敢骂他两句,被随景岩折磨得不成人样后,就连背后说他坏话的恶人都没有了。

因为若是那话传到了随景岩的耳朵里,随景岩可不管是真是假,抑或是被人夸大了或是那是多少年之前说过的,他都会追杀说话之人满门!

整个江湖都被他闹得风声鹤唳,腥风血雨后,再也没有人敢说一句随景岩的坏话了。

也不知道楚王是不知道随景岩的厉害,还是有所依仗。

"随谷主,本王敬你是神医谷的谷主,神医谷在三国超然多年因此敬你,可是你也别把

191

本王的尊重当成是软弱!"楚王丝毫不惧,说出来的话同样是掷地有声。

在一旁观战的楚风不由地咽了咽口水,原来自己的老爹也有这么硬气的时候啊。

"楚王,为了一个月如,楚王是想把整个楚王府赔上吗?"随景岩扭了扭脖子,问道。

"随谷主,不是为了月如,是为了我楚王府的颜面!"

今日楚王若是任由随景岩在楚王府折辱甚至是杀了月如,那么今后楚王府又这么在京都立足呢?

月如听到这话,心里隐隐觉得不悦,但还是知道好歹的,只是缩在楚风之后,不言不语充当隐形人。

"哈哈,颜面?按照楚王所说,当初楚风折辱蛋蛋,用那种肮脏的手段逼迫蛋蛋和他解除婚约,那宁国公府是不是应该为了颜面和你楚王府对立呢?月如对尘王平妃下药,又陷害尘王妃,致使尘王妃和尘王不睦,那尘王府是不是也应该为了颜面和楚王府公开作对呢?"

第65章　月如被毁容

楚王被随景岩的一番话堵得哑口无言,的确。若说过分,是他楚王府不对在先,如今却不允许他人讨回公道的确站不住脚跟,为人所诟病。

可是……

"若今日来的是宁国公府和尘王府的人,本王自然是无话可说。"

"你!"

随景岩大怒,就是因为随景岩知道宁为玉若是来楚王府逼得楚王处置了月如,会致使宁国公府于风口浪尖处,所以他才没有和宁为玉说,先一步来到楚王府。如今楚王居然拿这个理由来搪塞他,着实可恶!

"楚王,既然如此,本谷主又何须客气?"

随景岩这次是真的动怒了,本来顾忌着若是他手段太强硬,会让蛋蛋在京都中举步艰难,谁知道这楚王竟然敬酒不吃吃罚酒。他随景岩打记事那天起,就从来没有容忍过什么,今日也不例外。

"随景岩,这是楚王府!"楚王实在是头疼,他实在没有想到随景岩居然一点顾及都没有,居然想强硬地动手,也不由动了怒火。

无论如何,这里是楚王府,随景岩在这里大闹未免太不给楚王府面子。

随景岩管它这是哪里呢,一个闪身就来到月如身后,一把掐住月如的脖子将她提了起来。

然后将手中的一个白色瓷瓶摔碎在他的脚前,那化骨水缓缓流出,嗞嗞的响声让人听了觉得心头发麻。

"啊……放……放开……我。"

月如感觉到一阵窒息,双手不断扯着随景岩的大手,脚也不断地乱踢乱蹬,却依旧挣脱不开。

"如儿……"

"随景岩,这里是我楚王府,你别太过分!"楚王大喝一声,随手就招来了侍卫。

可是那侍卫没有一个敢进大厅,就连哀号的楚风也不敢靠近随景岩,那地上的化骨水还嗞嗞地响着呢,那可不是看着好玩的啊,谁不害怕啊。

随景岩不屑一笑,"本谷主就过分了,你又能如何?"

他随景岩本就张狂,被楚王一激,更是屏不住火气了。

"随谷主,你也不想日后没有一个人敢搭理尘王妃了吧?"楚王脑中忽然灵光一现,想起这个理由顿时就说了出来。

按照随景岩这护短的心性和强硬狠辣的作风，京都里哪个人还敢再结交尘王妃，若是出个万一，那还不得被随景岩灭了满门啊？

虽说随景岩这样强势，可以为宁千雪撑腰让她无人敢惹，可是同时也会让她被京都的权贵圈子孤立。

楚王想，这绝对不是随景岩想要看到的。

果不其然，随景岩听了这话，居然缓缓地松了力道，那月如的挣扎力度也小了许多。

楚风楚王都松了一口气，这随景岩听的进去劝就好。

哪知道这口气松了还没有几秒，就见到随景岩竟然随手将月如扔到了地上。

若只是这样楚风楚王也不会多担心了，那月如被扔到的地方正是刚刚随景岩摔碎了化骨水的地方，而且月如是脸贴在了流满化骨水的地方……

"啊——"月如顿时发出一道凄惨至极的哀叫声，整个身子顿时蜷缩到了一起，不断地哭号尖叫。

楚风慌忙小心地避过化骨水，将月如扶了起来，可是当他看清月如的脸时又被吓得手一松，那月如又一次跌倒在地上。

同样是侧脸贴在刚刚的地方。

"啊——"

楚风听到月如的尖叫声，只觉得毛骨悚然。

若是刚刚他没有看错，那月如是一半脸完好，而另一边的脸被化骨水灼伤，脸上的肉都被烧没了，露出森森白骨。

半边是娇颜，半边如魔鬼，可怕得很。

随景岩看着呆愣的楚风和哀号的月如，再瞅瞅脸色也有些呆滞的楚王，心情十分之好。

"楚王这么说，本谷主也不好意思下杀手了，既然如此，那月如就等着让尘王来收吧。"

据说这个月如也爱慕凤尘好多年，若是凤尘亲自杀了她，想必比他来动手，更会让人觉得愉快吧。

"你！"楚王简直不知道该说些什么了。

说随景岩不给他面子吧，但人家真的决定不下杀手了。说随景岩给了楚王府的面子吧，他又毁了月如的脸。

一个妇德妇容都有亏的女子，是无论如何都不能成为楚王府的少夫人的。

月如，只有被休弃一个下场。

这样的结果对于一个女子来说，也比死好不到哪里去吧。

"楚王，这面子我也给你了，怎么着，你以为凭着你院子这些虾兵蟹将就能把本谷主怎么样？"随景岩眉梢一挑，瞅着满院子的侍卫，颇有兴致地问道。

什么时候他随景岩这般不济事了？区区几个王府不入流的侍卫也能拿下他，这简直就是一场笑话。

"随谷主，本王敬你三分，但我楚王府的颜面也不是可以让人随随便便就能踩在脚底下的!"楚王负手而立,整个人看起来颇有气势。

随景岩笑了,"本谷主就踩了,你又能如何?"

说完后看着在地上打滚哀号的月如和站在一旁还缓不过神来的楚风,道:"月如,这就是你三番四次找蛋蛋麻烦的下场,我堂堂神医谷谷主摆明要保护的人,你居然还敢如此漠视我的存在,这就是教训!"

回头他是不是应该放出话去,谁若敢治疗月如脸上的伤,就是和神医谷作对?

唔,这个主意不错。

在这待了这么半天,随景岩也烦了,转身就想走,可是那些侍卫虽然吓得小腿直哆嗦,也依旧将手中明晃晃的大刀横在他面前。

随景岩轻笑一声,回过头很是不解地说道:"楚王爷,本谷主可是帮你换个儿媳妇,不感谢本谷主也就罢了,你这是什么意思?"

那轻飘飘的口气,就仿佛刚刚楚王对他的不满以及他之前的张狂都不存在一般。

"随……"

"看在你对蛋蛋还不错的分上,本谷主再友情提示一句:给月如堕胎药的是那冷清秋,而冷清秋和沧澜国太子交情匪浅。"

随景岩闭着眼一点礼貌都没有打断楚王即将出口的话,顺便给他抛下一重磅炸弹。

这炸弹的确够猛,炸得楚王顿时就有些身子发虚,晕头转向的了。

"月如,随谷主的话可是真的?"楚王一把拽住月如的胳膊,双眼紧盯着月如。

还没等月如说话,楚王就被月如那半边娇颜半边魔鬼的脸吓了一跳,这张脸不仅是毁了……乍一看还有些恶心骇人。

随景岩说得对,这下风儿应该不会再迷恋这个成事不足败事有余的月如了,也算是一件好事吧。

第66章　楚风杀人

月如一只手被楚王拽住,可是整个身子依旧不断地蜷缩战栗,另一只手也放在脸侧哆哆嗦嗦地不敢触碰。

"啊啊啊——楚风,我好疼,快去给我……给我找大夫啊。"月如满是眼泪,双眼哀切地望着一旁站着的楚风,希望能得到楚风的怜悯。

因为她知道,楚王是不会怜悯她的。

楚风在听到月如的话后愣愣地将视线转移到月如身上,可是当触及到月如的那张脸时,瞳孔中闪现的是厌恶是惊恐……唯独没有一丝的怜惜。

月如心中发寒,流泪不止,"楚风……"

她从来没有想过她会在楚风的眼神中看到他对她的厌恶,这简直比听到尘王喜欢古嫆心时还让她吃惊不已,不能接受。

对于月如来说,从小就被人捧在手心长大,有才有貌又有家世,是整个京都小姐们艳羡的对象,也是整个京都公子们追求的对象。其中楚风,是追求她最疯狂的一个。

虽然她从来没有喜欢过楚风,可是被一个男子这般疯狂地喜欢和追求,还是让月如十分骄傲的。

所以当她看到楚风厌恶的眼神后,立刻失态地尖叫不断。

"啊——"

楚风眉头一皱,道:"别叫了。"

虽然之前他很喜欢月如,但他从来不否认很大一部分原因是因为月如出众的外貌,而如今看到月如这么丑陋的脸庞还做出这种泫泫欲泣楚楚可怜的表情,简直让人作呕。

"楚风!你怎么可以这样对我?"月如不再哭也不再尖叫,只是满脸怨毒愤恨地看向楚风。

她本来可以嫁给尘王的,可是居然在宁千雪的算计下被迫嫁给楚风这个纨绔,都是宁千雪这个贱人,都是她!

楚风脸色难看得很,只是冷漠地站在那里一言不发,以沉默来表达他难以言喻的心情。

月如,他是真心喜欢过的,可是……

不是有这么一句话么,得到的不如得不到的,得不到的永远是最好的。

他之所以追逐月如这么多年,也是因为一直得不到月如的回应,月如对他越是冷淡他越是想要得到她。

可是当他得到月如后,之前那种心痒痒的感觉就没有了。

如今月如又毁了容,他大概是不会委屈自己和这样丑的女人同榻而眠吧,那样太没食欲了。

月如又不是傻子,看到沉默的楚风哪里还不明白楚风的心思,一时之间忍不住悲从中来……

泪,止不住地流下。

"快说,你那堕胎药是不是从冷清秋那里得到的?"楚王可不管月如的心情,看到楚风这个模样他恨不得拍手称庆呢。

如今他最关心的就是这个问题了,随景岩没有必要骗他。若那冷清秋真的和沧澜国太子交情匪浅,那无论是不是真的只是朋友关系,在凤绝看来那都是有通敌叛国的嫌疑和危险。

而月如又和冷清秋走得极近,那楚王府就算不被凤绝猜测,也势必会不如之前那般被凤绝信任。

月如眼皮一翻,咯咯地笑道:"是她给我的又怎样?虽然没有弄死宁千雪,可是害死了她身边的那个大丫鬟,让尘王和她从此不睦,我也是高兴的。哈哈……"

"你这样做对你有什么好处?"

楚王一脚将月如踢到一旁,忍不住满心的怒火怒声质问道。

他实在是不明白为什么月如这么执着于和宁千雪作对?那宁千雪可是从来没有主动招惹过她啊?而且最重要的一点是,每次月如想要陷害宁千雪,都会反过来被宁千雪收拾,这人怎么就不长记性呢?

都说"一朝被蛇咬,十年怕井绳",怎么这话到了月如身上就不适用了呢?这让楚王十分费解。

"对我有什么好处?"月如猛地睁大双眼,双眼中满是狰狞的恨意和疯狂的嫉妒,"宁千雪将我害到这步田地,难不成我对她下手还错了不成?"

"若不是她,我还是高高在上的郡主。"

"若不是她,我还是才名超然的月如。"

"若不是她,我怎么会嫁给楚风?本来应该是我嫁给尘王的,本来应该是我!都是宁千雪,都是宁千雪!我为什么不恨她?凭什么不恨她!我……啊——"

月如神态疯癫的抱怨之言还没有说完就被暴怒的楚风一脚踢飞出去。

月如哀叫一声,被楚风一脚踢飞撞到门板上,顿时感觉整个身子都要散架了,摔到地上后立刻咳出一摊血来。

"该死的女人,该死的女人!"

楚风面目阴沉地盯着月如,一脚一脚不断踢着挣扎幅度越来越小的月如,双目赤红状若疯癫。

"风儿,风儿……"楚王妃拽着不断施暴的楚风,满目都是关心。

这样的楚风太不正常了,楚风是楚王妃十月怀胎生下来的,自然能第一时间感应到楚风的异常。

楚风嘴里不断地嘟囔着,"该死的女人,该死的女人",一边脚下的动作也不停。

不消一会,月如就被楚风活生生地踢死了。

"风儿!"楚王妃拉扯着楚风,呵斥一声妄图将陷入魔障的儿子叫醒。

谁料楚风竟一把甩开楚王妃,想要大步离开。

楚王妃被楚王一把揽住,靠在楚王的怀里泪流满面,"风儿……"

而楚风不仅充耳不闻,还在走到随景岩面前时一把想要推开随景岩。

随景岩眉目一沉,扣住楚风的手腕一把将他甩了出去。

"风儿……"楚王妃从楚王怀中挣脱出来,跑到楚风旁边想要扶起楚风却被随景岩一句话惊住了。

"奉劝一句,这个时候还是别碰他的好。"

"随谷主,我的风儿到底是怎么了?"楚王妃不是没感觉到楚风的异常,就是因为察觉到了才心疼才担心啊。

无论如何,都是她的亲生儿子啊。

楚王虽然也没有说话,但同样目光灼灼地盯着随景岩,希望随景岩能看看楚风到底怎么了?

但他也知道,随景岩看病救人全看心情,而楚风……随景岩又怎么会帮忙看病。

随景岩却出乎人的意料,高深莫测的说了一句,"楚风幼年时应该是服用过摄魂草,楚王好好查一查吧,本谷主言尽于此。"

说完,随景岩就大摇大摆地离开了,而王府的侍卫也没有再阻拦。

摄魂草能让人性情大变,是三国禁药。

而随景岩有一点没说的是,楚风可能不仅仅吃服用过摄魂草,刚刚那个疯癫的样子分明是中了摄魂术。

摄魂术……是神医谷不传之秘!

第 67 章　被囚禁的男人

不管楚王会有怎样的反应,这都和随景岩没甚关系。

随景岩大摇大摆地从楚王府出来之后就一脸严肃地去了神医谷在京都内的暗中势力所在处,楚风这件事十有八九就是随君昊做的。

随君昊多年之前就干了这么多事,埋下这么多伏笔,这让随景岩十分头疼。

这个随君昊到底想要干什么?或者说这么多年随君昊到底都干了什么?

凌空是埋在凤尘身边的人,惠妃是埋在云王和凤绝身边的人,楚风的异常足够在适当的时机毁了楚王府,这么多的伏笔足够让大盛陷入混乱之中,或者说……

当年凤绝的那场谋反,当中也少不了随君昊的手笔!

随景岩双眼细细地眯起,食指轻轻地一下一下扣在椅子上,神色诡谲变幻莫测,让底下等着随景岩发话的众人都不由冷汗淋淋,噤如寒蝉!

"查!动用所有势力一定要将六年前那场宫变的事情从头到尾给我查清楚!"随景岩忽然厉声吩咐道。

不知为何,随景岩就是觉得六年前的那场宫变绝对没有那么简单,那个随君昊绝对不可能做无用功,所以六年前的事,随景岩绝对相信那个随君昊也参与了,而且在其中扮演了十分重要的角色。

"是。"

下面的人纷纷低头应是,虽然不知道谷主查这个干什么,也十分清楚六年前的宫变查起来必定困难重重,可是面对阴晴不定的随景岩,一众人都不敢说什么。

随景岩推开门看着天已经黑了下来,负手而立,神色难辨。

凤尘回了王府后就直奔漪澜苑,可是却在走到宁千雪房门前的时候,想要推开门的手,迟疑了。

"王爷……"

竹枝端着一碗热汤,站在一旁低眉顺眼地唤了一句凤尘。

王妃已经醒了,为何王爷会站在外面不进去呢?

凤尘闭了闭眼,良久才转身离去,留下一头雾水的竹枝。

"王爷为何不进去?王妃刚刚醒来也定是希望见到王爷的。"跟在凤尘身后的长歌忽然轻声问道。

他是凤鸣将军给凤尘选定的暗卫之首,从小就陪在凤尘身边,见证了凤尘所有经历过的风风雨雨,所以他很清楚现在凤尘的心中,尘王妃已经有了一席之地。

凤尘脚步一顿,停了下来。

站在假山下,巨大的阴影将凤尘整个人没入了黑暗之中。

"长歌,你不懂的。"凤尘看了看自己的双手,自嘲一笑,道,"告诉裴管家我去京都别院住几日。"

然后不等长歌说什么,转身大步离去,到了马厩后牵起一匹通体雪白的马,翻身上马,在京都寂静的夜色中疾驰而去。

没用多长时间凤尘就一路疾奔到了苍火别院,翻身下马后将马鞭一扔,也不敲门,直接跳了进去。

别院内九曲长廊,亭台楼阁处处精致精美。

凤尘耐着性子在走廊里转了几圈,待走到一片山茶花盛开的后院后,果不其然看见了在山茶花下躺在摇椅上的一男子,凤尘忽然卸下了一身的冷漠和防备,走到男子身边也躺在了另一个躺椅上。

闭着眼睛,随着摇椅轻微的幅度慢慢摇晃,他只有在这里才能卸下所有的面具和防备,真真正正放松一下。

"阿蓉醒了。"凤尘淡淡地说道。

"既然醒了,你为何不去陪她反而来了我这里?"旁边的男子眼睛都没睁一下,脸上一派淡然优雅,仿佛凤尘口中之人和他没有一丝干系。

凤尘自嘲一笑,清冷的笑容在月光下有种淡淡的悲凉,"我没有去看她。"

"你做了这么多就是为了救她,既然她已经醒了为何不去见她?"

"我……不敢。"

身旁的人面上的淡然终于划起一丝丝波澜,起身坐了起来,直视着凤尘良久,才缓缓说道:"真是好笑,原来你堂堂战神也有害怕的事情,呵呵……"

他以为凤尘从不会害怕,从不会后悔呢。

凤尘像是没有听到身旁人的嘲讽,直视抬眼看着半空中的月亮,声音淡淡的。

"竹韵死了,阿蓉向来重视身边之人。红袖、竹韵,以后或许还会有……我不敢去见她,我怕看到她怨恨的目光,我更怕看到她看向我的眼神中什么都没有……我前半生追求的是扬名立万,是功盖天下,是能和阿蓉相守一生。如今,我倾尽所有只想保她平安,若连这个都做不到,我这一生也是枉然。"

他隐隐查到了背后之人一点,紧接着宁千雪就被人下了半月碎。虽然他也因此知道了连城夫人和惠妃是背后之人的棋子,可是谁知道他的身边,阿蓉的身边还会不会有背后之人的棋子?

他身边的凌空陪伴他整整十年,他竟然从未察觉过,既然如此那阿蓉身边也很可能有背后之人的棋子。

背后之人筹谋之大,布局之远,势力之大,让他骇然!

他不怕和背后之人斗个你死我活,但是他害怕背后之人对阿蓉下手,六年前失去阿蓉的痛苦,他再也承受不住再来一次。

"凤尘,就算你能保住露华又如何?你和她之间是跨不过的血海深仇,有着云氏一族的鲜血,有着云王府的冤屈,凤尘,你和露华终究是不可能了。"

"从我知道阿蓉还活着的那一刻起,我就知道了。可是这对于我来说就是上天给我最大的恩赐,至于还能不能和她在一起,那是我不敢奢望的美梦……"

凤尘苦涩一笑,缓缓闭上眼,遮住了满目的苍凉。

他爱的阿蓉他又岂会不了解?他的阿蓉,爱恨分明两者都是极致。当年她爱他,所以对他的兄长一点防备都没有。现在她恨他,所以宁愿剥皮换面也要回到京都找他复仇。

"阿蓉,她现在对我大概只剩下恨了吧……"

身旁之人歪头打量着周边满地的山茶花,心思几番变化,眼神中满是柔情,"你不是露华,又怎知露华对你只剩下恨了呢?露华那样的女子,若非还对你有情,又怎么答应嫁给你?"

况且还是在凤尘先娶平妃的情况下,若不是露华还爱着凤尘,这般骄傲的女子怎么会咽下如此耻辱?

其实,这点无论是宁为玉随景岩还是宁国公,都看得分明,只不过露华不愿承认而凤尘不敢相信罢了。

"阿蓉……"

第68章　风雨欲来

听了这话凤尘不仅没有高兴，反而满嘴苦涩，咀嚼着这个刻入他骨血的名字，连声音都带着一丝颤抖。

阿蓉。

阿蓉。

阿蓉。

这样的阿蓉，只会让凤尘更加内疚不堪。

"回去吧，去陪着露华吧，她刚刚死里逃生，即便她一向坚强，但这个时候你若陪在她身边，她还是会高兴的。"

身旁之人已经重新躺会了摇椅上，闭上眼睛似乎陷入沉睡。

"霁之，那个惠妃很可能是当年故意误导迷惑他谋反的一颗棋子……"凤尘想了想还是说了。

这个他，自然指的是凤绝。

自从凤绝登基后，凤尘不仅不再唤他一句兄长，就连凤绝的名字都懒得称呼了。

闻着这话，旁边假寐的人整个人都紧绷了起来，好像周遭流动的空气都变得剧烈波动起来一样。

良久，身旁的男子才又恢复了平静。

"和我说这些干什么？和我又没有什么关系。"男子淡漠的声音似乎掺杂了一抹其他的情绪，复杂难辨让人听不真切。

凤尘道："总归是觉得该告诉你一声，我已经在查当年的旧事了，本王不信，合尘王府，宁国公府和神医谷之力若还查不到背后之人，那我还谈什么保护阿蓉？"

涉及到露华，无论宁为玉和随景岩对他多有意见，此刻都会和他一起查个究竟的。

"告不告诉我又有什么关系，总归我连这别院都出不去，你告诉我又有何用？"男子隐含讽刺的声音刺得凤尘耳膜生疼。

这么多年，他已经竭尽全力去弥补了，可是他还是亏欠云氏太多太多了。

凤尘神情一僵，不再言语，而身旁的男子也显然没有继续谈话的兴致，两人就静静地躺在山茶花丛中，就是一夜。

第二天，楚王府少夫人月如暴毙的消息传遍整个京都，惹得整个京都沸沸扬扬。

皇后月柔向皇上哭诉求情，还请皇上念及丞相白发人送黑发人之苦，解了月和之的禁足。

到底月和之和凤绝多年君臣，又是皇后之父，太过为难丞相府恐惹起朝中议论，凤绝也就同意了，解了月和之的禁足，被允许月如以郡主之礼下葬。

而随景岩前天晚上进入楚王府之事并不是秘密，且随景岩出来之时大摇大摆很多人都看见了。

随景岩去了楚王府的第二天就爆出了月如暴毙的消息，这让不由多了几分遐想，就连凤绝也不例外。

"德囍，你说这个随景岩怎么就这么看重宁千雪呢？"凤绝对着身边的老太监发问。

一个是神秘至极的神医谷谷主，一个是低调到不行的闺阁千金，这两者怎么就会联系上的呢？而那随景岩又为什么对宁千雪如此之好？

凤绝可不相信，这世界上会有无缘无故的谁对谁好。

"那神医谷谷主的脾气向来不能以常人的想法揣测，许是尘王妃就合了随谷主的眼缘吧。"老太监俯首答道。

凤绝轻哂，"眼缘？"

若非那人传上来的消息说他亲自查证宁千雪很是正常，凤绝都要怀疑整个宁千雪到底是不是宁国公府的大小姐了。

老太监也不答话，就矗立在一旁服侍着凤绝批阅奏折，而凤绝显然也没想着真的听一个老太监的答案，转头又是认真地批阅奏折。

最近京都的气氛着实古怪得很。

丞相月和之的禁足解了，可是他的嫡子月萧却还是住在有间酒楼，就算月和之亲自去有间酒楼请月萧回府，依旧被月萧断然拒绝。

楚王府的公子楚风传闻中多喜欢月如啊，可是月如的葬礼上那楚风却没有出现，而楚王府对月如的葬礼也没有多么在乎，虽然葬礼没有草草了事，可是任是谁都能看得出楚王和楚王妃的漫不经心，心事重重。

尘王府的尘王妃于三日前醒过来了，可是自尘王妃醒来后，对尘王妃生病之事甚是关心的尘王反而去了京都别院，且一去就是整整三天。

京都淳朴的老百姓们觉得脑子都不够用了，实在是弄不明白这些权贵们在想些什么。

就在京都气氛甚是古怪的几日里，两则消息打破了这古怪的氛围。

一则是沧澜国求和的使团终于带着他们的苍蓝公主姗姗而来，献上公主苍蓝意欲求和。

二则是七日后正是凤绝三十整寿，大漠祁家派来两女祁采心和祁兰馨来大盛朝贺凤绝寿辰。

京都的人们又有了新的话题可以议论，顿时街头巷尾都在讨论那苍蓝公主究竟会嫁给大盛的哪位权贵。

而祁家家主不自己前来贺寿，反而派来两个如花似玉还未婚配的妹妹，这又是何意？

不管这人们是如何猜想，这两队人马纷纷在凤绝寿宴前三天赶到了京都。

楚香阁。

"薇薇,你不是说想去北疆看看么,怎么都这么久了还没动身?"一袭素色锦缎着身的宁千雪微笑着问道。

早就听杨又薇嚷嚷着要去看看柴元帅或者跟着沈蔷薇去南海看看,如今过了这么久京都也没有什么值得杨又薇留恋不舍的人了,她为何还未动身?

"怎么?嫌我烦了?"

杨又薇眉梢一挑,对着一旁的檀越县主摊了摊手,装模作样地抱怨道:"唉,千雪都嫌弃我了,檀越你说我怎么就这么可怜啊。"

其实本来杨又薇都打算好了,先动身去北疆看看从未见过面的外祖父,然后等回来的时候悠悠也大点了,就可以和小嫂嫂一起去南海看看了。

谁知道就是在动身的前一天,尘王府传出平妃流产的消息,紧接着小嫂嫂告诉她,宁千雪陷入昏迷命在旦夕。

虽然不能进入尘王府探望宁千雪,可是杨又薇又怎么安心在这个时候离去呢?失去孔凌青和林若兮之后,杨又薇更在乎宁千雪了。

她不想再失去任何一个人。

所以这一等就是三个月,所幸宁千雪活过来了。

而且凤绝寿宴近在眼前,杨又薇想着等过完凤绝的寿宴再走,免得小哥哥被凤绝因此借机生事刁难。

只是,任是谁都没有想到,杨又薇这一耽误,终此一生她都没能见到她外祖父柴元帅一面。

此刻的杨又薇又怎么能够预知未来呢?

"有龙将军和龙夫人护着你,整个京都都任你横行了,你还可怜?"檀越翻了一个白眼,一把推开杨又薇倾斜过来的身子,分外无语。

第69章 除了幸福，她可以得到一切

虽说凤绝不会同意杨又薇嫁给孔凌青，但除此之外杨又薇就是杀了人放了火，恐怕凤绝也不会说什么。

换句话就是，除了幸福，凤绝会纵容杨又薇得到她想得到的一切。

"唉，我怎么不可怜了？悠悠越来越可爱了，小哥哥居然都不让我带悠悠了。"说起这个来杨又薇就格外生气，整个脸上都冒着怒火。

宁千雪给自己倒了一杯茶，颇为理解地说道："龙将军也是不容易，无论是让你带还是让龙夫人带悠悠，那……都是一场灾难啊。"

若悠悠随了杨又薇的性子，那估计整个大盛都找不到敢娶她的男人了。

若悠悠随了沈蔷薇，那估计整个天下的人都不会有人敢娶她。

所以龙轻泽的担心，宁千雪十分理解，没看到每次杨又薇去尘王府，她都尽量让竹枝抱走梨月吗。

毕竟，这个世上像孔凌青这么有勇气有眼光的人实在是太少了。

"咻。"杨又薇趴在桌子上不屑地哼了哼，道，"难不成千雪认为我小哥哥带悠悠，就不是一场灾难了？"

"嗯……"

宁千雪发现，她对杨又薇的这句话竟然无言以对。

若悠悠随了龙轻泽的性子……

"唉，这孩子，命苦啊。"宁千雪装模作样地叹了一口气。

檀越嘴角抽了抽，接了一句，"难道千雪不觉得日后看上悠悠的人，命更苦吗？"

有一个脑回路不正常的岳父，还有一个十分彪悍的岳母，再加上一个指不定长成啥模样的龙无忧……未来看上龙无忧的人得有多大的心理承受能力啊。

"你们……太欺负人了你们！"杨又薇见檀越居然和宁千雪站在一条战线上调侃自己，分外委屈。

包厢内的温馨寂静忽然被一阵喧闹声打破，杨又薇好奇地推开包厢的门想要看看究竟是谁这么大胆居然敢在楚香阁里闹腾起来。

率先映入杨又薇眼帘的是一个粗犷的背影，那宽阔的脊背，周身围绕的杀伐凌厉之气，观之便知晓此人定不凡。

而走廊里的声响并不是这个男人弄出来的，男子身前还有一红色胡服的娇艳女子，女子娇丽的容颜上此刻满是骄横跋扈的神色，而女子跋扈的对象正是璎珞。

"区区一个酒楼而已,本公主就要这天字一号包厢,你又能如何!"

"我大盛比公主尊贵的人不知凡几,区区战败之国的公主,这天字一号包厢还轮不到公主您吧?"璎珞双手环胸,轻蔑的语气全然不顾身后戎装男子猛地爆发的杀气。

"你!"胡服女子正是沧澜国派来和亲的苍蓝公主!

沈苍蓝被璎珞一番话气得脸色一会红一会青的,猛地抽出腰间的软鞭,毫不犹豫地朝着璎珞的脸抽了过去。

区区一个商人居然敢如此藐视本公主,看本公主非得划花了她这张妖精脸不可!

璎珞沉浸在星河的死讯中已经闷闷不乐多天了,此刻这个苍蓝公主送上门来让她出气,她又何必省着她呢?

璎珞随意地拔下头上的一根簪子,满不在乎地以一个诡异的角度迎上了苍蓝公主那凌厉的鞭风。

一根簪子,一条鞭子,胜负多么明显啊。

可是让人大吃一惊的是,那簪子划到半空中时忽然一分为三,其中一根簪子打到苍蓝公主的手腕上,一根簪子和鞭子在半空中碰撞纷纷落在了地上,而第三根则是直朝苍蓝公主面门而去!

形势十分危急,而苍蓝公主满以为一个小小的酒楼掌柜绝不敢对她动手,因此竟看着尾部泛着幽光的簪子呆住了。

那气势逼人的男子终于动了,一个闪身出现在沧澜公主面前劈手以掌风将第三根簪子击落。

簪子落在地上,发出一声清脆的响声,一时间整个楚香阁二楼安静极了。

"苍蓝公主虽然算不得多尊贵,但在这一个小小的楚香阁坐一个天字一号包厢还是使得吧?"

男子转身看着璎珞沉声说道,只是谁也没瞧见男子在看到璎珞那双琉璃色泽的瞳孔时,整个人猛地一颤。

"天字一号包厢已经有人了,沧澜国的使者,是不是有些强人所难了?"

"难不成里面的人还能比本宫高贵不成?"苍蓝公主此时缓过神来,横了一眼身旁的男子。

什么叫她不算多高贵?她出生沧澜国皇室,沧澜国是战败了,但不是亡国了,她公主的身份还当不得一句尊贵不成?

璎珞挑眉一笑,道:"苍蓝公主非得自取其辱不成?"

这话的意思就是此刻天字一号包厢里的人真的比苍蓝公主高贵了?周围跟着苍蓝公主来的侍卫纷纷朝包厢的方向吼道:"里面的人滚出来,缩首缩尾的算什么本事?"

男子也朝包厢看去,看到包厢门口的杨又薇十分吃惊,眸中闪过一瞬间的惊喜,问道:"姑娘是?"

杨又薇皱眉反问道:"你是何人,竟敢如此无礼?"

那男子不仅没有回答,反而以放肆的目光上上下下打量起杨又薇来,直到目光扫到杨又薇腰间垂挂的古朴玉佩,脸上才绽放出一抹张狂的笑意。

"我叫沈沧溟。"

男子毫不避讳地曝出自己的名号,看着杨又薇的目光是势在必得的自信,还带着毫不掩饰的爱恋。

杨又薇老脸一红,分外强硬地说道:"沧澜太子就是这般不知礼数吗?"

沈沧溟,沧澜国太子!

是在沧澜国仅次于国师的存在,传言和国师虽然有师徒情分,但并不和。

也是,沈沧溟身为皇室最正统的继承人,却被国师压制得死死地,在沧澜国甚至已经到了只知国师不知皇室的地步了,在这样的情况下,就算沧澜国太子和国师有师徒情分,想来也不会多么和睦吧。

"哼,说我皇兄没有礼貌,那你们就又多礼貌了?躲在里面缩手缩脚,哼,不是见不得人吧?"

苍蓝公主从小就事事拔尖,本来在战败的时候让她来和亲,她已经够憋屈的了,谁知道竟然连来个酒楼都有人瞧不起她,这让她十分恼火。

杨又薇眉心一皱,刚想说什么,就看到了璎珞那一脸看好戏的模样,便将到了嘴边的话给咽回去了。

就在苍蓝公主等得不耐烦的时候,包厢内缓缓传出一道轻轻浅浅的声音,同时包厢的门也被打开,几个女子缓缓走出。

第70章 选一个这么丑的公主来和亲

"苍蓝公主,听本王妃一句劝,在大盛的京都,公主作为一个和亲的棋子还是低调些的好。"宁千雪清浅的声音惹得苍蓝公主脸色大变。

待苍蓝公主看清宁千雪的容貌后更是嫉妒加怒火,刚想说上两句却被沈沧溟拦住了。

只见宁千雪一身流彩暗花云锦宫装,腰间深红色封腰下挂着一串紫玉响铃,复杂的翻云朝凤发髻上一侧斜插两支梅花琉璃钗,另一侧的金海棠珠花步摇则衬得女子尊贵无双,古朴大气。

容颜瑰丽,气势逼人,盛世无双。

"原来是尘王妃,相传尘王妃被尘王宠若至宝,疼惜得很,孤今日一见果然不错,怪不得王妃容光焕发,想来尘王功不可没。"

沈沧溟鹰一般锋利的双眼细细地锁在宁千雪身上,负手而立,端的是张狂无比。

那一身猖狂的气势,让人一点也看不出这是一个战败求和的一国太子。

在杨又薇和檀越听来,沈沧溟这句话轻佻无比。而在百里琦和璎珞听来,刺耳无比,是故意在嘲笑宁千雪。

宁千雪身边的人哪个不知道宁千雪至今还没有和凤尘圆房啊,听这沧澜国太子的口气好像是知道些一二,顿时百里琦和璎珞看向沈沧溟的眼神就变得危险了起来。

"哦?那依太子之言,苍蓝公主之所以这么丑是因为还未承雨露的原因?"宁千雪言笑晏晏,丝毫不在意周围人有些石化的表情,"沧澜国是没人了不成,难道太子不知道送来和亲的公主最起码的标准就是长得看得过去啊。"

"你!"苍蓝公主气得跳脚,若不是沈沧溟拦着怕是冲上去撕咬宁千雪泄恨的心都有了。

"扑哧——"杨又薇忍不住一笑。

其实苍蓝公主长得并不难看,而且五官也很艳丽,只不过身上有一股戾气,破坏了这份美感。

就算苍蓝公主看起来没那么漂亮,可是这可是头一遭有人嫌弃和亲公主长得丑的,想来宁千雪这句话不出一天就会传遍整个京都了。

苍蓝公主愤愤不平,阴狠地瞪着杨又薇劈手一指,厉声问道:"你是谁,居然敢嘲笑本公主?"

哼,既然尘王妃不能得罪,那就拿尘王妃身边的女子出出气也好。

杨又薇笑容一敛,容颜一肃,正色道:"杨又薇!"

杨又薇。沈沧溟细细咀嚼着这三个字,倏尔大笑道:"好名字。"

檀越一愣,这沧澜国的公主太子还真奇怪,一个公主听到杨又薇这三个字后脸色一沉,而太子则是听完后大笑。

这苍蓝公主脸色变得不好,情有可原。

毕竟,杨又薇虽然只是一个小小的官家女儿,可是她背后的势力也不是苍蓝公主能得罪的,想要出气却踢到了一块铁板,脸色不好实属正常。

那沈沧溟是怎么回事?

"我名字好不好和你有什么关系?"杨又薇白了沈沧溟一眼,有些不悦地沉了眉目。

这个什么太子是不是有毛病,她认识他吗?

沈沧溟瞳孔一深,道:"当然有关系,你是我将来的太子妃,当然会和我有关系!"

"铛……"

沈沧溟一个闪身躲开了璎珞从他背后射来的又一个簪子,沉了脸色,十分不悦地对着璎珞说道:"姑娘身为掌柜,就这么待客吗?若姑娘再这般,休怪孤无礼了。"

闻得这话,一旁的檀越县主略带深意地看了一眼宁千雪又看了看分外张狂不怕事大的璎珞,似乎有些不解。

就算沧澜国败给了大盛,沈沧溟身为一国太子对尘王妃退让还说得过去,为什么会对璎珞一再容忍呢?

璎珞只是冷笑一声,靠在栏杆上并不言语。

现在最重要的是她肚子里的孩子,不然她是真的想在这里杀了沈沧溟!

就在一片寂静中,一道清冷至极的女音传了过来。

"不知道太子殿下意欲对我们姐妹如何无礼啊?"

璃珞就在沈沧溟震惊的眼神中缓缓走到璎珞身边,关心地看了看璎珞的气色,发现她并无大碍之后才算放下心来。

苍蓝公主十分不解地推了推沈沧溟,问道:"皇兄,你怎么了?"

"你们两个到底是谁!"沈沧溟根本就不理苍蓝公主,反而双眼惊恐地望着璎珞璃珞姐妹两个,准确地来说他惊恐望着的是两人那琉璃色的瞳孔。

若只璎珞一个他还可以自我安慰说只是巧合罢了,可是此刻看到璃珞和璎珞那双一模一样的琉璃色的瞳孔,沈沧溟整个身体都不可抑制地战栗了起来。

苍蓝公主虽然不满沈沧溟的忽略,可是也十分清楚这个时候她还是老老实实待着不说话的好。

璃珞眉梢冷然一挑,笑了,"皇弟既然已经猜到了,又何必装傻呢?"

璃珞一言出,整个二楼都安静极了。

最先出声的是苍蓝公主,"胡说什么,两个低贱的女子居然还敢喊我沧澜国太子为皇弟?想死了不成?"

"哈哈……"璃珞一反常态地仰天一笑,看向苍蓝公主的眼神是那么的讽刺,女子劈手直指苍蓝公主,转头对着沈沧溟说道,"殿下不如告诉苍蓝公主我为何喊你皇弟?"

璃珞一反常态的张狂的同时,璎珞却反而沉默了,虽是一言不发可周身环绕的冰雪之势,让人真真切切地感受到女子此刻的心情。

沈沧溟长袖中的手不可抑制地颤抖了一下,脸上的肌肉隐隐抽动了几分,然后就在苍蓝公主难以置信的目光中微微压低了身子,道:"皇姐。"

这下不仅苍蓝公主吃惊了,围观的杨又薇和檀越县主也十分吃惊地看向璎珞和璃珞。

她们一直以为这两人不过是宁千雪手底下的人罢了,就像百里琦一样,虽然讶异两人琉璃色的瞳孔却完全没有想到这两人居然是沧澜国的公主!

"可是沧澜国皇上的第一个孩子不就是沈沧溟吗?"杨又薇有些不解地小声嘀咕道。

沧澜国国主的皇后一生无子,且早就去世,所以沧澜国并无嫡子。沈沧溟是皇长子才被封太子,并不是因为他是嫡子。

这么多年沈沧溟一直身居东宫,以至于让世人忘了他其实并不是嫡子!

"沧澜国国主的第一个孩子并不是皇长子沈沧溟,而是已故皇后所生的一对双生姐妹。沧澜国皇室有一个隐秘的规矩,若皇室有人生来便有琉璃色瞳孔,当为沧澜国之主。但若有双生子那就是邪恶的化身,一定要扼杀于婴儿时期。而已故皇后所生的女儿虽然有着尊贵的琉璃色瞳孔却是一对双生子。沧澜国国主很是为难,最后在国师的建议下将皇后生了双生子的消息瞒了下来,对外宣称皇后生下长公主。"

第71章 皇姐，那是他的罪孽

"长公主生来便带有琉璃色瞳孔，命格尊贵，皇后苦苦哀求沧澜国主不要杀死第二个女儿，国主也不忍，便将二女送出皇宫送到了沧澜国最偏远的祈澜山。八年后沧澜国的皇贵妃生下的皇长子沈沧溟已经七岁，而皇后又一次怀孕且是皇子，皇贵妃便暗中将二公主在祈澜山受尽折辱的消息传到了皇后耳朵里，皇后怒极找沧澜国主质问，和沧澜国主争执间动了胎气，早产生下一皇子后便撒手人寰。"

宁千雪看着身体僵硬的沈沧溟，眼中划过一抹讽刺与冰冷。

"可是从来没听过沧澜国有个嫡出的皇子，还有那个大公主不是早夭了吗？"杨又薇好奇地问道。

现在看来璃珞就应该是那个传言中早夭的大公主了，而璎珞就应该那个被沧澜国主隐瞒下存在的二公主了。可是为什么璃珞和璎珞反而跑到大盛，给千雪做事了呢？

"让我来告诉你吧。"璃珞淡淡地结了一句，一步步走到沈沧溟面前笑得有些诡谲，"小皇弟生下来眉间一团黑气缠绕，国师断定那是妖孽转世的标志，而同时皇长子沈沧溟只是碰了一下小皇弟，皇长子的掌心便被灼伤了，露出森森白骨很是骇人。"

沈沧溟随着璃珞一步步的靠近，神情不断紧绷。

"然后嘛，结局就很明显了，沧澜国主不愿承认他生下的会是一个妖孽，因此命人秘密处决了我那个刚刚出生的小皇弟。那个时候我才八岁，被某些人利用，给我外祖父明元帅传信让他进宫，可是随着外祖父进宫的不仅是他一人还有明家的暗卫！"

璃珞自嘲一笑，神色莫名地看着沈沧溟问道："太子殿下您还记得那个用尽心血教导你、传你武艺、教你兵法，对你毫不设防的老人吗？"

皇后父亲明元帅曾是皇长子之师。

沈沧溟瞳孔一缩，整个人不受控制地颤了颤，同时也在璃珞的威势下退了几步。

"哐啷。"

沈沧溟整个人退到了包厢门前，一不小心撞在了上面。

璃珞盯着沈沧溟的瞳孔，琉璃色的瞳孔闪过一抹令人眩晕的光彩，接下来的声音似乎句句带针，刺得沈沧溟耳膜生疼。

"太子殿下还记得那个死在你的算计下对你视如己出的嫡母吗？"

"太子殿下还记得那个死在你的算计下刚刚出生对你毫无威胁的弟弟吗？"

"太子殿下还记得那个死在你的算计之下对你殷殷教导的明老元帅吗？"

"太子殿下还记得那些死在你的算计下卫国保家的无辜至极的八万明家军吗？"

一句比一句尖锐的质问让沈沧溟的脸色一寸寸苍白下去,当年为了权势所做下的事,到了今日他竟然连一句辩白都说不出口。

他当然记得那个待他十分温柔的嫡母。他虽然是庶出,可是当时皇后无子,他又是皇长子,母妃整日里逼着他学这学那严格极了,他没有童年,不能有亲近的人,不能告诉别人他喜欢什么讨厌什么。

是那个温柔的女子,亲手喂他吃糕点,带着他去拜师明元帅学武术学兵法,而明元帅也并不因为他是贵妃之子就有所保留。

无论是皇后还是明元帅,甚至是在国师的蛊惑下被父皇坑杀的八万明家军,那都是……他的罪孽!

脸色苍白如纸的男子抬起那双往日犀利现在却分外无神的双眼,看着神色严厉冰冷的璃珞,忽然唤了一声,"皇姐。"

当时明元帅如日中天,皇后贤惠淑德,即便皇后当时还无子,但没有一个朝臣敢站在皇长子这边,因为皇后有一个长公主,有一个生来尊贵无双有着一双琉璃色眸子的长公主,所以身为皇长子的沈沧溟在后宫的存在是十分尴尬的。

没有人轻视他,但也没有人敢重视他,所有的人都选择了无视他。

没有玩伴,没有童年。

那段黑暗的时光是长公主,大他一岁却是真真正正的天之骄女的璃珞拉了他一把,带着他玩,告诉所有人他是她弟弟,她不允许任何人无视他。

渐渐地,朝臣后宫所有人都知道了他的存在,知道他的聪慧。

可是人心不足蛇吞象,因为皇后八年无子,皇贵妃渐渐生了不一样的心思,在国师的蛊惑下,小小的沈沧溟也渐渐地动摇了,想要的也不一样了,慢慢地想要更多了。

最终他和母妃还有国师终于得偿所愿,可是他却失去了他所有的温暖。

"啪!"

一声清脆的巴掌声,打醒了沈沧溟的回忆。

沈沧溟略带着一抹迷离的眼神在触及璃珞那双清冷雪亮的琉璃色瞳孔时,瞬间清醒。

"我这一生最后悔之事,就是视你为亲弟弟!"

璃珞悔恨愤懑的声音,让沈沧溟眼中的一抹希冀瞬时崩溃破碎。

手缓缓握紧,皇姐说她后悔把他当作亲弟弟……

是啊,怎么能不后悔呢。

所谓的农夫与蛇就是这样的吧。

"你就算是大公主又如何?皇兄现在是太子了,身份比你尊贵得很,你居然敢对太子动手?"苍蓝公主十分不忿地指责道。

她本是沧澜国唯一的一位公主,这忽然冒出一个嫡出公主让她心里很是微妙。

没有得知是血亲的惊喜,只有隐藏在内心深处的记恨。

她只比璃珞小三岁,可是在璃珞消失之前,整个沧澜国都只知道有个大公主却不知道还有个她!所有的风光都被璃珞抢走,可是璃珞是嫡出,她是庶出,她只能忍了。

如今再见,她依旧是高高在上的公主,可是璃珞不仅没了往日的高贵,听说还当过舞女,这让苍蓝公主心中有了诡异的平衡,同时还隐隐觉得高人一等。

"我为嫡,他为庶,我如何打不得？我为长,他为幼,我如何教训不得？"璃珞冷哼一声,看着一脸嫉妒不忿的苍蓝公主讽刺说道,"既然知道我是大公主,你居然还敢这般和我说话,是以为我不敢教训你吗？"

璃珞整个人如同利剑退出了刀鞘一般,锋芒毕露一身气势颇为骇人。

"你是大公主不假,可本宫也是沧澜国的二公主！"

苍蓝公主十分骄傲地一抬下巴,她不仅仅是沧澜国的二公主,还是有着封号的苍蓝公主！

沧澜、苍蓝,可见她帝宠之深！若不是国师一再威逼,父皇也不会同意让她来和亲。

第72章 孤一定要娶到你

"二公主?"璃珞神色一冷,沈沧溟暗道一声不好,还来不及反应就听到两声清脆的巴掌声。

苍蓝公主难以置信地捂着脸颊怨毒地盯着璃珞,尖叫道:"你居然敢打我?"

她是皇贵妃之女,沧澜唯一的公主,自小千娇百纵长大,哪里被人打过?可是她也不傻,尽管心中再怒,她也不敢对璃珞造次。

虽然皇后死了,可是父皇这么多年却从来没有提过将母妃立为皇后的事。

虽然璃珞消失了,可是父皇这么多年都让人时时刻刻清扫着琉璃殿每个月都会去坐一坐。

在整个沧澜国,璃珞这个有着琉璃色眼眸的大公主永远比她重要得多!她就算闹得再凶,也不会有人替她说一句话。

这就是嫡庶之分!

这就是尊卑之严!

"我不管对外说你的封号也好,说名字也罢,只有一点,别让我听到你对外宣称你是沧澜国的二公主!"璃珞冰冷的眸子如带着冰锥一般刺入苍蓝公主的肌肤,让她说不出一句反驳的话来。

沧澜国的二公主,永远是她的妹妹璎珞!

无论璎珞在不在乎,她都不允许有人占了本该属于璎珞的名号。

璎珞从始至终就站在那里,一动不动仿佛璃珞说了半天的只是一个与她无关的故事,故事中的人如何惨烈还是幸福都与她无关。

"璃珞我累了,回去睡了。"

璃珞看着璎珞格外凄凉的背影,眼眸中的琉璃色越来越深,站在一边对着沈沧溟说道:"以后这楚香阁你不要再来了,当年的事我也不会说出来,就当换我和璎珞一个清净。"

这么多年她父皇一直没有放弃找她,她都知道。

可是,父皇对她虽好,却重不过母后弟弟妹妹和外祖父这些人加起来的重量。

她若回去了,璎珞会将如何自处?

父皇对她很好是真的,可是父皇对璎珞的残忍也不假。

沈沧溟这个东宫太子一直被国师欺压,若璃珞不提当年之事自然对他极好。

他虽然早就后悔了,想挽回一二,可也十分清楚他这个皇姐的性子,因此也只能无奈地和苍蓝一起离开。

走到楚香阁的门口时,沈沧溟忽然回身朝着杨又薇的方向大喊道:"杨又薇,孤一定会娶到你的。"

　　他这一生只有四个人给过他温暖,那就是皇后、明元帅、璃珞还有……杨又薇。

　　这四人他已失其三,唯独剩下一个杨又薇,这一次他再也不会让自己后悔,无论如何他都要得到她!

　　也许杨又薇已经忘了他,可是他永远忘不了那个混在乞丐堆里,霸气地抢来一个馒头后还十分别扭地分给他一半的那个脏兮兮的她。

　　虽然模样变了不少,可是杨又薇腰间那块玉佩他不会认错。

　　杨又薇,就是她!

　　那边霸气地宣告所有权后就大步离开的沈沧溟自然是没有福分收到杨又薇大小姐的白眼一筐。

　　"薇薇,你认识沧澜国的太子?"宁千雪皱眉问道。

　　若杨又薇真的和这个沈沧溟相识可不是什么好事,毕竟杨又薇身后站着三位掌权者,凤绝对她身边的人和事肯定习惯性阴谋化。

　　"我不认识他啊,我又没去过沧澜国。"杨又薇也一头雾水,她虽然出过京都去过阳城,可是她从来没去过沧澜国啊。

　　说起这个她还莫名其妙呢,她又不是木头,自然也感觉到沈沧溟对她的不同,可是她真的没有见过他啊。

　　檀越县主眉眼一沉,劝说道:"薇薇,这几日你就待在阳城将军府不要出来了,等沧澜国使团一走你就去北疆找柴元帅。"

　　她有种预感,这个沈沧溟将会是杨又薇一生的变数。

　　杨又薇这一生已经够坎坷的了,她不希望再出现什么变数。

　　"璃珞,这几天你就在楚香阁里好好陪着璎珞吧。"宁千雪对璃珞吩咐一句,就拉着杨又薇离开了。

　　檀越县主也是个知道分寸的人,今日之事定不会出去乱说,所以宁千雪并不担心璃珞璎珞的身份曝光。

　　此刻她最担心的就是杨又薇,所以一出楚香阁,宁千雪就带着杨又薇上了马车直奔阳城将军府。

　　她调查过沈沧溟这个人,城府极深且为达目的不择手段。

　　今日虽然看起来十分软弱,那也是因为乍然见到璃珞既震惊又愧疚的原因。

　　马车咕噜噜地跑向了阳城将军府,杨又薇虽然觉得宁千雪有些小题大做,但也知道宁千雪是为了她好所以也就没说什么。

　　等到了主院,杨又薇就喜笑颜开地一把抢过龙悠悠,抱在怀里兴奋地在院子里转来转去。

　　"尘王妃轻易不登门,今日前来可是有事?"龙轻泽眼珠子紧紧盯着被杨又薇抱起来飞的闺女,生怕杨又薇一个不小心就摔了自家的宝贝闺女。

　　他一向不懂得何为委婉,不过宁千雪早已习惯了,所以并不见怪。

"今日在楚香阁偶遇沧澜国太子,太子离去前在楚香阁门口当众宣告说他一定会娶到薇薇。"宁千雪坐在一旁,如实说道。

这一句话甚有效,眼珠子恨不得黏在龙悠悠身上的龙轻泽猛地收回目光,难以置信地问道:"王妃说什么？谁说想娶薇薇？"

身为一个将军,龙轻泽第一次怀疑自己的耳朵是不是有了问题,要不然他怎么听到宁千雪说沧澜国的太子想要娶他妹妹呢。

若是别人求娶,龙轻泽肯定会兴高采烈。自从出了杨又宁那事之后,杨又薇真的是没人敢娶了,这让本来要求非常高的龙将军一下子降低了标准。

想来孔凌青若是知道的话,恐怕会哭到不行不行的吧。

可现在居然是沧澜国的太子求娶杨又薇,这怎么可能？

"沧澜国太子据说至今没娶妻也没纳妾,还算可以。"沈蔷薇颇为中肯地说道。

一国太子求娶,这对于已经算得上是老姑娘的杨又薇来说已经算得上是惊喜了。

而且撇开国家身份不说,沈沧溟真的十分不错。

龙轻泽不由瞪了一眼沈蔷薇,不悦道:"你这是什么话？我绝对不同意。"

虽然说沧澜国和大盛停战了,可以沧澜国的尿性,再打起来的可能性还是很大的。

而且他也知道宁千雪这次差点命丧黄泉和沧澜国脱不了关系,那随景岩不翻了沧澜国才怪。

在他看来凤尘也十分重视宁千雪,想来两国再起硝烟也是很正常的。

第73章 杨又薇的想法

既然两国注定不能和平共处,那龙轻泽自然不愿意看到自己唯一的妹妹嫁入沧澜国。自古和亲的女子就少有好下场的。

"阿泽,你应该知道我说的是实话,而且恐怕那个沧澜国的太子若真的在凤绝寿宴上提出求娶薇薇,恐怕凤绝答应的几率很大。"

沈蔷薇一点也不在乎龙轻泽那越来越黑的脸色,陈述着龙轻泽不愿意承认的事实。

龙轻泽重重地一哼,十分不悦地说道:"有我和父亲在,他敢逼迫薇薇?"

他和父亲多年战功累累,早就有个封侯拜相的资格,可是至今凤绝都没提给阳城将军和龙轻泽封侯什么的,龙轻泽和阳城将军都明白,只要柴元浩活着一天,阳城将军和龙轻泽就永远没有再进一步的可能。

阳城将军和柴元帅的关系摆在那里,柴元帅已经是统帅三十万兵马的一方大将,若是阳城将军和龙轻泽再封侯什么的,那对于皇室的威胁太大了。

无论臣子多么忠心,皇室都不会放心一门三元帅的。

所以,龙轻泽虽然年纪轻轻就威震南北,可是依旧止步于一个三品将军,他和阳城将军也从未抱怨过,亦没有提过什么要求。

就算在沈蔷薇怀孕后,凤绝要求龙轻泽回京都述职,龙轻泽也知道除非边关告急,否则他很难再出京城去那战场上。

即便如此,他也没说什么。

他都这么隐忍了,若凤绝还敢动杨又薇,那他这所有的隐忍岂不成了一场笑话?

龙轻泽和阳城将军,甚至是柴元帅,隐忍这么多不过是想安上位者的心,还有就是请凤绝看在他们这么安分的分上,别再打杨又薇的主意。

虽然龙轻泽如今也有了女儿,可是龙轻泽从来不担心凤绝会干涉龙悠悠的生活的。

因为龙悠悠和杨又薇不一样。

龙悠悠不仅有三位大将军给她撑腰,最重要的是她身后还有南海!

就目前来说龙悠悠是南海唯一的继承人,凤绝就算再忌惮也不会动龙悠悠,毕竟南海沈中墨有多张狂有多护短,三国皆知。

龙悠悠,才是真真正正的天之骄女,比之沈蔷薇更加幸福。

"那若是薇薇自己愿意呢?"宁千雪意味深长地说了一句。

龙轻泽诧异地挑眉看向一旁悠悠然喝着热茶的宁千雪,氤氲的雾气让人看不清女子的眸光,龙轻泽拳头握了握,说道:"不可能。"

他的妹妹他清楚,杨又薇根本就没有忘记孔凌青,而且龙轻泽担心杨又薇恐怕一生都不会走出这场以爱为名的围城。

这样的杨又薇又怎么会愿意嫁给别人呢?

"龙将军,你看看薇薇,她笑得多开心啊。"宁千雪看着庭院里的杨又薇,轻声说道。

庭院里杨又薇抱着小小的龙悠悠在院子里转着圈圈,抱着她飞,满院子里都是龙悠悠纯洁无垢的笑声以及杨又薇开怀的大笑声。

女子一声湖绿色百褶裙因为不断地旋转而开出层层叠叠的花,一头漆黑的长发在半空中划过欢快的弧度,观之便知晓女子心情欢愉,没有一点阴霾。

"你想说什么?"龙轻泽看了看院子里抱着他闺女转圈的杨又薇,实在不明白宁千雪为什么会忽然这么问。

"阿泽,薇薇比你想象中要坚强得多。"

龙轻泽被宁千雪这句神来一笔问蒙了,可是沈蔷薇却听懂了宁千雪的弦外之音。

杨又薇并没有龙轻泽想象中那么闷闷不乐,她是真的在用心地笑,所以孔凌青给她留下的困局她会走出来的。

只不过,宁千雪和沈蔷薇都没有想到,杨又薇虽然走出了一个困局,却陷入了另一个更加万劫不复的漩涡,终杨又薇一生,再也没能走出。

"薇薇其实并不傻,她很聪明,她知道了沧澜国的不对劲,也知道了冷清秋很可能是受沧澜国的指使将胭脂醉给杨又宁的,以薇薇的性子,嫁给沧澜国太子,也不是不可能。"

宁千雪眸中划过一抹担忧和苍凉,杨又薇这个人爱憎分明,感情太过强烈。

既然她知道是沧澜国的人毁了她的幸福,那个人无论是沧澜国师还是沧澜国的太子,杨又薇都很有可能用一生去报复!

那个人啊,太过极端了。

"我不会同意的!"龙轻泽一拳砸在桌子上,站起身来将院子里的杨又薇叫了进来。

"小哥哥有什么事吗?"杨又薇漫不经心地问了一句。

龙轻泽这人说话也不会转弯,一向直来直往。因此当下便把话摊开了说道:"我不会允许你嫁给沈沧溟的!"

若杨又薇真的去了沧澜国和亲,他有何面目去见阳城的老父亲?将来又如何面对一生戍守在北疆的柴元帅?

他虽然没能和杨又薇一起长大,可是从小他就知道杨又薇是值得他用命来护着的妹妹,这是父亲在他懂事时就告诉他的话,他也一直铭记。

"小哥哥你在说什么啊,我又不认识那个沧澜国太子又怎么会答应嫁给他?"

杨又薇以一副"你别搞笑了"的表情否决了龙轻泽的话,然后看着沈蔷薇兴高采烈地说道:"小嫂嫂,你那里有一件石榴红的云锦长裙,送给我吧。"

沈蔷薇眼皮一翻,在杨又薇眼巴巴地殷切目光下点了点头,道:"行啊。"

龙轻泽收到沈蔷薇的暗示,便将到了嘴边的话咽了下去。

"龙将军,天色不晚了,我就告辞了。"宁千雪看着杨又薇,心里划过一抹异样的不安。

杨又薇一向有什么说什么,这次……薇薇,你到底想干吗?

暮色四合,天将暗未暗,宁千雪在回到漪澜苑的路上,看到了站在一株合欢树下的凤尘,脚步一顿却不知道该如何面目凤尘,长袖中的手微微握紧,脚一弯就要避开此处绕路回漪澜苑。

"千雪。"凤尘唤住她。

合欢树下男子一身玄衣,在暗色的光线下映着男子身上的光线明明灭灭,看不清神色。

宁千雪脚步停下,却背对着凤尘,沉默以对。

"千雪。"

男子又唤了一声。

声音轻轻浅浅。

花香若有若无。

宁千雪挺直的背脊,有一瞬间的僵硬,然后女子面无表情地转身看着凤尘,眼神平静无波,"王爷有事吗?"

这是自从宁千雪醒来后,两人第一次见面。

第74章 大漠祁家祁采心

对于凤尘,宁千雪不知道该以什么样的感情来面对。

虽说她的沉睡和星河的死,和凤尘都无关,可是竹韵的死却是实实在在的和凤尘有关,她对竹韵的死做不到不介怀。

再加上得知凤尘对当年的事情并不知情,而且……她昏迷期间的事情琦儿都告诉她了,对于凤尘,宁千雪的心情复杂极了。

"我……三日后的宫宴,千雪陪本王一起去吧。"

凤尘不知道想到什么,眼神中划过一抹黯然,话转了一个弯,本想说的话也咽了下去。

宁千雪有礼地回了一句:"本妃省的。"

三日后的国宴不仅仅是沧澜国前来求和求亲,而且还是凤绝三十正寿,宁千雪身为尘王妃无论如何都应该出席。

回了一句后见凤尘不再说话了,宁千雪便垂下眼睑,转身一点都不留恋地离开。

浅色的裙裾在苍凉的暗色下划过一抹清冷,整个人踏着月色缓缓退出了凤尘的视线,凤尘伸出手似乎想要握住什么,却只能握住一丝冰冷的月光。

凤尘眼神一暗,转身离开。

"王爷。"身后一女声忽然唤了一声凤尘。

凤尘一愣,转身看向声源处,不耐烦地问道:"哪个院子的婢女?"

走廊尽头一个女子缓缓自黑暗中走了出来,一身月蓝色软烟罗裙在月光下熠熠生光,发髻上的四蝴蝶银步摇轻轻碰撞,发出清脆的撞击声。

凤尘皱眉看向面容只是清秀,可是神情却是十分张狂的女子,王府里有这么个婢女吗?

女子缓步而来的步子一顿,面容不易察觉的僵了僵,走到凤尘十步远处福了福身,脆声道:"王爷,小女是平妃的堂姐,古嫆婳。"

凤尘眉头一皱,道:"哦。"

说完后边转身离去,丝毫不在意身后女子错愕的表情。

古嫆心他都没放在心上,更何况这个所谓的古嫆婳?再者,古嫆心虽然没有心机可是依旧改不了她身后有着阴谋的事实。

而且这个古嫆婳观之眉心皆是算计,看来城府颇深,他对这么个心怀叵测的女子没什么兴趣。

古嫆婳看着大步离开的凤尘,表情呆愣了半天才反应过来,瞬间表情便扭曲了。

凤尘，你竟敢如此无视于我！

你会后悔的，一定会后悔的！

回到观澜苑的凤尘让人叫来第五双双，吩咐道："你想办法让平妃参加不了三天后的宫宴。"

三天后的宫宴十分重要，他不想让宁千雪沦为别人的笑柄，可是若是不带着古嫆心势必会引起幕后之人的怀疑，所以他只能想办法让第五双双给古嫆心下个蛊什么的，总之让她三天后自己不能出席就好了。

"好的，只不过凤尘，你真的不打算告诉王妃你喜欢她吗？"第五双双问。

她这个旁观人看得分明，无论是凤尘还是宁千雪，对对方都不是一点情意都没有，可是两人都选择了隐藏自己的感情。

对于她这个情感白痴来说，实在是搞不明白这两人在想什么，喜欢就说出口就好了啊，干啥藏着掖着？而且宁千雪那种性子的人，若有一天心彻底冷了，恐怕凤尘就是真正的求而不得了。

"这不是你该问的。"凤尘看也不看第五双双，冷然的声音打消了第五双双那颗熊熊燃烧的八卦之心。

第五双双耸耸肩，无所谓地摊了摊手，然后就转身离开了。

是下个昏睡蛊呢，还是下个能让古嫆心见风脸上就出疹子的蛊呢？

好纠结啊。

三日后。

高台之上两女翩然而舞，一妖媚一清纯，两种截然不同的风格却让人觉得格外和谐。

红衣女子折腰一弯，白衣女子横在红衣女子的腰腹上飞速地旋转，与此同时激烈的鼓声也到了高潮，密集的鼓声下白衣女子手中翻飞的丝带在半空中轻轻一扫，丝带两端莫名地现出火光。

跳动的火苗飞快地燃烧着丝带，让观看的众人睁大眼睛惊叹不已。

红衣女子猛地直起腰身，而那白衣女子也随着红衣女子起身的力道划了出去，只见红衣女子裸露的手臂轻轻一伸，便拽住了白衣女子的一只手然后飞快地旋转了起来。

随着红衣女子的旋转，女子身上本来紧贴的红色裙摆忽然大张大开，红色的裙摆上金色的丝线浮浮沉沉，仿佛一只高傲的凤凰振翅而飞。

而白衣女子则由着红衣女子的力道在半空中旋转，丝带一端的火光格外耀眼。

鼓声忽然大作一声后就猛地停了下来，而两个飞舞的女子也随之停下舞步，自高台之上缓缓走下。

不知何时，燃火的丝带在白衣女子的手中忽然消失，与此同时白衣女子手中乍然出现一朵半开的墨色莲花，随着两女的步调，那墨色的莲花也渐渐盛开，露出里面鲜红如血的花蕊。

"好！"

两旁的大臣贵女中不知道是谁忽然叫了一声好，然后如潮水般的叫好声经久不息。

这不单单是为了这两个女子神乎其技的舞蹈折服,更因为这两个女子的舞蹈硬生生地将之前狂傲到不可一世的苍蓝公主的舞蹈压了下去,狠狠地打压了一下沧澜国的气焰。

一个战败国的公主,气焰未免太盛了一些!

"大漠祁家祁兰馨。"

"祁采心。"

"恭贺圣上万寿无疆!"

随着两女轻轻俯身行礼的动作,两旁的大臣这才反应过来。

原来这两位就是大漠祁家的两颗绝世明珠啊,观其颜色,红衣女子祁兰馨容颜瑰丽妖媚无双,白衣女子祁采心气质清纯娇美可爱,两朵皆为绝色之花,这大漠的风水怎么就这么养人呢?

"平身。"凤绝声音中的兴奋溢于言表。

祁兰馨起身后抬头直视凤绝,声音中带着一抹野性不拘,"皇上,此乃我祁家振家之宝,大漠深处盛开于地心岩浆处的墨莲。"

一言出,全场寂静。

墨莲,是世上唯一一种既能救人又能杀人的圣药。

它十分奇特,即花的药效不定,时而是世间至毒无解之物,时而是能解世间一切毒药的解药。服用之前谁也不知道它是毒药还是解药。

第75章 竟然是他，钟婉筠！

"哦？这就是传言中不知何时盛开不知是毒药还是圣药的墨莲？"凤绝眼中精光大盛，身为帝王对于这种东西他也一样好奇感兴趣。

"谁知道真假呢，毕竟谁也没见过墨莲花。"右侧席位上的苍蓝公主阴阳怪气地说道。

她刚刚一舞倾城，被凤绝封为蓝妃。那骄傲劲头还没过去呢，就被祁家两女压得死死的，苍蓝公主能高兴才怪。

毕竟之前凤绝封她为妃的时候，说的可是苍蓝公主一舞倾城，世间难寻特封为蓝妃！

这还没过去多久呢，祁家两姐妹的舞就出尽风头，这不是打她的脸吗？她能高兴才怪。

祁兰馨高傲地一抬下巴，傲然道："公主这意思难不成是你见过真正的墨莲花不成？"

祁兰馨虽然说话口气不甚恭敬，可是在场所有人没有一个人出来指责祁兰馨。

去年的那场战争，虽然是大盛获胜，可是对于祁家来就不是这么一回事了，在尘王的援兵赶到之前是祁家挡住了沧澜国的进攻，祁家也因此元气大伤，祁兰馨身为祁家家主的胞妹，能看沧澜国的公主顺眼才怪了。

"本宫没见过难不成你这个平头百姓还见过不成？"苍蓝公主脸色一僵，却很快反应过来反问道。

传闻中墨莲花盛开之期不定，据江湖传闻，上一次墨莲花现世还是五十年前了，那个时候祁兰馨还不知道在哪呢，她就不信了，祁兰馨还能有什么理由搪塞她。

"哈哈。"祁兰馨一扬衣袖，红色的水袖瞬间迷离了众人的视线，女子妖娆一笑，分外张狂："真不好意思，高高在上的公主殿下，我这个没啥见识的平头百姓还真的见过墨莲花，不仅见过，还吃过呢。"

一语出，满殿惊。

这墨莲药性不定，除非山穷水尽实在没了法子，否则谁也不会去吃这墨莲的。这祁兰馨乃是祁家二小姐，从小金枝玉叶般的长大，怎么会到了吃墨莲保命的地步呢？

"信口开河，据本宫所知，那墨莲花上次现世还是五十年前呢，你怎么会见过？"

"公主有所不知，家姐幼年时曾经误入大漠深处，被狼群围攻，家姐虽然将狼群都杀了，可是也中了狼毒。也许是天佑我祁家，在狼群中心竟然盛开一朵墨莲，在兄长找到姐姐之前，姐姐恐自己支撑不住便吃了那墨莲。"

祁采心看向一脸难以置信的苍蓝公主，甜甜一笑，问道："公主殿下此刻是皇上的嫔妃，在皇上还没发话前如此咄咄逼人是否不妥？"

苍蓝公主一惊,抬头望向上座,果不其然那凤绝的脸色说不上不好看,但也绝对算不上好看。

"皇上恕罪,是苍蓝太心急了些。"苍蓝公主抿唇低头道。

凤绝看了一眼自始至终都一言不发的沈沧溟,挥了挥手对着祁采心说道:"祁家送上的东西又岂会有假?呈上来,朕看看。"

说完后却没有太监去拿,祁采心只好自己慢慢走到凤绝跟前,微微低身双手呈上墨莲。

台下的祁兰馨明亮的眸子中闪过一抹不易察觉的担忧。

采心,别让公主担心你。

"好好,筠儿看看这墨莲花。"凤绝将手中的墨莲递给身旁的惠妃。

哦,忘了说了。这次月柔身体不适,凤绝就没让月柔出席,而坐在凤绝身边的是惠妃,下首才是德妃,帝王心思昭然若揭。

听到凤绝那一声"筠儿",祁采心低垂的眼眸中划过一抹震惊,双手不由自主地握紧。

惠妃并没有接过墨莲,只是就那么看了一眼,兴致缺缺地说道:"果然是世间珍品。"

那熟悉的声音如同一道惊雷打在祁采心身上,让白衣下显得格外单薄的女子的身子不由自主地轻轻颤抖,然后缓缓抬起头,看向帝王身边的那个传闻中三千宠爱在一身的惠妃。

祁采心双眼大睁,震惊真真实实地显现在眼中。

竟然是她,钟婉筠!

她是她兄长的未婚妻,她和她朝夕相处了四年,又怎么会认错!

恍然间,祁采心像是明白了什么,脸色瞬间变得煞白。

"祁家二小姐你这是怎么了?"凤绝狐疑地看向忽然变得脸色苍白的祁采心。

刚刚他看着惠妃,自然也没注意到祁采心是看了惠妃之后脸色才变得苍白了起来了。

祁采心不说话,就那么呆呆地看着惠妃。

而惠妃也察觉到祁采心过于热切的目光,不经意地抬头一看,却在看清祁采心的容貌时浑身一震,眼中情绪翻滚之剧烈,让凤绝更加狐疑了。

"筠儿?"

难不成筠儿之前认识祁采心?

台下的祁兰馨紧张地握紧双手,眸光中的担忧是那么明显。

而左侧宴席首位上的宁千雪也是紧紧握住了酒杯,浑身僵硬。

"哦,没什么,看着祁家二小姐让我忽然想起了一些人。"惠妃状若不在意地收回目光,撩了撩鬓角的碎发。

凤绝看了看惠妃那微微颤抖的双手,再看看虽然已经恢复平静却依旧脸色僵硬苍白的祁采心,略带深意地问道:"祁家二小姐认识惠妃?"

"民女有幸曾见过惠妃娘娘一面。"祁采心闷声回道。

台下的祁兰馨松了一口气,幸亏采心没有否认。

这么明晃晃的破绽,傻子都知道祁采心定然认识惠妃,否则不会那么吃惊。

"哦？惠妃入宫之前可没去过大漠。"

事关惠妃，凤绝决不允许一点消息泄露出去。若不是知道祁家家主格外在乎这个二妹妹，凤绝杀人灭口的心思都有了。

"民女顽劣，多年前曾经去过襄州，在一处山崖脚下曾经远远见过惠妃娘娘一面，本想上去认识认识，却见到一玄衣男子出现，民女也就没现身。"祁采心低声回道。

凤绝双眼一眯，那应该是筠儿差点死了的那次，祁采心口中的玄衣男子是他。

"好了，表演了这么半天肯定累了，快坐回去吧。"

"是。"

祁采心走下御台，祁兰馨一把抓住祁采心的手，发现冰冷无比，也不说什么，一把拽着祁采心坐到一旁。

很巧，祁家的座位就是随景岩下首。

祁兰馨和随景岩的目光在半空中交汇，双方皆不示弱，以眼神厮杀片刻，对着对方狠狠一瞪，直到祁采心一个趔趄差点跌倒，祁兰馨才收回了目光。

第76章 千雪，我懂

祁兰馨一把扶住祁采心,低声问道:"你怎么回事?"

本来按照宁千雪的意思是不让祁采心回京都,可是祁采心却非得跟着祁兰馨一起来,就如宁千雪想要保护祁采心一样,祁采心也不忍心让宁千雪独自一人在京都苦苦支撑,同样是云家儿女,她有什么理由让宁千雪将责任一肩承担?

"我没事。"祁采心苍白着脸,和祁兰馨一起坐了下来,坐下后祁采心就那么低头盯着席面上的果盘,沉默不语。

此刻祁采心的大脑内一片混乱,钟婉筠居然是凤绝宠冠后宫的惠妃娘娘,那她哥哥算什么? 一个笑话吗? 她到底是在云王府覆灭后和凤绝在一起了,还有之前就……

祁采心抬起头望向上方和凤尘并肩而坐的宁千雪,眼眸中波光闪动,姐,你为什么不告诉我?

她敢肯定,以她姐姐的本事,一定早就知道钟婉筠曾经是云王府世子云清寒的未婚妻,可是姐你为什么不告诉我?

"采心。"祁兰馨攥了攥祁采心的手,示意她不要乱了分寸,在这种场合下一点异动都可能给露华公主引来大麻烦。

祁采心点了点头,垂下眼眸不再说话。

"千雪,不要担心。"凤尘忽然说了一句话,让宁千雪心神微震。

宁千雪抿了抿唇,不为所动似乎听不出凤尘话语中的深意一样,说道:"王爷说笑了,本妃没有什么可担心的,反而是王爷此刻应该十分担心平妃吧。"

悉儿还是不够成熟,看来她还需要历练。只是这个孩子,明明不让她来京都的,只有在大漠,在祁傲天的庇护下,悉儿才能无忧无虑无惊无险,她也能真正地放心。

"你就一定要这样和我说话吗?"

凤尘十分无奈,他相信以宁千雪的本事一定知道古嫭心为什么会忽然身体不适不能出席,可是她却还是坚持这样和他阴阳怪气地说话,他们之间的结,已经这么深了吗?

阿蓉,你我之间到底还有没有相互坦诚的那一天?

忽然觉得有些苦涩,凤尘给自己倒了一杯酒,一饮而尽。

宁千雪看了一眼凤尘,忽然鬼使神差地伸手压住了凤尘还想再倒酒的手,说道:"凤尘,你我之间……算了。"

说了一半,宁千雪忽然发现其实她并不知道她想要说什么,手一松就移开了凤尘的手背。

她和凤尘……

"千雪,我懂。"凤尘忽然一把抓住宁千雪移开的手,温热的大手裹住冰凉的指尖,那抹凉意让凤尘心头一颤。

他的阿蓉,在他不知道的时候身子已经弱到这个地步了。

还记得多年之前,她曾经千里一骑,奔波到战场陪他一起看尽生死,策马杀敌。

可是如今她这副单薄的身子,别说杀敌了,恐怕……

阿蓉,我懂你的纠结,我懂你的心情。所以不用在乎我的心情,能看到你还活着就是对我最大的安慰了。

宁千雪指尖感觉到一阵温暖,心头一震,凤尘这话的意思是……

"皇帝陛下,孤有一请求不知道陛下可否成全?"

一阵轻柔的琴声下,沈沧溟的声音忽然响起。

没人注意到沈沧溟说话的同时,龙轻泽握着酒杯的手猛地攥紧了。该死的,这个沈沧溟不会是真的想要娶他妹妹吧?

"哦?不知道太子想要什么呢?"凤绝饶有兴趣地问道。

这个沧澜国的太子看起来傲气极了,居然会当着这么多人的面求他?

沈沧溟站起身来,视线略过杨又薇,然后转头看向凤绝,十分张狂且霸道地说道:"孤心悦杨又薇,还请陛下赐婚,为表诚意,孤愿用临近北方部落的十座城池来换。"

惊!

沈沧溟一句话让整个宴席都安静极了,就连古琴声也停了下来。

凤绝手微微一紧,道:"琼河以北的十座城市?"

这个沈沧溟好大的口气,琼河以北的十座城市虽然毗邻北方部落,但是那十座城市历来归沧澜皇室统辖,也是国师没有染指的三处地方中最大的一块,换句话说,琼河以北的十座城市也算得上是沈沧溟和国师相斗的最大的依仗之一了。

"是。"

沈沧溟表情一点波澜不起,仿佛那十座城池不算什么一样。

"朕……"

"本将不同意!"龙轻泽猛地站起来,在凤绝说话之前斩钉截铁地断然拒绝。

沧澜和大盛迟早要开战,那时候就算薇薇是沧澜国的太子妃,处境势必也不会好。

更何况沧澜国绝大部分掌握在国师手里,沈沧溟到时候就算真心想护着薇薇,也怕是有心无力。

他怎么允许他唯一的妹妹嫁给敌国太子呢?

"龙将军为何不同意?据孤所知,因为孔凌青的缘故,杨又薇在京都内无人敢娶,难不成龙将军认为还有比孤更好的选择?"沈沧溟毫不顾忌地说出孔凌青的事情,那姿态似是一点都不在意。

可是这怎么可能呢?若沈沧溟真的喜欢杨又薇,又怎么会不在乎杨又薇曾经喜欢过别人呢?若是不喜欢杨又薇,又为何当着这么多人的面求娶杨又薇呢?

这个沈沧溟到底想干什么?龙轻泽猜不透,可是他也不想猜,因为无论如何他都不会同意的。

"有我和父亲护着,妹妹想做什么都可以,又何必拘泥于一定要嫁给谁呢?本将可不认为嫁给沧澜国的太子比起终身不嫁会幸福到哪里去。"

龙轻泽的话也是毫不客气,连一分眼神都没分给上座上神色莫测的凤绝。

在京都,在大盛,好歹有着他和阳城将军,柴元帅甚至是南海的威名在,没人敢欺负杨又薇。可若是杨又薇去了沧澜国,龙轻泽甚至不确定他能不能保护住杨又薇的命。

毕竟,沧澜国在那个狗屁国师的控制下,他想要渗入也很难。

"孤在此承诺,杨又薇若嫁给我,我保她随心所欲一生无忧。"

沈沧溟一身玄衣,长身而立,深邃的面容上是罕见的认真神色。

他是真心承诺。这是所有人的心声。

若非真心,又何必以十座城市相换呢?

若非真心,又何必当着这么多人的面立下誓言呢?

龙轻泽脸色不愉,刚想说什么却被杨又薇一把拽住。

"轻泽,既然沧澜太子真心求娶,那你何不问问杨小姐的意见呢?毕竟,这是杨小姐自己的事情,咱们还是不要干涉太多得好。"凤绝含笑说道。

第77章 杨又薇，愿意

龙轻泽闻言脸色更是难看,什么叫这是妹妹自己的事?难不成杨又薇的婚事,他还干涉不得了?

"皇上……"

"皇上。"

两句皇上同时响起,可是人们的目光却都集中在缓缓起身然后走到御台之上的杨又薇,至于龙轻泽,被沈蔷薇一脚踢在膝盖窝上,哐当一声坐了下来。

"你干什么?"龙轻泽没好气地冲着沈蔷薇责问道。

"你想干什么?龙轻泽,你妹妹也是有自己想法的人,她知道自己在干什么,你是他哥哥,能做的是支持她,保护她,而不是干涉她!"

沈蔷薇翻了个白眼,语气同样不善。

若不是她也喜欢杨又薇这个性子,她才懒得管这事和龙轻泽这个榆木脑袋争执呢。

"可是……"

"没有可是。"

沈蔷薇不耐烦地打断龙轻泽的话,她看得出来杨又薇骨子里的叛逆和执拗与她十分相像,杨又薇既然认定了一件事,就一定会做下去,无论付出什么样的代价,无论前方有多少人在阻拦她。

孔凌青和杨又宁的事情,是杨又薇心中的一根刺,是她一生的憾事。

如果没有机会也就算了,如今沈沧溟这个很可能是幕后黑手的人来求娶她,就算赔上她的一生,她也会愿意拿一生来报复的。

杨又薇就是这么一个爱恨极致的人。

"杨又薇,沧澜太子所求,你可愿意?"凤绝望着台下一脸不苟言笑的杨又薇,沉声问道。

这个女子……他虽然不是什么光明磊落的人,可是还是不愿意利用一个女人的。更何况,他若是真的强迫杨又薇去和亲,那么龙轻泽和阳城将军肯定会和他离心的。

琼河以北的十座城池虽然很诱人,可是阳城将军和柴元帅的心更重要!

柴老元帅在苦寒的北疆镇守了一生,他也曾经带兵打仗过,对于柴元帅他很是敬佩,也自然不愿意让那个老人寒心。

杨又薇一向爱笑的脸上没有一丝笑容,一身石榴红的衣裙鲜红似火,似能燃烧一切。

女子抬眸直视凤绝,直愣愣地跪了下去,双手伏地,头深深地扣下。

"杨又薇,愿意。"

"杨又薇!"龙轻泽虽然知道杨又薇很可能答应,但在听到这句话的时候还是没有忍住腾的一声站了起来,脸色难看得很,双眸中似有火在燃烧。

那是他唯一的妹妹,他怎么舍得?

可是,龙轻泽身子微微一颤,无可奈何地闭上了双眼。沧澜国太子当众以十座城池求娶,恐怕这大殿上所有的大臣都恨不得替杨又薇点头。

而凤绝也没有直接下旨,反而是询问了杨又薇的意见,这在众人看来凤绝已经是给足了杨又薇面子,而且最重要的是杨又薇自己答应了,他就算再不愿意,也没有立场反对。

他,毕竟不是杨又薇的亲兄长。

更何况,这种情况下,就算柴元帅亲至,恐怕也是无力回天吧。

宁千雪不知何时也站了起来,看着维持叩拜姿势的杨又薇认真地问道:"薇薇,你可想好了?"

以沧澜国和大盛的情况,恐怕杨又薇若是嫁去了沧澜国,那么恐怕一生都不能再回大盛,除非沧澜国被大盛所灭,或者大盛被沧澜国灭了。

否则,终此一生,杨又薇再也难回故土,难见故人。

为了报复,杨又薇竟然肯赔上一生!

杨又薇依旧维持着叩首的姿势,女子清丽的声音再次响起。

"臣女杨又薇,愿和亲沧澜国!"

"臣女杨又薇,愿和亲沧澜国!"

"臣女杨又薇,愿和亲沧澜国!"

一连三遍,可见女子决心!

宁千雪无声地坐下,看向沈沧溟的眼神多了一抹深沉。

这个沈沧溟为什么偏偏想要求娶薇薇呢?居然还舍得拿十座城池来换?这里面到底有什么阴谋,或者说沧澜国到底想干什么?

"沧澜国太子一无姬妾,二不入烟花之地,在沧澜国盛传沈沧溟早就有了钟情之人,现在看来恐怕就是杨又薇了。"凤尘看着宁千雪皱起的眉头,忍不住说了一句,想要宽慰宁千雪担忧的心。

"可是薇薇说她从来没有见过沈沧溟。"

"沈沧溟十几岁时曾经在沧澜国失踪过一年,那一年恰好是杨又薇独身离开京都去阳城的时候,两人说不定就是那个时候偶遇的。"

自从怀疑沧澜国师就是随君昊后,凤尘就下了大力气调查沧澜国的事情。沈沧溟失踪那年在沧澜国引起很大的轰动,所以凤尘的人很容易就查到了。

宁千雪看了一眼凤尘,动了动嘴唇,最终还是什么都没有说。

凤尘对她转变太快,而且时好时坏,这让她心里觉得很不安,总觉得有一些事她并不知道。

"好,既然如此,朕即刻下旨,册封杨又薇为慧敏公主,令其嫁与沧澜国太子,成两国之好。"凤绝心中大快,杨又薇自己答应了就再好不过了,这也省得龙轻泽找事了。

"那孤就在此谢过陛下了。"沈沧溟含笑道谢,眼眸中的兴奋溢于言表。

杨又薇在凤绝说完之后,也起身转身下去了,只是自始至终不看一人,不发一言。

而月萧看着杨又薇难掩寂寥的背影,心中轻叹一声。

看来清辉和杨小姐是真的一点可能都没有了,不知道远在山东的清辉听到这个消息该有多么难过。

明明之前杨又薇和孔凌青还是人人艳羡的一对,如今却各自天涯。

杨又薇一步步走过长台,一步步踏出宫殿,没有一个人拦她。

杨又薇忽然想起曾经孔凌青一次又一次地求婚,一遍又一遍地缠着她让她答应嫁给他。

如今她答应了嫁人,可是那个求婚的人却不是他。

杨又薇想,她是时候放弃了。

从此以后,你和你的声色犬马,我和我的各安天涯。

那一晚,龙轻泽没有在阳城将军府等到本该早就回来的杨又薇,映月长公主撑着疲惫点着油灯,也等了杨又薇一夜。

只是无论是谁,都没有等到杨又薇。

第二天天蒙蒙亮的时候,月萧在有间酒楼的后门口发现了站了一夜的杨又薇。

月萧看到杨又薇后刚想说些什么,可是杨又薇却忽然转身离开,一句话都没说。可是那决绝凄凉的背影却让月萧知道了她想说的话。

她是让他告诉孔凌青。

再见。

第78章 我陪你一起去沧澜国

灯燃了一夜的阳城将军府,在天亮的时候终于迎回来了一身霜白的杨又薇,杨又薇回来后让人打了一桶热水,就在屋子里自己洗澡,洗了整整一个时辰后才出来。

杨又薇看着坐在大堂上和沈蔷薇有一搭没一搭聊天的璃珞有些纳闷,问道:"璃珞,你怎么来了?是千雪有什么事让你来告诉我吗?"

可是平日里有事情千雪都是让竹枝或者百里琦来说啊,从来没让璃珞来传话过。

璃珞看了一眼杨又薇,神色淡淡地说道:"这次我和你一起去沧澜国。"

是去,不是回。

沧澜国对于她来说,早就不是家了。

若不是因为在沧澜国的那八年,她的父皇是真的对她很好,所以她才没有对沧澜国动手,反而是带着璎珞一起来了大盛。

"是千雪的意思吗?"杨又薇皱眉问道。

去沧澜国是她自己的决定,她不希望千雪因此介入。

她要靠自己的力量来复仇,让那些人付出代价!若是千雪派璃珞跟着她去了沧澜国,那她的决定还有什么意义?

璃珞摇了摇头,道:"不,是我自己的意思。杨小姐应该知道,我和沧澜国国师本就有血海深仇,再加上沧澜国国师很可能就是背后对小姐下手的人,我决定去沧澜国也不全是为了你。"

刚刚她已经将她自己的身世告诉龙轻泽了,她为的不仅仅是杨又薇,更重要的是为了宁千雪还有为璎珞要一个公道。

她的妹妹本来是沧澜国尊贵的二公主,可是却因为一个莫名其妙的规矩,在她幸福地度过童年的时候还有一个和她同年同月同日生却命运分外不同的妹妹在受尽折磨。

她要将她妹妹璎珞的名字刻在皇室的玉牒上,不为别的,就是想要告诉沧澜国所有的人,璎珞才是真正的二公主,尽管璎珞不在乎。

"璃珞你别忽悠我,若是不为了我,你为什么偏偏这个时候决定去沧澜国?"杨又薇也不傻,立刻反问道。

"我没说和你没关系啊,杨小姐你不觉得你我联手让沧澜国覆灭的可能性更大吗?"璃珞也不否认。

若不是知道小姐担心杨又薇,再加上小姐中了那莫名其妙的半月碎,她这一生都不想再回沧澜国。

说她懦弱也好,说她无情也罢,对于沧澜国她是真的再也不想踏足。

"薇薇,你别急着拒绝。"沈蔷薇忽然插了一嘴,看着杨又薇说道,"你也应该知道沧澜国有人想要对宁千雪下手,而沧澜国整个都在国师的控制下,璃珞以大公主的身份回归,再加上你的太子妃身份,无论是你想报仇还是璃珞想要查出陷害宁千雪的真凶,那都必须是两人联手才有可能。"

在沧澜国师的势力下,杨又薇想要干什么,光凭一个太子妃的身份根本不够。

而璃珞可以,璃珞拥有着琉璃色瞳孔,这就注定她回归之后必定能得到沧澜国臣民的尊重,再加上璃珞外祖家的影响力,还有沧澜国国君对璃珞的喜爱,璃珞才是唯一能够抗衡沧澜国师的人!

杨又薇沉默了,这些她不是不知道,只是……

"姑姑,姑姑……"被奶娘抱在怀里的龙悠悠忽然朝着杨又薇伸手,一副"求抱抱"的表情,嘴里还是叨咕着"姑姑,姑姑"。

杨又薇本来坚定锐利的眸光在看到龙悠悠的一瞬间就柔和了下来,起身走到奶娘身边将龙悠悠一把抱在怀里,十分开心地逗弄着小悠悠。

"好。"

她本来是抱着"必死"之心去沧澜国的,若是璃珞一起去了,原计划那有些玉石俱焚的事情就做不得了,本来还在犹豫矛盾的心思在看到软乎乎的龙悠悠后瞬间消失了。

没有爱情她又不是不能活,还有小悠悠等她回来呢。

璃珞和沈蔷薇对视一眼,内心深处的担心终于放下了。

璃珞离开后悄悄去了尘王府,在和宁千雪秘密商谈了半日后,才踏着下午柔和的阳光悄悄离开了。

在书房内的凤尘听完长歌的禀告后,才放下手中的书信,离开书房去了漪澜苑,第三次在观澜苑的门口看到古嫆嬗后,凤尘的耐心终于宣告缺货了。

"来人,将这个婢女赶出去。"凤尘十分不耐烦地吼道。

本来他和宁千雪的关系就紧张,这货还三天两头地来堵他,这不是成心让宁千雪误会吗?

"王爷,我只是想来告诉王爷一声,平妃生病了,已经形销骨立了,一直昏迷不醒却还在念着王爷的名字,王爷不去看看吗?"古嫆嬗看着听命而来的侍卫,脸色微变,却还是将话说了出来。

"平妃病了难道没有叫太医?"凤尘皱着眉问道。

古嫆嬗见一旁的侍卫听了凤尘的话停下了动作,心中有戏,便眼神紧紧盯着凤尘,毫不避讳地问道:"王爷宁肯得罪宁国公府也要迎娶平妃,难道不是因为喜欢平妃吗?怎的如今如此冷淡,连平妃生病了都不闻不问?"

"这不是你应该问的。"

凤尘说罢就要转身离开,抬起的脚却在听到古嫆嬗的下一句话后停了下来。

"王爷,您当初为何娶平妃,平妃不知道,可是我知道。现在我只想问一句,难不成王爷已经移情别恋不爱露华公主了吗?"古嫆嬗双眼一瞬不瞬地盯着凤尘,似乎不想放过凤尘一丝一毫的表情变化。

凤尘背在身后的手猛地握紧,脸上却风云不动,只是那声音似乎是沉了几分,"你胆子可真够大的。"

多少年了,几乎没有人敢在他面前提起露华这个名字。

而且就算露华已经去世多年了,可是这京都还是有不少人记得当初露华公主是何等的盛世无双,绝色倾城。知道他娶古嫆心就是为了那张酷似露华的脸的也不在少数,可是就是没有一个人敢在凤尘面前这么说,这古嫆婳是第一个。

"承蒙王爷夸奖,我之所以敢这么问,只是想知道如果王爷已经爱上王妃,那平妃娘娘就算顶着这么一张脸又有何用?没了盼头还是早早死心的好。"

古嫆婳的语调平平缓缓,可是那话里的意思可算得上是胆大得很了。

凤尘说:"既然平妃生病了你怎么不守在身边,等晚上本王闲暇了自然会去看看平妃。"

第79章　云氏宝藏

随着凤尘脚步声越来越远,古嫆嫚的笑容越发灿烂了。

宁千雪你就算再厉害,也比不过露华公主在尘王心中的地位,只要露华公主在尘王心里是第一位,那么平妃就会永远是横在你面前最大的障碍!

回了书房的凤尘一把将桌上摊着的信撕了个粉碎,平心静气了一会,打了个响指,唤出了长歌。

"去查查这个古嫆嫚到底是怎么回事?"

凤尘的话中满是怒火。

他敢肯定这个古嫆嫚肯定知道幕后人的信息,对他的情况很是了解,绝对不是古嫆心那个白痴那样一无所知。只是不知道古嫆嫚知不知道千雪就是阿蓉……

闭了闭眼,无力地往后一靠。

他再不想让千雪误会伤心,也不能拿千雪的安危开玩笑。

若是那个古嫆嫚知道千雪就是阿蓉,那么自己若是太过无视古嫆心,事事以千雪为重,那幕后之人很可能通过古嫆嫚猜到自己已经知道千雪就是露华的事了。

不能,绝对不能。

"你派人严密监控古嫆嫚的一举一动,但一定要记住宁可什么都没查到,也不能让她或她身边的人察觉到。"

什么事都没有千雪的安危重要。

长歌沉默地退下。

到了傍晚,尘王夜宿平妃住处的消息也传到了漪澜苑中。

宁千雪看着满桌子的菜,忽然没了胃口,转身回了内室。

这几日凤尘天天厚着脸皮来这里按时按点地蹭饭,以至于她都习惯等着凤尘来了才动筷子。

这么多天她忙得不行,各种事情让她几乎忘了古嫆心的存在。

她怎么能忘记横在她和凤尘之间,除了血海深仇之外还有个古嫆心呢?

呵呵。

皇宫内。凤绝听完老太监的话后,放下手中的奏折转身去了后殿,还是那个暗道,还是那个黑衣人。

"找朕来什么事?"凤绝问道。

除非必要,他和他是很少在这里见面。

底下的人嘶哑地开口道:"云氏宝藏属下寻着下落了。"

这一句话,让凤绝瞬间失了冷静,一下子从椅子上站了起来,失声兴奋地问道:"当真?"

大盛每代皇帝都将国库的一成收入转到暗处收藏,可是六年前突如其来的那场大火和黑衣人杀光了所有的云氏族人,让凤绝来不及询问云氏宝藏藏在哪里。这些年凤绝一直没有放弃寻找。

虽说每代帝王只藏起国库的一成收入,可是大盛传承已经几百年了,全部加起来也是一笔十分巨大的财富。

"地图在月和之手里。"底下的人如是说。

凤绝皱眉,有些难以置信,"怎么会在月和之手里?"

并不是说凤绝有多不相信月和之,只是那月和之和云氏一点关系都扯不上,连长陵侯府都不知道云氏宝藏的消息,甚至都不知道有云氏宝藏的存在,月和之当年不过是一个贫寒书生,怎么会知道云氏宝藏的所在?

"属下当年查遍云氏宗祠及皇宫的蛛丝马迹,才知道原来当年月和之娶的第二任妻子夏侯盈虽然只是一介盐山之女,可是夏侯家有一处名下有几处连在一起的矿产。这矿产虽然在夏侯家的名下,可是夏侯家几百年来都有一条铁训,不允许动那几处矿产甚至不可以去那几处矿产查看。"

"后来夏侯盈带着夏侯家百万家产嫁给月和之,那一沓收据中就有那几处矿产的,前些年属下已经发现月和之每年都会派人去那矿产查看,直至前不久属下寻了机会跟了去,才发现那矿山其实里面根本没有矿产,整座山都被掏空了,里面放的就是云氏几百年转移的那一成国库收入。"

"此话当真?"凤尘浑身气势全开,眸中的黑色越来越深。

"昨日属下偷偷进了月和之书房内的暗室,找到了那一沓地契,只不过为了避免引起月和之的怀疑,属下并没有将那些地契拿出来。"

凤绝眉间厉色渐渐浓重起来,转身一脚踢碎了刚刚坐着的椅子,咬牙切齿道:"月和之居然隐瞒了朕这么多年,握着夏侯家的百万财产还不够,居然还想吞下云氏宝藏,他要这么多钱干什么,谋反吗?"

并非是凤绝怪月和之私吞了这笔钱,没有将这笔宝藏交给他。只是……

这么多钱,除非谋反,否则哪里用得到这么多钱,凤绝不怀疑月和之的忠心那就有鬼了。

毕竟,月和之这种人能背叛一次,就能背叛第二次。

一次不忠百次不用,就是这个道理。

"你先下去吧,继续监督月和之的一举一动,他若有异动一定要来告诉朕,并且派人监视沈沧溟,看他们两个会不会私下里见面。"凤绝沉声吩咐道。

那黑衣人的身影瞬间便消失了,只不过那脚步声却让凤绝眉头一皱。

"他难不成是受伤了?"凤绝喃喃自语道。

他武功有多高,凤绝可是很清楚的,以往他离开的时候凤绝从来没有察觉到他的脚步声,可是今天他却真真切切地听到了,是受伤了吗?

　　旁边的老太监轻声回道:"能查到这么隐秘的事情,会受伤是肯定的。"

　　这种事情月和之肯定藏得很深,他既然能查到怎么可能不付出一点代价?

　　"老东西你说,他最后会不会心软?"凤绝神色莫名。

　　老太监闻言身子低得更低了,声音却还是那么平静,"皇上若是不放心,那老奴就派人去跟着?"

　　"不必了。"凤绝摇了摇手,对于他凤绝还是相信的。

　　毕竟……

　　又一天的艳阳高照,凤绝已经下旨昭告天下封杨又薇为慧敏公主,不日前往沧澜国和亲。

　　这一道圣旨在京都的街头巷尾,激起千层浪来,一时之间京都里满是称赞杨又薇深明大义为了两国安好,肯牺牲自己和亲。

　　提起杨又薇,人们又不免想到杨又薇那个镇守边关多年的外祖父柴元帅,不愧是柴元帅的后人呐,居然有这份肯牺牲自己的心思。

　　到了现在,杨又薇因为孔凌青之事被抹黑的名声再次洗白,从人人可怜的对象摇身变为人人称颂的对象。

　　可是,这份赞誉却是以杨又薇一生的幸福来换的。

　　这种赞誉……若是有选择,谁又想要?

第80章 月承惹事

大街上熙熙攘攘的,有间酒楼里亦是人满为患。

几个纨绔子弟围在一桌上,不断地叫着好酒,喝得甚是痛快,看得旁人那叫个目瞪口呆,这有间酒楼的酒是好,但那价格也是高得吓人啊,这几个居然如牛豪饮,真不愧是纨绔子弟啊,有资本。

"上酒,掌柜的,本少爷听说你们这有珍藏的三十年梨花酿,赶紧给本少爷拿上来。"一喝得醉醺醺的男子一拍桌子吼道,那土匪劲叫个足啊。

掌柜的头疼地看着这一桌的纨绔子弟,再看看一地的酒坛子,十分心疼地说道:"柳少爷,那梨花酿咱们酒楼不卖的,您看看您还是点点别的酒吧,再者您喝得也不少了,大中午喝这么多对身子也不好啊。"

这群纨绔子弟,真浪费好东西。

那一地的酒坛子可不是喝光的,多一半都是让这群败家的东西砸碎的,白白流掉了。而且,这群人还没给钱呢,居然还想要梨花酿!简直做梦!

那梨花酿可是他家少爷的珍藏,轻易不拿出来,怎么可能个这么一群纨绔糟蹋了呢。

"别废话,你们一家酒楼的居然说不卖酒?怎么的,是看不起小爷是吗?"那柳少爷一把挥了出去,扯着脖子指着一旁的一个公子哥对着掌柜的嚷嚷道,"你知道他是谁吗你?"

"本少爷告诉你,这是你们东家的亲弟弟,赶紧把梨花酿拿出来,看到少东家居然还敢藏着掖着的,干够了吧?"

掌柜的眯眼一瞅,那旁边的还真是月承,看了一眼后掌柜的就不想再看第二眼了,他家公子那么好的一个人,月丞相弃之如敝屣,居然宝贝这个不学无术的月承,宝贝得跟命根子似的,简直了,什么眼神啊。

"抱歉柳少爷,我的东家是月萧月公子,不是月丞相。"

掌柜的一板一眼地回答,一下子就激怒了十分好面子的月承,月承红着脸唰的一声站起来,磕磕巴巴地说道:"怎,怎么的……是我大哥让……让你这么说的?"

掌柜的眉梢一扬,刚想说什么却被一个急匆匆跑来的小二制止住了。

那小二趴在掌柜的耳边,小声说道:"掌柜的,公子让你给他们上一坛梨花酿。"

掌柜的看了看小二手里搬着的梨花酿,虽然不清楚自家公子想要做什么,却还是笑着般过梨花酿放在桌子上,笑呵呵地赔笑道:"哪的话啊,月少爷,您既然是我们公子的弟弟,这梨花酿不给别人上也得给您上啊。"

这番话说得月承是通体舒畅,摇着头十分骄傲地左看看右看看,挥了挥手十分豪气地说道:"我的就是各位兄弟的,来,咱们一起喝了它。"

那些纨绔子弟见能喝到传说中的梨花酿,瞬间跟打了鸡血似的,一个个抢着喝了不少。

二楼的一处包厢里,月萧对着身旁的小厮说道:"去,告诉父亲大人,他的宝贝儿子在这里喝多了。"

"是。"

月萧将手中的折扇一下下敲在桌面上,笑得十分舒畅温和。

不过两盏茶的时间,丞相府果然派来几个小厮架着月承回了丞相府。

因为月和之是个要面子的人,所以丞相府的人都是带着月承走得较为偏僻的街道,免得太多人看到传得满城风雨。

就算因为秋闱的事情,月和之被凤绝猜忌斥责,但月和之还是依旧十分宝贝他这个儿子。

也许,在他眼里,月萧根本就不是他的儿子,而是一个耻辱的象征。

月承迷迷瞪瞪地走着走着,忽然觉得热得不行,索性一边走一边向下扯着衣服,想要凉快一些。因为有些醉意,所以月承走着都是七扭八拐的,一不小心就撞上了一个人。

"哎哟。"

"哎哟。"

月承揉着眼睛看着对面被他撞得同样踉跄的人,恶人先告状似地骂道:"哪个不长眼的?居然敢撞小爷,活得不耐烦了?"

丞相府的两个小厮赶忙一左一右搀扶起月承,小心翼翼地看了看月承身上有没有受伤,谁都知道月丞相宝贝月承这个儿子宝贝得跟个什么似的,要是在他俩的看护下受伤了,那他俩肯定吃不了兜着走了。

"本……我看你才是活得不耐烦了!"被月承撞到的正是偷偷溜出来的苍蓝公主。

还有几日她就要嫁入皇宫了,肯定不能轻易出宫了,苍蓝公主本来想着出来溜达溜达,所以一个人都没有带。谁知道竟然刚出来一会就被月承撞到了,简直晦气。

"呦,原来是个美人啊,撞疼了没,让爷来疼疼。"月承一看是个美人,顿时眼都亮了。

因为被他老子管着,他已经很久没有玩一把了,今天喝了这么多好酒兴致正高呢,居然还碰上了一个美人,正是运气不错啊。

月承说着便伸手要去摸一摸,这等艳福自己不消受了那会遭雷劈的。

苍蓝公主一见月承这副登徒子的模样,顿时就一个巴掌甩了过去,柳眉一竖,很是不客气地骂道:"哪来的登徒子,居然敢打我的主意?活得不耐烦了的话,我倒是不介意送你一程。"

哼,就算不提她苍蓝公主的身份,就说她已经是凤绝金口玉言承诺的蓝妃的位份,无论这个登徒子是谁,都会让他吃不了兜着走!

月承摸了摸自己的下巴,嘴角一扯,冲着身后的两个小厮说道:"来,告诉这个美人,本少爷是谁!"

那两个小厮对视一眼,然后异口同声分外骄傲地说道:"我家少爷是丞相府的小少爷。"

那语气,很有种与有荣焉的感觉。

"一个私生子罢了,有什么好显摆的?"苍蓝公主显然十分清楚月承的底细,对于月承自然也就没有什么好语气了。

这种私生子,又是个纨绔子弟,她能瞧得起就怪了。

月承脸色瞬间阴沉了下来,一挥手,阴狠地说道:"把这个美人给少爷我绑了,少爷我要让她知道知道本少爷的厉害。"

虽说他是个纨绔子弟,可是纨绔子弟也是要脸面的,苍蓝公主居然敢赤裸裸地揭开他那层可怜至极的尊严假面,毫不客气地将他的面子踩在脚底下,告诉他,其实他月承什么都不是。

苍蓝公主脸色一变,她这次是自己偷偷溜出来玩的,一个侍卫都没有带。

第 81 章　你后悔吗

"你敢动我,本宫是苍蓝公主!"苍蓝公主见月承身后的两个小厮一脸狰狞地朝自己走过来,略有些惊恐地拿自己的身份压人。

她这个苍蓝公主虽然能仗势压人,但若是真的让月承得逞了,她作为和亲公主除了死也没有第二条路了。

面对死亡,谁又能不害怕呢?

月承嗤笑一声,因为有些酒醉走路有些摇晃,但双眼却一直盯着苍蓝公主,说道:"美人以为本少爷傻吗?那苍蓝公主即将嫁入皇宫,哪里会来这么偏僻的街道溜达?"

虽然月承有些醉意,头脑也有些发蒙,但他可不认为苍蓝公主会独身一人出现在这里,美人想要忽悠他也应该找个好点的理由啊。

苍蓝公主见月承不相信,转身就想跑,却被两个小厮一把拽住,月承狞笑着带着苍蓝公主向丞相府的后院走去。

只是,喝多了的月承并没有发现,他进的并不是丞相府的后院……

午饭后人们惊恐地发现,忽然有皇宫侍卫将月丞相府围了起来,并带走了月承和月和之,傍晚时分传出当晚月承被一杯毒酒赐死的消息,而月和之则是被打入天牢,皇后被囚禁,同时被捉拿到天牢的还有在有间酒楼的月下公子月萧。

第二日,传出苍蓝公主因病暴毙的消息,举京哗然。

尘王府漪澜苑中,百里琦匆匆跑到内室,对着斜靠在美人榻上看书的宁千雪着急地嚷嚷道:"小姐,月公子被抓入了天牢你快想想办法啊。"

宁千雪波澜不惊,眼神依旧停在书页上,声音中一丝起伏都没有,"想什么办法?"

"当然是救月公子出来啊。"

看到宁千雪这副样子,百里琦更是急得不行,对着宁千雪说话的口气便也有些气急败坏。

"我为什么要救他?"

"为什么?"百里琦双手一握,大声说道,"月公子他救过你啊。"

在小姐昏迷不醒差点死掉的时候,是月公子一碗碗鲜血温养着小姐才让小姐能够坚持到随大哥来的啊,难道这些小姐都忘记了吗?

宁千雪移开书卷,抬眸看向百里琦,淡淡地问道:"我问你,若是我杀了你全家后再救你一命,你会不会对我感恩戴德?"

"我……"百里琦一直语噎,讷讷地强调道,"可是小姐,当初的事是月和之做的啊,这和月公子有什么关系?"

"那月和之和月萧有什么关系?为什么月承、月和之犯事了,凤绝连明显毫不知情的月萧也要抓到大牢里?"

"……可是小姐,月公子……"

"没有可是。"

宁千雪斩钉截铁地说道,说完后重新将书卷移到眼前,不再看百里琦。

百里琦抿了抿唇,她知道小姐的意思,既然月萧是因为被月和之连累的,那么要想救出月萧势必会顺带着洗清月和之的罪名,这对于小姐来说是不可能的。

可是,虽然知道道理是这样的,但是心里还是好不甘心啊。

百里琦跺了跺脚,转身跑开了。

一室寂静,女子安静地看书,可是过去了好久那书页也一页都没有翻动……

而此刻古茂盛从天牢内走出来后去皇宫见了凤绝,一个时辰后路鹤去了天牢将月和之秘密处死,月丞相府一家全被抄没,当晚月萧也被人发现在天牢内自尽。

虽然凤绝没有给出处死月和之的理由,可是朝堂上下哪个不是人精?纷纷猜测,那月和之的死肯定和苍蓝公主的暴毙有关,沧澜太子还没有走,就算沧澜国战败给大盛了,死了一个公主凤绝还是需要交代一二的。

可是月和之一向是凤绝的左膀右臂,怎么会就这么轻易地废了月和之,还这么狠都抄家了呢?

众人虽然百思不得其解,可是没有一个人敢去询问原因,一个个都装起哑巴来了。

七日后,杨又薇随着沈沧溟一起离开了大盛京都,临行前无论是宁千雪还是阳城将军府或是长陵侯府,都没有人来送她。

这是她的要求,她说了不希望任何人来送她。

宁千雪回了宁国公府,只带着百里琦,并没有通知凤尘,或者说是他们两个有很多天没有说过话了。

迎松院的门口,宁千雪和宁为玉并肩而立。

"祖父果然不愿见我。"宁千雪声音中略带苦涩地说道。

大婚后她回了宁国公府这么多次却一次也没见到宁国公,每一次都是被拦在迎松院的门口,就算她在这门口站上一两个时辰,宁国公也不会出来。

这一次亦然,只不过被拦在门口的还有宁为玉。

"是啊,祖父也不愿意见我。"宁为玉朝宁千雪耸耸肩,笑得很是坦然,仿佛一点都不在乎被宁国公拦在门外这个事实。

宁千雪问:"兄长这次不走了吗?"

"不走了。"宁为玉轻叹一声,看了看及眼处遍布的紫竹林十分洒脱地一笑,"漂泊了这么多年,也是时候留在家里陪陪老头子了。"

这个世上有一种可悲叫子欲养而亲不待,他饱读诗书自然理解这句话的含义,既然理解了就不会让这样的悲剧在自己的身上发生。

何况这次回来他才发现,他的祖父,那个曾经意气风发满腹经纶的祖父真的已经老了,老了……

也许留在家里,找个媳妇生个娃给老头子玩玩也挺不错的。

"你后悔吗?"宁为玉忽然问道。

宁千雪垂下眼眸,看着脚底下的青草,声音淡漠异常,"谁给过我后悔的机会呢?我不会后悔,也没机会后悔。"

"千雪,我希望你不要被仇恨蒙蔽了双眼。"宁为玉神色认真地说道。

无论是宁千雪和凤尘的事情,还是宁千雪对月萧的态度,这让宁为玉都感觉到隐隐的不安,这样强装冷心无情的宁千雪,真的会幸福吗?

若先帝地下有知,看到这样的宁千雪又岂会瞑目?

宁千雪默然不语。

她知道宁为玉在问什么,宁为玉问的是对于月萧的死后悔吗?其实她知道凤绝为什么会杀了月承,为什么会关了月和之,甚至后来古茂盛去天牢见月和之时,月和之想要诱惑古茂盛和他一起谋反,她都知道。

可是……她为什么要阻止呢?

月和之不用她动手就被凤绝自己除掉了,这不是她乐于见到的吗?

至于月萧,她只剩一句抱歉。

第82章　只能活在黑暗中

对于月萧,她不知道她该怎么面对月萧和月萧的感情,她甚至是不敢面对。

她知道对月萧她永远都是亏欠的,可是她也只能是亏欠。

"好了,回去吧。"宁为玉岂会不知道宁千雪又和凤尘在冷战,只是千雪终究还是嫁给了凤尘,既然如此若能幸福……

宁千雪看了看宁为玉,说道:"府里没有什么事情吗?"

"能有什么事情,放心我搞得定,你还是好好想想你和凤尘的事情吧。"宁为玉不客气地白了一眼宁千雪。

尘王府里还一团乱的,居然还来插手宁国公府的事,这孩子难道是在小瞧他的智商吗?

宁千雪颇为无语地瞥了一眼宁为玉,一点也没看出此刻的宁为玉有一丁点天下第一公子的风范来。

"兄长,一个嫉妒的女人能做出什么来,绝对不是你能想到的,如果可以,兄长还是别让宁千华出去了吧。"

据她所知,那个宁千华最近可又不老实了,真是个不长教训的家伙啊。

"好了不用担心了,一个跳梁小丑罢了,不过那个宁千朝好像转性子了。"宁为玉和宁千雪一起转身离开,并肩而行。

宁千雪显然也知道宁千朝缠着公孙诗翠并且不再吃喝嫖赌的事情,对他本来就没放在心上。

如今宁为玉提起,宁千雪才想起这档子事来,不过只要那个宁为朝别打着宁国公府的名号在外面胡作非为,她也懒得管。

"嗯。"

淡淡的声音,想来宁为玉也没有在乎这么一个宁为朝。

皇宫深处,凤绝看着眼前的黑衣男子淡淡地问道:"你不后悔吗?"

黑衣男子唇角一勾,意味深长地说道:"有什么好后悔的?"

对于月和之,他早就一点感情都没有了,杀他是早晚的事情而已,况且整件事情是他一手策划的,又怎么会后悔呢?

凤绝看了一旁的老太监,老太监会意转身拿起一个托盘做到男子面前,递了过去,道:"公子,您可要想好了。"

男子看着托盘上漆黑的面具,一点犹豫都没有,伸手拿起面具便覆在了面上,漆黑的面具遮盖住了嘴部以上的多半的面容,只露出一双深沉漆黑的眸子,和略带讽刺的唇角。

"你知道的,这个面具戴上了就意味着你从此以后只能活在黑暗中,如果你想……"凤绝看着自黑暗中走出,身形愈发清晰的男子说道。

男子虽然单薄但是分外矫健的身子逐渐从黑暗中走了出来,一头黑发漆黑无比带着一股莫名的幽冷,玄衣铁面,眸光幽暗。

"不必了,这就是我想要的。"

从此抛却姓名,忘记前尘只能活在黑暗中,但是只要能保护她,这就够了。

"那好,从今天开始,你就将路鹤暗中的东西接管,从此你就是朕的暗卫之首。"凤绝也没有多少犹豫。

路鹤既是他的侍卫之首,又负责暗中的势力,负责的东西又多又杂很容易有所疏漏,如今他既然愿意放弃身份跟在他的身边,凤绝也不会客气。

"是。"

"你先去查一查那个祁采心,看看她怎么会和惠妃认识。"

事关钟婉筠,凤绝一丝一毫的纰漏都不会允许,虽然他已经知道钟婉筠当年对他只有利用。

但是他……对她好,保护她,已经成了习惯,深入骨髓了。

宁千雪晚上并没有在宁国公府留宿,宁为玉早早地就把她轰了出来。

宁千雪无奈地搭着百里琦的手下了马车,面无表情地进了尘王府,走了一会宁千雪便皱起眉来,这个时候尘王府怎么这么安静?

而且还有一丝淡淡的血腥味……

"王妃。"在离观澜苑不远的地方,竹枝急匆匆赶来,迎上宁千雪容色十分地急切。

宁千雪慢慢停下脚步,心中暗暗觉得有些不对劲,问道:"怎么了,王府里发生什么事情了?"

"王妃,今日王爷在观澜苑的书房外遭到了刺杀……"

竹枝一句话将宁千雪震住了,宁千雪双眼微微瞪大,手轻轻颤抖,抿着唇角一言不发,表情沉怒十分骇人。

"小姐……"百里琦小心翼翼地开口唤了一句。

这么多年兜兜转转,小姐还是逃不开爱上凤尘的命运吗?即便发生了这么多事,隔着这么深的血海深仇,当听到凤尘受到刺杀时,小姐还是会这般情绪外露,担心的这么明显。

宁千雪神情微敛,依旧一言不发可是步子却忽然快了起来,且去的地方也不是漪澜苑……

百里琦和竹枝对视一眼,眼中都闪过无可奈何的神情。

观澜苑中第五双双正在给凤尘包扎受伤的左臂,一边包扎一点十分不解地问道:"喂,你怎么回事啊,刚刚那一剑你明明可以躲过去的啊。"

说起这个不止第五双双想不明白,就连裴管家这个看着凤尘长大的老人也十分费解。

虽然说凤尘的武功算不上是顶尖吧,但也不是一般人能伤到的,刚刚那一剑任是谁都能看出来凤尘能躲开,可是他好像就跟晃了神似的,若不是长歌反应快及时一把拉开了凤尘,那凤尘肯定就不仅仅是手臂受伤了。

凤尘只是沉默不语,看着不远处急匆匆而来的宁千雪绽开一抹微笑。

宁千雪来得这么快,着实在他意料之外,但同时也让他十分高兴。

阿蓉,其实你心里还是有我的是吗?

"怎么回事?"宁千雪站定在凤尘十步远的地方,皱眉低声询问。

平淡的语气,没有一丝关心的语气,可是凤尘就是能感受到宁千雪那别扭的淡淡的关心。这,就够了。

"没什么,不用担心。"

"哦。"

一问一答后,宁千雪便毫不留恋地转身离开,而凤尘亦没有挽留,只是那深情的目光一直追在宁千雪那单薄的背影上,直到再也看不到佳人的背影。

"为什么撒谎?"长歌木讷地问道。

那群黑衣人明明是云王的旧部,长歌也曾经跟随凤尘上过战场,每个将军带的兵都会自己的风格,从刚刚那群黑衣人的武功路数还有刺杀的方式来看,应该是云王旧部。

他都能看出来更何况凤尘呢?

"去查一查祁采心。"凤尘不答反问道。

他这些年从来没有遭到过云王旧部的刺杀,怎么会忽有云王旧部的人来杀他呢?最近……除了沧澜国就只有祁家两女忽然来到京都了,而且千雪好像格外关心那个祁采心。

第 83 章　悉儿，我是哥哥

宁千雪一路疾行回了漪澜苑,回到内室之后就吩咐百里琦去调查今日尘王府到底发生了什么事,刺杀凤尘的又是谁,为何凤尘要瞒她。

"还有,去查一查那个别院里的人到底有什么秘密。"宁千雪又补充了一句。

凤尘只要在京都,每个月都会去京都的那个别院去住上三天,很显然那个别院里定是有什么秘密或者是……人。

又过了三天,祁采心风风火火地闯进了尘王府的观澜苑中,和凤尘大吵了一架后,一起骑马离开了尘王府。他俩一路快马奔驰,惹得京都内人人侧目议论纷纷。

"小姐,您不去看看吗?"百里琦站在宁千雪身后,看着宁千雪瘦削的背影轻声问道。

也不知道是凤尘放松了警惕故意想要让她们查到,还是宁千雪的人愈发厉害了,居然仅仅三天就查到了京都别院的秘密。

那个别院里没有什么秘密,也没有金屋藏娇,有的只是一个男人,一个本该在六年前就被抄斩的男人——云王府世子云清寒。

小姐得知到这个消息时,并没有流露出多么快乐欣喜的表情,反而心情更加低落,让她把消息传给夕颜郡主后就再也没说过一句话。

百里琦很是担心,但是她什么办法都没有。

她甚至连宁千雪为什么不开心都不知道,明明小姐还有一个亲人活着,这不是好事吗?小姐为什么反而心情更加低落了呢?

"不去了,悉儿去就好了。"宁千雪语气极其平淡,没有一点得知亲人还活着的喜悦。

伸出手将窗户关上,转身走入内室躺在美人榻上,再次闭目养神。

百里琦一看宁千雪又躺在了美人榻上,只是低叹一声便转身离开了。

美人榻上的宁千雪面色十分平静,可是心中却思绪翻滚,一点都不平静。

凤尘居然留下了云清寒的命,并且隐瞒了这么多年,这让她十分诧异。她本以为她和凤尘之间有着血海深仇,可是如今不仅发现当年的事凤尘并不知情还救下了她堂哥的命……

现在她对凤尘的感觉十分复杂,有喜欢也有痛恨,有感激也很厌恶……种种感情交织在一起。

阿岩,如果你在就好了,你可以告诉我我到底该怎么办……

此时一路疾奔到京都别院的祁采心却站在大门口,站了好久好久,那双手伸出又缩回,缩回又伸出……

一次又一次,直到她在门口站了整整一个时辰了,她还是没有推开那扇门。

门里面的是她的哥哥啊,她的亲哥哥,她的哥哥还活着……祁采心有些酸涩地闭上眼。

凤尘也不催促,只是站在祁采心身后和她一起站着,看着这般纠结不敢推开眼前这道门的祁采心,凤尘这才明白,凤家到底亏欠云家多少。

这种亏欠,终他一生都弥补不了。

又过了半个时辰,凤尘看着依旧纹丝不动的祁采心背着的手朝后面打了个手势,一道黑影闪进了院子内。

过了不久,祁采心终于鼓起勇气颤巍巍地伸出手,想要推开眼前对她来说仿佛重若千斤的门,手刚刚触碰到门,那门就"吱呀"一声从里面打开了。

古朴的朱红色大门缓缓打开,一白衣男子的身影出现在祁采心的视线里。

男子一身月白色长服,神色儒雅从容,一步步慢慢地向祁采心走近,然后在离她三不远的地方站定缓缓伸出一只手,笑容是和祁采心记忆中一样的柔和淡雅。

祁采心嘴角努力地向上弯起,颤巍巍地伸出一只手缓缓地就要放到男子的手中,可是就在男子弯起手指想要握住祁采心的手时,祁采心却猛地收回了手,然后一步步后退。

"不,不……"祁采心双眼含泪,一手捂着嘴不断地后退。

可是没退几步就一个趔趄跌坐在地上,祁采心就像一个小孩一样找到了哭的契机,像个孩子一样哭得惊天动地。

"呜呜……你不是哥哥,不是哥哥……父王死了,娘亲死了,姐姐死了,曼儿死了,都死了,都死了……哥哥也死了,都死了……"

那哭声中满是委屈,唯恐这只是一场梦,她怕当她碰到那双如记忆中宽厚的手时发现这一切不过是她的一场梦罢了。

她怕,她真的害怕。

男子眼神中满是温柔与疼惜,上前几步将双手抚在祁采心的肩头,看着祁采心朦胧的泪眼神色柔和一字一顿地说道:"悉儿,我是哥哥。"

悉儿,我是哥哥。

这句话炸响在祁采心的耳边,脑海中,不断地回响,而祁采心捂着嘴哭得更凶了。

阳光下蹲在地上的女子索性坐在地上,紧紧抱着男子的手臂号啕大哭。

"悉儿,别怕,哥哥还活着,别怕。"男子——也就是云清寒动作温柔地将祁采心一把揽入怀中,一下一下轻轻拍着女子因哽咽而不断颤抖的后背,像安抚一个孩子那样不断轻声安慰着。

轻柔的动作,细心的安慰,一如当年。

多年前在祁采心还是夕颜郡主云悉的时候,她作为云王府的女儿,虽然不是云王的第一个女儿,也不是最小的一个女儿,可是她却是性子最活泼最野那个。比起文文静静的姐姐妹妹,她最得云王偏爱。

每一次她偷偷溜出府出去玩,身上多多少少都会带着一些伤回来,又怕被云王看见责罚,所以每次她都是偷偷跑到云清寒那里,一边哭着一边让云清寒给她上药。

她虽然性子野,可是也怕疼,她就是这么一个矛盾的人。

可是自从六年前,就算再疼她也没说过一次,哭过一次,因为她知道那个可以温柔地为她擦拭眼泪的兄长已经不在了,可以做她依靠让她无忧无虑的父王不在了,可以温柔地给她做糕点对她担心这个挂心那个的娘亲不在了。

没了他们,她不敢再哭了。

"哥哥……"祁采心一把扑到云清寒怀里,将眼泪全部蹭到男子干净的长衫上,哭得像一个孩子,嘴里念叨的也只有哥哥二字。

凤尘看着这一幕忽然想起六年前在皇宫内连尸体都不能辨认出来的月浓公主云想衣,那天的皇宫遍地都是焦尸,谁又能分辨出哪一具焦尸是月浓公主的?

第84章 是不是后悔认识了我

阿蓉和月浓感情一向好,可是月浓却连一具尸体都没留下,阿蓉她内心该有多痛苦?她会不会想若是没有认识我,那么被她疼若至宝的月浓也不会死……

阿蓉,你是不是后悔认识我了呢?

凤尘看着眼前相拥的两兄妹,淡淡地提醒道:"先进去吧。"

虽然这片地方都是他的,也被他的暗卫暗中监控着,但是不怕一万就怕万一,云清寒对于世人来说毕竟是一个已经死了的人,若是被皇上发现了,他不确定皇上会不会为了保密再次对云清寒下杀手。

祁采心离开云清寒的怀抱,一抹眼泪冲着凤尘嚷嚷道:"若不是你们凤家,我们云家何至于此?"

想他哥哥明明是堂堂正正的云王世子,可是这六年却被困在这一方天地中不见天日不见他人。

整整六年啊,想想就觉得心痛,若非心智坚强、性格豁达之人,这六年相当于幽禁的时光很容易把人逼疯了。

想到这里,祁采心看向凤尘的眼神里满是恨意。

虽然她也知道当年的事,凤尘同样是受害者,可是她就是做不到释怀,不过凤尘也活该,谁让他姓凤呢。

云清寒拍了拍祁采心的手背,毫不在意地说道:"悉儿,进来再说吧。"

同样的话凤尘说来就遭到了祁采心的白眼,而云清寒说来祁采心就很迅速地站了起来拉着云清寒的手就往院内走去。

这里面就是她的哥哥生活了整整六年的地方啊,她一定要好好看一看。

云清寒也不说什么,任由祁采心和幼时一样抱着他的手臂走路,一别六年,他的妹妹都已经长大了。

踏进院门后云清寒忽然转身看向凤尘,问道:"王爷不进来吗?"

对于凤尘,云清寒其实并没有那么多怨恨,灭门之祸是凤绝给的,杀父之仇也是凤绝给的,甚至是夺妻之恨他应该找的也是凤绝!

对于风尘,有的就只有六年的囚禁之苦,可是凤尘也是为了保全他的性命才这么做的,所以他对凤尘怨恨是有,但并非无法释怀。

"不必了,我在门口等她出来。"

今日他是和祁采心出来一起出来的,若是他现在就回去而祁采心自己留在这里,留在他在京都的别院里,那想必明日的流言就会是他和祁采心暗通款曲,那样的话千雪势必再一次站在风口浪尖上。

而且想必千雪也不会愿意看到祁采心成为人们口中的谈资吧。

六年前云悉经历过那样的黑暗,想来千雪是在尽全力保护她,以至于千雪回京两年了,祁采心才会自己找由头跟着祁兰馨来到京都。

阿蓉,你想要的我会双手奉上,你想保护的,我舍弃一切也会成全。

夜幕悄悄降临,就在城门将将关闭的一刻,凤尘和祁采心一起骑马归来,守着城门的士兵看着凤尘和祁采心并肩疾行的身影渐渐消失在黑幕中。

其中一个士兵揉了揉双眼,捅了捅身边的伙计,问道:"你说我刚才看见了谁?"

"是尘王啊,我也看到了。"

"那旁边的女的是谁?"士兵甲一脸纳闷地看着士兵乙问道。

这尘王妃他曾经远远看见过一眼,刚刚那个女子的身量看着不像尘王妃啊,"难道是尘王平妃?"

据说平妃很受尘王的宠爱,这夜半深游的一看就是真爱啊。

"瞎说啥,一个呆子。没听说吗?今天白天的时候尘王毫不避讳地和大漠祁家的那个二小姐一起骑马出了城门游玩去了。"

"啥?祁家的二小姐?哎呀,尘王的真爱这么多呢?"士兵甲惊呼一声,不敢相信他们伟大的战神尘王殿下居然这么博爱,爱了一个又一个,这尘王妃……

"说什么呢你!当心你的脑袋,居然敢说尘王殿下的坏话?"

凤尘无声隐在黑暗中,越过城墙时,听到这两个士兵的谈话内容,心中一阵酸涩。

阿蓉,对不起,我居然那么晚才认出你来。

命运好像一直在和凤尘开玩笑,他这一生最想要的就是和露华白头到老,一生一世都对露华好,可是他却总是给露华带来伤害。

凤尘虽然心情低落,但脚步不慢,不大一会就仗着一身轻功又回到了别院。

"你来了啊。"云清寒还在躺在那一大片茶花中的躺椅上,看着头顶上弯成月牙的月亮一派优雅从容。

凤尘这次并没有坐下,反而是直接问道:"你若是想要进宫找她问个究竟,我可以帮你。"

"不怕凤绝发现我了?"

云清寒丝毫不意外凤尘会折身再回来,同样对凤尘的发问也没有惊讶,六年的时光他能够交谈的只有凤尘这一个人,自然已经将凤尘的性子摸得透透的。

就像凤尘会猜到祁采心会将惠妃的事情和可疑之处告诉他一样,他同样也能猜到凤尘肯定会清楚他的想法。

云氏所有的悲剧都起源于钟婉筠,作为当年钟婉筠的未婚夫,他真的很想再去见她一面。

就算他再洒脱,面对这样残酷的现实,他还是无法做到释怀。

那个被他视为一生最爱的女人啊,那个被他珍之爱之重之的女人啊,父王、娘亲和妹妹们的鲜血,伯父伯母的血,以及露华这一生的不幸和悲哀,都是拜她所赐。但,何尝又不是拜他所赐呢?

有个疑问,他一定要问出口。

"发现又如何?六年前我不知道才会害你至此,若是到了现在我还护不住你,我又有何面目去面对阿蓉?"凤尘平淡的声音中多了一抹坚定。

他,绝对不会再让同样的悲剧上演。

阿蓉的亲人就这么两个了,若是他连云清寒和云悉都保不住,又怎么能让阿蓉再次开怀呢?

"你和露华……"

"走吧。"

深夜,尘王去了皇宫见了凤绝,这样的情况在凤绝登基后的六年里很少发生,谁也不知道两人谈了什么,只知道凤尘和凤绝一起从宫殿里出来的时候已经是两个时辰后了,而那个时候留情殿已经燃起了大火。

本以为按照凤绝重视惠妃的程度,定会派人救火甚至是迁怒整个皇宫的侍卫宫女。

可是让人意外吃惊的是,凤绝居然没有吩咐人救火,留情殿的火整整烧了半个时辰,半个时辰后,除了被送到德妃处的皇子凤知寒外,所有的一切都化为灰烬,包括——惠妃钟婉筠。

第85章　我们之间的结局早已注定

两个时辰前,云清寒被凤尘的人隐秘地送到了留情殿内。

"吱呀——"

惠妃听到门被推开的声音,整个人都有些僵硬,背对着门口平淡地说道:"你怎么来了?"

自然那次在后院谈完,凤绝拂袖而去后,凤绝就再也没有踏足过留情殿了,本来这还让惠妃松了一口气,可是现在她居然又听到了门被推开的声音。

身后的脚步声不停,可人却一直不说话。

"究竟还要我怎么说你才肯放弃我?"惠妃疲惫地闭了闭眼,这么多年她太累了。

背后的脚步声停下了,也终于传来了男子说话的声音,可是那温和的声音却仿佛一道惊雷劈在惠妃头上,酥麻震惊的感觉传递到四肢百骸,让惠妃一动也不能动。

"我为什么不能来?"云清寒淡淡地问道,紧接着又接了一句,"我若知道有今日,你觉得我会不会放弃你?"

惠妃拿着梳子的手不断地颤抖,费了好大力气惠妃才稳住了心神,放下梳子缓缓地站起身来,那一头漆黑的长发随着女子起身的动作缓缓飘荡。

"原来你还活着……"

真好,你还活着,这真是老天给我最大的安慰。

云清寒一只手放到惠妃的肩膀上,将她的身子掰过来,看着惠妃带着一抹深深惊喜的眼眸,笑着问道:"我活着,你是后悔呢还是失望呢?"

那笑容看起来优雅极了,温柔得像是凝望着深爱的人一样,可是就是这样的眼神却让惠妃觉得遍体生寒。

那放在惠妃肩头的手虽然没有用力,可是却让惠妃觉得重若千钧,身子似乎不能承受这般的重量,浑身颤抖着瘫坐在地上。

"怎么了,筠儿?看着我还活着不高兴吗?"云清寒笑着蹲下身子,态度翩然地问道。

惠妃的手狠狠刮在洁白的地上,发出刺耳的声音,"清寒……你还活着我怎么会不高兴呢?"

这是她的爱人啊,也是她此生最亏欠的人啊,看到他活着,她怎么会不高兴呢,只是……

"你都知道了是吗?"

轻轻浅浅的声音响起,不是疑问而是肯定。

253

她深爱着云清寒,自然了解云清寒的性子,云清寒这个样子多半是知道了当年的事情,否则……面对这样的云清寒她又怎么会有一种遍体生寒的感觉呢?

云清寒动作温柔地用手指圈起惠妃一缕长发,声音依旧那般温和,"你有什么想说的吗?"

我这般爱你,护你,相信你,可是你却给了我这世上最致命的欺骗和背叛,你有什么要说的呢?

筠儿,你如果告诉我这一切都不是出于你的本心,我就原谅你,好不好?

惠妃期期艾艾地抬起头,看着云清寒一向温柔平静的眸中竟然闪烁着细碎地乞求的光芒,她知道云清寒到了这个时候还在祈求什么。

她心爱的人到了此刻还在卑微的祈求着,也许这一切和她无关,他们之间若是没有血海深仇那就还可以相守在一起,可是……

清寒,不可能了。

你我之间从一开始就是错误的,若非遇到我,你这一生也不会这般坎坷不幸。

你所有的不幸都是我给的,都是我给的啊。

"清寒……"

"别说了!"

云清寒猛地站起身来,似乎听出了惠妃接下来要说些什么,罕见地粗暴打断别人的说话。

惠妃失魂落魄地站起来,慢慢走近云清寒,和他挨得极近,两人的瞳孔中都能清晰地映出对方的样子,女子低哑无力的声音淡淡地响起,如同魔咒一般,在云清寒的脑海中一遍又一遍回响着。

"清寒,你我之间从相遇开始就是一场阴谋,包括凤绝的谋反以及云氏的覆灭,甚至是云王府的污名,从我开始遇见你,遇见凤绝开始,我们之间就注定了,只能这样。"

"清寒,你我之间从相遇开始就是一场阴谋,包括凤绝的谋反以及云氏的覆灭,甚至是云王府的污名,从我开始遇见你,遇见凤绝开始,我们之间就注定了,只能这样。"

"清寒,你我之间从相遇开始就是一场阴谋,包括凤绝的谋反以及云氏的覆灭,甚至是云王府的污名,从我开始遇见你,遇见凤绝开始,我们之间就注定了,只能这样。"

一连三遍,惠妃就如同一个失了魂魄的木娃娃一样,看着云清寒痛苦的神情,一遍又一遍地重复着,声音越来越高亢,可是那神情却愈发惨淡。

清寒,我这辈子最遗憾的就是没有和你谈一场纯粹的爱恋。

也许,我从出生开始就注定我这个人就是这么不祥,每一个爱上我的都没有好下场。

"够了!"云清寒的双眼中慢慢被红血丝爬满,整个人抑制不住地颤抖起来,猛地一把掐住惠妃的咽喉,然后将她逼退在墙上,两具身躯紧紧相贴,可是两人周身环绕的却是那么悲哀、凄凉的氛围。

"为什么要承认,你为什么要承认啊!"云清寒失态地大吼着,整个人都变得极为不正常。

就算云清寒性子再洒脱,接受这样的现实也会崩溃的。

因他一人,满族尽灭!

这样的罪孽,如同血红的罪业之火将他孤独的灵魂燃烧,挣脱不得也不肯挣脱。

那样的可怜,又那样的可悲。

惠妃呼吸渐渐困难,可是却一声求饶都没有发出,只是用那般悲哀的眼眸凝视着云清寒,透过云清寒血红的双眸,惠妃仿佛看见自己在一片血红中脸色渐渐惨白如纸,就好像能看到自己不久之后将坠入十八层地狱去忏悔,去赎罪一样。

"呵呵……"到了最后,惠妃忽然小声地笑了起来。

也许,她这样的人就不应该活着,如果她从来就没来过这世间就好了,那样也不会误了云清寒的一生。

她这一生,罪孽太重,遗憾太深,最后能死在她心爱的人手中,又何尝不是一种幸福?

"筠儿……"云清寒眼中的猩红慢慢褪去,手也缓缓松开,抱着惠妃一起瘫坐在地上。

他的筠儿……

发生了这么多事,可是他还是爱着她,不舍得杀了她……

"咳咳……清寒……"惠妃只是刚刚叫出了云清寒的名字,就忽然察觉到脸颊上像是有什么冰凉的液体滴落。

惠妃闭着的眼角悄然滑落一串泪珠,她明明早就没了感觉不会感觉到疼痛,可是为什么她现在觉得自己的心那么疼呢,疼得她几乎无法呼吸,亦不敢睁开眼睛看看这个她爱了一生也负了他一生的男子。

第86章 当年一诺，终生不悔

云清寒抱着惠妃，闭着眼任由眼泪垂落，无声的寂静中云清寒猛地听见一声利器没入皮肉的声音，紧接着就是女子温热的手轻轻地触碰他冰凉的侧脸。

"清寒，再看我一眼好不好？"惠妃睁开眼，躺在云清寒的怀中笑着问道。

云清寒睫毛轻颤，似有液体润湿了鸦青色的睫羽，良久男子才缓缓睁开茶色的双眸，眸光中是一如当年的深情与温柔。伸出手轻轻覆盖在女子抚摸他侧脸的手背上，嘴角想要弯起却怎么也做不到。

"筠儿……"

千言万语，是非对错，还有那血海深仇，到了如今他对她只能说出这么一句"筠儿"来，终此一生他都舍不得去恨钟婉筠。

他是云王府世子，虽然性子温和，可是也懂得阴谋算计，也知道血腥黑暗。

当年并非不知道钟婉筠有好多地方可疑，不是不知道钟婉筠接近他很可能是另有目的，可是他就是不想去怀疑她。

在京都别院被囚禁的那六年，他只要稍稍一想，就很容易猜到事情始末。因为钟婉筠背后的人虽然心机深沉，可是钟婉筠毕竟只是一个涉世未深的女子，又爱上了云清寒，很容易露出不少破绽。

可是云清寒就是不愿意去深想，他就抱着那可怜的遐想度过了在京都别院被囚禁的那六年时光。

他知道他这一生谁也对不起，无论是父王娘亲还是几个妹妹，还有他最对不起的堂妹露华。

因为他，不仅毁了露华一生的幸福，就连这血海深仇这般沉重的枷锁，他都逃避了，任由露华一个柔弱的女子撑起云氏一族所有的希望。

他知道他是个不负责任的人，他愧对父王的教导，他愧对所有云氏族人。

可是……

情不知其所起，一往而情深。

陷入情网中的人，哪一个能挣脱？哪一个愿意挣脱。

他愿用此后的生生世世来赎罪，只换此生他和钟婉筠的一个机会。

只是……云清寒看着心口上插着一把金簪的钟婉筠，嘴里满是苦涩，就连这个已然成了奢望。

"清寒，下辈子……不要再遇到我。"惠妃嘴角满是鲜血，可是那唇边绽开的却是从未有过的分外轻松的笑容。

终于……解脱了。

她这辈子都被她的亲生父亲操控得如同一个木偶娃娃,毁了她也毁了他。她只希望来生不再遇见云清寒,因为她宁肯她抱憾终身,都不想再毁了云清寒的幸福。

"来生……来生,你……你一定要幸……幸福啊……"

云清寒忽然感觉到女子抚摸他侧脸的手猛地一松,心中好像忽然变成一望无际的荒原,再也没有半分生机。

"筠儿……"云清寒摩挲着女子冰凉的脸颊,深情地呢喃着女子的名字,唇轻轻触碰到女子的额头,然后就保持着一个姿势,一动不动。

殿外,不知道什么时候已经燃起了让人感觉到温暖的火苗,明明灭灭间,云清寒仿佛看见了当年那个巧笑嫣兮的女子在愉快地和他打着招呼。

"喂,我叫钟婉筠,你叫什么名字?"

筠儿,我有没有告诉过你,我对你是一见钟情?

若有来生,我还要遇见你,只是下辈子我在遇到你之前一定会变得无比强大,不再让你受人控制,终生不得欢颜。

当年一诺,一生不悔!

站在留情殿外,看着这一地的废墟,凤尘问了一句,"你知道云清寒还活着?"

若不是知道云清寒还活着,并且知道在留情殿内的不止有惠妃还有云清寒,凤绝也不会不让人灭火。看在凤绝就这样站在一片废墟面前一言不发,凤尘心里也有些烦躁。

"尘弟,我现在是皇帝了,还是一个当了六年的皇帝。"

这京都怎么可能有事情能瞒得过他?若是他想,那云清寒也不可能安然地又活了六年。

"这点我早就知道了。"凤尘的声音没有起伏,也听不出喜怒。

自六年前起,他就知道眼前站着的这个人,不再是他的兄长,而是一代帝王了。

自古帝王皆薄情,虽说凤绝对惠妃算得上是十分钟情了,可是对于他们这些血脉至亲,凤绝做得比谁都狠。

毫不犹豫地用他们兄妹三人的幸福做弃子,只为了惠妃一人。

这样的凤绝,也不知道该说他是薄情呢还是称赞他异常深情。

"将大皇子从德妃那里带到朕的寝宫,让他与朕同住。"凤绝转身离开,再也不看这里一眼,也没有说这留情殿是重新翻盖还是……就维持这一片废墟的模样。

老太监虽然有些吃惊但还是一句不问,乖乖地按照皇帝的旨意去做事。

与帝王同住的皇子,那也就意味着是要立太子的意思了。

没想到凤绝从来没有表现过对凤知寒的一点喜爱,最终却要将皇位传给大皇子,这真的让人无比惊讶。

凤尘看着凤绝离去的背影,忽然觉得其实他也是一个可怜人。

被惠妃利用的不止有云清寒,还有凤绝。

第二日，凤绝并未上朝，这是凤绝登基六年来，除了受重伤昏迷不醒的那一次外，唯一一次没有理由的不上早朝。

凤绝虽然没有去上早朝，可是却一连下了三道圣旨，震惊朝野。

第一道是废除月柔皇后尊位的旨意，并将大公主从此交由长公主凤青岚抚养。

第二道圣旨是追封惠妃钟婉筠为贤淑皇后，葬于帝陵，等凤绝百年后将和他合葬。

第三道是立大皇子云知寒为太子，并封宁为玉为太子太傅。

三道圣旨，将满殿的文武百官震了个七荤八素。

这惠妃昨晚丧生火海的消息大家都是知道的，皇上一向宠爱惠妃大家也是知道的，追封个皇后也无伤大雅反正人已经死了，可是灰都没有了怎么合葬？

最让文武百官吃惊的是第三道圣旨，那道册封太子的圣旨。

"楚王，您看着第三道圣旨是不是……皇上笔误写错了？"定国公满眼震惊地捅了捅前面的楚王，奇怪地问道。

楚王虽然眼底也有震惊，但不像定国公那样摸不着头脑，因此只是瞥了一眼定国公，分外无语地说道："你觉得历代皇帝下的圣旨里，可能出现笔误的情况吗？"

他虽然早就知道了定国公府是定国公夫人当家，也是因为定国公着实是没脑子不靠谱，可是也没想到定国公竟然能问出这般不靠谱的话来。

第87章 不配姓云

"可是,可是皇上立的太子怎么会叫云知寒?"

随着定国公的一声大喝,整个金殿都安静了下来,所有人都暗暗朝定国公竖起了大拇指,这份牺牲太难得了!

楚王分外无语地看着因为群臣注视而老脸变得通红的定国公,若不是多年的交情摆在这里,他甚至想大声地说一句:本王不认识这货啊。

凤绝的太子为何姓云,这个问题想必朝堂上的人除了定国公外再没有一个人敢问了吧?

凤绝之所以能够顺利登基就是因为云氏一族全部死光了,而且凤绝手中有顺灵帝的传位圣旨。

如今凤绝立的太子居然姓云……

"楚王爷为何不回话啊?"定国公见楚王不和他说话,便再次问道。

看着楚王那绝对算不上好看的脸色,所有的大臣都下意识地远离了定国公几步。

脑残应该不能被传染吧?

楚王压抑着有些抽搐的嘴角,耐着性子回了定国公一句:"这事你问本王,本王去问谁?"

他要是早就知道这等秘辛,那他还能好端端地站在这里吗?

要知道,知道的秘密越多,那死的就越快,他还没活够呢。

一般人听这话都会明白楚王已经不想回答这个问题了,偏偏定国公是个榆木脑袋,不仅没听明白楚王的意思,反而特别嫌弃地说道:"那你直接说你不知道得了呗。"

楚王:"……"

若不是清楚定国公夫人的手段厉害,并非等闲,楚王一巴掌拍死这货的心都有了。

"楚王爷既然不知道,定国公又何必为难楚王爷。"凤尘大步从殿外走了进来,众人见此纷纷行礼或点头示好。

"那尘王殿下知道吗?"

定国公果然将不知者无畏这句话发挥到了极致,一张老脸皱得跟朵菊花似地朝凤尘问道。

那殷殷询问的架势,十足的关心国家大事的忠臣模样。

"云知寒本就是原云王世子云清寒的遗腹子,立云氏后人为太子,尔等可有异议?"凤尘长身而立,面容肃穆。

"臣等无异议。"

金殿之上的所有官员纷纷行礼作揖,齐声回答道。

这张龙椅上无论坐的是凤绝的儿子还是云清寒的儿子,都名正言顺,他们又有什么好有异议的?

虽说对于云清寒他们都不甚了解,可是凤绝已经下旨让宁为玉做太子太傅,那自然就无须担心太子的德行和功课了。

而此刻的楚香阁天字一号包厢内有人正在大发雷霆。

"为了那么一个女人,他居然敢和惠妃一起死?!"祁采心一把将桌子上的所有东西都摔到了地上,恨声骂道,"他根本就不配姓云!"

她的亲兄长,她除了露华外唯一的亲人了,居然就这么死了,这让祁采心伤心的同时更多的是愤怒!

为了保护她,所以整件复仇的事情,就只有露华在苦苦支撑,这让祁采心分外的愧疚,可是她也知道她自己并不能帮上什么忙,以她的心智反而容易帮倒忙。

所以在得知云清寒还活着的时候,祁采心除了对至亲失而复得激动地感谢上苍之外,就指望着有哥哥帮助堂姐,那堂姐也能够轻松一些。

整个云氏的血,都压在露华一个人身上,那太残忍了。

可是让祁采心没有想到的是,仅仅过了一个晚上,她就得知了云清寒和钟婉筠一起在留情殿内双双赴死的消息,这让她如何不气愤?

"姐,你就不生气吗?"祁采心发泄完之后看着从始至终一言不发的宁千雪,略带着一丝愧疚地问道。

露华想要做的就是为云王昭雪,为顺灵帝报仇,当然了如果可以,祁采心相信露华不愿意复仇,只希望她的这些亲人能够活着,可是云清寒却这么轻易地为了一个害得他们云氏一族万劫不复的女人去死,这对露华来说简直就是一场讽刺难堪的嘲笑。

宁千雪从美人榻上起身,一把推开窗户看着窗户外淡蓝的天空,感受着和煦的阳光,声音平淡无波,"悉儿,昨晚上你哥哥就派人找了我,留情殿的火是我派人放的。"

就算伤心失望愤怒,经过了昨晚上一整晚的情绪的沉淀,现在她的心情只剩下了失去亲人的悲痛和沉重了。

昨晚上云清寒就派人找到了她,将他的决定告诉了露华,并告诉露华,若是露华愿意成全他的心思,那就让人火烧留情殿;可若是露华想要云清寒活着帮她一起复仇的话,那就别放火。

"姐,为什么啊?"祁采心震惊地瞪圆了双眼,分外难以置信。

她本来以为知道云清寒为了那么一个女人去死就够震惊的了,如今露华又告诉她,那把火是露华放的,那等同于是露华亲自放火烧死了云清寒……

这,到底是为什么呢?

宁千雪不说话,只是看着窗外的风景格外地沉默。

"因为这是千雪对云清寒的成全。"门外传来宁为玉如玉般清凉的声音,门"嘎吱"一声被推开了,一身深蓝色长袍的宁为玉含笑走了进来。

宁为玉对着一地的狼藉熟视无睹,只是看着眼睛瞪得圆圆的祁采心笑着问道:"小丫头,好久不见。"

若是宁为玉的这副态度被京都的名门贵女知道了,那绝对会将祁采心生拆入腹的。整个京都谁不知道宁大公子孤傲得很啊,一般女子都不能和他说上一两句话,更何况这这般熟稔自然的态度了。

可惜祁采心并不买账,反而特别嫌弃地扁了扁嘴,道:"可是本姑娘并不想要看见你!"

"嗯……这和我有关系吗?"宁为玉罕见地耍赖般回复祁采心。

祁采心恨恨地跺了跺脚,手指一扬指着门口就吼道:"这是我们家的产业,你给本小姐滚蛋!"

祁采心正心情不好着呢,这个时候宁为玉在祁采心看来就是送上门出气筒,不用白不用。

背对着众人的宁千雪眼眸中划过一抹浅笑,也许悉儿自己都没察觉到只有面对宁为玉的时候,她才是云悉,当年那个嚣张跋扈分外张扬的夕颜郡主云悉!

而且宁为玉也似乎唯独对悉儿不同,她可是没看到过一向儒雅规矩的宁为玉和哪个女子说话这般随意,这般自然过。

这两人……也许宁为玉真的能让悉儿走出当年的阴影。

第 88 章 不要让星河的悲剧重演

"你家的？"宁为玉玩味似地重复了一遍祁采心的话，表情似笑非笑地盯着祁采心，不消一刻小白兔就被宁为玉给盯毛了。

"哎呀，你出去啊。"

祁采心跺了跺脚，也知道自己一时失言让宁为玉抓到了话柄却也不知道怎么弥补，只能蛮横地将宁为玉一把推了出去。

宁为玉也不挣扎，淡然着任由祁采心将他推出门外，只不过在祁采心关上门的前一刻一把将祁采心也拉了出来，然后任由祁采心尖叫撒泼也不放手，直接拖着祁采心去大街上溜达了。

两人走后，整个屋子瞬间安静了下来，宁千雪站在窗户前依旧一动不动。

清寒哥哥，若是你知道悉儿当年能够活下来时受到过怎样的屈辱与折磨，若是你知道你那几个妹妹是怎么死的，若是你知道惠妃给你生了一个儿子……

你，还会这么轻易地选择和惠妃一起死吗？

这个答案，宁千雪永远不会知道了，在她决定不把这一切告诉云清寒，选择成全云清寒的时候，她就永远不会知道这个答案。

云清寒宠爱云悉如珠似宝，若是知道云悉现在这个样子只不过是因为她将自己本来的面目藏了起来，分裂了人格，还会不会原谅惠妃？

也许能原谅，也许不会原谅。

宁千雪不知道，其实她很想知道云清寒知道这一切后还会不会原谅惠妃，她急切地需要有人告诉她，她到底应该对凤尘抱着什么样的情感才是对的。

她也是人，也会……迷茫，也会不安，也会纠结。

可是她不仅仅是宁千雪，她更是露华，云王府的冤屈和整个云氏的血仇，都压在她的肩上，即便将她压得几乎喘不过气来，可是她必须咬牙挺着。

因为，她是露华！

凤绝命宁为玉为太子太傅的圣旨到了宁国公府的时候，宁为玉并没有在府内，可是他却给管家松伯留了话，说是会接旨。

这让众人都摸不透宁为玉的想法。

若是不想为官，他大可不接圣旨，虽然抗旨也是重罪，但是他是宁为玉，宁为玉这三个字就代表着不一样。

若是想要教导太子，那他就应该老老实实待在府内，等着圣旨下达啊。

这样接旨了但是却是毫不重视的态度,究竟算怎么回事呢?

就在人们猜测宁为玉的想法的时候,凤绝带领皇室众人前往广甫寺为慧敏皇后祈福的消息就传遍了整个京都。

凤绝恢复云知寒云姓之后,皇宫内对民间的解释是因云王谋反,所以凤绝只能将云王世子的未婚妻隐秘地藏起来。

这个消息一经传出,整个京都都对凤绝赞不绝口心悦诚服,凤绝在民间的声望瞬间达到了顶峰。

而宁千雪作为尘王妃也在去广甫寺祈福的行列,因为皇室宗亲太少,所以祈福的也包括朝中一品大员的亲眷。

黄昏之际,宁千雪突发奇想想要在广甫寺后院转一转,因着竹枝和百里琦都有事情要忙,所以跟着宁千雪出去的就只有百里念一个人。

"念儿,你今年多大了?"宁千雪一边走着一边询问道。

百里念摸了摸鼻子,显然是不清楚宁千雪怎么会问这个问题,但还是老老实实地回道:"小姐,我今年十七了。"

他和百里琦皆是十一岁被百里夜暗中送到暖城神医谷,照顾宁千雪的,已经整整六年了。

"十七了啊……"宁千雪忽然停住脚步,扭头看着百里念那酷似百里夜但却还略显稚嫩的脸,有些感慨地说道,"转眼你都十七岁了,也是时候让你和竹枝成亲了。"

竹枝虽然比百里念小上一岁,但十六岁也算是大姑娘了,该是谈婚论嫁了。

原来已经过去六年了,她都二十三岁了啊……

"小姐……"

百里念在宁千雪面前永远是那个爱害羞脸红的小男孩,听到宁千雪提起他和竹枝的事情虽然脸颊发烫,但他从来不会反对宁千雪的话。

这是在他十一岁的时候,兄长和他说过的一句话,也是最严厉最让他印象深刻的一句话。

百里家族世代忠于云氏!

忠诚不是靠嘴皮子说出来的,那是铭刻到骨血里的誓言与忠贞!

虽然百里念并没有因为不好意思或是其他原因就反驳她的话,但是宁千雪还是将手放在百里念的肩膀上微微用力,沉声说道:"我不希望有一天,星河的悲剧再在你和竹枝身上重演。"

竹韵已经死了,这是宁千雪对竹枝的亏欠。

虽然宁千雪格外在乎她手底下的这些人的生命安全,可是天有不测风云,人有旦夕祸福,就如当初她没有想到星河会忽然死了一样,若是有一天她护不住百里念了,那最起码她希望竹枝不会像璎珞那样,抱憾终身。

"小姐,我懂得。"

听到宁千雪提起星河,这是自从星河去世后,宁千雪第一次提起星河,百里念自然感受到宁千雪波动的心绪,因此很是听话地点点头,告诉宁千雪他懂得她的担心。

他,不会是第二个星河。

那种自责,他不会让宁千雪再承受一次。

宁千雪收回手,无声地叹了一口气,刚想抬步离开,却在转身的一瞬间看到了凤青岚那张震惊至极的脸。

"百里……"

凤青岚紧紧盯着百里念那张青涩的脸,仿佛能够透过百里念看到那张让她魂牵梦萦的容颜。

宁千雪听到凤青岚的低语,心下一沉。

让她看到了念儿,以凤青岚的聪慧肯定会猜到她就是露华的。凤青岚……时隔六年,你让我如何面对你?

想起百里夜横贯整张脸的刀疤,和他整日最多说上三句话愈发冷淡的性子,宁千雪心中对凤青岚的痛恨就一下子深了,重了……

凤青岚,你知不知道这些年百里夜是如何度过的?

爱人的背叛以及内心的自责日日夜夜折磨着他,让他那颗心早就千疮百孔了……

"走了,念儿。"宁千雪毫不犹豫地转身离开。

也许今天她就不应该出来,那样就不会遇见凤青岚了。

论起这京都她最不想见的人,除了让她一直纠结的凤尘外,就是她昔年最要好的朋友凤青岚了。

凤青岚见状慌忙走过去一把拽住百里念,大声道:"不许走。"

百里念可不管你是不是公主,不厌烦地一把挣脱开凤青岚扯着他袖子的手,十分不耐烦地说道:"别碰我!"

第89章 竟然是你，露华

凤青岚没有防备，竟然被百里念甩了一个趔趄，身后的宫女翠翘赶忙扶起凤青岚然后十分不悦地朝着宁千雪质问道："王妃娘娘，您任由自己的侍卫对长公主这样是不是不太好啊？"

她身为凤青岚身边的大丫鬟这么多年，还从来没见过有谁敢这般对凤青岚的呢？

虽然说自从凤绝登基后和这些兄弟姐妹都疏远了，可是毕竟凤青岚是凤绝唯一的妹妹，一般人都不会愿意轻易得罪凤青岚的。

今日来了这广甫寺长公主殿下一直心情不好，她听闻这里的景色十分好，所以就劝长公主殿下出来走走，谁知道竟然会遇到尘王妃，翠翘虽然吃惊于长公主殿下的反应，但是她还是第一时间朝宁千雪发难。

毕竟，百里念敢对长公主殿下这般粗鲁，这可是大罪，就算尘王妃深受尘王的宠爱也不能这般跋扈吧？

"翠翘，你下去吧。"凤青岚看着沉默着一直背对着她的宁千雪，以及一脸不悦的百里念像是明白了什么。

翠翘闻言一愣，怎么长公主殿下不仅没有训斥那个侍卫和尘王妃，反而叫自己退下去？

"殿下……"

"本宫让你退下！"

长公主一反平常亲和的态度，对着翠翘就是一声厉喝。

翠翘委屈地红了眼眶，她只是担心长公主殿下，为何反而遭了训斥？

听着背后渐渐消失的脚步声，宁千雪的唇角轻轻弯起，对此觉得十分讽刺。

这么多年了，凤青岚也变得像一个公主了，最起码现在看起来比她更具长公主的威仪了。

时间，真是一个奇妙的东西。

它能让曾经最亲密无间的两人变得如现在这般没有一点亲近的感觉，看着昔年的好友就仿佛看到一个陌生人一样。

凤青岚双眼一瞬不瞬地盯着宁千雪单薄的背影，唇角压得低低的，双拳握得很紧很紧，都让百里念听到了骨骼被压的嘎吱声。

这个长公主好奇怪，这是百里念的想法。

"走吧。"

经过一阵无声的寂静,宁千雪的沙哑的声音淡淡地响起,只是……不知道这声"走吧"是说给谁听?

而单纯少年百里念则没有别的想法,只是认为宁千雪这句"走吧"是对他说的,因此在宁千雪抬起步子的一瞬间就跟了上去。

凤青岚等宁千雪走出了十步远的时候才也抬起步子,一路跟着宁千雪回到了宁千雪暂时居住的院子。

"小姐,我哥哥……"

宁千雪刚刚进去,百里琦就兴奋地跑了出来,一边跑一边嚷嚷着,只是在看到凤青岚的一瞬间,百里琦就如同卡壳了一般,将剩下的半句话咽了回去。

"你哥哥来了?"宁千雪挑眉,这还真是巧啊。

这么多年百里夜都没有踏足过京都,这次若不是因为她出了一次意外,百里夜也不会因为不放心才从大漠赶了过来。

没想到时隔六年后,百里夜第一次再次踏足京都,居然就遇到了凤青岚,还是已经产生怀疑的凤青岚!

这就是传说中的孽缘吗?

百里琦看了看跟在宁千雪身后也已经踏进院子里的凤青岚,不情不愿地点了点头。

本来因为兄长来的消息兴奋不已的百里琦,那些兴奋激动的心情在看到凤青岚的一刹那,瞬间消失了。

关于凤青岚和她哥哥的那段往事,小姐并没有瞒着她和百里念,所以对于凤青岚,百里念百里琦两兄妹是一丁点好感都没有。

凤青岚接收到百里琦不加掩饰的怨念的眼神,有些不解又有些了悟,她好像明白了什么……

若她没有记错,宁千雪身边的这个丫头,叫百里琦。

百里……

还有刚刚那个长的那般像百里夜的少年……

"露华……"

竟然是你,露华……

这么多年,宁千雪回京也有两年了,她竟然没有认出宁千雪就是露华,她最好的朋友原来还活着,就活在她的身边,还嫁给了阿尘。

若是阿尘知道宁千雪就是露华,那阿尘该有多高兴啊。

她永远忘不了当红袖交给阿尘那张帕子的时候,阿尘看到帕子上的那句"我恨我自己,因为我爱你"的时候,有多痛苦。

宁千雪对凤青岚的呼唤充耳不闻,只是继续向内室走去。

凤青岚向前走了两步,却在门口处停了下来,看向内室却是满眼的纠结不安甚至是……恐惧。

刚刚百里琦说她哥哥回来了,意思就是……百里夜回来了,是吗?

百里夜和露华都在内室,面对这两个她此生最对不起的人,她……不敢去面对。

她怕看到百里夜充满恨意的眼神,她怕听到露华嘲讽的话语,她怕在踏进内室的瞬间,她在得知两人还在世间的消息的同时也永远地失去了他们……

"你应该知道外面站着的是谁了吧?"宁千雪靠在窗前的暖榻上,视线略过室内无法被阳光直射到的地方,轻声说道。

也不知道这个百里夜是怎么了,自从六年前的事情发生后,他就习惯躲在黑暗中或是阳光照射不到的地方,整个人也变得越来越冷,现在连百里琦兄妹和百里夜在一起的时候都无法交流了,因为百里夜很少搭理人。

若不是偶尔会蹦出一两个字词或者句子,宁千雪都要怀疑是不是真正的百里夜在六年前已经死了,现在这个只不过是一个傀儡娃娃了。

"我和她早就无话可说。"深沉的声音从角落边上响起,百里夜从角落中慢慢显现出身形来。

一身黑衣的男子虽然从角落中走了出来,可是却让人一点声响都察觉不到,可见功力之高深。

窗户打开着,所以百里夜一从角落里出来就看到了窗外刺眼的阳光,忍不住伸手挡住了眼前。

自从六年前那次被利用之后,百里夜对凤青岚就恨之入骨,若有一天再见凤青岚,他恨不得亲手掐死当年他最爱的那个人。

可是……他根本就不想再见她了。

无话可说也就代表着此生他和她,生死陌路!

宁千雪转眼看着伸手挡住阳光的百里夜,心中很不是滋味,当年的禁卫军统领百里夜虽然是云氏的暗卫之首,可是百里夜为人并不阴沉反而十分阳光。

对于宁千雪来说,百里夜就如同一个大哥哥一样保护着她,宠着她,护着她。

第90章 百里，见一见她吧

可是自从六年前，宁千雪就在百里夜的脸上再也看不到那样阳光的笑容了。

到底是怎样残忍的过往，让一个曾经那般阳光的人都害怕阳光了？

凤青岚，当年你和百里夜之间到底发生了什么？

宁千雪眉眼沉了沉，当年的事她并没有询问过百里夜，虽然当年凤绝谋反的时候百里夜并没有及时出现。

但是宁千雪从来没有怀疑过百里夜的忠诚，所以对于当年的事情，宁千雪并没有询问过百里夜，而百里夜也没有和宁千雪解释过一句。

虽然如此，可是宁千雪在百里夜的改变中还是察觉到了。当年百里夜之所以没有出现在皇宫，肯定和凤青岚有关系，而且……很可能是凤青岚利用了百里夜对她的感觉，否则百里夜的变化不可能这么大。

"百里，见一见她吧。"

她不想看着百里就这样活下去，跟一个活死人一样，没有喜怒，没有笑容，除了拼命练功外就连百里琦百里念兄妹他都不再关心。

这样的百里夜，让宁千雪感觉十分不是滋味。

凤青岚和百里夜的情况与她和凤尘的情况并不相同，无论凤青岚当年利用百里夜之事是不是自愿或者知不知情，对于百里夜来说结局都是一样的。

因为凤青岚，百里夜毁了他最在乎的忠诚，无论因为什么原因，百里夜都不会再原谅凤青岚。

对于百里夜这种人来说，忠诚比什么都重要，而且一生忠诚也是一种荣耀，这种想法从小就被灌输到他的思想中头脑里，而毁了他忠诚的人永远不会原谅。

可是，宁千雪虽然了解百里夜的想法，可是自从星河死后，她就格外在乎身边的人会不会再出现一个璎珞，所以虽然她无法对凤青岚冰释前嫌，可是她还是希望百里夜能够解脱自己，不要再这样折磨自己了。

虽然百里家是她云氏的暗卫，可是百里夜的生命只属于他自己。

"我觉得没有必要。"百里夜有些厌烦地皱了皱眉头，整张脸因为不耐烦显得更加狰狞。

宁千雪叹了一口气，也不再相劝，闭上了眼躺在暖榻上感受着和煦的阳光，十分的舒服。

而此刻还在门口站着的凤青岚则是随着时间一分一秒地逝去脸色逐渐变得苍白起

来,终究他连一个解释的机会都不愿意给她了吗?

百里夜,你竟是恨我至此吗?

阳光下的凤青岚仿佛摇摇欲坠,可却还是没有从门前挪动一步,大有百里夜不出来见她,她就不离开的架势。

院落外的一人,静静地看了一会,便转身离开,若有人经过,定能看清男子的脸上居然覆盖着一漆黑的假面,整个人如同一团黑雾般,让人看不透。

又过了一会,竹枝有些担忧地朝门外看了一眼,扭头对百里琦说道:"我看着长公主再站下去就要晕倒了,要不要叫王妃出来?"

竹枝不清楚宁千雪和凤青岚之间的恩怨,她只是担心凤青岚身为长公主在王妃门前久站直至晕倒王妃都不出来看一眼的消息若是传了出去,那对王妃着实不好。

更何况,旁边的院子住的就是平妃古嫆心,那厮肯定巴不得抓到王妃的小辫子呢。

而且,王爷也快回来了,王妃和王爷已经好几天不说话了,若是王爷看到了这一幕,指不定两人的关系又该如何雪上加霜了。

百里琦可是知道和凤青岚真正有恩怨的是她哥哥,想起来自己好好一个哥哥变得人不人鬼不鬼的,百里琦就来气,哪里会管凤青岚会不会晕倒,直接哼了哼,翻了翻白眼。

"人家是长公主殿下,她要是想在那站着,咱们又有什么办法啊。"

百里琦这句话可不是和竹枝小声说着呢,那声音大着呢,竹枝相信不仅仅门口的凤青岚听见了,就连室内的王妃也应该是听见了。

这两个丫头是坐在大堂内说话的,凤青岚又站在门口,门还没关,哪里听不到呢。凤青岚闻言只是苦涩一笑,然后本来有些摇晃的身子也渐渐稳了起来。

她一定要等到他。

他对她向来心软,当年每次她惹他生气,只要这样装装可怜,他就会原谅她。

这次也一样,这次也一样。

不断自我催眠的凤青岚并没有注意到院落外有一个六七岁的小女孩正一脸懵懂地朝她走来,直到被小女孩抱住双腿,听到小孩子特有的软软的声音传来,凤青岚才反应过来。

"姑姑,我终于找到你了。"

进来的正是大盛唯一的嫡公主,养在长公主凤青岚膝下的大公主凤芷妍。

凤青岚身子有些僵硬地转了过来,看着一脸天真欢快的凤芷妍,舔了舔苍白干裂的唇角,涩声问道:"妍儿,你怎么来了?"

她不是吩咐过身边的人,要看好凤芷妍,一定不能有所疏忽吗?怎么现在居然是凤芷妍一个人自己跑了过来?

这么大的寺庙,妍儿还这么小,万一出了事怎么办?

对待下人一向宽厚的凤青岚,在看到急急忙忙跑过来的宫女后忍不住怒骂出声:"本宫不是吩咐过要看好公主吗?你们居然敢让公主一个人乱跑,若是公主出了什么事,你们就是有九条命也不够给我的妍儿陪葬!"

跪在地上不断磕头求饶的宫女虽然一脸惊慌,可是凤青岚对待下人一向宽厚所以也就没有太过恐惧,这个时候她哪还有心思想着凤青岚话中的语病呢。

大公主虽然交由殿下抚养，可是殿下只是大公主的姑姑，算不得是殿下的妍儿吧？

宫女有些纳闷，但也只敢在心里嘀咕几句。

也许是长公主殿下成婚都快一年了还没有孩子，所以才会这般喜欢大公主吧。宫女这样想道。

"殿下恕罪，都是奴婢的疏忽，殿下赎罪啊。"

无论宫中王府里的宫女下人们受不受主子的重视，那求饶的话都是说得溜溜的，而且是千篇一律毫无创新的"娘娘/殿下恕罪啊，饶命啊"之类的，着实没有新意。

唔，这是百里琦在大堂内听到宫女的告饶声之后，心中最真实的想法。

"姑姑，是妍儿的错，是妍儿不该乱跑，姑姑不要罚她们好不好？"

凤芷妍拽了拽凤青岚的裙摆，声音软软地向凤青岚替宫女们求情。

第91章　凤芷妍和百里琦

若是月柔在这里,就会发现比之在皇宫的时候,凤芷妍脸上多了灿烂的笑容还有许多的改变。

在皇宫的凤芷妍就像一个小大人一样,知道什么该做什么不该做,一举一动都做到了大盛嫡公主该有的风范,虽然年纪还小,但举止礼仪都已然有了规范。

而现在的凤芷妍,会撒娇,会天真的笑,还有到处耍闹。

其实这才是一个六岁的孩子应该做的,只可惜在皇宫内院中,无论是多么小的孩子,都没有天真的权利。

一步踏错,那就是万劫不复。

"好,姑姑什么都听妍儿的好不好?"凤青岚蹲下身子摸了摸凤芷妍的小脑袋,笑得十分温柔。

若不是大家都知道凤芷妍是凤绝的长公主,别人都要怀疑这个凤芷妍是不是长公主的私生女了,要不然长公主怎么会笑得这么温柔?就算对着驸马宋二,大家也没见过长公主笑得这么温柔过。

"姑姑真好,妍儿好喜欢好喜欢姑姑。"凤芷妍十分机灵地在凤青岚的侧脸上印下一个软软香香的吻,然后捂着小嘴笑的眼睛都弯成了一个月牙。

凤青岚见凤芷妍笑得这么开心,被拒之门外的郁闷与不快一扫而光,也亲了亲凤芷妍,然后问道:"原来姑姑不是妍儿最喜欢的人啊,姑姑好伤心呀。"

"姑姑不要伤心,姑姑是妍儿第二喜欢的人,连父皇都排在姑姑后面呢。"

"原来是这样啊,那姑姑就开心啦。"

凤青岚揉了揉凤芷妍的小脸蛋然后站起身来,对着跪在地上的宫女说道:"你们回去吧,若有下次定不轻饶。"

"谢谢殿下。"

得了特赦的宫女连忙站起身一路小跑着出了院子,虽然凤青岚轻易不惩罚下人,可是那一身的气势还是十分骇人的。

凤青岚低头看着凤芷妍欢乐的笑脸,内心中满是酸涩。

刚刚妍儿说她是她第二喜欢的人,连凤绝都排在她后面,那妍儿最喜欢的人自然不言而喻。

她最喜欢的是她的母后,月柔。

"姑姑,咱们进去吧。"凤芷妍不知道凤青岚一直站在门外,小丫头走了一路有些累了,便拽着凤青岚的手往门内走去,凤青岚正在想事情,竟然也被凤芷妍拉进了大堂内。

"这位姐姐,能给我倒杯茶喝吗?妍儿好累好渴啊。"凤芷妍一进大堂便松开了牵着凤青岚的手,走到百里琦面前歪着头撒娇卖萌地说道。

百里琦正要站起来请凤青岚出去,可惜还没有所行动就被凤芷妍无意中制止住了。

低头看了看不到她腰高的小丫头,百里琦笑了笑,说道:"好啊,那大公主坐在椅子上歇会吧,我给你倒花茶喝,甜甜的哦。"

不知为何,看着凤芷妍眨巴着一双水灵灵的大眼睛望着她,她内心就柔软得一塌糊涂,甚至不敢大声对她说话,唯恐吓到了她。

就在两人说话的时候,竹枝已经端着一杯花茶进来了,将茶杯递给凤芷妍后,忍不住抬头看了看百里琦,然后再低头看看凤芷妍,弄得百里琦有些莫名其妙。

"姑姑,你怎么不进来啊?"凤芷妍坐在凳子上,双腿晃晃悠悠地对还站在那里的凤青岚十分奇怪地问道,然后捧着手中的茶杯一脸幸福地对凤青岚说道,"姑姑快来啊,这茶好好喝啊,姑姑也来喝一杯。"

凤芷妍就算再早熟也是一个孩子,自然看不出凤青岚脸上的落寞,只是单纯地以为凤青岚是累了才会脸色发白。

"大公主,这茶只准备了一杯哦。"百里琦瞥了一眼凤青岚后,扁了扁嘴说道。

唔,言下之意就是这花茶只可以给你喝,没有你姑姑凤青岚的份。

"嗯,那我给姑姑喝好了。"凤芷妍眨巴眨巴大眼睛,然后从凳子上溜下去,走到凤青岚面前将手中的茶杯递给凤青岚,十分欢快地说道:"妍儿不喝了,姑姑快喝,很好喝的。"

凤青岚眼中闪过一抹欣慰,还夹杂着一抹疼惜,没有接过茶杯而是将茶杯推到凤芷妍的怀里,笑着说道:"姑姑不渴,妍儿喝吧。"

这个孩子,让她心疼得厉害,也让她愧疚得厉害。

百里琦见到这一幕十分无语地翻了翻白眼,刚想说什么却被一脸严肃的竹枝制止住了,然后竹枝就一把拉着一头雾水的百里琦进了内室。

"竹枝,你干什么啊?"百里琦先是看了一眼窗前暖榻上闭目养神的宁千雪,又看了看坐在一旁凳子上的百里夜,然后莫名其妙地对着竹枝发问。

那个凤青岚还在外面呢,竹枝忽然非得拉着她进内室干什么啊?

万一小姐一心软,让那个劳什子的长公主进来怎么办?

她害得大哥这么苦,怎么可以就这样原谅她?百里琦愤愤不平地沉浸在自己的世界中。

竹枝则没有搭理百里琦的抱怨,而是走到宁千雪面前,低下头小声说道:"王妃,大公主也在外面。"

"嗯。"

宁千雪懒洋洋地应了一句,她又不是聋子,外面的声音她自然听得见,因着懒得应付知道她是露华的凤青岚,所以即便宁千雪知道大公主凤芷妍也在外面却也没有出去。

一声淡淡的"嗯"之后,宁千雪就不再说话,而是等着竹枝的下文,她的丫鬟她了解,竹枝的性子虽然跳脱,但不会就因为凤芷妍来了就进来和她特意说一声。

果不其然,竹枝低眉顺眼地瞥了一眼闭着眼不说话的百里夜后,继续说道:"奴婢看那个大公主……王妃不觉得大公主和琦儿长得有些像吗?"

这一句话,同时让闭着眼的两个人同时迅速睁开双眼。

"你说什么?"宁千雪皱眉看着竹枝问道,那个凤芷妍她也曾在德妃的宫中看过一眼,长得并没有多像琦儿啊。可是……宁千雪抬头瞥了一旁的百里夜,吩咐道,"让她们进来吧。"

百里夜听到宁千雪的话,放在桌子上的左手瞬间握紧,手背上的青筋隐隐浮现。

唉,果然哥哥还是在乎那个凤青岚的。百里琦看到百里夜的反应后,内心有些悲凉地想。

虽然她也觉得凤芷妍和她长得有点像,这简直不可思议。

细细回想凤芷妍的小模样,眉眼之间还是能看得出和她自己有些像的。

看着竹枝转身出了内室,百里琦赶忙走到百里夜身后站着。

第 92 章 你就这么不相信我吗

凤青岚在踏进内室后,一双有些慌乱的眸子在看到百里夜的瞬间就不再转动了,凤青岚墨色的瞳孔猛地放大,牵着凤芷妍的手力道也缓缓变大。

这是……百里夜?

眼前的男子硬挺的身姿,刀削般的脸部轮廓,深邃的眉眼和高挺的鼻梁,都是记忆中的样子,可是那一身黑衣是怎么回事?他不是最不喜欢黑色的吗?

还有那……从额角横贯整张脸颊的刀疤,又是怎么回事?

那道刀疤至今清晰,让人一看便知道定是曾经有一刀差点将男子的脑袋劈为两半,那刀疤如滚烫的岩浆将凤青岚的灵魂都烫得发抖。

"姑姑你怎么了?"凤芷妍有些吃痛地抬头看向凤青岚,自己的手被姑姑攥得好疼啊。

凤芷妍虽然被攥得生疼,可是她并没有抱怨手疼,而是十分关心地问着她的姑姑有没有事情,这让宁千雪赞赏地点了点头。

再看看凤芷妍的模样,宁千雪吃惊地发现凤芷妍较之一年前模样长开了不少,这个样子看起来和百里琦确实有些相像。

其实,在宁千雪看来凤芷妍和现在的百里琦并不是十分相像,可是她在看到凤芷妍的模样的时候就肯定了,这个凤芷妍不是什么大公主,根本就是凤青岚和百里夜的女儿。

因为,凤芷妍和她第一次看到十一岁的百里琦的时候,简直一模一样。

都说侄女肖姑,看来此话不假。

"大公主,过来。"宁千雪朝凤芷妍招了招手。

凤芷妍先是看了看凤青岚,见凤青岚还是那副表情又犹豫了一小会才挣脱开凤青岚的手,走到宁千雪面前有些腼腆的小声唤道:"皇婶。"

虽然宁千雪是凤芷妍的皇婶,可是这两人总归不过见过一面,真心不熟啊,是以凤芷妍十分的腼腆外加不好意思。

"大公主饿了吗?"

"嗯,有一点。"

"那皇婶带你去吃点心好不好呀。"宁千雪平日里在王府里也经常哄凤梨月,因此对于哄孩子这件事十分上手。

凤芷妍有些吃惊地看了一眼宁千雪,有些不敢确定地点了点头,"好啊,谢谢皇婶。"

原来皇婶这么好说话啊。凤芷妍内心有些小小的雀跃。

"竹枝,你去给大公主做些点心,琦儿带着大公主出去玩一会吧。"宁千雪吩咐完,自己也站起身来,和百里琦等人一起离开了内室。

室内一时之间安静极了,只剩下两人却一动不动。

"百里……"凤青岚试探着向百里夜走得近了一步,又近了一步,然后在离他三步远的地方站定小心翼翼地唤了一句。

百里夜唇角一勾,道:"长公主殿下唤百里何事?"

长公主殿下?凤青岚眸光一紧,只觉得连呼吸都有些困难了。她从来没有想到有一天她和百里夜会生疏至此。

所谓咫尺天涯,生死陌路,就是这个意思吧。

"百里,你就不问问我当年的事情吗?"凤青岚放下长公主的身段,放下属于凤青岚自己的骄傲,声音低低地问道。

当年发生了那么多事,你连问的想法都没有了吗?还是说,你对我的信任,其实也没有我想象中那么深?

在凤青岚问出这句话后,百里夜终于抬头看向了凤青岚,看着这张和六年前一模一样的容颜,百里夜十分平静地反问道:"公主殿下想让我问什么?"

当年露华公主大婚的两日前,他收到凤青岚的信,急急忙忙地赶去了将军府去见她,结果呢?在信中说受了重伤的凤青岚完好无损地站在那里,而他却瞬间陷入了昏迷,等他醒来之后却发现自己浑身无力,内心躁动火热,分明是中了迷药的症状。

他不知道躺在他身边同样无力的凤青岚是装的还是真的也被下了药,只是……后来他才在神医谷得知了,那种药,叫作胭脂醉,药性十分霸道,除了男女交合别无他法。

等到第二日白天他再次醒来的时候,却发现凤青岚已经不见了,而且自己被点了穴道,等自己运功不顾一切地冲开穴道赶到皇宫的时候,一切都晚了……

不用去看他也知道云氏皇族的暗卫肯定也都被凤青岚做掉了,云氏暗卫的所在地十分隐秘,因为他是暗卫首领经常出入暗卫所在地,而他又对凤青岚从不设防。

这场为他打算的以凤青岚为饵的阴谋,让他毫不犹豫地跳了下去,从此万劫不复!

无论是那些和他同生共死的暗卫兄弟,还是云氏皇族的鲜血,都让百里夜恨死了凤青岚,也……恨透了自己。

所以他不顾一切地带着露华逃亡,无论受多重的伤,那些不多的伤药都被他用在了露华和其他暗卫身上,他是一个罪人有什么脸面用伤药呢?他这种人就应该死了算了。

可是想到云氏的鲜血和露华公主坚定复仇的决心,他没有让自己去死,不过是认为自己还有用罢了。

苟延残喘这么多年,上天居然让他又遇到了凤青岚。

可是……

现在的他,只想杀了她!

"当年……"凤青岚只说了两个字就无奈地闭上了双眼。若是百里夜信她,她一句也不用解释,若百里夜不信她,她解释一百句又有什么用?

更何况,凤绝再不是,也是她的亲哥哥,她如何可以在别人面前指责凤绝的不是?

"百里,你就这么不相信我吗?"

凤青岚有些悲哀地问道,若是百里夜真的对她是百分百的信任,他就不会认为当年的事是她和凤绝联手设下的阴谋。

其实当年的事,凤青岚也是受害者。

她根本不知道凤绝在她身上撒了追踪粉,因为百里夜和她接触过所以百里夜的身上也会沾染上追踪粉的味道,因此凤绝才会查到云氏暗卫藏身的地方。

她的字是当年连城夫人一笔一笔教会的,不光是她还有凤绝、凤尘都是连城夫人教的,所以凤绝模仿的笔迹足可以以假乱真,百里夜收到的那封信她到现在都不知道上面具体写了什么。

当年百里夜被路鹤打昏后,她同样也被下了胭脂醉,不同的是她还被点了哑穴……

所以当年她明明知道这肯定是一场阴谋,她也只能看着百里夜难受,然后眼睁睁地看着她和百里夜走到了尽头。

第93章　因为你是我唯一的软肋

更何况,当年凤绝利用她拖延百里夜,她又何尝不是受害者?可是因为做下这些罪孽的是她的兄长,所以她永远觉得自己亏欠于百里夜,亏欠露华。

只是……百里夜你若真的全心全意信任着我,又怎么会对当年的事情深信不疑?

"百里,其实你没有你我想象中那样爱我。"凤青岚眼眸中满是落寞,再不甘她也得承认这个事实。

百里夜也不反驳,一直静静地听着凤青岚说话,然后也只是很平淡地说道:"的确,当年你在我心里虽然重要,但对于我最重要的是忠诚。"

只是……百里夜有一句话并没有说出口而是默默地将剩下的那句话吞回了肚子中。

对于百里家族的继承人,作为云氏的守护者,最重要的是对云氏忠诚,而对于百里夜这个人来说,当年你才是最重要的。

若非真的全心全意相信你,我又怎会对你丝毫不设防?

凤青岚即便已经有了心理准备,听到这句话的时候还是忍不住向后退了几步,最终满是苦涩地说道:"是啊,我在你心里永远不是最重要的。"

百里夜看着凤青岚一脸的苍白,背在身后的手紧握成拳,努力地克制自己不去伤害她。

"你走吧。"

凤青岚,你走吧,离开这里,离开我的生命吧。

否则,我怕我真的会忍不住伤害你。

凤青岚猛地抬起头,难以置信地看着百里夜,咬住唇角任由干裂的唇瓣露出丝丝血迹来,"你明明知道当年算计你的不是我,你明明知道我这些年过得也不比你好上多少,你还是不愿意相信我?"

她和百里夜认识这么多年,在她印象中的百里夜从来不会这么对她,无论发生什么只要她撒撒娇,百里夜都会原谅他。

如今,她都低下头放下骄傲来道歉了,低声下气地求他了,他居然还不愿意原谅她?

"不是相信不相信你的问题,你该知道我和你不可能了。"百里夜神情不变,沉声回道。

她现在已经是卫国公府的少夫人了,而他……身为云氏暗卫,他永远不可能原谅凤青岚,无论当年的事究竟是不是凤青岚自愿的。

"什么叫不可能?百里,妍儿是我们的女儿啊,你想让妍儿永远不知道她的亲生父亲是谁吗?"凤青岚闻言神情激动地抓住百里夜的手臂,苦苦地哀求,满脸的泪痕。

她是真的爱百里夜，她也是真的觉得对百里夜内疚，尤其当看到百里夜脸上那道狰狞的伤疤时，所以她愿意放下身为长公主的尊严，可以放下身为凤青岚的骄傲，来求他，只求他回头看她一眼，给她们两个一个机会。

　　无论是为了她，还是为了凤芷妍。

　　那是她的亲生女儿啊，她怎么会愿意看着凤芷妍叫别的女子娘亲呢？

　　当年的事情发生后，凤尘大醉七日，是她劝说凤尘走出了阴影，可是当她站在京都的城墙上送走凤尘远走边疆战场的时候，她却知道她自己永远也不会走出这个阴影了。

　　后来，她发现了自己有了身孕。

　　她高兴，她激动，她又哭又笑，对于她来说凤芷妍是上天给她的恩赐给她的补偿，可是无论是她父亲还是凤绝都不愿意她生下这个孩子。

　　她以死相逼才生下了这个孩子，可是这个孩子生下来她连一眼都没有看到就被凤绝抱走了，若是后来因为找不到孩子她差点疯了，凤绝也不会告诉她凤芷妍就是她的孩子。

　　很巧，她生下凤芷妍的那一天，月柔也生下了大公主，只是那个孩子一出生就是个死胎，为了她的名声，凤绝将她的孩子和月柔的孩子调包了。

　　其实，凤青岚不知道的是，世界上怎么会有那么巧合的事情，是凤绝知道凤青岚生产后让人对月柔动了手脚，所以月柔才会在同一天生下了孩子，只是没想到月柔生下的竟然是个死胎。

　　凤绝比众人想象中，更爱自己的妹妹。

　　"百里你知不知道我有多想抚养那个孩子长大？可是我不能，不是为了我的名声，是为了妍儿，一个私生女，就算我是长公主就算皇兄肯为她造势，她也会被人瞧不起的。"凤青岚泪眼婆娑地拽着百里夜的手臂，将这么多年的委屈统统发泄出来。

　　"我不能陪着她一天天长大，我只能偶尔去看看她，只有那么一小会，我看她第一次说话是叫的月柔，我看着她和月柔母女情深，我看着她一点点地长大。我既庆幸她长得不像我，免得被月柔怀疑，可是我又十分失望，我的女儿长得不像我……"

　　"这六年来我日日夜夜愧疚，我知道我对不起你和露华，可是……这一切又何尝是我愿意的啊，百里？"

　　这些年来，凤青岚闭门不出，过着如同垂暮之人一样生活，甚至连亲生女儿都不能养在身边又何尝不悲哀？

　　百里夜眸中黑色的风浪翻滚，喉结急速的上下滑动，几次呼吸不稳可最后说出口的话还是那么的平静甚至是……冰冷。

　　"在云氏江山覆灭的那一刻，你我之间已经不可能了。"

　　"露华都可以嫁给阿尘，你为何不能原谅我？"凤青岚失态地大吼，她没有想到她说了这么多百里夜居然还是无动于衷。

　　百里夜说："公主是公主，而我百里夜是百里夜。"

　　露华公主本就无辜至极，他身为暗卫之首却没有尽忠职守又有什么面目说什么露华原谅了尘王，他就能原谅凤青岚。

　　这怎么一样呢？

凤青岚神情怔怔地松开了手,轻轻地一步一步地后退,似笑非笑扯了扯嘴角,"我知道了。"

百里夜,我知道你的答案了。

我知道了你的选择,你是怕悲剧再次重演,你怕你再一次因为我而让六年前的事情重演。

因为我是你唯一的软肋,所以你要放弃我是吗?

放弃了我,也就是让你自己从此没有软肋,没有软肋的人才能更好地保护露华,是吗?

在忠诚和爱情之间,在我和露华之间,你都选择放弃我。

既然如此,我自然不会再苦苦纠缠,我凤青岚又做错过什么?

"百里,再见。"

凤青岚头也不回地离开了,神情既放松又解脱的凤青岚自然没有看见身后那个男人眼中的落寞和疼惜。

第94章 局势，忠义侯府

宁千雪让人送走凤芷妍后回了内室，已经看不到百里夜的身影了，想了想大概百里夜是去寻找那个冷清秋的问题去了。

百里夜说是不在乎他这两个弟弟妹妹，实际上还是很在乎的，要不然也不会去亲自监视冷清秋。

若是能找到冷清秋和沧澜国勾结的证据，那么冷清秋和陌阳的婚约肯定也会随之解除。

要不是为了百里琦，百里夜也不会亲自跑一趟。

"竹枝，准备午膳吧。"

"王妃，王爷还没有回来，您看是不是……"竹枝进来小心翼翼地说道。

最近看着王爷和王妃一句话也不说，竹枝还是很着急的。

宁千雪一愣，转而装作毫不在意地挥了挥手，道："何必等着他，咱们吃咱们的就是了。"

谁知道现在凤尘在哪里呢，毕竟和凤尘一起来到这广甫寺的不止她一个，还有一位平妃呢。

想起古嫆心，宁千雪眼眸便是一冷，璃珞她们居然查不到古嫆心的过往，这绝对不正常。

"等百里回来让他也去查一查那个古嫆心。"

"是。"

而此刻在宁千雪嘴中不知道在哪里的凤尘正在广甫寺的后山上一片隐秘的山林中。

"你可还好？"凤尘看着眼前狼狈不已的好友兼下属，忍不住关心了一句。

这个岳繁可是消失了好一阵了，都一年多了，终于回来了，他再不回来凤尘都要怀疑岳繁是不是已经被人杀了呢。

岳繁扯了扯嘴角，无所谓地说道："露华公主下手，尘王殿下觉得我还能好吗？"

他偷偷去了暖城，一方面要躲着凤绝的暗探察觉到他的踪迹，避免给宁千雪带来不必要的麻烦，所以进展十分缓慢，花了大半年才查到原来真正的宁千雪早就在六年前因为重病去世了。

哦，不对，宁国公府的嫡女，记载在宁氏族谱上的应该是宁为月才对。

等他查到这个消息，还没来得及再查一查其他关于露华公主在暖城的事情，就被露华公主的人发现了,然后就被一路追杀。

他一边要躲着凤绝的暗探,一边又要躲着露华公主的人的追杀,好不狼狈。

几个月前,他终于寻到机会将宁千雪就是露华的消息传给了凤尘,而自己则是继续逃亡,想要甩开追杀的人,因为他知道凤尘也不想让宁千雪知道他在查她。

"我之前可没有想到,查一个消息居然会耗费我一年多的时间。"岳繁有些苦笑地说道。

虽然被追杀的这大半年很苦很累,可是因为追杀他的人是露华的人,他的心情居然诡异地平复了。

"阿蓉的本事自然不弱。"凤尘毫不客气地接下了岳繁的称赞,一副与有荣焉的模样。

其实凤尘也知道,若不是几个月前阿蓉中了半月碎的毒,追杀岳繁的人也不会骤然减少从而让岳繁得以逃脱。

岳繁颇为无语地砸了好友一拳,笑骂道:"你这是见色忘友吗?"

凤尘耸耸肩,算是承认了。

"说真的,你有没有想过忠义侯府?"

自从岳忠死后,岳繁的远走让忠义侯府已经在京都渐渐隐没了下去,就算岳笑苦苦支撑,可若不是没有凤尘暗中的帮助,忠义侯府偌大的家业,就凭一个天真不知世事的岳笑,是无论如何也撑不下去的。

若不是因为岳繁为了他的事离开一年多,凤尘才不愿意出手帮助岳笑保住这个忠义侯府的门面呢。

虽然对于岳笑这个人,凤尘并没有多看得上眼,可是对于岳笑坚持等岳繁回来继承忠义侯这件事还是让凤尘颇有些刮目相看的感觉。

虽说忠义侯府有些没落了,可到底还是一府侯爵,只要岳笑继承了忠义侯的爵位,这京都自然也没有人敢欺辱他,可是这小子愣是咬牙不肯继承忠义侯的爵位。

提起忠义侯府,岳繁的情绪一下子就低落了下去,"我是不会继承忠义侯这个爵位的,当然了笑儿我也是不会让他继承的。"

岳忠得来的这个忠义侯是多么的讽刺,岳繁知道,他有他的骄傲,这样得来的忠义侯他是无论如何也不会接受的。

"那你……"

"我听说沧澜国将琼河以北的那十座城池送给大盛了?"岳繁打断凤尘的话,问道。

凤尘也不恼,配合地回答:"是啊,怎么你想?"

他和岳繁多年好友,他自然了解岳繁的想法,岳繁骨子里就像军人一样,恐怕岳繁想从军了才会有此一问吧。

岳繁点了点头,说道:"是啊,琼河以北的十座城池太重要了,只要在这十座城池筑起防线,那么就能和柴元帅戍守的北疆连成一片,从此以后大盛的北方便可安枕无忧了。"

北疆那片地方一直很不平静,北方部落的首领十分有野心,一直不断发兵骚扰大盛北方的边界,若不是有柴元帅几十年如一日地镇守在北疆,整个大盛又怎么会有如此的平静?

"我也在想这个问题,在大盛和沧澜国将琼河以北的那十座城池交接的时候,北方部落肯定会趁着咱们的人还没有将那十座城池收入囊中发动战争。"凤尘是位将军,在杨又薇和亲沧澜国后,就一直在想到底这十座城市交给谁来镇守的好。

其实,龙轻泽是最合适的。

龙轻泽也算是柴元帅的孙子,两位将军之间也不会有隔阂,而且龙轻泽无论是守城还是攻城都十分有策略,而且他在军中颇有威望,再加上柴元帅给他造势,龙轻泽一定会迅速地将这十座城市完全收入大盛的版图。

只可惜,凤绝让龙轻泽入京就是因为忌惮着柴元帅、阳城将军和龙轻泽这三位将军加起来的势力,让龙轻泽去镇守琼河,凤绝肯定是不愿的。

而且琼河以北太过苦寒,沈蔷薇绝对不会带着女儿一起去琼河的,所以不仅仅是凤绝会不放心了,连沈蔷薇都不会同意。

其他有些本事的将军都在各处的边界镇守着,在京都赋闲的将军有点名气的就只有古茂盛了,对于古茂盛凤尘是一百个看不上,自然也不会同意让古茂盛这种随时会叛变的人去镇守琼河这么重要的地方。

现在看到岳繁……

"不知道尘王殿下愿不愿意相信我一次?"岳繁笑着问道。

第95章 柴元帅受伤

凤尘没有回答岳繁,而是说起了另一件事,"前不久我接到消息,柴元帅在前不久偶然从马背上跌落,而北疆又没有好的大夫,所以柴元帅很可能不能再上战场了,顶多在军帐中作决定。"

柴元帅无论是北疆人们心中还是北方部落人们的心中,那都是天神一般的存在,若是北方部落在发起战争后看不到柴元帅甚至得到柴元帅受伤的消息,那一定会士气大涨,北疆也会陷入恐慌。

毕竟柴元帅在他们看来,那就是不败的神话,比之凤尘,柴元浩更像一个国家的守护神。

"怎么会?"岳繁吃惊地问道,就算北疆没有好的大夫,不过是从马背上跌落,柴元帅怎么可能会因此不能再上战场?

凤尘低叹一声:"岳繁,你忘了柴元帅多大年纪了吗?"

柴元帅已经整整在北疆镇守六十年了,当年离开京都的时候,柴元帅不过是刚刚及冠的意气风发的少年,如今却已经是八十岁的老者了。

其实不光是岳繁,大盛的所有人,甚至就连北方部落的敌人也都忘记了,柴元浩他不是天神,他也会受伤,他也会老去。

当他再也拿不起战刀的时候,那对于北疆的人们来说,将会是一场前所未有的灾难。不是说没有柴元浩北疆就保不住了,而是北疆的人们已经习惯了柴元浩的保护,也只相信他才能守护他们这些百姓,若是有一天连柴元浩也倒下了,那么北疆所有臣民的信念也将随之倒下。

"……柴元帅今年都有八十了吧?"岳繁心中一惊,这才想起柴元帅已经老了。

八十岁,怎么还能骑得了战马?更何况从马背上跌落?

"凤尘,若是这样,琼河那里只有我去也不行,北疆那块你必须亲自去!"岳繁神色肃穆地说道。

他虽然胸中也有抱负,可是他在军中一点威望都没有,整个大盛除了阳城将军也就凤尘能够在柴元帅受伤的消息传出来后还能勉力维持住北疆的民心军心不受太大的波动。

凤尘点了点头,"我会向皇上禀明的,到时候你领兵十万去琼河,一定要守住琼河,明白吗?"

他这个时候不能乱动,每次他出京都是因战争爆发,他若没有缘由地出京肯定会让京都的百姓感到惶恐,所以他只能等北方部落发动战争后才能带兵前往北疆。

不过也还好,无论是岳繁还是受伤苍老的柴元帅,都能等到他赶去的。

岳繁看了看天色,说道:"我知道了,我先回京城,你快去陪公主吃饭吧。"

一年多没有回京都了,也该去看看了,虽然他极不愿意回忠义侯府,可是那座侯府里除了讽刺之外还有他唯一的弟弟,京都的一切他都可以不在乎,可是岳笑,他不能不管。

"好。"

不一会,密林内又重归平静,仿佛从来都没有人来过一样。

自从六年前受了那一箭没有得到治疗又开始千里逃亡后,宁千雪的身子就一直十分差,每天下午都要睡一会才有精力干别的事情。因着怕百里琦和竹枝这两个小丫头闷着,就让她们两个出去玩了。

宁千雪推开门看了看院子内,竟然只有一个百里念坐在小凳子上拿着树枝在地上画圈圈,周身环绕的都是郁闷的气息。

看着这样的百里念,宁千雪不禁莞尔一笑,"怎么没和竹枝一起出去玩啊?"

对于百里念,宁千雪总是将他看成一个小孩子看。

而且从竹韵死后,竹枝的心情就一直不好,百里念只要没事的时候都会围着竹枝转悠扮蠢逗她笑,今日怎么竹枝出去了他居然没有跟了去?

百里念抬头一看是宁千雪醒了,便扔掉手中的树枝站起来说道:"大哥说了,小姐身边必须有人陪着。琦儿和竹枝出去了,所以我就留下来看着小姐啊。"

"那你不想陪着竹枝吗?"

"想啊,可是还是看着小姐更重要。"

百里念一板一眼的回答让宁千雪十分慨然,她知道为什么百里夜会这么吩咐百里念,不过是因为百里夜还是放不开六年前在凤绝谋反时,他没有及时出现的自责。

唉,连凤青岚他都不肯原谅,他又怎么会原谅他自己呢。

"那小姐带你出去玩找竹枝好不好?"宁千雪拍了拍百里念的肩膀,笑着问道。

和百里念说话的时候,永远是她最放松的时候。

"小姐想去就去。"百里念一听到可以去找竹枝,双眼猛地方亮,但还是记着宁千雪的意愿才是最重要的。

宁千雪抿唇一笑,便带着百里念往山顶处的佛塔走去了。

她知道百里琦最喜欢高处了,而且这个光景从山顶看夕阳应该是最美的时候,竹枝和百里琦应该在那里。

谁知道到了山顶宁千雪不仅没有见到竹枝和百里琦,反而见到一起站在山崖边不远处欣赏夕阳落日的凤尘和古嫆心,还有一个古嫆嬿。

古嫆嬿是第一个看到宁千雪的,笑得十分灿烂地对着宁千雪招了招手,喊道:"王妃也来了啊,快来这里看看,从这里看落日实在是太美了。"

凤尘闻言也转身看向宁千雪,也不说什么只是沉默地看着宁千雪。

他就知道古嫆嬿叫他出来没什么好事,本来他是不打算搭理古嫆嬿的,可是古嫆嬿居然问他想不想知道古嫆心为什么长得这么像露华,他只知道这个古嫆心不是古茂盛的亲生女儿,可是至于古嫆心到底是谁,他却一直也查不到,事关阿蓉他一点也不想马虎,就出来了。

谁知道到了山顶却发现不仅有古嫆姵,连古嫆心也在,当时他就知道被古嫆姵耍了,但古嫆心哀求他陪她一会,他顾及着那个背后之人也就强忍着没有发作,哪知道宁千雪居然也来了这里。

古嫆姵,你到底想要干什么?

"若是真的美,在哪里看都一样。"宁千雪嘴角一扯,十分平淡地回了一句。

和她们几个一起欣赏夕阳?就算落日再美,她也没这个心情。

古嫆心柔声笑道:"王妃何必拒人千里之外呢,来这里看看又不会有什么事。"

宁千雪本来想转身离去的脚步闻言便停了下来,这个古嫆心是在挑衅自己吗?自从她杀了兰儿之后,她基本上就再也没见过这个古嫆心了,这么长时间没见,胆子也变大了啊。

第 96 章　意外突变，山体滑坡

"的确是没什么事，可是本妃为什么要委屈自己和你在一起待着？"宁千雪语笑嫣然，神态倨傲，一脸瞧不起古嫆心的表情。

古嫆心很反常地没有动怒，而是继续笑着说道："王妃，咱们姐妹都是王爷的人，一起陪王爷欣赏会夕阳美景，谈不上什么委屈吧？"

凤尘听完此话，本来想要反对古嫆心的话也吞了回去，他已经好久没有和宁千雪一起安安静静地相处了。

夕阳美景，能够和千雪一起欣赏，那该有多好。这也可以算是他临行前的礼物了吧。

待明日从广甫寺回京后，凤尘就打算向凤绝请旨让岳繁带兵十万前往琼河，而他也要整装待命。

战场自古以来便是凶险之际，他每次去战场都会做好再也回不来的思想准备，这次也一样。

可是，这次他比之上一次去大漠更加舍不得宁千雪。

"夕阳这般美好，千雪辜负了岂不可惜？"

一抹带着淡淡的希冀目光落在宁千雪身上，宁千雪张了张嘴，最终无声地上前走了几步，不过并没有走到凤尘身边，而是走到了凤尘和古嫆心的斜前方。

凤尘也不说什么，只要能看到宁千雪，对于他来说就很好了，真的很好了已经。

"念儿，竹枝她们应该是去了右边的佛塔上，你去找她们吧，然后回来顺路找我就好了。"宁千雪转身温柔地百里念说道。

百里念看了看凤尘，见凤尘几不可见地点了点头，这才有些雀跃地跳着跑向了右边的佛塔处。

宁千雪没有看夕阳而是看向了几步远处的断崖，听陌阳说当日星河就是跌落在一座山崖下面……

"王爷，您今年也二十有五了，可是无论是我还是王妃姐姐，我们都没有为王爷生下一儿半女，以至王爷至今都膝下空虚，为了给尘王府开枝散叶，王爷是不是应该考虑纳一两个侧妃了？"

古嫆心见凤尘的眼神都黏在宁千雪身上，心中妒火顿生，看了一眼古嫆嬿便笑着说道。

既然凤尘从来都不碰我，那么让凤尘再多几个女人又能怎么样呢？只要能让宁千雪难受就够了。

凤尘手一紧,眸光转向古嫆心的方向,那眸光中似乎带着刺般扎得古嫆心生疼,直到古嫆心脸色发白才慢悠悠地一字一顿地问道:"哦?那你认为本王该纳谁为侧妃?"

这个古嫆心可还真是大方啊,居然还想着帮他纳侧妃?

瞥了一眼低垂着头的古嫆姵,凤尘有些了然,这就是古嫆姵把他骗出来的目的吧,想让他当着千雪的面许她侧妃之位。

这算盘挺好,可是她们两个凭什么认为他凤尘就要一直受她们两个摆弄呢?

真是可笑。

"王爷,这是妾身的堂姐,古嫆姵。温柔端方,知书达理,应当担得起王爷的侧妃之位,不知王爷意下如何?"古嫆心一听凤尘是这个反应,十分欣喜若狂,还以为这是凤尘松口了真的想找个侧妃了。

毕竟凤尘膝下至今没有一个孩子,这是真的。

古嫆姵有些紧张地绕着手中的丝帕,然后不动声色地缓缓走到了凤尘的左前方,横在了凤尘和宁千雪中间。

"一品亲王的侧妃至少出生也得是朝廷三品大员的女儿,也不知道平妃的这个堂姐的父亲可是三品大员?"

还未等凤尘出言反驳,宁千雪头也不回地便讽刺出声。

据说古茂盛疼爱这个侄女胜过了古嫆心,这还真是好笑啊,自己有女儿不疼偏偏跑去偏疼偏宠一个侄女。

那个古茂盛可不是什么好心抚养兄长孤女的人,怎么看古茂盛都不会有这么高尚的品质,除非这件事情里面有猫腻。

再说了,她可不认为凭古茂盛的基因,能生出一个和之前的她那般相似的古嫆心!

凤尘本来想要反驳的话,因为宁千雪的忽然出声而胎死腹中,可是凤尘并不恼,反而看着宁千雪的背影笑了起来。

原来,千雪也是在乎他的,真好。

古嫆姵脸色一变,抬眼万分柔情地看向凤尘,说道:"我也知道凭我的身份配不上王爷,所以我并没有求什么名分,只是想陪在王爷身边就好了,王……"

古嫆姵的话还没说完便被一阵震天的爆炸声盖了过去,几个人还没来得及反应,忽然就感到脚下的地面开始不断抖动,眼看着,这边的山崖,就要塌了。

"千雪——"凤尘眼眸一眯,就要朝宁千雪走过去。

可是还没等凤尘走出去,紧接着又是一阵震耳欲聋的爆炸声,这下山崖上的人都感觉到脚下的地面正在倾斜往下滑了。

古嫆心尖叫一声,就赶忙拽住了凤尘的右手,因为凤尘和宁千雪中间隔着一个古嫆姵,所以凤尘一伸手就被古嫆姵一把抓住,十分惊恐地叫道:"王爷,救我。"

而宁千雪听到凤尘叫她的声音回过头来看到的就是凤尘一手拽住古嫆心,然后再一手抓住古嫆姵,脸色焦急不已的画面。

凤尘!

还没来得及想什么,站在山崖边上的宁千雪就随着裂开滑落的地面朝山崖下掉落下去。

这是，山体滑坡！

"千雪！"凤尘万分惊恐地看着宁千雪的身影瞬间消失，顾不得还在晃动的山崖就想要追过去却没想到被古嫆嫚拦住，而他竟然挣脱不开古嫆嫚的牵制。

"滚开！"凤尘怒喝一声，这个时候他哪里还顾得上怕背后之人察觉到他对宁千雪的心思，满心满眼都是宁千雪滑落下去的声影。

古嫆嫚咬紧牙关拽住凤尘的手不让他走，"王爷，您不能下去，这里太危险了，我们先回去。"

凤尘眼神一眯，这个古嫆嫚不对劲！正常的女子哪里能制住他，让他动弹不得？

忽然一道黑影略过凤尘的眼前，不顾飞落的山石朝山崖边飞扑了过去。

古嫆心见了赶忙劝说道："王爷你看一定是王妃的暗卫去救王妃了，咱们快离开这里吧。只有您安全了，您才可以更好地去救王妃啊。"

凤尘现在已经确定古嫆嫚一定内功了得，就算自己现在想要去救千雪也一定被这个古嫆嫚拦住，既然如此……

阿蓉，你一定要好好地等我来救你啊。

深深地看了一眼山崖边，凤尘便拽着古嫆嫚和古嫆心向后退去，然后飞快地朝山脚下飞奔而去。

第 97 章　黑色面具的男人

　　宁千雪在从山崖上滚落下来的时候,心情格外平静,经历了这么多事,也许死了就不用整天在想着怎么对付别人,不用想着怎么去猜测凤尘的心思……
　　她与凤尘之间恩恩怨怨,她已经太累了。
　　女子轻盈的身子如同一片枯萎的花朵一样,随风飘落,长发因下坠力道而被剧烈的风吹散开来,格外凄美。
　　宁千雪看着眼前不远处急速坠落而来的巨石,平静地闭上了双眼。
　　她早已经不是那个可以一人一骑奔波万里,也不觉得累的武功高强的露华公主了。
　　她现在是货真价实的娇小姐,体弱多病,怎么可能躲得过急速下降朝她砸过来的巨石呢?
　　也许,她的人生就这样结束也挺好的。
　　不用再猜测凤尘的想法,不用再让他们两个之间除了算计再无其他。
　　她真的累了。
　　风声咧咧,意料之中的疼痛感并没有传来,紧接着宁千雪感觉到自己落到了一个十分温暖的怀抱中,然后耳边就是一声闷哼,身子开始急速地下降。
　　宁千雪猛地睁开眼,视线之中却不是想象中的那一个人,而是一张看起来十分冰冷的黑色铁面具。
　　"你……"
　　宁千雪记得他,这个黑色面具的男人之前暗中找到璎珞,说是凤绝正在派人查祁采心,并告知凤绝暗卫人查探的方式以及漏洞。
　　虽然宁千雪并没有相信,但事关云悉她不得不慎重,所以她动用京都所有的力量将凤绝的人引导着往她想要凤绝知道的方面上查。
　　后来她才听璎珞说那个黑色面具的男人说的都是真的,宁千雪这才相信了黑色面具的男人是真的想要帮助她。
　　但是她从来不相信这世上有无由来的善意,派人查这个铁面人却什么都查不到。
　　没想到,到了现在救她的居然是这个她从来没有相信过的黑色面具的男人。
　　宁千雪不由想到之前看到的那一幕,凤尘面色着急地一手拽住古熔心却任由她落下山崖。
　　眸色微微暗淡,失望之情显而易见。
　　凤尘,你这般让我情何以堪?

男子一手紧紧搂住宁千雪的腰,在看到宁千雪眼中的失望和暗淡后心下一紧,心中翻滚的气血仿佛更剧烈了。

看着不远处的一处狭小的山洞,男子眸中精光大盛,抱着宁千雪飞身借着掉落的巨石一步步跳起,不过是一眨眼的时间,男子就抱着宁千雪飞到了那处狭小的山洞。

与其说是山洞还不如说只是有一个倾斜的台阶,男子将宁千雪放在最里侧,然后他双手承在宁千雪上方的洞顶,用自己的身躯护住一寸天地。

宁千雪蜷缩着身子努力让自己占的地方更小一点,对着男子说道:"你靠近一点吧。"

她不是不识好歹的人,虽然不知道黑色面具的男子是谁,但是人家拼命来救她,她自己也要回报一二。

男子无声地摇了摇头,然后沙哑着嗓音说道:"不用了。"

外面巨石翻滚,定是有人将山中掏空了一处,然后放上分量够足的炸药,否则这山平静了几百年怎么就今天这个时候忽然山顶滑坡了呢?

所以说这里也不一定安全,他此刻不相信任何地方安全,只有他自己用身体护住宁千雪,他才能放心。

"滴答。"

寂静中,似乎有什么滴落。

宁千雪一抹额头,葱白的手指上一抹鲜红的色泽格外刺眼,她想起来了之前的那颗巨石是眼前的男人替她用身体挡下。

那么大的石头,怎么能不受伤呢?

"你到底是谁?"宁千雪的眼光一凝,声音有些急切地问道。

这一生,她从来没有被人用生命相护过。

这般强烈真挚的感情,曾经是她一生所求的。

只不过现在得到了,但却不是他……

男子眸光变得温柔起来,后背上不断地撞击和摩擦似乎都不能带给他疼痛了一样,"我是谁不重要,重要的是你要相信我不会害你。"

宁千雪忽然感觉到山洞的四壁也开始晃动起来,山顶的碎石和沙子从男子弯起的脊背两旁落下,让抬着头的宁千雪迷离了双眼。

晃动越发剧烈了。

男子却始终咬牙撑在女子上方,忽然一阵剧烈的爆炸声传来,紧接着宁千雪感觉到山石在山壁上划过的声音、巨石砸在人身体上骨骼发出清脆的断裂声,以及男子粗重的闷哼声。

宁千雪想,原来她的耳朵这么灵敏啊。

这么多乱七八糟的声音中,她居然还能听到骨骼断裂的声音。

天旋地转中,宁千雪似乎感觉到被人护在了怀中,不断地滚落。

等到一切平静,所有喧嚣的声音都消失了,宁千雪再次睁开眼却发现光线十分昏暗,努力睁开眼再次看清楚周围的环境时,宁千雪发现自己冷硬了多年的心肠忽然变软了。

心中的某一根弦似乎"啪"的一声,断了。

微微抬头看到的是一个黑色的身影,依旧是之前的姿势,男子以弯腰支撑的姿势给女子撑起一片天地,周围都是巨石没有出路,而且……

光线再暗,宁千雪也看得清楚男子弯起的背上还压着一块巨石。

"你是谁?"

宁千雪再次问道。

男子也不知道是已经没了力气还是怎样,只是沉默着。

宁千雪眼中闪烁的是认真,是执拗,这是她怎么多年第一次这么迫切地想要认识一个人。

手有些颤抖地抬起,然后摸索着找到男子面具的一边,然后动作轻柔缓慢地揭下。

随着面具被缓缓揭下,一张秀气温柔的面孔映入宁千雪的眼帘。

男子大概是因为受伤的缘故,整张脸苍白得可怕,青色的睫羽不断地颤动,仿佛像是受惊的蝴蝶将要飞起。

在苍白的脸色的映衬下,一双平静的眸子愈发平和,黑暗中那双眼睛似乎熠熠生光。

宁千雪眼角有些酸涩,无力地闭上了双眼。

那一双仿佛能够敛尽风华秋月的眼眸,这世间除了月萧还能有谁?

"月萧,你这是何苦呢?"

忽然想起月承侮辱苍蓝公主,月和之莫名其妙被下狱,整个月府被满门抄斩。

宁千雪到了现在哪里还能不明白,月萧如此深情以待,让宁千雪感动同时也为月萧不值。

月萧这般美好的男子,怎么可以就因为她这样的女子毁了一生呢?

第 98 章　我爱你也是从露华开始

月萧双眼中的光亮明明灭灭，轻声说道："露华，子非鱼焉知鱼之乐？"

露华，你不是我，你怎么就知道我这样做就不快乐，就是不值得的呢？

对于我来说，对你做什么事都是值得的。

宁千雪浑身一震，难以置信地说道："你说什么？"

露华？

这个名字有多久没被人叫过了？

在月萧唤出这个名字的时候，她都差点没有反应过来月萧是在叫她。

原来这个世间，还能有人认出她就是露华吗？

凤尘，为什么时隔六年，第一个唤我露华的不是你呢？

"露华公主，你没听错，我叫的是露华，我救的是露华，我……"月萧声音说到这里边戛然而止。

那被吞回去的半句，我爱你也是从露华开始，没有说出口，也再也没有机会说出口。

处在震惊状态的宁千雪并没有注意到月萧这不自然的停顿。

"原来是你。"宁千雪喃喃说道。

一年前，有人查到暖城真正的宁国公府的大小姐早就死了，她派人追杀却无功而返，半年后又发现有人查到了暖城，宁千雪下了死命令一定要抓住那个人，只可惜因为她的受伤也让那人逃脱了。

只是这么久了，却没有一丝风声传出来，这让宁千雪十分惊讶，同时也在暗暗揣测，派人查到暖城的人一定是她曾经的熟人。

只是没想到月萧便是最初察觉到她的异常的那个人，毕竟她和月萧无论是六年前还是六年后都算不上熟悉。

"是啊……一直都是我。"月萧说完后便努力地压制咳嗽声，一张脸憋得通红，却因为光线昏暗不为人所知。

他不想让露华感到愧疚……

背上的巨石仿佛越来越重了，而月萧弯着的背脊也越来越低了，月萧额头上快速聚起的汗珠和血水不断滴落在宁千雪的身上，脸上……

"月萧，既然你知道我是露华，就应该知道我不可能爱上你，无论是因为月和之还是因为……"

还是因为凤尘。

月萧知道,他从来都知道,所以他从来都没有奢望过,听完宁千雪的话只是轻轻地问道:"露华,如果下辈子我和你之间没有仇恨,你……"

"你我之间能如同你和随谷主那样相互信任吗?"

话都到了嘴边,月萧却话锋一转,话里的味道追究是变了。

"月萧,我不要来生,这辈子只要我们能活着出去,你我之间自然就是知己朋友。"

宁千雪从来不相信人有前世今生一说,她相信的只有现在。

来生太过渺茫,她从来都不相信。

月萧坦然一笑,可在宁千雪看不到的角度,月萧的眼中划过一抹暗淡。

露华,你一定可以活下去的。

至于我……

"露华,不要觉得对不起我,你就当是我替月氏一族赎罪吧,我用月府满门的鲜血,来洗刷当年他犯下的罪过,好不好?"

月萧眼睛亮亮地盯着宁千雪,他这话里月府满门的鲜血,自然也包括他的,而宁千雪并没有听出来……

露华,我不想这辈子我只能和你是仇人。

这是月萧心中最卑微的祈求。

"月氏和云氏的恩怨到此为止。"宁千雪眼睛都不眨一下地许下承诺。

她还记得几个月前她醒来听百里琦说过的话,月萧为了救她真的是可以不顾一切,既然如此,月和之已死,为了月萧,她原谅月氏又有何难?

"好。"

月萧笑了,撑在山壁上的手指深深地抓进了山壁中,指头上早就满是鲜血,月萧却依旧在咬牙撑着。

光线越来越暗,周围慢慢地传来嘈杂声。

宁千雪本来有些混沌的大脑立刻清醒了起来,沙哑的嗓音缓缓响起,"月萧,有人来救我们了,你还撑得住吗?"

风,透过巨石的缝隙吹了进来,宁千雪觉得背后凉飕飕的。

"月萧……"

宁千雪这次喊得声音很轻很轻,好像还带着一抹不易察觉的恐惧。

"月萧……"

依旧没有人回应,宁千雪忽然感觉到六年前那冰凉到窒息的恐惧再次传递到四肢百骸。

宁千雪想要抬起手摸一摸月萧,却发现自己的四肢无力极了,竟然连抬起手的力气都没有了。

"月萧……"

"月萧……"

"月萧……"

宁千雪闭着双眼,冰冷的泪珠从眼角滑落,她第一次这么痛恨自己这副体弱多病的身子,若她能和六年前一样,她又怎么可能眼睁睁地看着月萧死在她眼前。

这般深情温柔又温文尔雅的男子,任是谁都会感动吧?

"月萧,我后悔了。"

第一次,露华后悔了她这般决绝地想要复仇,因为一心想要复仇,所以她抗拒自己去认识月萧这个人。

其实她知道,月萧一定是爱她,很爱很爱的那种。

没有哪个男子会对一个没有感觉的女子做到这个地步,可是她却残忍地剥夺了月萧说出爱的权利。

"啊啊啊——"宁千雪忽然发出一声凄厉至极的尖叫声。

那声音中包含着凄凉、悲哀以及悔恨……

山底处望着满地的碎石和残骸,凤尘周身环绕的是罕见的暴戾情绪。

"去找,找不到王妃本王要你们统统陪葬!"

凤尘双拳握得咯吱作响,眼底的猩红的点子不断跳动,很显然凤尘的情绪已经接近崩溃爆发的边缘了。

在场的所有人都被凤尘百年不见的暴躁震惊了,纷纷屏住呼吸细心快速地寻找起来。

竹枝忽然一把拽住满脸泪痕的百里琦,深色凝重地说道:"你刚刚有没有听到王妃的声音?"

她自小五官敏感异于常人,刚刚她明明听到了王妃的尖叫声。

"在哪里?"

百里琦还没来得及反应,竹枝就被凤尘一把拽了过去,激动地询问道。

此刻的凤尘已经不是别人眼里的镇定自若的战神了,他在来到山底看到这一幕的时候就已经失了分寸。

那份担忧和焦灼,就算是百里琦和竹枝也说不出抱怨的话来。

恐怕现在的凤尘比谁都自责,比谁都难过吧?

竹枝虽然被凤尘抓的手臂生疼,但这个时候也顾及不上这个了,手一扬指着一个方向说道:"那里,我有听到王妃的声音……"

竹枝还没说完,就见到凤尘一阵风似的刮了出去。

自从凤尘听到百里琦说,宁千雪身边的暗卫并没有人跟下去的时候,凤尘那一拳,将墙壁砸了一个窟窿,带着鲜血淋漓的拳头就走了。

第 99 章 凤尘，我恨你

　　凤尘从来没有这般绝望过，当他看到宁千雪射来的那两道冰冷至极充满恨意的眼神时，他知道他和宁千雪，完了。

　　虽然不知道为什么月萧会死而复生，但月萧几个月前为了救千雪牺牲那么多，千雪一定记在了心里，如今月萧……

　　更何况之前那一幕在宁千雪看来，就是他生死关头选择了救古熔心姐妹放弃了她……

　　"小姐，你怎么样啊小姐？"百里琦看着宁千雪身上和脸上的血迹，被吓得不行。

　　一把抱住宁千雪，小心翼翼地观察宁千雪身上究竟哪里受了伤，可是……

　　"小姐……"

　　"别看了我没有受伤。"

　　宁千雪一把拂开百里琦，然后跟跟跄跄地站了起来，看都不看凤尘一眼，走到月萧的身边，然后蹲下身子，伸出手缓缓摩挲着月萧苍白却带着微笑的脸颊。

　　"月萧，有你在，我怎么可能受伤呢？"

　　那一声极低的话语，却仿佛一把重锤砸在了凤尘的心头。

　　千雪的意思是，有他在就不能保护她了是吗？

　　阿蓉，我终究还是要失去你了吗？

　　宁千雪眼角的泪水一滴一滴滴在了月萧满是灰尘的脸上，然后宁千雪拿出手帕动作轻柔地一下一下将月萧的脸擦拭干净。

　　"月萧，我这辈子最后悔的事情是当年没有好好认识你。"

　　月和之是背叛了她父皇，可是这和月萧又有什么关系？可笑自己竟然因为这个原因拒月萧于千里之外……

　　宁千雪忽然想起来了，八年前她遇到凤尘的那一年，也遇到了站在凤尘身边的月萧。

　　那一树的桃花下，她眼中只有那个意气风华的少年将军，却忽视了身旁那个温文尔雅的少年公子。

　　她依稀记得，红袖说过，她和凤尘走后，那个月萧曾站在桃花树下看着露华和凤尘谈笑风生地远去，然后轻声吟咏了一句。

　　桃之夭夭，灼灼其华。

　　之子于室，宜其室家。

　　月萧，是不是那一年你也爱上了我？她记得半年后凤尘求娶于她之后，她在京都就再也没见过月萧了。

月萧,原来你爱了我这么多年。

"哈哈哈……咳咳咳……"

宁千雪先是猛地大笑出声,然后就靠着月萧冰冷的尸身惊天动地地咳嗽了起来,那感觉好像女子已经耗尽了所有的生命力一般。

"小姐……"百里琦和竹枝抱在一起,忍不住痛哭起来。

她曾经十分希望小姐能将月公子放在眼里,好好认识认识月公子,可是现在看着伏在月萧尸体上没有痛哭却比声嘶力竭更让人感到压抑难受的宁千雪,忽然觉得如果宁千雪从来没有认识过月萧就好了。

如月萧这样的男子,全心全意地为一个女子付出,恐怕没有人能将月萧从宁千雪的记忆中清除了。

"千雪……天,天凉了,回去吧……"凤尘伸了伸手想要将手放在宁千雪的肩头安慰一下,却仿佛有些恐惧般又小心翼翼地收回。

那声音是颤抖的,小心翼翼的,看着这样的凤尘让在场的人都汗颜,这就是大盛的战神吗?

宁千雪并没有回答凤尘,而是对着百里念说道:"念儿,抱着月萧回去,在春风苑中立一座坟冢吧。"

说完就自己撑着身子摇摇晃晃地站了起来,宁千雪感受到一阵头晕目眩,陷入黑暗之前她记得她说了一句。

"凤尘,我恨你。"

漪澜苑中百里念还没有回来,而百里琦刚想端着些吃食去给宁千雪送过去,却被竹枝一把拉住。

"不要去了吧,这个时候还是让王妃和王爷单独谈一谈吧,更何况,王妃恐怕这个时候也吃不下东西了。"

竹枝看着百里琦焦急的表情,无奈地摇了摇头。

虽然不知道为什么已经去世了的月萧会在今天出现并保护了王妃,但是她多多少少能够感受到王妃的心情。

以命相护,就算没有爱情,月萧也会在王妃心里占据重要的一席之地,永不褪色。

这样的深情,王妃又该怎么面对王爷呢?

竹枝并不知道当时在山崖边上发生的一切,要是知道恐怕就不会这么说了。

百里琦闻言看了看手中的托盘,气恼地扔在了桌子上,然后气鼓鼓地出去了。

山崖处忽然发生山体滑坡,这怎么看都不正常,一定是针对小姐而来的阴谋,她要好好去查一查到底是怎么一回事!

内室中,凤尘一壶一壶的烈酒灌了下去,不少的酒水都洒在了衣襟上,凤尘不耐烦地扯了扯衣领,发现自己有些醉了。

当年失去露华的时候,他很绝望,绝望到心如死灰。

可是为什么今天晚上他觉得比六年前失去露华的那一天更冷呢？

"我只是……"

我只是想保护你啊，阿蓉。

我做了这么多只是想要保护你啊，我以为只要能保护你，哪怕你恨我都没有关系，可是为什么现在你真的恨了我，我却这么难受？

"我恨我自己，因为我爱你。"

"凤尘，我恨你。"

……

这两句话不断地在凤尘的脑海中转来转去，反反复复都是这两句，凤尘的一颗心也仿佛时时刻刻都在油锅内煎炸一般。

猛地掷碎了酒壶，然后起身，摇摇晃晃脚步虚浮地向室内走去。

只有喝醉了，他才敢来面对宁千雪。

室内没有点烛火，可是今夜的月光格外的皎洁，凤尘忽然觉得有些烦躁，一把脱掉外衣，然后步履蹒跚地坐到床榻上。

大手，轻轻地摩挲着月光下女子格外白皙的肌肤，神情有些怔忪。

阿蓉，我的阿蓉……

为什么老天爷给了我好运让我遇到你，和你相爱，甚至是娶到了你，可是我们却就是得不到幸福呢？

多少夫妻成亲之前并不认识啊，我们从相识到相爱再到成亲，明明都是有爱的支撑，可是为什么到了现在，我们都不幸福呢？

阿蓉，你知不知道我有多想能够给你幸福？

我曾经也以为我能给你幸福，可是事到如今我却发现，其实我什么幸福都给不了你？

凤尘满眼都是苦涩，除了这一地的月光谁又能知晓？

月光下男子轻轻俯下身子，虔诚地在女子额头印下一吻。

我爱你，阿蓉。

宁千雪闭着的双眼，睫毛轻轻颤动。

似乎有谁低沉的叹息，融入这一室的月色之中。

一道劲风拂过，帷帘纱帐重重放下，遮住了那凄凉又唯美的缠绵。

第100章 六年了，你还恨我吗

第二天太阳照样升起，还是那艳阳天，可是广甫寺内所有的人都感觉压抑极了。

凤尘早上醒来之后，看着身边熟睡的宁千雪，十分地满足，刚想伸手摸一摸女子柔顺的侧脸，却猛地想起什么，然后……

伟大的战神，尘王殿下慌乱地下床穿上衣服离开了。

而在他离开之后，本来熟睡的宁千雪也缓缓地睁开了双眼。

"你别告诉我，昨天的一切都是楚风那个废物做的？"凤尘站在凤绝面前，将手中的纸万分不屑地扔在了地上。

那张纸上写的是楚风承认山崖处的炸药是他埋的，为的就是报复宁千雪，为月如报仇。

可是楚风是什么人，满京都都知道的纨绔子弟，能有那个胆子和能力在广甫寺后山躲过所有人的视线埋下炸药？

这广甫寺里可住着皇帝的父亲，曾经的凤鸣大将军，可想而知广甫寺的护卫该是多严了。

凤绝居然拿着这么两张纸来搪塞他吗？

凤绝也不理会凤尘的恼怒，只是淡淡地说道："凤尘，所有的证据都指向是楚风，我也不相信但是查不到别的，若是不信你就自己亲自派人去查。"

昨晚上路鹤将查到的结果告诉他的时候，他也万分不信，可是路鹤的能力他也是清楚的，再加上月萧的暴毙……

想到这里，凤绝握着笔杆的手不断地用力，眼中的风暴不断地酝酿。

他一直那么相信月萧，以为月萧一直全心全意为他办事，从没怀疑过月萧。结果呢，月萧居然为了一个女人……

想起之前月萧从暖城回来后的态度，若月萧做了这么多事情根本不是为了他，而是为了宁千雪的话，那宁千雪到底是谁呢？

他既然能做到一代帝王，脑子既然也不笨，有些事情不需要将所有的证据和真相摆在他面前，他也能猜得出一二。

凤尘也知道出了这种事情，凤绝一定会尽力去查的，只是……

"既然如此，那就先把楚风杀了。"

无论楚风是不是真的想要挑拨他和千雪之间的关系的那个人，既然楚风有了想要杀害千雪的心思,就不能让他活着!

至于幕后之后,他自然会查的,也不会放过!

凤绝听到凤尘这般愤怒的声音有些意外,"凤尘,你爱上宁千雪了。"

这个弟弟终于爱上别的女人了,终于走出六年前的阴影了吗?

不知为何,凤绝心中反而有种隐隐的不安。

"是。"凤尘毫不犹豫地承认,然后挑眉问道,"但是这和我们现在说的事情有关吗?"

凤绝沉吟片刻,说道:"你留楚风一条命,我不去查宁千雪,如何?"

凤绝现在可以肯定,月萧绝对隐瞒了不少关于宁千雪的事情,只是既然凤尘现在爱上宁千雪了,凤绝就不想再去查了,他不想有一天真的和这个弟弟决裂。

"好。"

凤尘痛快地答应了下来,这让凤绝多少有点意外。

凤绝以为凤尘怎么都要杀了楚风为宁千雪报仇呢,只是……这样更加说明宁千雪背后隐藏着十分惊人的秘密,否则凤尘不会这般惧怕自己去查宁千雪。

"琼河的那十座城池你想好派谁去了吗?"凤尘问道。

"你有人选了?"

"岳繁。"

"好,我给他十万兵马,希望他不会辜负你的期望能够守住琼河。"凤绝一向对凤尘的眼光十分相信,毕竟关于行军布阵这方面,自己确实不如凤尘。

而且凤尘能猜到北方部落会趁这个时候进攻北疆,凤绝自然也能想到,并且他也收到了柴元帅受伤的消息……

这么多年,北疆从来没有传过来一份战报,以至于他都快忘了镇守北疆的柴元帅已经八十岁了。凤绝对于柴元帅既有敬重又有防备,对于柴元帅的老去既有轻松又有一种恐慌。

四十年了,整整四十年了,守护北疆人民,给他们一方乐土的不是云氏更不是凤绝,对于北疆人民来说柴元浩是他们的信仰,是他们的主宰。

凤绝甚至不敢想象,若是有一天柴元帅不在了,谁又能代替柴元浩镇守北疆呢?

整个大盛能有如此声望的将军除了凤尘就只有阳城将军了,凤绝无论如何也不会让自己的亲弟弟去镇守北疆的,那里太苦了,他已经害苦了凤尘半生,不想让他唯一的弟弟后半生在那荒芜的北疆耗尽一生。

至于阳城将军……

"准备好二十万军马的粮草,我会随时准备着的。"凤尘可不在乎现在凤绝在想什么,他担心的只有大盛的安危,其他的与他无关。

"好。"

从京都到北疆一路疾行军,也就半个月左右就能到达,若柴元帅真出点意外,凤尘也能带领这二十万大军迅速赶到。

凤尘该说的想问的都已经清楚了,自然不想留在这里,转身便要离开。

"等一等……"凤绝忽然出声叫住了凤尘。

"等一等,凤尘……"凤绝站起身从桌子后面绕了过来,看着凤尘的背影忽然问了一句,"尘弟,六年了,你还……恨我吗?"

　　走到了现在,他终究没有得到他想要的争取了一生的爱情,甚至只是别人棋盘上的一颗棋子,而他却因为别人的一步棋,背负了千古骂名,牺牲了他所有亲人的幸福。

　　现在他的兄长自焚而死,他的妹妹郁郁寡欢,他的父亲依旧不肯见他,他的弟弟也还恨着他。

　　做了这么多事,好像到头来,他什么都没有得到。

　　凤尘的背脊一僵,挺得更直了,只是沉默了一会凤尘便回了一句:"在大哥死的那一刻,我此生就不可能再原谅你。"

　　当初他看到露华从绣楼跳下来的那一刻他也恨,可是随着宁千雪的出现这份恨意逐渐变淡了,直到知道宁千雪就是露华后,凤尘对凤绝的恨已经很淡很淡了,可是当凤回死的那一刻,凤尘就不可能再原谅凤绝了。

　　无论对于凤回的死凤绝有多愧疚,凤尘都不会再原谅他。

　　如果不是凤绝,凤回这一生又怎么会这般凄惨?

　　若不是凤绝为了皇位,许诺了月和之给月柔皇后之位,凤回又怎么会对月柔执念这么深?林若兮又怎么会被月柔害得这么惨?

　　因为凤绝一个,苦了多少人?

　　"大哥的事……我也没有想到最后大哥居然会选择和林若兮一起死。"凤绝有些痛苦地抹了一把脸,有些哽咽地说道。

第 101 章　别拿惠妃和阿蓉比

对于凤回的死,凤绝如何不内疚?

他没有想到林若兮骨子里居然是那么烈性子的一个人,同时他也没有想到月柔居然会那么狠,逼得凤回亲手害死了林若兮,才让凤回最后选择了和林若兮一起死。

"其实,大哥和林若兮死在一起对大哥来说何尝不是一种解脱和幸福,可是你有没有想过梨月?你最对不起的是梨月,梨月那个孩子就算有我和千雪抚养又如何?你对她的亏欠不是一个凉城郡主的爵位就能弥补的。"

凤尘平静无波的声音中似乎带着一丝怨气,其实凤尘还有一句话没有说。

在他看来凤尘最对不起的不是凤梨月,而是云知寒。

本来云知寒可以拥有一个幸福的家庭,可是云知寒却连自己的亲生父亲都没有见到过,那个孩子以为凤绝是他的父亲,一直对凤绝有着孺慕之情,可是凤绝呢?

因着云清寒的缘故,所以凤绝对云知寒从来都没有过好脸色。

他也不想想,若不是因为他,云知寒从小便会是云王府的宝贝,怎么会长到六岁还没有踏出过留情殿一步?

凤尘囚禁了云清寒六年,凤绝囚禁了云知寒六年。

他们兄弟,他们凤家欠云氏的,大概这一生都弥补不完吧?

"我知道……可是尘弟就像你为了露华可以不顾一切一样,我……"

"你是说你也可以为了惠妃不顾一切吗?"凤尘猛地回过头,盯着凤绝的眼光布满寒霜,声音尖锐至极,"不要拿你和惠妃之间与我和阿蓉作比较,那不一样。"

惠妃那个女人怎么比得上阿蓉的一根手指头?

"凤尘!"

凤绝就算对凤尘再心有愧疚,对惠妃欺骗利用他的事耿耿于怀,他还是做不到在别人对惠妃不屑诋毁的时候能够心平气和地对待。

"难道不是吗?若不是阿蓉万分相信我,乃至于相信你相信凤家,你以为你能成功地当上这个皇上吗?"凤尘丝毫不退缩,针锋相对地说道。

有些话他憋在心里好久了,早就想发泄一番了。

虽然这样说起来显得凤绝十分可怜,但是,事实就是如此。

因为阿蓉爱他,所以阿蓉不仅相信他,还相信他相信的人。

而惠妃呢?从遇到凤绝的那一刻就是利用,就是充满算计的,到了最后居然还可笑地恨上了凤绝,简直讽刺至极!

凤绝双手缓缓地握紧,他很想反驳可是却找不到一句话来反驳,他真的找不到一句话来告诉他的弟弟,惠妃对他其实还是有那么一点点的感情……

可是,连他自己都不相信吧?

他为她倾尽天下,在她看来不过是一场笑话吧?

"呵呵……哈哈哈哈……"

凤尘毫不留恋地转身离开,身后是空旷的大殿以及凤绝悲凉的大笑声。

第二日,广甫寺内来祈愿的众人都纷纷准备回京了,而让众人更加惊异的是,广甫寺后山爆炸的事情居然就这么沉寂下去了,这让一干胆战心惊以为大风暴要来临的人们吃惊极了。

回到王府后,凤尘就以平妃古嫆心身体不适为由将古嫆心居住的院落圈禁了起来,不允许古嫆心姐妹随意进出。

"你找我来干什么。"

观澜苑中书房内一白衣女子靠在窗边语气冰冷地问了一句,仿佛女子的声音一出,整个屋子里的温度都随着下降了一般。

凤尘把玩着手中的墨玉,说道:"我要你保护我的王妃,一年。"

女子闻言嗤笑一声,神态高傲地说道:"凤尘就算你是尘王又怎样?不会以为你一个王爷就能驱使我为你卖命一年吧?这价钱,没人能付得起。"

冰月身为江湖第一杀手,自然有她自己的高傲。

这个世间没有她杀不了的人,第一杀手的出手费自然也就昂贵了,更何况凤尘居然想让她屈尊做一个护卫,还一做就是一年,怎么可能?

凤尘莫不是以为他的脸蛋子是金子做的不成?就算是金子做的,也不够!

凤尘对于冰月的高傲并不在意,每一个身怀绝技或有所依仗的人都多多少少有些高傲。

"本王是付不起,可是这世间还是有人能付得起第一杀手索要的代价的。"

冰月眸光似乎带着冰刀,刀刀刮向凤尘,女子沉怒,百里冰封的感觉迎面袭来,"凤尘,你别太过分!"

凤尘仿佛根本就么瞅见冰月的脸色似的,专心致志地转着手中的墨玉然后说道:"本王曾经出手救过万宝阁的阁主一次,当时万宝阁的阁主曾经许诺过,日后本王有所求无论什么他都双手奉上,自然也包括他的项上人头。"

其实在他和宁千雪大婚当日万宝阁就送上了一个承诺,不过那个承诺是万宝阁看在随景岩的面子上给千雪的。

他凤尘想要保护自己的女人,还不屑于用别人的面子。

"嘭!"一道劲风擦着凤尘的脸颊而过,然后那东西没入身后的书架,整个书架轰然倒塌。

凤尘看了看身后的书架,无奈地抱怨道:"你每次来我这都得毁我一些东西。"

"每次来见你都被你拿他的命来威胁我,凤尘,你就这点本事吗?"冰月眼中冷芒大盛,字字珠玑。

她虽然和凤尘也算得上是好朋友,可是她讨厌别人在她面前提起缱林,可偏偏每次见凤尘,凤尘都要提起缱林,真是找死!

凤尘耸耸肩,毫不在意地说道:"就这点本事又怎样?管用就行呗。"

冰月被凤尘气得直咬牙,虽然恨不得杀了凤尘这个混蛋,可是她真的不敢拿缱林的命来赌一赌她和凤尘的交情。

"凤尘,既然你这么在乎你那个王妃,为什么还要养着一个平妃?"

冰月这么问道,意思就是她已经接受凤尘的要求了。

经历过这么多事情,缱林能够轻而易举地放下她和他之间十几年的过往,可是她做不到,所以她一败涂地!

作为朋友,她很是不明白凤尘的做法,自然这般在乎宁千雪,那就是爱她啊,既然爱她为何又要在王府里养着别的女人让她伤心呢?

提起古嫆心,凤尘的额眼眸一沉,声音也没了随意,"别的你不用管,时机到了我自然会送这两个出府!"

冰月淡淡地颔首,她本就不是多管闲事的人,劝了一句就已经说明她很关心这个朋友了,凤尘又这么回答,她自然不会再问自讨没趣,耸耸肩转身就离开了。

第 102 章 沧澜国的奸细

离开前,冰月听到了凤尘一句低喃的话语。

"冰月,就当是为了月萧,月萧既然肯为千雪而死,你就应该知道对于月萧来说,千雪的安全有多么重要。"

冰月脚步一缓,轻轻地叹了一口气转身离开没入夜色之中。

情之一字有多伤人,没有经历过情爱的人永远无法体会,而经历过后却万劫不复再也没有挣脱的可能。

她知道为何凤尘要说这么一句,凤尘是怕他用缥林的命威胁她来保护宁千雪,会不尽心。而凤尘这个时候提出月萧来,冰月就算只是看在月萧的面子上,都会用心保护宁千雪的。

只为了让她的小师弟,能够死得瞑目。

此刻漪澜苑中百里琦正和百里夜大眼瞪小眼,哦不对,准确地说,应该是百里琦瞪着百里夜,百里夜根本就没搭理百里琦。

"大哥,这怎么可能呢?"百里琦难以置信地看着百里夜,一脸坚信是百里夜出错了的表情。

百里夜一板一眼地说道:"我盯了冷清秋一整天,她昨晚上根本就没有出府,也没有和谁接触过。"

宁千雪出事后,所有人第一个怀疑的就是冷清秋,因为冷清秋背后站着的是沧澜国,而宁千雪敢肯定沧澜国有人一直处心积虑地想要她的命,不对,是处心积虑地想要折磨她看她饱受煎熬。

这个人可能是沈沧溟也可能是沧澜国的国师。

而宁千雪则是更倾向于这个人是沧澜国的国师,而沧澜国的国师很可能就是当年的随君昊。

随君昊当年对露华的母后求而不得,利用他的女儿惠妃诱惑凤绝让凤绝为她谋反,然后随君昊趁乱火烧皇宫,杀死顺灵帝夫妇,折磨露华,这对于一个因爱生恨的人来说是很可能的。

所以当在广甫寺出事后,宁千雪第一个怀疑的不是古熔心而是冷清秋,因为出了这件事后她和凤尘几乎算是走到了尽头,这显然是随君昊愿意看到的局面,所以背后之人是冷清秋的可能性很大。

"这怎么可能?"百里琦急得直跳脚。

她可不相信凭楚风的智商能透过广甫寺的重重守护,在所有人都不发现的情况下将广甫寺的后山挖穿一部分并且埋上炸药,还能在小姐去的时候恰好点燃。

　　这么缜密的事情,怎么可能是一个纨绔子弟办得到的呢?

　　百里夜瞥了一眼百里琦,有些嫌弃地将头偏向了一边。

　　明明他这个妹妹小时候很可爱的啊,怎么长到这么大了居然变了,而且变得这么……

　　宁千雪拧眉想着哪里是她没有想到的,若是冷清秋没有联系过外人,那么楚风是被谁引导着去了后山的呢?

　　"王妃。"竹枝推门走了进来,轻声说道,"刚刚裴管家过来说,王爷下令不允许平妃随意进出了。"

　　"古嫆心?"宁千雪眨了眨眼,古嫆心这个人一看就是个没脑子的,凤尘至于连古嫆心都看管起来吗?凤尘到底想干什么?

　　竹枝想了想补充了一句,"裴管家还说,其实王爷的意思是主要让侍卫们看着古嫆婳。"

　　宁千雪轻轻叩击床板的手猛地停了下来,有所感悟地转了转眼珠,对着百里夜说道:"对啊,古嫆婳。"

　　"怎么?"百里夜有些不明所以地看向宁千雪,他只知道尘王还娶了一个平妃叫古嫆心,至于这个古嫆婳,他还真的不清楚还有这么一号人物存在。

　　"咱们都知道冷清秋是沧澜国的人,却忘了还有一种可能,沧澜国的人不止一个!"宁千雪双眼晶亮,闪烁着智慧的光芒,说道,"刚刚竹枝的话提醒我了,若不是那个古嫆婳不对劲,凤尘不会下这么一道命令的,若是古嫆婳也是沧澜国的人,那么一切都能连起来了。"

　　当日宁千雪去山崖的时候,古嫆婳也是在场的,这不排除古嫆婳早就猜到了她会去山崖的可能。因为无论是她还是凤尘,所有人都忽略了存在感十分低的古嫆婳,而古嫆婳在广甫寺期间联系上楚风也不是难事。

　　想来广甫寺后山上埋好的炸药也不是这几日埋的。

　　"公主的意思是古茂盛也是沧澜国的奸细?"百里夜显然想起了古茂盛,比起古嫆婳,古茂盛更值得沧澜国师费心思拉拢吧?

　　当年古茂盛可是云王的副将,而随君昊竟然连女儿都可以当做棋子安插在云王府,那么买通一个古茂盛想必也不是难事。

　　宁千雪神色一冷,接着说道:"很有可能,当年云王叔进宫,古茂盛作为云王府最信任的副将肯定也有机会跟着一起进宫,古茂盛亲自动手杀害云王叔想来成功的几率很大。"

　　毕竟古茂盛是云王最信任的副将,对于自己最信任的人谁又有多少防备呢?更何况,既然陌阳查到当年火烧皇宫不是凤绝的主意,那么肯定就是沧澜国的人趁乱而为了。

　　冷清秋虽然是沧澜国的人,可是她仅仅是一个大家小姐,而且六年前她才多大啊,能够放火烧了整座皇宫,这可能性太低了。

　　若是换作古茂盛就很有可能了。

　　"古茂盛!"宁千雪咬牙切齿地念着这个名字,就是他害得云王叔一家惨死,害得悉儿有那么惨痛黑暗的过去,简直不可以原谅!

若说起当年跟随凤绝一起谋反的人,宁千雪最恨的就是这个古茂盛了!

更何况现在古茂盛还整出这么一个和露华长得十分相像的"女儿"来恶心她,她更是恨不得亲手杀了他!

"我亲自去一趟襄州!"百里夜猛地站起来,沉声说道。

宁千雪也不反对,现在看来古茂盛是对查出背后之人最大的突破口,百里夜亲自去,宁千雪也放心,只是……

"走之前,你不去看看她吗?"

自从那一天后,百里夜再也没有提过凤青岚一句。

不提凤青岚可以理解,可是对于凤芷妍这个女儿,百里夜表现得也太过平淡了,这让宁千雪十分怀疑,也许百里夜从始至终都没有放下过凤青岚。

若是真的放下了,又怎么会不敢面对他的亲生女儿呢?

说起来,这些大人的爱恨情仇和小孩子又有什么关系呢?

无论是璃珞因为司马仲空的原因放弃了司马韶颜,还是百里夜因为凤青岚的原因选择对凤芷妍视而不见,抑或是父母双亡的凤梨月,对于她们来说,这一切都太残忍了。

第 103 章　八万对战三十万

百里夜浑身一震,闭了闭眼却只是说了一句,"公主,那是大盛的嫡公主,是凤绝的长女,不姓百里。"

每个人的命运早就已经注定了,既然凤芷妍从出生那年姓的就是凤,他百里夜也没有抚养过一天,那就让她永远都做大盛的嫡公主好了。

大盛的嫡公主的名头怎么都比百里夜的女儿说出来响亮吧。

"百里,你不后悔?"宁千雪虽然知道百里夜的性子是那种说一不二的,但还是忍不住又问了一遍。

他和凤青岚之间,宁千雪并不想干涉,可是凤芷妍那个小姑娘实在是……

她不想有一天百里夜会后悔。

百里夜紧了紧嗓音,"不后悔。"

说完便大步离开,似乎不想再回答宁千雪的问题。

百里琦看着百里夜离开的背影,声音有些发涩,"小姐,你说大哥真的不会后悔吗?"

她也讨厌凤青岚这个人,可是对着那个小小的凤芷妍,那是她的小侄女啊,她怎么讨厌得起来?

更何况,当年的事,是是非非,又有谁能说得清楚?

"后不后悔,谁又知道呢?"

宁千雪又不是神人,就像当年林若兮死之前,宁千雪有一句话从来没有问出口,爱上凤回,林若兮后悔了吗?

每个人都要为自己的选择承担相应的后果,有些人再痛苦也不会后悔。

但有些人也会后悔,比如她。

若能重来一次,她一定会好好认识认识月萧这个人。

日子悠悠晃晃,一个月的时间悄然流逝。

宁千雪还是没有和凤尘说过一句话,见过一次面。

而此刻琼河的城池外,也正如凤尘所料,满是北方部落派来的兵马。

"将军,这北方部落派来的大军起码有二十万,咱们的兵马根本就不够用啊。"一个营帐内,一个长相粗犷的副将声音如雷地吼道。

三日前北方部落的大首领赫舍里亲自带兵,却围而不攻,但那密密麻麻的大军营帐却让城内的大盛士兵心头发麻。

这城内只有岳繁带来的十万兵马,而且还分散在十座城池里,虽说明城是琼河和北方部落接壤的最外围的城市,兵力主要放在了这里,但也仅仅只有八万兵马,对着北方部落的二十万兵马,这哪里够看啊。

再说了,北方部落的人骁勇善战,而岳繁带来的这十万兵马一直养在京都,哪里来过这苦寒的琼河,本就数量有着巨大的悬殊,现在质量又比不过,这不明摆着必输无疑嘛。

难道赫舍里围而不攻,原来打的是心理仗。岳繁握紧了手中的信纸,眼中满是坚毅。

"将军,向北疆求援吧?"另一个身材矮小的人忽然说了一句。

这个身材矮小的人正是此次随军的军师,岳繁初次带兵打仗又是这么个情况,目前来说求援才是最好的方法。

岳繁紧了紧手中手中的信纸,回了一句,"那军师认为该向柴元帅求援多少才合适啊?"

那军师一听这话,顿时松了一口气,本来他还担心岳繁初生牛犊怕求援掉面子不肯呢,一听这话就知道有门,立即回道:"北疆有三十万大军,而北方部落此次派来了二十万兵马,咱们只有八万兵马,应该向柴元帅求援十五万。"

毕竟北方部落的军力可不止有这二十万兵马,柴元帅镇守北疆还是手里得攥着兵马的好。

就算岳繁没打过仗,咱们也得相信尘王殿下的眼光不是?

军师的话音一落,一旁的几个副将也立即嚷嚷道:"是啊是啊,军师说得对,将军赶紧给柴元帅发求救信吧,不然等北方部落的心理仗打够了,不出两天就会强攻咱们了。"

他们虽然都身经百战,可是兵力实在是太过悬殊了,谁都没有十足的把握能够以八万兵马抵抗北方部落的二十万兵马多久。

求救信,还是越早发出的越好。

岳繁将手中攥着的信纸缓缓铺开,沉声说道:"本将接到密报,北方部落此次带的不是二十万兵马,而是整整三十万!"

岳繁的一句话将整个营帐里的人都震蒙了,三十万?这怎么可能?

"将军你这密报是不是整错了?整个北方部落也不过三十万的兵马,怎么可能拿出所有兵马来攻打咱们?那赫舍里就不怕他在这边打着咱们,那边柴元帅就带着人把他的老窝端了吗?"

北方部落格外苦寒,貌似从楚桃公主的诅咒之后就一直是苦寒之地,所以粮食少,人也少,穷尽整个北方部落也不过只能凑出三十万的兵马吧?

这要是所有兵马都派来围攻琼河,那柴元帅还不去端了北方部落的老窝?

岳繁抿了抿唇,这个营帐里的人都不知道柴元帅受伤的消息,可是他知道,而且岳繁敢肯定,北方部落的人肯定也是知道了这个消息,才敢陈兵三十万在琼河,为的就是攻下琼河。

毕竟北方部落太过苦寒了,要想有所突破,那么北方部落势必要攻克其他条件稍微好一些的城池,琼河这十座城池虽然也苦寒,但好处就是依靠着琼河,比之北方还是好上一些的。

赫舍里肯定是知道了柴元帅受伤的消息,所以才把所有的兵力都用来攻打琼河,这是赌准了柴元帅受伤，整个北疆的兵马都不敢乱动啊。

"将军，若赫舍里真的陈兵三十万，那将军可要向柴元帅多求些增援了，还要给尘王殿下传信，让尘王殿下早日带兵来驰援。"

军师是凤尘的人，自然知道岳繁并不是表面上看起来那么简单。

既然能被尘王殿下看重，那势必是有些本事的，所以军师是第一个相信岳繁的话并做出反应的人的。

其他的副将一听军师这么说，也纷纷开口说道："是啊，将军，这若真的是三十万，咱们可真得好好打算打算。"

八万对二十万都悬呢，更何况是八万对三十万！

这不仅是没有一点胜算了，能不能撑到援军来都是问题了。

那赫舍里可不是吃素的，若不是柴元帅在北疆和北方部落积威太重，又镇守北疆多年，恐怕赫舍里早就带人攻破大盛边疆了。

岳繁沉吟一声，道："若将这里的实情告知柴元帅，那么以各位对柴元帅的了解，各位认为柴元帅会驰援多少兵马？"

"恐怕北疆的兵马柴元帅会派出二十多万吧。"

第 104 章 一代名将，战死沙场

柴元帅一生镇守边疆，绝对不会允许在他有生之年看到大盛的边疆被敌军踏破的一幕。

"可若是赫舍里要的就是咱们给柴元帅发信求助，然后在柴元帅派来二十多万兵马后，又派兵攻打北疆呢？"

岳繁看着地图沉声问道。

身为主将，他要考虑进去所有的情况。

他不能用北疆的安全来换琼河的安全。

一旁的将领爽朗地大笑道："这个将军放心，北疆和琼河之间隔着五座连绵的雪山，因为雪山太过寒冷没有人能活着穿过雪山，所以要想从北疆到琼河必须从雪山后面绕过来，然后从兰城进入咱们明城。而北方部落的军队要是想去北疆，得从雪山前面先绕回北方部落然后才能到北疆。这一来一往时间都差不多，而且北方部落这三十万兵马想来也是撑死数的，不可能在用三十万兵马围攻明城的时候还能派兵攻打北疆。"

这个将领是北疆人，对这一片很是熟悉，当下便站起来给岳繁在地图上指了指。

"是啊将军，俺在北疆生活了这么多年还没听说过谁能横穿雪山。"

岳繁沉吟了一下，决定道："派人去北疆向柴元帅求助，不过一定要告诉柴元帅北疆一定要留下十万兵马以防万一。"

虽说知道了没有横穿雪山的可能，可是岳繁还是有些不安，总觉得北方部落忽然这么大阵仗，目的肯定没这么单纯。

可是他想了又想也没发现哪里不妥，当下便写了一封信交给暗卫让人火速传给凤尘，他现在就希望凤尘在收到信之后能够火速赶来琼河。

虽说他想不到哪里不对劲，但是那种不安的感觉一直萦绕在心头，隐约间让他甚至有些恐惧。

"各位，在援军来之前，我们一定要守住明城！"岳繁站起身来，将拳头砸在桌子上双眼满是精光地说道。

北方部落挑在这个时候进攻琼河，不就是看他们刚刚接管这琼河的十座城市还不熟悉，想趁乱打劫吗？

可是再难他们也必须守住明城，守住琼河！

沧澜国拥有琼河数百年都没有丢过琼河，若是他们大盛刚刚接管琼河就被北方部落攻克了，那么大盛将沦为全天下的笑柄，又怎么再在这片大陆立足呢？

"誓死守卫明城!"

在场的每个人都是沙场上拼杀出来的人,哪个没有保家卫国过?对于他们来说,没有比这个更重要的了。

这场战争,对于大盛来说,只能赢不能输!

三日后柴元帅收到了求救信,不顾众人的反对,执意援兵二十万。

十日后凤尘也收到了岳繁的信,将二十万兵马一分为二,自己带着十万兵马驰援琼河,另外十万兵马由龙轻泽带领赶去了北疆。

凤尘比岳繁经历过更多的战争,岳繁能感觉出来的危机凤尘更可以,他在岳繁的信中看到北方部落陈兵三十万围攻明城的时候,就感觉到了不对劲。

那北方部落的三十万兵马几乎和岳繁的十万兵马同时到达明城,这说明沧澜国内肯定有人将交接的时间泄露给了北方部落,很可能就是那个国师,当然了也不排除沧澜国太子的可能。

而且在凤尘看来,赫舍里这次的目标很可能不是琼河,而是北疆!

毕竟就算北方部落夺下了琼河,琼河和大盛之间还隔着一个北疆,只有攻克了北疆,才是真正打开了大盛北边的门户。

可是凤尘一直没有想明白,赫舍里到底要去哪里再找兵马来攻打北疆。

一边担心赫舍里的目标是北疆,一边又放心不下琼河的情况,毕竟北方部落攻克了琼河,对大盛影响最大的是脸面,是士气!

所以凤尘当即就进宫找了凤绝,劝说凤绝召龙轻泽进宫,由他们两个同时带兵,一人去琼河一人去北疆,这样无论赫舍里的目标是哪一个都不会有太大的担心了。

凤尘连和宁千雪告别都没有,就急匆匆地带兵赶去了琼河,也不知道是真的没时间还是不敢去面对。

而宁千雪对此也没有什么反应,好像凤尘对她来说真的是无关紧要一般。

京都的人们在得知凤尘和龙轻泽驰援琼河和北疆后,纷纷放下心来,京都的街市还是一如既往的热闹,可见凤尘和龙轻泽在人们心中的威望。

只消时间,龙轻泽和凤尘和柴元帅差的也就是时间了。

可是京都的人们还没有欢快多长时间,还没有等来凤尘和龙轻泽的捷报,不对,这两人现在应该还没有赶到琼河和北疆,就被一条消息砸蒙了,顿时整个京都人心惶惶,没人再出门。

整个京都的人们自动自发地在家门前挂起了白帆,整个京都没有一点人气,不见一点热闹,这场景一如当年顺灵帝过世国丧期间的沉寂。

"你再说一遍?"宁千雪难以置信地望着百里琦,似是认为不是自己的耳朵出了毛病就是百里琦说错了。

一定是琦儿说错了,怎么可能呢,怎么可能呢?

"小姐,没错的,是璎珞收到的消息,京都内的传言没有错,柴元帅……柴元帅战死沙场了……"

百里琦的声音满是哽咽,虽然她从没有去过战场,但是只要有良心的大盛臣民,哪个听到这个消息不会难过?

宁千雪手猛地攥紧,这个时候她脑海里不是想的柴元帅怎么会战死沙场,也不是思考若是柴元帅去世,那么北疆是不是也保不住了,而是……

"那薇薇怎么办?"宁千雪怔怔地坐下,有些魂不守舍地说道,"我还记得薇薇说过,有一天她要去南海她要去北疆看看。"

上天给杨又薇的遗憾是不是太多了?

不知道当薇薇听到这个消息后会不会后悔,后悔她坚持非得用自己的幸福去报复,后悔她非得去和亲,若不是她要去和亲,这个时候她早就应该见过柴元帅了吧?抑或是,在柴元帅离世的时候陪在他身边?

那个一世英雄的男人,是个顶天立地的英雄,可是他却在他最应该肆意的年纪选择去了苦寒的北疆,一待就是整整六十年,而那个他为之舍弃一切的女人仅仅陪了他十年的时间,剩下的整整五十年,没有爱人,没有女儿,没有一个亲人……

英雄一世,却是这般的凄凉。

百里琦擦了擦眼角的泪水,"还有一个消息,小姐……"

第 105 章　屠城

百里琦看着宁千雪难看的脸色，犹犹豫豫不知道该不该说出口。

宁千雪眼神一眯，这才缓过神来，"说吧，柴元帅战死，北疆的情况恐怕不是很乐观吧？"

"因为柴元帅战死沙场，整个北疆的士兵和百姓都愤怒了，所有人抵死不从，那北方部落的人竟然……竟然下令……屠城！"

饶是百里琦的心志坚定，说到这里也不由红了眼眶，嗓子涩涩地带着浓重的哽咽声，继续说道："小姐，整个北疆无论老幼，所有人啊，那留在北疆的十万兵马，再加上北疆二十万的百姓……所有人啊，那是整整三十万人啊！小姐……"

消息是璎珞安插在北疆的无情传回来的，就算是无情那般冷清的人在说起北方部落的暴行时，两双眼睛也是猩红一片！

自古以来就有坑杀敌军的，可是这还是第一次有人大规模的屠城，一旦屠城，将会激起全天下的愤怒！

"啪！"茶杯被宁千雪狠狠地拍碎在桌子上，盛怒的女子猛地站起身来暴怒道，"好一个赫舍里，好一个北方部落！"

宁千雪胸脯不断地起伏，本来苍白的脸上也逐渐染上胭脂一般的红晕，显然是气急了。

二十万百姓啊，那是整整二十万百姓啊！

若是全部杀了，恐怕也能染红北疆上的所有土地吧？

"赫舍里勇铭！"宁千雪咬牙切齿地咀嚼着这个名字，双眼中迸发出强烈的恨意与杀气，"赫舍里勇铭，我云想蓉今生不杀你，誓不为人！"

她这么用尽心血地算计，报复当初背叛她父皇的人，而不是直接以露华公主的名义推翻凤绝的统治，就是因为怕连累大盛的百姓陷入动荡之中，如今一个小小的北方部落居然敢屠杀北疆所有的臣民，简直找死！

"小姐，你没事吧？"百里琦焦急地扶着宁千雪，看着宁千雪苍白中透着红晕的脸色便忍不住担忧。

宁千雪摆了摆手，沉声吩咐道："将神医谷在北疆和京都周围所有药店内藏有的化骨水都给本宫拿出来，交给祁兰馨，让她去一趟北疆交给龙轻泽，那些化骨水本宫要龙轻泽统统用在北方部落的士兵身上！"

百里琦一听就知道宁千雪这是气狠了，这是动了真怒，要不然也不会连"本宫"都出来了。

神医谷每一处的药店内都暗中藏有十瓶化骨水,这个宁千雪是知道的。

以宁千雪的个性,若没有发生屠城的事,宁千雪绝对不会动用化骨水的。

"好,我知道了,小姐您不要太急了。"百里琦从背后给宁千雪不断顺气,生怕宁千雪一不小心就又晕过去。

宁千雪长长地舒了一口气,然后说道:"让无情带祁兰馨去,然后你去以我的名义在江湖上发一道诏令,无论是谁,只要能取到赫舍里勇铭的项上人头,本妃、宁为玉、宁国公、随景岩、尘王都许他一个承诺!"

整个江湖卧虎藏龙,可是想必随景岩的承诺肯定会引得这些人纷纷出来吧?更何况还有天下第一公子的名头,再加上凤尘在大盛的影响力,她就不信,要不了那个赫舍里勇铭的命!

百里琦扶着宁千雪躺在美人榻上后就立即出去办了。

到了晚上,整个京都都知道宁千雪许诺只要有人杀死赫舍里勇铭就许诺一个承诺,无论是神医谷谷主、战神还是第一公子的承诺,大家都想要啊。

一时之间,不少人纷纷艳羡宁千雪居然有这样的好福气,天底下最优秀的三个男人都听她的话。

当然了,更多的是夸赞宁千雪的。

身为尘王妃,为了柴元帅的死肯这般大手笔,赢得了京都大多数权贵之家的肯定。

宁千雪再一次站在了风口浪尖上,这一次不是凤尘给的难堪,也不是因为宁为玉和随景岩给她造势,这一次单单因为她宁千雪。

宁千雪再一次扬名天下,从此再也没有一个人诋毁于她。

第二天,宁为玉出现在朝堂之上,正式接受太子太傅一职,大家纷纷在想,这大概是因为昨晚的消息传开后,宫里并没有传来凤绝反对的声音吧?

而此刻的北疆的城主府内,赫舍里勇铭站在一地鲜血的地板上,低头沉思着。

身旁的副将笑嘻嘻地问道:"首领,咱们这次终于拿下了北疆,您怎么看上去没那么高兴啊?"

北方部落攻打北疆多少年了,之前还能偶尔占些便宜,可是自从北疆来了个柴元浩后,大盛的北疆就如同铁桶一般,再难攻克一分一毫了。

而他们的大首领从小就被老首领严格教育,整日里说的就是一定要攻克这北疆,杀了柴元浩。

所以对于赫舍里勇铭来说,他这一生最恨的就是他从未见过面的柴元浩,因为柴元浩,他从小压抑着长大。

柴元浩就如同一座大山一样,整日里压在他的头顶上,压得他喘不过气来。

"你说,这城里的人为什么都愿意为了一个死人去死呢?"赫舍里勇铭始终想不明白五天前的那一幕。

五天了,这城里的鲜血依旧血红血红,就好像那些百姓刚刚将他们的心头血洒在这地板上一样。

"谁知道呢,兴许是傻呗。"那副将可没想这么多。

赫舍里勇铭摩挲着下巴,挥挥手将副将赶了出去。

五日前的场景再一次浮现在眼前。

他们北方部落历时十年终于将那五座雪山挖穿了,本来是为了对付沧澜国的,可是沧澜国太子将琼河十座城池送给大盛的举动让赫舍里勇铭看到了机会——打败柴元浩的机会,得到北疆的机会。

于是他带着北方部落的所有兵马去了琼河,在三日后估摸着明城内的人差不多会向柴元浩求救了,才先让一万兵马穿过雪山,随着日子的流逝,每天穿过雪山的兵马越来越多,但是那营帐并没有拆掉,所以明城内的人并不知道其实那营帐里已经没有人了。

在北疆的二十万兵马赶到明城的前一天,赫舍里勇铭就带着二十五万兵马穿过了雪山,到了北疆,以迅雷不及掩耳之势迅速攻打北疆,同时放出了柴元浩受伤不能再上战场的消息,那北疆的士兵果然军心不稳。

至于留在明城迷惑大盛人的五万兵马,赫舍里勇铭并不在乎,在他看来牺牲这五万人就能攻克北疆是值得的。

第 106 章　神一样的信仰，幸也不幸

五天前。

"元帅不好了，安城外面全是黑压压的北方部落的大军，依末将看来恐怕有二十五万大军啊！"柴元帅身边最得力的副将安陆有些惊惧地一路疾奔进了大厅。

前几天那北方部落就有士兵在安城外面叫嚣，不过只有几万人，虽然安城只剩下了十万兵马，但是柴元帅向来用兵如神，所以也就没有人放在心下。

直到昨天晚上柴元帅重伤的消息传遍了整个安城，安城内的守将们才觉出不对劲来，一干将军们纷纷来了元帅府商讨对策，看看这北方部落到底打的什么主意。

当然了，柴元帅受伤的消息虽然北疆的百姓不知道，但是这些个守将们都知道前不久柴元帅刚从马背上摔下来。

柴元帅抬手示意安陆安静，然后靠在躺椅上歪着头看着一旁的地图，不由赞叹一声，"这个赫舍里勇铭还真是好手段，那五座雪山恐怕早就被北方部落挖通了吧。"

柴元浩是谁，一生经历过大大小小无数次战争，北方部落又是他一生的对手，所以柴元浩对于这个北方部落的大首领多多少少还是有些了解。

这个赫舍里勇铭不过刚刚三十岁而已，当上北方部落的大首领也不过十年的时间，这个雪山怕是从他刚刚当上大首领就开始挖了吧？

"怎么可能？那雪山怎么可能这么轻易被人挖通？"一旁的参将难以置信地问道。

不是他不相信柴元帅的话，只是他家世世代代生活在北疆，对于那五座犹如天险般的雪山打心底里畏惧，这么多年也没见人能够爬过五座连绵的雪山。

如今柴元帅告诉他，那五座雪山被人挖穿了，简直就像听到太阳打西边出来一样难以置信。

这怎么可能呢？

"有什么不可能的？"柴元帅撑着桌子不顾身边人的反对执意站了起来，对着刚刚发问的参将笑着解释道，"若是那个赫舍里勇铭从他当上大统领就开始着手一点点的挖雪山呢？"

刚刚进来的安陆猛地一拍脑袋，粗噶的声音顿时大叫道："我明白了，怪不得自从北方部落的大统领换成了这个赫舍里勇铭后他就隔一段时间就派兵攻打咱们安城，劲头又不大，原来是为了吸引咱们的注意力，不让咱们有机会注意到雪山那边的情况。"

这十年来，安城和北方部落的战争不断，不过都是一些小战争，不痛不痒却让安城的人注意力都在这，根本就没注意到雪山那边有什么异常。

安陆的话音一落,整个大厅都安静了下来,这个赫舍里勇铭这般算计,布局整整十年,这心计……太可怕了。

见众人都沉默了下来,柴元帅爽朗一笑,样子苍老却依旧龙马精神,大手往桌子上一拍,大声说道:"他赫舍里勇铭有心计,难不成你们就怕了不成,这么多年老夫什么时候教给你们不战先惧了?"

众人的视线都集中到了中间那个身形并不魁梧甚至有些瘦弱的老者身上,眼中同时迸发出坚定必胜的信念来。

这么多年,柴元帅未尝一败,其实柴元帅不仅对于北疆的百姓是神话,对于他们这些守将来说同样是。

神一样的信仰!

仿佛只要有柴元帅在,外面多少兵马攻打他们也不会惧怕,都坚信这个男人会带着他们走向胜利。

即便这个男人已经逐渐老去,即便这个男人已经受了伤。

"元帅,那城内关于你受伤的传言怎么处理?"安陆坐在一旁皱着粗黑的眉毛显然十分头疼这个问题。

柴元帅受伤的消息不仅让百姓们惶恐,这几日军营中的士兵也都忧心忡忡。

柴元帅叹了一口气,看着远方说道:"老夫是三军统帅,敌人来犯自然是披甲上阵杀敌了。"

其实,柴元浩此刻的内心有些无奈和苍凉。

也许,他镇守北疆整整六十年对于北疆来说并不是太大的好事。

虽然有他的镇守让整个北疆的百姓无忧无虑地过了六十年的安康日子,可是他的光芒太盛,整个北疆竟拿不出一个可以独当一面的将军来……

也不知道他的存在对北疆来说,究竟是幸运还是不幸。

柴元帅的话音一落,安陆就第一个反对出声,"不行,元帅您的腿还没养好,怎么可以上战场?这绝对不行。"

下面的守将也纷纷皱眉反对,虽然柴元浩上战场会对士兵带来莫大的鼓舞,可是他已经一大把年纪了,若是强行上战场,很可能有去无回,那个时候对于北疆来说才是真正的灾难。

"老夫不去,军心不稳!"

柴元浩也很坚持,他对他的兵很了解,北疆的兵强只强在了他。若是他不出现,再加上安城内的流言会让整个北疆的士气顿时全无。

"元帅,你看这样可不可以,你出现在城头上露露面就行了,至于打战冲锋,不如叫小公子跟着我们去,我们一定保护好小公子。"安陆见柴元浩坚持,只好皱着眉头想出这么一个折中的方子来。

柴元浩按着桌子的手微微用力,他们口中的小公子是他十一年前收养的一个孩子,那个孩和阳城不一样,是个孤儿,所以随了柴元帅的姓氏。

那个孩子给自己取名为柴永平,意思是希望整个北疆有朝一日能够永远安平,不再有战争,柴元浩也不用再受战乱之苦。

不同于龙阳城,对于龙阳城,柴元浩是交给他一身本领后将阳城送去了南方,让他自己一步步地挣军功,经历过无数场战争后才成就了阳城将军的威名。

而对于柴永平,柴元浩虽然也将一身本领倾囊而授,比之龙阳城更加用心,但是柴元浩一向不允许柴永平上战场,唯恐他受伤,宝贝得不行。

想来是收养柴永平的时候,他已经六十九岁了,心肠没那么硬了吧。

"是啊是啊,元帅你还不放心小公子吗?小公子得您真传一定能成为第二个阳城将军的。"

"对啊,元帅您也不能总护着小公子啊,小公子学了这么多本事若不用在战场是多么可惜啊?"

旁边的人一听安陆提起了柴永平这才想起来,有阳城将军这个养子在前面作例子,想来柴永平也不会差到哪里去了,想到这里,因为柴元帅受伤而有些不安的将领的心也有些定了下来。

第 107 章　一生唯一一次的败仗

柴元浩想了想，低沉着嗓音说道："好，那你们去书房吧，若风去叫小公子。"

柴元浩身后的而一个侍卫悄声退下，整个人落地无声，一看就是内家高手。

"你们去书房吧，明日迎战老夫自然会出现在城墙上。"柴元浩有些疲惫地挥了挥手，让众人下去。

他虽然看起来还龙马精神，但到底老了又受了伤，精气神都不足了些。

大厅内不一会就安静了下来，过了一会若风回来了，看着闭目养神的柴元帅说道："元帅，小公子……"

"那时候他才十岁，我抚养他整整十一年，我养大的孩子我了解，那件事不可能是他做的，许是北方部落的人故布迷阵，不要上当了。"柴元帅知道若风想问什么。

若风是他当年的贴身长随清润的儿子，当年清润和他一起来了这苦寒的北疆，在十几年前的一次战争中受了伤，后来一直没有治好，八年前就去世了，然后若风就接替了清润的位置，一直贴身保护他。

若风的担心他知道，但是他相信自己的孩子。

前阵子他从马背上跌下来并不是偶然，整个北疆的人都知道他每天那个时辰都要去骑马，有人做手脚肯定会抓住这个机会，而若风查到的证据居然指向了柴永平，柴元浩自然是不信的。

若不是那日柴永平恰好在马场上，在他跌下来的瞬间抱住了他，垫在了他身下，恐怕直接跌下马背，就能要了他这把老骨头的命。

"可是到现在我们也查不到小公子之前的事情。"

柴元浩身为北疆的统帅，他的养子的来历势必要查清楚，不然是北方部落或是沧澜国派来的奸细怎么办？

可是柴永平的来历虽然毫无破绽，但是若风一直觉得越是没有问题越是有问题。

柴元帅有些不悦地呵斥道："好了，若风不要对永平抱有偏见，若真的是永平下的手，那么永平就不会救我，让我直接从马背上跌在地上岂不是更容易让我死了？"

若风见柴元帅隐隐有些不悦，这才收了声，沉默地退到一旁，心中却打定了主意明天他一定要好好再去查一查前阵子柴元帅落马事情。

可是还不等若风再去查，夜半三更时候，整个安城就被一阵惊天动地的喊杀声惊动。

柴元帅不顾众人阻拦穿上铠甲匆忙带兵迎战，却没想到这是柴元浩此生最后一战，也是他一生唯一失败的一次战争。

原来下午众位参将和柴永平商量好安城步兵守防的情况,商定好明日对战的计谋兵法后就各自离去了。

可是到了半夜有人来打开城门,迎接北方部落的二十万五万兵马入城,虽然守城的参将反应快迅速发出了求救信号,但依然改变不了北方部落攻入安城的事实。

那北方部落就像事先得知了安城的兵力布防一样,随后迅速赶来的安城守军立刻和北方部落的兵马在城门口厮杀了起来。

虽然北方部落人多,但是城门口并不算太大,围在城门口打,北方部落的人多在短时间内并不见成效。

柴元帅坐在战马上,后边是哭喊的百姓,前面是厮杀的士兵,而城楼之上,有一片地方却格外的安静,那里并列站着两个男人,一个应该就是那赫舍里勇铭了,而另一个……

竟然是柴永平!

柴元帅满是褶皱的手背上根根青筋暴起,他猛地一抽战马,立刻冲入了厮杀的圈子里,身后的若风根本来不及阻拦,只好立刻跟了上去。

此刻安城门户大开,一切兵法计谋都没有用,只有将北方部落的人赶出安城,或是……杀光,才能保住安城,保住安城后面的北疆土地上的百姓。

柴元帅虽然老了,可是此刻心中怒火翻滚,手中的银枪不断地翻转,枪尖一转,便带起了一片血花,不消片刻,柴元帅周围的北方部落的人便少了不少,可是下一刻却涌上了更多的北方部落的士兵。

"大首领说了,谁能拿到柴元浩的首级,土地美人金银就都有了啊。"

北方部落的士兵一听这话,更兴奋了,纷纷不怕死地往柴元浩身边聚拢。

柴元浩虽然厉害,但只是一个人,一个老人,一个受了伤的老人,不一会柴元帅胯下的战马便被人趁乱砍断了双腿,柴元浩从马背上跌落后顺势一滚,就立在那里不断地挥出手中的银枪。

若风见围着柴元浩周围的人不断朝柴元浩靠近,急了。

"若风,去把密林中的五万兵马调出来,护着百姓退到源城,一定要护住百姓,一定!"柴元浩刚刚吼完,就猛地惊觉腹部一凉,却看也不看继续抡起手中的银枪,舞得虎虎生风。

"元帅!"若风双目欲裂,满眼都是猩红的血丝。

他的使命是保护柴元帅,他怎么可以让柴元帅留在这个必死之地呢?

可是那密林中的五万兵马除了元帅就只有他知道在哪里,这五万兵马不仅北方部落不知,就连凤绝和北疆的百姓守将也不知道,这是柴元帅用柴家的私产养的兵马,为的就是以防万一,没想到居然真到了动用这支军队的时候了。

"走啊!"柴元帅嘴角的血丝染红了花白的胡须,不断催促着若风。

他可以死,对于他一个将军来说,马革裹尸也是个不错的选择,可是他能死,百姓不能死!

若风猛地抽出背后的弓箭,足尖一点落在不远处的一处房顶上,对准柴永平用足了半生的功力射了出去。

柴永平冷笑一声,闪身就避开了,刚想嘲讽两句,后心却传来一阵透心的凉意,赫舍里勇铭吃惊地扶住身子下滑的柴永平,难以置信地看向若风,竟是失传已久的弧箭。

这一箭射中了柴永平的后心,恐怕……

"杀了他!"

淡淡的命令发出后城楼上不少人朝若风飞奔而去,可若风却一动不动,只是看着大口吐血的柴永平厉声吼道:"柴永平,这就是你背叛的代价!"

这个时候那些人也到了若风不远处,可是若风在看了一眼还在苦苦支撑的柴元帅后身子一闪瞬间就消失了。

赫舍里伸手召回那些人,看着大口吐血的柴永平眼神中没有一丝波动,反而是十分嫌弃地说道:"在柴元浩身边潜伏了整整十一年,居然连他还隐藏着五万兵马的事情都查不到,真是废物!"

第108章　愿我大盛昌盛百年

柴永平似是难以置信地望向赫舍里勇铭，嘴唇动了动却终究什么都没有说，而是双眼满是怨毒地看向下面厮杀满身伤痕的柴元浩。

他本来以为这个老东西什么东西都教给了他，没想到居然还留着这么一手防着他没告诉他，真是可恶。

柴元浩似有所感应地抬头看向柴永平，在隐约触及那双满是怨毒的眸子后，柴元浩手中挥舞的银枪一顿，而周边的战兵见状纷纷将手中的刀剑指向柴元浩。

大口大口的鲜血从柴元浩嘴中流出，可是柴元浩还是执拗地望着城楼之上的柴永平。

"元帅！"安陆大吼一声，双眼猩红不断将手中的大刀挥出想要突破重围来到柴元浩身边，可是人太多了……抬眼望去，北疆的士兵越来越少，而北方部落的士兵却越来越多。

"元帅！"

"元帅！"

"元帅！"

城门口不断响起将士们的悲吼声，然后更加不要命地厮杀起来，但是无论他们用着什么武器，他们每挪动一步身上就添上一两道伤痕，可是所有北疆的士兵和参将都努力地拼命地朝柴元帅的方向涌去。

"柴永平，你个狼心狗肺的东西！"安陆一声大吼，虎目中是强烈的恨意与杀气。

柴永平挣扎从地上爬了起来，靠在城墙上看着那一地的尸体畅快地笑了，"狼心狗肺？你是在说我？安陆，本少爷从来都不是柴永平，记住我的名字，记住这个覆灭了你们北疆的名字，赫舍里勇玶！"

还是勇玶，一样的读音却不是一样的字，也不是一样的姓氏。

赫舍里……

真是好笑，他柴元浩竟然眼瞎到如此地步，用尽最后一丝力气，柴元浩猛地将长枪掷出。

"哨"的一声，银色的长枪猛地没入了城门之上的城墙中，整个混乱的城门口瞬间安静。

"愿我大盛昌盛百年！先帝，罪臣……来了！"

无数把长刀插在柴元浩的身上，嘶哑的吼声仿佛透过云层穿越时空，柴元浩用尽最后一丝力气又没了银枪的支撑，身子猛地向前跪了下去，头颅垂下。

当年顺灵帝也曾有过抱负，他们两个相约一起开创属于大盛的盛世，可是他先违背了承诺,为了欧阳芷璇,他抛弃了和顺灵帝的承诺,甚至以用他们君臣的交情来逼着顺灵帝饶过欧阳芷璇一命。

虽说他放弃了京都的荣华,甘愿来这苦寒之地镇守一生,可那也抵不过顺灵帝不顾满朝的反对成全了他心思的情谊。

如今小他近二十岁的君王早已去世,他却连北疆都没为大盛守住,他又有何面目去面对对他恩重如山的君王呢?

是以,无论是对顺灵帝还是对北疆的百姓,柴元浩都充满愧疚。

一代名帅,镇守边疆六十年,最后竟是以这般卑微赎罪的姿势离世!

凄凉,可悲可叹!

"啊啊啊——"安陆不再挥舞手中的长刀,不顾一切地冲到柴元帅身边,长刀没入地面,双手撑着刀柄,以一副守护者的姿态守在柴元浩身边。

鲜血不断从身体涌出,可是安陆却一动不动,直至死亡。

元帅,我是您的副将啊,怎么能不陪在您身边呢?

柴元浩的死让剩下十不存一的大盛的士兵都疯了一般,不再防御,一个个都只是想要护在柴元浩的身体旁边。

就算北方部落的士兵再冷酷,可他们也是军人,看到这一幕都不由自主地纷纷停了下来。

最后赫舍里勇铭从城楼上下来的时候,赫舍里勇玶盯着柴元浩的方向已经停止了呼吸。

赫舍里看着一群狼狈不堪的人以护卫的姿态守在柴元浩尸体的周边,无论是已经没了呼吸的还是奄奄一息的都试图在守护着他们的元帅。

柴元浩守护了北疆一生,到了最后一刻换成北疆的守将和士兵们来守护他。

赫舍里勇铭什么都没有说,而是让北方部落的士兵绕过柴元浩的尸体进城。

在北疆安城城头上,飘扬了几百年的大盛的旗帜,在这一天被人拔下,换上了北方部落的旗帜。

安顿完后,天已经大亮了,赫舍里勇铭不顾北方部落士兵连日奔波的劳累,继续攻打源城。

"首领,现在柴元浩的死肯定已经传了出去,那北疆的臣民和士兵正复仇心切,所谓哀兵必胜,首领何不缓缓,等过个两三天,他们的士气低沉了下去,咱们的士兵也可以休息休息,岂不更好?"

赫舍里勇铭望着远方,一口独断道:"我是大首领,我说现在攻打源城就现在攻打源城。"

别人他不敢肯定,那个凤尘肯定会将他的想法猜到一二,他这个时候必须一鼓作气拿下北疆,不然等凤尘赶到了那就麻烦了,更何况在琼河的那二十万兵马在察觉到不对劲后肯定会返回来的,到时候他会受到两面夹击。

时不我待啊,所以一定要尽快拿下源城。

此刻的明城还没有等到二十万的援军,在北方部落之前三十万大军的碾压下,十万兵马仅仅剩下了一万多,虽说现在北方部落只剩下五万兵马了,可是明城这一万残兵也绝对不是对手。

"你去告诉援军,只留下五万人便可,剩下的十五万赶紧返回北疆,北方部落的兵马现在只剩下了五万人,剩下的二十五万定是去了北疆。"岳繁站在城墙上,看着厮杀的双方眉梢一皱,像是看出了什么,对着身边的士兵吩咐道。

这个时候岳繁并没有想到北疆的安城已经破了,毕竟在他看来北方部落想要去北疆也得绕路回去,那援军和北方部落到底谁先赶到安城还真不一定。

而且北疆还有十万兵马,再加上赶回去的十五万,正好二十五兵马。

以柴元帅的能耐,二十五万对二十五万大军,必定能守住安城。

而现在他要做的就是要守住明城,一直坚持到援军的到来。

援军,明天傍晚之前一定能赶到。

明城的军队经过一夜的厮杀竟只剩下了站在城门外的一千士兵,明城城门的大门被人从里面关上了,军师站在城墙上,看着岳繁孤注一掷地带着一千士兵对战北方部落的四万兵马。

手不自觉地扣紧城墙。

岳繁,你一定要坚持住啊,王爷快赶到了。

第 109 章　封为忠义侯

琼河比之北疆离大盛京都更近些,所以在北方部落开始进攻源城的时候,凤尘已经收到了柴元帅战死的消息,正快马加鞭赶到了明城。

在凤尘带领着十万兵马的时候,北疆的一个参将先凤尘带着五万兵马赶到了明城,整个明城安静极了,满是战后的萧条。

没有百姓出来,士兵脸上也没有笑容,城墙有些破烂,而且那一地的鲜血以及城墙上的鲜血怎么也洗刷不掉。

凤尘带着一干人等骑马赶到城门口的时候,士兵正在打扫战场,显然战争已经结束了。

那军师第一个发现了凤尘的人马,立即赶了过来。

"王爷,您来了啊。"军师敛眉低头称呼了一声,只是那脸上却没有战胜的喜悦。

按理说,他们明城凭借十万兵马能撑到最后,并守住明城,这是莫大的荣耀与成功啊。

可是也不知道是因为惨胜还是其他什么原因,整个明城都安静极了,没有一个人脸上挂着喜悦的笑容。

凤尘脸色沉了沉,问道:"岳繁呢?"

这个时候若是岳繁还活着,就不可能不出来见他。

军师苦涩一笑,道:"王爷,你来晚了。"

一个时辰前,就在敌军想要破城门而入的时候,北疆的援军到了,同时到的还有奉凤尘命令先一步赶到的长歌。

长歌在那满地的尸体中,一眼就发现了岳繁。

只见岳繁身穿一声玄色铠甲,铠甲破碎却依旧挂在身上,岳繁手中的长枪,一头插在地面上,一头染着惨烈的鲜血直指苍穹。

同时长歌走到岳繁身前才发现,除了那一身伤痕外,还有一根羽箭直直的插在了岳繁的心口处,只是男子执拗的眼睛中似乎还有一丝微弱的光芒,似乎在等待着什么。

长歌瞳孔一缩,伸手将怀中的圣旨拿了出来,手一扬,那明黄色的圣旨就在空中飘扬起来。

边塞的风,总是格外的硬。

岳繁的眸子转了转,似乎在看着圣旨上的内容,随后便发出了一阵大笑声,显然十分畅快与解脱。

长歌分明在岳繁的眼角看到了一丝晶莹,这个受了这么多伤的硬气男子一直没有掉一滴眼泪,直到生命最后。

那笑声,似解脱,似释然。

待笑声渐渐低了下去,直至再也听不到一丝笑声,长歌忽然觉得边疆的风太冷了,也太硬了。

他动手将那明黄色的圣旨重新卷好,塞到岳繁的怀中,然后伸手将岳繁的头盔给正好。

军师不知道那道圣旨是什么,所有的士兵也不知道那道圣旨里到底是什么内容居然能让他们的将军那般高兴。

"还是晚了吗?"凤尘似有所感慨地叹息了一句,然后对着军师说道,"带我去看看他吧。"

他几乎没有朋友,这一生也不过只有月萧和岳繁这两个朋友,而月萧在六年前已经和他形同陌路了,所以说岳繁是他唯一一个朋友。

唯一的兄弟去世,他……总要送一送的。

军师长叹一声,显然也知道凤尘和岳繁私下里的关系,便也没多说什么带着凤尘去了城门外。

"将军的遗体,我们并没有动。"军师望着眼前似乎还依稀能看出生前豪气冲天的男子的遗体,无论之前他对岳繁什么看法,现在他对岳繁都只剩下了敬佩。

岳繁凭着十万兵马先是抵抗住了北方部落三十万兵马的进攻,虽然说后来他们才知道北方部落压根就没想真正进攻明城,但到了最后岳繁是真的带着仅剩的一千人和敌人战到了最后。

最后他坚持住了,他保住了明城,保住了大盛的尊严和荣耀,这就值得所有士兵对他尊敬。

长歌知道最后凤尘一定会来看看岳繁的,所以就没让人动岳繁的尸体,打扫战场的时候也都绕开了这一块。

英雄,值得所有人尊敬。

凤尘看着倔强地不肯倒下的岳繁,忽然伸手用自己的衣袖将岳繁头盔上的一颗蓝宝石擦亮,将那血迹和灰尘统统擦掉。

午后的阳光总是那么温和,柔软的阳光洒在大地上,湛蓝的蓝宝石反射出柔和的光芒,让人眼前一亮。

"岳繁,一路走好。"

这是他的兄弟自己选择的道路,就算他觉得不值可也为好友感到高兴,因为岳繁终于得偿所愿了。

凤尘作为岳繁的好友,自然清楚岳繁的心思,他知道自从岳繁知道六年前的真相后,他自己就给自己选择好了结局。

马革裹尸,这就是他的选择。

作为兄弟,凤尘当然为岳繁高兴。

"奉天承运,皇帝诏曰:忠义侯长子岳繁忠肝义胆,勇敢果决,护大盛之社稷,保大盛之子民,今特封岳繁为忠义侯,承继其父之爵位,钦此。"

凤尘朗声将圣旨中的内容缓缓背了出来,城外的士兵纷纷跪下听旨。

凤尘的宣读完圣旨后,对长歌说道:"你亲自送岳繁的遗体回京吧,葬在忠义侯的墓地旁边。"

众人看着凤尘远去的背影面面相觑,就连军师也有些摸不着头脑,这尘王殿下不是一向和岳繁交好吗?怎么会给岳繁讨了这么一个无什么用的圣旨?而岳繁怎么会在看到圣旨后那么高兴呢?

"军师,您看这是怎么回事啊?"一旁有个参将忍不住问出声来。

他们的将军岳繁是忠义侯长子这件事他们都是知道的,这个侯府继承爵位的一般不都是长子吗?

皇帝下了这么一道圣旨也算得上赏赐?最闹不明白的就是为啥最后他们将军看到这道圣旨后还能这么洒脱释然地笑了。

军师眼一瞪,摸了摸自己的山羊胡子,哼哼道:"你们问我我问谁?"

当晚,凤尘就站在城墙上整整一夜。

他知道岳繁一直对忠义侯这个爵位耿耿于怀,如今他守住了明城守住了琼河,军功不算小,封个爵位也担得起。

所以凤尘在临行之前特意去找凤绝要了这么一道圣旨,也许在不知道真相的人看来这是皇家不大方,苛待有功之臣,可是凤尘知道,这是岳繁这短暂的一生最想要的恩赐。

忠义侯,忠义侯,何为忠义?

臣子誓死效忠主君才称得上一句忠,朋友两肋插刀也不怨才叫有义气。

岳繁凭借自己的努力,再次获得了忠义侯的爵位,封号还是一样,可是对岳繁的意义却决然不同。

第 110 章　柴元浩的遗体

凤尘第二日从城墙上下来之后，便将自己最得力的副将张海留在了明城，留下五万兵马，他自己则带着十万兵马火速从琼河出发，一路向北方部落打了过去。

他相信，只要龙轻泽赶到，那北方部落的军队绝对不可能再进一步，那么他就带着兵马绕过雪山打过北方部落的领地，然后再到北疆。

北方部落的那三十万兵马一定是北方部落所有的兵力了，这个赫舍里勇铭也真够大胆的，也不怕别人端了他的老窝，还是他确信凤尘会一路驰援而不是从北方部落绕路去北疆，顺便攻打北疆？

若只有凤尘一个人，那么凤尘肯定不会这么做，可是有龙轻泽在，凤尘很放心。

龙轻泽距离源城还有两天的路程，而此刻源城已经岌岌可危了，原因无他，赫舍里勇铭无所不用其极，居然将柴元帅的尸体绑在一根柱子上，拉到大军前面，叫嚣着若是城中的士兵不肯开门那就将柴元帅的尸体大卸八块，并且只给若风一个时辰的考虑时间。

源城易守难攻，虽然只有五万兵马，可是足够若风撑到龙轻泽赶来了，可是……若风狠狠的一拳砸在城墙上。

他不是一个将军，他只是一名守护柴元帅的护卫，他一生的责任就是守护柴元帅，不是守护这一方百姓。

离开柴元帅，带着安城的百姓来到源城避难也不过是因为柴元帅的命令，如今柴元帅死了，可恶的赫舍里勇铭居然拿柴元帅的遗体发难……

"开城门……"干涩不已的声音从若风嘴里缓缓地吐出。

一旁源城的守将顿时大叫道："不可以，公子不可以啊，若是开了城门那城内的百姓就完了啊。"

"那就眼睁睁地看着他们对柴元帅的遗体……"说到最后，若风再也说不出口了。

那守将的声音了十分沉闷，"我也知道……"

在北疆这片土地上生活的人啊，哪一个不感恩柴元帅呢，可是……

"公子，成大事者必须懂得取舍！"

他知道他不应该放弃柴元帅的遗体，可是他是一个将军，比起柴元帅的遗体，整个北疆的百姓的安危更重要！

因为北疆的兵力不多了，且只有三座城池，其中一座还被攻克了，所以剩下的守将们便将这三座城池的百姓都集中到了源城之中。

若是源城破了，那么北疆二十万的百姓……很难再有生路。

"什么是取舍?"若风一把提起那守将的衣领,指着城内的百姓厉声说道,"你下去问问他们是不是愿意看到柴元帅的遗体被人……啊?"

"本将军愿一力承担这后果。"

那守将也是个真心为百姓着想的人,要知道这个时候他若一力决定不开城门任由柴元帅的遗体被北方部落的人糟践的话,那么很可能他就会遗臭万年。

不仅大盛的臣民会怨恨他,甚至是他一直想要保护的北疆百姓也会对他有所怨恨的。

若风虽然恨极这个阻拦他的守将,但也对他有着尊敬,恨恨地将那守将扔到了一旁飞身下了城墙,就要去开那城门。

"拦住他,不允许开城门!"守将慌忙爬起来大声喊道。

若风也听见了守将的话,正准备对戒备起来的士兵出手,忽然涌出了一群百姓,那些百姓一哄而上将守门的士兵团团围住,然后有的百姓抽空对着若风说道:"公子,快去开城门啊。"

若风有些呆愣地看着眼前这一幕,士兵不好对百姓下手,而百姓则是死死地压着士兵,还叫嚷着让若风去开城门。

"你们知道我要是开了城门,你们会有什么后果吗?"若风的声音有些干涩,想要上前打开城门,腿却如同灌了铅一样,一步也挪不动。

有的百姓大声嚷嚷道:"我们命贱,柴元帅保护了我们北疆一辈子,我们不能眼睁睁地让人糟践他的遗体啊,做人要感恩。"

"是啊是啊,我们的命哪里比得上柴元帅的遗体。"

"公子你快去开城门吧,不用顾忌我们。"

面对着一群淳朴的百姓,若风猛地攥紧了双手,咬着唇角一言不发。

"你还要开城门吗?你若是还坚持,我不拦着你。"不知道什么时候,那个守将也从城墙上下来了,将手在若风瘦弱的肩头上拍了拍,语气中也满是无奈。

这个选择题,无论怎么选,做出选择的那个人都会遗臭万年。

若选择不开城门,那么柴元帅的遗体真的被北方部落的人分尸的话,这是不忠。

若选择开城门,那么城内手无寸铁的二十万百姓就会被推到火坑之中,这是不仁。

无论是不忠还是不仁,这两个骂名,无论沾上哪个,那都会压得人一辈子抬不起来头来。

更何况,对于若风来说,守护柴元帅是他一生的责任。而保护北疆的百姓,则是柴元帅最后的命令……

那守将也能想象到此刻若风内心的纠结。

随着守将的话,和士兵缠在一起的百姓也纷纷站起身来,对着若风苦口婆心地劝道:"公子,开城门吧。"

他们虽然只是平头百姓,可是还是懂得感恩的。柴元帅守护了他们这么久,他们为什么就不能为柴元帅做些什么呢?

"你们不怕死吗?"这是若风在问。

"我们不想死,也怕死,可是为了柴元帅就算搭上我们的贱命又如何?"

"怕,但柴元帅最重要!"

……

一连串的回答,可统一起来也只有一个答案,就是他们怕死,但是为了柴元帅他们不在乎。

若风忽然不想开这城门了,眨了眨眼睛,声音有些酸涩地说道:"柴元帅给我的最后一道命令就是保护你们,我不想让他……死不瞑目。"

"公子……"

百姓中有的听到若风提起柴元帅眼中都湿润了,几人对视一眼,然后几个人猛地站起来朝城门跑了过去,剩下的就是死死拦住想要阻止的士兵,周围又呼啦啦地挤进来一堆百姓,一些人拦住士兵,一些人则是给守将和若风跪了下来,哀求他们不要阻止他们开城门。

"你们,傻不傻啊。"若风眼角发红,他似乎明白了,为什么柴元帅出身富贵却能在这苦寒的北疆一待就是六十年。

除了欧阳芷璇的原因,这里的百姓也占了很大一部分原因吧。

第 111 章　屠城的原因

城门终是被打开了,所有的百姓和士兵束手就擒,只为了一个人,一个早已死去的人。
"哈哈,首领你说他们傻不傻,居然就这么轻松地拿下了源城,首领还真是聪明啊,这就叫兵不血刃对不对?"
打马进来的北方部落的人看着每个大盛士兵的肩头都横着一把北方部落特有的长刀,顿时就发出一阵畅快的大笑声。
本来以为这源城还得攻打个几天呢,没想到居然一点劲都没费,只是拿那个柴元浩的尸体做做文章,这群傻帽就束手就擒了,真是好笑。
赫舍里勇铭表情淡淡的,不言语。
虽然他也认为无论是源城的守将还是这里的百姓都傻极了,可是他对柴元浩的佩服却又上了一层高度。
这得是多大的影响力,多深的威望,才能让一方百姓全部愿意为了一个死人赴死啊?
柴元浩,你死了,可是我永远都赢不了你了。
底下的百姓和士兵一听这话,顿时就怒了,想要反抗却被北方部落的士兵毫不犹豫地一刀划破了喉咙。
北方部落有个将领一看这样,顿时就乐了,骑着马跑到拖着柴元浩尸体的马后面,扬起马鞭就狠狠地对着柴元浩的尸体抽了过去,并洋洋得意地扭头对着底下的百姓说道:"怎么着,这柴元浩的尸体我们乐意怎么整就怎么整,你们又能如何?"
若风气急了,猛地站起来将像自己挥刀的北方部落的士兵的手腕攥住,然后狠狠地一用力,一把夺过那士兵手中的长刀,然后毫不犹豫地朝刚刚那个朝柴元浩身上甩鞭子的人掷了过去。
长刀夹杂着若风一半的功力,带着凛冽的风声呼啸着从那将领的胸膛穿过,那将领瞪圆了双眼显然是没想到自己就这么死去了。
与此同时若风的身上也被砍了几刀,其实以若风的武功来说,他若想要逃出去,在场所有人都拦不住他,可是……
他怎么能逃呢?
这是元帅让他保护的百姓啊,可是他却辜负了元帅的嘱托。
"嘭!"若风双膝着地,朝着柴元帅遗体的方向重重地跪了下去。
元帅,我对不起您啊。
"该死的,杀了这小子给老三报仇!"

"娘的,杀了他!"

周遭的北方部落的人都怒了,一个个挥着刀剑驾着马就朝若风赶了过了,而赫舍里勇铭只是冷眼瞧着这一切,并不阻止。

若风丝毫不在意周遭,只是一双眼睛执着地盯着柴元帅的方向。

刀,落了下来。

无数把刀,落了下来。

可是若风眨了眨眼,他觉得眼睛有些酸痛,似乎有什么东西溅到了他睁着的眼睛里,让他眼前朦胧一片,不断地眨了眨眼却发现眼角似乎有什么东西流了下来。

"公子,逃出去。"

"公子,快跑啊。"

一群群愤怒的百姓推开推搡着他们的北方部落的士兵,然后替若风挡下了那一刀又一刀,周围不断地有百姓倒下,可是那一句句"公子,快跑啊"却一直不断地响起。

这是北疆二十万百姓的所有的声音,因为他们知道他们逃不出去,他们给柴元帅报不了仇,收复不了北疆的疆土,可是若风能,就若风不能他也可以带着能的人来。

所以,若风不能死。

淳朴的百姓是最懂得感恩的,他们不认识若风,但是因为若风是奉柴元帅的命令来保护他们的,因为若风能逃出来带着人救回柴元帅的遗体,所以他们愿意用生命去救若风。

看着一个个倒在身边的百姓,若风感觉自己的心脏像是被一双无形的大手猛地攥紧了,然后狠狠地揉搓着。

元帅,原来这就是你在这里坚持六十年的原因吗?

眨了眨眼睛,若风猛地运气飞身而起,点着北方部落士兵的肩头几个起落便要飞到城墙之上。

这个时候北方部落怎么会任由若风逃走呢? 弯起弓箭,拉成圆月,可是箭还没有放出去,眼前就猛地被一个个身影挡住了,那放出的箭穿过了无数个胸膛,带起了一片又一片的血花。

百姓哪里比得过悍勇的士兵呢?

不大一会,整个城内的百姓便血流了满地,摇摇晃晃却还是有人站了起来想要为若风挡着那些个箭。

赫舍里勇铭眉眼一沉,嘴唇轻轻触碰,道:"既然他们想死,那就成全他们吧。"

不过是一个人而已,逃出去又能如何? 反正他已经得到了源城,得到了整个北疆,蚍蜉撼树又有什么可担心的?

身旁的人小声劝了劝,道:"首领,这屠城可是会引起全天下的公愤的啊,这屠城了可就真的和大盛不死不休了啊?"

自古以来,无论战争打成什么样,两国之间有什么血海深仇,坑杀军队的虽然不多但也是有的,可是屠城的还真没几个,更何况还是这大规模的屠城。

"也不知道首领的意思是把这儿的百姓都杀了,还是整个源城的百姓……"那人见赫舍里勇铭不说话,再次小心翼翼地问道。

赫舍里勇铭把玩着手中的马鞭，似笑非笑地瞅了一眼那人，轻声说道："柴元浩死在我们手上，你认为咱们和大盛还有和谈的可能吗？"

在大盛人的心中，柴元浩的地位绝对不亚于一个北疆。

柴元浩死在北方部落的手里，还是败在了那么低劣的一个阴谋诡计中，大盛人最重忠孝仁义，能和他们和平共处才怪。

"那这百姓……"

没弄清楚这大首领的意思到底是就杀了城门口的这些百姓，还是将整个北疆的百姓都杀光了，他这差事没法办啊……

"这里的全杀了，然后其他的百姓若是愿意往柴元浩的身上唾一口唾沫就可以不死，不愿意的，杀。"

说完之后，赫舍里勇铭一提缰绳便骑着马慢悠悠地离开了。

天色渐渐黑了，可是赫舍里勇铭并没有等到回复，等到第二天天大亮的时候，才得到下面的人回复。

等他再回到放着柴元浩尸体的那处城门口时，发现那尸体堆满了源城的主干道两侧，那血将主干道都染成了深红色，可是柴元浩的尸体上依旧还是那副深沉的盔甲，上面覆满了灰尘和血迹。

"大首领……"底下的人见赫舍里勇铭脸色不好看，也变得胆战心惊起来。

"没有一个人愿意吗？"

"……没有。"

第 112 章 不要爱上随景岩

龙轻泽在收到柴元帅战死的消息的时候,距离离北疆的历城最近的文城还有三天的路程。

在接到士兵传来的书信时,龙轻泽没有发怒也没有说什么,只是将柴元帅战死的消息在大军中传散开来。

半个时辰后,他带着十万兵马一路疾奔,不眠不休不吃不喝,硬生生只用了一天就赶到了文城。

同时祁兰馨和无情也带着神医谷的整整八百瓶化骨水赶到了文城,将宁千雪的意思转达给了龙轻泽。

本来祁兰馨以为龙轻泽肯定会拒绝呢,毕竟那龙轻泽看起来是个战场上光明磊落十分高傲自信的男子,只是没想到龙轻泽居然毫不犹豫地就答应了。

"看来,龙将军对柴元帅的死并没有表面上看起来这么平静啊。"祁兰馨妩媚的大眼轻轻一挑,拇指和食指轻轻摩挲着问道。

这帐内只有龙轻泽、无情和祁兰馨三个人,祁兰馨说话也就没了顾忌。

龙轻泽虽然对祁兰馨并不熟悉,但是宁千雪居然如此信任两人让两人赶来这里带着这些危险的东西来,想必这两个也是可靠的。

浑身散发着凌厉锋芒的男子,眼皮往下一垂,说出口的话是罕见地带着一抹阴森的感觉,"柴元帅的死,本将要用整个北疆来祭奠。"

对于柴元帅,那是对龙轻泽慈祥和蔼的祖父,是如师长般教导他兵法谋略的一代名帅。

他八岁之后曾经被龙阳将军送到北疆由柴元帅教导过五年,那位老者在送走他的时候曾经眼中满是恳切哀求地说过一句话。

"轻泽,代我照顾好薇薇。"

这是老者对他的嘱托,亦是请求。

可是他却没有做到,他是一个威名赫赫的少年将军,可是他却不能护住杨又薇的幸福,只能眼睁睁地看着杨又薇一步步远离幸福,一步步远离他……

甚至到了最后……柴元帅都没有见过他唯一的后代一面。

这样的遗憾无论是对柴元帅还是对杨又薇,都是无法弥补的,他身为杨又薇的兄长,他怎么能忍受着一切呢?

这一次,他要用整个北疆来祭奠柴元帅的一世英名。

所以，他在听到无情转述了宁千雪的话后，毫不犹豫地答应了。既然赫舍里勇铭用这种卑劣低下的方法夺下了北疆，那么他为何要以光明正大的手段来对付北方部落？

他又不是傻子。

祁兰馨站起身来，拱手道："龙将军好气魄，希望你能够达成所愿，无情是千雪留在北疆的人，你有事可以找无情。"

对于龙轻泽的反应，祁兰馨很满意，她最讨厌那种迂腐之人了，而这个龙轻泽并没有传闻中那么古板执拗的人。

"恕不远送。"

祁兰馨朝无情看了一眼后，然后转身大步离开。

她不是宁千雪的人，祁家虽然也是露华公主的势力，但只有她哥哥才是露华公主的手下，她只不过是偶尔帮忙跑跑腿罢了，现在北疆乱得不行，她可没心情在这里待着。

其实最重要的是她放心不下祁采心，她怕那孩子又整出什么事给宁千雪添麻烦，宁千雪又不是经常和她在一起，自然不能时时刻刻盯着她。

从大漠出来的时候，她大哥可是千叮咛万嘱咐的，叫她一定要看好祁采心，不让她惹麻烦是其次，主要怕她蹦跶得太欢了让人查到她的身份就不好了。

云悉郡主和露华公主可不一样，若是现在传出宁千雪就是露华公主的消息，所有人都不敢得罪她。而若是祁采心就是云悉郡主的消息传出去，那恐怕祁采心会没命。

"祁小姐。"龙轻泽看着祁兰馨一身红衣，洒脱不羁的背影忽然想起什么，叫住了祁兰馨。

祁兰馨转身，问道："怎么，龙将军还有事？"

"祁小姐，不要爱上随景岩。"

这是龙轻泽给祁兰馨的忠告，有些事情他不能说。

祁兰馨妖娆一笑，毫不在乎地说道："若我说我已经爱上了呢？龙将军，这不是你该操心的事，不过我还是要对你说一声谢谢。"

不要爱上随景岩吗？

那样的男人，爱上很容易吧？祁兰馨想。

龙轻泽收回目光，看着铺满整个桌面的八百瓶的化骨水，然后将副将叫了进来。

第二天，龙轻泽的兵马和北方部落的兵马在历城外两方对阵。

"龙轻泽，就带这么点人是来投降的吗？"赫舍里勇铭站在城墙之上，看着龙轻泽身后也就一万的兵马，满眼都是嘲讽。

知道带兵的是闻名天下的龙轻泽，赫舍里勇铭特意从源城赶到了历城，就是想见识见识龙轻泽的本事，只是没想到这龙轻泽居然敢只带着区区一万兵马来叫嚣。

也不知道是太狂妄了，还是太目中无人了些。

龙轻泽不答反问道："赫舍里勇铭，你还记得几天前你们杀死柴元帅的时候，北疆百姓的眼神吗？"

"你是告诉本统领，你怕了吗？"

"不，本将是想告诉你什么叫作恐惧。"

龙轻泽双眼锐利如电,嘴角牵起讽刺的笑容,话音落下后,手臂也猛地挥下。

龙轻泽带来的一万兵马前面一百人忽然后扬起弓箭,猛地射出。

"就这么点弓箭,龙轻泽你是疯了吗?"赫舍里勇铭蔑视地看着龙轻泽,传说中与凤尘齐名的龙轻泽也不怎么样嘛。

可是赫舍里勇铭的话音刚落,城门下就传来了爆破声和北方部落士兵撕心裂肺的喊叫声。

原来,那一百名弓箭手射出的箭上,一头都绑着一个小瓷瓶和一小包炸药,当箭飞到北方部落那三万士兵的上空时,炸药就爆炸了,虽然是小炸药对北方部落的士兵没什么伤害,可是随着炸药的炸开,那些小瓷瓶全部被炸裂了。

那一百瓶可全是没有稀释过的化骨水,可以想象,当铺天盖地的化骨水从北方部落那三万士兵的头顶浇落时,是个什么样的情节了。

即便穿着厚重的盔甲,也抵抗不了化骨水的威力,不大一会,那城门外面的三万北方部落的士兵便纷纷没了声响。

看着转眼之间便灭了三万人的龙轻泽,城墙之上的北方部落的士兵都忍不住下意识后退了三四步。

这是什么东西,怎么会有如此威力?赫舍里勇铭双眼紧紧眯起,皱眉看着城楼下那被腐蚀得没有一具完整尸体的三万人,心下大震。

第 113 章　化骨水下无活口

"龙轻泽,用这般逆天的毒药,你就不怕遭天谴吗?"赫舍里勇铭咬牙切齿地说道。

要知道北方部落所有的军队他都带来了,整整三十万,在琼河舍弃了五万,在攻占北疆的时候仅仅死了一万,而如今龙轻泽居然在这么短的时间内就灭了他三万大军,这让他如何不心疼?

这样一来,他们北方部落就只剩下了二十一万人马。

虽然龙轻泽这里只有十万人,可是他们这二十一万还要分成两部分,一边守着历城抵抗龙轻泽的进攻,而另一方则是要去安城守着以防凤尘的进攻。

这样一来其实上和龙轻泽对抗的就只有不到十一万了,虽然他自负不比龙轻泽和凤尘中的任何一个差,可是他分身乏术,若是龙轻泽进攻历城的同时,凤尘攻打安城,他就顾不过来了,北方部落中也没有人是这两人中任何一个的对手。

更何况,现在龙轻泽手中还有这样厉害的毒药。

胜算越来越低了,可是……若不到万不得已,他绝对不能动用那一步棋。

龙轻泽掏了掏耳朵,大声问着旁边的副将,"北方部落的首领居然问我会不会遭天谴?"

"赫舍里勇铭,若本将杀了三万人就要遭天谴,那你屠杀北疆二十万百姓还有十万将士,这整整三十万人啊,若真的有天谴,大统领绝对在本将之前啊。"

这话,仿佛咬牙切齿般说了出来一样。

"奶奶的,一群畜生,连屠城这种不人道的事情都做出来了,居然还说什么天谴?兄弟们,你们说畜生能懂天谴是什么吗?"一旁的副将大声嘲笑道。

只是那嘲笑声中,还夹杂着刻到骨子里恨不得将其大卸八块的怨恨。

对于将士来说,最耻辱的莫过于在他们的守护下,还让百姓经历战争。

如今,他们不仅让北疆的百姓亲历战争还……还发生了屠城这种事情,这是所有大盛将士的耻辱!

赫舍里勇铭眼眸一沉,嘴角挂着的是残忍的笑容,"成王败寇,失败的人死了再正常不过了,难不成你们大盛人还认为失败的人还得有个幸福的结局不成?"

这群蠢货,成王败寇,谁的拳头大,谁的话就是真理。

打不过他们,自然是任由他们发落。

"说得对,成王败寇,那么大统领,咱们手底下见真章吧!"龙轻泽手中拉着的缰绳一紧,马儿前蹄刨刨然后就是一声长长的嘶鸣声。

赫舍里勇铭看了看周围还在刚刚龙轻泽的一手的震惊和恐惧中没有走出来,说道:"听说龙将军的父亲是柴元帅的养子,就是不知道龙将军在不在乎柴元帅呢?"

"有话直说!"

龙轻泽岂会不知道赫舍里勇铭在打什么算盘?

"刚刚那种毒药,本统领不希望再看见,否则,本统领可以将柴元浩的尸体挂在城楼上,让柴元浩的尸体也尝尝你那毒药的滋味。"

大盛人对柴元浩的尸体有多么在乎,他可是见识过了。

虽然对于之前若风为了柴元浩的尸体就放弃一城百姓,缴械投降的做法感到不屑,可是他就喜欢这样的。

这样的人多了,对于他们北方部落才有好处不是?

龙轻泽手中的缰绳狠狠握紧,他就知道赫舍里勇铭会拿柴元帅的遗体来威胁他,不愧是野蛮人。

"格老子的,你他娘的敢动柴元帅的遗体,老子拆了你们那破地方!"

"啊呸,还是一方首领呢,真他妈不要脸,连去世的人都不放过,真他妈没种!"

……

大盛的军队中不断传来各式各样的怒骂声,显然是被赫舍里勇铭的一番话给气到了。

自古以来,中原人都认为死者为大,无论这人生前做错过什么事,死后都不会再去诋毁他。

更何况,柴元帅这种生前立过无数功勋的国之栋梁,北方部落居然一而再再而三地侮辱柴元帅的遗体,不惹怒了大盛人才怪。

随着怒骂的声音越来越大,赫舍里勇铭的脸色越来越难看,盯着龙轻泽的眼神也越来越阴沉,"龙将军,想清楚了吗?"

龙轻泽将双拳握的咯吱作响,咬牙道:"赫舍里勇铭,你若敢动柴元帅的遗体,本将保证,绝对让整个北方部落的所有臣民都死在这化骨水下。"

随着龙轻泽的话音一落,刚刚的那一百个弓箭手再一次扬起手中的弓箭,只不过这次弓箭上没有绑着小炸药包,而那弓箭上却是三支!

三百支箭朝着城楼上,城墙上和城内射了过去,不大一会就听到那瓷瓶砸在地上发出的清脆的声音。

整整三百瓶化骨水,洒落在历城的各处。

"龙轻泽,你敢?你就一点都不顾及柴元浩了吗?"赫舍里勇铭整个人变得阴鸷起来,满眼难以置信地瞪着龙轻泽。

这柴元浩好歹是龙轻泽名义上的祖父,他这样做就不怕被天下人不耻攻击吗?

"大统领,这是神医谷的化骨水,想必你也听说过山河永寂这个名字吧?你若是敢动柴元帅的遗体,本将敢保证,会让北方部落所在之地再无人烟!"

龙轻泽狠辣的声音回响在历城内外。

他不是不顾及柴元帅,相反他恰恰是最在乎的,可是他也十分了解柴元帅为人,他知道,若是让柴元帅还活着,也会赞同自己的决定。

因为，这片土地，是柴元帅用一生的时光来守护的！他绝对不会允许任何人来破坏这里，也包括他自己。

赫舍里勇铭双手一拍城墙，顿时明白了龙轻泽今日根本就不是为了进攻历城，而是为了动摇北方部落的军心还有就是警告他，不要打柴元帅遗体的主意！

他一生最恨被人威胁，可是他现在……

"到底鹿死谁手还不一定呢？"

撂下这话之后，赫舍里勇铭就恨恨地转身下了城楼，而此刻的城楼上还满是抱着手臂或者腿嚎叫的士兵，而城内……则是空无一人。

所以说龙轻泽这三百瓶化骨水并没有多大用处，真正触动赫舍里勇铭的是因为龙轻泽提到了神医谷。

神医谷谷主研制出比之化骨水更加逆天的毒药"山河永寂"之事，在北方部落也传得沸沸扬扬，只是让赫舍里勇铭想不到的是神医谷的谷主为什么会帮着龙轻泽。

回去之后，赫舍里勇铭攥着手中的竹简，若有所思。

第 114 章　竹枝，竟然是他！

"尘王妃宁千雪……"

恍惚间,赫舍里勇铭眼前忽然浮现了一个清秀女子的模样,灵动双眼洁白的皮肤还有一个好听的名字……

"竹枝……"

赫舍里勇铭嘴中咀嚼着这两个字,右手轻轻抚上左胸口,其实当年他骗了那个可爱的姑娘。

生死蛊,生死蛊,那是将两个人生命连在一起的蛊毒。

这世间只有北方部落的首领世代相传这生死蛊,也就是说着世间除了他之外,现在已经没有人知道生死蛊到底是怎么一回事,又应该怎么解除了。

想到这里赫舍里勇铭忽然想起来,他居然一直没有想过和那个叫竹枝的姑娘解除生死蛊……

第二日,赫舍里勇铭带着五万人和龙轻泽的五万人再次在历城的城门前对峙,只不过这次他们很有默契,一个没有用化骨水,一个没有拿柴元帅的遗体说事。

这一仗直至打到了第三天的日落,然后双方很有默契地一同撤兵修整,然后这一修整就整整修整了七天。

七天后,在历城的赫舍里勇铭忽然接到了安城的部将传来的消息。

"大首领,这个信上说了什么？难不成是尘王赶到了？"一旁的人见赫舍里勇铭看完信后脸色就十分难看,不由着急地问道。

这么长时间和龙轻泽一直僵持着,历城剩下的六万人都人心惶惶的,虽然这几天没有再见到大盛人扔出那化骨水,可是第一天那化骨水的威力已经让他们的士兵下意识地恐惧了。

所以说这局面绝对不能再僵持下去了,再这样下去,他们的军心会完全被消散的,到时候必败无疑！

"凤尘他不仅到了安城城前,他还是带着兵马从咱们北方部落的领地穿过来的。"

"什么？"

听到赫舍里勇铭的话,下面的将军们纷纷惊呼出声,虽然他们一直想要攻打大盛,占领北疆,那并不代表着他们愿意失去他们自己原本的家乡啊。

若不是大首领说他自有办法保护部落的女人和孩子,他们是无论如何也不会同意让三十万兵马全部出动的。

"首领,你不是说不会有事吗?"

"首领,这怎么办啊这?"

"首领……"

"嘭!"随着众人着急的询问声,赫舍里勇铭沉着脸一掌劈碎了桌子,声音压得极低,像是从嗓子眼中挤出来的一样。

赫舍里勇铭见众人都安静下来了,面面相觑不知道如何是好,才缓了缓神情,吩咐道:"带着剩下的兵马,咱们退到安城去。"

他实在是没有想到,这个龙轻泽居然会这般难缠,而且神医谷的谷主居然也插了一手,不然他们这次一定能得到北疆,真是可惜了。

"首领,那历城咱们就拱手相送了?"底下有的人有些不服气也有些想不明白地嘟囔道。

赫舍里勇铭凉凉地瞥了他一眼,说道:"我若守在这里,安城那里你们谁能抵挡凤尘?"

这群蠢货,做事从来都不动脑子,简直蠢得没边了。

"可是……"

"没有可是,赶紧去准备,我自有安排。"

在众人走后,赫舍里勇铭十分不甘心地在半空中挥了挥拳头,"神医谷!"

若不是神医谷,这次他们绝对可以对大盛狮子大开口,他们部落的人也不用一直只能生活在那么苦寒的地方了,每年就不会有那么多的族人被冻死,被饿死了。

第二日,龙轻泽的人马有些奇怪地走在历城的街道上,有的将领忍不住问道:"将军,这是怎么回事啊?"

这前几天不是还打得要死要活的吗?怎么今天北方部落的人居然将历城拱手相送了?这里面不会有什么阴谋诡计吧……

"放心吧,这历城是真的归还给咱们大盛了。"龙轻泽骑着马率先走上前去,一点也不担心会忽然杀出个人来。

"为什么啊?"

"因为尘王在攻打安城。"

"太好了,有将军您和尘王殿下前后夹击,还不愁那个北方部落束手投降吗?"

一听到尘王到了在攻打安城,所有人的脸上都露出了笑容,仿佛已经看到了这场战争的胜利一样。

他们本就是凤尘的兵,虽然被龙轻泽带着的时候,也十分钦佩龙轻泽,但是对凤尘的尊敬那是刻在骨子里的。

想来无论大盛的哪只军队,听到凤尘的名号都会想到自己就要胜利了吧。

龙轻泽笑了笑,并没有说话。

哪里会有怎么简单,那赫舍里勇铭既然花费十年去挖穿了雪山,又派出亲弟弟在十一年前就布局,怎么可能就这么轻易就被化解呢?

更何况,那赫舍里勇铭怎么可能就让北方部落的地盘上没有一点防备,直接就让凤尘的军队轻易地穿过占领呢？

无论赫舍里勇铭的目标是什么,都不可能会放弃他们的族地的。

那是他们的根,他们的家,他们的灵魂所在之处。

这一切,似乎进展得有点过于顺利。

而此刻,在龙轻泽眼中一肚子坏水的赫舍里勇铭正站在安城的城墙上看着城外的凤尘,忽然扬声说道:"前几天,我就是站在这里,不过是看着城内,就这样看着那柴元浩被我们北方部落勇敢的士兵杀死,然后跪死在那里。"

赫舍里勇铭的一番话就像石子被抛入了湖水中,瞬间激起无数水花波浪。

凤尘神色不变,亦是扬声回道:"那很好,今日在这里,就让柴元帅的在天之灵看到你的鲜血洒在这里,以祭奠我北疆的二十万百姓,十万将士!"

"杀!"

"杀!"

"杀!"

凤尘话音一落,身后那十万人便发出整齐划一的声音,那喊杀声震天动地,慑人的气魄无人可挡!

城墙上的赫舍里勇铭双眼一眯,不愧是大盛的战神,一句话就能让十万人的军队的士气瞬间提升到一个高度,这简直匪夷所思。

"杀?"赫舍里勇铭伸出左手在半空中打了一个响指,然后在他身后就浮现了一个碧绿色的身影,带着血红色的面具,让人感觉十分怪异而且不舒服。

凤尘忽然有种不好的预感。

"让尘王殿下和大盛的这十万人马,听一听咱们北方部落的亡灵咒曲。"

赫舍里勇铭轻笑着,手指在城墙上轻轻敲了几下,然后身后的那团身影就拿出了一个短笛,然后呜呜地吹了起来。

342

第115章 和亲，他一定要得到手

还没等凤尘反应过来就听到他身后的那十万人接二连三传来的闷哼声，紧接着凤尘自己攥着缰绳的手也猛地用力，骨节都因为用力而发出清脆的嘎巴声。

这个时候，凤尘忽然想起当年楚国灭国就是因为在楚桃公主大婚之日，赫舍里元青布下庞大的蛊毒，让整个皇宫付之一炬。

这么多年过去了，北方部落因为被困在这苦寒之地，很少出现在世人眼中，以至于所有人都忘了，北方部落的首领都是蛊毒高手，且世代相传。

随着笛声越来越尖锐幽咽，不断有大盛的士兵从马背上跌落，但却没有一个人发出哀号之声，可见凤尘这支军队的强悍程度，纪律之严！

"凤尘，投降吧，这个蛊毒除了我之外无人能解，包括神医谷的谷主以及你手底下的那个第五双双。"

赫舍里勇铭很兴奋地挥了挥手，示意身后的人停下，然后饶有兴致地欣赏城楼下大盛士兵的惨状。

凤尘额头上不断有冷汗低落，虽然那人已经停止了吹奏，可是整个胸膛内还是仿佛有一把尖刀在搅动一样，疼得他想要放声尖叫，但是他是凤尘，是统帅，是战神，这个时候绝对不能流露出一丝痛苦惧怕的神色。

"大统领真是好气魄，不仅对我大盛子民下得去狠手，对自己的子民同样丝毫不手软。"

凤尘话音一落，城墙上就传来北方部落将领的怒骂声。

"好一个凤尘，死到临头还敢挑拨离间！"

"再胡说八道，当心爷爷我将你碎尸万段！"

对于这些怒骂声诅咒声，凤尘充耳不闻，只是抬头似笑非笑满目讥讽地看着城楼上沉默的赫舍里勇铭说道："本王的人从来没吃过你北方部落的食物和水，也没用过你北方部落的东西，却还是全军都被你下了蛊毒，那只有一种情况。"

凤尘孤军深入北方部落的族地怎么会不小心？再加上凤尘知道北方部落所有的士兵青壮年都被赫舍里勇铭带到了北疆，那就更加谨慎了。

无论吃喝还是住宿，他们从来用的都是自己的东西。都这般小心了，居然还能被赫舍里勇铭的蛊毒所控制，那就只有一种可能——

"你在整个北方部落的族地内都布上了蛊毒！"

凤尘一语，如石破天惊一般将所有人都砸得愣住了。

无论是大盛的士兵还是北方部落的勇士,都不可思议地看向赫舍里勇铭。

在北疆境内屠城,虽然残忍但毕竟是敌国的百姓,虽然不赞同但还是可以理解。

可是赫舍里勇铭为了对付凤尘,攻打大盛,居然连自己的子民都可以牺牲……简直太可怕了。

"就算他们因为距离远,痛感不如我们强烈,可是多多少少还是会受影响的吧?再加上百姓的承受能力比不上军人,大首领你用蛊毒将本王和本王的人杀死的同时,你的族人也将不复存在,大首领,本王说的可对?"

凤尘看到赫舍里勇铭张了张嘴,就猜到了他想要说什么,一句话便堵上了。

这种咒术就算是北方部落懂得人也肯定超不过三人,那么既然几百年前楚国皇宫所有人都死于蛊毒就只能说明,这蛊毒没有距离的限制,只要中了这蛊毒的,听到咒术便会发作。

凤尘的话虽然只是猜测,但在城墙上站着的北方部落的众人心里却激起了惊涛骇浪!

"大统领,凤尘说的是真的吗?"城墙之上,终于有人问出声来。

赫舍里勇铭目光依旧黏着在凤尘身上,语气甚是平静,"你这是在质问我吗?"

在北方部落,大统领虽然不如皇帝那般立威深重,但是部落族人都十分敬重大首领,很少有人会反对,质疑大首领。

那人脸色微微一变,却还是坚持,"既然大首领这么说,那属下就不问了。只是属下担心家中亲眷,想问一下大首领说有办法护住族人,到底是什么办法,大首领说出来也好让大家安安心啊。"

并非他们不尊敬赫舍里勇铭,实在是从这个大首领继位以来就一直发动战争,在他们看来刚刚凤尘说的那个情况,十分有可能发生。

赫舍里勇铭终于回过头来看了看刚刚说话之人,然后一脸坦然地承认道:"你们不是已经猜到了我说的法子了吗?还问什么啊。"

话中似乎还有一些不耐烦?

"大首领……"

底下人似乎不敢相信一样,看着这样高傲陌生的赫舍里勇铭,他们忽然觉得遍体生寒。

"尘王,本统领已经告知大盛皇帝,如果想要你活命就和谈,否则,失去了柴元浩之后也不知道大盛还能不能再失去你这个战神!"

赫舍里勇铭说完之后,便下了城楼,其实他看似淡然,实际上是一肚子的窝火。

本来他以为会是凤尘自己带着二十万兵马驰援琼河,结果冒出一个龙轻泽。

本来他的计划十分完美,只要凤尘从北方部落绕路围攻,那么他就可以以凤尘和十万兵马的性命威胁凤绝,让凤绝把琼河的十座城池割让给他们。

可是又凭空冒出一个神医谷,那山河永寂的威名他也是听说过的,他是北方部落的首领又如何不在乎自己的祖地和族人呢?

到了现在,就只能用凤尘和这十万兵马来胁迫凤绝答应和谈了,至于其他的好处……

有一样,他一定要得到手!

千茎雪无悔·第115章 和亲,他一定要得到手

五天后,龙轻泽,凤尘,赫舍里勇铭这三方依旧十分平静,可是现在的京都已经炸了起来。

"皇上,比起攻打北方部落还是尘王殿下更重要啊。"

凤绝在朝堂上将赫舍里勇铭的来信念出来后,工部尚书立刻站了出来同意和谈。

有凤尘在,何愁日后灭不了北方部落?

"虽说尘王殿下的安全很重要,可是北方部落屠我北疆百姓,不仅以卑鄙的计谋杀了柴元帅还屡次侮辱其尸身,若就这么轻易地放过北方部落,恐会寒了天下士兵的心啊。"

说话的正是很少在朝堂上说话的长陵侯,长陵侯说完后就砰的一声跪在了地上。

长陵侯还有一句话没有说出来,可是朝堂上所有人都知道他没有说出来的那句话是什么。

若凤绝对于柴元帅的死不表示些什么,恐怕龙轻泽和阳城将军心里就会对皇室有个结,龙轻泽和阳城将军加起来的分量可是比凤尘还要重上一些啊!

第 116 章　战争有罪，百姓何辜

"那长陵侯的意思是让人不要管尘王和那十万兵马的死活了？"凤绝坐在龙椅上，看着长陵侯的神色并没有多好。

其实也可以理解，对于凤绝来说肯定是凤尘这个亲弟弟更重要一些，更何况他对凤尘本就愧疚。

长陵侯头一低，声音不卑不亢，"皇上，微臣绝对没有这个意思。"

他反对和谈也不仅仅是因为长陵侯府和柴元帅的关系比较亲近，更多的是为大盛考虑，是单纯地站在大盛的利益角度出发。

那龙轻泽就算是个好说话的，可是他那个妻子沈蔷薇可不是个好摆平的主，要是沈蔷薇闹起来，那绝对够凤绝喝一壶的。

"那依长陵侯看，这件事该如此处置啊？"

"皇上，和谈是可以答应，毕竟尘王殿下和咱们的十万兵马握在北方部落的首领，但柴元帅的血海深仇，以及屠我北疆百姓这两个仇必须报！若是连这两个仇都能忍下，那大盛的百姓将永远生活在惶恐担忧之中，而大盛的将领和士兵也必将因此而寒心。"长陵侯想了想，沉声说道。

这个时候楚王也站了出来，附和道："皇上，长陵侯说得对，臣复议！"

长陵侯的意思是和谈可以，但只是暂时的，北方部落进犯北疆的仇可以因为凤尘的原因暂时延后，但不可能不报。

在这样的局面下，这个提议最好不过了，金殿上的大臣纷纷站了出来表示自己也同意长陵侯的提议。

凤绝沉吟片刻，说道："好，那就依了长陵侯所言，这个差事那就麻烦楚王去北疆跑一趟了。"

"臣遵旨！"

金殿逐渐变得安静起了，虽然说这个解决方案是目前来说最完美的，可是……今日早朝的所有人都一致地忘了一点，那就是赫舍里勇铭提出了一个何谈的要求，那就是：和谈必须以和亲的方式完成，而和亲的人选赫舍里勇铭只接受……竹枝！

一道和亲的圣旨送进了尘王府，可是那传圣旨的太监都在尘王府的院子门口站了一个多时辰了，还是没有一个人影出来接旨，那太监虽然觉得辛苦，可还是只能在门口等着。

"王妃，这圣旨都传来了老半天了，您看你是不是……"裴管家苦兮兮地在屋子门口向宁千雪赔笑道。

宁千雪嫁进尘王府也快两年了,他自然看得出来王妃十分疼宠她这几个侍女,而且那个叫竹枝的侍女好像还和王妃最疼的那个百里念两情相悦,前几日还听到王妃调侃竹枝说等战事结束就让两人成亲呢,结果现在却是……

圣旨一传出来,王妃不仅自己不去接圣旨,连他们这些下人都不允许出去接圣旨,这可真是太难为人了。

她是尘王妃,有王爷护着就算出了事也有王爷顶着,可怜他们这些做奴才的了,圣旨降临的时候居然不出去接旨这简直和抗旨没啥区别了。

而且他瞅着,搞不好王妃是真的想抗旨啊。

宁千雪凉凉地看了一眼裴管家,说道:"本妃又没拦着,是他自己不愿走还能怪本妃?"

"……"裴管家被宁千雪噎得说不出话来,只有继续苦兮兮地笑着说道,"王妃啊,这圣旨传了下来,只有接旨了那传圣旨的太监才能回宫复命呢。"

想来这个太监也是头一遭遇到这情况,哪次出宫传圣旨不是被人当成祖宗供着啊,现在不仅被晾了一个多时辰,还得继续等着,因为要是这圣旨没传下去,那他回去可没法交差。

若不是宁千雪是尘王妃,想必那个太监以后少不了给宁千雪穿小鞋。

"那本妃要是不接又如何?"

宁千雪将手中的茶盏往桌子上轻轻一放,周围的人却莫名地觉得周身的气氛为之凝结。

她身边的人统共就这么几个丫头,竹韵已经死了,琦儿又是个单相思死心眼的丫头,好不容易竹枝和百里念自产自销了,居然还被凤绝打了主意?

先是璃珞、林若兮,再是杨又薇,然后是璎珞,现在连百里念和竹枝也不能得到幸福吗?

她说过,绝对不会让百里念成为第二个星河。

她,绝对不允许!

裴管家神色一正,虽然宁千雪给他的威慑也不小,可依旧一派平静地继续说道:"王妃,这不单单是拒旨这么简单了。王妃您想想王爷,想想那被下了蛊毒的十万兵马,那么多条人命,只要竹枝姑娘肯嫁去北方部落,这么多条生命就都能保住了。"

他不是只局限在王府这一亩三分地的眼光狭隘的人,因着凤尘的关系,他这个老管家也时时刻刻关注着国家大事。

这个时候他一再劝说宁千雪,不单单是为了自家主子,也是为了大盛的百姓啊。

"整个大盛是没人了不成?居然需要一个小姑娘去牺牲自己才能保住大盛吗?"宁千雪厉喝一声,啪的一声拍在了桌面上,整个人显然是发怒了。

多么可笑啊,大盛这么多将领这么多士兵,居然把一切系在一个小姑娘的幸福上,这样的大盛,岂不可悲?

裴管家"扑通"一声,跪了下来,声泪俱下地喊道:"王妃,大盛再也不能失去王爷了,没了柴元帅大盛的百姓已经慌了,若是再失去王爷,那大盛的百姓心中该会有多么不安啊?"

不是说阳城将军和龙轻泽的军功比不上凤尘,而是因为凤尘不仅是与他们齐名的将军,最重要的凤尘还是皇帝的亲弟弟,一个亲王同时还是战神,对百姓的影响比阳城将军父子大得多。

况且,有时候一个国家之所以被灭国,就是因为百姓的心都散了,慌了,不知所措了。百姓才是国家之根本,若是百姓不安,大盛如何能安?

宁千雪神色愈发的冷峭,她自然也懂得裴管家话中的意思,可是……

她怎么可以一再牺牲身边人的幸福?一次星河,已经是极限了,她不想她身边的这些个孩子到了最后,都和她一样,得不到幸福。

裴管家见宁千雪脸上显现出挣扎的神色,再接再厉地说道:"王妃,无论是谁发起的战争,又是谁受益,最苦的还是百姓,战争有罪,百姓何辜啊!"

最后那一句"战争有罪,百姓何辜"像是一把重锤,猛地砸在宁千雪冷硬的心上。

第117章　用我的一生去赎罪

"裴管家……"宁千雪张了张嘴,却又停下,手猛地攥紧闭着眼睛不再言语。

一道清脆的声音从裴管家身边传了进来,"王妃,这圣旨,我接了。"

宁千雪猛地睁开双眼,清冷的目光在触及竹枝手中那一团明黄色的圣旨后变得晦涩难辨,"竹枝……"

先不说她对竹枝的感情,就说百里念,百里念那个孩子一向是她最疼惜的,因为他那天真的模样像极了她那傻得可爱的妹妹月浓,所以危险的任务她从来不让百里念去,在知道他和竹枝两情相悦后她乐得不行。

她想把这世间他所有最想要的东西都捧到他的面前,这样就好像把一切捧到她那可怜的妹妹月浓面前一样。

可是百里念这个孩子跟了她这么多年从来没有要过什么,唯一一次想要的就是……竹枝。

而她却连这个愿望都满足不了他,她如何对得起百里夜?

"王妃不要自责也不要难过,这是我自己的选择。"竹枝很平静地笑着回答。

自从竹韵死后,竹枝就安安静静的不再跳脱了,只有在百里念面前才会偶尔开怀大笑。

宁千雪,竹韵去世给竹枝的阴影,恐怕她这一生都很难走出。

就像对于月浓的死,她一生无法释怀一样。

"竹枝,你去和亲了,哥哥怎么办?"百里琦立刻从内室冲了出来,一把抓住竹枝略微有些冰凉的手着急地说道。

虽然她平日里不愿意叫百里念哥哥,也老和百里念打闹,但那是她的亲哥哥,比百里夜更亲的哥哥,她怎么可能不在乎百里念的幸福?

竹枝眸中划过一抹暗淡,有些失落地说道:"他值得更好的。"

"念儿呢?"宁千雪问道,这个时候百里念怎么会不陪在竹枝身边呢?

竹枝勉强一笑,说道:"我骗他说我想吃城南那家的糕点了,他就跑去给我买了。"

也就只有百里念还会信她这么烂的借口了,也只有百里念会对她这么好了,可是她这个时候无论是为了王妃还是为了自己的良心,都会答应这场和亲的。

"竹枝,那个劳什子的北方部落的大统领怎么非得要你去和亲啊?虽然大盛没有待嫁的公主了,可是宗室有啊?"百里琦愤恨地问道。

其实不光百里琦不明白,就连凤绝和一干大臣都想不明白这个赫舍里勇铭在想些什么,自古和亲都是公主或是宗室子女和亲,就算再差也是三品大官以上的子女才会是和亲的人选。

可是自凤绝登基后,大盛只和亲过两次,一次是杨又薇,再一次就是这次的竹枝了。

杨又薇虽然身后的靠山不少,但她的生父品阶实在是太低了,可是沧澜国太子求娶杨又薇众人还是能稍稍理解一点的。虽然杨又薇的生父品阶不高,可是杨又薇一个女人身后便站着大盛最厉害的四个将领中的三个。

得到了杨又薇,那日后两国交战这关系还是可以利用一下的。

而这次就更离谱了,那赫舍里勇铭好歹也是北方部落的大首领,居然说和亲对象他只接受竹枝一个人。

竹枝是谁?

这是凤绝在朝堂上宣布后,所有大臣心中的疑问。

按理说能够让北方部落的首领特意提出来的唯一的要求,那这个竹枝应该是个十分出色的大家闺秀或是江湖上颇有名望的女子才是啊。

结果呢?让大家大跌眼镜。

尘王妃大家都知道,也如雷贯而耳,的确也十分的出色厉害,可是她身边的丫鬟?

对不起,这个还真没注意过。

若是赫舍里勇铭指定的和亲对象是宁千雪,大家虽然不会同意但也能理解,毕竟自身出色身后的势力更加强悍的女子还是很少见的。

但这个和亲对象是尘王妃身边一个不起眼的小丫鬟的话,那大家都没意见了。

一个小丫鬟而已,所以虽然所有人都对此好奇,但都没当回事。

竹枝抿紧唇角,浑身紧绷了起来,显然整个人情绪都有点激动,"王妃还记得两年前因为洪灾皇上带领百官去广甫寺祈福吗?"

"记得,难道那个时候你遇到过赫舍里勇铭?"

"是的。"竹枝无奈地点了点头,神色中满是悔恨,"当时他受了伤躲在咱们院子的厨房里,我去给王妃煎药的时候发现了他,然后他给我下了什么生死蛊,叫我不能泄露他的踪迹。"

"我问了他,他说他的目标不是王妃,我看他为人像是十分高傲的那种人,便猜想他一定不屑于说谎,也就信了他,后来王妃也没出事,他也没有再出现过,我都快把这件事忘了。"

现在回想起来,竹枝觉得自己就像是个傻子。

当时她居然还给他准备了伤药,简直可笑,若能重来一次,她就算拼的两败俱伤也应该杀了他,如果当初她能杀了他的话,那北疆也不会乱,柴元帅也不会死,北疆的二十万百姓也不会……

最重要的是那个时候百里念也没有真正喜欢上他,就算因为她的死百里念会伤心,也会被时间冲淡的。

"竹枝,这不是你的错,明白吗?"

竹枝一睁眼,就看到宁千雪不知道什么时候走到了她跟前,放在她肩头的手微微用力,给予她肯定和安慰。

竹枝在想些什么,宁千雪一下子就能猜得出来。

的确如此,自从知道赫舍里勇铭指定她为和亲对象的时候,她就猜到了赫舍里勇铭就是当年那个人,一天一夜她无时无刻不在自责愧疚,那三十万的亡魂就像一座大山一样压在她的心口让她喘不上气来。

这也是她接了圣旨的原因之一。

"王妃,这怎么不是我的错呢?这样的罪过,就让我用我的一生去赎吧。"竹枝忽然跪了下来,头埋得低低的,显然她并没有想开,还是认为如今这个局面是她造成的。

宁千雪低叹一声,"你自己的人生你自己选择。"

就连百里琦也安静了下来,紧张地盯着竹枝。

竹枝站了起来,一句话都不说就向外走去。

凤绝让楚王主管此事,也就是说在离开京都之前,她这个和亲的人选应该去楚王府,楚王也早就找好了教引嬷嬷教她相应的规矩。

"竹枝,你不等等哥哥了吗?"百里琦见竹枝毫不犹豫离开的背影,忍不住问了一句。

"我等不了了,也没资格等他。"

第 118 章 入宫，百里念

第二日，凤绝这让众位大臣商量如何将来能够一举歼灭北方部落的时候，禁卫军的统领却忽然闯进了大殿内。

"什么事？"凤绝有些不悦。

禁卫军统领跪下沉声说道："启禀皇上，宫门口有一少年手中拿着可随意进出皇宫的金牌，末将不敢阻拦，此刻这个少年正在殿外等候。"

说起这个，禁卫军统领也很无奈，自凤绝登基后这个金牌只给过尘王殿下和秀王殿下，连长公主凤青岚和楚王都没有。

可是这个不知道打哪里冒出来的少年手中居然握着这样一枚金牌，着实让禁卫军统领十分为难。

凤绝皱眉道："怎么可能？"

连禁卫军统领都清楚的事情，他自然也十分清楚，为了避免有人能够浑水摸鱼进入皇宫，他当年可是把顺灵帝送出去的金牌全都收回来了，只给了凤尘和凤回。

难不成那少年手中拿着的是凤回手中的那一块？若真是如此，那这个少年他可留不得！

"皇上，何不让那少年进来，大家一看自然就会知晓到底是怎么一回事了。"楚王说道。

他也清楚凤绝的想法，可若真的有人活得腻歪了跑去动已故秀王的东西，那也不应该有胆子拿到凤绝面前来才是啊，这不是老寿星上吊，嫌命长了吗？

凤绝点了点头，道："让他进来。"

难不成是哪个曾经顺灵帝送出去的金牌他没有收回来？

"草民百里念参见皇上。"逆光而来的单薄少年，面无表情地走进了殿内，然后下跪行礼。

虽然礼数十分周全，可总觉得这个少年对着凤绝有一种漫不经心地尊敬的感觉。

"你手里可有随意进出皇宫的金牌？"

百里念点了点头，然后直直地看着凤绝，毫不犹豫地点头，道："是。"

待看清了那少年的脸，楚王大吃一惊。

这少年为何和当年的禁卫军统领百里夜长得如此相像？

等等，他刚刚说他叫百里念？百里……

"百里夜和你是什么关系？"楚王先凤绝一步问出心中的疑问。

当年一场大火烧没了皇宫的一切，就连露华公主和先帝皇后都死在了那场大火中，唯一找不到尸体的就是那月浓公主和百里夜了。

只是火那么大，所有人都以为这两人是连尸首都没有留下，而如今居然有一个这么像百里夜的人出现，那么是不是代表着百里夜还活着？

当年的事虽然很多人都说是云王谋逆所为，可是他从来都抱有疑问。

顺灵帝不爱政事，并且多年没有儿子，所以顺灵帝自己就提议过将皇位禅让给云王殿下，可是云王殿下坚持认为顺灵帝是嫡长子，是大盛最名正言顺的继承人，况且那云王也没有多么喜欢政事，所以云王也就拒绝了。

若云王真的想要这万里江山，凭他和顺灵帝的兄弟情分，大可以和顺灵帝光明正大地提出来，又哪里需要做出谋逆之事呢？

要知道，就算云王当年谋反成功了，登上了皇位，那也永远带着弑杀兄长谋朝篡位的罪名，如果云王真的胸怀天下，又怎么甘心戴着这样一顶足够让他遗臭万年的帽子呢？

百里念看了看楚王，稚嫩的脸上有着一种常人看得出来却不会觉得不对劲的天真，"这枚金牌是我兄长给我的。"

"你的意思是百里夜就是你的兄长？"楚王激动地问道。

这么多年萦绕在他心头的疑问，也许终于可以解开了。

只不过，兴奋异常的楚王并没有注意到他问出口的时候，高座上的凤绝眼神中闪过一抹不悦。

"是。"

百里念觉得眼前这个楚王爷好生奇怪，他大哥是不是百里夜值得他这么高兴吗？

真是没见识啊。

楚王忽然觉得眼角有些酸涩，一把抓住百里念的肩膀却没想被少年一下震了出去，差点摔倒。

"念儿，不得无礼。"

自始至终都站在楚王身边看戏的宁为玉见百里念这般不知轻重，终于出声指责了一句，同时也将所有的注意力转移到了他身上。

"怎么，太傅认识这个百里念？"凤绝挑眉看向宁为玉，的确有些好奇。

这个宁为玉虽然答应了做太子太傅，却只是带着太子在宁国公府里学习，偶尔才会来上朝，不过就算来上朝也就是在那站着待着，你问他他就会回一句，"皇上说的是"，"皇上这么做是对的"，要不然就是一声不吭地走个过场。

简直比宁国公年轻的时候还要低调。

若放在之前，宁为玉这般低调凤绝一定十分高兴，可是现在他累了，将把这一切再交还到云家人的手中，他要的是宁为玉辅佐云知寒，而不是这样敷衍了事。

宁为玉正了正身子，拱了拱手说道："是的，此人名叫百里念，是家妹也就是尘王妃身边的一个侍卫。"

他想他大概能猜到百里念今日到朝堂上的来意，所以事情一出，既然楚王已经问出了百里念和百里夜的关系，那么百里念和宁千雪的关系肯定也瞒不住了。

毕竟，宁千雪从来没有隐藏过百里念的存在，只不过比起百里琦和竹枝她们，宁千雪派百里念做事的时候更少一些,所以外人也就很少知道尘王妃身边的那个小侍卫到底长什么模样,当然了也不会有人费心思去关注一个小侍卫长啥模样。

因此,虽然百里念和百里夜年轻时十分相似,但也很少有人认出来。

宁为玉一番话,让整个朝堂瞬间哗然。

楚王更是震惊,被长陵侯扶起来后就一直盯着百里念,而宁为玉刚刚那一番话如果他没有听错的话,宁为玉说的是百里念是宁千雪的侍卫。

而这个百里念又是百里夜的亲弟弟,百里夜是当年露华公主身边的侍卫长……

那到底因为什么,才使百里夜让他亲弟弟妹妹陪在宁千雪身边保护她,陪伴她?

若不是宁国公府真的有一个从小因为体弱多病养在暖城外祖父家的孙小姐,而当年露华公主又真的丧生火海的话,那大家都忍不住怀疑这个宁千雪会不会就是当年的露华公主了!

虽然说大多数人都不会怀疑宁千雪的真实身份,可是这并不代表所有人都不会怀疑。比如说凤绝,楚王,还有长陵侯。

凤绝想起之前月萧去暖城调查宁千雪,然后回来后斩钉截铁地告诉自己宁千雪没有问题。当时因为相信月萧,即便自己也有疑问,但还是没有继续调查宁千雪。

第119章 因为，我喜欢竹枝

再想一想凤尘对宁千雪忽然转变的态度，之前凤尘对那个长得和露华公主十分相似的古嫆心还十分疼爱，可是忘记了从什么时候开始，凤尘就很少搭理那个古嫆心了，反而对宁千雪百般上心。

如果宁千雪就是死里逃生的露华的话，那无论是月萧身上的疑点还是凤尘身上的疑点都能解释得通了。

想清楚了这点，不需要调查，凤绝已经可以肯定那宁千雪就是露华了。

手，不由地握紧，怪不得自从宁千雪回了京都，当年参与谋反之事的人都渐渐死去，原来宁千雪就是露华——她，回来复仇了！

而楚王当年也是顺灵帝心腹，长陵侯则是因为映月长公主的原因，都知晓百里家族世代都是云氏的守护者，就算云氏覆灭了，百里家族之人也不可能再去守护别人。

若百里念真的是百里夜的弟弟，那么宁千雪必定就是露华公主无疑了！

想到这里，楚王和长陵侯都下意识地抬头看向了高座上的凤绝。

若宁千雪真的就是露华，那凤绝又会怎样对待宁千雪呢？

"百里念，你说你手中的这块金牌是你大哥给你的，这么说你大哥是还活着了？"凤绝眯着双眼，问道。

若是百里夜还活着……

那是不是他和岚妹还有可能？毕竟他们之间还有一个女儿。

随即凤绝便暗暗摇了摇头，这个时候他不应该最担心的是百里夜会不会将他当年谋反之事说出去吗？

原来，自从知道当年筠儿利用自己的真相后，连着他对权利的渴望都消退了啊。

百里念有些不满意了，明明是他站在这里，怎么一个两个都问他大哥？

"大哥不知道去了哪里。"

少年不满的口气任是谁都听得出来，而凤绝却像是听不出来一样对此毫不在意，只是再次问道："你今日来究竟是想干什么。"

百里念闻言重新跪了下去，单膝着地稚嫩的小脸上满是认真，"我想求一道圣旨。"

"哦？你想要要什么？"

凤绝这下有点好奇了，凭着露华的本事，这少年想要什么得不到啊，居然用得着暴露自己的身份来求他？

"无论皇上命谁镇守北疆，我都想求一个先锋的位置，只希望有朝一日我是第一个杀入北疆的人!"

声音虽然还满是青涩,却有着常人难懂的执拗蕴含其中。

凤绝问道:"这是为何?"

他可不认为百里念这是为了大盛的百姓或是为了给他分忧,或是为了给柴元帅报仇之类的理由,他可是十分清楚对于百里家族的人来说,他们所关心的只有云氏罢了。

到了如今,想必那露华的安危对他们来说比什么都重要吧。

虽然世人不知道他这个皇位是怎么来的,那露华还能不清楚吗?

既然清楚,那露华肯定能猜到若是他知道了百里念和百里夜的关系,就一定能猜到宁千雪就是露华,居然还敢让百里念去北疆,难道她就不怕自己对她下手吗?

毕竟他这个乱臣贼子看到正统的继承人,最可能做的事情就是斩草除根了。

"因为,我喜欢竹枝。"

没有冠冕堂皇的理由,也没有什么为了天下为了百姓的大道理,单纯的少年毫不退缩地当着满朝文武的面告诉所有人,告诉整个天下,他之所以愿意请命去北疆,只有一个原因——

他,喜欢竹枝。

看似十分无厘头的一个理由,可是任谁都找不到反对的理由来,百里念正是十六七岁少年风流的年纪,为了情爱做出这样的决定来并不让人意外。

所有人都认为百里念是被爱情冲昏了头脑,除了宁为玉外只有楚王似乎在百里念此刻还天真的眼神中看到了一丝不一样的东西。

他似乎透过百里念的眼神看到了四十年前,同样有一个年纪不大的少年跪地请求去戍守北疆。

"臣可舍一身傲骨,可弃一生荣光,却唯独放不开她。只要陛下能饶她一命,臣有生之年永不回故土,不见故人,愿为陛下在那蛮荒之地镇守直到白骨作土!"

当年的柴元浩不过是个刚刚弱冠的贵族子弟,而他只不过是个十几岁的孩子,却有幸见到了这一幕,自此一生都没有忘记当日的情形。

那日的情景还历历在目,而当年许诺之人却已经带着遗憾离世。

柴元浩终此一生信守诺言,真的没有再离开过北疆,即便当年他唯一的女儿被辜负、早早离世,他都没回过京都为他的外孙女撑腰,可见柴元浩有多重视承诺。

时隔四十年,楚王又见到了类似当年的一幕。

同样的少年之人,同样的是为了一个女人,不同的是百里念比之当年的柴元浩年纪还要小上一些。

"你,不后悔?"凤绝看着眼神澄澈的百里念,心中百味杂陈。

当初他为了筠儿也是可以付出一切,可是好像他和百里念还是不一样的,他的眼神没有百里念这般澄澈,而且百里念为了喜欢的人,不是阻止竹枝和亲,而是默默地守护……

其实在他看来,能够不夹杂着利用和其他情感的爱情,就算只能是默默地守护,也是值得的,更让他……无比地羡慕。

若是他当年遇到筠儿的时候,这其中没有利用、没有阴谋的话,也许局面就不会和今日一样了。

百里念所答非所问似地回答道:"北方部落不灭,百里念永生不回!"

若没有北方部落,小姐就不会日夜担忧北疆的战事,若没有北方部落,那竹枝也不用去和亲……

这一切都是因为北方部落!

小姐说,要他尊重竹枝的选择,不要叫她为难。可以,他不为难竹枝。

既然一切都是因为这北方部落,那他就去灭了北方部落好了。

不会带兵打仗,他可以学,学不会他可以做先锋,只管杀人就是了。

宁为玉心中有一根弦轻轻被拨动了,几不可闻地叹了一口气,道:"皇上,既然百里念有此决心,皇上何不成全了他?谁知道多年后,他会不会是第二个柴元帅呢?"

他明白了为何千雪没有阻止百里念了,虽然百里念的做法会让她的身份被一些人猜到,可是宁千雪还是任由百里念来了。

大概就是因为百里念很单纯又很执拗吧,单纯地喜欢着一个人,执拗地喜欢着一个人。

第 120 章　和亲

　　这样的百里念很容易让她回想起一些往事吧？
　　即使如此，宁千雪又怎么舍得百里念难过呢？
　　凤绝也不为难，沉声吩咐道："来人，给龙阳将军一道圣旨，让龙阳将军带着十万兵马赶去北疆，等楚王和谈之后，让尘王的十万兵马和龙轻泽的十万兵马留下，然后北疆就由阳城将军镇守，琼河就交给尘王的副将带领着北疆原本的二十万兵马镇守。"
　　"皇上，那阳城的二十万兵马由谁统帅？"兵部尚书陌炎问道。
　　阳城离惠城不远，那惠城是南海、大盛和沧澜国三处交界的地方，十分重要，所以阳城必须有大将镇守。
　　"先让阳城将军的副将留在阳城，然后等龙轻泽回来了，由龙轻泽带领着十万兵马镇守在惠城，然后剩下的十万兵马由那副将带着赶去大漠。"
　　大漠大面积和沧澜国接壤，想来凤绝不是不放心沧澜国就是想要攻打沧澜国。
　　听完凤绝的话，宁为玉心下了然，看来凤绝是真的想要放下手中的权力。
　　若是凤绝还想攥着手中的权利，那就不会让龙轻泽去惠城了，要知道惠城不仅和沧澜国离得近，更是三面环海和南海离得更近。
　　龙轻泽的媳妇可是南海霸主沈中墨的独女，若是凤绝还一心想着权利，怎么会放心让龙轻泽去惠城呢？
　　当年他招龙轻泽进京不就是因为担心阳城将军、柴元浩、龙轻泽和南海连成一片威胁自己的统治吗。

　　尘王府内，百里琦正指着百里念的鼻子骂呢。
　　"你知不知道你这样做很可能会让小姐的身份曝光？"百里琦双手掐腰，一张小嘴就巴巴地一直没停过。
　　虽然她也希望百里念和竹枝在一起，可是这并不代表着她乐意看到百里念以这种方式送死啊。
　　小姐的身份要是曝光，那肯定危险重重。
　　"小姐同意了啊。"百里念板着一张脸，十分不满地对宁千雪进行无声的控诉。
　　他明明之前问过小姐，小姐说他这么做不会对她有影响他才会这么做的啊。
　　虽然他很喜欢竹枝，可是对于百里家族的人来说，露华公主才是最重要的。
　　宁千雪淡淡一笑，"是没什么影响，念儿不要担心了。"

对于凤绝的变化她早有察觉,虽然她之所以答应念儿的要求,并不是因为凤绝,但凤绝的转变大大小小也是一个因素。

"还说没什么影响,小姐你怎么能这么偏疼这个二货!"百里琦愤愤不平地跺了跺脚,然后就收到了来自她二货哥哥的凶狠眼神。

"你瞪什么瞪,本来就是嘛,这下尘王一定会猜到小姐的身份了,等竹枝……王爷就要回来了,到时候你让小姐怎么面对王爷啊?"

说到等到竹枝和亲后凤尘就要回来的时候,百里琦下意识地停顿了一下,见百里念并没有拉下脸来揍她,百里琦也就有恃无恐地继续说道。

"凤尘……"宁千雪听百里琦提到了这个名字,眼眸不自觉地暗淡了一下,转而若无其事地说道:"想来凤尘早就猜到了我的身份了。"

她曾经和凤尘亲密无间,凤尘熟知她所有的习惯和小动作,虽然她已经下意识改了不少,可是凤尘怎么可能毫无察觉呢?

更何况,既然月萧都能想到去暖城查一查真正的宁千雪的信息,那么凤尘又怎么会想不到呢?

回想起来,上次她中了半月碎,看凤尘的表现就很可能已经知道了她就是露华……

凤尘,我到底该怎么面对你呢?

以宁千雪的身份来面对凤尘并不困难,可是……她到底还是露华啊。

"什么?"百里琦惊呼一声,完全不知所措。

若是尘王已经知道了小姐的身份,那么……

"好了,你们两个出去转一转吧,想来不出三天念儿就要走了,你们两个现在去楚香阁见一见璎珞吧。"

宁千雪不知怎么的,只觉得胸口很闷,头疼得很真想蒙头睡一觉醒来一切都解决完了,那样就好了。

自从璃珞和杨又薇一起去了沧澜国后,璎珞也不像之前那么活泼爱说话了,整个人十分安静,安静得都不像璎珞了。

现在算来,璎珞的孩子也快有六个月了,等下次百里念回来,想必那个孩子已经会跑会跳了。

百里琦明白这是自家小姐心情烦闷,所以也就不吭声了,一把拉着百里念出去了。

看着兄妹两个年轻充满朝气的背影,宁千雪的心情又莫名地安定了下来。

凤尘……

三日后,由楚王为首带领着和亲的队伍浩浩荡荡地向北疆赶去,而这个时候阳城将军也接到了凤绝的圣旨,将阳城诸事交给副将负责后就带着十万兵马火速赶往北疆。

竹枝虽然只是一个丫鬟,但毕竟是代表大盛和亲的人,凤绝特封为和硕公主,抬了一百抬嫁妆,宁国公府也出了九十九抬嫁妆,尘王府也出了九十九抬嫁妆。

而宁千雪虽然没有给出金银等嫁妆,却将她自己在北疆经营的势力也就是无情手底下的人都交给了百里念,而在北疆虽然没有人却有不少产业送给了竹枝傍身。

那天,宁千雪并没有去送百里念和竹枝,整个尘王府都闭门不出。

同一天,昌盛将军古茂盛从尘王府的偏门进去看了看许久未见的女儿,然后带着怒色离开去了皇宫,随后皇宫内就传来了凤绝的旨意,解除了平妃古嫆心的禁足。

一个月后和亲队伍和阳城将军同时到达了北疆,经过一番谈判,双方达成协议,十年之内绝对不进犯对方的领地。

随后赫舍里勇铭就解除了凤尘和那十万兵马体内的蛊毒,第二天,赫舍里勇铭带着北方部落不到二十万的兵马返回了北方部落的族地。

安城的城墙之上,凤尘、阳城将军和龙轻泽并肩而立,看着一蓝衣少年快马疾奔最后停在了雪山一处山峰之上,瞩目远眺。

"没想到,这个百里念居然会为了一个女子甘愿来到这里。"龙轻泽也见过百里念两次,本来以为不过是一个单纯天真的少年罢了,谁知道这样单纯的少年竟然会有如此决心。

不是哪个男人都有这个魄力,为了一个女子放弃一切的。

凤尘目光也始终停留在那个仿佛和雪山融为一体的蓝衣少年身上,"当赫舍里勇铭提出和亲必须由竹枝来的时候,本王就猜到了这个结局。"

第121章 八卦的阳城将军

无论是百里念会为了竹枝来到这里,还是宁千雪宁肯让一些人猜到她的身份也要成全百里念,都在他的意料之中。

他的阿蓉啊,还是那么的心软。

"尘王殿下很了解你的王妃?"龙轻泽轻轻瞥了一眼凤尘,心中有些鄙夷。

若真的了解宁千雪,又怎么会直至今日才认出她来呢?

龙轻泽虽然不爱动脑子,但这并不代表他没有脑子,相反他很聪明,只是一向不爱复杂地去看事情罢了。

"难不成将军不了解自己的夫人?"

"那能一样吗?尘王殿下,我和蔷薇那是两情相悦是真爱,自然会相互了解了。"

龙轻泽一脸秀恩爱的表情,好像全天下除了他和沈蔷薇就再也没有相爱的情侣似的嘚瑟模样,看得凤尘牙痒痒得很。

他知道龙轻泽指的是什么,可是……

"尘王,自然知道了露华公主还活着,那你就应该庆幸在你先娶了平妃的情况下,露华公主居然还肯嫁给你。这也说明了露华公主是真的爱你,既然如此,你为何不珍惜呢?"

一旁的阳城将军负手而立,指着雪山之上的百里念说道:"难不成非得像百里念一样求而不得,像秀王一样失去后才懂得珍惜,尘王殿下才会明白什么才应该是你最在乎的?"

对于凤尘,阳城将军并不像龙轻泽那样有着颇多不满。虽然不能为柴元帅报仇他心里也很不满,可是那十万兵马也不是一两条人命。

不过就是十年罢了,他就在这里等着,等到了十年后,他一定带着所有在北疆失去亲人的战士们杀入北方部落,为柴元帅报仇雪恨。

阳城将军带兵这么多年,经历了无数场战争,他更能明白柴元帅的心思,所以在百姓和士兵的生命面前,他选择了暂时的隐忍。

"将军,我并没有不珍惜她。"凤尘听了阳城将军的话,着急地反驳道。

知道了千雪就是阿蓉,他还怎么舍得辜负她呢?只不过顾及着古嬬婳背后的人,所以凤尘才不得不继续留着古嬬心姐妹罢了。

阳城将军一摆手,说道:"尘王,珍惜是不让她难过,一切想着她,同样的,无论有什么事也不要隐瞒她。有时候你以为你所做的一切都是为了她好,可是殊不知这样有可能对她造成更大的伤害。"

和龙轻泽不同,阳城将军是个十分感性、了解感情的男人,和龙轻泽的粗心完全两样。

这一点,龙轻泽和他老子比起来差了好多。

"说的你好像多懂女人似的。"龙轻泽翻了个白眼,嘟囔道。

他和沈蔷薇你追我赶的时候,这个老家伙还出谋划策指手画脚,要不是知道他娘镇得住自己的老子,他都要怀疑他老子是不是看上他媳妇了。

当然了,在第不知道多少次阳城将军美其名曰为他追媳妇献谋献策的时候,他忍不住将这句话问出了口,结果很简单也很明了。

被他老子暴打了一顿,打得他都不敢出门见人了才收了手。

当然了,他一不小心让他那张亲妈都认不出来的脸让他老娘看见了,据说那天晚上,杂房里丢了一块搓衣板。

从此以后,阳城将军就再也不给他出谋划策了。

其实,也不是阳城将军出谋划策给的计谋不好用,只是追个媳妇还让老爹出手那感觉别提有多怪异了。

前两天看见百里念的时候,阳城将军就说了个够,今天又逮到了凤尘,难得的是凤尘并不像前两天百里念那样转身就走,反而十分捧场地询问。

这大大地满足了阳城将军的自尊心以及虚荣心,十分高兴正准备好好发挥一场呢,结果就听到这缺德儿子说了这么大逆不道不孝顺的一句话,登时就怒了。

一巴掌拍了过去,同时嘴里还怒骂道:"你个小混蛋,怎么跟你老子说话呢?"

拆台什么的最不好了,更何况这句话要是让他媳妇听见了,那他还不吃不了兜着走啊。

龙轻泽可不是什么愚孝的主,见阳城将军的大巴掌挥了过来,立马跳到一旁去,嘴里还威胁道:"你要是敢打我,我就告诉我娘去。"

"你!"阳城将军恨恨地将手收了回来,深深觉得儿子长大了就不好玩了。

龙轻泽十分骄傲地抬起下巴说道:"唉,也不知道这里有没有搓衣板可以让某人偷啊。"

说完就背着手,大摇大摆地下了城楼。

凤尘十分无语地看着这父子两个斗法,这二人真的是名镇天下的阳城将军和与他齐名的少年将军龙轻泽吗?

"咳咳。"见凤尘额角的青筋不断欢快地蹦跶,阳城将军顿时觉得老脸有些挂不住了,重重地咳嗽了几声以掩饰自己的尴尬。

凤尘回过神来,嘴角抽了抽,"阳城将军身子不舒服吗?"

阳城将军:"……"

见过不上道的,但是龙阳还没有见过这么不上道的。

这是打脸呢还是打脸呢?现在的年轻人啊,都不知道给他们这些老家伙留点面子。

见阳城将军脸色有些发黑,凤尘也反应过来自己好像说错了话,本是弥补的心态,凤尘忍痛决定投其所好。

"将军,其实我是为了保护她,真的。"

本来只是想要给阳城将军一些面子,才提起这个,可是说出口的话却带着一点点连凤尘都没有察觉到的迷茫。

他的本意真的是为了保护露华,可是到了最后,他好像真的伤了露华的心,尤其是月萧的死,更让他们两个的关系降到了冰点。

就连他出征,宁千雪也是一点反应都没有。

"你知道,你说完了我也知道了,可是露华公主她不知道啊。"阳城将军拍了拍凤尘的肩膀,语重心长地说道,"孩子,这世上没有那么多心有灵犀,更多的反而是不解释的误会,本来以为对方都会明白自己的良苦用心,可实际上谁也不是对方肚子里的蛔虫,哪里会明白呢？你若真的还想和露华公主有个未来,那回去后你就把那个平妃送回昌盛将军府吧,顺便把这一切告诉露华公主。"

"将军听说过沧澜国的国师吗？"凤尘问道。

阳城将军点了点头,转身看向远处深蓝的天空,说道："自然听说过,尘王忘了吗,我镇守的阳城离沧澜国可非常近呢。"

第 122 章 劝说，凤尘归来

阳城将军在阳城镇守了这么多年，又怎么会没听说过沧澜国的国师呢？

"那是一个十分神秘且强大的人，若是皇上真的想攻打沧澜国，那个国师将是整个大盛最大的对手。"

凤尘也站到阳城将军身边，看着远处绵延的山脉，说道："是啊，将军也说了他十分的神秘强大。"

阳城将军似乎是明白了什么，转头问道："你的意思是那个国师想要对露华公主不利？"

之前凤尘话里话外的意思就是他之所以这么对宁千雪，就是因为顾虑到宁千雪的安全，现在又提到了沧澜国的国师，很显然意思就是沧澜国的国师想要对宁千雪不利了。

"不对啊，那个国师要对付也是对付你啊，对付露华公主干什么？"

现在当政的是凤绝，沧澜国的国师要对付也是对付凤绝凤尘啊，现在的宁千雪就是曝光她就是露华公主的身份，对于大盛来说也没有太大的影响啊。

凤尘瞳孔一缩，他要和阳城将军怎么解释清楚呢，毕竟要想解释清楚，势必要将凤绝谋逆之事说出来。

就算他不会原谅凤绝，可那也是他血脉至亲的兄长，他怎么可以说出来呢。

"那个沧澜国的国师曾经喜欢过露华的母后，不，应该是一直爱着她，求而不得以至于让他迷失了自我、生了心魔，所以才想要报复想要毁了阿蓉，毁了大盛。"

阳城将军诧异地看向凤尘，双眼中闪烁的分明是八卦的光芒，"据说顺灵帝之皇后本是一介布衣，因被先帝看中，所以才让宁国公将其名字写入宁氏族谱，至于先帝的皇后到底出身哪里谁也不知道。"

"一介布衣？"凤尘也不瞒着阳城将军，继续说道，"阿蓉的母后名唤随心影，是神医谷上一代谷主的师妹。那个沧澜国的国师是神医谷上一代谷主的胞弟随君昊，随君昊天赋异禀，在医术和毒术上远超上一代的神医谷谷主，且痴迷阿蓉的母后。"

阳城将军十分吃惊，"神医谷？"

神医谷历来就是天下神秘的存在，那顺灵帝的皇后居然出身神医谷？怪不得那皇后举止作风大气得很，原来是出身神医谷。

"将军，有些话我不能告诉你，但是我可以告诉你一点，那个沧澜国的国师早在十几年前就在大盛各处布下棋子了，为的就是折磨阿蓉还有颠覆大盛的江山。"

许多事他不方便告诉阳城将军，但是只有这一句也足够引起阳城将军的重视了。

"老夫会时刻做好准备的。"

他知道凤尘说这么多就是为了让他时刻警惕着,不要再让柴元帅的悲剧重演。

凤尘又看了一眼还呆呆地站在雪山之上的百里念,拜托道:"百里念就麻烦将军多多照顾提点了。"

这样的百里念真的很让人心疼,不光是宁千雪不忍拒绝他的请求,就连凤尘也忍不住为他向阳城将军请求。

"这是一颗好苗子,老夫会好好培养的。"

虽然百里念不懂战术和带兵打仗之类的事情,可是百里念有着高超的武功以及一颗纯洁如白纸的心灵,这样的人学习起来肯定会超越所有人。

宁为玉当日所说,若干年后百里念何尝不可能是第二个柴元帅,并非一句大话。

百里念有这样的潜质,也让阳城将军看到了又一个柴元帅的影子。

凤尘一切都交代清楚了,便下了城墙准备返回京都。

"尘王,记得老夫说过的话,有的时候你所谓的保护其实才是伤她最深的地方。"

听到阳城将军趴在城墙头上喊出来的话,刚刚踏出营帐的龙轻泽脚尖一转又钻回了营帐,有这么个老子太丢人了!

凤尘却不这么认为,不仅不觉得丢人反而十分认真地点了点头。

他和阿蓉一直得不到幸福,也许真的是他的方法有问题。

既然如此何不试试阳城将军的建议?他们两个的情况再糟糕,还能糟糕到哪里去呢?

北疆的战事历时三个月终于落下了帷幕,只是整个大盛都没有为这一场战争的胜利而欢呼。

因为他们虽然保住了北疆和琼河,却永远失去了他们最好的元帅。

因为他们虽然保住了大盛的尊严和面子,但是却失去了整整三十万的百姓和将士。

在大盛和北方部落的和谈达成的同时,隐居不问世事的宁国公进了一次皇宫,见了凤绝,谁也不知道两人说了什么。

只是事后过去多少年史学家们才发现,身为谋朝篡位的皇帝,凤绝在得知宁千雪就是前朝露华公主的时候,居然没有对宁千雪下杀手,这简直太不符合凤绝的作风了。

那个时候,史学家们纷纷猜测,定是那宁国公和凤绝说了什么,才打消了凤绝暗杀宁千雪的心思。

一个月后凤尘归来了,只是这次无论是凤尘自己还是凤绝都没有给凤尘大肆庆祝,因为所有人都知道现在还不是庆祝的时候,等到十年后在北方部落插上大盛的旗帜,那才是胜利!

只有洗刷了柴元帅一生中唯一的耻辱,大盛的百姓才会高兴起来。

凤尘回来后第一时间来了漪澜苑,只有宁千雪和凤尘两个人,所有人都被凤尘轰了出去,并禁止任何人进来。

凤尘看着宁千雪脸色虽然没有多红润,但也不见当年进京时那时时刻刻都苍白的脸色,心下有些高兴。

看来随景岩真的治好了千雪的暗伤。

"阿蓉。"

两人静默了片刻后,凤尘忽然出声打破沉默。

宁千雪握着书卷的指尖一颤,黑色翻飞的睫毛轻轻地垂着,女子很是平静地继续看着手中的书卷,仿佛凤尘刚刚那声突如其来的"阿蓉",对她一点影响都没有似的。

凤尘被没有因为宁千雪的沉默而恼怒或者不安,只是继续自说自话般地说道:"还记得你回京后咱俩第一次见面吗?"

忽然提起的话语,让宁千雪平静的眸光中荡起点点涟漪。

"还记得第一次见到你以宁千雪的身份出现的时候,我就觉得你给我的感觉十分熟悉,所以我才问你咱们之前是不是见过……"

想到这,凤尘就忍不住轻声笑了起来。

"可笑我后来觉得你不是阿蓉,原来最初的感觉才是对的。"

当初凤尘觉得宁千雪给他的第一感觉很像露华,可是后来细细观察后就觉得不是了。

第 123 章　阿蓉，我是真的好想你

原来最初最朦胧的感觉才是对的,可笑他居然在宁千雪的面前说,古嫆心长得那么像阿蓉,当时他坚持娶古嫆心,千雪一定很伤心吧?

"阿蓉,对不起,我当初居然会为了一个冒牌货让你伤心。"说着凤尘居然还站了起来,深深地给宁千雪鞠了一个躬。

宁千雪攥着书卷的手指猛地用力,指尖因为过于用力而逐渐泛白,脸上的表情也是几番变化。

对于古嫆心的存在,宁千雪说不在乎那绝对是骗人的。

嫁入尘王府快两年了,偶尔高兴甜蜜的时刻不是没有,只是一想到那个古嫆心的存在,宁千雪就仿佛被一桶冰水从头到脚地淋了下来,将她所有的激情瞬间浇灭。

"后来,在调查古嫆心的时候,岳繁给我传来消息说你就是阿蓉的时候,我在书房里枯坐了两天一夜,那个时候我甚至怕见到你,因为我不知道该怎么面对你。就算当年的事我没有参与,也是被人利用了,可是我们之间隔着的血海深仇也是真的,更何况当时我还娶了古嫆心,让你难堪成为天下笑柄,当时……"

凤尘见宁千雪的身子逐渐变得僵硬起来,便停了声音。

我的阿蓉,我要如何告诉你,在得知你还活着的那一瞬间我是多么兴奋,我甚至跪了下来感谢老天将你还给了我,可是接下来就是无边无际的恐惧差点将我淹没。

那枯坐的两天一夜,不是他非得坐在书房里一动不动,而是他陷入了心魔,挣脱不得。

若不是那一天恰好冰月赶到找他有事情,恐怕他现在已经因为陷入心魔耗尽生命力而死了。

可是他怎么忍心将这些事情告诉阿蓉,让他的阿蓉心里难过呢。

"后来,那个冷清秋利用月如陷害你,我就察觉到了沧澜国一直有人想要对付你,因为六年前风绝谋反的时候并没有放火烧皇宫,是沧澜国的奸细趁乱浑水摸鱼的。而且我在查古嫆心来历的时候,也查到了一些关于沧澜国的蛛丝马迹,所以我不敢乱动,六年前我没能护住你,这次说什么我也要保住你的生命。"

"后来你中了半月碎,在随景岩的告知下,我才大胆猜测那一直想要对付你的很可能就是当年爱慕你母后的随君昊,也就是现在的沧澜国国师。楚风的不正常,姨母和惠妃,冷清秋多次对你和你身边的人下手,古嫆心的出现……这一切的一切,布局之深之大让我恐惧,因为我害怕我再一次护不住你。"

"所以我……"

凤尘觉得阳城将军说得很对，都这个时候了，若是他再不说出一切，很可能他和阿蓉就真的玩完了。

以现在的阿蓉，若真的对他一丁点感情都没有了，很可能在报完仇后一走了之让他再也找不到她。

可是凤尘的话还没说完，宁千雪就猛地站了起来，眸子跳动着明亮的怒火，冷哼道："所以你就故意宠着那个古媱心，让那个随君昊察觉不到你已经知道我的身份了，也就能保护我了？"

凤尘从来没见过这样的宁千雪，一时之间有些不知所措。

"阿蓉……"

"啪！"

宁千雪将手中的书狠狠地用力地砸在了凤尘的脸上，脸上因动怒而升起一团团的红晕，"凤尘，你真是自以为是，可笑得很！"

宁千雪不知道该怎样来形容自己现在的心情，有着对古媱心之事的释然，也有着对凤尘的埋怨，还有着对未来的迷茫不安。

这样的凤尘，越来越让她舍不得……

等等，怎么可以是舍不得他呢？

她和他就算不是生死仇恨，也应该是天涯陌路啊，怎么可以舍不得呢？

"是，我是自以为是，我自以为是地以为自己是为了你好，我也可笑得很，真正的阿蓉就站在我眼前，可是我就做了一年多的瞎子！"

凤尘脸上有被宁千雪用书卷砸出来的红印子，可是凤尘却并不恼，反而是对着宁千雪就是一笑。

"阿蓉，我好想你。"

"啪！"宁千雪这次毫不犹豫地甩过去了一巴掌，嗓音因为沾染着怒火显得更加沙哑，让人听着难受得想要流泪，"凤尘，你这样有意思吗？"

"阿蓉，我真的想你。"凤尘纹丝未动，虽然脸上挂着一个鲜红的巴掌印，可还是深情款款地看着宁千雪，轻声地又说了一次。

"啪！"

回应他的依旧是宁千雪毫不犹豫地又一个巴掌，还是打在了左脸上，鲜红的巴掌印格外显眼，而宁千雪看着凤尘的眼神却是充满了痛恨。

她知道凤尘这是什么意思，凤尘在逼她，逼她给他一个答案，一个关于他们两个的答案。

"阿蓉，我真的好想你。"

凤尘还是那样深情的眼神，只要能再见到阿蓉，挨几个耳光算得了什么？

当年在亲眼看到阿蓉从绣楼上跳下来之后，他大醉了七天七夜，喝到吐血却连迷糊的时候在梦中都看不到阿蓉的身影。

现在能看到活生生的阿蓉，便一声声唤出刻在心底最深处的那个名字，对于他来说，已经是上天的恩赐了。

这么多年对他是折磨,而对于阿蓉来说更是折磨。

"啪!"宁千雪眼中似乎有晶莹闪过,打完这一巴掌后,女子声嘶力竭地吼道:"凤尘,你就是个混蛋!"

凤尘似乎十分惊喜地一把将宁千雪搂进了怀中,看着宁千雪眼角闪动的泪光,整个人激动得都颤动了起来。

"阿蓉说得对,我就是个混蛋,居然让阿蓉受了这么多苦。"凤尘将宁千雪单薄的身子狠狠地嵌入自己的怀中,双臂不断搂紧,生怕自己一不小心就又让宁千雪跑了。

这六年来,多少次午夜梦回他都依稀见到了阿蓉的身影,可是当他扑过去想要抱住阿蓉的时候却都发现,其实他什么都没有抱住。

宁千雪无力地被凤尘抱住,即便被凤尘的力道勒得生疼,她也一句言语都没有,只是那双眸中闪动的是那般脆弱无助的光芒,那只是宁千雪少有的柔弱。

和凤尘兜兜转转这么多年,她早已经无力抗争了,无论是命运还是他。

忽然觉得有些累了,困了,在昏迷之前宁千雪好像模模糊糊听到了一句话。

"千雪,我们离开这里吧。"

第 124 章 这个孩子是我的救赎

漪澜苑中,第五双双将宁千雪的手放下,看了看一旁紧张兮兮的凤尘,十分无语。

要不是她的拳头没有凤尘大,她真的想要一巴掌拍死这货:老大,搞清楚,她是玩蛊毒的,虽然北方部落传承几百年的蛊毒她解不了吧,但是她真的是玩蛊毒的啊,这一二三次,每次都是让她干大夫的活。

蛊毒蛊毒,她是杀人的啊,怎么变成救人的了?

"快说,王妃怎么样了?"凤尘见第五双双脸色难看,顿时心中就咯噔一声,以为是宁千雪的情况不好了。

要知道宁千雪的身子一直很羸弱,前两年到了冬天甚至连屋子都不出,就知道她的身子到底差到了什么地步了。

虽然有随景岩用圣灵珠和一些良药调理过了,但宁千雪这虚弱的身体一直是凤尘心头的一根刺。

多少年前,阿蓉和他一起赛马打猎,比起他一点也不逊色,若不是顺灵帝舍不得宝贝长女上战场,恐怕大盛当年就会出一个名震天下的女将军了。

而如今……阿蓉,当年你从皇宫逃出去后都经历了什么,怎么身子会如此差?

凤绝根本就不知道阿蓉还活着,所以不可能是凤绝派人追杀阿蓉啊,到底是谁,一直想要置你于死地?

不对,是一直想要折磨你,想要看着你痛苦。

忽然想起沧澜国的国师,凤尘心下忽然明了。

第五双双大着胆子拍了拍凤尘的肩膀,声音有些诡异地说道:"恭喜你啊,尘王殿下。"

"什么?"凤尘有些蒙了,看着宁千雪脸色苍白地躺在床榻上,他哪里还有心情听第五双双开玩笑啊。

一把将第五双双放在他肩头的手拍了下去,声音中带上了一抹怒气,"第五双双!"

第五双双见凤尘要发火,顿时就撇了撇嘴,站起身来说道:"凶什么啊,王妃不过是怀孕了,这些日子还一直伤神,所以才会身子这般不好。"

要她说啊,宁千雪的身子本就不好,而心中有事本就伤神,更何况她已经有了三个多月的身孕了,不晕倒才怪。

第五双双等了半天也没听到凤尘的声音,好奇地回头一看,却见凤尘正呆坐在那里,整个人呈现僵硬的状态。

低叹了一声,第五双双就拉着同样呆愣的百里琦出去了。

这个时候,还是让着两个人自己处理得好。

也许,这个孩子就是上天给两人的救赎,这两个人也许真的能够在一起呢,只是宁千雪的身体……

"你知道了?"宁千雪醒来后就看着凤尘这副呆愣的模样,她转念一想就明白了凤尘为何这个状态。

几日前她在楚香阁得知这个消息的时候,也是这副表情。

凤尘一听这话,回过神来一把握住宁千雪略微有些冰冷的双手,问道:"阿蓉,你早就知道了?"

"嗯。"她自己的身体,她怎么会不清楚。

一只手不由自主地覆在小腹上,心中感慨万千。

她从来没想到多年之后她还能怀上凤尘的孩子,这个孩子……来得不是时候啊。

无论凤尘是为了保护她,还是为了其他原因也好,总之因为古嫆心姐妹的算计,她受的伤害是真的疼,那月萧……也真的再也回不来了。

想到月萧,宁千雪神情一暗,不由想起这个孩子是怎么来的,被凤尘握在手心的手动了动,想要抽回来。

凤尘双手用力,根本容不得宁千雪挣脱,仿佛看不到宁千雪的挣扎一样,傻乐傻乐地说道:"阿蓉,谢谢你。"

谢谢你,经过了这么多事还愿意给我一个机会,还愿意嫁给我,还愿意给我生儿育女。

这个孩子是上天给他的救赎,给他的机会,他会好好把握,再也不要让幸福从他和阿蓉的指缝中溜走。

他和阿蓉再也消耗不起了,再浓烈刻骨的感情也经不起这么多次的折磨与放手,所以这一次他再也不要顾及其他,只要一心一意地守着他的阿蓉,他的孩子,他的幸福。

"凤尘,这个孩子……"

"这个孩子是我的救赎,阿蓉,别放弃他也别放弃我,好吗?"凤尘将宁千雪的手贴在自己的脸侧,声音低低的似乎还带了一抹恐惧和哽咽。

他在害怕。

想到这里,宁千雪的心一痛,凤尘,这个孩子……我若是留下了这个孩子又如何对得起为我付出一切甚至付出生命的月萧呢?

"曾经,我也想过等咱们成亲后,我就给你生一个孩子,不,是生两个,先生一个男孩,然后再生一个女孩,让哥哥保护着妹妹。"

宁千雪略微有些沙哑发涩的声音在凤尘的耳边低低地响起,那平淡的带着一抹回忆味道的声音,一瞬间让凤尘红了眼眶。

"阿蓉……"

原来,他们真的可以幸福的。可是为什么到了现在他们却走到了这个地步?是他和阿蓉不够相爱吗?还是他和阿蓉做错了什么,才让老天如此惩罚他们?

"我小的时候,只有月浓一个妹妹,看着悉儿每次闯祸了都找清寒哥哥,让清寒哥哥护着她,我就好羡慕啊。"

当年她是万千宠爱的长公主,她被大盛所有人瞩目着,一步都不能走错,当年的她只能说是神采飞扬,却永远做不到肆意。

　　因为她是大盛的大公主,所有人心目中最完美最惊艳的露华公主。

　　"成亲的那日,月浓还在调侃我,那个小丫头说,'姐,到时候你可要多生点小外甥小外甥女让我玩,让我欺负啊。'可是我从来没想到,我盼来的等来的却是一场大火,父皇母后的死,云王叔的含冤莫名。"

　　"凤尘,你记忆中的悉儿是什么样子的?"宁千雪忽然偏头看着神色痛苦的凤尘轻声问道。

　　凤尘愣了愣,下意识地说道:"夕颜郡主性格张扬,还有些刁蛮……"

　　似乎想起了那日宁千雪为何杀了大理寺卿的小儿子以及那本春宫图,凤尘嗓子有些发紧,他似乎知道宁千雪接下来要说什么了。

　　宁千雪轻声一笑,双眼迷离似乎是在回忆,就连声音也很是缥缈,"是啊,可是你看看现在的祁采心,你还能看出一点悉儿的影子来吗?活着,是以放下尊严为代价。这样地活着,你知道对悉儿有多残忍多痛苦吗?"

　　凤尘,我可以原谅你,可是我怎么能和你幸福地在一起呢?这样,让悉儿情何以堪?

第 125 章　我求你留下这个孩子

我们是幸福了,可是对于悉儿又是多么的不公平呢?

"夕颜郡主的事情,他……他并不知情。"凤尘底气不足地为凤绝辩解两句,不是为了凤绝而是为了他自己。

当年就算凤绝谋反是真,他也很痛恨鄙夷凤绝的一些做法,可是自己的兄长他还是有些了解的,凤绝是不会下这种命令的。

"不知情?"宁千雪的声音忽然变得尖锐起来,偏头看着凤尘的眼神也变得冰冷起来,"可是云王叔身上的污名是他给的吧?云王叔一家流放大漠的命令是他下的吧?凤绝又不是傻子也不是涉世未深的公子哥,怎么会不清楚一群如花似玉的小姑娘落在一群士兵手中,能有什么结局,傻子都知道吧?啊?"

最后一个"啊"字像是从喉咙逼出来的一样,看着凤尘的神色也染上了一两分厉色。

云王府女眷的遭遇是横在宁千雪心头的一根刺,不碰则已,一碰必定惹起宁千雪心中最深的恨意。

"我……"凤尘看着这样的宁千雪,满眼的苦涩却不知道如何解释,也没得解释。

其实他知道凤绝绝对没有让人侮辱云王府女眷的意思,他的兄长不会无耻到那种地步,只是凤绝也不会对云王府的女眷有多上心罢了。

因为不放在心上,所以凤绝从来没有想过这个问题,也就导致了云王府女眷的悲剧。

"凤尘,你知道吗?清寒哥哥和惠妃一起死的时候,我在悉儿的眼中看到了恨意,悉儿恨了清寒哥哥,因为她觉得清寒哥哥和害他们全家的女人死在一起,是对云王府的背叛,是对她的背叛。"

"阿蓉,别说了,求你不要说了。"凤尘忽然将头埋得低低的,藏在宁千雪的手背下面不想去看宁千雪那冷漠的眼神,拒绝听接下来的话。

他和阿蓉认识这么多年,他自然能猜得出来接下来阿蓉要说什么,可是……他不想听,他真的不想听。

他怕听完之后,他自己都会觉得宁千雪说得对,他们两个确实不应该继续在一起。

宁千雪看着做鸵鸟状的凤尘,心下一酸,却还是硬着心肠继续说道:"凤尘,我只有悉儿一个妹妹,我只有这一个亲人了,我不能再让她伤心了,你知道吗?"

若她真的能够放下芥蒂和凤尘在一起了,悉儿那个孩子会祝福她的,但是她永远都不会开心的。

就连云清寒她都会恨,其实在知道云悉恨了云清寒的时候,宁千雪就猜到了,云悉的双重人格其实是装出来的。

云悉,从来都没有忘记过那段黑暗的记忆。

那个孩子是怕她担心啊。怕她担心,所以云悉装出了双重人格,让她以为云悉已经忘记了那段黑暗的记忆,所以她才会放心一些。

这样懂事的云悉,她怎么可以再伤害云悉那颗脆弱而敏感的心呢?

她怕若她真的和凤尘在一起了,云悉会崩溃。

每个人能承受的东西都是有限的,云悉那颗脆弱的心已经承担了太多的黑暗,那么沉重的回忆已经压得她喘不过气来了,再加上云清寒的"背叛",云悉已经到了崩溃的边缘,若她真的和凤尘在一起,在云悉看来就是第二次"背叛",那样的话云悉会疯的。

比起这个还未成形的孩子,她……还是更珍惜云悉。

宁千雪忽然察觉到自己被凤尘贴在脸颊边的手背上一阵凉意,似乎有什么东西滴落在上面。

那一滴滴的凉意,仿佛化骨水浇在她的心口一样,疼得她整个人都在颤抖。

"凤尘……"

你我终究只能是有缘无分……这是我这辈子最恨老天,最恨命运的地方。

凤尘在宁千雪手背上蹭了蹭,然后抬起头看着宁千雪,一字一顿道:"阿蓉,我懂。"

失去过这么多亲人,我当然懂你心中所想。

男子双眼中似有水波激滟生光,那泛起的光芒刺得宁千雪眼角生疼。

"阿蓉,你离开吧,你离开这里,去哪里都好,我只求你一件事。"凤尘缓缓放开宁千雪的手,而宁千雪似乎听懂了凤尘的话,手指下意识地在凤尘的掌心一划,似乎是不愿意离开这般温暖的掌心。

凤尘瞳孔一缩,手掌还是毫不犹豫地离开,然后站起身来,继续说道:"阿蓉,我求你,这个孩子,你留下他好不好?"

"当年参与谋反之事还有一个古茂盛没有死,我会亲手解决他,然后还云王清白,让云悉能够光明正大地以云悉的身份活在这世间,我会将当年凤绝谋反之事公布天下,我会和宁为玉一起辅佐云知寒坐上皇位,我会慢慢揪出随君昊,等待时机和沧澜国开战杀了随君昊。这所有的一切我保证在五年之内都会完成。可是……"

"我只求你两件事,第一好好活着,第二留下这个孩子。"

宁千雪眼珠一动不动,就那么看着凤尘眼中的波光逐渐消失,转而被冷硬和坚毅所取代。

凤尘忽然俯下身子,在宁千雪冰冷苍白的唇瓣印下虔诚的一吻,然后直起身子转身离开,再也不看宁千雪一眼,亦没有等待宁千雪的回答。

外面似乎是吹起了风,风将窗户吹开,让宁千雪觉得冷得刺骨的寒风将屋内的帷幕吹得到处翻飞,遮挡住了宁千雪的视线。

只看到一个模糊的背影,从她的视线中缓缓消失。

良久,宁千雪还是盯着那个方向一动不动。

"小姐,从楚香阁拿回来的药我煎好了,现在就拿进来吗?"百里琦的身影从门外传了进来。

　　宁千雪眼珠动了动,什么时候百里琦也这么懂事了,知道这个时候要给她空间,居然还知道站在门外说话了?

　　"放在大厅吧。"

　　不一会,百里琦的脚步声就消失在外面的走廊中,宁千雪看着头顶的床幔,神游天外。

　　这个孩子……她到底要不要留下呢。

　　前几天去了楚香阁,正好有个大夫在给璎珞诊脉开药,然后那个大夫看宁千雪神色不好,就主动要求给宁千雪看了看,这一下居然诊出了喜脉。

　　当时百里琦并不在她身边,宁千雪让璎珞不要告诉百里琦,然后就让楚香阁的人去抓了一副堕胎药。

　　本来她是不打算要这个孩子的,可是现在听了凤尘的话后,她又犹豫了。

第 126 章 喝了堕胎药

本来她的身子就不好,阿岩曾经说过,她的身体因为受过不少暗伤所以很难保住孩子,而且就算没受过伤,也是那种不容易怀孕的体质。

阿岩也告诉过她,她将来若是怀孕了,很难保住,而且若是不要这个孩子,以后就几乎再也不能有身孕了。

"阿岩,你说我是不是该放下执念,给自己自由了呢?"

其实凤尘说的话,她都相信。她相信凤尘会为她报仇,也相信凤尘会辅佐云知寒登上皇位,六年前偏离的轨道将再次走上正轨。

她父皇没有嫡子,而云王叔和清寒哥哥又都不愿意当皇帝,当年她父皇和云王叔商量的结果就是等将来清寒哥哥的孩子出世,就让他接受帝王教育,免得像清寒哥哥一样,不愿意做皇帝。

如今凤尘承诺会将这一切做到,而她又不能和凤尘在一起,离开其实是最好的选择。

"去给阿岩传信,叫他来京都一趟。"

寂静的房间忽然响起宁千雪淡淡的声音,话音一落空气中似乎有什么波动了一下,然后又一瞬间归于平静。

好长时间没见到过悉儿了,不如出去散散心,顺便叫上悉儿一起。

她现在是尘王妃,且她的身份肯定被有些人猜到了,若是和祁采心表现的过于亲密,很容易将众人的注意力集中到祁采心身上。

在没扳倒古茂盛之前,宁千雪是不愿意京都过多的人注意到祁采心的存在的。

想到这里,宁千雪起身朝外面走了出去,现在她身边的丫头就只有百里琦一个了,还挺不方便的。

竹桑竹海虽然也可以用,但是毕竟竹桑竹海是小厮,总守在她房间门口也不像话,而且这哥俩也很懂得避嫌,整日里就守在漪澜苑中,有事了叫他们,他们才会进来。

这点眼色让宁千雪很满意,可是也让她觉得十分不方便。

瞧,她这想让百里琦去给祁采心传个话都得出来先找到百里琦,才能吩咐。

才走到大厅,宁千雪就听到一阵东西摔碎的声音,怒骂声还有惊呼声、惨叫声。

宁千雪皱眉走到大厅,沉声怒道:"你们在干什么?"

百里琦见宁千雪出来了,赶忙小跑过去扶住宁千雪,恨恨地瞥了一眼捂着小腹瘫坐在椅子上的古嫆嬺十分不满地说道。

"喏,这个古小姐是跟着平妃过来的,非得要见您,我都和她们说了您身子不舒服,叫她们回去,可是她们非得赖在这里,而且我给您熬的补药居然被这个古小姐喝了,现在古小姐居然一副中毒的模样,想要栽赃咱们不成?"

说到古熔心姐妹,百里琦就鼻子不是鼻子,眼不是眼的,看她们两个是一百个不顺眼。

谁知道这两货不等着自家小姐去收拾她们,居然还主动跑到漪澜苑来,这是想来叫嚣吗?

古熔姗捂着腹部,脸色苍白地恨声骂道:"宁千雪,你居然敢下毒害我?"

本来她是听说尘王一回府就来了这里,所以来这里碰碰运气,结果没看到尘王刚想离开,就听到这院子的下人说什么王妃终于有孕了,王爷高兴得都愣住了之类的话。

这下不仅她不愿意走,就连古熔心也沉着一张脸,脸色万分难看地坐在这里非得要见上宁千雪一面。

百里琦不待见她们,自然也就没有让丫鬟给她们姐妹上茶,正好古熔姗看见桌上的一碗汤水,记得古熔心说过宁千雪每日都要喝一碗神医谷谷主开的补药,那里面都是十分珍稀的补品。

本是气一气宁千雪的心思,古熔姗一口气把整碗汤药都喝完了,见到百里琦气急败坏地走了过来,她刚想得意一把气气这个贱丫头。

可是还没等她说话,腹部就传来了一阵绞痛,疼得她顿时脸色就苍白如纸。

"古熔姗?你太把自己当回事了,本妃没那个闲心把你看在眼里。"宁千雪冷艳看着古熔姗,果不其然在古熔姗坐着的椅子下面,看到了滴滴答答的一摊血迹。

这是她让楚香阁的人为她准备的堕胎药,她因为犹豫不知道该拿这个孩子怎么办,所以就让百里琦将这碗堕胎药放在了大厅里,谁知道竟会让上门来挑衅的古熔姗阴差阳错地喝了。

这个古熔姗没有身孕却喝了这么一大碗的堕胎药,恐怕日后会和古熔心一样一生都再也没办法怀孕了。

这俩还真是姐妹,没有身孕却都阴差阳错碰了堕胎的药物,也不知道古茂盛得知自己的亲生女儿还没出嫁就这样了,会不会心疼死呢?

没错,古熔姗才是古茂盛的亲生女儿,这个长得十分像露华的古熔心只不过是古茂盛寻找来的一个为了迷惑凤尘,让她痛苦的冒牌货罢了。

不对,也许古熔心是随君昊找来的也说不定。

"王妃,你怎么可以对我姐姐下毒呢?你这样恶毒,就不怕王爷知道吗?"古熔心扶着脸色苍白的古熔姗,还不忘指责宁千雪一把。

宁千雪懒得和这姐妹两个说话了,转身就离开了。

"你解决吧。"

这么两个傻缺货色,她实在没和她们浪费时间地心思。

至于你会问宁千雪会不会内疚?怎么可能,对于古熔姗这个间接害死月萧的人,她怎么会有一丁点的同情呢?

百里琦转身指着古熔姗对古熔心说道:"平妃娘娘,赶紧的让人把古小姐抬回去然后找个大夫看看呗,当然了如果你想让她死就可以还这样拖下去。"

虽然她不清楚那药里有什么,但看古嫆婳血流不止的这个劲头,若再不找大夫止血,古嫆婳可能真的就失血过多而死了。

古嫆心闻言一惊,立刻招呼身边的几个丫鬟想要将古嫆婳抱回去,谁知道竟然会被古嫆婳一把推开了。

"嫆心,去告诉王爷,让王爷派那个第五双双来,有那个第五双双在我才会没事,不然等你们把我折腾回去再等到大夫来,我很可能就失血过多死了。"

古嫆婳虽然痛得不行,但脑袋还是清楚的。

这么一个机会,她不抓住就是傻子,上天送上门来的机会,她就不信不能借机拍死宁千雪!

古嫆心闻言双眼一亮,立刻吩咐身边的丫鬟好好照顾古嫆婳,然后自己就急匆匆地跑去找凤尘了。

而百里琦只是冷眼瞧着,并未阻止。

第 127 章　我会遵守承诺不去找你

凤尘听完古嫆心的话后果真如古嫆心预料的那样，和古嫆心一起去了漪澜苑，只不过凤尘只是让古嫆心带着古嫆婳回去，自己去请一个大夫，并说第五双双是他的手下并不是大夫。

古嫆婳听完这话之后立刻就昏了过去。

而古嫆心则是望着凤尘急匆匆前去找宁千雪的身影，心中还抱有一丝侥幸。

"你就真的容不下这个孩子吗？"凤尘急匆匆而来，却只是在门口站定，并没有走进去。

隔着重重的帷幕，凤尘似乎燃烧着炙热的火焰的双眸，紧紧地盯着躺在美人榻上的宁千雪，声音也冷了不少。

他那般哀求甚至许诺将凤绝当年做下之事公之于众，就是为了让保住这个孩子，可是宁千雪还是让人准备了堕胎药。

原来，阿蓉竟是真的不愿吗？

"等阿岩回来，我就和阿岩一起离开这里，只要你说到做到，这个孩子……"宁千雪说到这里，声音一顿，像是长叹了一口气才继续说道："凤尘，你应该知道我就算留下这个孩子，你……"

你也很难见到他一次。

若是离开，她就和阿岩一起躲得远远地，至于孩子，凤尘自然也没有机会再看见了。

凤尘唇边抿地紧紧地，声音有些干涩，"我知道，只要你留下他，日后……我会遵守承诺不去找你的。"

若是只有远离了他，阿蓉才会开怀才会幸福，那他……等一切尘埃落定，再也不离开京都一步就是了。

凭着阿蓉的性子，若真的离开了，怕是此生都不会再回京都了吧。

这样，他们两个也就……再也没有见面的机会了，如此那个孩子，他也就见不到了。

这样的结局，也是蛮不错的，不是吗？凤尘，你不是一直所求的就是阿蓉的平安吗？如今阿蓉答应你离开这个危险的地方，好好地活着好好地养大你们的孩子，凤尘你应该高兴才是啊？

室内的宁千雪也不知道是睡着了还是在干什么，总之没了声音。

凤尘就那么站在门口站到日暮西沉，天色渐渐暗了，这才踏着一地暖黄的夕阳走出了漪澜苑，走出了尘王府，去了皇宫。

有些事，他是时候和凤绝谈一谈了。

而就在凤尘走后不久,尘王府内就迎来了以为不速之客——昌盛将军古茂盛。

"爹……伯父,你一定要给我报仇啊!"古嫆嬺双手紧紧地攥着古茂盛的衣袖,双眼中满是升腾的怒火,而那本来清秀的面容也因为过度愤怒而变得狰狞起来。

"一定要杀了她!一定要杀了她!"

只要一想起刚刚大夫说的,她此生都不会有孩子且从此一年大半的时间都要在病榻之上,她就恨死了宁千雪。

恨不得将她碎尸万段!

古茂盛拍了拍爱女的手背,先是转头对着古嫆心说道:"心儿,你去看看给你姐姐的药煎好了没?"

古嫆心不疑有他,至于刚刚古嫆嬺脱口而出的那句"爹爹",也只是以为古嫆嬺伤心过度,因此乱了心神罢了,并没有多想什么。

此刻听到古茂盛的吩咐,立刻带着丫鬟走了出去,听话去厨房了。

"爹爹!"此刻屋内没了别人,古嫆嬺满腹的委屈顿时就化成了眼泪。

看着唯一的女儿满脸泪痕,那苍白的脸色更是难看,古茂盛心中的怒火就一拱一拱的。

当初知道古嫆心不能生育了,古茂盛并不觉得有什么,反而觉得这样更好。

自己的独女也喜欢凤尘,若是这个古嫆心真的生下了凤尘的孩子,反而对他女儿不好了,可是如今这种事情发生在他唯一的女儿身上,他可就忍不了了。

发生了这么多事,那人一直叫自己忍,忍,忍。

他真的不知道他为什么还要忍,当年是因为他上面还有一个云正锦压着,可如今呢,他也是一方大将,而且凤绝因为六年前的事情,也不敢对他怎么样。

他为什么还要忍?

"乖女儿,你放心,爹爹一定会为你报仇!"古茂盛小心地帮着自己的宝贝女儿擦掉眼角的泪水,信誓旦旦地保证道。

古嫆嬺一听这话,顿时双眼放光地一把抓住古茂盛的手,着急而又兴奋地问道:"爹爹是又想到对付宁千雪的法子了吗?"

上次冷清秋来找她,利用楚风来算计宁千雪,若不是那个死而复生的月萧来捣乱,该死的宁千雪早就死了,她又哪里会落到今天这个地步?

所以,这次一定要设计得天衣无缝,一举成功!

没了宁千雪,就凭古嫆心那个笨蛋,哪里是她的对手?到时候,尘王妃的位置还不是她的了?

古茂盛不屑地笑了笑,"这次一定会弄死她!"

然后便低下头,俯身在古嫆嬺耳边轻声说了几句,而古嫆嬺脸上的笑容则是越来越灿烂。

"爹爹,你这个法子太好了,这次一定能弄死宁千雪!"

古茂盛见宝贝女儿终于高兴了,也就稍稍放下心来,然后将被子给古嫆嬺盖好,这个时候古嫆心也端着一碗药进来了。

"姐,药熬好了,快趁热喝了吧,免得凉了药效就散了还苦。"古嫆心将托盘上的碗自己亲手端了下来,小心翼翼地端给了古茂盛。

古茂盛接来碗后,古嫆心连忙将手指放在耳垂上,好烫啊。

"来,趁热喝一口。"古茂盛看都没看古嫆心一眼,先一手将古嫆嫘扶起来,让她半靠在床边上,然后小心地将勺子放到古嫆嫘的唇边,让她慢慢咽下勺子中的药。

古嫆嫘瞥了一眼神色暗淡的古嫆心,嘴角一扯,满目都是讽刺,然后柔弱地说道:"药太烫了。"

"好好,伯父给你吹凉了再喝啊。"古茂盛对着自己唯一的女儿一点办法都没有,一向是千依百顺得很。

古嫆心看着古嫆嫘笑得灿烂,古茂盛一脸慈祥,就忍不住心下一阵暗淡,然后悄悄地将被烫红了的指尖背到身后,免得被古茂盛看到了又说她不中用。

"嫆心啊,你是王府的平妃,怎么能任由别人欺负你姐姐呢?"古茂盛放下药碗后,带着古嫆心出了内室,免得打扰到古嫆嫘休息。

听着古茂盛的指责,古嫆心不由红了眼眶,为自己辩解道:"爹爹,嫆心也不知道那碗里会是堕胎药啊。"

第 128 章 参见露华公主

这种事爹爹怎么能也怪到自己身上呢,那药是放在漪澜苑的大厅中的,她怎么会知道那里面是堕胎药呢?

本来得知宁千雪有了身孕,她就够烦的了,现在爹爹还来指责她,古嫆心就更加委屈了。

"你还敢顶嘴?"古茂盛一拍桌子,见古嫆心吓得眼泪都掉下来了,心中更是无比的烦躁,"哭哭哭,你除了哭还会什么啊你?"

她还有脸哭了,他好好一个女儿让她叫进尘王府内来陪她,结果呢,居然落了这么一个结果。

若不是因为古嫆心还有用处,他现在就想直接解决了她。

"爹爹,你怎么可以这么说我?"古嫆心也不知道是因为心中的事压抑久了还是怎么了,居然敢抬起头和古茂盛争辩了起来,而且那话中指责的意味甚是浓烈。

"王妃有了身孕,王爷又疼她宠她,恐怕这王府内更没有我的立足之地了,姐姐出了这种事我也难过啊,可这哪里能怪得到我头上?当初我出了这种事也没见爹爹安慰过我一句,结果姐姐一出事,你就来骂我了,到底是我是你女儿还是她是你女儿啊?"

古嫆心就想不明白了,从小到大虽然古茂盛也宠她吧,对她也算是千依百顺了,她要什么古茂盛就给什么。

可是直到她十四岁的时候,古茂盛接来了一个十五岁的女孩,说这是她的堂姐,身世可怜没了父母要她照顾她,于是她什么都让着古嫆婳。

渐渐地她发现古茂盛对古嫆婳这个侄女,比对自己还好,后来她才发现,古茂盛只有看到古嫆婳的时候,脸上的笑容才是温暖的。

对于她……像今天这种情况也不是第一次发生了。

只要古嫆婳受了伤或者生病了,古茂盛都能骂她两句,好像是她让古嫆婳生病受伤似的。

而今天她本来就心情不好,大受打击,又被古茂盛一顿责骂,心中压抑许久的情绪终于爆发了。

而古茂盛在听了古嫆心的话后顿时大怒,"老夫辛辛苦苦将你养大,什么不依着你?你今天居然说出这样狼心狗肺的话来,老夫真是白养你了。"

说罢,古茂盛就拂袖离去。

只留下古嫆心一人怔怔地,茫然地站在原地,不知所措。

古茂盛并没有离开尘王府,而是怒气冲冲地去了漪澜苑。

古嫆心的情绪,他可懒得顾及,可是他宝贝女儿受到的气,他必须出一出。

"昌盛将军止步。"竹桑见古茂盛怒气冲冲而来,给竹海一个眼色后就拦住了古茂盛,说道:"将军,这里是王妃内院,不是将军您该来的地方。"

先不说古茂盛一个外男能不能进王妃的院子,就看古茂盛这一副来者不善的模样,他也不能将他放进去。

王妃有孕的消息已经传遍了整个王府,尘王二十好几了终于有后了,整个王府都格外重视,因此当竹海跑去前院告诉裴管家后,裴管家一把年纪的老头居然一溜小跑着赶来了漪澜苑。

"将军,我们王爷进宫了,有什么事将军还是等我们王爷回来再说吧。"裴管家一路小跑着来了,却不见发丝凌乱,也不大口喘气,可见这也是个深藏不露的主。

今天白天漪澜苑发生的事情,他也清楚。现在看来,这个昌盛将军就是为自己的侄女来要个说法来了。

不过,裴管家也很好奇。

之前平妃出事都没见昌盛将军吭一声,如今怎么他的侄女出事了就巴巴地跑来了?

古茂盛脸色一沉,嗓音嗡嗡地响了起来,"老夫找的就是王妃。"

"将军,这天色晚了,您一个外男见我家王妃于礼法不合啊。"裴管家顶着一张严肃脸,一本正经地拒绝道。

现在他家王爷没在,若是王妃这里出了什么事,他可是一点责任也担不起啊。

古茂盛看了一眼裴管家,然后转身朝着院内冷哼道:"怎么?传闻中的无双郡主不是胆子大得很吗?怎么做了尘王妃胆子反而变小了吗?既然敢对我那侄女下毒手,就不敢出来见见老夫吗?"

裴管家闻言脸色亦是一沉,他已经好言相劝了,这个昌盛将军居然还是咄咄逼人实在是欺人太甚!

还没等到裴管家发火,一道轻灵的声音便满含着嘲讽传了过来。

"昌盛将军以为自己长得很帅吗?就您这副尊荣我家小姐为什么要见你啊?"百里琦蹦蹦跳跳地出来,双手叉腰地对着古茂盛哼了哼。

小姐说了,现在知道她身份的除了本来就知情的几个人外,凤绝、长陵侯、楚王以及当年唯一一个还没死的背叛者古茂盛肯定也知道了。

既然那个劳什子的昌盛将军已经知道她家小姐的身份了,居然还敢跳出来找她家小姐的麻烦,这人也是简直了。

"好一个伶牙俐齿的小丫头。"古茂盛说虽然是对着百里琦说的,可是那双眼却是紧紧盯着百里琦身后款款而来的宁千雪。

多年不见,当年惊才绝艳的露华公主居然变成了这副模样,真是……大快人心啊。

古茂盛对着宁千雪摇摇一拜,说道:"微臣古茂盛参见露华公主。"

话音一落,率先发怒的却是一向老老实实的裴管家。

"昌盛将军,有些话说之前最好过一过脑子,否则当心怎么死的都不知道!"那狠厉的话语,那惊人的气势,居然盖过了古茂盛这个将军,简直让人觉得匪夷所思。

裴管家再厉害也不过是尘王府内的一个小小的管家啊,怎么会有这么惊人的气势?

"尘王府内果然卧虎藏龙,没想到销声匿迹六年的金威将军裴硕居然在尘王府内做了一个小小的管家,金威将军不觉得屈才吗?"

古茂盛盯着裴管家看了好半天,才认出来眼前朴素的老者,正是当年杀人如麻战功赫赫的凤鸣大将军身边的第一副将金威将军。

当年金威将军战功赫赫,顺灵帝特封他为一品上将军与凤鸣大将军品阶相同,本来凭着金威将军的品阶足够他执掌一方军队,可是金威将军却感念凤鸣大将军的知遇之恩,一直在凤鸣大将军手底下做事。

后来,凤鸣大将军出家了,金威将军也就不见了踪影。

这么多年过去了,很多人都忘了金威将军这么一个人了,可是古茂盛身为将军自然不会忘记。

第129章 古嫆心之死

"屈才不屈才好像和昌盛将军没什么关系,昌盛将军只需要记得我这双手上染过无数鲜血就是了。"裴管家脸色依旧平静,可是那说出口的话却暗含威胁。

当年他之所以没有执掌一方军队还有一个原因,就是凤鸣大将军觉得他身上戾气太重,作为攻城大将还可以,若是成为执掌一方军队的元帅大将军,难免会酿成大错。

所以他就一直跟着凤鸣大将军,后来凤鸣大将军出家了,他也就来了这尘王府照顾尘王。

虽然这么多年没杀人了,身上的戾气也消散了不少,可是这并不代表着他就是个心慈手软不爱杀生的老人了。

"金威将军手中有多少人命这和老夫好像并没有什么关系,老夫只是想和王妃谈一谈,金威将军又何必这么紧张呢?"

听到古茂盛那声"王妃",裴管家身上的戾气也渐渐消退,然后转头看向宁千雪,拱了拱手,问道:"王妃,您看?"

宁千雪似乎对裴管家的真实身份一点都不惊讶,只是波澜不惊地说道:"既然昌盛将军执意要在这么晚的时候见一见本妃,裴管家你就算拦了,恐怕昌盛将军也会心有不甘吧?为了避免昌盛将军在更晚的时候来见本妃,还是现在就见了吧。"

话中的讽刺意味,任是谁都能听得出来,可是那古茂盛就像是没听出来似的,依旧看着宁千雪神色不变。

"王妃,老夫只是想问一下我那侄女的事情,王妃准备怎么解决?"

"你侄女的事情和本妃有什么关系吗?"

这个古茂盛还真是不避嫌啊,这是生怕别人不知道其实古嫆姵才是他的亲生女儿吗?居然这么快就找上门来。

这般姿态,是太过愚蠢,还是另有所图?

古茂盛像是料定了宁千雪会这么回答一样,一点怒火都没动,只是格外平静地瞅了一眼宁千雪,继续说道:"我那侄女在王妃处喝了一碗东西,就腹痛不已,大夫说那碗里下了堕胎药,这件事王妃难道不打算解释两句?"

"古嫆姵有孕了吗?"

宁千雪平板直白的问话,让古茂盛的脸色变得有些难看,"还请王妃慎言,我那侄女还没有婚配,怎么会怀孕呢?"

"扑哧——"百里琦忽然大笑起来,指着古茂盛乐得不行,"我说你这人是不是傻啊。

你那侄女又没怀孕,我家小姐给她下什么堕胎药啊?再说了,那碗药我放在桌上可没让你侄女喝,是你侄女非要喝的,我想阻止都没来得及。"

说完后百里琦看了一眼宁千雪,见宁千雪并没有反对的意思,就又接了一句,"自己的侄女这个德行,乱动别人东西,怪得了别人?"

说起来,百里琦也是后来才知道宁千雪让她煎的药居然是堕胎药,她当时无比感激古嫆嬽,若不是她阴差阳错喝了那碗药,指不定小姐还会不会打那碗堕胎药的主意呢。

她对于宁千雪怀孕这件事,只有高兴,没有宁千雪想得那么多。

她的想法很简单,若是小姐有了孩子,那么日后小姐的笑容也会多一些,就算是为了孩子,小姐也会好好保重自己的身子的。

古茂盛闻言大怒,顿时就将脚边的一粒石子朝百里琦踢了过去。

百里琦见状十分不屑地撇了撇嘴,一边躲避一边嚷嚷道:"还好意思说自己的大将军呢,就这么点度量啊,本姑娘说的是事实。"

对于百里琦的安全,宁千雪是一点都不担心,先说古茂盛会不会动狠手,就算古茂盛动了狠手,那她这院子里也不仅仅有琦儿这一个会武功的。

抱着看戏的心态,宁千雪十分有兴趣地看着百里琦和古茂盛打着"玩",自然也就没有看到裴管家眼中一闪而过的哀伤。

怪不得王爷看起来那么沉闷,原来王妃是不想要这个孩子。

那药若是没有王妃的授意,怎么会出现在漪澜苑中?更何况,王妃怎么会闲着无聊给古嫆嬽下堕胎药呢,大婚那日神医谷谷主送的那一箱子毒药,随随便便拿出一瓶来还怕毒不死古嫆嬽吗?

这样想来也就只有一种可能了,也就是那堕胎药本就是王妃给自己准备的。

王爷又该多么伤心啊。

"嘭!"一道身影忽然出现在缠斗的两人中间,百里琦笑嘻嘻地从半空中落了下去,三下五下就跳到了宁千雪的身边。

而古茂盛则是狠狠地被击倒摔在了地上,古茂盛眼中闪过一抹阴鸷,站起来后抹掉了嘴角的鲜血,目光不善地盯着不远处的一道声音。

"昌盛将军,王爷有请。"

裴管家看了长歌一眼,然后做出请的姿势,对古茂盛说道:"将军,请。"

古茂盛满含深意地看了一眼宁千雪后,就跟着裴管家离开了。

"有什么事吗?"百里琦瞅着仿佛一根冰棍似的长歌,一脸的警惕。

这个人给她的感觉好危险,好像比她厉害太多了。

"王爷说,王妃若是想走,随时可以走不用顾虑其他。"

说完,冷酷哥长歌的身影就消失在院子中了。

宁千雪沉默了一会,然后转身进了内院。

原来凤尘去了皇宫是为了这个,凤尘你这样做,让我如何是好?

第二天,还未等尘王妃有孕的消息传出去,整个京都就忽然被一个消息震蒙了。

平妃古嫆心被人杀死在尘王府内!

这个消息以风一般的速度迅速传遍了京都内的大街小巷，还没等宁为玉赶到尘王府，古茂盛就带着大理寺卿穆大人来到了尘王府。

"你们这是什么意思，什么时候我尘王府也是随随便便就可以闯入的了？"凤尘站在门口，众人也不敢强行闯入。

古茂盛一拱手，万分悲痛地说道："尘王殿下，昨日我那侄女刚刚被王妃害了下了药，今日又传出了我那可怜女儿的死讯，王爷还要阻拦问我一查究竟吗？"

此话一出，尘王府门口围着的百姓们纷纷议论开来。

"什么？那个古小姐被尘王妃下药了？"

"怎么可能，尘王妃怎么会对昌盛将军的侄女下手呢，这无冤无仇的。"路人乙闻言立刻反驳了路人甲的话。

"不管怎么说，这两件事连在一起，确实是尘王妃的嫌疑最大啊，昌盛将军让大理寺卿查一查也在情理之中啊。"

第 130 章 咄咄逼人的古茂盛

凤尘一听周围人的议论声，顿时明白了古茂盛的意图。

古嫆心之死定然是古茂盛一手策划的，要不然古茂盛怎么会这么早就收到消息，然后还煽动百姓带着大理寺卿赶到了尘王府呢？

他也料到了自己定然会堵在王府门口不让他进去，这正合他的意了，这样一来，古茂盛就可以利用百姓的舆论来逼他将宁千雪交给大理寺卿了。

"昌盛将军，你侄女的事情本王已经说了是个误会，没有谁想要害她，千雪乃是本王嫡妃，有些话将军还是想清楚再说吧。"

凤尘负手而立，打定了主意今日无论如何也不放古茂盛和大理寺卿进去。

虽然古茂盛这件事让他有些措手不及，可是他好歹是一个王爷，收拾不了随君昊，还在古茂盛手底下护不住阿蓉不成？

"尘王殿下，无双郡主确实是您的嫡妃，可是这次不幸遇难的也是您的平妃啊，平妃之死，嫡妃的嫌疑最大，既然王爷坚信嫡妃没有做这些事，又何必拦着下官不让下官进去查一查呢？"

大理寺卿见周围的百姓议论纷纷，心中有了底气了。当年宁千雪杀他幼子，他没有法子为他的幼子报仇，如今机会送上门来了，他又怎么会任由这么一个好机会从手中溜走呢？

这次一定要折磨折磨宁千雪，来祭奠他儿的在天之灵。

他可没有想过真的由他亲自动手杀了宁千雪，尘王和宁国公府他可是一个都惹不起。

如今尘王和昌盛将军斗法，就算宁千雪受了伤，日后宁国公府和尘王想要给宁千雪报仇也有古茂盛在前面顶着，他怕什么！

"大理寺卿莫大人？您这来的可真早啊，本王就坐在这里才刚刚收到消息，您这隔着几条街都能这么早赶来啊。"凤尘目光阴沉地盯着这两人，心中的怒火不断升腾。

这两个人都想要欺负他的阿蓉，简直该死。

大理寺卿莫大人干笑几声，说道："下官分内之事，分内之事。"

然后就闪到古茂盛身后不肯再说话了。

这眼瞅着就是被尘王殿下记恨的节奏啊，这可不行。

古茂盛对他这种做法万分鄙夷，不过现在可不会流露出来，只是背着手一点不退让地说道："尘王殿下，老夫只是想要一个真相，一个公道，王爷为何一再阻拦？"

那声音包含着愤怒、悲伤以及不解。

周围的百姓顺便就被这声音感动了,再看看古茂盛那泛红的眼眶以及背在身后有些颤抖的双手,便纷纷为古茂盛说话。

"是啊,尘王殿下,既然这事不是王妃做的,您就让大理寺查一查,那昌盛将军也安心了,王妃身上的嫌疑也就洗清了。"

"对啊对啊,王爷您看着昌盛将军不过是丧女心伤,您就让大理寺查一查,这般藏着掖着反而会让人怀疑啊。"

……

凤尘看着周围的百姓,虽然知道百姓是最容易受人蒙蔽的,可是心中还是十分失望和愤怒。

"不是本王不让莫大人查,只是王妃已经有了身孕,这是本王的嫡子,所以说本王是不会让王妃去大理寺的。"凤尘沉声说道。

大理寺的监狱是最阴暗的地方,他没有把握能够保护阿蓉万无一失,毕竟现在阿蓉有了身孕受不得一点罪,而且古茂盛身后还站着一个随君昊,他怎么能放心得下呢?

随君昊能在十几年前就安插棋子,楚王府、云王府、京都的权贵、皇宫内以及他的身边都有随君昊的内应,他不敢保证大理寺内部还有没有随君昊的奸细。

若是阿蓉再有个万一,他会发疯的。

凤尘的话瞬间让周围的百姓兴奋了起来,凤尘有了嫡子,这就意味着战神有后了,这对于刚刚失去柴元帅保护的他们来说有着特别的意义。

甚至因为柴元帅的死而恐慌的心理,也因为这一句话而渐渐地安定了下来。

"尘王殿下莫不是忘了,我那可怜的女儿也曾经有过身孕,可是那个孩子却被王妃下了药害得王爷第一个孩子胎死腹中,如今王爷却因为王妃的有孕而这般高兴,这对我那可怜的女儿来说是否过于不公平了?"

见到凤尘一句话,就扭转了百姓的舆论,古茂盛又扔出一个炸弹,继续走悲情路线,博取众人的同情。

"昌盛将军说笑了,本王从来没有和平妃有过肌肤之亲,平妃又怎么会有孕呢?之前不过是平妃为了争宠谎称有孕罢了。再者给平妃下药的是月如,月如已死,昌盛将军提起这茬,是想提醒本王平妃曾经做下的事情吗?"

事情都了这个地步,凤尘也不在乎他将这话说出会不会惹恼楚王了。

既然古茂盛咄咄逼人,他又何必给他留着面子呢?

古茂盛脸色变得涨红起来,大声说道:"这不可能!"

怎么会呢,那古嫆心若是从来没有和凤尘睡过,怎么会不提这茬呢?当初凤尘不是很迷恋古嫆心的那张脸吗?

为了古嫆心,当初凤尘不惜得罪宁国公府,娶她为平妃。

要知道平妃也是要刻入皇家玉牒之上的,若古嫆心真的谎称有了皇家子嗣,就这一点就够凤尘将她从皇家玉牒上除名了。

而古茂盛压根没有想到的是,凤尘从一开始就没有把古嫆心刻在皇家玉牒之上。

无论是皇家玉牒还是他们凤家的家谱上,他凤尘旁边写的名字都是宁千雪!

"哼,难不成昌盛将军以为平妃连王爷和她睡没睡过这种事都要和你说一说吗?"裴管家看着古茂盛的嘴脸就觉得胃疼。

本来王爷和王妃之间的事情就够多了,这个古茂盛还出来添乱,真是找死。

"你!"古茂盛心中暗暗恼恨古嫆心居然死了还能让他丢人,然后对着凤尘态度强硬地说道,"无论怎么说,今日我那可怜女儿的死因,老夫都要查清楚!"

"你要是……"

"参见尘王殿下!"

凤尘话还没说完,就被一道声音打断,看着忽然出现在这里的路鹤,凤尘心中隐隐有些不安。

他昨日已经进宫和凤绝说好了,阿蓉会离开这里,若是不想日后他们兄弟彻底反目,就不要对阿蓉动手。

当时凤绝也答应了,并且也和他说了好多话,关于当年的事,凤尘也能感觉到凤绝是后悔了呢。

可是这个时候凤绝派路鹤来到底是为了什么?

第 131 章　最后的补偿

"王爷,属下奉皇上之命给王爷传个话。"路鹤面无表情地说道。

凤尘叹了一口气,负在身后的手缓缓握紧,"说。"

"皇上说平妃之死确实是王妃嫌疑最大,但是王妃现在已经有了身孕多有不便,所以皇上说让属下接王妃去皇宫,大理寺卿在查案的时候若需要询问王妃,就去皇宫询问王妃。"

凤尘沉默了,事情闹到这个地步,凤绝所说的已经是最好的解决办法了,可是他还是不放心,只要阿蓉不在他眼皮子底下他都不放心。

而古茂盛听到了这句话后仅仅是想了想,然后就点了点头,对着凤尘说道:"既然王爷不放心,那么就让王妃去皇宫吧,老夫相信皇上一定会给老夫一个公道的。"

去了皇宫更好了,免得出了事情再扣在他的头上,有了凤绝在前面顶着,这笔账怎么都算不到他头上去。

"王爷……"路鹤的目光自始至终都只在凤尘一人身上。

凤尘在挣扎,他不知道他还能不能再相信凤绝一次。

"这种事你们难道不应该过问一下我这个当事人更好一些吗?"宁千雪一身鹅黄色宫装,衬得女子身子愈发纤细。

眉间的愁绪,双眸中闪动的盈盈波光,让女子本就绝色的容颜更添一抹楚楚之态,让人怜爱之情顿生。

"千雪,你怎么出来了?"凤尘看到这样的宁千雪,眼眸中闪过一抹惊艳,更多的则是坚定。

他一定要保护好千雪,坚决不能让六年前的悲剧再次重演。

宁千雪柔柔一笑,眉宇间的愁绪一展而散,笑着说道:"皇上请我去皇宫,我自然要出来啊。"

凤尘,你做了这么多,我又怎么可能看着你这般为难而无动于衷?

这次,换我为你做些什么吧,就当是……我离开你之前我给你最后的补偿吧。

当宁千雪知道今天的事情之后,宁千雪也想开了,也觉得凤尘的提议其实是目前来说最好的,所以她打算等阿岩回来她就和阿岩一起离开京都回到神医谷。

"阿……千雪,你不必这样,我能应付的。"

那句阿蓉,差点脱口而出。

阿蓉,你不必觉得对不起我,这都是我应该做的,我欠你的实在是太多太多了。

宁千雪对着路鹤说道："走吧,我随你进宫。"

说完就不顾众人诧异的目光,缓缓地一步步走出尘王府然后踏上竹桑赶来的马车,从始至终宁千雪都没有停顿一下抑或是回头看一眼凤尘。

可是凤尘就是感受到了宁千雪的意思,心下变得一片柔软。

阿蓉,你越这样做,当你离开的时候我越舍不得,越难过,你知不知道?

这样的阿蓉,他怎么舍得放手?

可是再舍不得放手,他都得放手,因为理由和宁千雪今日选择去皇宫一样。

他,舍不得让她为难。

若是凤尘强势一点,以强硬的手段将宁千雪困在他身边未尝不可,只是那样的话,他还有什么资格得到阿蓉的爱?

所以现在的他就只能眼睁睁看着宁千雪的马车跟在路鹤身后,越走越远,越走越远……

到了皇宫后,宁千雪以为凤绝会见一见她,只是没想到凤绝居然都没有见她,只是让人把她带到了春风殿。

春风殿,当年她的寝宫和月浓的琉璃殿遥遥相应,而当年的那座绣楼就在春风殿的东面,离得很近。

宁千雪站在春风殿前,心中感慨万千,当年的那场大火春风殿未能幸免于难,看得出来,眼前的这座春风殿是后来新盖的。

可是无论是宫殿的布局还是墙壁的花纹、走廊上的摆设,都是记忆中的样子,看得出来重新盖这座春风殿的人,一定十分熟悉原本的春风殿。

那么,到底是谁重新盖了一座春风殿就不言而喻了。

"阿尘,你这又是何苦呢?"

一声极低的叹息,飘散在清风中。

宁千雪缓步走到二楼自己的屋子里,手指一寸寸拂过屋内的摆设和帷幔,然后在一面朝东开的窗户面前站定。

"阿尘,以后咱们的屋子里都要用上粉色的帷幔,还有彩色的琉璃珠串。"

"好啊,原来你都想着嫁给我以后的事情了,快说什么时候有着对我逼良为娼的想法了?"

"凤尘,你会不会说话?难不成嫁给你本宫还成了嫖客不成?"

"是啊,只可惜你这个嫖客每次都赖账呢。"

"哼,本宫就是一分钱都不给,你能拿本宫怎么办?"

"那我就吃点亏,让你一辈子伺候我,勉强算个伺候人的丫头,拿你每个月的月钱抵账喽。"

"凤尘,你去死吧!"

……

宁千雪嘴角慢慢弯起,仿佛还能看见曾经她和凤尘就在这间屋子里有过的无数快乐和记忆。

她依稀记得是因为她喜欢粉色的纱帐和帷幔,也喜欢亮晶晶的琉璃珠子,喜欢把整个屋子打扮得亮堂堂的。

可是,嬷嬷告诉她,她是大盛的大公主,是父皇母后的骄傲。大盛惊才绝艳的大公主,怎么可以有着喜欢粉色喜欢亮晶晶的东西这样庸俗的喜好呢。

所以她的屋子里都是高贵的紫色,这样才符合她大盛大公主的身份与气质。

她虽然照做了,可是她真的不喜欢紫色啊,她觉得紫色太深沉了。

有一次和凤尘提了起来,就闹着说以后他们的家一定要挂满粉色的帷幔和彩色的琉璃。

当年的笑声好像还响在耳畔,宁千雪忽然双手抱着头,身子靠着墙壁窗户无声地滑了下来。

"阿尘……"

"阿尘……"

"阿尘……"

我们为什么就走到了这个地步呢?你说你想我,我何尝又不想你呢?

泪水,从女子的眼角轻轻地滑落,时隔六年宁千雪第二次因为凤尘而流泪。

这么多年了,她一直想要弄清楚当年的事,执着地回来何尝没有和凤尘再在一起的心思?

可是无论是她还是凤尘,努力了这么久他们却总是不能在一起不能幸福。

百里琦就守在门口,听着屋内传来的女子压抑的哭声,心中满是疼惜。

她的小姐啊,老天爷不要再折磨她的小姐了,为什么别人随手可得的幸福对于她家小姐来说就这么困难呢?

过了好久,宁千雪的情绪才平静了下来,慢慢地直起身子然后一把推开了窗户,迎面的清风吹来,让宁千雪压抑的心情一下子变得轻松了起来。

第 132 章　"顺势而为"的吻

推开窗户,宁千雪看到的不是美丽动人的景色,也不是什么金碧辉煌的宫殿,而是被大火烧成了黑色灰烬的残破楼阁。

宁千雪手狠狠地扣着窗框,整个人都仿佛被人瞬间抽走了灵魂一样。

眼前的绣楼摇摇欲坠,且已经有一部分塌陷了,却还是六年如一日地矗立在那里,仿佛在提醒着一些人当年发生的事情是多么惨烈。

"月浓……"宁千雪双眼被泪水涌满,那绣楼在她眼中也变得越来越模糊,可是当年的一幕幕却如同快速翻动的书页一般一幕幕地在她眼前略过。

她唯一的血脉至亲,当初从这已经摇摇欲坠的绣楼上跳下的时候,该是多么绝望啊。

她的月浓,那年才仅仅十三岁,可是却代替她死在那场卑劣的阴谋中,她以为她将当年所有参与谋反的人都杀光,那月浓的仇就可以报了。

可是到了现在,她却发现,她真正的仇人根本就不是凤尘、凤绝,而是一个从没谋面的随君昊。

真相就像一个响亮的耳光,一下一下打在她的脸上,让她清醒地认识到自己是多么可笑。

"月浓,你的仇我一定亲手报,随君昊我一定会亲手杀了他!"

这么多年,宁千雪连梦都不敢梦见月浓,那是她此生最深的愧疚。

对于月萧的死,她更多的是对于她没有好好认识月萧的悔恨和歉疚,而月浓则是宁千雪此生愧疚最深的噩梦。

她的妹妹,她曾经发誓要保护她一生,让月浓不要向她一样背负着责任而活,能够活得肆意,活出自我。

可是,最终却是月浓用性命守护了她,这让她情何以堪?

大盛的一切可以交给凤尘来做,可是沧澜国的国师,她一定要亲手收拾,以祭月浓在天之灵。

楚香阁中,祁采心猛地将桌上的东西全部扫落在地上,发出噼里啪啦好大的一阵声响。

"姐自己去皇宫,我不放心!"

"你不放心你能做什么?"

推门进来的宁为玉扫了一眼满地的狼藉,很是淡定地找了一处干净的地方坐下,然后指了指一地的碎片,嘲讽地说道:"像这样发脾气吗?"

祁采心先是狠狠地瞪了一眼宁为玉,大吼道:"关你什么事,你给本小姐滚蛋!"

然后又控诉似地瞅着璎珞,不满地抱怨道:"璎珞姐,你又出卖我。"

不用想也知道,宁为玉这货一定是璎珞姐叫过来的,真讨厌好像所有人都以为她怕宁为玉似的,每次二姐拿她没办法的时候都会搬出宁为玉来压她。

真搞不明白为什么她们都会认为她害怕宁为玉,真是好笑,一个书呆子而已,她怕什么?

"没办法啊,小采心你也不要怪姐姐我,你看你璎珞姐我这么大一个肚子了,可制不住你,还是交给宁大公子的比较好。"璎珞一点也不在意祁采心瞬间拉下的脸,继续笑眯眯地说道,"来来来,姐姐给你们让地啊,我这宝贝儿子也累了,走了。"

唉,她是个孕妇,却还一直操心,真是一群不省心的家伙啊,要是璃珞在就好了,这一切就可以交给璃珞了。

祁采心无奈地看着璎珞离开,却完全没办法,璎珞这么大的肚子了,她还真不敢闹腾。

若是璎珞这个孩子出了什么万一,璎珞还不活剐了她?

璎珞有多宝贝这个孩子,知道她和星河的事情的人都能了解。

"哼,你别以为本小姐怕了你,姐出了事,我也没见你做什么啊,真是的还好意思来指责本小姐。"祁采心一副鼻孔朝天的高傲模样,逗乐了宁为玉。

也许,当年的夕颜郡主就是这个模样吧。

骄傲又心软,刁蛮又可爱。

宁为玉如是想。

"那你能做什么?去皇宫撒泼骂街还是发你的小姐脾气?"

"你以为我是泼妇吗?"

祁采心气得不行不行的,这货话里话外的意思不就是说她是个刁蛮小姐,什么事都干不成吗?

宁为玉想了想认真地说道:"你还不能算是泼妇。"

这话让祁采心略微有些高兴,像个小孔雀似的高傲地一抬下巴,说道:"算你识相。"

若是宁为玉再说什么她不爱听的话,她一定扑上去挠他个满脸红痕,让他见识见识何为泼妇。

可是祁采心这高兴的心啊刚跳动了几下,就听到宁为玉那好听的嗓音说出十分欠揍的话来,让她瞬间抓狂。

"你这还没嫁人,自然不能算是妇人。不过你也别伤心,等你成亲了自然也就光荣的升级为泼妇了。"

宁为玉笑得十分灿烂温和,不知道的还以为宁为玉真的是一个翩翩如玉的佳公子呢。

"嗷——"祁采心尖叫声,再也忍不住一把扑了过去,发誓要给宁为玉一个教训,看他还敢不敢欺负她。

只是也不知道宁为玉是真的没想到祁采心真的会扑过来,还是祁采心的力道过大了,总之就是祁采心扑过去之后,还没来得及发挥她"九阴白骨爪"的威力,就顺着力道和宁为玉一起倒在了地上。

而且……在摔倒的过程中,祁采心十分明显地感到了身下的宁为玉忽然用力颠了颠,然后她的身子就往前移了移。

然后……很"巧合"地和宁为玉,嘴对嘴地贴在了一起。

祁采心猛地瞪圆了双眼,难以置信地瞪着近在咫尺的宁为玉并不十分出众但是让人感觉十分舒服的容颜,有些愣住了。

而祁采心的这副表情,彻底取悦了宁为玉。

嗯,不错不错,没有白费了他这番"顺势而为"的举动,他真的是太机智了。

就在祁采心即将要暴走,宁为玉在思考要不要进一步发展的时候,门"嘎吱"一声被推开了,然后鱼贯走进来三个人。

这三个人没有一丝撞破别人好事的不好意思的感觉,反而大大咧咧地纷纷找了把椅子坐了下来,然后兴致颇高地一个个瞪着双眼看着躺在地上免费表演的两个人。

"咳咳,你们继续啊,不用在意我们,真的,我们不会不好意思的。"随景岩笑得格外灿烂。

没想到刚回来,迎接他的就是这么香艳八卦的场面啊。

唔,不错不错,他这颗因为风尘仆仆而格外劳累的心,瞬间得到了安慰。

这福利啊,真是来得早不如来得巧啊。

第133章　劝解祁采心

宁为玉轻轻咳了一声，心中万分恼恨。

唉，真是人算不如天算，下次一定要挑个没人的点，找个安静的地方。

祁采心虽然开起来十分爽朗大方，但是对于这种事还是十分内向的，再加上曾经的遭遇让她更是封闭了自己的内心。

她不是感觉不到宁为玉对她的心思，可是……她真的做不到打开心扉去接受一个男人。

这对于她来说，太困难了。

站起来后，祁采心毫不犹豫地给了宁为玉一个耳光，她虽然对宁为玉也有点意思，可是内心对男人的恐惧以及她潜意识的抗拒，让她对于宁为玉这种行为，十分反感。

"宁为玉，你混蛋！"

看着祁采心气得浑身颤抖的身子，宁为玉眼中划过一抹心疼，却还是笑得风度翩翩，"世人都说本公子风度翩翩，可见你眼神有多不好使了。"

祁采心的往事，在宁千雪察觉到他的心思之后就告诉了他，所以即便刚刚挨了祁采心一巴掌，但是宁为玉根本就不在乎。

因为他知道对于祁采心来说，和一个男人亲密接触是一件多么恐怖的事情，所以他只能这样慢慢来，一点点消除祁采心内心深处的恐惧。

他不需要让祁采心对所有男人对放下恐惧，只需要让祁采心习惯和他接触就行了。

不过……宁为玉扯了扯嘴角，心中有些郁闷。

在实现这个目标之前，恐怕他这个耳光是不会少挨了。

"宁为玉！"祁采心气得直跳脚，扬起手就又想挥出一个巴掌，却不想被她亲爱的刚刚赶回来的二姐给拦住了。

祁兰馨抓住祁采心扬起的手臂，不满地斥责道："采心！"

"二姐，你看宁为玉欺负我，你却不管还说我，等我回了大漠我一定告诉大哥。"祁采心见祁兰馨向着宁为玉，十分不满地威胁道。

祁兰馨握着祁采心的手臂一紧，轻哼一声将她的手臂放下，说道："大哥若是收拾我，我找机会加倍地收拾你就是了。"

也许连采心自己都没有发现，她对于刚刚和宁为玉的亲密接触，她有的只是恼怒和羞涩，而不是……恐惧。

采心，也许在你心里，宁为玉真的是一个不一样的存在，只是你自己不知道罢了。

祁采心哼了哼,翻了翻白眼,"哼,你就会欺负我,哼。"

气哼哼的祁采心并没有发现祁兰馨眼眸中一闪而过的暗淡。

采心,今天之后你还能是祁家的二小姐祁采心吗?

祁兰馨既为祁采心的变化而高兴,一边又替自己的大哥可惜。

大哥是那么一个死心眼的人,认准了采心,可是她看得分明,采心只是将大哥看作是兄长而已。

等到采心恢复夕颜郡主的身份,大哥你是高兴多一点呢还是失落多一点呢?

"对了,二姐你不是应该在尘王之前就回来了吗?怎么晚回来一个多月啊?"祁采心转眼就忘了刚刚她对祁兰馨的控诉,眼巴巴地瞅着祁兰馨问道。

本来祁兰馨早就该回来了,可是一个多月前却让人给她送来了一封信,说是她有些事要去办,归期不定,让她安安分分地不要闯祸。

祁兰馨看了一眼条儿郎当翘着个二郎腿坐着的随景岩,解释道:"路上碰到了随景岩,被他拉着去了一趟襄州。"

提到襄州,宁为玉和祁兰馨的目光都转移到祁采心身上。

果不其然,祁兰馨话音一落,祁采心脸上的兴奋就缓缓褪去,像是变了一个人似的,十分冷然地说道:"去襄州干什么,那里可没有京都繁华,有什么值得你们特意跑一趟的?"

襄州啊,多么遥远的记忆中曾经出现过这么一个地方?

"襄州是云王曾经的藩地啊,你说我和你姐特意跑一趟干吗?"随景岩则好像没有察觉到祁采心的变化似的,直接说了出来。

祁采心脸色瞬间一白,似乎连呼吸都变得急促了起来。

"你不说话没人当你是哑巴。"祁兰馨分外不满地瞪了一眼随景岩。

这个随景岩嘴巴臭得要死,明明知道采心是拒绝想起往事,他还偏偏提起这件事,简直欠揍得很。

随景岩翻了个白眼,"难不成我不说话了,这丫头就不用面对这些事情了?"

这群人真有意思,明明知道早晚会面对,却还一味地护着这个丫头,难不成她们能护着她一辈子?

祁采心听了随景岩的话,唇角抿得更紧了。

"再说了,说起苦说起难过,难不成蛋蛋就不会难过承受得就比她少了吗?"随景岩忍不住为他的宝贝蛋蛋说了两句,"她也不小了,这份仇恨不仅仅是蛋蛋的,也是她的,你们凭什么剥夺她报仇的权利?"

今年这个丫头都十八岁了吧,蛋蛋十八岁的时候已经在神医谷和他相处了一年了,那个时候的蛋蛋沉默异常,每天只沉默地想着怎么样复仇。

而这个丫头已经十八岁了,先不说将所有的担子压在蛋蛋身上,对蛋蛋公不公平,就说她们这样的做法就是剥夺了祁采心报仇的权利。

一个身负血海深仇的人不能亲手报仇,对她来说就真的是好事了吗?

"你闭嘴!"祁兰馨忍不住撒出一把银针刺了过去,随景岩说过的她们何尝没有想过。

只是无论是露华公主还是她和哥哥都舍不得让祁采心的手中也沾染上鲜血。

百里夜看着随景岩一个折身躲过银针后，直起身子又想说什么，便凉凉地插了一句，"公主从来都不愿意郡主也参与这些事，公主想保留住郡主的真性情，随谷主话这么多就不怕公主知道了不高兴吗？"

果然，提起宁千雪就是随景岩的死穴，随景岩想了想顿时在嘴巴前面比画了一个闭嘴的姿势，再也不说话了。

为了开导一个小姑娘，让他的蛋蛋生气就不值得了。

"你要知道，你好好地活着就是对千雪最大的安慰了，所以你并不是没有用，只不过是千雪想要保护你罢了。"宁为玉见祁采心脸色苍白着，一看就是多想了。

祁采心有些茫然地抬起头来说道："这仇恨只压在了姐姐一个人身上，我却躲得远远的，真的对吗？"

"你的心性决定你不适合做这些事情，而千雪又想保护你，你快乐地活着就是千雪坚持下去最大的理由了，你不是没有用，只是别人没有发现你的好罢了。"

第 134 章 证据

宁为玉耐心地一句一句劝着祁采心，直到祁采心的脸上不再满是沮丧。

"好了，说正事吧，公主在凤绝眼皮子底下，我十分不放心。"百里夜等了半天，见众人的话题还没转到正题上来，有些着急了。

对于凤绝，百里夜是一点儿的好印象都没有，公主现在在皇宫就算有暗卫保护，他还是不放心。

"对的对的，赶紧把事解决了，我好接我的蛋蛋离开。"随景岩十分配合地嚷嚷道。

只是等随景岩的话说完，所有人都愣住了。

"千雪要离开？"

"我姐要离开？"

"公主要离开？"

所有人的眼光都齐刷刷地看向了语出惊人的随景岩。

随景岩十分得意地抬了抬下巴，万分高傲地宣布道："蛋蛋给我传信了，说等我来了京都她就跟我离开再也不回京都了。"

哼哼，这一群群的人都以为他们自己和蛋蛋关系很好吗？今天本谷主就让你们知道，和蛋蛋关系最好的是本谷主！不是你们这群阿猫阿狗的。

真是的，蛋蛋在这里浪费了两年的时光也是够了。

正好还有一个小蛋蛋，他一定将小蛋蛋宠成全天下最牛最无人敢惹的人。

还没离开，随景岩已经幻想上了离开后若干年该过的生活了，笑得十分开怀。

他是开怀了，可是有人就不一定高兴了。

"我姐怎么会离开呢？仇还没报完呢？"祁采心怔怔地说道。

怎么会呢，凤绝还没有死，古茂盛也没有死，背后的黑手还没有抓住，姐姐怎么就愿意离开这里呢？

随景岩一听这个顿时就不乐意了，眼皮一翻十分不满意地说道："怎么着，非得我家蛋蛋把一生都赔进去才算完事是吧？"

什么人啊，他的宝贝蛋好不容易想开了，要离开这个乌烟瘴气的地方了，居然还有人表示不满意？

哼，不满意本谷主就打到你不满意为止。不过想了想蛋蛋对这个丫头的宝贝程度，随景岩还是歇了这份心思，免得被蛋蛋毒打一顿。

"不是的，我不是这个意思，我只是不明白姐姐为什么突然之间就想要离开了。"

祁采心一直就觉得把这京都所有的事情都压在宁千雪身上,自己觉得十分过意不去,如今宁千雪愿意放下让自己轻松轻松,她就算心有不甘,又有什么资格不满意呢?

"采心,现在公主有了身孕,再加上当年的事凤尘并没有参与,而凤绝也是被人利用的,公主对凤尘的心思必定十分纠结复杂。也许,离开,才是他们两个最好的结局。"

祁兰馨在回来的路上也接到了宁千雪怀孕的消息了,有些事情宁千雪并没有瞒着他们,他们自然查得到。

她都不敢想象,若是这些事情发生她自己身上她会怎么样。

大概,很可能崩溃吧。

不是所有人都有宁千雪这般强大的心理,能够撑到现在。

祁采心沉默了,是啊,她执着地复仇、对凤家的恨,更多的是因为凤绝的命令害得她的娘亲她的姐妹那样悲惨地死去,受尽了侮辱。

可是她又怎么能将这一切强行加到堂姐身上呢,这本是她自己的责任啊。就像自己痛恨哥哥逃避和惠妃一起赴死一样,自己又何尝不是在逃避?

"夕颜郡主,这次我们拿到了当年古茂盛配合凤绝谋反的证据,只要你自己拿着这份证据去见凤绝,凤绝就一定会将所有的罪名都推到古茂盛身上,没了古茂盛,公主那里就没有问题,可以从皇宫出来了。"

百里夜从背后拿下一个包裹递给了祁采心,一本正经地说道。

他这话并没有漏洞,只要是男人哪个愿意死后遗臭万年呢?更何况是谋反这样大逆不道的罪名,所以凤绝一定不会承认的,最起码在他活着的时候是不会承认的,所以凤绝一定会将这一切推到古茂盛身上。

大盛和沧澜国的关系也不稳定,再加上北方部落的骚扰,和一个一直保持沉默的兰国,这个时候绝对不是动凤绝的时候。

他也没想着能一下子扳倒凤绝,只要能借此机会除掉古茂盛,为云王正名,解除公主的困局就十分不错了。

祁采心颤抖着双手接过这个包裹,却只是沉默不语。

"这个包裹由我交上去吧。"宁为玉忽然夺过包裹,然后什么都没解释就走出了房门。

祁采心呆愣地看着宁为玉离去的背影,有一瞬间的茫然。

"唉,采心,宁为玉对你是真的上心了。"祁兰馨拍了拍祁采心的肩膀,叹了一口气。

谁能想到闻名天下的第一公子,居然会喜欢上一个平日里有些刁蛮任性并且爱撒娇撒泼的祁采心呢。

祁采心不明白宁为玉为什么这么做,她明白。

"宁为玉这是担心你的安全,在一切没有确定之前,他不想让凤绝知道你的存在。"

谁知道若是祁采心拿着这些证据去了,会不会被凤绝杀人灭口呢?

就在祁采心怔忪的时候,一直沉默低调的百里夜忽然站了起来,然后也是什么都没说就离开了。

随景岩也站了起来,伸了一个懒腰说道:"看来我也应该去楚王府走一趟了。"

由百里夜亲手查到古茂盛当年想要谋逆却将污水泼到云王身上,然后找到楚王和宁为玉一起去面见凤绝,这样事情才不会出现什么意外嘛。

祁兰馨拍了拍祁采心的肩膀,说道:"二姐陪着你等。"

这一等,就到了第二天早朝的时候,而晚上的时候,楚王亲自带人去了昌盛将军府,将古茂盛抓到了大牢里。

整个京都的人都不明所以,普通的百姓只是猜测是不是为了昌盛将军怀疑尘王妃杀死平妃之事,惹怒了皇上,皇上为了保护皇家颜面就想杀了昌盛将军灭口啊?

一时之间,宁千雪再次站到了封口浪尖上。

而在早朝刚刚开始的时候,凤绝忽然派路鹤来了楚香阁将祁采心和祁兰馨一起请去了皇宫。

祁采心看了看眼前巍峨大气的紫英殿,心中的情感几番变化,终是化成了一片诡异的平静,然后缓缓踏进了金殿之中。

祁兰馨紧随其后,一步步走到了大殿中央,然后缓缓地跪下。

"云悉参见皇上。"

第135章 我姓云，你知道吗？

"民女祁兰馨参见皇上。"

虽然刚刚祁兰馨的声音一下子就把祁采心的声音盖了过去，可满朝文武还是没有听错，刚刚祁采心自称的是……云悉！

"咦，你不是那个祁家的二小姐吗？好像是叫祁采心来着，怎么现在又自称云悉了？"

这话也就只有说话不经大脑的定国公敢当众说出来了。

不过，凤绝对于没脑子的定国公今日的表现十分的满意，便顺着定国公的话问道："你到底是祁采心还是云悉？"

祁采心缓缓抬起头，看着高座之上的凤绝心情竟然十分的平静，"我既是云悉亦是祁采心。"

"这，这，这……夕颜郡主不是已经死了吗？"

不用说了，这肯定还是定国公说的了，旁人哪里有这个胆量啊。

祁采心扯了扯嘴角，说道："谁说我死了？"

"祁兰馨，你来说说这到底是怎么回事？"凤尘问道。

"当年我们祁家曾经受过露华公主的恩惠，在六年前兄长得知了皇宫惊变，觉得事情不对劲，正好当年云王府家眷流放之地便是大漠，兄长就暗中派人救了下来，然后夕颜郡主便化名祁采心，对外以祁家二小姐称之。"

经过祁采心身份的曝光，凤绝肯定猜到了露华公主和大漠祁家定是有不浅的交情，隐瞒也没有用，索性就一股脑地都说了出来。

"不对劲？什么不对劲？"

朝堂上不断有大臣议论纷纷，当然了都不忘瞥凤绝一眼，这个夕颜郡主还活着，最打脸的就是他们的皇上啊。

凤绝看了一眼楚王，楚王适时地站了出来，接过一旁小太监递过来的圣旨，缓缓展开，朗声念道："奉天承运，皇帝诏曰：今前朝禁卫军统领百里夜查明，当年云王谋反之事乃是昌盛将军古茂盛一手策划，特恢复云王爵位，云王府由夕颜郡主云悉继承，昌盛将军古茂盛打入死牢，三日后斩首示众，钦此。"

这道圣旨一出，满殿震惊，文武百官们被这一条条的消息震得有些蒙了。

这当年云王谋反之事竟然是当年云王最信任的副将，现在的昌盛将军一手策划的？

那云王岂不是白死了？还有云王府那么多人……

云王膝下一子四女，到了现在竟然就只剩下了云悉一个，就算恢复了爵位，对于云王对于云悉来说又有什么用呢?

在百官的惊叹和无奈可惜中,凤绝以身体不适为由早早地退了朝堂。

而凤尘则是在凤绝宣布退朝的一瞬间就飞奔出了紫英殿,朝着春风殿的方向跑了过去。

虽然阿蓉出了皇宫后,就要和随景岩离开了,但是他此刻最担心最想确定的还是她的安全。

而祁采心却一直在原地跪着,直到整个殿上所有人都走光了,祁兰馨才十分心疼地拍了拍祁采心,说道:"采心起来吧,我陪你一起回云王府。"

自从六年前云王死后,云王府就被凤绝下令封了起来,如今恢复了云王的爵位,那么云王府也必定解了封。

虽说云悉和云王一起生活在襄州,可是京都的这座云王府也是她的家啊,这么多年她想要回却回不去的家啊。

祁采心跟跟跄跄地站了起来,然后挺直的背脊,头也不回地朝殿外走去。

殿外的阳光正是刺眼的时候,祁采心拿胳膊遮住了眼前耀眼的阳光,在察觉到身边还站着一个人,祁采心放下手臂,转过身子看着宁为玉,笑了。

"宁为玉,我叫云悉,我姓云,是云王的女儿,你知道吗?"

"我知道。"

短短的一两句对话,却让祁采心,不,是云悉瞬间红了眼眶。

终于等到这一天了,她站在阳光下可以大声地告诉所有人,她姓云,是云王的女儿。

这一天,终于来了。

"宁为玉,我叫云悉,我姓云,是云王的女儿,你知道吗?"

"我知道。"

"宁为玉,我叫云悉,我姓云,是云王的女儿,你知道吗?"

"我知道。"

"宁为玉,我叫云悉,我姓云,是云王的女儿,你知道吗?"

"我知道。"

祁兰馨听着云悉一遍一遍地重复这句问话,而宁为玉一遍又一遍地回答,忽然心中疼得不行。

原来,采心一直在意的。

"哈哈哈……"云悉忽然大笑了起来,然后一步步从台阶上走下去,每看见一个人都要重复一遍这句话。

没有一个人出来说云悉的不是,因为他们都感受得到云悉身上散发出来的那种悲伤。

宁为玉就一直默默地跟在云悉身后,看着一遍流泪一遍不厌其烦地重复着同一句话。

两人的影子在阳光下铺到了一起,有些地方慢慢重叠。

宁为玉低头看着两人纠缠到一起的影子,笑了。

直到皇宫内忽然变得乱了起来,不知道什么时候起,本应该在皇宫四处巡视的侍卫们,纷纷在各处寻找,似乎在寻找什么东西。

"发生什么事情了?"

还没离开皇宫的楚王一把抓住其中的一个侍卫,着急地问道。

那侍卫脸色十分慌张地说道:"王爷,不好了,尘王妃不见了,尘王现在有些发狂了,说要是在日落之前找不到尘王妃,就让我们所有的皇宫侍卫统统去见阎王。"

"你说什么?"宁为玉一个闪身立刻出现在楚王身边,看着侍卫的眼神分外的尖锐。

千雪就在皇宫里,以凤绝这几天的表现来看,不可能对千雪出手啊。

"属下也不知道怎么回事啊,只知道尘王殿下去了春风殿想要接尘王妃离开,可是进去后才发现了一个人影都没有了,而且好像还死了一个人。"

那侍卫哪里经过这阵仗啊,被宁为玉吓得不停地哆嗦。

宁为玉攥紧了双手,扭头对云悉说道:"走,咱们快去看看。"

千雪现在有了身孕,可经不起折腾,若是千雪出了什么事,那个随景岩真的有可能出手灭了整个皇宫所有人的。

随景岩就是个疯子,除了宁千雪,谁都不放在心中。

云悉也着急得不行,一把抓住宁为玉的手,说道:"你用轻功带我,赶快。"

虽然她对宁千雪决意离开的事也有些心有不甘,但这并不代表着她愿意看到宁千雪出事。

那是她在世间唯一的亲人了,她怎么会不珍惜?

第 136 章　把我的阿蓉还给我

春风殿中,围着里里外外不少人,可是却没有人敢发出一丝声响,生怕惊动了正在对峙的两人。

"把我的阿蓉还给我,还给我!"凤尘双手揪着凤绝的衣领神态有些癫狂,猩红着双眼怒吼着。

这样的凤尘,是在场很多人都没有见过的,可是凤绝却对着这样的凤尘并不陌生,六年前就是这样的。

当年他得到路鹤的禀告匆匆赶到了这里,走到在绣楼前面的桥上跪着的凤尘面前,不知道该说些什么。

那个时候他的弟弟同样是猩红着双眼,只不过当年的凤尘是那么绝望地跪在他面前,一直给他磕头,求他把露华还给他。

当时他是怎么回答凤尘的来着?好像记不清了,他只记得,凤尘摇摇晃晃地走了,然后整整七天都泡在酒窖里,喝得人事不知,喝到吐血昏迷分不清现实和梦幻。

后来是岚妹和父亲轮流去劝他,恰好当时有不少小国部落听闻大盛皇宫惊变,趁机想要占便宜,纷纷率兵叩响了大盛边关。

然后他那个弟弟就提起银枪,一去就是几年,直到大盛周边再也没有小国,直到大盛边关再也没有战争。

上一次,让他们兄弟从此形同陌路,那这一次呢?是不是就会兄弟反目了?

"你说啊!"

凤尘凶狠的一拳打在了凤绝的脸上,神色既凶狠又带着一抹哀伤。

"你告诉我啊,告诉我阿蓉在哪里,算我求求你了,好不好?"

本来因为凤尘敢打凤绝而有些震惊的侍卫大臣们,这个时候也一个个安静了下来。

他们分明听到强悍如斯的尘王殿下的声音里,满是恐惧的颤音。

"我不知道,不管你信不信,这件事我都不知道。"凤绝狼狈地从地上站了起来,一把擦掉嘴角的血迹,然后看着凤尘的眼神中满是心疼。

尘弟,我知道若我再对露华下手就会真的失去你这个弟弟,我又怎么会舍得让你再伤心一次呢?

六年前的那一幕,那样绝望的凤尘,他想想就觉得心痛。

"不是你干的,那阿蓉去了哪里,去了哪里啊?"凤尘猛地挥手一脚踹倒身旁的架子,噼里啪啦的一阵声响让众人目瞪口呆。

不是说尘王妃不见了吗?为什么现在尘王嘴里说的都是露华公主不见了呢?

难不成露华公主也像夕颜郡主一样,其实没死?

天啊,今天一天各种变故实在是太多了吧?

如果现在有人说先帝还活着,他们也会点点头,然后特意激动地说一声,"先帝他老人家还活着啊,真好。"

这个时候云悉哪里还看得下去他们兄弟两个在这里东扯西扯的,蹬蹬蹬地跑到凤尘面前,怒声质问道:"我姐呢?"

"阿蓉,我的阿蓉呢?你们都快去找啊,愣在这里是都在找死吗?"凤尘猛地回过神来,神态阴鸷地冲着围在殿外的一群人就是一通乱吼。

一时之间,殿外的人瞬间散得干干净净。

只不过,还有两个人赶了过来。

"凤尘,我说过若有一天她有个万一,我定会让整个大盛陪葬!你是当本谷主在吹牛皮吗?"

一身红衣的随景岩踏着阳光走进来,仿佛天神降临一般。

"阿蓉不会有事的。"凤尘不惊不惧,迎上随景岩仿佛要将他生吞活剥了的眼神,一字一顿地说道。

随景岩双拳握得咯吱作响,说话仿佛是咬着后槽牙一般让人胆寒,"那现在呢?"

他本来还在喜滋滋地想着,一定要再寻找一点好东西给蛋蛋滋养滋养身子,她那个破身子虽然比之从前好了很多,但是她的体质本身就不容易保住孩子。

既然蛋蛋决定离开这里,和他一起隐居神医谷,那么他拼尽一身功力也要保住这个孩子。

可是,他这美好的畅想还没想完呢,就看到空中燃放起的鲜红的桃花形状的烟火。

那是露华公主手下人遇到最危急的时刻才会放出的信号,再加上那放出信号的地方正是皇宫的方向,随景岩顿时就急了。

路上遇到了同样匆匆而来的陌阳,两人一路疾奔这才刚刚赶到这春风殿。

凤尘双眼环视了一下春风殿内的布局和摆设,眼中满是追忆的暖黄色,"这大盛江山我是为阿蓉守护的,若是阿蓉不在了,这大盛江山覆灭不覆灭与我何干?"

震惊!只有震惊!

在场的所有人都满目震惊地看向一脸平静的凤尘,无以复加。

若是刚刚那话是由随景岩说出来的,众人都不会觉得讶异,毕竟随景岩就是这么一个性子张狂随性不羁的人,再加上之前露华公主和凤尘大婚的时候,随景岩就放出过这样的狠话,现在露华公主失踪,生死不知,那么随景岩再说一次这样的话,众人也就不觉得奇怪了。

可是这话若是由凤尘说出口那就不一样了,凤尘是谁?大盛百姓心中的战神啊,一心为了大盛的安定多年奔波于战场的尘王啊。

一个一心为了大盛的战神,怎么能说出这般不负责任的话来呢?

可是想一想他和露华公主的过去,也好像可以理解。

"到底是怎么回事？蛋蛋好好地怎么就会失踪了？"随景岩见着这样的凤尘也不知道该还能责问什么，特别的烦躁。

怎么老有人想对付他的宝贝蛋蛋呢？

看来还是他不够强大，让人觉得他随景岩当着全天下人的面摆明车马要保护的人，其实也是可以欺负可以招惹的。

凤尘身后的长歌怀中抱着一个人，缓缓从二楼走了下来，替凤尘解释道："我和王爷来到这里之后就发现春风殿中没有一个人，上了二楼公主的寝室才发现只有这个姑娘的尸体，而露华公主则是不见了踪影。"

你怀中抱着的姑娘……

云悉猛地捂住了嘴，半靠在宁为玉的怀中，而随景岩则是整个人都变得阴鸷了起来，仿佛要随时杀人的样子。

而从进来后就一言不发的陌阳，则是一步一步地走到长歌面前，轻声说道："把她交给我吧。"

长歌看了一眼看起来格外平静的陌阳，低声一叹，似乎是明白了什么，便将手中安静睡着的姑娘交给了陌阳。

陌阳抱着百里琦坐在了地上，一只手轻轻拂过百里琦还有些稚嫩的眉眼，动作温柔至极。

第 137 章　我只是不敢喜欢你

"琦儿，我不是不喜欢你，我是不敢喜欢你啊。"陌阳的声音轻轻浅浅地响在这格外寂静的大殿之中。

陌阳看似风流花心，其实骨子里是一个十分负责的人，就是因为他太负责了，所以他永远不允许自己喜欢上自己妻子以外的人。

既然家族为他选定的妻子，他真的喜欢不来，那他就永远不会喜欢别人。

对待百里琦就是如此，因为珍惜百里琦，所以他才不会放任自己喜欢上她。

因为，自己是陌家长子，家族的责任他不能逃避。

在孔凌青被迫娶了杨又宁之后，他无比庆幸，自己没有放任自己喜欢上百里琦是对的，没有喜欢上她，那样百里琦就算伤心也不会如杨又薇这般痛彻心扉。

我的姑娘，原谅我一直以那样不堪的面目来拒绝你。

"你去哪里？"云悉看着忽然抱起百里琦往外走出去的陌阳，出声问道。

虽然她和陌阳百里琦都不熟悉，可是毕竟有露华这层关系在，百里琦已死，她不想她死后都不得安宁。

陌阳脚步一停，说道："成亲。"

"什么意思？"云悉瞪圆了双眼，实在是想不明白百里琦死了，她姐失踪了怎么这货还有心思成亲。

宁为玉十分无奈地敲了敲云悉的额头，然后对着陌阳问道："若我没有记错，你还有一个未婚妻吧，应该就是那个冷清秋。"

那个冷清秋滑溜得很，没想到她年纪不大，做事却老练得很，做了这么多事却没有留下什么直接的证据。

能让人查到这些事情和她有关，可是却又让人查不到直接证明这些事就是她做的证据。

真是让人头疼，若非如此，他们怎么会放任冷清秋活到现在？

陌阳转过身来，盯着随景岩说道："听说随谷主手中的化骨水十分好用，乃是杀人越货必备之物，不知随谷主可否赠予在下两瓶？"

随景岩一听这话，顿时兴奋了，"好啊，本谷主和你一起去。"

宁为玉一看格外兴奋的随景岩，再看了看沉默的凤绝，出言制止道："随谷主，这件事你还是让陌阳自己去解决吧，你还是别掺和了。"

只有陌阳一个人去，那也就是死冷清秋一个人。

要是随景岩跟着去了,那估计是死全家了。

虽然冷清秋罪孽深重,但是其他人毕竟是无辜的。

"怎么,你还想管本谷主了?"随景岩抛着手中的瓶子,似笑非笑地看着宁为玉,一脸的嘲讽。

他随景岩除了他师傅和蛋蛋外,从来不受任何人约束。

"经过这件事,千雪就是露华公主的事情一定会传遍天下,你若是这个时候没有缘由就杀了冷尚书全家,那你让天下人怎么看千雪?"

随景岩性子乖僻,这个所有人都知道,所以别人不会说随景岩什么,只会将这个罪名扣到宁千雪身上,毕竟这件事也算是由宁千雪引起的。

一提到宁千雪,随景岩就蔫了,将瓶子抛给陌阳,翻了翻白眼,嘟囔道:"不去就不去,比起这个找到我的蛋蛋最重要了。"

宁为玉看了凤尘一眼,凤尘会意跟着陌阳一起离开了。

随景岩看着这一幕不由地跳脚,"凭什么他能去,我就不能去啊?"

别以为他没看到,分明是这个宁为玉看了一眼凤尘,凤尘才跟着陌阳一起走的,什么人啊,居然搞区别对待?

宁为玉有些头疼地扶额说道:"这件事最有嫌疑的就是古茂盛父女和冷清秋了,尘王跟着一起去,不是跟你似的杀人家全家去了,而是去查清楚,千雪到底被带到了哪里去了。"

其实最有可能的就是,千雪是被随君昊的人带去了沧澜国了。

可是为了避免万一,还是查清楚的好,免得耽误了营救千雪的最佳时间。

随景岩眉梢一挑,说道:"这件事情直接查随君昊不更省事一些?"

说完,随景岩就不见了踪影,神医谷追查了随君昊这么多年,查起来比凤尘宁为玉他们会快上不少。

既然蛋蛋的踪迹有凤尘在追查,那么他就好好陪随君昊玩一玩好了。

师傅说那个随君昊是个百年不遇的天才,他倒要看看到底是随君昊更厉害一些,还是他青出于蓝而胜于蓝!

"宁太傅。"一直沉默的凤绝忽然出声叫住了将要离开的宁为玉。

若不是凤绝忽然出声,宁为玉差点都忘了春风殿中还有凤绝这么一号人物呢。

宁为玉笑的温文尔雅,"不知皇上有何吩咐?"

"春风殿旁边的绣楼处有一处暗道,这件事情除了云氏的人,皇宫里没几个知道的。"

"所以皇上的意思是?"宁为玉诧异地挑了挑眉梢,他没有想到凤绝会提醒他这件事……

凤绝看到宁为玉表现的那般明显的诧异,自嘲一笑,道:"凤尘……他是我的亲弟弟,当年之事……"

当年之事,他也不过是别人棋盘上的一颗棋子罢了。

现在想一想,凤绝觉得自己这一生就是一场笑话,所谓的倾尽天下不过是别人眼中的一场笑话罢了。

"朕会叫岚妹进宫,协助你彻查后宫。等到这件事情查清楚,你就辅佐太子登基吧。"

这么多年他早就累了,所谓帝王不过就是称孤道寡罢了,若不是为了心中的那份执念,他也不会坚持牺牲自己亲人的幸福就为了得到这份孤独,如今连那执念都烟消云散了,他自然累了。

累了,那就放手吧。

宁为玉没有推辞,接过凤绝递过来的令牌,双手作揖,神态恭敬地缓缓行了一礼,"微臣遵旨。"

这是第一次宁为玉表现出对凤绝这个帝王的尊敬。

若凤绝是名正言顺登上这个皇位的,那么他必定是一代明主,大盛在凤绝的带领下定能走向顶峰。

只可惜……

罢了罢了,也许这就叫世事弄人吧。

凤绝挥了挥手,疲惫地缓缓走出了大殿,第一次抬头直视那虽然摇摇欲坠却依旧坚持着没有倒下的绣楼,心中感慨万千。

六年了,他终于敢面对了。

他又不是铁石心肠的人,又怎么会对当年的事一点愧疚都没有呢?

当年露华跟在凤尘身后也曾尊敬地唤他一声大哥,对于他们凤家人,无论是顺灵帝还是露华公主都很好。

按理说露华是公主,嫁给凤尘整个凤家的人都要对露华毕恭毕敬,可是露华却一点架子都没有,他知道,那是因为露华真的喜欢凤尘才会尊敬他们。

第 138 章 陌阳对质冷清秋

只可惜,当年那样幸福的一对人,让他亲手摧毁了。

宁为玉站在春风殿的门口,看着踏着日光远远离去的背影,忽然觉得凤绝其实也是一个可怜之人。

归根结底,凤绝也是一个为情所困的可怜之人罢了。

唉,情之一字,伤了多少人的心啊。

"陌阳你干什么?"冷清秋看着破门而入的陌阳,愤怒地质问道。

这样粗鲁的人,居然就是自己的未婚夫,真是可笑!

陌阳没有搭理冷清秋,而是动作轻柔地将百里琦放在椅子上,然后温声说道:"琦儿,你再等等,看着陌大哥亲手送害你的人下地狱,好吗?"

百里琦面带微笑,脸上身上没有一丝伤痕,闭着眼睛的样子恬淡极了,好像她只是睡着了一样。

"尘王殿下,陌贤侄,你们这是?"冷尚书站起来,看着面色难看的两个人,着实是纳闷得很啊。

今天早朝上他什么话也没说啊,怎么尘王殿下看起来像是来兴师问罪的呢?

冷清明也走到冷尚书身后,看着陌阳皱眉问道:"陌阳,你这是干什么?怎么抱着一个女子来我们冷府?"

陌阳的花名整个京都那是传得沸沸扬扬,他父亲总想着男子三妻四妾寻花问柳不是什么大事便一直没有过问,但是冷清明对花名在外的陌阳一点好感都没有。

现在见陌阳又抱着一个女子来了冷府,更是觉得此人不堪。

"干什么?这得问问你的好妹妹干了什么事啊?"陌阳笑得格外温柔,只是那声音就像是绵中带刺一般,让人听了格外不舒服。

"姐,你这又干了什么事啊?不会是又招惹尘王妃了吧?"冷清霜阴阳怪气地笑着问道。

之前有传言说杨又宁手中的那胭脂醉是她姐姐冷清秋给的,毕竟宁千雪还特意派人光明正大地来警告了一番。

托她好姐姐的福,整个京都的女眷很少有敢搭理他们冷府的女眷的了,都害怕被尘王妃和龙轻泽夫妇记恨上。

这也连累了冷清霜今年都十七了,可是硬是一个上门提亲的人都没有。

这也让关系本就不好的姐妹两个,更是瞬间降到了冰点。冷清霜每次心情憋闷的时候,都要阴阳怪气地讽刺冷清秋两句。

当然了,每次都会被她哥哥爹爹娘亲联合起来骂一顿,这也让姐妹两个的关系更为势同水火了。

如今冷清霜抓到了冷清秋的错处,连尘王殿下都上门来质问来了,冷清霜能放过这次机会才怪。

"清霜闭嘴!"冷清明头疼得厉害,这个二妹妹也不知道脑子怎么长的,难不成她认为冷清秋若真的得罪了尘王殿下,她们整个冷府还能幸免于难?

简直没脑子!

冷清霜被冷清明呵斥了,脸色更是难看,话自然也不会好听到哪去。

"你还说我?这个时候你们难道不应该问问冷清秋她到底干了什么吗?那个姑娘我认得,是尘王妃身边的最得力的丫鬟,叫什么百里的。"

冷尚书一听这个,便是一惊。

尘王妃身边的侍卫有一个是世代守护云氏的百里家族的百里念,这件事他早有所耳闻,若是尘王妃身边再出来一个百里家族的小丫头也不奇怪。

可是若真的是百里家族的小丫头,那事情就麻烦了。

虽然这个丫头在尘王妃身边做侍女,可人家那是正正经经的官家小姐,比之他的两个女儿身份也不低啊。

"这,敢问尘王殿下,这到底是发生了什么事?"冷尚书苦兮兮地强颜欢笑问道。

谁不知道尘王殿下宝贝尘王妃得很啊,再加上传出了尘王妃有孕的消息,那可是尘王的第一个嫡子啊,金贵程度可想而知了。

凤尘瞥了一眼陌阳,并没有发话。而冷尚书也明白了凤尘的意思,立即将目光转向了陌阳。

"贤侄,你这抱着尘王妃的侍女来这是干什么?"

陌阳也不搭理冷尚书,上前两步在众人惊讶的目光下一把揪住冷清秋的衣领,将她提了起来。

"你干什么?"冷清明见状,立刻想要上前,只是……

长歌一个闪身挡在了冷清明面前,面无表情地说道:"冷清秋通敌叛国,陷害尘王妃,杀死百里小姐,罪无可恕!"

"什么?"冷尚书猛地瞪大双眼,难以置信地望向凤尘,苍白着脸色说道:"尘王殿下这怎么可能,这是诬陷啊!"

而本来挺兴奋的冷清霜此刻脸色也有些发白,她没有想到冷清秋居然敢通敌叛国,这可是抄家灭祖的大罪啊!

"冷清秋,你这个贱人都干了什么啊?"

她就算再无知,也清楚若是冷清秋通敌叛国的罪名定了下来,那么她们整个冷府都要跟着玩完了,当下便跪了下来和冷夫人一起大喊冤枉。

"陌阳,你还是个男人吗?居然对我一个小女子动手。"

冷清秋费力地说着，虽然被陌阳勒着脖子提了起来，但她似乎有什么倚仗似的，竟然不挣扎，好像笃定了陌阳不会对她下死手一样。

"小女子？哈哈哈……"陌阳像是听到了天大的笑话一样，大笑之后便紧紧盯着冷清秋的双眼，恶狠狠地说道，"六年前，你混进皇宫借故在皇宫内四处溜达，实则是将迷药洒在皇宫各处，所以皇宫的侍卫才会不堪一击。后来你在和楚风一次独处中，给他下了药，让他现在成了一具傀儡。去年，你又借杨又宁的手给孔凌青下药毁了杨又薇的幸福。然后，你又借月如之手，给古嫆心下药激化尘王和尘王妃之间的矛盾。前不久，你又借楚风之手在广甫寺后山埋下炸药本意是想杀死尘王妃。昨日，你又和皇宫中的奸细沟通带着沧澜国的人从密道进入皇宫，秘密抓住尘王妃杀死百里琦。"

"这桩桩件件，冷清秋你好好意思说你是小女子？就是大老爷们也没有你这般算计，这般狠毒吧？"

陌阳的一句句话就像是一道道惊雷一样劈在了冷府众人身上。

六年前？冷清秋不过是十三岁吧？这般心计和城府，简直可怕！

冷清秋脸色依旧十分的平静，反问道："就算如此，那又如何？陌阳，你不敢杀我的，你还要通过我找到宁千雪呢。"

陌阳双手猛地用力攥紧，神态狰狞地说道："不敢？也不知道你哪里来的自信啊。"

第 139 章　阿蓉到底被人抓走了

　　随着陌阳的双手不断地用力，冷清秋觉得自己的呼吸愈发困难，这才惊觉陌阳是真的想要杀了她，并不是一句玩笑。

　　当下，神色便有些慌了，有些困难地吐字说道："杀了……杀了我，你们就……就再也找不到……找不到宁千雪了。"

　　她之所以笃定陌阳不敢杀她是因为她多多少少了解一点陌阳和宁千雪的关系，更何况凤尘也在这里。

　　凤尘既然出现在这里，那就说明凤尘十分在乎宁千雪的安危的，所以她才会这般有底气。

　　只是没想到……

　　"陌阳，你就不怕再也找不到宁千雪了吗？"冷清秋嘶哑着喉咙，神色有些狰狞地嘶吼道。

　　虽然说她并不喜欢陌阳，可是陌阳是她的未婚夫，不仅整日里花天酒地，居然还和宁千雪有着不清不楚的关系，这怎能让她不怒？

　　"陌阳。"凤尘双眼一眯，唤了一声陌阳。

　　陌阳冷哼一声，便随手将冷清秋扔到了一旁。

　　冷清明扶着冷清秋，看着她脖颈处的骇人的青紫，心情十分复杂。

　　"妹妹……"

　　本来看到自己的亲妹妹被人这般欺辱，就算是尘王他也不会这般袖手旁观，可是……刚刚陌阳说的那一段话，他并不是没有一丝怀疑。

　　因为，这个妹妹他从来没有看清过。

　　冷清秋却是理也不理冷清明，冷眼瞧着凤尘，讽刺地开口，"尘王殿下看着别的男子这般担心您的王妃，真的一点也不在意吗？尘王可真是好肚量啊。"

　　那语气中浓浓的讽刺和不屑，任是谁都能听得分明。

　　冷尚书当即就变了脸色，呵斥道："你这个孽女到底想要干什么啊？尘王殿下，我这女儿今日也不知是怎么了，您可千万别和她一般见识啊。"

　　虽然冷尚书也被陌阳刚刚的那一番话给骇得不轻，但到底是自己的亲生女儿，哪里忍心看着她一步步得罪凤尘，不知回头呢？

　　凤尘听到冷清秋的话，笑了，"连陌阳的身份都没有搞清楚，居然还妄图挑拨离间，真是笑话。"

也许,这个冷清秋并不知道阿蓉真正的身份,那带走阿蓉的又会是谁呢?

若是沧澜国的人让冷清秋带走阿蓉,冷清秋怎么会连宁千雪就是阿蓉的事情都不知道呢,这样看来,很可能这件事是冷清秋私下里做的。

冷清秋有些疑惑地转头看向陌阳,冷笑道:"不过是又一个爱慕宁千雪的人罢了,他还能有什么身份,先是一个随景岩再一个月萧,现在又来一个陌阳,尘王妃的魅力还不是一般大啊。"

室内一片寂静,冷清霜和冷夫人早就被骇得不敢说话了,而冷尚书和冷清明则是看着无时无刻不在挑拨离间的冷清秋,满目震惊。

什么时候起,他的女儿/妹妹变成这个模样了?

一种恐慌和心惊的心情在父子两个的心头慢慢攀爬。

"清秋,你知不知道你在说什么?"冷清明被骇得不由自主地退后了两步,稍稍离冷清秋远了一些。

这还是他那个堪称大家闺秀典范的妹妹吗?

怎么变成了这个模样?

"呵呵,哥哥,这就是我,我从来都没有变过,这是你们一直没有认识过我罢了,这就是我要的,我努力追求我想要的,哥哥不必多说什么。"

对着冷清明不自觉的疏离,冷清秋的眼中闪过一抹伤感,不过那声音却还是一如之前的那般温婉。

可就是听着一如之前的声音,冷清明才更觉得骇然。

"说吧,你到底把公主弄到了哪里去了?"陌阳哪里有那个闲心看着兄妹两个温情脉脉闲话家常啊,毫不客气地冷声便打断了两人。

冷清秋一惊,有些莫名其妙地看着陌阳,"公主?我不知道你在说什么。"

虽然这样说着,可是冷清秋的内心却有一个一直以来存在的疑团缓缓变得清晰……为什么他一直让她针对宁千雪,为什么一直在乎宁千雪的事情……

宁千雪虽然是凤尘的王妃,但是也不至于让他所有的计划都围绕着宁千雪展开啊,除非……

"怎么,沈沧溟没告诉你吗?看来,你的主子也没把你当回事啊。"陌阳冷笑一声,就要上前。

冷清明大步上前,挡住了陌阳的去路,皱眉问道:"陌阳,你什么意思?"

公主?什么公主?

陌阳哈哈大笑,转而劈手直指冷清秋,对着冷清明说道:"六年前就是你这个宝贝妹妹通敌叛国,残害云氏皇族,如今,她再一次对露华公主下手,你认为我会放过她?还是尘王会放过她?"

两次都没有护住公主,这将成为凤尘心中最深的一道伤疤,而如今冷清秋虽然不是罪魁祸首,但是这些事也少不了冷清秋的功劳。

就算不会迁怒整个冷府,但是冷清秋是无论如何也活不成了。

这点,毋庸置疑。

冷清明难以置信地瞪大了双眼,下意识地低头看了看同样有些吃惊但隐隐已似猜到了的冷清秋,冷清明有些受不住地往后退了几步,然后看着陌阳哆哆嗦嗦地说道:"这,这怎么可能?"

露华公主不是六年前就已经死了吗?

虽然传闻中已经死了的夕颜郡主云悉也"死而复生",但是毕竟当年云悉到底死没死谁也不知道。

露华公主当年的死讯在京都可是引起过很大的震动,这不光是因为露华公主惊才绝艳之名远播,更是因为露华公主的死,凤尘大醉七天,之后更是几年都没回过京都。

看着凤尘这般伤心,所有人都没有怀疑过其实露华公主可能没有死。

如今乍然间听说不仅露华公主没有死,自己妹妹还三番四次地下手对付露华公主,是个人都会震惊吧。

陌阳冷笑连连,"怎么不可能了?真正的宁国公府的嫡女早就去世了,公主只不过是顶了宁国公府嫡出大小姐的身份回京罢了。而我……"

陌阳低下身子,晶亮的双眸紧紧盯着冷清秋,十分认真地说道:"至于我的身份,我除了是陌家大少爷的身份之外,还是露华公主在京都的暗探之首。公主是我一生效忠的主子,不是你脑子里那般龌龊的想法,明白了吗?"

冷清秋似从宁千雪就是露华公主的震惊中反应了过来,十分平静地说道:"那又如何?"

第 140 章　你喜欢沈沧溟

若是宁千雪就是露华公主,那么陌阳和凤尘就更不敢动她了,这样一来她手中的筹码更重了。

看着冷清秋似是有些兴奋的脸,冷尚书气得脑袋一抽一抽的,当下便一个耳光抽了过去,"混账,你知不知道你在干什么?"

虽然他并不是多么清廉的官员和忠臣,但是谋害皇室这种大逆不道的事情,他连想都没想过。

更何况,露华公主虽然是一介女儿之身,后来顺灵帝提议让露华继承皇位也让诸位大臣也否决了,但是露华公主还是提出过不少利国利民的政策来。

她亲自监督力排众议在城楼处设立了青龙钟,与皇宫内龙皇钟遥相呼应。

皇宫内的龙皇钟是大盛的开国皇帝设立的,专门为文武百官而设立,若是当朝皇帝倒行逆施,臣子可敲响龙皇钟,隐藏在龙皇宫内的十位长老便会出世。

那十位长老姓甚名谁整个大盛谁也不知道,而龙皇宫内高手如云,却除非大盛存亡之际否则绝不出世,就算当年云氏几乎覆灭,龙皇宫内也没有一丝响动。

无论是凤绝还是沧澜国的人都下意识地绕过了龙皇宫,龙皇宫的威名自古有之。

只有云氏历代皇帝才知道,那龙皇宫的十位长老不是别人,正是当年大盛开国皇帝的元后的十个手下,而龙皇宫内众位高手守护的也不是世人猜测的云氏宝藏,而是开国皇帝元后的遗体。

世人皆以为开国皇帝既然为了皇后废除后宫,那死后定然会合葬。

可是,事实并非如此。

当年大盛开国皇帝自己葬在了皇陵,而皇后的遗体却葬在了龙皇宫内。这是历代云氏皇帝才知道的秘密,为的就是告诫云氏后人一定不能进入龙皇宫打扰。

顺灵帝无子,就将这件事情告诉了露华。

而露华当年对大盛的开国皇帝和皇后之间的故事十分感兴趣,翻遍云氏的传记和藏书大胆猜测,其实那个皇后并没有死,而是和一个比大盛开国皇帝更加惊才绝艳的男子双双隐退江湖了。

但世事变迁,过去了几百年了,当年的真相到底为何,谁也不知道。

而城楼之上的青龙钟则是为了百姓而设立的,若是百姓真的有惊天的冤屈而申诉无门就可以敲响青龙钟。

露华以女儿身力排众议,设下青龙钟,这也是大盛百姓如此爱戴露华公主的原因之一。

冷尚书虽然自认不是一个清官，可是也决计不会做出通敌叛国之类的事情来，可是他的女儿居然，居然……

"我就问你一句，露华公主失踪之事，是不是你干的？"冷尚书仍是不敢相信，忍不住哆嗦着再次确认道。

他的儿女虽然他没有亲自教养过，但冷清秋一直以来都是他的骄傲，每次看到冷清霜他都拿冷清秋做例子，教导这个顽劣的小女儿，可是……

真是打脸啊。

冷清秋很是平静地擦了擦嘴角的血迹，直起身子说道："是我。"

就是她干的，谁又能拿她怎么样？

若是还想找到宁千雪，这些人都得跪着求她！

冷尚书被冷清秋这个语气气得眼前一阵阵发黑，恨不得立即昏过去才好，也省的面对暴怒的尘王了。

"我再问一遍，公主在哪里？"

若非顾及着公主，陌阳早就杀了冷清秋给琦儿赔罪了！

看着冷清秋一脸笃定的"你们不敢杀我"的表情，凤尘忍不住笑了。

"尘王殿下笑什么，难不成尘王殿下真的移情别恋了，竟是一点都不担心你的王妃？"冷清秋看着凤尘的脸上没有一丝暴躁的痕迹，心中有些发慌。

若是尘王真的不在乎或是有其他的法子，那她岂不是死定了？

随即摇了摇头，这件事是她自己策划的，沧澜国那边根本就不知情，凤尘又怎么可能从别处下手呢？

"本王早就知道了阿蓉就是千雪，一直以来不过是猜不透这京都到底有多少个沧澜国的奸细罢了，你以为在出了广甫寺的事情之后，本王就真的一点防备都没有吗？"

冷清秋抿着唇角，有些不安地问道："你什么意思？"

而陌阳则是吃惊地想着，尘王居然早就知道了？

知道了宁千雪就是公主，凤尘居然还能装作和之前一样，若不是凤尘一点都不在乎公主，那就是凤尘这个人……城府太深了。

仿佛还记得当年和公主在一起的那一神采飞扬意气风发的少将军，聪明是聪明但是却没有一点城府和心计，如今却是……这六年来变得不仅仅是公主啊，凤尘过得也没有多么舒心。

凤尘转身看着门外飘扬的落叶，金秋的阳光洒在身上让人觉得暖洋洋的，凤尘半眯着眼，说道："自从广甫寺的事情发生后，本王就让冰月暗中保护阿蓉，如今虽然还不知道阿蓉在哪里，但是冰月的本事本王还是相信的。"

有冰月暗中保护阿蓉，阿蓉定然不会有危险的。

只是……这个冰月怕是真的恼恨了自己，若不然这次发生这种事情，她明明可以制止，可是却任由冷清秋下手杀了百里琦劫走阿蓉，怕是想通过这件事给他一个警告。

警告他，第一杀手的威名不是让人随便挑衅的。

凤尘一而再再而三地拿那个人威胁冰月,冰月心中高傲,哪里能高兴。

"还有,本王猜暗中带走阿蓉并不是沈沧溟的主意吧?你喜欢沈沧溟,但是沈沧溟却以十座城池求娶杨又薇,这让你万分恼怒,所以你想暗中带走阿蓉,以阿蓉做筹码逼迫沈沧溟娶你,对不对?"

凤尘语气平淡地将冷清秋的心思说了出来。

其实,来了这里发现冷清秋并不知道千雪就是阿蓉的时候,他心里就安定了不少,只要不是随君昊出手那就好办了。

就算冰月再恼怒他之前屡次威胁他的事情,但是关于阿蓉的安全,冰月是不会不放在心上的。

冰月为人虽然高傲,但十分重视承诺,这点他无须担心。

心里最隐秘的那点心事被凤尘这般随意平淡地说了出来,这让冷清秋十分恼怒。

"我喜不喜欢沈沧溟与你何干?"

凤尘冷笑一声,看了一眼震惊的冷府众人后便起身离开了。

得到了他想要的信息,他就没有必要在这里浪费时间了。

阿蓉,等我。

第 141 章　冷清秋之死

　　陌阳心情也平静了许多,低头看了看手中的几个从随景岩那里要来的瓷瓶,有些迟疑。

　　对于冷清秋,陌阳的心情十分复杂。

　　虽然他并不喜欢冷清秋,但是和冷清秋的婚事是在他很小的时候就定下了的,无论是父母还是他自己,从无数遍告诉他自己,一定要好好待冷清秋。

　　那是他将来的妻子和责任,他必须对她好。

　　所以很多事情他明明知道她可疑却不愿意去怀疑,到了如今明明是想让她在化骨水下生不如死,却还是……

　　"扑哧——"一声利器没入皮肉的声音响起,在这寂静的屋内格外的吸引人。

　　"清明,你这是在干什么?"冷夫人一把推开冷清明,抱着冷清秋倒下来的身子,哭得肝肠寸断,"我的秋儿啊,你为什么要这么做啊,为什么啊。"

　　冷清秋嘴角不断有鲜血涌出,却还是费力地抬起手想要帮冷夫人擦拭眼泪,这番举动却让冷夫人的眼泪掉得更急了。

　　"我的女儿啊,你别吓娘啊……"

　　都说女儿是娘的贴心小棉袄,比起性格有些跋扈的冷清霜,冷夫人和冷尚书一样更喜欢冷清秋多一些。虽然今天才知道了这个女儿做了许许多多大逆不道之事,但是这也抹杀不掉一个母亲爱护女儿的心情。

　　更何况,现在冷清明那一刀刺入的是冷清秋的心口。

　　陌阳看了眼冷清明手中还未收回的折扇,双眼被折扇顶部那尖锐的光芒一晃,略微觉得双眼有些不舒服。

　　"冷大公子居然还能够大义灭亲,真是让人佩服啊。"

　　冷清明没有理会陌阳的冷嘲热讽,其实他很清楚发生了这么多事,就算陌阳有些犹豫但是还是会杀了冷清秋的,而且……他没有看错的话,陌阳手中拿着的瓷瓶,应当就是传说中的化骨水了,与其看着冷清秋受尽折磨而死,还不如自己亲手让她解脱,给她一个痛快。

　　这是他这个兄长唯一能为她做的了。

　　冷清秋对冷夫人说道:"娘,哥哥也是为了我好,不要怪哥哥。"

　　对于冷清明的举动,冷清秋心中也明白,这是冷清明在帮她。

　　陌阳见状,撇了撇嘴俯身温柔地抱起百里琦就要离去,这里已经没有让他停留的必要了。

"陌阳,宁千雪被……被人劫走了,并不在我手里,虽然我不知道是被谁带走的,但是我可以肯定不是沧澜国的人。"冷清秋看着陌阳离去的背影忽然说道,咳了几声,"我做的所有的事情都和我父母和冷府无关,还希望你们不要迁怒冷府,行吗?"

到了最后,冷清秋还是吐口了。

她算计了半生,不过是为了一个男人。

可是沈沧溟却是利用她得到了杨又薇,然后一脚将她踹到了一边,她如何咽得下这口气呢?

所以,她谋划了通过密道进入春风殿,再利用沧澜国埋在京都的一些暗桩秘密带走了宁千雪,只是没有想到出手从她手上抢人的并不是沈沧溟。

这点,是她没有料到的。

到了现在,她已经成了一颗弃子,又怎么愿意看到冷府被她连累呢?

沈沧溟不把她放在眼里,可是她的爹娘哥哥却在出了这么多事情后还在顾念着她,她又怎么忍心呢?

陌阳也不知是什么个态度,一言不发一步不停地离去了。

任凭身后的哭闹声如何刺耳,陌阳抱着怀中的女孩,都觉得一世安宁。

三天后,陌府大少爷成亲。

成亲本是一件挺让人祝福的事情,可是陌府这次的大肆举办的婚事却让人摸不着头脑,因为这是一场——冥婚。

哪怕对象是百里夜的胞妹,也让人无法接受。

堂堂陌府的大少爷,他选择娶一个已经去世的人也就意味着他放弃了陌府的继承权,没有一个府邸会让一个不会有嫡子的子弟继承家业的。

就算陌阳是他们从小培养的继承人也一样,而且失望之情会更大。

与此同时,正午时分昌盛将军古茂盛的处决,也引来了不少百姓的围观,更重要的是随着昌盛将军的下狱,京都内的百姓都知道了当年所谓的云王谋反之事乃是昌盛将军古茂盛一手策划的。

如此狼子野心丧尽天良之人,人人得而诛之。

祁采心也恢复了夕颜郡主云悉的身份,公开表明她云王之女的身份。

随着古茂盛的死,当年背叛顺灵帝和云王之人除了凤绝,已经全部死了。云悉此刻正在宁国公府的春风苑中走过宁千雪曾经生活的土地,一点一点感受着那熟悉的气息。

"大少爷,现在不知道怎么回事,整个京都都开始流传着,当年之事并不是古茂盛主导,而策划一切致使云氏灭门的人是当今皇上。"竹海匆匆走进院内,对着宁为玉低声禀告道。

自从宁千雪失踪,竹桑竹海兄弟两个就又回了宁国公府,反正他们两个本来就是宁国公府的人,尘王府里没有宁千雪,他们自然也就没有继续待下去的必要了。

宁为玉眉梢一皱,询问道:"可知道源头是从哪里放出来的?"

这个时候怎么会忽然传出这种留言呢?虽然这件事是真的,可是现在这个时候传出来对大盛绝对是百害而无一利。

竹海摇了摇头,说道:"大少爷,不仅有这个流言,而且小姐的露华公主身份也传得沸沸扬扬的了,现在京都内都传言说是小姐的失踪实际上是皇上害怕小姐将当年的事情公之于众,所以再次下了杀手,现在整个京都已经沸腾了。"

看着宁为玉在那里皱眉沉思,云悉分外不爽地哼了哼,"这本来就是他干的,算哪门子的流言啊?"

对凤绝,云悉比宁千雪更恨。

宁为玉显然也了解云悉的心思,也不劝只是淡淡地说道:"你先在这待会,我去祖父那里看看。"

既然凤绝有意退位,那么大盛在这个时候绝对不能乱。

凤尘现在一心都扑在千雪失踪的事情上,楚王……楚王现在也终究知道了千雪的身份,因着楚风的原因这个时候肯定也不会说什么。

而他虽然在民间学子心中有着不小的声望,可是对于文武百官来说,他的话还是太苍白了一些。

所以,这个时候还得麻烦祖父他老人家了。